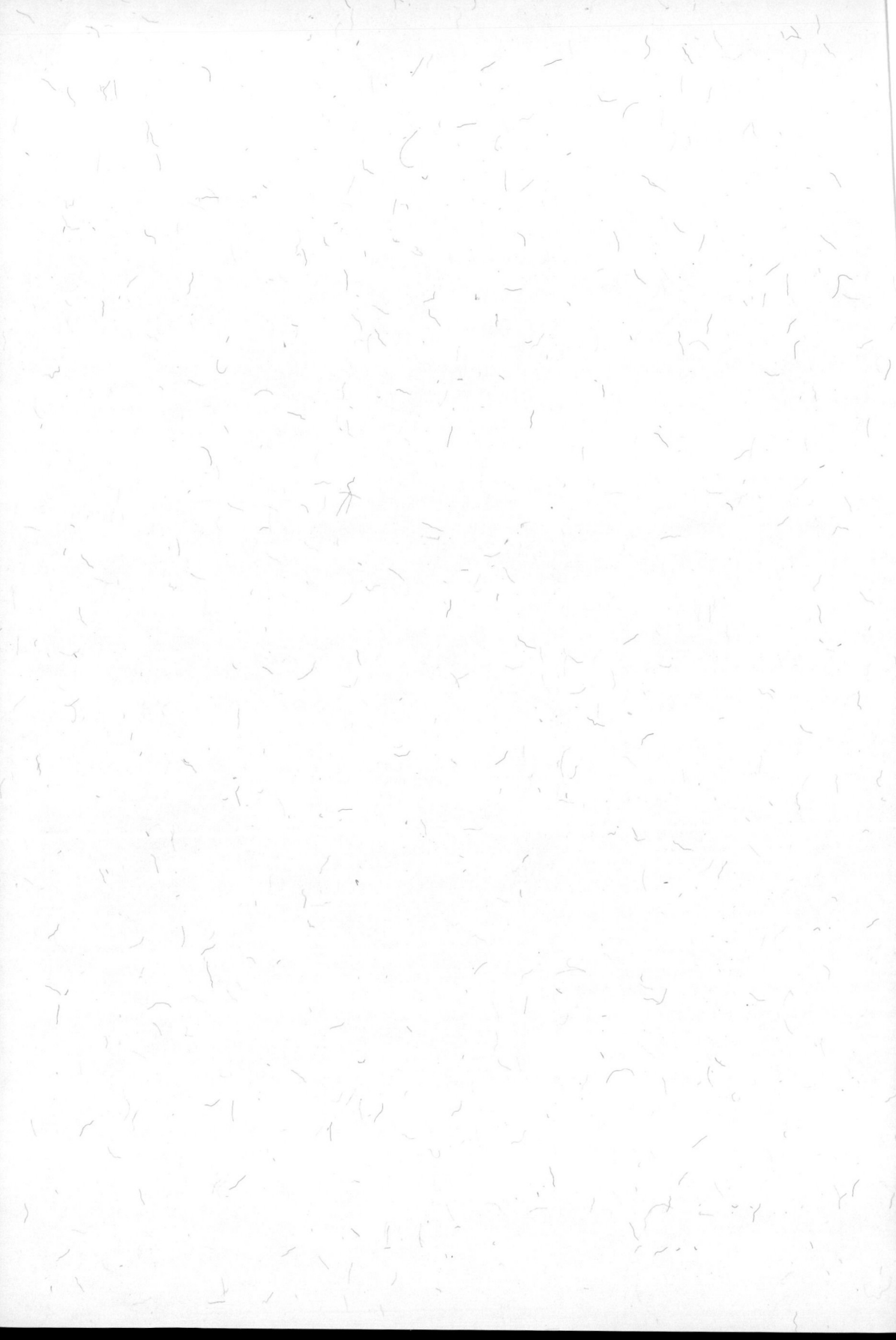

故事感动历史 文学照亮人生

——记载和讴歌壮丽的中国金融事业

中国金融文学艺术界联合会主席 梅志翔

古人云："盖文章，经国之大业，不朽之盛事。""文章千古事，得失寸心知。""江山留后世，文章著千秋。"由此可见，文章是经国济民的大事，是记录时代的大事，是讴歌时代的大事。

文脉与国脉相同，文运与国运相连。2019 年是中华人民共和国成立七十周年，七十年风雨沧桑，七十载山河巨变。七十个春秋，发生了多少震撼人心的故事，承载了多少金融人的热血情感。在过去的七十年中，中国金融事业伴随着新中国的成长不断地发展和壮大，取得了举世瞩目的成就。这些成就的取得不仅得益于新中国的好国情、好形势，更得益于数以千万计的金融职工筚路蓝缕、开拓创新，继往开来、一往无前的无私奉献。

新中国的金融事业无论在理论领域，还是实践领域，取得的成就都是翻天覆地、亘古未有的，中国金融人在专业领域创造了一个又一个奇迹，我们用几十年的时间追赶上西方人上百年甚至几百年金融发展的步伐。金融发展过程中涌现出了很多可歌可泣的故事，这些故事都是由千千万万顶天立地、敢作敢为的中国金融人用行动书写出来的锦绣篇章。中国金融已经成为支撑和推动经济发展的核心动力和促进时代繁荣的重要表征，为金融文学的创作提供了源源不绝的营养，金融文学像中国金融事业一样，是一片值得深耕的沃土，是一个内含价值极高的宝藏。

文章合为时而著。文学就应该为时代鼓与呼，金融文学就应记录和讴歌壮丽的中国金融事业。可长期以来，由于种种原因，中国金融文学创作未能与中国的金融事业取得同步的发展，金融文学作品创作落后于金融事业发展，在全国林林总总的文学橱窗和文艺殿堂里，金融文学常常缺席，在文学领域难闻金融之声，在文章海洋难觅金融浪花，在文化磁场里难以感知到金融文化的力量。2011年11月，在中国金融工会的大力支持下，中国金融作家协会正式成立；2013年5月，中国金融作家协会光荣地成为中国作家协会的团体会员。这是中国金融文学史上的一件大事和盛事，因为它不仅实现了金融作家组织的"零"的突破，而且让全体金融作家找到了心灵慰藉的"家"，它让所有金融作家找到了归属感和荣誉感。此后，金融文学创作不再是"不务正业"的闲事，而是可以为之终生奋斗的正事。过去许多金融作家在涉足文学创作上，"温温恭人，如集于木。惴惴小心，如临于谷。战战兢兢，如履薄冰"。如今在文学的康庄大道上，金融作家不用再羞羞答答地迈着碎步，而是可以昂首阔步地勇往直前。在中国金融工会、中国金融文联、中国作家协会的关怀指导下，七年间，中国金融作家协会延伸机构已经达到23家，其中先后成立省（自治区、直辖市、计划单列市）金融作家协会13家、总行（会司）作家协会10家。截至2018年底，中国金融作家协会已发展会员942人（其中，中国作家协会会员76人）。中国金融作家协会从无到有、从小到大、由弱到强，让写作变成了与金融工作一样充满阳光的事业。

执一支笔，写万千事。是啊，文学就这样不经意嵌入了金融人的生活，像春雨滋润着金融人，让金融人感恩生命的厚爱，让金融人的每一天、每一刻都充满激情、蓬勃向上；像疾风提示着金融人，生活和工作是坚守，也是搏击。文学之美让金融人心生愉悦，让日子有奔头，生活有笑声，奔跑有动力；文学之美让金融人涨满风帆，努力创造和实现自我价值、社会价值。值得肯定的是，一大批以金融人物为塑造对象的文学作品，都具有鲜明的时代特色，催人奋进。金融生活中无数可歌可泣的故事，不仅反映了金融系统广大员工投身改革、勇于奉献的精神，而且传播金融理念、倡导金融精神，展现了金融现实生活与人文关怀，成为千万金融员工启发心灵的精神力量。

在互联网金融时代，中国金融作家协会充分认识到平台对于会员发展的巨大推动和促进作用。金融作家协会是全体金融作家的"创作之家"，长期致力于为金融作家搭台子，为全体金融作家提供广阔的施展空间，为全体会员搭建了三大平台：《中国金融文学》杂志、《金融作家》公众号和中国金融作家网（内部）。《中国金融文学》杂志为季刊，设置了中篇小说、短篇小说、散文、诗歌、诗词、金融报告文学、金融作家随笔、金融作家艺术家、金融作家作品评析、金融文坛风景线、史海沉钩、学习与借鉴、金融文学剧本等18个栏目，每期发行3.2万册，年刊登作品数量近300篇（首）近100万字。目前，《中国金融文学》杂志不仅成为中国作家协会直属的行业作协重要会刊，为作家们提供施展才华的舞台，也是弘扬时代精神、传播金融文化和连接全国金融员工的重要文学桥梁，成为金融系统内外大众喜爱的读物。《金融作家》公众号，年发表300多位金融作家400多篇优秀作品。为了搭建多形式、多渠道的平台，中国金融作家协会还协同《中国金融》《金融时报》《金融博览》《中国金融文化》《银行家》《金融文坛》《金融文化》等报刊，为金融系统作家文学爱好者提供了更加广阔的文学舞台。

自中国金融作家协会成立以来，以"中国金融文学奖"为支撑点，着力创建金融文学品牌。自2011年至今已经成功举办了三届中国金融文学奖的评选，累计有200余部（首）作品获奖。中国作家协会领导及著名作家、评论家李敬泽、阎晶明、李一鸣、彭学明、梁鸿鹰、邱华栋、孙德全、何振邦、冯德华等人担任终审评委，体现了获奖质量和评奖的权威性。中国金融文学奖评奖活动范围广、层次高、影响大，评奖后正式发文通报全国金融系统，新华社、《人民日报》《光明日报》《文艺报》《金融时报》等多家媒体都进行了宣传报道，在全国引起了较大反响。

"千淘万漉虽辛苦，吹尽狂沙始到金。"这些文学成就充分证明广大金融作家具备了胸怀国家、胸怀金融的视野，金融扶贫、绿色金融的理念已经扎根于他们的作品中。如反映农村金融扶贫的《天是爹来地是娘》，带领乡亲脱贫致富的电影《毛丰美》，讴歌金融体制改革的长篇小说《新银行行长》《贷款》《高溪镇》《催收》，反映金融服务实体经济的《银圈子》《希望银行》

《海天佛国的中行人》《驼背银行》，反映促进多层次资本市场健康发展的《资本的血》《中国金融风云》，健全金融监管体系的《一眼看穿金钱骗术》，记录金融历史的《大汉钱潮》，等等。创作题材涉及金融改革发展的方方面面，创作类别也涵盖了长篇小说、中篇小说、短篇小说、散文、诗歌、评论、影视剧本、报告文学等。一部部作品记录的是金融事业的一个个生动场面，一串串诗行呈现的是金融人的一幅幅鲜活画卷。这是中国金融事业的春天，更是中国金融文学的春天。

成绩的取得主要归功于三个方面：一是经过新中国七十年的大发展，中国金融事业取得了令世界瞩目的成绩，它为文学创作积蓄了肥沃的土壤；二是中国金融作家协会励精图治、奋发有为，以快马加鞭的节奏为会员创作提供了绝佳的环境，为金融作家创作提供了一流的服务；三是中国金融战线上涌现了一批有思想、有情怀、有理想、有能力的作家，他们快乐地奋战在金融第一线，幸福地记录着身边优秀的人、精彩的事。这三个方面因素凝聚了"天时地利人和"的精华，而精华的基石还是中国金融事业的波澜壮阔和发展壮大。

如何让金融文学为中国文学大家庭发光发热，并成为指引全体金融文学人前行的光亮，这是中国金融作家协会重点研究的课题。经中国金融文联批准，中国金融作家协会与湖南大学出版社通力合作，决定由中国金融作家协会征集、选编，湖南大学出版社出版《当代金融文学精选》一套，系统地展现新中国成立七十周年以来，中国金融题材小说、散文、诗歌、报告文学、剧本、文学评论等创作成果，弥补当代中国文学丛林金融文学丛书的空白和缺憾，以推举和激励优秀金融文学艺术工作者，繁荣中国金融文学事业，为新中国成立七十周年献上一份金融人的文学厚礼。

《当代金融文学精选》堪称鸿篇巨制。本套丛书以讴歌金融人的精神为己任，根据文学自身的规律和金融文学的特征，秉承"金融人写金融事"为主要特征的文学理念，确定基本框架，精心策划，精心遴选，精心编排。为了确保作品的质量，中国金融作家协会成立了以中国金融文联领导、专家和杂志编辑为编委的作品编辑委员会。按专业特长分工，从金融机构和作家申报的作品中，经过长达数月的辛勤工作，最终组稿成12卷本的中国当代金融文学精选丛书一套：长篇小说4卷、中篇小说1卷、短篇小说2卷、散文

1卷、诗歌1卷、报告文学1卷、影视戏剧文学1卷、文学理论与评论1卷。选取了长篇小说23篇，中篇小说15篇，短篇小说45篇，散文45篇，诗歌近400首，报告文学31篇，影视戏剧文学10篇，文学理论与评论37篇。硕果累累，气势恢宏。

这些入选作品是新中国成立以来，尤其是改革开放四十年来壮丽的金融事业发展记录，更是中国金融事业取得巨大成就的见证。中国金融作家协会在中国金融文联和中国作家协会的正确领导和大力支持下，以记录和讴歌壮丽的中国金融事业为使命，带领全体作家深入学习贯彻习近平总书记有关文艺和金融工作重要讲话精神，以深化金融作家组织建设为基础，以宣传介绍金融行业先进的人物和事迹为重心，以鼓励和扶持金融作家创作优秀作品为己任，以推广金融作协和金融作家的影响力为追求，以文学的名义用精品力作为中国的金融事业鼓与呼。

从"养在深闺无人识"到"万人瞩目任端详"，《当代金融文学精选》能在这么一个值得纪念的年份出版，这是全体金融作家的幸事，更是金融文学的幸事！广大金融作家适应行业需要，兼顾写作的实用性、文体的多样性、参与的广泛性，初步形成中国金融文学的特色，那就是"写人叙事，不拘文体。信札公文，亦可荟萃。百花竞放，满园春色。开锦绣文章之先，为中国金融存史"。作为一名金融作家，最荣耀的不过是将自己最精彩的作品奉献给国家、社会和人民，让自己的作品与祖国同寿，与天地齐辉。这是一名金融作家对新时代最好的表达，也是一名金融工作者最无上的光荣。祝贺所有入选丛书的金融作家，也衷心感谢那些为金融文学默默奉献的金融作家和广大的金融工作者！

寄语金融文坛好，明年春色倍还人！

是为序。

2019年9月7日
北京金融街

目录
Contents

长篇小说卷（二）

NO.1

新银行行长（节选）

■龚文宣

┃ 作者简介

　　龚文宣，江苏人，毕业于湖南财经学院（2000 年并入湖南大学）金融系，曾任中国农业银行总行秘书、副处长（主持工作），中国长城资产总公司副处长、处长、副总经理、总经理级监事长等职。中国作家协会第九次全国代表大会代表。现任中国金融作家协会常务副主席，兼任《中国金融文学》常务副主编。1986 年开始发表文学作品，1991 年进鲁迅文学院青年作家班进修，1992 年在国家核心文学期刊《中国作家》等杂志发表作品，1995 年加入中国作家协会。发表出版了 260 余万字反映当代金融生活的文学作品。主要体裁与门类有小说、散文、诗歌、报告文学、文学理论研究等，见长于小说。代表作有《太阳河》《河与海的交汇处》《奔腾的灌江》（获首届金融文学奖长篇小说一等奖，出版时更名为《新银行行长》，并于 2016 年由中国言实出版社作为中美文化交流项目，授权美国太平洋国际出版公司在美国出版发行）。

作品简介

2006 年中国银行业改制前夕，灌江市 T 银行行长韩德仁因病住进了医院，高庆兴被指定主持工作。故事由此展开：

首先是银行权力运作，韩德仁病倒起不了床，还是紧握那支签字笔把住大权不肯放手；省行行长百顺则利用自身巨大权力将国家资财掌控于股掌之中。然后是银行管理问题，诸如城商银行崔三炮案件，市分行副行长陈其浅为其女友违规发放巨额贷款问题，市分行营业部两个员工盗取金库巨款潜逃，等等。这一切都揭示了银行体制改革的必要性和紧迫性。

另外，小说中描写的高庆兴那段悲剧结局的婚外情，贯串于整个权力争斗与试点改革中，展示了对权力与人性的深层思考，给人以理性的启迪。

一

江苏北部有一条自然入海的河流，叫灌江。灌江自淮水分流，从西向东长约一百六十公里，像一根细长的喇叭，上边比较窄，宽几百米至一两公里不等，越往下走河岸越阔，到黄海入口处，宽达八九公里。受海洋潮汐影响，河海交汇的地方，时常无风三尺浪，波涛汹涌。

灌江市因这条河流得名。地市级行政建制，辖二区六县，七百二十万人口。南倚盐城，西望淮安，北挨连云港。从地图上看，如同欲圆还缺的上弦月。东边那条二百五十多公里长的海岸线，好像刚学会画画的孩童画出的一道弯弯曲曲的弧边。

城市横跨灌江南北，几座斜拉铁索大桥就像几根带子，将两岸连接在一块。南岸是主城区，是市政府和金融机构所在地。有一条清水河与灌江呈T字形，穿过主城区向南，流经一条老街、一条铁路和一座市内公园。顺着清水河行走约五公里，就是成片的居民新区。

二〇〇六年二月五日，正月初八。

飘落了一天一夜的大雪，凌晨时渐渐停歇了。到太阳出来时，雪已经不下了，但天气依然寒冷，除了奔腾的灌江和清水河冒着热气外，城市、村庄、道路、树林、原野，整个平原都被皑皑白雪覆盖着。

高庆兴住在江滨一号紧挨着清水河的小区，一所独家独院、三层复式结构的楼房。吃完妻子栗枝精心准备的早餐，洗漱一番，高庆兴就拎上昨晚准备好的花篮，打算出门。花篮用红带子系着，橙色的剑兰、粉色的康乃馨和白色的水仙，色彩鲜艳，香气弥漫，精致的长方形小红牌上，印着"祝您早日康复"的烫金字样。

"就一篮花行么？"栗枝在丈夫弯腰换鞋时轻声问道。

"咋不行？现在作兴送花。"

"要不要再带些滋补品什么的？"

"本来他就肠胃不调，再送吃的，岂不火上浇油？"

高庆兴说着，一脚跨到门外，似乎又想起了什么，转身对妻子说："哎，你跟雨薇通个电话，问她什么时候回灌江，好去接她。"

"喏！"妻子嗔怪地看他一眼，说："看你把女儿娇惯的。都大学生了，每次不是去接，就是老家人送，她还怪你把她放在花盆里养呢。还是让她自己坐公交车回来吧。"

春节后上班第一天。

男女员工拿着扫雪工具纷纷走出办公楼，来得早的，已经在大院和大楼办公区忙开了。有扫的，有铲的，有几人合力推的。几个青年忙中添趣，堆起了雪人。

四十六岁的高庆兴是 T 银行灌江市分行的第一副行长。行长叫韩德仁，五十八岁了。排在高庆兴后面的还有两位副行长，一位是陈其浅，一位是褚世同。陈其浅比他小五岁，褚世同比他大五岁。

春节前十天，韩德仁召开了行长碰头会，把年前年后的工作安排了一下。由于陈其浅是省行下派的，想提前回南京过年，他的那份工作就由高庆兴包揽，所以高庆兴的事情就多了起来。参加银行和企业联谊会，出席银行理财产品推介会，拜访地方政府部门领导，走访生病和退休老干部……马不停蹄，整整忙到大年初二。初三才得空，带着妻女，一家三口回到大港县渔村，与老父亲团聚。本想在老人身边多待几日，尽尽孝道，再顺便走走亲戚、看看朋友，不料韩德仁初五得了急性肠炎住院，高庆兴只好将女儿雨薇留下陪伴老人，带着栗枝连夜赶回灌江。一方面帮着寻医问药，安慰家人；另一方面，银行不可一日无主，尤为重要的是，二区六县八个支行的安全保卫，每天要带班坐守，那可是一票否决、按级问责的，不敢掉以轻心。

安排停当，他驱车直奔人民医院。

在韩德仁病房里，高庆兴见到了南京大河房地产开发有限公司总经理徐若水，和她的助手鲁箫。徐若水起身，上下打量高庆兴。一米七八的个头，身形结实、硬朗，腰杆挺直，那张看上去微黑且不那么平正的脸，棱角分明，透出逼人的英气。"认识您很高兴，"徐若水边说边让鲁箫递上她的名片，"诚邀到南京做客。"

农历正月，天亮得晚黑得早。六点下班，五点半时天就上了黑影。

远处的灌江上，不时传来客轮货船的汽笛声。

老魏为自己调回市分行，请高庆兴夫妇吃了一顿丰盛的晚餐。

回到家里，给丈夫泡了杯利于解酒又有益睡眠的普洱茶，也给自己倒了杯白开水，围着茶几，栗枝与丈夫并肩坐在沙发上。

"想说老魏的事？"高庆兴抿了口茶，抚着栗枝的肩膀问。

"我看他太太很可怜。"栗枝不习惯被这么搂着，侧了下身，把丈夫的手拿到前边放他自己腿上，说："我见过不少下派的银行干部家属，没一个像她这样的，你们做事是不是狠了点儿？"

"这是轮岗制度。"

"制度？什么制度也得让人家活呀。"栗枝双手把着杯子，支在茶几上，不屑地说："这事韩德仁做得不对。干脆叫他一家全下去好了，也好有个照应，现在是老人得不到赡养，女人得不到疼爱，逼人上吊不成？"

"你说咋办？"栗枝说得高庆兴笑了起来。

"不好办吗？拉他一把和推他一把，总有一千个理由的。人家老魏可真是个孝子，现在也不在乎什么级别、待遇了，只要能回来服侍好老娘，安度余生……"栗枝停了停，望着丈夫道："庆兴你知道不，魏来喜不是他娘亲生的，他小时候是个无父无母的流浪儿，他娘不能生育，就收养了他，改了魏姓，跟自己亲生的一样，以后又供书上学、娶妻生子……"

"真的？"高庆兴心里头一激灵，握茶杯的手颤了一下。"共事这么多年，还住过一个家属院，只知道他孝顺，从未听说是养子。"

"呵！我也是头一次听说，蛮叫人感动的。"栗枝眼里又盈满泪水。她抽了张面巾纸，点点眼角的泪，求情道："你同老韩说说，你的话他应该听得进去。事不能做绝了，放人家一条生路。"

一年一次全省银行工作会议在南京召开。

大江宾馆是灌江市行长们的入住地，位于落鹜山脚下。左边是中山东路，门前就是那条曾经发生过无数次重大历史事件的黄埔路。

灌江市银监局长陶乐天与高庆兴是湖南财经学院上下铺同学，又是挚友。三十八岁的石婧，城市商业银行的行长，也是灌江金融系统唯一的一把手女行长。会上，因灌江城市商业银行行长崔三炮案件，灌江市银监局监管不力受到批评，陶乐天也被众行长围攻，弄得心情十分不爽。晚上，高庆兴与石婧陪他散步，好言安慰。

回到房间，给妻子栗枝打会儿电话，浏览一番省政府的表彰文件，正欲洗漱休息，手机响了。一个甜润的女子声音。

从对方第一句话，高庆兴就听出是谁了，那个围着一条海蓝色披肩，身穿杏红色冬装套裙，甩动长发，妩媚一笑的鲁箫……他十分惊奇自己对她的音容笑貌有着如此清晰的记忆，心里涌起小小的涟漪，但他还是忍住，让自己的声音平静下来。

"听说您来南京了，我们徐总从香港来电话交给我一个任务，说趁开会时间，请您一块吃顿饭。"鲁箫说，这既是徐总的意见，也是她本人的想法，不知他何时得空，能不能赏光。

他感谢鲁箫的盛情，婉言谢过。

"您也早点休息吧。"鲁箫说得温柔体贴。

二

一觉睡到自然醒，高庆兴用力地伸了个懒腰。

讨论议程，上午已经完毕，安排下午看文件。等于这半天可由行长们个人支配。

对着床头的墙上，挂着一幅报春的梅花。水彩画，一尺见方，镶上玻璃框。

画中是青草依依的山坡，坡下有条小溪，溪边上立着一棵梅树。枝头开满粉白色的花朵，神清骨秀，高洁端庄。那片片花瓣，用淡淡的彩笔点染而成，劲秀芬芳，卓然不群。更令人惊讶的是，枝头怒放的梅花，雪片似的落英缤纷，包含一种深刻的人生哲理。高庆兴没想到宾馆房间里还有这么好的作品，他愣着欣赏一番。

陶乐天约他与石婧出去透透气儿。

三人登上南京东郊的落鹫山。松林纵深没走多远，就看到一座寺庙。远远地听见木鱼声，走近了，是个三进三出的院落。站在寺门口，一眼看到中殿里边披着袈裟的佛祖金身塑像。寺门匾额用的是古篆体，上书"苦禅寺"，书法雄健，气势不俗。两旁各有一只功德箱。石婧转过身去掏出两张大票子，分入两箱。

香客不多，后院有三五善男信女，上香跪拜。周围十分安静怡然。

陶乐天和石婧已经进得寺庙中院。高庆兴对宗教场所一向敬而远之，就在参天古树下转悠。

一位猜不着多大年纪的白眉老僧，戴一副老花镜，手中夹了支铅笔，坐在一只小石凳上读经书。高庆兴见老僧让座，就趋前搭话："老人家，这么冷的天，您在外面读书，还能静下心来，令人起敬。"

"习惯了。心无寒冷也就不觉得天有多冷了。"老僧又撩下白眉，目光炯炯，面带善意。老僧看了看他两腮旁的颧骨，说："恕我冒昧了。我看先生额头英气聚集，谈吐不俗，该是个掌管一方公务钱财的长官，是个忙碌之人吧。"

"您看得出来？"高庆兴心里一惊。

老僧把石桌上的经书合起来，慈祥地笑笑："先生慧根不浅。"

"老人家言笑了。"

"权当笑言吧。"老僧抬头，撩开长眉道："今日幸会，有四句话送给先生。平川好走马，顺水易行舟。龙蛇有归处，酣畅梦始休。"

看到乐天、石婧二人已经走近，高庆兴欲言又止。

T银行行长百顺，属于那种比较谦恭也没官架子的省行行长。这年头，如他这样接待下级，尽管不是凤毛麟角，也很鲜见。他站起来迎到门口，没有让高庆兴坐在他那宽大黑色办公桌对面的旋转椅上，而是引向挨着窗户的沙发，显得平等、亲近。百顺嘴里还说："您这边坐，请这边坐。"

沙发的拐角，摆放一盆一米多高的枯枝腊梅，许是离得太近，淡黄色的花瓣上散发出刺鼻的香味，呛得人只想打喷嚏。

秘书把他刚才外间喝的茶端进来，放在茶几上，说了声"您请"，又给百顺添加茶水，然后，就退出门外。

"老韩怎么样啊？"落座后，百顺关切地询问韩德仁的情况，"是急性肠炎吧？"

"是的，主要是劳累过度，目前有些反复，但不碍事。他本人也着急，想着行里的工作，恨不得马上出院。"高庆兴说了韩德仁的大致情况后说："德仁行长托我向您问好。"其实，韩德仁并未说过。

"好，好！我们经常通电话。"百顺说，"是不是同他喝酒有关？"

高庆兴点点头："应该有些关联。"

"他那人啦，是个拼命三郎，工作风风火火，喝酒也不含糊，全用大杯子。你喝一杯吧，他要喝上两杯，说是表达敬意，拽都拽不住。"百顺笑着说，"灌江人的性格跟我们北方人相似，豪爽，容易相处，我就喜欢这样的人。"

高庆兴也乘机套近乎："如果按淮河分南北的话，我们灌江也属于北方。"

"一方水土养一方人。灌江物产丰富，四鳃鲈鱼，白米跳虾，都是中国独有的野生物种，味道确实鲜美。"百顺说了一会物产与灌江的风土人情后，就谈到了业务，问道："你们渔业贷款比重多大？"

"占我们贷款总规模的百分之三十二点一二。"高庆兴准确地说，"其中，深海捕捞业贷款占总额的十一点二四，滩涂养殖与开发贷款占十二点六九……"他把种类贷款规模、市场份额、行业产业比重，还有中长期贷款的分类、资产质量状况，作了简要描述。百顺一边听，一边满意地颔首，也不时插问几句，提出自己的看法。在说到年度工作报告时，高庆兴思索一会儿，还是有意地说了违心的话。他说："各地市行对您的报告都是一致的好评，认为今年省行突出一个'实'字，体现了您领导下省行班子的务实作风，我个人还总结出四句话八个字。"

"哦？"百顺颇有兴趣地说："您说给我听听。"

"那就是，全面、实际、可行、有力。"高庆兴进一步解释道，"就是对上一年度的工作总结得全面，分析和查找问题符合工作实际，您提出的改进措施更是着眼我们基层行，今年各项任务指标的下达，具有可操作性，对于完成任务的保障性措施，包括违规违纪处罚措施，我个人以为是到位而有力的……"

几乎所有当领导的，没有不喜欢听好话的，尤其入情入理、头头是道的好话，格外令人愉悦。百顺听得哈哈大笑："没有其他意见吗？"

"有，有一点儿个人看法。"高庆兴又思索一下，他想，大家对银行改革没有太大动作意见纷纭，况且，省行这一级难能左右，不是百顺的责任，说了也无妨，就喝了一口水说："也是大伙儿讨论时的意见，对银行股份制改革和银行上市工作的宣传氛围不够浓，报告中篇幅较少，跟基层银行员工的心理预期有点儿差距。"

"很好！"百顺肯定他善于研究金融形势，具有良好的政治敏锐力，说："我们在参加总行会议时也提出了同样的问题，你知道吗，国家对四家国有商业银行是实行分步走策略，好比涉水探路，分开来进行，比一起走更为稳妥、安全嘛！即便有点儿闪失，也是局部，不触及金融全局和国家整个经济发展。当然，银行股份制改革是国家的目标，说快，一两年，说慢，三五年，我们要做的是打好业务基础，特别是要打好行长的思想基础。明后两天，你在培训班上好好听，我听过多次了，都是一流专家、学者讲的，很有教益。"

高庆兴不善言语表达，说了会儿韩德仁，又说了会儿工作，就觉得没什么话可说。外面还有人等百顺谈话呢，高庆兴不想占用百顺太多时间。而且，他的目的就是拜望一下，虽然也想汇报一下自己的思想动态，比如个人进步、前途什么的，但却羞于启口。他看了看手表。

"甭急。"百顺见他要起身的样子说，"我俩再聊一会儿。"

"您的时间宝贵。"他还是站起身来。

"我们还没有单独谈过话吧？"百顺也起身。

"嗯。"他应着。

"尽管没有单独见过面，但我还不是太官僚的人，对你是有所了解的。"百顺站起来，在办公室里走了几步，说："灌江市分行一直是全省系统的先进单位，今年你们行的工作任务又比较重，韩德仁岁数大了，迟早要解甲归田，现在又是卧病在床，但愿他尽快好起来。你同陈其浅俩是老韩的左右手啊，你们都要敢于担当。干部是要经受磨炼的，什么叫磨炼，古人用词用得好啊，先磨再炼，铁杵成针。我在行长这位子上，不也快十二个年头了嘛。"

话语中，百顺一方面安抚，另一方面露出些许蹉跎之意。

"您还有什么指示、要求？"高庆兴问。

"没了，干好工作，这就是省行的要求。"百顺说道。

陶乐天死活不信高庆兴空着手跑了一趟省行，尤其不相信单独与百顺见面没有"表示"一下。当他知道委实是这么回事后，表示十分遗憾，也十分惋惜："这么好的机会你老高没有抓住啊，浅显的道理都不明白！当上级的，哪个不喜欢下级敬重呢？可是，如何敬重，这里面充满玄机，奥妙无穷啊。世事洞明皆学问，人情练达即文章。'世事洞明'说的是懂道理，'人情练达'讲的是识事体。这些为人处世的技巧，在我们银行职场也是用得着的。要想自己进步，什么最重要？一个良好的人际环境，什么人际关系最关键？是领导关系！过去说的是年年进贡、岁岁来朝，表示臣服，表示敬畏，表示你心里有领导。当然了，现在不好与旧制相比，廉政建设又日紧一日，要为领导考虑。头一次送礼，你别送钱，送钱性质不一样了，让人害怕，那也是害领导，让领导冒风险的。送点小东西，只要不空手，哪怕送几条好烟、几瓶好酒，甚至二斤上好的茶叶，也好啊。上下级沟通，人之常情嘛。"陶乐天站在自己房间窗户旁边，抱怨他这趟不仅白跑了，反而适得其反，还不如不去的好。

"真的把这事给忘了。"他嘟囔了一句。

走出百顺办公室那会儿，就已经后悔。其实也曾考虑过，给百顺捎上烟酒茶，可是提着物件，影子大，扎眼，明摆着疏通关系么。当时，他身上确实揣着几张购物卡，可又不敢掏出来，怕百顺不收。

　　"你太嫩了，太幼稚啦！"一股寒气透了进来，陶乐天关上窗子，往坐在沙发上的高庆兴杯子里添了水，放下拎着的水壶，以长兄的口吻，继续数落道："你啊，当今银行像你这样的行长太少了，死心眼儿，不谙世事。你业绩出众，先进奖状接二连三地拿，有何用哟。比你小的，比你老的，一个个都提拔起来了，甚至大家公认的草包，照样升官，可你，奈何，奈若何？你也不想想，现在是什么时候啦，韩德仁住院了，即便不住院他的仕途也已到末梢，总会有人接替他做行长的。你也当过县支行的行长，也知道一把手的分量，提拔干部就像口袋里的糖果，一群孩子，给谁不是一样？就看哪个娃娃听话、孝顺呗！排在你后边的叫啥？陈什么浅？对了，陈其浅，他如果做行长照样领导你，看你搬石头砸天去！"

　　高庆兴因自责而心烦，说："怎么像个老妈子，我知道喽。"

　　"知道就好。"陶乐天叹口气，把水壶放在烧水的电座上，说："说句实话，谈工作能力、魄力和银行专业，你不在我之下，甚至比我强许多，你那么年轻就做了县支行的行长，可到现在呢，每走一步，总是磕磕绊绊的。也许，这就是命吧。"

　　在陶乐天教训的间隙，高庆兴发了个短信，是发给大港县支行张大海的。内容是：速办两箱四鳃鲈鱼急送南京。发完短信，他站起身走到窗前，又把窗户推开。一阵冷风刮进来，落地窗纱被刮得呼呼响。

　　晚餐地点还在大江宾馆餐厅，小花园的后面，从大堂后门出去三四百米的距离。刚进大堂，陶乐天就被市人民银行的行长叫住了。

　　高庆兴与石婧向餐厅方向慢走。

　　老魏的事情始终压在他心上。那天听石婧诉苦，说人手不够，忽然计上心来。如果能把老魏放到城市商业银行，既帮了老魏的忙，解石婧的急，又不会因为这件事和韩德仁搞得不愉快，岂不"三"全其美？

　　高庆兴心里想着，有意往这事上引，先跟石婧谈一些业务干部素质的话题。石婧就讲："不瞒您说，我现在就是缺业务干部。许多工作，比如信贷计划、财务预算，这些应该各科室做的事，现在都要我亲自上手，就连控制资金头寸这样简单的工作，也是我来做……"

高庆兴觉得有门儿："要不，给你推荐个人？保你管用。"

"那我先谢您。"石婧问，"是谁呀？"

"魏来喜，我们原来的会计科长，现在下派县支行做行长。"

"是不是老魏呀？有一年，市金融工委组织信贷大检查，我们还共过事，工作挺负责任的。"

"是他。"

"你们不用？"

"让他下去做县支行行长，不也是使用嘛。"

"也是。"石婧问，"人怎么样？"

"正派人。素质差的，也不会向你推荐。我们的中层干部素质都不赖，支行的行长和部门总经理中，有一批优秀的干部，想提拔吧，一时半会轮不上，放那儿又太可惜，老魏就是这种情况。"

"缺点呢？"石婧想了想，停下脚步又问。

高庆兴说："要说缺点，就是有时会较真。你知道他是南京财院毕业，会计出身，少不了会精打细算的，财务把关比较严。"

"也是优点呀。目前我最缺的就是财务总监。"石婧喜形于色。

高庆兴也说了实话："老魏下去几年了，因为家里有个卧床的老人，太太又要上班，心挂几头，调回市行吧，又没有合适的位置，否则真舍不得放他走。"他想在时间上快一些，就间接地催了下石婧。说趁现在县支行全年任务没有下达，还好放人，若他签订了全年的行长责任书，就得拖上一年。

"这事回去就办。"石婧笑道，"尽管是您举荐的，我们也得走个程序。"

说话间，路灯陡然亮了起来。高庆兴习惯地掏出手机，打开翻盖一看，吃惊不小。下午听讲座，他把手机调到静音状态。来电显示五条信息，其中三条是韩德仁的。一般情况下，韩德仁是不会给他连打三次电话的。莫非德仁病重了，还是？

石婧看着他的面部表情，担心地问："家里电话？"

"不，行里的。你先去餐厅吧，我过会儿就来。"说着，他拨通了韩德仁的手机。

三

鲁箫站在宾馆大门口的路灯下，寒风吹起她的长发。一辆墨绿色越野车，停在她身后不远处。高庆兴觉得在哪儿见过这辆越野车，却一时想不起来。鲁箫脱下紫红色皮手套，歪了歪脑袋，一副女孩子家得胜的样子："我说过我们后会有期的吧？"

"不好意思，让你久等了。"高庆兴握着她伸过来的温热的手。

"该是我不好意思咯。"鲁箫松开手，理顺乱发。

"真没想到。"高庆兴说。

"怎么没想到啊？您说过下次见的呀，可您不守信用。"鲁箫边埋怨边戴上手套，打开右边车门，请他上车。

鲁箫话语犀利，温柔中带着锋芒。也许，她在外面等久了，心生不快。女孩子都是有小性子的。他心里喜欢鲁箫这种说话语气，朋友般的，但嘴上没说。他一脚跨上副驾驶座，略带歉意地说："我这不来了么，兑现承诺啊。"

"打电话您也不接，若不抬出韩行长，我哪能请得动您哪。"鲁箫身穿一件棕红色猎装皮夹克，紧身牛仔裤，半截裤腿裹在栗色高勒皮靴里，洋溢着青春、健康的美。她给高庆兴关上车门，转身小跑，几乎是跃上自己的驾驶座，如同一只燕子飘落进来。

车内开着热风，暖烘烘的。高庆兴脱下米黄色风衣，折放在腿上。"我们灌江是小地方，小地方人，你知道意味着什么吗？"他问。

"什么呀？"

"没面唦。没面唦就是上不得大场面，一见大城市里的人啦，怯生咧。"他望一眼黄埔路两边长得几乎搭了头的梧桐树，树枝在鸭黄色路灯的辉照下，有一种初春的暖色。

鲁箫按下乳黄色操作台上一个黑色按钮，"轰"的一声，车子发动了。

"就请您一个人，您怯生不？"鲁箫笑嘻嘻地问。

"一个人？"

"是啊。您看成么？"

"好哇。"高庆兴心里有点儿打鼓，但嘴里却说："咋不成？一个人可以放开肚子吃一顿。"

"那好，只要您同意。"鲁箫脱下猎装皮夹克，露出米白色毛衣，双手把着方向盘征求他意见："在哪儿用餐合适？是在城里吃还是去乡下？城里呢，饭后您可能就忘记了，因为您吃过的好酒好菜肯定不少，乡下呢，茅屋草舍，又怕您吃不惯。"说着，她把皮夹克随手叠了一下，裹成团，又把高庆兴的风衣拿过来，侧过身子，把衣服放到后座上。软绵绵的身子擦过他的肩头。

高庆兴觉得自己的心，怦然一动。

一阵幽香，扑面而来，甚至闻得到她的体香。他有些局促。像个好龙的叶公，每次同栗枝缠绵的时候，总会想起她。可当鲁箫在身边，而且身体几乎碰到一块，反倒有点拘束，有点不知所措。不过，他还是装出一副神态自若的样子，笑笑说："哪儿都行，客随主便。"

"那就去乡下，让您屈尊一次吧！"

她发了条大概两三个字的短信，估计是安排饭局的。

一踩油门上了黄埔路。夜幕已经降临。在夜色中，进入紫霞湖风景区，经中央门，向东，直奔南京的郊外。这是一部八只缸的大马力丰田越野车。车流中，如同坐在一艘军舰上俯瞰灯海。道路异常拥堵。越野车不停地低吼，如同一只关在笼子里找不着门的猛兽。鲁箫倒是轻松，左冲右突，气定神闲，就像一个调皮的孩子摆弄遥控玩具。

他暗自称奇。大城市的女孩就是与众不同。

大概花费了一个小时，才出了中山门，将喧闹的城市与灯海甩在身后，进入一片茂密森林中的柏油马路。汽车两道强烈的光柱把前方照得如同白昼。两旁的树木，参天而立，像两排密不透风、高深坚固的壁垒。驶出密林之后，汽车又像一叶轻舟，顺流而下，平稳疾驶。

房地产公司总经理助理请行长吃饭，目的显而易见。

再想想徐若水是个雍容华贵的女人，大雪天跑了三百多公里，看望一个市级行长，不沾亲不带故的，说明非同寻常。然而，韩德仁守口如瓶，不露半点信息，还要自己接受吃请。他想问徐若水与韩德仁是什么关系，但又不好问得直接，就迂回地说："你能请动韩老行长，真是有面子。"

"不是我有面子，是给徐总面子。"鲁箫说。

"你们同韩行长以前熟悉？"

"其实，去灌江之前，我没见过韩老行长，徐总见没见过我不清楚。但是不瞒您说，我们有个房地产投资论证小组，在灌江与韩老行长接触过。您知道，搞房地产的与当地政府、银行都有关系。政府给土地，银行给贷款，不过，认证小组具体怎么做，我也不晓得。"

已经认证了，说明徐若水看望韩德仁，是冲着贷款去的。心里想了一会，问道："今晚请我吃饭，同你们开发业务有关？"

鲁箫轻点刹车，会过一辆重型拖车和一辆小卧车。

"我只是奉命行事哦。"鲁箫把正方向盘，车子骑着白色中心线疾驰。"让我请您，我就请，请不动了就想其他办法呗。"她看了下速度表，笑道："难道我不能请您吗？"

灌江城夜幕降临，华灯初上。

江滨一号小区各家各户也相继亮了起来。栗枝听到汽车喇叭声，连忙跑出来按亮院内照明灯，打开铁栅栏大门中的一扇小门。

司机从后备箱里取出行李，又拎出了两瓶酒和两盒糕点。酒是厂家赠送与会者的，糕点也是会议上发的。高庆兴只拿了一盒糕点，随手递给栗枝，另一盒糕点和两瓶酒让司机拿回家去。小成怎么也不要酒和糕点，他说："您每次都这样关心我，我只是给您开车的司机，受之有愧。"高庆兴说："让你拿就拿着吧，把车留下，我晚上要去办点私事。"

餐桌上摆着两个菜一个汤：青菜炒香菇，西芹炒百合，紫菜汤。高庆兴每次出差回来，栗枝都要给他多做些长纤维的蔬菜，名曰"清肠子"。高庆兴粗粗地洗了把脸，走到餐桌边，看是两茶一汤，望着手拿筷子的栗枝说："好像还有好菜没上来吧？"

"馋猫鼻子尖。"栗枝绕过他，从锅里端上两盘热气腾腾的清蒸马鲛鱼、猪头肉。都是他最爱的荤菜。

"哪儿来的？"

"爷爷从老家让人捎来的。舍不得你这宝贝儿子，怕我饿着你呗，可都是高脂肪啊。看在爷爷的分上才让你尝一回，下次休想。"

两口子取笑一番，各自落座。

"酒不喝啦？"栗枝问。

"不喝了，晚上要去看望韩德仁，开车不能喝酒。"

他把酒瓶、酒杯收拾到酒柜。储藏间的门敞开着，随眼看到里边摆了两箱精装梦之蓝洋河酒。再往里边细瞧，一堆贵重的食品补品，人参、鹿茸、冬虫夏草、海马，还有几只编织袋没打开，也是鼓鼓的。栗枝见他瞧着一堆东西，跟在他身后，赶忙解释："正要跟你说这事儿。你走后，常有人来打探你什么时候回来，有的人他们不敢去直接找你，就来找我。我当时就像打架一样不收，可他们放下东西就颠儿了。有的人没进屋把东西往院子里一放掉头便走，我追出去老远，也夺不过他们，也怕左邻右舍看到不好，只好等你回来处理了。"

"没说理由？"

"没怎么说。好像说你要提职什么的。"

他摇摇头，叹了一口气。

"还有呢。"栗枝侧身挤进储藏室，顺手从架子上取下一只鼓鼓的皮包，一一拆开。六捆钞票是用牛皮纸包裹好的，还有二十几张不记名信用卡和购物卡，装在信封里。

"你给你老公出难题了。"高庆兴满脸不高兴。

"让我咋办？"

"全部退了，我们不缺这些东西！"高庆兴回身往客厅走，说："栗枝啊，我工资比市长还高，你也在好单位，已经丰衣足食了，退休还有养老金，一辈子够用够花。"他把妻子拉到沙发上坐下来，温和地说："你知道你老公也不是不食人间烟火的，吃的喝的用的，我们收过，但也送过，礼尚往来是有的。不过，收受人家贵重钱物性质就变了。从县支行到市分行，走到今天你老公也不容易，虽然谈不上什么清清白白做人，可原则要坚持的，不管今后我担什么职务，做人的原则不能改变。你得帮我这个忙，全部退还人家！"

"你全说现成话，好像我想人家钱财，我怎么退啊？"栗枝感到委屈，泪眼盈盈的。

看到栗枝一副要哭的样子，高庆兴就说："我没怪你，退了就行！"

栗枝擦擦眼泪："那一大袋子冬虫夏草是老魏太太刚刚拿来的，说上午城市商业银行人事部给老魏打电话了，他表示感激之情。"

石婧做得挺快的，高庆兴想，可还是摇摇头，没好气地说："出手还真大方，至少要花三个月的工资。他娘常年有病，又没医保，栗枝你知道他娘治病一年要花多少钱吗？"栗枝摇摇头。高庆兴竖起一只手，晃了晃："五万，我还想给他送钱哩。"

韩德仁老伴、儿媳在病房里陪着坐在床边的韩德仁小声说话。

见到栗枝提着苹果篮子，高庆兴手捧花盆，一前一后敲门而入，韩德仁一家确实高兴。德仁穿起棉拖鞋扶住床头，笑哈哈地看老伴和儿媳招呼他俩。

韩德仁老伴拉着栗枝的手，说："老韩多少天没个笑脸，你们一来，看他高兴的。"又说："他生病不打紧，可拖累了高行长。人在南京开会，一天几个电话问候不说，回了灌江就到医院来，让我们怎么感谢你们啊！"她说着，拿栗枝送的红包，朝韩德仁示了一示。

韩德仁也没说什么，只是笑着点点头。对老伴和儿媳说："我同庆兴要谈些工作，你们去隔壁陪栗枝聊聊吧。"

在床上躺下之后，韩德仁说："我先告诉你一件事情，就是让你临时主持工作的问题。我请示了百顺行长，他也同意。"

"您身体恢复得不错，过两天就上班了，没必要请示省行。"高庆兴说："省行开会那天，去百顺行长办公室了，没说到这事。"

"哪天？"

庆兴仰头心算下，说："五天了。"

"噢，我是前天给他打电话的。百顺行长开始有些犹豫，问陈其浅怎样，他说陈其浅不也是行长后备吗？我说是的，但陈其浅不如高庆兴稳重。后来百顺行长说好吧，同意在我住院期间，由你临时主持全行工作。我已经让办公室沈怀友通知了褚世同和陈其浅二人，这几天找个时间，在机关中层会上宣布一下。"韩德仁说。

"您真打算住上一段时间？"高庆兴问。

"至少得二十天吧。"韩德仁可能累的缘故，闭上眼睛问道："哎，庆兴，让你去赴小鲁之约，没让你受什么委屈吧？"

"您调我这等好差事，怎能受委屈呢？"高庆兴调侃道。"没中意？"韩德仁问道。他们也时常开这样的玩笑。"对我来说，什么诱惑都不灵喽。"高庆兴笑着说："俗话说得好，天涯处处有芳草，就看你能否守住'三宝'，丑妻、薄田、破棉袄。"

"你庆兴是个聪明而又本分的人。"韩德仁笑了笑，正色道："他们大河公司已经拿到了五百亩的土地。"

"如果是这样，贷款额度可不是小数。"

"是不小。但只要他们能拿到土地，投放的贷款就能有保障。"韩德仁略带引导性地说，"房地产企业是各家银行的一块肥肉，不是钻石级信贷客户，也是黄金客户。如果我们参与其中，盈利水平也会有所提高。"

高庆兴明白韩德仁的话中之意。不仅要让他知情，而且需要彼此形成共识。对于房地产贷款的政策和省行的措施，高庆兴在电话中已经给韩德仁讲得明白，省行会议要求控制房地产过热，不仅不能上新项目，而且要从上年的房地产贷款盘子中，刚性地压缩百分之五的规模。就是说，灌江市分行房地产存量贷款八十八个亿，包含按揭贷款和开发性贷款，压缩百分之五就是四点四个亿。银行压缩规模，其实很简单，资金回笼，只收不放。后果是房地产企业断了资金链，会出现大批半拉子工程，银行前期投放的贷款有可能成为新的不良资产。实力强的房地产企业，可以通过高息融资、资本市场圈钱等方法来应对。而灌江这儿，压缩四个多亿已经相当困难，别谈新增贷款了。

"这个项目倒是不错。"高庆兴拨了下果盘里的叉子说，"拿到土地了，贷款风险相对较小，就是贷款规模成问题。"

"有什么好办法？"

"办法是有的。把贷款放给投资公司或者信托公司，再让他们投给大河公司。但是属于绕规模吧。"他有意提到绕规模。

"规模是铁定不能绕的。"韩德仁说得很坚决。银行每年都有一些行长栽倒在房地产贷款上，一方面是绕规模违规发放贷款，另一方面是受贿腐败。

"不绕规模？"高庆兴停了会儿，问："您是不是真想放这笔贷款？"

"是的。"韩德仁点了点头。

高庆兴提醒道："那么风险就太大了。"

"这我晓得。你是分管信贷的，如果有规模呢？"韩德仁好像成竹在胸，问："有了规模，你能否保证资金到位？"

"除非省行特批，追加信贷规模。"

韩德仁又点点头。

"这么大的贷款额度，如果有规模，资金最好省行配套下达。"

"这个项目不配套资金。"韩德仁让他再想想办法。

"不配套资金的话……"高庆兴迟疑了片刻说，"资金我再想办法，不过现在首要的是，解决跨地区贷款的问题。大河公司地址在南京，应该立即着手在灌江设立分公司，或者设立一个项目公司。这样，有了规模就好放贷款。"

"这个，他们已经在做了。"韩德仁沉吟良久，说道："规模和资金有了着落，但据我所知，他们公司的自有资金可能有些问题。"

"这就悬了。"高庆兴说。确实，如果一个房地产公司没有自有资金，土地"四证"办不下来，那就要通过违规发放贷款作补充。韩德仁的话还没说完，高庆兴差点跳起来："原来是空手套白狼啊！"

"你别一惊一乍的，有什么融通的对策？"

"办法是有，铤而走险，违规操作呗。"高庆兴说道。他不理解韩德仁为何要为一个外地房地产公司冒这么大的风险。

"难保晚节？"韩德仁问。

"恕我直言，冒这风险不值得。"高庆兴站了起来。

"触霉头还拉你高庆兴做垫背，是不是这个意思？"韩德仁哈哈直笑："你坐下来说。"

"我是为您好啊。"高庆兴坐下往沙发背上靠了靠。

"你晓得是谁介绍了大河公司？"

他摇摇头。

"百顺行长。"韩德仁说得很轻。

"什么？"高庆兴一惊。

"没想到吧？"韩德仁说道。原来，百顺受托于省里一位重要领导。当然，这位领导说得很清楚，并没有一定要放贷款，只是推荐一个房地产项目，贷与不贷，完全由市分行自己做主。

"怪不得您老是吞吞吐吐的。"高庆兴说，"原来隐藏着这么大的事儿。"

"所以，等你回来商量商量嘛。"

"您的脖子上架了把软刀子。"高庆兴笑道，去衣架上取来羽绒背心披在韩行长身上。

"你别笑，这件事，对我没大关系了，再让我干，也就年把时间。"韩德仁将两只膀子套进咖啡色羽绒背心，说："对你，意义完全不同。你别摇头，我说给你听。你目前最需要得到百顺行长的认可。陈其浅也在四下活动，这就不要我说了，你自己还不明白吗？"

在目前的银行体制下，一把手就是一个集团、一个组织的掌权人。百顺是万万得罪不起的。更让他动心的是，百顺同意自己临时主持全行工作，说明百顺对自己基本认可。既然这样，也应该为他做点事情吧。韩德仁一退休，自己挪上正位当行长，也就顺理成章了。

"好吧，同意您的意见。"高庆兴说。

已近凌晨时分，又考虑到韩德仁休息，高庆兴意欲告辞。

"你等等，给你看一件东西。"韩德仁说着下了床，弯腰从床头柜底层，拽出上班用的公文包，取出从香港寄来的快件，抽出几张纸。高庆兴一看，香港汇丰银行的取款凭证和取款授权书，中英文各一份。凭这个文件，可在中国大陆和世界各地汇丰银行分支机构和关联银行直接提取现金。

"徐若水总经理的贿款。"韩德仁说。

"汇款？"

"不，是'贿'款，你再细瞧瞧。"

高庆兴看到一排数字，不由得深深吸了口气："天哪，够您把牢底坐穿了。"

"够咱们俩！"韩德仁纠正道。

"您打算怎么处理？退给徐若水还是交给省行监察部门？"高庆兴问。

"都不妥当。退给徐若水，她会说我们没诚意，还会涉及她背后的人。上交吧，看似拒腐防贪，涉污泥而不染，可是别人也有理由怀疑类似的情形，我们每年若干个贷款项目、若干亿元的奖金，有没有私下交易呢？容易惹火烧身，没事找事嘛。"韩德仁倚靠在床边。

"您的意思？"

"交给你来处理。"

"不如以大河公司的名义，先开个临时存款专户。"高庆兴说，"等大河分公司成立了，再划到他们的账户上，是不是妥当一些？"

韩德仁笑道："你出师了！"

上世纪九十年代末期，市政府学着北京，统一规划了一条金融街。驻扎了各家银行、保险、证券公司的分支机构，还有一些大的集团公司和上市企业。T银行的市分行是一座二十九层高的办公大楼，在金融街也是一座标志性建筑。

高庆兴的办公室已经被保洁人员打扫过，一盆枝繁叶茂的玉兰花，也浇过水。他先拨了沈怀友电话，要他通知陈其浅、褚世同和中层干部，下午两点在他隔壁的小会议室开行务会。接着，埋头处理案头积压的文件。有的粗看，一目十行；有的细看，边看边思考。每看完一份文件，就在文件传阅单上画圈签字，或者批上几行字。按了一下传呼器，综合部负责文档的一个年轻小伙子过来，将批阅过的文件取走。然后，从银行内部网上，查看资金库存、现金头寸、结算往来、财务信贷报表等。有不明白的事项即电话询问。有时，也会对照台历上的备忘录，办结的打钩，未办结的用红笔画一道杠，并在台历上记下新的备忘事项。

高庆兴是一个勤奋稳健、思维缜密的人。当他在内网上浏览时，大港县支行的进出口贸易公司贷款，一共五笔，每笔四百万元，合计二千万，同时到期，又同时申请展期，引起了他质疑。他随即操起电话，询问了事后监督员。事后监督员是个女孩子，她回答是正常贷款展期，还说已经询问过大港县支行了，是几笔正常的展期贷款。

这样一忙，就到中午吃饭时间了。

十二点是中午下班时间。看了一眼墙上的挂表，十一点五十五，他打算再打个电话。正摸起座机，褚世同敲敲他的门，笑哈哈地说："别尽工作了，先吃饭吧。"

内部餐厅在二十八层。正是就餐时间，餐厅人多，但秩序井然。员工见两位行长排在身后，主动让出位置。负责餐厅的高个子姑娘替他们刷了饭卡，往不锈钢饭盘子里打了两份饭菜，一手端一盘子，送到里间的行长小餐厅。两人埋头吃了一会儿，高庆兴发现陈其浅没来。一般公务活动行领导是要通气的，就问："其浅今天有私人活动？"

"谁知道他有什么应酬呢。"褚世同不甜不咸地撂了一句，停下筷子说，"整天吃吃喝喝的，成何体统，还把冯志远那几个都带坏了。"

"单身一人嘛，如同吃百家饭。"高庆兴宽容地说，"又分管储蓄，要拉客户，也难为他了。"

"什么难为他？完全是品行不端，作风不正。这种人也想上正位。"褚世同不像韩德仁有那么深的城府，虽然外表木讷，心里却精细，话虽少，但尽挑重话说。

高庆兴很清楚自己的竞争对手是陈其浅，但他一向沉着冷静，从不说陈其浅的不是。他看褚世同一脸严肃，笑着问："让谁当行长不一样？"

"不一样！"

"你老褚当也一样。"

"有你庆兴在，我没寻思过。"褚世同说，"如若那样，我才不受陈其浅的气呢，提前申请内部退休，找个公司做顾问去。"

高庆兴不语，只顾呼噜呼噜地喝汤。

初春时节，气温不高，天气微寒，夜晚更有料峭寒意。

高庆兴让司机小成送到通往小区的公园边上，下了车。公园内路灯稀落，黑森森的。他拉起风衣领子，在公园里走了一圈后，就向家的方向，悠然地踱着步子。清水河里，不时有夜行船开过来。也有几只小渔船在河边张网捕鱼。远看，河里渔火如星。

这二十来天，韩德仁并未如愿地出院，病情不仅没有好转，反而加重。

自打临时主持市行工作，高庆兴自我感觉不错，当一把手就比副职强。

他忙忙碌碌，筹划并主持召开了县区行长会议，也就是年度工作会议，把全年的银行工作安排落实下去，接着，又陪同省行老干部调研组几天，应灌江经济学院之邀，给金融系的学生们讲了一课。学生们喜欢听他的课，如何实施个人理财，如何通过银行的产品，把小钱变成大钱，把大钱变成资产，学生们听得津津有味。

清水河上双向的游船，不时地交会，打着探照灯，缓缓而过。

一对情侣在前边的路灯下相拥而立。女孩身穿一件颜色跟鲁箫相似的猎装皮夹克，扑在男孩的怀里。甜蜜而温暖。这让他又想起鲁箫，想起那晚令他难以忘怀的乡间小宴。

四

褚世同支持召开贷款审查委员会会议，这是每周一次的例会。褚世同是贷审会的主任，请高庆兴参加。以前是韩德仁参加的。因为总行几年前就对贷款审批设立了严格的程序，行长是贷款最后审批决定人，有一票否决权，不过，不在贷审会成员之列。就是说，行长可以参加也可以不参加，若参加会议也无表决权。这是一种权力制约。真正执行起来，负责任的行长，没有哪个不参加的。每年无数个贷款项目，行长不可能全都亲临现场，不参加，就不清楚贷款申请企业的具体情况，不知道每个成员对每笔贷款的意见。所以一般情况下，行长是要参加贷审会会议的，与大家一起讨论，行长当场就拍板决定了。

审议的项目中有部分是沿海化工企业贷款。有的是新上项目，也有国外转移、淘汰的项目。由于化工产品是高额回报的走俏商品，政府和银行都有积极性。当然，有些化工项目是以危害居民健康和破坏生态为代价的。对大型化工企业来说，有足够的资金投入，能保证环保配套设施，环境污染相对轻一些。对中小企业来讲，投入的环保资金，常常高于企业生产成本。假使要达到环保标准，等于没上马就关闭，根本花费不起。因此，往往建起一座化工厂，方圆几公里寸草不长，十几公里就能闻到臭气，江河湖海水域漂浮大片发臭的鱼虾，空气土壤和水质，都会遭到严重破坏。一般情况下，县支行上报的化工贷款项目，也都是慎重的，基本符合贷款政策条件。然而，高庆兴还是把老家大港的五个项目全都否决了，理由是该类贷款比例过高。

会议一结束，高庆兴进了自己的办公室屁股还没落座，张大海电话就来了。先说化工企业贷款对县支行多么重要，后说你把我今年的任务压得那么重，要完成利润指标全指望这些化工企业，又说这个项目是主管副县长亲自抓的，县里领导很重视，几乎天天督办，让我这行长难当啊。张大海诉了一会儿苦，说：“你是大港县支行的老行长，我完不成任务你的脸上也没光彩，你不支持，谁能帮我呀？”

“你们那副县长不是大港人吧？”高庆兴劈头就问。

“你怎么知道？”

“想也想到了。”他说，“大港还能扩大化工规模吗？大海，你想过没有，过去我们跳到河里洗澡都能砸条大青鱼，晚上走路也能踩着几只大河蟹，可是现在呢，早没了踪影了。”

张大海不吭声。

张大海是他在大港做行长时一手培养、提拔的，比他小两岁。他喜欢张大海的善良、仗义，就是说话办事有点冲。高庆兴说：“大海呀，大港城乡经济发展那么快，居民一年比一年有钱，想想其他办法才对呀。别在一棵树上吊死啊，你不能在金融服务上想想办法，在中间业务产品和居民理财上动动脑筋吗？市行会议上不是说得明明白白么？”

“我也正在落实。你那些办法好是好，可我这儿二百来人，七成半员工压在一线，就是把人劈开来也不够用，做不过来啊。招聘人吧，又受市分行人员工资总额控制。”大海央求道，“哎，听说省行分配了招人名额，能否慈悲一下？”

"你们的人员指标不是没用足吗？"高庆兴知道他还留一手。

"有是有一点空额，但是费用早已分摊到各人头上，扣不下来。工资福利只能涨，扣谁都会朝你嚷。"

高庆兴想了想，给了他十个招聘名额，问："怎样？"

"真的？"张大海哈哈直乐。

"不过，你别高兴得太早，我是有条件的。"

"什么条件？"

"在年度利润指标里追加一成，增人增效。"他说。

"百分之十？"张大海停了好一会。他在电话那头好像是算账，"你这一刀，砍得太重了吧，多给十个人要我二千二百多万利润。这样吧，加百分之八吧，你看行不？"张大海跟他讨价还价。

"不行！我们都是摸算盘起家的，你别跟我打小九九，去年你还藏着一块利润，当我不知道。"高庆兴顺手把办公桌上的资料归整归整说，"否则，别人又说我偏袒你了，韩行长那儿也过不了关。我这儿从省行要了不到五十个名额，一下子给你十个还不知足，还有几家区县支行怎么平衡？况且，每家都一样，增多少人就要增多少利润。"

"好吧。"张大海嘟囔了一会，问，"那你说的那棵树呢？"

"什么树？"高庆兴说，"没了。"

"肯定有。刚才你说不在一棵树上吊死的。说话听音，锣鼓听声，你应该还有路子。"张大海脑子也够好使。

高庆兴开始确实想给张大海出一招。如果大河公司的项目能够获得省行批准，说明省行信贷规模不是没有调度余地，何不搭个顺风车，多报一两个县支行的房地产项目，对灌江市分行的整体效益有个拉动，也是自己主持工作期间的业绩。让他矛盾的是，这样做，明摆对百顺有要挟之意，所以一时拿不准主意。他又想了想，对张大海说："省行可能还有部分房地产贷款指标，如果你手里有项目，可以报来，试试看。"

"有，有，现成的就有两个商业地产项目，苦于没有规模，眼巴巴地看人家银行大投入，大收益，我们这几年都是小打小闹的，跟人家屁股后面放点流动资金，等于给人家打工。"张大海说，"大港支行房地产贷款，听到这个状况，高庆兴倒放低了声音："这笔款项无论是否安全回笼，不谈其他的，就凭化整为零、越权放贷这一点，我就可以处分你！如若贷款黄了……"他顿了顿说，"你张大海不敢得罪人，想捂着，等贷款收回来，雁过无痕，你还落个人情，是吧？"

张大海又连连嗯了几声："早该向你汇报的。"

"已经晚啦，怎么这么糊涂！"

"那怎么办好呢？"张大海有点急了，要去市行直接找陈其浅。

"找他有什么用？"高庆兴问，"能收回贷款的话，还要他出面展期吗？"

"我害怕他到时候一推六二五，我就惨了。"

"你不是有记录吗？"

"有！有通话记录、电子邮件，还有亲笔信。"张大海又大概地把陈其浅的电子邮件和信件内容叙述了一遍。

事到如今，高庆兴不能眼睁睁看着张大海滑入泥淖。于是，在电话中既分析了责任，暗示："现在别谈贷款能否收回来，就是全部收回来，也要负'化整为零'违规贷款的责任，还有县支行尽职调查人、参与决策人。大海啊，你身边的人都不傻，你不去反映陈其浅，别人就要举报你。一旦有人向有关部门写举报信，要么陈其浅，要么你张大海，总要有个人站出来顶着。但时间拖得越长，你的责任越大。"临了，他没好气地说，"就当我不知道吧，你该知道咋做。"

"我不再糊涂了！"张大海若有所悟。

五

早上，老天爷就阴沉着脸儿，快十点了才滴滴答答的，不像是下雨，倒像是下雾，窗外的世界包围在密如蛛网的雨丝中。往近处看，街道、楼房、行人，都只剩下一个模糊的轮廓。远处的灌江，已经被铺天盖地的烟雨所淹没。

鲁箫做事总是让人出其不意。她并没像先前约定的那样，先来个电话什么的，而是直接闯进高庆兴的办公室。外头走廊里还跟着五男一女六个人。

高庆兴早上一到班，就在大河房地产公司网页上，看到聘任鲁箫为灌江分公司总经理的信息。

一抬头，鲁箫就在眼前。

一套蓝色正装，显得端庄成熟，韵致淡雅，脸色有些苍白，好像真生过一场病，没有完全恢复往日的红润。但那双大眼睛，还是那样顾盼传神，秀气逼人。

"老天！"高庆兴瞪大眼睛，隔着办公桌说，"你也不打个招呼。"

"您是吃惊，还是欢迎？"她的语速仍然不紧不慢，歪着脑袋，抹抹脸上的水珠，一副调皮的样子。

"吃惊地欢迎！"

他从办公桌里边绕过来，趋步上前，像久别相逢的朋友，轻轻地接住她伸来的手，握了握。

"外边雨下大了吗？"他从金属衣架上取下毛巾递给她。

"小雨，纷纷扬扬的小雨。"她说着，接过毛巾，轻轻地擦抹着头发上的雨水，然后撩了一把长发，看着他的眼睛，妩媚一笑："真是赶好日子没好天。不过下点小雨，雨丝洒道，吉利又清新唷。"

"不是说好了吗，你住下后先来个电话。"他又退到办公桌后面，站着说道："如果我不在办公室，岂不是白跑一趟。"

她把毛巾晾到衣架上，忽闪着明亮的眼睛，又看了他一会儿，如同见到个令她欣喜的宝贝似的，嘻嘻地笑起来，说："车过你们银行门口的时候，下来问了门卫，说您在办公室我们就上来了。我就想看到您吃惊的样子。这样让您意外，岂不更好么？"

"真是个冒失丫头。病得不轻吧？"高庆兴看她的脸色还没痊愈的样子，示意她坐下。

鲁箫坐下后，说："没事，小病。"

"感冒了还是怎么的？"

"发高烧。我这人平时没病，一旦生病十天八天好不了。那晚送你回南京会议上，不是下雨吗，快到家时，那段下坡路，车滑进路旁排水沟里。

我那车子虽然有自救装置，但人要下车，把铁钩搭在路边的大树上才能拖上来的，受了雨淋呗。"

他为自己没能帮她而内疚。

"没关系的，一个人习惯了，况且，我有能力处理的呀。"鲁箫说道，"也没住院，只是在家里吃了几天药，妈妈服侍几天就好了。"

"你父母还好吗？"高庆兴想起那晚热情招待自己的两位老人。

"都好！老妈操持家务，老爸在一个家具厂工作。自家有几块山地，反正整天有事可做，权当是城里人健身吧。"鲁箫笑道，"他们老是说到你哩。"

"说我？"高庆兴好奇地问，"说什么？"

"没说什么。"鲁箫觉得自己一时说漏了嘴。

"说我把姑娘累病了？"

"才不是哪！一看你的面相，就知道不是什么坏人呗。"她一边说着，一边起身招呼走廊里的同事进来，与高庆兴认识。

四月五日，就是清明节的当天，高庆兴带着栗枝回大港老家，给妈妈上坟。

坟地离家五六百米，在一处长满树木的大堆上。灌江人把堤叫作堆，海堤、江堤叫海堆、江堆。大堆是民国时期修建的海堤，由于海水逐年下落，冲击沙地向前推移，现在大堤离海水有三四公里远。新中国成立后，政府拨下专款，在老海堤与海水涨落潮之间，沿着海岸线又构筑了一条石头砌成的新海堤。老海堤算第二道海水防线，但已经成为农民的庄稼地和渔村的坟茔地了。高庆兴母亲的坟地在一片杨树林中间，坟墓周围栽种了一圈常绿灌木植物，有冬青、夹竹桃、茉莉花和连翘等一些藤蔓灌木，连翘开出了十几朵鲜艳的小黄花。坟上已经覆盖了新土，比常年填得要高要大，散发着新土潮湿的气味。

新的坟头已经挖好，三块，直径约四十公分，圆锥形，平放在一边。按照灌江的风俗，填坟添土，谁都能做，但上坟头必须由长房来搬。过去没有男丁的人家，由"封过钉"的过继子执掌。封钉，是指去世入棺时，钉下最后一根钉的人。高庆兴责无旁贷。他爬上爬下三四回，先将两块堡头锥尾对接，又将第三块撺在前两块之上。上好了坟头，摆了四样供品，水果、白馍、腰果和妈生前喜欢吃的油茶馓子。在墓碑前的香案上，插上三炷香烛。按照人三鬼四，每人要磕四个头。高庆兴先朝母亲墓碑合掌四拜，再跪下来，两手扶地，磕了四个挨地头。接着是栗枝、妹夫大成、妹妹高丽和张大海等，依次在泥地上行磕头礼。

一旁燃起纸钱、冥币、金元宝。

磕头时，高庆兴心里想着妈操劳了一辈子，受了一辈子苦，现在日子全好了，儿女都有些事业，孙子辈也都长进，妈却看不到、听不见、享受不着，一个人孤零零地长眠于此。心头一酸，两行热泪，止不住地往下淌。开始还是哽咽，继而号啕大哭。栗枝边哭边掏出纸巾，替他擦泪。高丽、大成也跟着哭。张大海把高庆兴拉到一边，在坟地周围的树林中散了会儿步，情绪才稍有恢复。

磕完头，烧好纸，大成招呼各位亲友回屋用饭。

午饭过后，众人散去。妹妹、妹夫和张大海陪着高庆兴夫妇喝茶。父亲没吃中饭，径自到下房自己的卧室睡了。大家也没去惊动他。

妹夫觉得大哥和张大海有事要谈，就说："你们聊吧，我们休息去。"说着，就拉高丽去了隔壁房间。栗枝由于要回老家，昨天晚上忙了大半夜也没睡好，高庆兴就说："栗枝，你也去歇一会儿吧。"栗枝给他们续了茶水，跟张大海打一下招呼，去了上房。

张大海检讨自己在陈其浅女同学的贷款问题上不讲原则，尤其没有向高庆兴报告，心中十分愧疚。说："现在人都跑没了，你不拉我一把，谁能帮我？"

"怎么个帮法。"

"要不，贷款一到截止日立即起诉，也能减轻些责任！"

高庆兴不同意贷款展期一过就诉诸法律，说："那岂不正中人家下怀？那几百万贷款即使追回来了，也于事无补。逃就让他逃，你别怕，天塌下来高个儿顶着。"

张大海听高庆兴这么说，如同歇脚的挑夫，如释重负。但他又不明白为何不起诉。

　　"你起诉，法院没理由不受理，也会立即查封他们的所有账户，然后判决其归还贷款。法院查封的只是一个零头，还差一大截子。判决生效后，银行就要申请法院执行，执行什么？那贸易公司只有一块牌子，资产抵押都是假的，人有一个，命有一条，拿她没办法。没有财产让法院执行，只好无限期拖下去。以往银行的不良资产中，很大一部分不就是这么形成的么。"高庆兴分析说："如果是压根不想还贷款，他们早就有了应对之策。那女子自然承认贷款是事实，债有那女子顶着，管理不善，经营性亏损不是犯罪，别说坐牢，拘留都没有法律依据。这样的话，就是同谁分贷款、钱又送给谁了，她会说吗？"

　　"除非你把她双规了，让她说实话。"张大海说。

　　"她不在国家行政工作人员之列，还享受不到这个待遇。而她身后的人何止是窃笑，简直是哈哈大笑啊。"

　　"哎哟，照你这么说，我们现在起诉，反而帮了他们的忙。怪不得陈其浅不在乎贷款展期时间长短。原来越短对他们越有利。我还以为他不熟悉银行信贷业务，真太小瞧他了！"张大海倒吸一口凉气。

　　"你现在明白啦？"

　　"何止是明白。"张大海如梦方醒，竖起大拇指："你使我刮目相看，就是拎着草鞋，跟你后边现学十年，也学不上。你这应该叫谋略。"张大海自叹弗如。他理解为什么不起诉，就是为了更好地暴露问题，等着监管部门来澄清贷款责任。他说："所以你不着急，有句成语，怎么说来着？前头一只野兔在跑，后面一头狼紧撵，狼却不知道后边有杆猎枪瞄着它。"

　　"什么成语？"高庆兴问。

　　"螳螂捕蝉，黄雀在后！"

　　鲁箫笑得前仰后合，差点笑出眼泪来。挺着的胸部，笑得直抖。她问："这是谁跟您讲的呀？"

　　"我们县支行的一个朋友。"高庆兴说。

　　"这哪对哪啊，一个是英国民间故事，一个是中国成语典故，两个拼到一起，真逗人！当然，同属自然界的生存法则，意思都一样。"

"英国民间故事？我以为都是中国的历史故事哩。"高庆兴瞥了她胸部一眼。

"您是逗我的吧？"

"别老是您您的，就用你来称呼，好吗？"高庆兴觉得坐在对面的鲁箫已经是朋友了，不需要这么客套，在往鲁箫盘子里夹青菜的时候说："您字，在灌江一般是对老辈的称呼，朋友就用你字吧。"

"嘻嘻！"她笑着问，"那对您，不太敬重吧？"

高庆兴自己也夹了菜，说："朋友之间，谈不上敬重不敬重的。"

"我们是好朋友，如何？"她笑看着高庆兴。

"当然！"高庆兴答道，"好朋友。"

"那么，好朋友干杯！"鲁箫笑着说。

他俩举起高脚杯，当地碰了一下，各自喝了一小口干红。鲁箫抽出一张餐巾纸，递给他，突然问："我想学学灌江话，阿好地呀？"

"你呀？"高庆兴擦嘴后把餐巾纸叠成方块，摆在左手边，说，"别学，难听得很，没你们南京话好听。"

鲁箫吃了几口菜，用餐巾纸在嘴角上轻轻点了点，说："现在，有了您……你这位朋友，我呀又身在灌江，也就是灌江人了，应该会说一点灌江话，不然跟当地人打交道不方便。教我几句灌江话吧。"

高庆兴一再说不好听，土得掉渣儿。

"土，那是一种文化哟。西汉出土陶片，够土的了吧，可那是汉文化的一部分呢。"鲁箫说，"我喜欢土的东西，教我几句，一句也成。"

看着执着的鲁箫，高庆兴笑笑说："比如对老人、师长和应该敬重的人，灌江人不称呼您，而尊称'你侬'！"

"我弄？"鲁箫迷糊，手指指着自己鼻尖问，"我弄什么？"

"不是你弄，是你侬。侬，古吴语中的你，立人旁加个农业的农字。"高庆兴纠正道，"这样呢，表示礼貌尊重。"

"噢，你侬……"鲁箫你侬你侬地学着，练习了几次，说，"那就请你侬再接着教。"

"接着教的教，在这儿念高。"

"高行长的高？"

"对了。比如，教教你，念为高高你。"高庆兴笑道："再比如，请客人夹菜，灌江人不叫夹，也不叫撷，叫刀，请你侬刀菜！"

"菜刀的刀？"

"是这个字音，要说具体什么字，我也写不上。再比如，普通话中的今天，灌江人叫勾天或者勾个。"高庆兴放下筷子，像老师教学生一样，手指头在桌边点点画画，"今天晚上叫勾个黑里，昨天叫扎个，前天叫其个，明天叫梅个，后天叫后个，大后天，叫大后个……天，作个字讲。"

"这好学！"鲁箫自作聪明地扳着指头说，"一天叫一个，两天叫二个，一个月叫三十一个……"

高庆兴大笑道："照你这样，一年称作三百六十五个了。"

鲁箫也跟着一起笑。她面容红润，黑色长发用一根黑色的弹簧皮筋扎在脑后，上身是一件白色丝质的大口圆领衫，稍一低头，就会露出深深的乳沟和大半个圆润的乳房。鲁箫一抬头，倒是高庆兴脸儿红了，如同拿人家东西时被捉住手一般，避开她的目光，用餐勺往她的盘子里挑了两片竹笋和水芹菜，掩饰自己的心虚。

立式空调开着暖风。服务生进来给他俩换了块热毛巾，退了出去。室内流淌着《杨柳青》的背景音乐。一首江苏民歌，欢快的扬琴曲。

这家酒店叫"桃源草舍"，很诗意的名字，坐落在灌江北岸一条小河边，离城大概有七八公里远。高庆兴特意选这个僻静之所，是怕撞见熟人。若是认识的人看见了，会把简单的事情弄得沸沸扬扬。

酒店外面看上去并不起眼，草门草帘草窗，估摸二三十间草房。进入院内，里面如同幽静的小公园，偌大的停车场，快要停满了车辆。天色将晚，夕阳的余晖映照着院内，亭台楼阁，假山瀑布，小桥流水。溪中，可见金鱼、青鱼，或三三两两，或成群结队。精致的小花园内，早熟的桃花悄悄开放，姹紫嫣红，晚风中，弥漫着扑鼻花香。餐房，装饰得典雅别致，拉起草帘，能看到后面一条小河。清澈的河水，随灌江的晚潮，静静地向南流去。轻缓的背景音乐，同样富有情调。

这是周五的晚上。

周四上午，鲁箫的公司举行了挂牌仪式，徐若水赶来参加剪彩，市政府有两位副市长出席，一位分管城建和土地开发，一位分管金融财税，市长在外地出差还打来电话表示祝贺。应鲁箫的要求，高庆兴把陶乐天和石婧等几位银行的行长也请来参加。一个民营房地产开发企业的挂牌仪式，能够让当地政府如此重视，是高庆兴不曾想到的。鲁箫又把整个工作安排得周到、细致，表现了她超出一般女子的能力。

"小女子，不简单！"高庆兴一边说着挂牌仪式上的事，一边摸起茶壶，准备给她续热茶。他把着壶把说："真的没想到你如此优秀。"

"你夸我呢还是批评我做得不好呢？"鲁箫喜欢用双关设问句。她轻轻扬起下巴，把呢字拖得很长，尾音却很轻，有一种音乐的余韵。

高庆兴给鲁箫透明的玻璃茶杯里续了些新上的茶水，说："我觉得你总是游刃有余、举重若轻的，跟我起初的感觉不一样。"

"起初又是什么印象？"鲁箫端起杯子，晃一晃，让漂浮着的茶叶慢慢沉到杯底，轻轻抿了一口。

"起初呢，觉得你比较嫩，不是那么老练。我实话实说你可别生气啊鲁箫？我开始真没想到能把你派灌江来当总经理。那时我没怎么了解你，只看到你可爱纯真的一面，不了解你工作老练的一面。但那天你带了几个人来，就是下雨那天，我们有了工作上的初步了解，之后呢，我对自己当初的想法，进行了比较性的否定。哈哈……"

"真的？"鲁箫甩了甩扎在后边的秀发。

"真的！所以我说你游刃有余、举重若轻。我不太喜欢对人进行评价，一旦做评价了，就会说实话的。"

鲁箫听得很开心，笑了起来，说："这样的好话哪个都喜欢听的哟，能得到你的夸奖，让我愉快，而且，有了些底气。你别笑我哦，真的不好意思，灌江的项目这么大，徐总也不是很放心的，虽然以前也做过项目，但都是跟着别人做的。在我病愈上班之后，徐总派了几位资深项目经理，给我专门上了几天课，稍有长进，也许不是太笨吧。不过，跟你说呵，心里总是没底，不知自己能吃几碗饭，也不知道自己能做什么，或者不能做什么。"

"你不是做得很好嘛。"

也是身外之物，何况我现在什么都不缺。"

高庆兴与鲁箫喝了一口酒，又给她和自己添了些许，说："大河公司要给我干股、参股或者分红什么的，确实没有对银行收益有所损害，我也清楚目前若干行业都有潜规则，但我不能接受。"他握了握鲁箫柔软的手，略带感情地说："请转告徐若水，就说高某人感谢她的好意，也感谢你鲁箫。"

鲁箫沉吟一会儿，复而握紧他的大手。服务生端上来两个菜，他们才松开手。

点了几个小菜，除水芹、竹笋，还有清蒸泥螺、淡炒水蛤，都是灌江的淡水特产。厨师做得也不错，很对鲁箫的口味。

"真好吃。"鲁箫慢慢地嚼了一块蛤肉，觉得新鲜可口，又夹了两块放在自己的餐盘中，说："挺新鲜的，你也尝尝吧，要不然我吃光了。"她用金属餐勺给高庆兴挑了几块蛤肉，拨了三四只泥螺。

"还有一个菜，可能是你没吃过的。"高庆兴卖着关子说，"当然，你鲁箫是走南闯北的人，比我见的世面要大，吃过的必定比我多。我只是说，你可能没吃过，你信不信？"

"你是要我信呢，还是不要我信？"鲁箫扬起头，调皮地眨眨大眼睛。

"我要你信！"

"难说。如果我说我没吃过，但我真的吃过，你不是没面子嘛。如果我说吃过了呢，可真的没吃过，那你不是让我鲁箫没面子吗？"

"你就信一回吧。"

"那是什么菜？"鲁箫问。

"这道菜没上来前，"高庆兴说，"我们先说妥了，这顿饭我请，还你一顿饭可好？你别争，我买单！"

"勾个黑里你买单？"鲁箫说着刚刚学会的灌江话，看看桌上就这几盘菜，心想花不了几个钱，就说："好，就依了你依。"

餐桌边上有个绿色按钮，高庆兴按了一下，一个服务生轻轻敲门进来，问："先生您要上菜吗？"

"是的，请上'灌江美人'！"

"灌江美人？"鲁箫听得十分惊奇，只见服务生端着椭圆形的大盘子，盘中是一条鱼。她纤细的手在自己胸口直拍，表示惊诧："天啦，我还以为……"

"还以为我今晚又请来一位贵妇人，是不？"

鲁箫嫣然一笑，看他一眼，捂住领口，伸长脖子弯腰看鱼。

白底蓝花的椭圆形瓷盘，占据了桌面的一半，盘内一条清蒸四鳃鲈鱼，约有三斤左右，腹白背灰，且有黑色圆点点缀全身，体态丰腴婀娜，上有三五粒蒜瓣，几根细长的葱叶，清香袅袅。

服务生放下盘子，又给他俩换了一遍餐具。

鲁箫看得眼馋，像个可爱好吃的丫头，去摸筷子。

"吃吧！"高庆兴笑着，看她馋馋的样子。

"我还是第一次见到这样体型的鲈鱼哟，还有四片鳃哪。"鲁箫一边说着一边用筷头拨弄鱼鳃，"一、二、三、四，真的四片哎。"

"对吧？这叫四鳃鲈鱼，稀有鱼种。"高庆兴说道。

"为什么称作灌江美人？"鲁箫问。

"它极稀少，上海的淞江原来也有，现在就我们灌江独产。而且，鱼类中长得标致好看，水里游动时体态轻盈，看上去像个漂亮的女子，灌江人就把它叫作美人。"他用怯怯的目光在她身体上游移。

鲁箫明白他的意思，笑而不语。

"这鱼，也十分娇贵。"高庆兴说，"四鳃鲈鱼发育成长需要很苛刻的自然条件，未受污染的生态水域，无闸无坝无节制的河流，最重要的是，海水和淡水不断交替。一段时间，大概有十年吧，灌江鲈鱼几乎绝迹。为此，当地政府把沿岸所有化工、印染、造纸等企业全部搬迁。捕鱼季节一般是在每年农历五月下旬、六月上旬，现在还不是捕捞的时候，极为稀少。有实力的宾馆饭店才能专门租借几条船，运气好的，一天只能逮个两三条。此时，正值桃花盛开，也叫桃花鲈。"

服务生把盘子端到餐车上，用刀叉把鱼打开。

"你小时候捕过这鱼吗？"鲁箫问。

"渔民就是以捕鱼为生嘛。但是，四鳃鲈鱼不是在海里，而是在海水和淡水交界的河道。灌江也就几十公里有这种鱼。"

“怎么捕呀？”

“有下网的，也有扳罾的。你见过扳罾吗？”

“没有。”

庆兴就给她介绍：灌江与大港的原住民大多是渔民出身，猎鱼时常用一种原始但有效的方法，就是扳罾。在河岸两边各立起四根粗壮的竹竿，也可以用长木杆，四角用粗麻绳吊起一张大网，宽有几米也有几十米的，根据河面的宽度和水流方向，拦河设网。下游一边的网口必须高出水面，上游一边的网口用铁件下坠到河底，一根缆绳连接岸上的绞盘。绞盘是直径三五十公分粗约一米五的树干，中间对穿两根结实的木棍，固定在木桩上。发现鱼入网，岸上的渔人扳动木棍，唱着渔歌：“来了，起了，嗬——嗨——”纲举目张，渔网慢慢悬起，渐渐离开水面，网中之物一一斩获。高庆兴说得头头是道。

鲁箫听得几乎着迷：“这么有趣啊！”

服务生给他们一人分了一份，将取下的骨刺，放在盘子里。

服务生一走鲁箫就尝了一口，直喊好吃。吃了一份，又取了一份放在自己的碟子里。鲁箫见高庆兴不动筷子，就给他挑了一块尾巴上的鱼肉，眨着明亮的眼睛，问道：“你怎么不吃呀？”

高庆兴说：“喜欢看你美滋滋的吃样儿。”

“我可有口福了。”

“可不是么。现在就是省长、部长驾临灌江，也未必吃得到，特别是桃花鲈鱼，你赶上了好时节，好有口福。”

不一会儿，鲁箫吃了半条鱼。她见高庆兴还是不动筷子，不好意思地说：“我一个人不能全包了，你也吃呀。”高庆兴这才拿起筷子。

“这鱼跟你母亲做的哪个好吃？”高庆兴问道。

鲁箫摇摇头，又点点头，说：“妈做的好吃，这，也好吃呀。”

“我一吃到鱼，就会想到你母亲做的那条红烧鱼。”高庆兴说。

“那我替妈谢谢你。”鲁箫笑道。

服务生一会儿又上了一盆鱼汤，是用鲈鱼骨刺制成的浓汤。给他俩分别盛了一碗，说声：“菜齐了，二位慢用！”就退了出去。

音乐换了一个二胡曲，《春江花月夜》，朴实的旋律，舒缓的节奏，传递出一种忧伤与离愁。

"有妈多好。"高庆兴看了看鲁箫的眼睛。

"我妈虽没多少文化，但是好妈。过几天我准备租一套房子，住宾馆开销也大，我们费用是个人包干。等有了房子，就把妈妈接过来，也给你做鱼吃。"鲁箫说，"我也喜欢吃鱼的哟。"

高庆兴眼睛盯着冒着热气的鱼汤，说："其实，鲁箫，刚才我说还你一顿饭，那是说说而已，无论怎么还，也还不上你母亲做的饭菜。现在，谁能够吃上妈妈亲自做的，哪怕一盘青菜萝卜，好比吃上龙心凤肝。"

"你母亲，她老人家？"

高庆兴点点头："很小的时候，就走了。"

一提起母亲，庆兴一下子变得语音低沉起来。妈妈苦了一辈子，就连个大港县城都没上过。一年到头，省吃俭用，穿的是补丁摞补丁的衣衫，吃的是稀粥咸菜。父亲打到的鱼，舍不得自家享用，全拿出去换稗头面、大麦面、山芋干之类的粗粮、杂粮，往往是稗子面掺山芋干子熬上一锅粥要吃上两三天。现在自己的生活富足了，几乎想吃什么就能吃到什么，可就是，不能与妈妈一起分享。

鲁箫想安慰他。轻轻地把手伸过来。一双温柔的手。

六

他仰首靠在椅背上，想着如何弄到钱。大河公司没有一亿元的资金入账，就不要谈拿到土地使用证。鲁箫说得很明白，别指望大河公司拿出钱来。无论是为百顺还是为鲁箫，这钱还得自己拿主意，现在有个准备才行。原来想了几个方案，比如挪用、周转，先贷、后审，都是无遮无拦地违反银行制度，等于自己往火坑里跳。两害相权取其轻吧，最后想到用同业拆借的方法，打个擦边球，比较而言，风险略小些。就是从其他银行拆借，直接汇入大河公司南京总部的账户，再由南京作为总部的自有资金，注入灌江公司。

找谁拆借？高庆兴又犯难了。请人办事要注意对象的，一是人家愿意帮忙，二是有能力帮忙，三是愿意为你承担责任。权衡良久，他想到石婧，决定去试试。

敲响石婧办公室的门。

石婧有点喜出望外，忙不迭地给他倒茶水，说："什么事情动您大驾啊，也不打个电话通知一声，好在楼下接您，折杀我也。"

"没事就不能来看望我的小家妹子了？"

"还小家妹子呢，老妹子了哟，奔四啦！"高庆兴不称她小妹或者小妹子，而叫她小家妹子，石婧特别受用，开心地笑道："那天您把钓上来的大鱼放生了，我们那些同事都说您是个大德之人，总有福报。"石婧以为高庆兴为魏来喜来的，把魏来喜夸了一阵子，这样成熟的干部，只恨太少。董事会已经决定任命副行长，只待银监局资格批复。

高庆兴如实道来为的是拆借资金。

石婧笑着叫他老兄，说："这个额度也正是董事会给我授权的，同业拆借范围之内，我直接可以批准。这还是监管部门考虑到我们的实际情况，给我的特别授权。"

"利率呢？"

"对兄长还能放高利贷？下浮一个点吧，怎么样？"

高庆兴心想，不要太便宜大河公司，就说："别下浮了。不过，这笔资金不能打到我的银行账户，否则，也就不要拆借了。因为不想在我们账面上反映，才绕个弯子。因为涉及外地一笔垫支业务，所以要放到南京的一个户头上。"

石婧思忖了一会儿，说："这就不是银行同业拆借了，您是知道的，由于出了崔三炮案件，金融稳定办公室和反洗钱中心，特别关注我们大额资金的流动，盯得好紧！"

"不瞒妹子，我是为省行百顺行长做事的，大河房地产公司是他介绍的项目，就是你同陶乐天参加剪彩的企业，目前，土地出让金还凑不齐，权证办不下来，我也不敢贷款。当然，时间不会太长，最迟也就十五天，只用你的钱串一下，我随即给他们放贷款，保证你的资金安全归位。拆借的手续还是我们两家银行签协议。"

"哦，这事办得好与不好，对您确实很关键。"石婧若有所思。

"至于稳定办那儿，我去人民银行打关照。至于银监局，乐天那儿，你去说和我去说都一样，就你说吧，告诉陶局长，说是我的事情，请他支持。"高庆兴笑笑说，"该是小家妹子为老兄出力的时候了。"

中央门火车站出口处，老远就看到身穿粉红色短袖衫、戴一副茶色墨镜的鲁箫朝这边人群中张望。

南京的气温陡然升高，一出车站，高庆兴身上冒出热汗。

他是临时决定来南京的。星期一，他与徐若水通了电话，告知已经从其他银行拆借了临时资金，用于土地保证金，省行批下规模，就可以办理贷款，也可以马上开工。但他还是客气地提出两点要求：一要默契，这笔钱只能说是大河公司自己拆借的，二要专款专用，一分钱也不可挪到其他工程项目上。徐若水是什么人，商场上的人尖子，一说就全明白了，满口答应，除了感谢还是感谢。说十分知晓高行长的各种努力，自己是个严守规则的人，不可能让朋友替自己担担子，更不会出卖朋友。她人在香港，涉及具体工作交由鲁箫全权办理。

高庆兴将余下的事情交给褚世同，自己就上了火车。他心底深处渐渐地产生了对鲁箫的眷恋。

临走前，高庆兴没告诉鲁箫自己来南京，准备先去省行待到办完公事，再告诉鲁箫，让她有个小小的惊喜。可现在，人家已在出站口等着自己。

见了面，鲁箫也不搭话，只是笑眯眯地从他手中接过运动旅行包。

墨绿色越野吉普车，在停车场的小卧车中间，鹤立鸡群，格外显眼。关上车门，鲁箫也不嫌他一身汗水，在驾驶座上侧过身子，急切地抱住他宽阔的肩膀，深深一吻。

高庆兴纳闷，鲁箫是怎么得到消息的。

"我在你们银行放了眼线。"鲁箫得意地睃了他一眼。

"噢，莫非是老褚？"

"聪明！"她把越野车并线到车道最左侧，贴着黄线，说："他是我的下级喽。"

"你的下级？"

"你不晓得吧，我是董事长，他是隐形的董事，你应该知道的呀，你说，我想知道的事情他能不跟我汇报吗。"鲁箫笑了笑："以后可要当心啰，你的一举一动都在我的掌握之中。"

高庆兴也笑了起来。过一会，他询问了拆借资金的入账情况。

"资金一到总部账上，当时就转至灌江分公司账户了。徐总这人守信用，办事有根，你不用担心。"鲁箫转头瞧着他，问："我听褚行长说，这笔钱，违反了你们银行规定。"

"别问了，你不知道为好。"高庆兴不想把内部事情告诉她。

"说嘛！我想听听。"

"金额和用途，都违反了制度。银行规定，凡一次拆出金额五千万元以上的，要省行批准、总行备案，而且，限于银行内部弥补票据清算、联行汇差头寸不足和解决临时性周转资金的需要。我这么解释你可能听不懂。简单地说，就是这笔资金的用途，严禁投入房地产和作为固定资产贷款，这你就清楚了。"

"很严重吗？"

"一般查不出来，假如发现的话，那是……那是要按挪用银行信贷资金处理。"

"你都是为了我。"鲁箫左手把着方向盘，腾出右手，抓起高庆兴的左手，放在嘴上亲了亲，认真地说："假如有事的话，我不让你一人孤单！"

省行大楼里静悄悄的，没了平日的人语声和脚步声。

高庆兴在十层的走廊里，仰着头找牌子，到了房地产部，里边就一个女孩子在盯着电脑。见到高庆兴，立即起身："唷！是高行长啊。"她认出了高庆兴。她参加了年初行长会议的颁奖大会，高庆兴是第一个上台领奖的。没待他询问，女孩就说："灌江市分行的房地产贷款指标已经批下去了，上午批的，走的是公文系统，市分行也会同时收到批文的。"她指了指电脑说："您过来看看！"她把批件调出来，只是一张纸，打印了一份。高庆兴一看，确实不错，连同大港县支行的房地产项目也批了，心里踏实了许多。

坐了一会，他问："今天省行机关是不是有活动啊？"

"总行一位副行长带了巡查组检查来了，下午是听总行领导讲话，也是工作动员，好像不是一天两天的事。""那，我想找人不行了？"高庆兴又问女孩。

"估计不好找，行长处长全在三层多功能厅哩。"女孩提醒道，"您要约见谁，发条短信就成！"

七

高速公路平坦如水。百多公里的车程，也就一个小时多一点。大港县城的轮廓和高速出口指示牌，已经在视野之中。

正说到兴头上，陶乐天手机响了。

陶乐天手机摆在挡风玻璃右下方。这是他的习惯。他转过身去，摸起手机看了一眼来电显示，揿下接听键，听了一会儿，而后嗯了几声，说："现在我在车子上，马上给你回过去。"好像怕被后面人听壁根似的，匆匆挂了电话。

高庆兴透过前窗光亮，看到乐天脸色有变，脸部肌肉颤了几颤。也就一瞬间，陶乐天又恢复了满脸笑容的常态。

下了高速公路，车子盘了大半圈。过了收费站，陶乐天要小成靠路边停车。后边的两部车跟着停了下来。

四人一起下车。

"说有事，事就来了。"陶乐天抱歉地说，"这次陪不了你们了，省局有些急事，要我去趟南京，只好下次再约时间吧。"

高庆兴问乐天："能不能明天再去，住一宿不成吗？""不成了，事情还真不能耽搁。"陶乐天说。

"四个人可以一起掼蛋，缺了您，我们扫兴呢。"石婧也说。

陶乐天摇摇头，对高庆兴说："灌江我都不回了，直接上高速到省局，赶上他们没下班。有什么事我们电话联系。"他对鲁箫笑了笑："对不起啦鲁总，反正以后有的是机会，希望你在高行长的老家，玩得开心。"石婧看看手表说："快三点半了，我车上备有点心和矿泉水，您带路上用。""不用了，我车上也有。"陶乐天对石婧说，"你要把鲁总陪好呀，她是客人。"说着，头也不回地上了车。

三人看着陶乐天的车盘上高速，朝着相反方向，疾驰而去。

陶乐天匆匆离去，高庆兴估计他有特别焦心之事，否则不会半途折返的。但由于鲁箫、石婧在场，不便说明。又上车后，大概是三人猜想陶乐天有什么意外事情吧，都没有开腔。加之，少了个活宝，缺个说话对象，显得有点儿冷清。

穿过县城，上了国道，眼前是大片青绿色的二季水稻田。连接成块的水稻田，被纵横的水渠切割成一个个小的方块，如同铺在大地上的积木玩具。

又开了四十来分钟，快要到达蟒牛镇的时候，才听到车后石婧跟鲁箫低声细语，说了些什么话，两人笑了起来。

以往，高庆兴回家总是从蟒牛镇下车，步行三里多地到渔村。这回，一直到院子门口。因为此行目的，就是带着鲁箫回家，来看看父亲的，属于"悄行"。悄悄行动，就不可惊动四庄八邻了。只告诉妹妹高丽，要她和妹夫戚大成提前回家，打扫收拾，为客人到家吃饭住宿做些准备。

清明节时，树叶还没全长出来，看见一条龙八间青砖青瓦的平房，现在，房子被绿荫遮挡，屋顶也瞧不见了。两棵高大的杨槐树梢上，喜鹊窝又多了两个，变成了四个窝。七八只分不清老少的喜鹊，立在高处的枝叶间，舞动灵巧的尾巴，叽叽喳喳地欢叫着，好像在迎接他们的归来。

给妹妹、妹夫介绍过后，高丽、大成帮助小成下货。石婧也带了几包礼品。她看高庆兴、鲁箫站在院门口等着，就对高庆兴说："您带鲁总先进屋吧。"自己同司机去开后备箱。

父亲站在堂屋门口朝他们笑。父亲穿一身黑色运动服，脚下却是一双黑色泡沫拖鞋。一向不喜爱洋装的父亲，显然是妹妹临时"武装"起来的。不过，黑色运动服和古铜色脸庞，色调倒很搭配，还显得精神。

鲁箫笑着走到跟前，扶着父亲手臂问高庆兴："你怎么称呼老人家呀？"高庆兴笑道："我叫爷。""叫爷，不是爹爹吗？"他说："不是的，爹爹是祖父。"爹是爷，爷是爹，太有意思了，不是串辈了嘛。鲁箫当时也搞不明白，就亲切地喊声"老爸"，顺手塞了红包。

父亲捏着红包看了看，就揣进右侧裤兜，对鲁箫说："吉伢子，大么子东西。"鲁箫听不懂，高庆兴一旁翻译："你这闺女，怎么还带礼物呀。"大港渔村的方言实在拗口难懂，下面以高庆兴的翻译语言来叙述。父亲问："闺女贵姓？"鲁箫说："老爸，我姓鲁。"父亲点头道："噢，好闺女，姓吕，双口吕啊？"高庆兴一旁说："这闺女姓鱼日鲁，《三国演义》中花和尚鲁智深的鲁。"鲁箫掩口笑道："三国水浒也串了，你这翻译真够呛。"

高庆兴也笑。总之，意思到了，父亲也听懂了。

石婧见他俩笑得惬意，走了过来，对父亲说："大伯您好呀！""好，好着哩。"父亲答道。高庆兴就介绍，这位是银行的石行长，跟我一样，管钱的。这位闺女呢，他介绍鲁箫是房地产公司老总，盖楼房的。父亲插话问："闺女也做瓦工啊？"高庆兴笑道："她是管瓦工的。"父亲"噢"了一声，表示明白："有出息，年纪轻轻的就当瓦工头了。"

三人笑着，请父亲进屋。茶水已经备好，三人各自品饮，并陪父亲说话。物品搬进了储藏屋，二位女士的行李放在给她俩准备好的房间。大成陪着两位司机站在院外闲谈。

妹妹进屋来，对鲁、石二人说："到我们乡下渔村，比不得你们大城市方便，在家里吃住，就怕委屈你们了。"鲁箫对妹妹点头笑笑。石婧说："这里环境多好呀，度假休闲，没地方找的。"

这个季节八点多钟天黑，现在六点二十分，妹妹就问哥哥："怎么安排？"高庆兴征求二位意见，如果累了的话可以休息一会儿。虽然房子不少但条件差些，给二位安排住一起，两姐妹说说话。不想休息的话，去海滩走一走，夕阳、海浪、沙滩，美得很，城里是见不到的。想吃海鲜的话，由妹妹陪着二位到海鲜市场自己采购。晚上，去观看渔俗表演，也可以提着灯笼到海滩上捉小蟹。

这一说，二人喜滋滋的，全想去，只是分不开身。最后表示，去采购海鲜。

车子停在门外，很是显眼。高庆兴就叫小成带上石婧的司机，把车开到蟒牛镇的宾馆去，在那儿吃饭住宿，有事的话，再让他们过来。

安排停当，待两拨人全走后，高庆兴与大成先把各间房查看了一遍。城里人到乡下，最怕的就是上厕所和洗澡。两位是娇客，不可怠慢。房间也像宾馆的双人床。分明是大成两口子尽心准备的。两床被褥全新，而且浆洗过的。空调和室灯开关，也擦洗干净。拆开蚊香包装盒，摆在两抽桌子上，大成找了一盒火柴，放在桌子边口。隔壁是卫生间带洗澡的地方，沐浴的地方与抽水马桶中间用一层塑料布帘隔开。高庆兴打开煤气罐，试了试燃气沐浴花洒的水温，按了按抽水马桶水闸。出门时，拧了拧碰锁。再到厨房看看，灶台上下也打扫得干干净净。郎舅二人回到了堂屋。

孙女是父亲的心头肉。到了堂屋，高庆兴接通雨薇的电话。雨薇放暑假，栗枝去了南京。她陪同母亲游玩了周庄，正在返程路上，她让父亲放心，调研课题快要完成了，剩下的时间，专门陪着母亲到处玩玩。栗枝在一旁也说，要到开学前才能回去，一切都好着呢。

高庆兴将手机给了父亲，祖孙二人有问有答，笑哈哈地说上一会儿。通话后，高庆兴把鲁箫带来的礼物，和石婧带来的大红羽绒服、床上用品、盐城特产等，交予大成，给父亲收管。

又同父亲坐了一会儿，聊些家常，而后，与大成提上纸钱，去看望母亲。

坟墓上长满了二十几厘米高生命力极强的巴根草，青郁郁的，远看像母亲披上一身青纱似的。周围夹竹桃盛开，迎风摇摆。粉红色的花朵，如同母亲每次一听到庆兴回家的脚步声，立即出门迎接儿子的那张笑脸。

回到家里，妹妹领着鲁箫、石婧已经满载而归。几人在院内忙活。十几只塑料盆，摆了一地，花蛤、蚝、海胆、芒果贝、毛蚶、带子、翡翠螺、蛏子、海参，全是活的。鱼篓里还有二十几只吐着泡沫的水蟹。

鲁箫像个快活的小姑娘，这盆张张，那盆望望，鱼篓里拎起一只还缠绕着网丝的水蟹，淘气地在庆兴面前悠了悠，嘴里说喂喂，做惊吓状。

石婧也捧起一只游动的胖海参，给高庆兴看。"哎哟，我还没看过活的海参呢。今天我同鲁总开了眼了，那么大的海产品市场，人都挤不动。"石婧看着仍在蠕动的海参说，"后来，妹妹带我俩去了码头，路上全是卖海鲜的。"鲁箫放下水蟹，对高庆兴说："如果想要更鲜活的，人家立刻下海给你捉来，就是价钱贵了些，但要啥有啥呢。"看着她的好奇模样，高庆兴和妹妹两口子都笑了。原来，那是卖海鲜者使的障眼法，水下有渔网鱼篓子，里边养着要啥有啥的活物。

妹妹是把做菜的好手，烹、蒸、炒、煮，样样在行。母亲去世早，七八岁时，她就成了当家闺女，给父兄做饭。做事也麻利。她在厨房锅上操作，高庆兴、鲁箫、石婧、大成四个人给她打下手，洗的洗，涮的涮。父亲搬出一个长板凳，坐在院子一侧，乐呵呵地看着他们。

洗涮完毕，鲁箫自告奋勇煮螃蟹，因她煮功了得。石婧炒菜不错，也在电磁炉上炒了花蛤、蛏子两道菜。每做一盘，往堂屋端一盘，也就四五十分钟，一桌海鲜齐了。

这种场合，父亲总是回避，说同年轻人在一起吃饭，碍手碍脚，你们吃吧。鲁箫走到父亲身边，在他耳旁说了几句。估计父亲觉得，瓦工头子的闺女这么贴心，就上了桌子。只喝了两盅白酒，辞席去了堂屋的下房，掩门休息。

鲁箫不再像吃小龙虾那么双手抓菜了，显得很文静。只是在吃水蟹时，稍微现了一点儿原形。她同妹妹坐在庆兴的对面，妹妹也挺喜欢她，往她盘子里一个劲地揎菜。她一边不时地同妹妹说着小话儿，一边听石婧与大成谈论。

石婧比鲁箫要稳重得多。虽然两人都是高管，但鲁箫略显嫩了些，缺乏与人交往的经验，单纯稚气。这一点，恰恰是高庆兴喜欢的。

石婧成熟，话题选择也恰当，谈一些银行和公安联系紧密的共同话题。比如，由于银行遭遇盗抢和携款潜逃案件时有发生，银行和公安两大系统提高了应急处置能力，银行所有机构网点与公安机构联网，全部安装了突发事件报警系统。大成说："接警后，城内要求一分钟出警，五分钟到达事发现场，乡镇公安分局十分钟到出事地点。为了防止银行发生携款潜逃案，对银行高管、中层和重点岗位人员，进行了逐一登记，输入全国边防控制系统。一旦出事，全国收网。"

"堵截率多少？"石婧好奇地问道。但看大成面有难色，或者是不便透露，就说："说个大概的吧。"

"不到百分之二十。"高庆兴替大成作了回答。

晚上九点四十分，原本打算看节目，或者去海滩抓小蟹的，妹妹觉得时候不早了，明天还要去几个地方，就对高庆兴说："哥，鲁总和石行长也累了，让她们洗洗睡吧。"虽然，渔村的一切对鲁箫来说都是新奇的，但见石婧想休息，也就打消了再出去玩玩的念头。

收拾完毕，二位女士才去洗漱。妹妹两口子去自己房间休息。

夏天的渔村，只闩院门而不关屋门的。这样便于通风、透气、凉爽。高庆兴查看了闩牢的院门后，推开上房居室的前窗，整理床上的被褥。朱红色"八步顶"搭板床，是款老式家具，三面镂空，实木包镶。床前，有块与床一样长短、约十厘米高、三十厘米宽的同样颜色的脚踏板，与床相连。这是高庆兴祖父母传下来的，既是父母亲的婚床，也是高庆兴和栗枝的新婚用床。所有的家具全换了，唯有这张床，父亲舍不得更新。高庆兴铺好被褥，放平枕头。鲁箫悄无声息地搂住他的脖子，亲了他一口，道声晚安，又像一阵风似的消失在门外。

高庆兴心里暖烘烘的。

早饭之后，鲁箫和石婧急切地拉上妹妹去看海滩上的渔俗表演。每天表演三场，上午、下午和晚上。

一般来讲，南方传统捕鱼汛期有两季，谷雨前后的春季和秋分之后的秋季。为了保证水产资源延绵不绝，中国历代都有禁捕期。早在夏商周时代就有"夏三月，川泽不入网罟，以成鱼鳖之长"的规定。可是，在那"一大二公"的时期，地上庄稼年年歉收，山上的树皮被吃光、砍光，海里的鱼虾也越捕越少。一九七九年政府规定除了远洋深海外，从每年五月到来年一月，禁止内海捕鱼。由于正逢休渔期间，渔村的渔业公司组织职工进行渔俗表演，就是将以前出海前的习俗，编排成表演节目，以供外地游客观赏。一为经济收入，二为宣传当地的渔俗文化。

表演十点开始。他们五人先在渔港、码头转悠了一个多小时，然后，四处闲逛，沿着海边公路溜达了两三个小时，等到九点四十分，才去演出地点。

双休日又值暑假，家长小孩有二三百人，已经坐在十几级水泥台阶上等候演出。表演场地是用蓝色帆布搭成的戏台。台阶下方就是海滩，再往后面看，海滩下去四五百米的地方，便是大海了。海浪轻涌，一眼望不到边的海平面上，波光粼粼。太阳高悬，碧空万里，成群的海鸟或在半空盘旋，或擦着海面翻飞，或落在沙滩上，梳理灰白相间的羽毛。

找着空的位置，各自垫了一张妹妹分发的旧报纸坐下。高庆兴的左边是鲁箫、妹妹，右边是石婧、大成。

十点整，一阵咚咚锵、咚咚锵的开场锣鼓声从幕后响起。接着，十二位头戴斗笠、身穿蓑衣的青年男女，手执渔叉渔网，随着鼓点锣声，表演《捕鱼舞》。舞蹈跳得像模像样的。大概石婧学过舞蹈，不时地做出一些内行的评价，诸如手位脚感、身段圆场，还有擦地、画圈、撩步，每个动作做得到位。小踢腿、大踢腿、小弹腿、单腿蹲、小跳、劈腿跳，控制得也较准确。内行看门道，外行看热闹。这舞蹈跳的，确实赢得了内行和外行的阵阵喝彩。

"比电视上春节联欢晚会还要耐看。"石婧朝高庆兴望望，拍手说，"在这儿还能见着高水平的舞蹈哩。"

"演员是渔村的人吗？"鲁箫问妹妹。

高庆兴抢答："全是我们渔村的。"大家一听就笑。

"我也一个不认识，也不是大港县淮海剧团的。"妹妹笑了笑说，"应该是哪个舞蹈学院在校学生，暑假请来演出的吧。我们渔村的姑娘小伙子，没受过专业训练，哪能跳得出来呀。"

鲁箫说："高丽你把你哥的台拆了。"大家又笑。

台角边上站着一位中年男子，大概是演出组织者，朝这边望了望。高庆兴不认识。见他从台后外围快步而来，到了坐满人的台阶口，怕挡住后阶上观众的视线，弯着腰溜到大成面前，蹲下说："局长也来了？"大成就给他介绍哥哥和二位女士，说了三五句话，中年男子又弯腰小跑回去。一会儿，来了一高个子少年，塑料袋里装了五瓶矿泉水，走到高庆兴面前，腼腆地叫声"大爹"。高庆兴也不认识，问："你是哪家孩子？""这是大爷家重孙子，"妹妹说，"今年高考，全县理科第一哩。"少年望着鲁箫，也想叫但不知称她什么合适。高庆兴催道："叫呀。"少年挠了挠后脑勺，大概是想叫姐姐还是阿姨呢，再看看高丽，说："三位奶奶好。"就跑开了。

"你俩收获不小啊。"高庆兴看看两边的鲁箫和石婧，笑道："你们跟我在一起不吃亏的，外快多多的，辈分陡长。"

连着看了七个节目，有唱的，有跳的，也有快板，都是反映渔家习俗的。第八个节目是"淮海说唱"，剧名叫《灌江八景》。

江苏的剧种较多，在全国排名也是靠前的。昆曲是公认的戏剧的母剧，又由于昆曲出自昆山，自然江苏的剧种少不了。名气较大的就有十来种，比如南京的白局，苏州的昆剧、评弹，无锡的锡剧，扬州的扬剧、评话，徐州的琴书，盐城、淮安的淮剧，灌江、连云港地区主要有淮海剧和淮海说唱。

说唱词是根据晚清举人曹西园先生的诗作改编的。曹先生是灌江人，虽然他身在官场，却不忘时局动荡、民间疾苦，诗作不仅生动地描绘了灌江沿岸秀丽的景色，而且道出了当时处于社会底层的人们贫困的生活现状和对美好生活的向往。

男女两位演员走上台来，一个提着二胡，一位捧着铜钹，手指间夹了根小木棍子。主持人退下，二人台前鞠躬。而后男的坐着把二胡顶在肋间，女的站着捏着木棍子。先是铜钹响起，随后二胡拉开。

第一景，开山云岫。

男的拉了个过门，唱道：

云岫苍茫耸鬐鬣，灌江东去是开山。

浮沉欲共潮消涨，水陆都通客往还。

女的轻启铜钹，"喳喳"两声，又用小木棍在铜钹的边沿，"当——"敲了一下，接口唱道：

谷口时收船几只，岩头暂构屋三间。

黄流赖尔途迁徙，海上群生利害关。

第二景，灌江春潮。先是女的唱：

开山山外起涛头，百丈纷飞涌急流。

作势每凭风雨藉，横空一色水云浮。

而后，男的跟着唱：

> 西来远与盐河接，东去还归黄海收。
>
> 记得频年遭漫溢，人家点点浪中投。

第三景，渔舟夜月。男唱：

> 各从河海觅生涯，一叶渔舟载月华。
>
> 洋面波涛人守夜，渡头灯火水为家。

女唱：

> 临风破睡三更梦，对酒狂饮七品茶。
>
> 有客钓归船不孚，和蓑衣卧傍芦花。

第四景，樵径晚风。女唱：

> 秋风飒飒晚风骄，樵采归来径几条。
>
> 苔碧粘鞋双足滑，薪黄压担一肩挑。

男唱：

> 芦洲日暮花飞雪，沙港云寒浪起潮。
>
> 何以箬郎演水畔，朝南夕北助刍荛。

第五景，沙滩积雪。男唱：

> 一片新晴放海隅，沙滩积雪尚如初。
>
> 天寒日落消无力，海曲风回聚有余。

女唱：

> 浦口石堆春月泻，渡头舟出早潮游。
>
> 怜他没胫频来往，半是樵夫半是渔。

第六景，芦絮新霜。女唱：

> 秋色深时夜气凉，新从芦絮点新霜。
>
> 一方环水涵虚白，千顷芦竿抹嫩黄。

男唱：

> 泽国月明宜雁渡，海天风劲逼鹰扬。
>
> 蒹葭利薄官私共，弱植沟沾雨露香。

第七景，秋田野鹤。男唱：

> 神当缥缈望蓬莱，每定期程一去来。

> 芦岸飞时冲空艳，海云开处御风回。

女唱：

> 雪依株树应相恋，鹤立鸡群亦自猜。
>
> 罗网秋田常密布，寄声尊重不凡才。

第八景，海岸轻帆。

先是男女合白，然后男的站起来，将蒙着蛇皮的琴筒顶在小肚子上，手握琴杆，跟女的并排而立，边拉边敲边唱：

> 网放滩头悬叶叶，柴装青口挂匆匆。
>
> 送迎应是欣无恙，几阵鸣锣客倚蓬。
>
> 执楫如飞不问风，往来齐插乱流中。
>
> 收河饱溅归潮白，出海新兜晓日红。

唱到最后，二人又复唱"收河饱溅归潮白，出海新兜晓日红"。

说唱用的是大港方言，鲁箫、石婧听得茫然，只觉得十分别致，但也跟着拍手、叫好。

最后的压轴戏，表演出海前船主举行祭祀仪式。

一位身着一袭黑色衣衫的黑大汉，站在两头翘道具渔船的船头上，将芦苇扎成一个柴把子，打火机点燃后高高地举在手中。类似于自由女神像的那种造型。他一面高举点燃的火把，用方言唱着只有高庆兴能听懂的古老渔歌，一面端着水瓢，不停地喝水、喷水。火把从船头到船尾照了一周。而后，众多男女演员依次上场。在吼唱声中，使用各种仿真道具，表演各节祭祀程式。

鲁箫和石婧既听不懂又看得眼花缭乱。高庆兴自然充当解说员的角色。

大港渔民普遍祀奉龙王。此俗三年一小敬，五年一大敬。刚才那人手里的火把，名叫驱邪火，为出海的渔船驱逐所谓邪恶作祟的东西。高庆兴看着台上，演到哪儿，就给身边二位女士介绍到哪儿。演员手捧猪头、猪尾，表示一头整猪。过去，一般的渔民，生活比较穷困的。俗话说，富了商家汉，穷了打鱼人。买不起一头整猪，就用猪头猪尾替代。

"祭祀之后，祭品哪儿去了？"鲁箫问，"难道扔到海里吗？"

"哎，是这意思。猪是用来敬龙王老爷的，干果、糕点是用来祭祀龙王娘娘的。从前的祭品，确是扔到海里的。到了晚清和民国早期，这些祭品才改为自己食用。渔民在海里打鱼不是一两天，少则半月多则一两个月。刚才我说为什么不用整猪呢，经济不富裕是个原因，还有就是不好保存的因素。生肉容易腐烂，不好存放嘛。"台上演员将一只公鸡、一条鲤鱼，干果、糕点和两支巨大的红香烛，置于船头上，表示祭祀开始。此时，只见船主，就是刚刚举火把的黑大汉，在船头把公鸡杀掉，鸡血顺着船头往下淋成两行，并把沾着鸡血的鸡毛，粘在桅杆根部，谓之"挂红"。

"'挂红'是什么意思？又为何用公鸡而不用其他动物？"石婧问。

"传说中海鬼怕红，见到红颜色便避而远之。而且怕见光明。公鸡鸣叫，都是早晨，黑暗中的鬼怪听到雄鸡的叫声，就不敢出来了。公鸡血既是红色的，又是有灵性的。老渔人讲，鸡血沾到哪儿，灵性跟到哪儿。在没有发动机的时代，桅杆是渔民的生命，如果桅杆折断了，定会船破人亡。因此将公鸡血抹在桅杆的根部，说明桅杆是多么的重要喽。"

台上的祭品供物摆放在船头后，表明祭祀准备工作已经完毕。船主又点燃火把——这次叫作财神把，口里念叨着，又从船头照到船尾，谓之"光亮发财"，然后，将烧得旺旺的火把丢下水。同时，香烛高烧，鞭炮齐鸣。众渔民嗷嗷地呼叫。

鞭炮声一停，全船渔人跪下叩头，口中喊道："恭祝大家平安发财！"祭祀结束后，渔民们才背网上船，起锚、扯帆，徐徐驶离港湾。

八

公示时间为十个工作日。其间，省行还以电传的方式，征求了市政府和银监局的意见。自然是顺风顺水，没得话说的。公示一结束，省行来了一位副行长，带着人力资源部的黄云彩和一个年轻女办事员。这位副行长姓樊，调入江苏不到两个月的东北人。他是总行第一批选派到美国深造三年的金融学博士，人又年轻谦和，所以很受敬重。

高庆兴与樊行长未曾谋面，但一见面就有眼缘，两人聊得也格外投机。银行无论大小干部宣布任职之前，有个程序叫作任前谈话。内容无非是组织如何重视培养任用你呀，你要正确履行职责，勤政廉洁，不负众望啊，再就是你自己再表个态度，说些感恩戴德的话。

樊行长却没来这套程式，一开口就说："这次任命你，是百顺行长的临时动议，灌江市分行的行长不能老是空位，省行班子成员一致同意。来之前，翻阅了你的档案和历年的测评报告，我同样认为你是优秀并胜任的行长。我对你的任前谈话完了，请你谈谈吧。"就这么简单。

高庆兴看看人事处副处长黄云彩，又望了望那位女办事员，就对樊行长说："如果我干得不好，省行就将我撤了，为银行系统做个行长能上能下的典型，这就是我的态度。"

"没了？"樊行长笑道，"痛快！"

黄云彩记录本上，一个字也没写，他拿出一张任前谈话记录表，面带难色，说："樊行长，这么几句就结束了，表没法填啊。"

"好填，好填，你们照以前的规矩写，我来签字不就得了。"

黄云彩只好点头应承。樊行长问高庆兴："员工大会安排几点？""十点半。"高庆兴答道。"噢，还有二十五分钟。"樊行长看了下手表说，"现在可以喝茶闲谈，需要省行帮助解决的问题，人事上老黄在这儿，业务上我能答复你的就答复，答复不了的，带回去研究后再通知你。"

看得出，樊行长也是个爽快之人，不重形式而讲求工作效率和效果。他所说的闲谈，并非闲聊，而是让高庆兴提出问题，向省行要政策。这也是银行一把手任前谈话的重点。

高庆兴只提了一个问题，讲了对银行人事制度改革的设想，因为他为此吃尽苦头，感慨良多。他说："人是银行的核心，而各级行的行长又是核心中的核心。好比排兵布阵前沿阵地，行长及其领导班子是一座座碉堡，有了坚强的堡垒，进可以攻，退可以守。如果碉堡全是烂泥做的，堡垒一散，全线崩溃……。因此，银行的当务之急是选出优秀的人才来做行长，而优秀的行长不应是上级考察任命出来的，而应是一起摸爬滚打的员工选举出来的。所以，建议在我们 T 银行系统，要为银行股改上市做好铺垫，就要确立以人性化管理为原则、员工民主投票为基础、干部动态管理为目标的管理机制，让真正有才干的优秀分子脱颖而出，成为各级分支机构的中坚力量……"

樊行长快速认真地做笔记，不时插了几句话。比如，员工民主投票也好，信任投票也罢，行长的选用，不再是上级考察批准，而由员工民主选举产生。如此说来，去掉那些繁复冗杂、人为设置的干部选择程序，删繁就简，使之变得简单、易行，好操作，而且真正体现了银行在行长队伍建设中的公正与民主。员工的命运不是掌握在行长手里，反倒是，行长的命运掌握在员工手里。员工说了算。因为员工最了解需要什么样的行长，和什么人可以当行长。进而理解为，将国有银行管理权交给全体员工，代表国家管理国有金融资产……。这一理念，对现下银行人事制度体系具有颠覆性的改变。

黄云彩和那办事员只顾低头记录。高庆兴的这些想法，对他们而言，是全新的，可能连听都没有听说过。

高庆兴一口气说了十分钟。虽然室内不热，却说得一头汗。掏出黑色丝质手绢，擦了擦。他看看小会议室墙上的挂钟，对仍在记录的樊行长提醒道："还有十五分钟，我主要就说这些，樊行长？"

樊行长又写了两三分钟才停下笔，合上印着行名的棕色记录本，抬起头，怔怔地看着高庆兴，笑了笑说："想法非常好！但我现在答复不了你，估计老黄也答复不了。"

"是的，樊行长。"黄云彩说，"高行长的思路太超前了，这不跟国外选举总统一样吗？"

"我回省行肯定建议，建议在灌江市分行搞个县支行的试点。"樊行长又笑笑说，"但我很难保证这个试点就让你搞起来。"

离开小会议室，在走廊里并排而行时，樊行长对高庆兴说："你是个很有思想的人，怪不得那篇考核评价体系的文章写得那么到位。"

"啊，您也看到了？"

"那份杂志我每期必读。"樊行长说，"正在学习呢。"

"您折杀我了。"高庆兴一边说，一边引导省行三人进入早已打开的电梯。候在电梯门口的褚世同、沈怀友等人也鱼贯而入。

宣布任命高庆兴的员工大会，由褚世同主持。

褚世同为了将会议搞得更体面一些，公示没结束就进行精心筹划。要不是高庆兴再三阻拦，就要出格了。只邀请当地媒体记者，场景布置、摄影录像安排也节俭简约。视频会议主会场设在市分行多功能大厅，区县八个支行设置了分会场。

主席台上就座的有樊行长、黄云彩、高庆兴和褚世同。省行那位女办事员由于资格还嫩了些，就安排坐在台下，也给她放了个桌签。

会议共四个主要议程：第一项，由黄云彩宣布省行批准韩德仁停职休养的决定。第二项，由樊行长宣布高庆兴任 T 银行灌江市分行行长的决定。第三项，高庆兴任职发言。类似于就职演讲吧。他也简明扼要地表明了自己的任职方略，以及决心和信心。第四项，樊行长讲话。

樊行长讲话时，他说："我说什么呢？要说的，报纸上登了，内部文件有了，百顺行长年度报告里也说了。"樊行长看着台下员工，说："况且，我在省行排第九，人称樊老九，说了也不算数的。"大家就笑，就鼓掌。他偏头问高庆兴："还说吗？别耽搁大家时间了吧？"

"说点吧，文件上有的您就不说，讲些我们没听过的，大家都期待呢！"高庆兴对台下说："是吧！"

又一阵掌声。

樊行长笑着摘下金边近视眼镜，从裤兜里掏出镜盒，扳开盒盖，取出一块四方的乳白色擦镜布，裹着镜片擦了擦。戴上眼镜后，合起盒盖，放在手边。他手握着眼镜盒，就从国外商业银行体制说起，到管理理念、制度措施、人员网点、经营状况，比较系统地进行了介绍。又谈到几家国有商业银行股改上市的筹备情况。他是总行股改方案起草小组成员，重点讲了引进战略投资、充实资本的一些措施和做法，对国有银行前景，进行了客观预测与展望……博士就是博士，有条不紊，娓娓道来，大家听得十分入神。银行基层员工整天埋头于三尺柜台，渴望了解外面的世界、上面的意图。原定四十分钟的会议，最后一看，一个半小时，员工们还意犹未尽。

上午来，办完事下午就走，樊行长身上有一股清新之风。

送上了高速公路，一直到盐城服务区，高庆兴、褚世同等人才返回。

当然了，高庆兴将干部调整、配备事宜，同黄云彩进行了沟通。黄云彩也答应向百顺行长做次专门汇报。因为，干部是一把手管的。

九

高庆兴当了行长过后，到了九月上旬。

八月底雨薇开学，栗枝从南京回来，也是风平浪静的。一个男人在两个家之间行走，一家是他的港湾，一家是他的寄托，他觉得是人生的一种满足。

当然，陶乐天给他的忠告，远离鲁箫，还是记在心里的。

一天，在鲁箫陪伴下高庆兴来到拆迁现场。远远望去，工地尘土飞扬，繁忙中夹着喧闹与狼藉。大型载重汽车不时地从他们身边呼呼驶过，推土机、装砂机，轰轰作响。推倒一堵墙，冒起一阵烟雾。工人们在平整土地上残存的建筑物。再往前走，还剩零星的几间房子，已经掀开了屋顶，残垣断壁上，用黑圈圈起来的"拆"字，依然醒目。大河公司达到了拆迁的预期目的。

离开现场，他俩转上了灌江大堤。小成将车子停在大堤的路边，二人下车，走下堤坡，朝着江水站了一会。

"地面上的附着物清理之后，是否真的卖地皮？还是按照原先合同和徐若水承诺的那样，用几年时间盖上成片的商住楼房？"高庆兴背着手，望着江面上的行船，问道："是不是还要有个三五年时间？"

"不太可能吧，她的行事作风我是十分了解的，至多能拖到明年的上半年。开始她是想卖地皮的，现在不好卖，不是明目张胆的倒买倒卖吗？她不傻，就是到拍卖市场，也是挂不出去的。何况，她哥哥说过不再管她房地产的事了。要等到做了'三通一平'之后，连同项目公司一起转让。"鲁箫说道。

"你说过，徐若水要收缩大陆的业务，她怕有风险？"

"是的。老太婆说了一次，她感到在大陆投资心里没底，人治环境政策多变，时风时雨的。现在，人也不常回了，即便回来，三两天就走。六月份就把五个业务经理调去香港。苏南的投资也在收缩，结束一项工程，就转让一个项目公司，原来资金向香港转移，现在也投资北美一些国家。"鲁箫望着高庆兴说："我猜她最迟明年四五月份，就要撤出灌江。"

高庆兴思忖片刻说："项目公司转让了，你还是回南京吧。"

"为啥呢？"

"南京离得也不远，交通又方便，我每个月都能去几趟的。"

"心已经给你了，人也在灌江，你还想撵我走呀？"鲁箫望着滔滔江水："我哪儿也不去了，辞职吧。"

"放弃稳定的工作，很可惜。"他说。

鲁箫已经提出辞职的事情，但徐若水没有首肯。当然也没问辞职是什么缘由，只说以后再谈这件事。鲁箫自己也不会硬头走的，要她同意了再走，觉得有情有义。虽然有些不愉快，毕竟这么多年相处，鲁箫为大河公司工作十几年，也得到过徐若水的帮助，还是有感情的。辞职后，可以在灌江长期住下。

但她敏感地觉得，高庆兴心里有事，就问："有什么不顺心的么？"

"没有，挺好的。"他牵住她的手。

"嫂子不会知道我的存在吧。"

"不会的。"他说道，看着几条小渔船，心想：如若栗枝晓得，还能容得下你么？

"我就是怕你受委屈了。"她挽着高庆兴的手说，"妈妈老要来看看我，这几天想把她接过来，住上一些日子。庆兴你呐，有自己行长工作要忙，也要多陪陪嫂子哟。"

她总是这么善良，心地纯净得如一块明镜似的。

一条小渔船，船上老汉靠着江边，嘴里哼着渔歌，在不远处的芦柴丛里下网。

已过秋分，天气转凉，办公室床铺上单薄的被褥，略显不那么暖和了。高庆兴和衣而睡，恍恍惚惚地，直至天明。

本计划上午带刘涛去一家县支行实地察看贷款项目，由于下雨，决定顺延选个晴好的天气再去，高庆兴就把下午的行务会议挪到上午来开。国庆节再有几天就到了，相隔五天又是中秋节，连续休七天的长假，他让褚世同与沈怀友将"两节"前的工作排了个顺序，提交行务会议。出席会议的是各部室负责人。褚世同主持会议。

褚世同先将省行的任命文件，在行务会上宣读一遍，一共四份。第一份文件是，任命刘涛为副行长，位列褚世同之后。第二份文件是，任命马丽娅为副行长，位列刘涛之后，同时免去省行办公室主任科员级秘书职务。第三份文件是，任命段威为行长助理，兼任原职务。第四份是，任命谢有元为市分行副行长级调研员，同时免去运河县支行行长职务。

褚世同宣读任命文件之后，高庆兴说："今天是行务会议也是市行机关的中层干部会议，三十号国庆节前，要召开全体员工大会宣布四位的任命书。办公室要布置好会议室。"他强调说："按照省行意见，段威参加市分行领导班子成员会议，但不具体分管事务，仍在原支行工作。谢有元也在原地工作，但不直接参与县支行事务，享受调研员的待遇。"他要沈怀友为刘涛、马丽娅两位新任行长安排好办公室和专职司机，以及马丽娅的住所，并吩咐刘涛代表他提前专程去接马丽娅。

第二项议程是，节前置换办公家具。褚世同大致说了一下购置办公家具情况。从三个实木家具公司竞价中，选择了南京一家价格合适、质量有保证的公司。新购置的办公桌椅橱柜暂时码放在院内露天场地，要用下班后的时间，各部室人员齐动手，换上新的。对于旧物处理，褚世同已经与运河县教育局谈过，经过翻新后，免费分配到农村中小学，作为老师的案桌。

第三项议程是，安全保卫问题。尽管年年讲，天天讲，每逢节日，还是要重点讲的。一旦出事，损失是国家的，但是，一把手行长和相关责任人一撸到底，重大案件还要坐牢的。去年，一家省级分行金库被盗，系内部员工作案，连总行的行长都受到牵连。因此，高庆兴要分管安保的褚世同，节前进行全市安全大检查，特别是区县支行内部"四双"制度执行情况，双人临柜、双人值守、双人管库、双人押解，还有枪弹的配备，重点岗位疑点排查，行长节日值班等等，如同清扫地毯一样，不留下任何死角。

最后一项议程是，节前员工福利问题。这是所有人乐意的一个议程。

由于一到九月份业务的增长连续翻番，自营中间业务升幅更快，又逢国庆中秋两个节日一块过，所以发放福利也就含糊不得。褚世同说，大家都辛苦，市分行和区县支行的全体员工也应该享受自己的劳动成果吧。至于费用来源，主要有行长奖励资金、工会员工福利，办公经费也挤出一些。一是已经订购了月饼、茶叶、大闸蟹和鸡鱼肉蛋等副食品，二是每人三份购物券，三是过节费，现金，也是福利的大头。褚世同报了个数字，说直接打到各人的工资卡上。

参加会议的二十一个部门负责人，听到褚世同说的福利额度，个个笑逐颜开。

资金财务部总经理先是看了看高庆兴，见他点头后说，"大家别急，我那儿还有一块是历年省下来的，这次一并发放吧。"刘涛说："房地产业务今年也是大丰收，我也贡献一点吧。"吴奇插话道，"房地产部贡献一点，那怎么行呢？"大家附和说，"刘总提拔副行长，在座的都投了你的票，至少拿出两点来吧！"有人就笑说，"那高行长也要给红包的啊。"刘涛看着高庆兴，笑了笑对大家说，"反正都是高行长的钱，再加上高行长一个点就两点吧。"说过之后，刘涛问吴奇，"喂，人事部也要有个态度吧。"老吴说，"行啊，我那儿有点儿教育经费，给机关员工每人两千元图书卡吧。"营业部老庄坐不住了，他忽闪着细小且精明的眼睛，对高庆兴说，"我们支持的一家信贷企业是做出口服装的，我给市行机关一百多号人，每人提供一套户外运动服，可以吧？""可以啊，"褚世同说，"正好秋天到了，大家也是用得着的。"然后，委托代理部、资金组织部等部门，好像打并伙、凑份子那样，各自拿出一些额度的福利费用。

高庆兴上任头一个节日，按照银行新领导上任的惯例，在节日福利和年度奖金上，比照以往对全体员工都要有所增加。虽然，上半年奖金已经兑现，额度超过同比，那也是员工们应得的。他想这"两节"让员工们多点惊喜。于是对褚世同说，你把有关情况再给大家讲一讲。

褚世同说今年以来业务开展得又红红火火，而国庆中秋的福利也不同往年，大家托高行长的福啊。众人鼓掌后，褚世同又说，各区县支行日子都比较滋润，而且给市行机关顺带了一些福利来。开发区支行段威那儿，提供每人一台合资生产的空气净化器，放办公室里或拿回家去使用，都可以的。大港支行张大海，已经送来了冰虾、冷冻带鱼。其中部门总经理、副总经理多带了一份。运河支行老谢，退休之前晋升一级，为了感谢市分行，前两日拉来不少猪屁股。大家笑他说话太粗了。那怎么讲啊？褚世同问。有人答道，那叫臀尖肉。

离退休干部员工，以前每年春节前发放一次福利。高庆兴对大家说："现在员工福利提高了，不要忘记他们。还有银行的勤杂人员，司机、武装保安、楼道里打扫卫生等，副食品要有他们一份，过节费每人也要有，要一视同仁。如果有缺口的话，财务部可以把行长奖励资金做得大一些。叫大家欢欢乐乐地庆祝国庆，团团圆圆地过个中秋佳节。"

每个开会的人，都是扬着笑脸，迈着轻盈的步伐散了会。

高庆兴回到办公室，因为睡眠严重不足，放下手中的笔和本子，就在沙发上歪着了。

也就那么十几二十分钟吧，他就惊醒了。从早上拨打鲁箫的手机，到现在一直处于关机状态。又发送了六条信息，全都显示"未送达"的字样。当然高庆兴是不会告诉她栗枝已经跟自己摊牌的事，不会叫鲁箫承受他的痛苦。为何一直没有开机？一种下意识让他觉得，鲁箫出什么事了。想起栗枝说"她伤害了我，这是我不能原谅的"那句话，他已经不怀疑栗枝去找过鲁箫了。她完全做得出来。

十

雪白的屋顶，晶莹的吸顶灯，雪白的墙壁和"急救室"三个红字。六只吊瓶，三根输液软管，连在他的手背和脚背上。高庆兴模模糊糊地看到物体的轮廓。

第二天下午两点二十分，高庆兴才睁开双眼。

"啊呀！醒了，他睁眼了。"一片惊喜声。有人说幸亏用上高压氧舱。

视野中，十几个人影在晃动，却辨别不清到底是谁。眼皮上如同压了一座大山似的，很沉重，睁得十分吃力。他又闭上眼睛。但听得见许多人在轻轻地喊他，以及低语说话声。耳朵还不灵，像无数蜜蜂在耳朵里飞一样。但能分辨出石婧的声音。

"请大家安静，病人度过了危险期。"一个男声说："心率、脉搏、血压、呼吸等生命体征逐渐恢复，但瞳孔和角膜反射还有些迟滞。"此人大概是位医生。

又是一阵蜜蜂飞进耳朵的声音。接着还是男声说："各位别再担心了，但病人目前需要休息，谢谢大家。"

随即听到往外走的脚步声。好像许多人行走在地毯上那种拖沓的声音。

"小成，请你带他们过去，休息室里有茶水。"石婧的声音："去吧，你们去吧，我陪老兄待一会儿。"

小成也在场，高庆兴心想。石婧在他的床边，温热的手贴着自己的脸，头发触及自己的额头。她的喘息之声就在耳边。

"我是你小家妹子，能听到我的声音？"高庆兴好像在很远的地方听到石婧在问他，可是不能用声音和表情来示意。他动了动嘴唇。石婧明白他能听见。"现在感觉怎样？如果感觉还好，又想听我说话，你就动下嘴。"他将嘴朝上噘一噘。石婧说："兄长，到底为什么，你这样作践自己，无论如何也不能拿自己性命开玩笑。再迟几分钟，我们就、生死两不见……"几滴温水滴在自己的脸上，知道是石婧的泪。停了一会，她问："家里有事了，是栗枝嫂子对你？"他又动动嘴唇。"你好几次喊着箫儿、箫儿，是鲁箫鲁总吗？"高庆兴的泪水，从两边眼角淌下来。渐渐地，又失去知觉。

……

鲁箫那辆墨绿色越野吉普车，在前边飞速行驶。但能听到她车内播放《拔根芦柴花》的音乐。跟到了市行干校主楼下，吉普车不见了。高庆兴让小成在车内等一会，自己下了车。市行干校空荡荡的，所有的房子好像也是歪着的，似倾非倒的形貌。主楼前那片人工湖里，开出五颜六色的莲花，金灿灿的一片。自己无心欣赏。箫儿去哪儿了？找遍了干校的前前后后，也不见鲁箫和吉普车的踪影。这就怪了。明明在前边的嘛。他想，会不会去四楼房间找我去了。

应该是个冬末春初时节。

天空却是火红色。如同烧了几天几夜的大火，连干校的主楼、副楼，还有灯光球场的篮球板，也被映得通红。

高庆兴身穿一套浅白色西装，系一条紫红色领带，扎在也是紫红色腰带里边的白色衬衣，尽是呕吐过的污物。他是爱干净的人，试图扣上西装钮扣遮挡一下，可是怎么也扣不起来。

四楼房间的门敞开，里边没人，但已经变成结婚新房，大红喜字贴在沐浴间的磨砂玻璃上。谁的新房？高庆兴埋怨起沈怀友："动我的房间至少同我打声招呼吧。"无奈，到了二楼的审计办。好远就听到说笑之声。

"说曹操，曹操到。"褚世同从沙发上站了起来，手中端着像痰盂似的茶杯，看他一眼，跟正在电脑上敲字的陈其浅说："你看，我估计不错吧。"

见到高庆兴，陈其浅并没有马上站起来端茶倒水，而是从桌底下拎出一个血淋淋的东西，好像刚从猪肚子里掏出来的内脏，说："这就是我对高庆兴老哥的敬意。"

褚世同对陈其浅大笑："陈行长你先收起来吧。人在江湖，身不由己啊。"

"老褚，怎么有闲空在这儿喝茶？"高庆兴知道，褚世同与陈其浅积怨颇深，几乎到了水火不容的地步。心想，今天他在这儿干啥？

"你还不晓得？就你一人蒙在鼓里吧。"褚世同说。

"怎么回事？"高庆兴问陈其浅。他觉得自己出去没多长时间。

陈其浅把电脑屏幕转过来给他看，说："我正在网上查阅银行行长的玩忽职守罪，能判多少年。"

"哪家银行又发生案件了？"他问褚世同。

"看来，你的信息不灵啊，没看报纸，手机、电脑都被专案组收缴了。"褚世同放下手中痰盂似的茶杯，走到他跟前，说："你出去这段时间，我们行里发生了惊天大案，营业部老庄带着小许携款潜逃了！"

"你老褚又讲笑话吧。"他说。

"别介！此案大了去了。省行、总行都管不了，是公安部立案的重大特大案件。按照金额，全国银行排在第十五名，若是依照案情性质来讲，排名就在前边了。因为，他俩是盗窃金库现金和企业存款，因此列为特别重大案件。"

高庆兴见褚世同说得有鼻子有眼的，而自己想不起来。"真有此事？"他问："人呢？"

"目前人未抓到，案情没查彻底，还没移交检察院，所以，我这个负责安全保卫的，先你一步来这儿待着。"褚世同苦着脸说："我悔恨哪，调整干部时没听你的话，早把他俩调离就好了啊。可这世上买不着后悔的药。"

高庆兴大惊失色，全身颤栗，有点印象了，好像有这么回事。他一屁股跌落在刚才褚世同坐的地方。

这时，耳边传来一个女性的哭喊声："庆兴、庆兴，你醒醒……"声音又渐渐远去。心想，今天自己耳朵出问题了，怎么老是传来女人的声音呢？

高庆兴问陈其浅："我记不清了，到底怎么了？"

"高行长，我们行里确实发生了大案。侥幸的是，我先犯了点小错误被撤职了，否则跟你们两人一块去坐牢。"陈其浅给他泡了杯茶，说："据我所知，百顺行长也被停职了，加上其他一些事情，总之，也在等候处理吧。另据可靠消息，宋也无来接替你当灌江的行长。现在我能为你做的，就是比照以前银行案例，分析你同老褚要判几年。"

高庆兴坐在沙发上仰着头，努力回忆。

"你也别想了，现在最要紧的是，考虑对策，尽量少坐几年牢。"褚世同说。

陈其浅说："玩忽职守罪，指国家机关工作人员严重不负责任，不履行或不正确地履行自己的工作职责，致使公共财产、国家和人民利益遭受重大损失的行为，比照之前的同类案件，老褚可能重一些，你嘛，高庆兴行长，也得判处八年以上。"

"不会吧，我是行长，发生重大案件我能不知道？"高庆兴想了想：这两个家伙关系改善了，合谋逗乐吧。人不记仇好啊，可以长寿。他说："不跟你俩瞎掰了。"就往门口迈了两步，见到顺排摆了四张桌子，比原来多了一张。桌面上擦得干干净净，光亮照人。就问陈其浅："怎么多了张桌子？"

陈其浅没来得及搭话，褚世同就对高庆兴笑道："你不晓得啊，我们三人一人一张，加韩德仁，不是正好四张桌子么。"

"你老褚，这玩笑开得太离谱了。"高庆兴说："那天去淮安我们临走时，你忘啦，就像遗体告别一样，除非他的魂灵来啊。"

"哎呀，庆兴行长，你说对了！"褚世同把大腿一拍，说："为什么我始终跟你走呀，就是敬佩你的好心肠，还有看问题准确，这叫有洞察力，什么事也瞒不了你。老韩的魂灵是要来的。他一来，我们原班人马不就全凑齐了么？"说完，褚世同哈哈大笑。

天空的颜色变成青灰色，犹如大火之后，冒起的云烟一般。

"老牛，老牛儿，起床了！"

有个声音在呼唤自己。这个声音很温柔也很熟悉，但听不清喊什么，好像从一座大山里传来的，不时回响。他敛声屏气。温柔而熟悉的声音，像在给自己讲一个故事，或者告诉自己某件事情，有时还重复一句话：有一头老牛，有一头强壮的老牛儿，白天黑夜十分辛苦，遇到农忙的时候呀，更是闲不下来的。现在、现在呢，这头老牛可以歇歇啦，因为，种下的庄稼有了好收成……

啊，箫儿在叫他。这可是自己同她的机密话儿。又听她说出一句"执子之手，与子偕老"的话，更不怀疑，说话之人就是鲁箫了。因为，是他俩许愿写在那张粉红纸上的八个字。可是，只听其声，不见其人。人呢，人在哪儿？

天色也暗了下来。一时间，高庆兴十分惆怅，觉得自己行走在一个无月夜晚，天上也没有星星。一阵阴冷的风吹来，凉透了他的衣衫，他不禁打了个寒噤。高庆兴怕鲁箫找不到回家的路，就大喊："箫儿，你在哪儿？别害怕，有我呢，箫儿！"他的声音，在漆黑的夜空中回荡：箫儿，箫儿……

一条小溪潺潺流水的声音，伴随着《紫竹调》的歌声。他驻足倾听：

> 紫竹花开春天里哎
> 新媳妇呀上呀上锅台
> 锅下忙添草

锅上要炒菜

手慌脚乱弄出个花脸儿来

我的乖乖隆地咚

笑问郎君呀，瞧你爱不爱……

　　大笑着，高庆兴在黑夜里奔跑了一会儿，见到前边的光亮。

　　当夜色散去，旭日东升，一条奔腾的灌江横亘于面前。那滚滚江水飞卷起白色的浪花，似乎带着呐喊声，一路东去。看不到一条舟船，连一条捕鱼的小舢板也没有。河的对岸，能望见渔村老家榆树梢上的喜鹊窝。心想，怎么来这儿了？像在做梦一样。掐了把胳膊，疼啊。天空中的太阳，照耀着树林枝头和地面的落叶，林间还有未融化的残雪。做梦，是不会见到红花大太阳的。他心里想。

　　江边有片竹林，林下两位僧人在石桌上对弈。

　　面朝自己这边是位老僧，长长的白眉毛，一副仙风道骨的模样，举棋落子，飘逸洒脱。很像是落鹜山苦禅寺那位高僧。而背朝自己的那一位，身高胖瘦，背影很像陶乐天。老陶何时穿上了僧袍？他纳闷：莫非，苦禅寺解签之后，陶乐天同老僧一直有联系。得到了老僧帮助，毛病自然好了，只是对自己不言语罢了。

　　走上前来才知道都搞错了。世界上，似是而非的事情太多。

　　观棋不语，是一种必要的礼貌。高庆兴伫立旁边看了一会，想跟僧人聊聊关于人生命运与宗教方面的困惑，也想再写两个字请予指点。但见二僧并无理睬之意。等待白眉老僧一子落定之后，笑问："打扰二位师傅，是否见到一位年轻妇人，打从这儿走过？"

　　白眉老僧抬头瞧他一眼，似笑非笑的样子，也没说话，用手指了指高庆兴的身后，又低头继续专心下棋。他道了谢，转身而走。

　　一片草地，中间有条泥土小路，两旁是半人高的狗尾巴。草已经枯了。小路在草地中向前伸延。自己觉得这条路走过，只是一时想不起来这是什么地方。

　　大约走了半个小时，才出了这片草地。

眼前是一片稀疏的树林，有棵古怪的大树，四十多米高，树冠足有一亩地范围。在这冰冷的季节，却是枝繁叶茂。远远看去是一棵树，走到跟前，原来是三株树合抱一起了。中间是棵古松，树干粗些，直径有两米多。两边是水杉，也有一米四五粗细。人们都说大树底下不长草，然而，令他生奇的是，此树下面，不仅青草茵茵，还长出一米多高的柳树和刚刚破土出芽的幼松。

再往后看，一座香火袅绕的古寺。高庆兴想了起来，此不就是二郎神君庙么。只见绿荫遮掩的庙宇上空，漫起一道拱形彩虹，如同七色光谱，伴着木鱼之声，映照大地。

（本作品于 2012 年由《金融文学》连载，2014 年《长篇小说选刊》秋季卷全文刊发，2015 年中国言实出版社出版，2016 年授权在美国出版发行）

长篇小说卷（二）

NO.2

高溪镇（节选）

■鲁小平

▌作者简介

　　鲁小平，湖南岳阳人，大学本科金融专业毕业。湖南省金融作家协会副主席，中国金融作家协会会员。2017年，获中国金融作家协会首届"德艺双馨会员"荣誉。现供职于中国长城资产管理股份有限公司。坚持业余文学创作三十多年。主要作品：重组、负债、损益"金融人生三部曲"之《重组》《高溪镇》（原名《负债》），分别于2011年和2015年由湖南人民出版社出版。同时，还创作了大量中短篇小说、散文、诗歌，散见于《湖南文学》《青春》《金融文坛》《湖南日报》等国内报刊。累计公开出版和发表作品200余万字，屡获各种奖项。长篇小说《高溪镇》获中国金融作家协会第三届中国金融文学奖长篇小说奖。

作品简介

　　主人公杨树安在官场、商场、情场你死我活的倾轧、厮杀中，被人无端送进了监狱，他的老师高之德也以莫须有的杀人犯的罪名被逼投案自首。高之德在狱中自杀前，向杨树安密传了他精心策划的复仇计划和致富秘笈。杨树安出狱后，一步一步地实施既定的计划，快意恩仇，把对手一个个或逼得精神失常，或送进了监狱，甚至送上了断头台。作品以独特的金融视角，生动塑造了一个中国当代版"基督山伯爵"形象，揭示了人生就是一个不断负债与偿债的过程，诠释了"债意识"这一重大人生命题。

◇第一章◇地狱之门

001

杨树安在看守所度过了这一年的春节。

大年三十晚上德哥自杀以后，看守所明显加强了警戒。404号监房二十几个弟兄在军少爷安排下轮流值守。一是干部有交代，出了问题拿军少爷是问；二是军少爷内心也生怕杨树安跟着上吊。那些日子，气温骤降，一直阴云密布；某个子夜时分开始下大雪，断断续续有一个多月。

快天亮的时候，雪终于停了，天空豁然开朗。

杨树安通宵通宵地失眠，即使稍稍入睡，也是一个接一个地做同样的梦。梦境与现实，光怪陆离，形形色色，不停地在他凌乱的思绪空间切换，常常让他不知身在何处。德哥临终的情景总在眼前飘来浮去，冰天雪地，德哥的灵魂怕是也早已被冻透了。

一大早，军少爷组织二十几个弟兄列成整整齐齐的队伍，为杨树安送行。检察院的两个人没穿制服，在门外候着；看守所副所长孙刚陪同，喊杨树安的名字。杨树安梦游一般出了404号监房，随着栅栏铁门刺耳的"咔"的一声关上，军少爷一声接一声地嘱咐："树安兄弟，莫回头！莫回头！兄弟……"

从看守所到乌山县检察院也就半个小时左右的车程，警车却足足走了一个半小时。路上的冰雪，早被冻成了一层厚厚的硬壳。警车出了看守所的大门，在一条简易公路上走了约两公里，便上了国道。一上国道，拉开警灯警笛，一路小心前行。自从开通了高速公路以后，这条国道的车流量少了很多。开车的是板寸头，极短而浓密的发根，头皮发青。杨树安感觉那警笛声像刀子一样在他的胸口上剜，从后座看那板寸头，只觉得光亮如一颗硕大的灯泡。

国道在高溪水库的弧道上只是轻轻划了一条切线。枯水季节，高溪水库里的水很浅，远远看去，碧绿呈一汪不规则的椭圆，沿岸像极了前面那位板寸头的青亮头皮。

经过高溪镇，警车仿佛只是一闪而过。

杨树安一眼就看到了顾正军脚上那双污浊的皮鞋，穿了好多年，早已磨损变形。顾正军估计是开着他的那台破桑塔纳来的。

杨树安本来就个子小，而且又黑又瘦。他畏畏缩缩地被带进了一楼办公室的门，一件油光发亮的旧棉袄胡乱地裹在他身上。棉袄是德哥的，他脱下自己那件崭新的羽绒服，将德哥冰冷的尸体裹了。天冷，哆哆嗦嗦的，只见他点头哈腰，一副卑躬屈膝的样子。

"树安！"顾正军迎面喊了一声，伸出右手。

杨树安吓了一跳，怔怔地望着顾正军，像是不认识，倒退了一步，又忙搓了搓手，双手将顾正军伸出的手轻轻地握了握，便迅速撤回来，手冰凉。

屋里开了空调，很快，杨树安的额头开始冒汗。

县检察院的两个人一黑一白，黑的高大威猛；白的矮胖，脸上找不到一根胡须，肉往横里长，板寸头。黑白双煞说着话，赔着小心，但不管他们怎么一副谦虚谨慎的态度，还是给人一种凶神恶煞的感觉。黑高个倒了两杯热气腾腾的茶，双手递上，说一些安慰的话，眼睛只看顾正军，避开杨树安；又插科打诨地开玩笑，其实并不好笑，他自己却笑得有点夸张。板寸头在整理杨树安留存的衣物，从铁皮柜里拿出来衣服、鞋子、眼镜、几盒软盒装的白沙牌香烟，还有一些零碎钞票，一起装到一只塑料袋里，并在一个蓝色塑料封皮的簿子上登记了。

"杨树安！"板寸头喊了一声。

"到！"杨树安马上一个立正，很响亮地答应。

"别别，不是不是……"板寸头笑了，有些不自然，不好意思。板寸头说："杨科长，请你签收。"

"对了！"板寸头好像刚记起什么，急忙又打开了另一个铁皮柜，搬出一大沓稿纸，陈年烂账一样。"这可是你的一大收获啊！"他笑了笑，递给了杨树安。杨树安很小心地接了，连说了三个"谢谢"，腰差不多弯成了一个直角。

杨树安摘下看守所专门给他提供的那副软塑料架眼镜，换上自己那副金属架的，但后者似乎反而与他的脸不相配了，眼镜跟架在一块生硬的木偶脸上一样。

杨树安提了袋子就要出门，板寸头说："就走啊？"杨树安快速收回已跨出门的左脚，一脸惊慌失措。板寸头忙又笑着解释："不是不是……我的意思是，大过年的，吃了饭再走吧，我们请我们请。"哈哈干笑了几声。

"是啊是啊，今天农历正月二十九，冇过正月还是过年。"黑高个声音嗡嗡的。

顾正军道："不了不了，要请也是我请，下次吧，下次吧。"见杨树安还在发愣，便拉了他的手，出了办公室的门。杨树安似乎这才发觉顾正军比自己高出了半个头。

顾正军两个"下次吧"，听得杨树安心里直发麻。

客气完了，黑白双煞有说有笑地送他们出大楼，边走边握手道别，如亲人一样。

杨树安走在前面，刚出大楼，见一辆奔驰越野车在宽敞的门楼楼道上刚好停住，驾驶室的门被推开，走下来一个人：丌小东？！杨树安停留了半刻。

看样子，车走过乡间泥土路，没来得及洗，车胎、轮毂上沾满黄泥，由深到浅飞溅到车的下半身。

"……！"杨树安心底暗暗地惊了一声，牙有些痒。

奔驰越野车后面，紧挨着一台黑色的警车。车上下来一彪形大汉，足有一米九，阔额方脸，制服大衣，大盖帽。此人正是县检察院的检察长史晋，大名鼎鼎的史检。当地老百姓很多私下里称"屎检""粪检"，谁不认得？

门楼楼道里顿时就热闹起来。

黑白双煞见了史检跟见了亲爹亲妈似的。

"树安！"丌小东双手把杨树安的手抓了，"对不起，兄弟！你受苦了！过年前又去了一趟日本，刚回，所以一直没有再来看你。忙啊，都是些乱七八糟的破事。所以，无论如何，今天我得来接你。"

杨树安一脸茫然，毫无表情。也许是室内外温差大，全身又开始瑟瑟抖动。丌小东忙脱下身上厚厚的大衣外套，披到了杨树安的身上，说："穿上，穿上。"又忙不迭地帮他把外套整理好。

"杨树安！"史晋走近，声如洪钟。

"到！"杨树安猛一抬头，又很快把头低下，立定原地不动，披在身上的外套过长，显得十分滑稽。

"你看，我别的什么也不说了。"史晋海拔高，说话时喉咙里有些嗡嗡作响，"你面子真大，丌总丌大老板非要亲自开车来接你。下不得又地！回家好好休息几天吧，别的事以后再说。走吧，上车吧。"伸手想去拉他。杨树安仰起头，看了一眼，头再没有放下，一直仰着，眼睛盯着高处的那张方脸，木头一样动也不动，近视眼镜玻璃有些模糊。史晋被盯得有些不自然，眼睛忙看别处。

丌小东见状，忙近身将杨树安的肩膀扶了，柔声道："走吧，上车吧，兄弟。"

杨树安没有动，回过头，看了看不远处似乎早被人忘记了的顾正军，甩了一下胳膊，外套被褪到了地上，像是对自己说"车太脏了"，径自朝顾正军走去。

大雪过后，阳光普照。

杨树安长长地吸了一口气，有一种从阴冷潮湿的地底下爬出来的感觉。已是早春，春寒料峭。太阳很亮，照着白茫茫高低错落有致的街道、树木和操场。

南方的雪甚是妩媚、妖娆。

寒风中，阳光明媚。

县检察院大楼不高，十来层，位置却在高处。挺拔结实的钢筋栅栏把大楼和前坪团团围住。出大楼，走下十来级台阶，就是一片宽敞开阔的水泥地，两端有篮球架，雪地上间或能看出篮球场的边线、罚球位置等。三五台警车不规则地停在球场的中心，有的全身被雪覆盖，有的被胡乱地打扫了。边缘是绿化带，被修剪得整整齐齐，驮满了雪。高出一头的乔木也是整整齐齐，只有几枝枝丫被压得弯了腰。

车道将球场包围，形成一个椭圆形圆圈。从马路进传达室，右转向左包抄往上，就到了门楼。再右转向左包抄，就到了传达室。出了传达室就是大马路了。车道一上一下，一左一右，两个对称的缓坡。

高大的钢筋结构的大门似乎永远关着，只在大门上装了一个窄窄的小门。小门一开，就像整齐的牙齿缺了一颗门牙。

十个多月前，杨树安进了这个院子，就是这样包抄着来到门楼，没来得及反应就被拽着下车进了大楼——只在这个院子里画了半个圈，不少人也就只画了这半个圈，剩下的半个圈永远也没有机会画完，或者，得花上几年、十几年甚至几十年的时间，再从这里把圈画完后离开。

车道上的雪被扫向路的两边，地上干干净净，露出洁净的灰色水泥地面。

杨树安跟着顾正军，右转向左包抄，一直向前走。他见顾正军不时回头瞟了一眼奔驰车。透过前挡风玻璃，杨树安下意识地瞟了一眼，副驾驶位上有一个女人的身影，那女人一直没有下车。

不用说，肯定是那个叫晓丽的女人。

杨树安走得很快，头也不回，如逃离地狱之门一般。

顾正军有点跟不上。

刚出大门，杨树安突然眼前发黑，白花花的雪地照得他一阵晕眩，差一点栽倒。顾正军紧跟身后，见他有些歪歪倒倒，忙将他揽了。杨树安一甩胳膊，将顾正军推了个趔趄，自己也跟跟跄跄，手上的塑料袋掉到地上，那一大摞稿纸散落一地，被冷风吹得七零八落。

顾正军的那台黑色的破桑塔纳轿车就停在门口的马路边。

"乌龟王八蛋！"杨树安脱口而出。

顾正军忙不迭地帮忙收捡。几张稿纸飞向马路中央，杨树安毫不犹豫地追出去，差一点被一台发疯样的渣土车撞上。

杨树安小心地整理那一大摞稿纸，把沾了雪水的一面一张张往自己身上贴。稿纸被密密麻麻地写满了，有几页跟烂菜叶子一样，脏不拉几。他精心地整理着，旁若无人，一沓一沓地将稿纸送回塑料袋。

"乌龟王八蛋！"他骂了第二回，狠狠地。

二人面对面站着，并不说话。杨树安从自己口袋里掏出一支白沙烟，却没有火。顾正军忙掏出火机，帮他点。风大，点了三次都熄了。顾正军敞开棉大衣，拉起，拦在上方，两个脑袋凑到一起，才将烟勉强点上。杨树安有些迫不及待地猛吸一口。隔着浓浓的烟雾，杨树安仍旧佝着背，脸有些变形。

顾正军站在一旁一直看，猛地将他的肩膀揪了一把，说："狗日的杨树安，不认识我了？老子是顾正军！打起点精神，行啵？"

他怔了一下，有些惊惶，近视眼仔细将顾正军打量了一阵。

顾正军笑了笑，眼睛看着对方那一大摞稿纸，说："我帮你把狱中手记整理成一篇小说吧。"

他又看了看顾正军的脸，一脸茫然。

"几个月时间，不仅学会了抽烟，还学会了骂人，狗日的！"顾正军骂道。

乌山县就在省城的近郊，县城离市区中心不到20公里。

二人上了车，谁也不再说话。

顾正军发车，突突突……车子熄火。再打火，突突突……车子像心脏将要停止跳动的病人。顾正军脑袋出汗，手忙脚乱，眼睁睁地看着越野车和警车从院子里开出来，一前一后地从身边开过。他索性双手放下，仰头出着粗气。

杨树安坐在副驾驶位置，毫无表情，像霜打的茄子，更像一摊烂泥，仰面靠在座位后背。眼前的一切似乎与他毫不相干。

半晌，顾正军坐直了身子，侧脸看杨树安，见杨树安正对着自己双腿上的一沓稿子发呆。

顾正军顺手取过第一页：

4月10日，这将是我终生难忘的日子！……高个子黑得像从非洲来的，一身肌肉像要把身上的衣衫撑破。他拿出一份早已准备好了的"拘捕令"，大声向我宣布："杨树安，你因涉嫌贪污受贿，经乌山县人民检察院批准，现对你实行刑事拘留，请你签字。"那上面盖了鲜红的大印，印章中间的国徽很是耀眼。我说："我杨树安没有犯罪，你们凭什么要拘留我？"对方说："我们只是例行公事，请你签字。当然，如果你拒绝签字也没关系。"我知道，此时抗争是无谓的。

一副锃亮的手铐……

……

高溪水库？天哪！我知道高溪水库迟早有一天会出事！可这跟我有什么关系？

……

顾正军长长地叹了一口气，抬起头，汽车挡风玻璃仿佛成了一块电视荧屏，正一幕一幕地上演活剧，画面快速切换，人物、场景闪动，情节跌宕起伏……他记得很清楚，到今天整整 10 个月 13 天！

他发现杨树安头顶偏左的位置，居然长出一小撮白发，而且白得十分有力。

002

杨树安无家可归，只能临时寄住在顾正军家里。

顾正军这一向很少落屋，杨树安便一个人躺在沙发上望着天花板发呆。客厅阴冷潮湿，只有一扇窄小朝西的窗户，仅仅在下午三四点钟的时候射进半米阳光。

这是一片六七十年代的老房子，很快要拆迁，外面闹哄哄的。

"我病了，"他对顾正军说，"我想住院。"

顾正军点点头。第二天就替他办好了省人民医院神经内科的住院手续。

不会再有人知道他住院，自然就不会有人来看他。

杨树安眼神发直，疯疯癫癫，看谁都不顺眼，表情厌恶，略带些许恐惧和敌意。也有清醒的时候，只是没多话，烟瘾见长。

顾正军问大夫："莫不是得了间歇性神经错乱？"

大夫笑着说："那倒不至于，病人应该是受了严重的精神刺激，多做些安抚开导工作吧。"

病房里有两个床位，只住了杨树安一个。"请勿抽烟。"护士长总是和颜悦色地劝。杨树安不听，变本加厉。做了全面的身体检查，生化、B超、X光、CT、血液等一系列。检查化验结果陆续送进病房，也没有查出什么毛病。

杨树安第一次知道了自己的血型是O型。

乡下出身，生来命贱，从小在泥巴石头堆里打滚，上山放牛砍柴，下田插秧扯草。少不了伤风咳嗽，却从不吃药打针；少不了锄耙磕碰、破皮出血、蚊虫叮咬，多是泥巴鼻涕往伤口上一糊了事。哪像如今城里人，稍有感冒，消炎药大把大把地吃，稍有出血，赶快打破伤风针。因为命贱，杨树安进了城参加了工作后也很少生病，很少吃药打针，更谈不上住院，也就从来不知道自己是什么血型。

他记得水芙蓉的血型也是O型，儿子杨涛是A型……

杨树安突然就蒙了！住院以来，通宵通宵地失眠，稍稍入睡又一个接一个地做梦。昨天晚上，他吃了大夫开的安眠药，刚有些睡意，周遭的空气突然如黏稠的液体，向他的口腔鼻孔及全身挤压过来，呼吸异常困难；感觉身负一只大包袱，里面装的是松软的棉花，却沉重如铅块。他奋力追赶，想要向前面那些人索取什么，步履维艰；似乎身后有很多人也在向自己追赶，同样要向自己索取什么。陌生人居多，也不乏熟识的面孔，亲生父母、老婆儿子、同事朋友、同学客户……他奋力爬上了一个高台，台上早已是人满为患。

他似乎全明白了。《汉书·诸侯王表序》记载："周赧王负责，无以归之，主迫责急，乃逃于此台，后人因以名之。"

原来这是个债台，"债台高筑"……

他一觉醒来，竟一身淋漓大汗。

终于在杨树安入院的第五天，医生在他的喉咙里发现了问题，不排除癌症；下周转到耳鼻喉科，手术切除，切片活检。

顾正军的脸顿时变了色，思考着如何向杨树安解释，说些安慰的话，却见杨树安跟没事似的，好像生病的不是自己，是顾正军。

王先智嘴里叼支烟，进了病房。

"杨树安你得的什么神经病啊？傻了？神经内科！"王先智西装革履，标标致致，进门劈头就是一句脏话。他也被关了十个多月，刚出来，脸色稍显憔悴。他总是那副德行，衣着打扮与言行举止天壤之别，判若两人。

"王大老板啊！稀客！你怎么晓得……"

王先智打断顾正军："你说我什么事不晓得！"

顾正军忙打了招呼，准备倒茶。

王先智晃了晃手里的半瓶矿泉水："顾老板辛苦。"

"辛苦应该。"顾正军笑道："我什么狗屁老板！王大老板莫调戏我嘚。"

王先智抽着烟，笑道："前次那鸟事，顾老板莫要放在心上。你也晓得，我手下那些个人，说话做事没得轻重。其实也就是说说而已，哪个敢真正动手？再说了，两个卵蛋是男人的命根子，动得的？哈哈哈……"

顾正军借了王先智的高利贷，到期不能归还，王先智手下威胁说要割下他的两粒睾丸。顾正军有些尴尬地跟着笑。

杨树安躺在铺上，吊着点滴，没有丝毫反应。

"算了，树安心情不好，不和他说话，让他多休息。"顾正军怕王先智不快，便打了个圆场。

"算个鸟！"王先智收了笑容，眼睛盯着杨树安，趋身用手摸了摸杨树安的额头："你被关傻了？真得了什么神经病？"

顾正军："王老板你说的那是精神病。"

"精神病不就是神经病！莫说十个多月，就算关老子十年，老子照样烟酒槟榔茶！"

顾正军不跟他争辩："王老板，你们那档子事，了了？"

"哪档子事啊？哦，你说的高溪水库那鸟事吧？不了结？不了试试！"

"便宜姓丌的杂种了！"顾正军咬牙说。

"老子不是看杨树安作孽，绝对不依不饶，看他能把老子怎么的。"王先智把烟蒂随地一扔，继续说，"说我行贿杨树安，可笑得很！换谁都比杨树安靠谱。杨树安屁都不是，有什么值得我行贿的？那个姓史的，利用职权，名堂搞尽。关我不要紧，关他杨树安不作孽？我王先智不是吓大的，知道不？狗屎！什么东西！"朝地上用力吐了一口痰。

"树安确实冤枉。"顾正军道，"已经申请了国家赔偿。也不知道怎么算，十个多月，估计总共也就两三万块钱吧。王老板你也应该申请赔偿……"

"得得得，莫说我。"王先智不屑一顾，"给我我也懒得要。"

顾正军心想，什么懒得要，是不敢要。王先智这些年放高利贷、涉黑，说那个史晋内查外调，抓了他王先智不少把柄。

王先智给顾正军递一支烟，见顾正军摆手，也不客气，自己点上："听说在看守所，杨树安跟杀人犯高之德关在一起？"

"是的。"

"德哥算个爷们，高人啊！都说他炒股票发了财，拥有上亿身价。还说他炒股的诀窍与他背圆周率有关。还有的说，德哥不举，举而不坚，坚而不久？胡扯！"

顾正军笑了笑："练葵花宝典啊？"

"你不懂，"王先智一支烟很快少了大半截，冲杨树安，"江湖上传闻，德哥临死前，大年三十晚上跟你杨树安抱头痛哭一夜。下半夜快天亮的时候，德哥把你盯了足足半个小时以后，把你拉到一边，说了好一阵话。都说你杨树安得了德哥的真传，什么圆周率秘籍，什么德哥密码，传得发了疯！"

杨树安脸动了一下，挪了挪身子，没有开腔。

顾正军："真的啊树安？发了大财了！"

"天方夜谭！也信？"王先智笑道。

王先智看了床上的人一眼："十个多月，两三万块钱，打发叫花子啊？婚也离了，作孽啊！"

"离婚也许并不是一件坏事。"顾正军自嘲，"没人跟我离婚，因为我一直没有结婚。"

"废话。"

"这事就这么完了？"顾正军明显是挑逗的口吻，"主要是那个姓丌的不是什么好东西！这么大的王大老板，咽得下这口气？"

王先智认真地看了对方一眼："吃了暗亏做不得声，打落牙齿往肚里吞。打打杀杀，我已经厌倦了，没什么意思。过一段时间我就走了，到日本看看，散散心。怎么说呢？一个字：认栽！"

"王大老板说的是两个字。"

004

杨树安从神经内科转到耳鼻喉科。

第一次看到白尖尖着实把杨树安吓了一大跳。

大白天的，见鬼了！就在病房的走廊上，T字形拐角处。女孩在眼前一晃，转背就消失了，就像突然钻进了那根粗大的水泥柱子里面。他甩了一下脑袋，脑袋用力在空中写了一个"C"字，跟着又写了一个"Z"字，感觉自己是一件刚出土的文物。

原来，尖尖已经在这间病房里待了20多天了，竟是同一间病房！杨树安一时异常清醒，灌了糨糊的脑袋突然变得特别清醒。

杨树安有点怀念404号监房！

故事从头说起。

◇第二章◇担保

005

杨树安的老婆水芙蓉经常在家里发飙，但很少有人真正亲眼见过。这回，整栋宿舍楼甚至整个省分行大院差不多都震动了。

水芙蓉是省分行文印室的打字员，就在院子里上班，没等到下班就回了家，气急败坏地候着杨树安。杨树安下班回家的时候，天快断黑了。客厅里采光不好，水芙蓉也不开灯，坐在沙发上，气得直想跳楼。听到钥匙开门的声音，她霍地从沙发上跳起来，冲向门口。开门的是儿子杨涛，正好放学回家。小杨挺帅，都一米七几了，比杨树安足足高出了半个头，除了性情温和这点像杨树安，更多长得像妈。父子俩一路上楼，有说有笑。

见是儿子，水芙蓉稍稍放松了紧绷的脸。却看见杨树安跟在后面，肩上扛了估计是单位发的一纸箱苹果，顿时眼睛冒火，破口大骂："猪狗不如的男人！"

杨树安一时木在原地，站桩一样一动不动。

天气十分闷热。

一大一小两个男人跟老鼠见了猫似的。夫妻俩在家里吵架早已是家常便饭，儿子也早就习惯了，径自悄无声息地背着书包进了卧室，关上门，准备做家庭作业。水芙蓉在家里总凶巴巴的，对儿子也是开口就骂，动手就打。杨树安却总是一副慈父的样子。老婆对自己怎么样都无所谓，但他恨透了水芙蓉对孩子动不动就责骂。

这是省分行成立时建的最早的一批房子，是那种很老式的户型，一房一厅带阳台厨卫，50多个平方米。小两口住勉强合适，有了孩子就特别拥挤不堪。

儿子刚生下来的时候，父亲杨彦青从乡下来，替他们带了一阵孩子，睡在客厅，一张行军床，晚上支开早上收起。就这房子，也是二人结婚以后水芙蓉排了两年多的队才轮上，喜滋滋地从筒子楼搬了过来。

杨彦青是个豪爽的乡下男人，五大三粗。杨树安长得像亲娘王仙霞，一点也不像爹。公公实在受不了儿媳妇的责难，找了千条万条理由走了，回了乡下，打死也不想再来。娘去世得早，想想亲爹把自己从小带大，送自己上学，含辛茹苦，如今上了年岁，山里男人的锐气和暴烈的性情差不多早磨光了，按理，应该跟着儿子进城享些清福。杨树安不想老爹备受水芙蓉的白眼，为一些小事受到责难，心里犯酸，没有勉强老人留下。夫妻二人都要上班，没办法，花钱请保姆，三两个月一换，总如不了水芙蓉的意。

好不容易熬到儿子上了幼儿园，上了学。

卧室后面有一个阳台，后来单位统一从一楼到七楼砌上来，加宽，倒也开阔，简单地封闭了一下，刚好放得下一张单人铺、一张小书桌。不知道从什么时候起，杨树安就一直睡在阳台上，夫妻二人少有交欢，儿子越来越大，就更难得了。偶有机会，水芙蓉却总是拒绝，眼睛里充满厌恶。时常在深夜老婆儿子熟睡以后，杨树安一个人在阳台上自慰，紧张、担心、兴奋，生怕窸窸窣窣的声音吵醒了屋里的人，出一身热汗。

儿子一上学，杨树安就请木工上门量了尺寸，在单人铺当头给儿子定做了一张小书桌，配了把小椅子。

房改政策一实施，房子就成了私产，按工龄年龄职务职称等指标一计算，交了不到一万块钱，户落在水芙蓉的名下。之前福利分房，是严格按职级来的：厅级四房一厅，处级三房一厅，科级二房一厅，轮到水芙蓉，也就一房一厅了。对门丌小东就是三房一厅，水芙蓉每次去串门，看着人家的房子，眼睛放青光。照算，一房一厅总值个三万五万，只花了不到一万块钱，该高兴了。可看看人家，那么大的房子，也就出了三两万。怪谁？水芙蓉一介女流，小小的打字员，工人编制，干部都不是，能怎么地？怪自己男人窝囊！杨树安毕业参加工作，混了些年，房改的时候刚提了市区广场支行行长助理，也只是个正股级，编制也不在省分行。一步没跟上，步步落败！早提个科长处长，还能窝到这个份上？！

再看看人家丌小东，那是要风得风要雨得雨。在行里的时候，一步一个台阶，副科、正科、副处一路上来；刚提了正处，信贷处长没当几个月，人家不干了，下海经商，赚得盆满钵满，让隔壁三房一厅的房子闲置，自己又在外面买了商品房，住高级别墅。

有一句俗话水芙蓉天天挂在嘴边念：男怕入错行，女怕嫁错郎！她不知道自己前世究竟作了什么孽，欠了什么债！

杨树安仍傻不拉几地在门外杵着。

水芙蓉嫌丢人，一把抓了他的一只胳膊，将杨树安从门外拉了进来。杨树安完全没来得及反应，往前一窜，右脚尖挂在了门槛上，整个人扑倒在地，肩上的一箱苹果甩到客厅中央，散落一地。眼镜也不知道摔哪去了，眼前一片模糊。

儿子听到响动，赶紧出了卧室，一看吓坏了，哇哇大哭，嘴里喊着"爸爸，爸爸……"蹲下身子去扶。杨树安两个膝盖和右肘着地，痛得眼冒金星，满嘴是血，但还是挣扎着爬起来，忙安慰儿子："没事，儿子！我没事。"

水芙蓉简直发了疯，一把将儿子推进卧室，把卧室门"啪"的一声关上，顺手揪住杨树安的胳膊，把他往墙壁上顶："说！怎么回事？"二人个子差不多高，这些年，水芙蓉发了福，体形超出了他的。

"什么……什么怎么回事？"杨树安有些心虚。

"装？还装！"水芙蓉恨不得要把他吃了，"房子！担保！怎么回事？"

"……"屋里很暗，又没了眼镜，杨树安看不清她的脸，早就出了一身汗，身上的短袖 T 恤差不多湿透了。

"怎么回事？说啊！"她咆哮着。

"房子……担保……顾，顾正军，顾正军他，他……"

水芙蓉听他说着，半晌没有了声音，一只手仍紧紧地揪着他的一只胳膊，一动也不动。然后，她慢慢松开，全身软了下来，一屁股坐到了地上，"哇"的一声，呼天抢地地哭了起来，"呜——呜——"

水芙蓉原以为人家只是跟自己开玩笑，或者说自己不愿意相信，眼见杨树安这态度，十有八九是真的了。

杨树安挪了挪，摸索着开了灯，在电视柜前找到了眼镜，一只玻璃片炸开了花。他稍微整理了一下，又用手指在另一片玻璃上擦了擦，戴上，看了一眼水芙蓉，坐到沙发上。他感到一阵钻心的疼痛，抬手看了看，右手手肘擦破了一块皮，渗出的血沾到浅色的 T 恤上，斑斑点点；撩起两条裤管，两膝破得更厉害，真正的痛是从这里发出来的。

他顾不得痛，心乱如麻，一时不知道如何收场。

水芙蓉不再哭了，自己站起来，坐到他的对面。

"杨树安！"她说。

他抬头，透过一只镜片看她，另一只镜片花花麻麻的，有些滑稽。她突然变得异常镇静，镇静得让他心里发慌。

"房子呢，"她说，"你拿去替人家抵押也好担保也好，随你。房子登记在我的名下，是夫妻双方共有财产，儿子涛涛也有一份。要担保也只担保你的那 1/3，跟我娘俩没有关系。别的我也不说了，离婚！"

"我会处理好……"

"你会处理好！你要是会处理，也不会到今天这个样子！我什么也不想跟你说了。天哪！看着你老娘会瞎眼！老娘不想跟你这个乡巴佬说话！"

"顾正军好话给我讲了一笼筐，同学嘛。还有，他答应生意做成了给我几千块钱……"

"哈哈哈……咳咳咳……"她笑得好一阵咳嗽，跟着又笑，"哈哈哈……"脸有点变形，唇边那颗黑痣都挪了地方。

他张口结舌。

她站起身，手指点到他的额头："你是猪啊？猪脑壳！顾正军好话讲了一笼筐，你就替他担保？他再讲几笼筐好话，你把老婆孩子送给他好了。几千块钱！几千块钱就把房子给卖了，啊？顾正军什么人？坑蒙拐骗，一个十足的街头小混混！做得成什么生意？做一单亏一单！还敢借王先智的钱，我看你们是吃了熊心豹子胆！我真是瞎了眼，嫁了你这么个窝囊废。要钱没钱，要权没权，你像个男人吗？你看看人家，你自己看看。人家官也当了，钱也赚了，都把好处往家里赚，你倒好！你不替我想，也得替涛涛想想啊！房子抵掉了，家里还有什么？还有什么值钱的东西，你都拿出去担保好了。我真是瞎了眼，你说，你有什么值得我嫁给你？你这个乡巴佬，猪狗不如的男人，窝囊男人……"

他实在听不下去了，起身去抽屉里翻出一副旧眼镜。

水芙蓉不依不饶："说你窝囊吧，你还挺牛。高溪水库就又是你一个人不同意，对吧？你是外婆死在楼上——下不得地！"

他站起身，勾着脑袋，径直出了门。

关门之前，只听到身后水芙蓉大吼一声："滚！"

006

杨树安像一条断了脊梁的落水狗，一路跌跌撞撞地下了楼，不愿意碰到熟人，避开路灯，拣暗处出了院子，上了车水马龙的大街。

已是万家灯火，马路上一片喧嚣，霓虹闪烁。

拐角处，有一处烤红薯地摊，香气四溢。他对红薯有一种本能的反感，一闻到红薯的气味就想呕。小时候在乡下，吃不饱饭，一年365天，有360天吃红薯，丝的片的坨的，煮的蒸的烤的，成天放屁。如今城里人得个红薯，捡了宝似的。香啊，好吃啊。好吃个屁！让你也一年360天天天吃这玩意试试！

顾正军，你小子害人啊！

他和顾正军从省财会学校毕业后，虽然分到了不同单位，却不约而同地被派到了乌山县高溪镇工作。杨树安在银行，顾正军在供销社。

省会、乌山县城、高溪镇呈一个等边三角形，往返也就十几二十公里。

顾正军是外县人。高溪镇是杨树安的老家，他家在离镇30公里交通不便的山沟沟里。杨树安是镇中学毕业的，镇上除了同学和老师，还有些亲戚朋友，却很少走动。高溪河边的高溪中学和高之德高老师家，自然成了同学二人常聚的地方。

高老师说："别再叫我高老师，你以后叫我德哥吧。"

高老师又说："不是所有的人都可以叫我德哥的！"意思是顾正军仍只能叫高老师。

他俩在高溪镇一起工作的时间不长。供销社体制一改革，顾正军就下了海。说是下海，个人关系还挂在单位，没工资发，也不用上班，自己干起了小本买卖，油盐酱醋、农资化肥、香菇干笋，抑或青菜萝卜，什么生意都做，一天到晚在市、县、镇里来回跑。杨树安在银行基层干了几年，找了邻居开小东的关系才调回了市里，在市分行财务会计部工作不久，去了广场支行，提了行长助理。行司分家，他从广场支行调到了资产管理公司，提了个副科长。

顾正军在市里湘春路开了一家粮油贸易商行，隔三岔五地送点红薯土产来家里。红薯，杨树安边都不想沾。水芙蓉却喜欢，每次变着花样做，边津津有味地吃，边骂杨树安乡巴佬，不懂健康，不懂生活。

这一回，顾正军接了个玉米贸易合同的大单，算下来，赚得七八万。为了筹措资金，自己的房子也抵了，还不够，就找到杨树安。

顾正军找了一家茶厅，约了杨树安，见了面就说："兄弟，一定得想办法帮我搞十万块钱。"

"我从哪里给你搞十万块钱？"

"行了，我的杨大科长！"顾正军一听，有些不高兴，"当过银行行长的搞不到钱，不是天大的笑话！"

杨树安说："什么行长，一个小小的助理，分管财务会计，也没有分管信贷。"

"我说兄弟，当过银行行长的搞不到钱，说出来让人笑掉大牙。现在哪个做生意的不负债？你我同学，上下铺的兄弟，我可是第一次找你。都说我有你这个同学靠山，做生意不愁没本钱。十万，十万块钱，对你来说还不是小菜！再说了，我这单玉米生意十拿九稳，最多两个月！两个月下来，能赚个七八万。你是怕我发了财忘记你？"

"正军——"

"你说我姓顾的赚了钱，少得了你那一份吗？本来我想钱赚到手再说——利润的 10% 归你，放心！"

杨树安的心腾了一下："不是这个意思……"

"什么不是这个意思咯！我说到做到。都那么多年老同学了，有难同当，有福同享，兄弟还分你我！"

杨树安说不过，有些心软。他停了停，说："到银行借贷款手续很麻烦，要担保抵押，还有……"

"就是没有担保抵押噻，我自己的房子刚抵给建行，有担保抵押还找你啊？想想办法，想想办法兄弟！"杨树安眨着眼睛，一时沉默了。

杨树安一说话，顾正军就直接打断。此时，顾正军也不吭声了，看得出老同学在想办法。

二人眼睛对视了好一阵。杨树安从包里拿出一个小小的电话本，也不说话，只是翻看着。

"丌小东，认识噻？"杨树安说。

顾正军脸上倏地掠过一丝复杂古怪的表情，半晌，冷冷地道："丌小东我当然认识。"

"我看能不能请他帮忙。"他看了一眼顾正军，"金额不大，时间也短，也许会同意。"

顾正军什么也没有说，脸上那一丝复杂古怪的表情仍留下些许痕迹。"他在银行里贷款以亿计算，如今又划转到了你们资产管理公司，砍一半再打对折还嫌多。狗娘养的，抢钱啊……"

"没事骂人家做什么！"

"骂？老子恨不得杀了他！"他说，"还是算了，不求他。"

"为什么？"

"没有为什么。"顾正军道，"再想想别的办法。"

"没别的办法，"杨树安也不理会，"剩下唯一的办法就是借高利贷。利息高，但不需要担保抵押。"

"高利贷呀？太黑！"顾正军直摇头，眼睛一亮，"金健典当，王先智，对！兄弟，你打个电话吧，帮我问问。"

杨树安使劲摆手："找王先智？你饶了我吧。"

"王先智是你表哥啊！"

"屎不臭用棍子挑开来臭是吧？我和他没关系，跟你说过一万次了！"杨树安脸一阴。

"行行行，就伸长脖子让人家拿刀砍一回。"顾正军一咬牙，"行吧行吧行吧，火烧眉毛。"自己抓起电话就打。

"两个月，月息三分五。"顾正军放下电话，"真黑啊！"

两个月很快过去了。第三天，王先智手下那个叫屈雄伟的大马仔和另一个腰圆膀粗的家伙找到顾正军，说没钱还没关系，只需割下顾正军胯里悬着的两个蛋蛋，连本带息五万一个。顾正军脸都白了，哭丧着脸，只没有给杨树安下跪："还是求丌小东想想办法吧。"

丌小东很爽快就答应了，说十万块钱，无所谓，树安你打个条子给我就行，马上给你！树安你要现金还是转账？别的人不相信，还不相信你树安？当然，我只认你。

杨树安给丌小东写了张借条，并写明用自己在省分行院子里的住房给丌小东提供担保，纯粹也是履行一下程序，走走过场。丌小东看一眼借条，笑着说："树安你多此一举，让芙蓉知道了，得了？"

“电话里我都承诺你了……”

“树安厚道。”丌小东接着又说。

丌小东算得上是杨树安的半个媒人，又是邻居、同事；丌小东在省分行办公室当了几年副主任，是水芙蓉的直接上司。

水芙蓉唇边一颗痣很显眼，外号“一粒痣”。水芙蓉土生土长，高中毕业就被招进了银行，在省分行机关工作多年，皮肤白皙，丰乳肥臀，都说女人胸大无脑，谁知道呢！

杨树安漫无目标地走在人行道上。红薯的香味一熏，发觉自己饿了，早已饥肠辘辘。一摸口袋，口袋里布贴布。左翻右翻，竟翻出几张皱皱巴巴的块票和毛票来。刚想去买点什么充饥，便发觉不对，没带手机，得留下钱给顾正军打个电话。

与顾正军在五一东路一个路边面粉店里见了面。

杨树安刚要开口说话，顾正军说，“先吃粉吧，吃了再说，饿疯了！”顾正军给两人各点了一大碗米粉，又各加了一个煎鸡蛋、一份粉蒸排骨。顾正军吃得头发里冒热气。

杨树安却只象征性地吃了几口，就再也吃不下了。

一台电风扇快要散架似的，对着他们使劲地吹热风，嘎嘎嘎地作响。店里就他们两位食客。一个服务员模样的乡下女孩子和一个厨师打扮的男人在店门口的柜台边坐着聊天。男人三十几岁，身着白色厨服，说是白色，却油渍遍布，尤其显得脏，衣服上的扣子掉得只剩一颗，敞开胸，胸毛一片，眼睛看那乡下女孩子，一副色眯眯的神情。

顾正军指着杨树安 T 恤上的斑斑血迹：“兄弟，你这是？”

“不是，”杨树安脸有些红，“摔的……”这么说着，自己都觉得自己像中学课本里被人打折了腿的孔乙己。

顾正军叹了口气，摇摇头。

“正军，这回惨了。我死定了。”

“我也差不多死翘翘了。房子抵给了建行，上无片瓦。狗娘养的河南人！那些玉米是肉包子喂了狗了。”

“得想想办法！”

"没得办法想啊！"

杨树安一听就冒了火，霍地站起身，差点把那张本来就不是很稳的餐桌撞翻，吼道："顾正军，你不能就这么把我丢在河中间，过了河就把桥给拆了！"

顾正军没想到也从来没有见过杨树安发那么大的火，被镇住了。门口那个服务员和厨师打扮的男人也吓了一跳，一起回头朝这边看。

"火什么火嘛！"

"火什么火？你就一句没得办法打发我？"

"这不实话实说嘛！"顾正军也有些火了，"这个时候杀了我也没得办法，是不是？我也不愿意啊，我也想赚钱，也想把钱还了，把你的担保解了，也想不被人家骗。找你帮忙，帮来帮去，事到如今……"

"照你这么说，是不是我帮你帮错了？"

"兄弟，说话别伤了和气。实话跟你说，我呢，手上还剩下七万多块钱，你先拿去。本来想用这点钱安身立命，东山再起。人呐，命中注定。想我顾正军一天到晚忙得脚不着地，也没有偷懒，从不犯法，可就是混不出个人样来。看看人家，也不知道吃了什么灵丹妙药，总是顺风顺水。唉，看来天要亡我！"两人不欢而散。

离了小店，杨树安又一次像一只无头苍蝇、一条丧家之犬，不知道往哪个方向抬腿。家暂时是不能回了，水芙蓉定是饶不了他，无非又是吵架，破口大骂。骂不要紧，关键是儿子在家。儿子上中学，学习负担不轻，好在听话，学习成绩不需要操心。夫妻俩三天一小吵五天一大吵，吵得儿子都有些麻木了。但总这么吵下去，对孩子的身心健康十分不利。

想想自己这些年来，活得也真是窝囊。要怪怪自己，怪不得别人。哪个女人不希望自己的男人有出息，不希望嫁个能指望的男人？看看人家，官运财运桃花运，运运亨通；再看看自己……唉！

狗日的顾正军！稀牛屎，糊不上墙！

顾正军当然也想赚钱，可偏偏这一单碰上河南骗子，想赚的没赚到，还赔了老本。如果一切按照当初设想的兑现，那是皆大欢喜，债还了，担保解了，该赚的赚了。杨树安不仅可以如期从丌小东手上收回那张借条，不让水芙蓉知道，还能把顾正军给他的几千块钱高高兴兴地塞给水芙蓉，给她一个惊喜，让她知道，她男人并不是那么窝囊，也赚了钱。如果可能，以后他会如法炮制，联手顾正军，不断地赚些外快回家，高高兴兴地把钱递到老婆手上。

顾正军这个不争气的家伙，一事无成，家没个家，尽会忽悠！总说有个女朋友，却从来没露过面，神神秘秘的。

杨树安在心里痛骂着。他怪人家，更怪自己。在金融界混了这么些年，为老同学、上下铺的兄弟借十万块钱居然搞得如此失败。无能啊！开小东一贷就是几千万上亿，但却什么事都没有。

估计水芙蓉还在家里发神经。她是那种最善于拿别人的错误来惩罚自己女人，而且一定得惩罚个够，不把自己折腾个半死绝不罢休。

想起自己的老婆也不容易。至少，跟自己结婚以来，一门心思为了这个家。为了儿子，她把日子过得紧巴巴的，从来舍不得为自己添置一件时髦的新衣裳，实在亏了她那副长相。女人不爱虚荣不攀比的少，尤其她天天待在省分行机关，见得多，听得也多，埋怨责怪当然可以理解。谁让她阴差阳错地嫁给了自己这个背时鬼。

省分行机关就是不一样，除工资奖金之外，发的各种福利大到热水器、电风扇、电熨斗，小到牙膏、牙刷、手纸等居家用品，吃喝拉撒，应有尽有，算下来，抵得她差不多半个月工资。

那些年，股票发了疯一样的，内部职工股一茬接一茬。省分行基本上也是按机关在编人头分配，每人 500 ~ 1000 股不等，1 元 / 股，外加 0.05 元 / 股的手续费。各种信息传来传去，一会恒力机械要上市了，一会金龙股份进入了上市辅导期。水芙蓉简直到了痴迷的地步，见股就买，买了自己那份指标不算，有同事不要的，她都会尽量全拿下来，又恨不得手上的股票都上了市。你想，一上市，一股十几块几十块的，肯定要发财！水芙蓉说起股票净是口水，嘴角还会起泡沫，但又少不了抓住机会把杨树安数落一场，说学财会的，一点经营头脑也没有，书从屁眼里读进去的。最让她想不通的是那年杨树安正好在深圳出差，也不晓得去排队买原始股，只晓得看热闹。看看深发展、深宝安，一路猛涨，翻了多少倍！

蠢得死！猪脑壳！穷骨头命！

当年，乌山实业股票成功上市，美醉了水芙蓉。

水芙蓉悔啊！乌山实业内部职工股三年后解禁上市流通，买得太少，只有区区500股。当时大家似乎都不怎么看好乌山实业，很多人没要。水芙蓉恨自己糊涂，肠子都悔青。也是拿不准，早知道应该把同事不要的全收了！

天上掉馅饼！丌小东送给他们1000股指标。水芙蓉乐啊！脸笑得跟菊花似的。杨树安内心感激，坚持要按每股1.05元价格付1050元。丌小东笑，也不推迟辞，径直收下。

丌小东是乌山实业的第二大股东。

倒是原先唱得热火朝天的恒力机械、金龙股份，由于经营不善，改制又不彻底，连年亏损，说是快倒闭了，别说上市，怕是渣子都没得留。

所有的人对高溪水库上市寄托了更大的希望。丌小东放着省分行信贷处长不当，下海当老板，第一桩就是重组入主高溪水库，当第一大股东。只可惜，功亏一篑！高溪水库虽然没上到市，好在保住了本钱，还分了20%的红利。水芙蓉有1000股，拿回了1200元，算可以了。

"乌山实业，一匹黑马……"杨树安心里说。

今晚去哪？

回高溪镇？还是算了吧！

007

杨树安来到了办公室。

刚下电梯，透过玻璃大门，却见办公室里的灯亮着。杨树安所在的办公室是那种大通间，齐胸高的轻质隔断把几十平方米的宽大房间隔成了若干个小方格，每个方格里是按尺寸定制的办公桌椅，桌上电脑、文件架、电话一应俱全。平时，大家都显得紧张忙碌，盯电脑屏幕，打电话，看文件报纸。电脑屏幕上，少不了股票行情、游戏、QQ聊天等等，内部局域网和互联网界面可以切换。

座次分项目组按职级资历排列。

往里是两个并排的单间，分别是处长厉天麒和副处长陈一民的办公室。陈一民调去了刚成立的资产经营二部，副处长主持工作，原先的这间办公室也就空着。

亮灯的是厉天麒的办公室。

他径直走了进去："厉处。"

厉天麒早听到了杨树安的脚步声，但双手仍在键盘上不停地敲击，眼睛虽盯着电脑屏幕，嘴里却答应："树安坐。这么晚了你怎么也到办公室来了？"

"我没事，领导辛苦。"杨树安说着，想退出。

"树安！"厉天麒放下手中的活，抬头朝他笑了笑。天花板上的日光灯照在他的秃顶上，闪着刺眼的光亮："我正为高溪水库项目伤神！你来得正好。"

高溪水库项目组长本是陈一民兼的，杨树安只是项目经理，分别是第一和第二责任人。陈一民离开后，杨树安接手组长。

厉天麒指了指电脑屏幕："陈一民临走拿了这个预案，协议转让……啧！你的意见是……公开拍卖？现在你是项目组长……"

"这个？"杨树安脑袋里仍是水芙蓉那张扭曲的脸，还有顾正军那副猥琐的德行，身上的T恤跟刚出坛的盐菜似的。杨树安此刻十分后悔进来了。

"树安你不舒服？"厉天麒盯着他看。

"没有没有……"杨树安道。幸好隔着办公桌和桌上的电脑屏幕，厉天麒才看不全他的狼狈样。他有些支支吾吾："可能，可能有点……中暑。"又想，厉天麒何等聪明的人，不是没有看出来自己这副窝囊的样子，也许只是不想驳了自己的面子。

厉天麒关切地问："树安你没事吧？给你倒杯水？"

"不用不用，真的。"隔着办公桌，杨树安只是一直站着。

"那你回家吧，吃点藿香正气水，早点休息。"

见杨树安匆匆出了门，厉天麒补了一句："树安，记得明天去高溪水库评估现场。"

杨树安有些稀里糊涂地下了楼。

六年还是七年了？高溪水库跟一块烧化了的橡胶皮，粘着烫。

高溪水库在广场支行有6800万元的贷款，多年来不仅利息分文未收，还迫于压力，又追加1200万。面对上千号自然人股东，其中多是政府、银行、工商、税务的，都有背景有关系，且股份多在领导家属名下，整整1000万股。眼看银子要变成水！丌小东压力当然大，政府银行领导压力也大，协调会开了十几次。社会稳定问题啊！按1：1.2的比例退股，皆大欢喜——除了广场支行。

当年，丌小东一手安排，把陈一民调到广场支行，就是为了这1200万元贷款？丌小东虽然下了海，省分行很多事他却仍能一手遮天。厉天麒最先在市分行当信贷科长，提拔为市分行副行长不久，在丌小东的操控下，升任省分行信贷处长。

厉天麒接任后碰到的最让他头痛的事，应该就是这1200万贷款。迁就照顾与地方政府的关系，从广场支行到市分行到省分行，个个做好人。好人哪个不晓得做！如果不是丌小东的项目，也许他厉天麒哪怕处长不当，也不会松这个口。

为了高溪水库上市，据说，丌小东不惜调动了三四个已离职休养的原籍老将军的关系，但还是差了那么一点点。若果真上了市，那是皆大欢喜。可话说回来，这样的破公司也能上市，那中国的资本市场就太混账了！

杨树安感觉眼前有一个巨大的漩涡，深不可测，飞速旋转；他在漩涡的边缘，缓缓地跟着，转着。他有些站不住，双脚悬空，像一片树叶，被人前拽后推……

丌小东不是再三保证，担保的事不跟水芙蓉说么？杨树安心里气鼓鼓的。

◇第三章◇高尔夫

008

丌小东约了厉天麒，说是去打高尔夫球。

高尔夫？厉天麒接了电话。周五下午一般也没什么事，丌小东就临时动议，约厉天麒一起喝下午茶吃晚饭。

厉天麒说："高什么夫咯！"

"三弟，人家早玩剩了，我们兄弟还老土，边都没挨过！"丌小东说，"你直接坐电梯下到负二楼车库，我和晓丽来接你，15分钟就到。对了，我还约了杨树安。"

上班时间，走负二楼车库不扎眼。

枫林大酒店在市区的东北边缘，新开张不久，也是市内最新的一家高尔夫练习场，占了一大片绿地。说是高尔夫，无非就是把球从垫子上打出去，仅此而已。上下两层，几十个打位，以球道最远点为圆心画出来一个扇形，圆心一线就是打位所在的位置。除了大堂和办公室外，教练房、洗球房、专卖店、存包房及小型休息厅一应俱全。网柱是钢筋结构的，架网将整个绿草茵茵的场地紧紧包围。

三个人有说有笑进了大堂，立刻就有一位亭亭玉立的女孩子上前迎接。女孩身材高挑，一副正装打扮，深蓝色西装套裙，白色洁净的衬衫领子翻出来，披肩长发，显得十分明媚，活泼可爱。见了晓丽，两个女孩纠缠到了一起，双手胡乱地向对方招呼，嘻嘻哈哈。

原来是晓丽卫校的同学，叫白尖尖。晓丽多次说起，丌小东还是头一回见。

"白尖尖，白菜尖尖。"尖尖自我介绍，笑得灿烂亮丽极了，些许羞涩。

听晓丽说，尖尖卫校毕业后，去市一医院没上几天班就离开了，近几个月，自己掏钱进修高尔夫球教练，在读，周末打工。晓丽又说，尖尖一度成了封面女郎，照片曾上过《晚报周刊》杂志的封面，号称"清洁美人"。二人刚巧都姓白，长相出众，经常玩在一起，是卫校两朵著名的白玫瑰，两道亮丽的风景。

"白玫瑰？以前没听你说起过？"又逗她："早知道两朵玫瑰全摘了！"

晓丽一对酒窝，俏眉一竖："呸呸呸，你敢！"

丌小东说："现在当然不敢！都准备做我家三弟媳妇了。"

今天的主要目的就是想成全厉天麒和尖尖二人的好事。

厉天麒离婚好些年了，结婚不久就离了。

明媚的笑、得体的打扮，加上略施粉脂，尖尖确有一番风韵，给人一种清纯的感觉，看来今天也是经过了一番精心刻意的打扮。说好了先不跟他们二人说的，这样接触起来自然些，不会别扭。丌小东看了一眼晓丽，晓丽一抿嘴，吐舌偷笑。看来这小蹄子肯定没有守约，先跟尖尖说了。

厉天麒除了年龄大点、没头发之外，看上去也是一表人才。他结实的身板，额角脸庞宽阔，给人诚实正直的印象。

晓丽阳光清纯，小家碧玉。反衬之下，尖尖沉稳贤淑，颇有些大家闺秀风范。

晓丽特别推出厉天麒，冲尖尖介绍：“人家天麒哥可是人大毕业的高材生哦！人中之龙……”

晓丽一开口，有意无意地露了馅。丌小东扫了她一眼，这么一说，等于把今天的安排又一次提前曝了光！厉天麒装作没有觉察，忙打断道：“可别这么夸我！我二哥才称得上人中之龙。”

其实，晓丽不仅跟尖尖说了，还背着丌小东把尖尖的情况介绍给了厉天麒，还特别给了他尖尖那张“清洁美人”的照片。厉天麒看了照片就动了心，答应见面。

尖尖有些心虚、忸怩，弄得一脸通红。

丌小东突然发觉这女子挺眼熟，却一时想不起在哪见过，慢慢感觉这女子似乎也认得自己，看自己的时候神态不是很自在。

几个人一路说笑，上了二层，选了两个中间偏东方向的打位。很快就有人送来了球杆，一人一篮子白色的球。

下午打球的不多，只有三四个打位有人。

晓丽说：“东东哥，今天我买单。”

丌小东问：“多少钱一个球？”

两个女孩一听就乐了。

晓丽：“多少钱一个球？100块一个，哈哈哈……”

他们还真是第一次玩。

“挺贵的。”厉天麒皱皱眉。

丌小东说："什么挺贵的，是太贵。宰人咧！刀子磨得太快了吧？！"

"100块一个还贵呀？"晓丽一脸认真，操起球杆，立了马步，一挥杆，"啪"的一声，白色的球应声飞出，掉在了草地上标有"50m"和"100m"的两块牌子之间。三个人一齐鼓掌。丌小东说："哟哟哟，看不出来啊，有两把刷子啊，晓丽同志！"大家也一齐夸，夸得晓丽有点不好意思了。晓丽说："班门弄斧咧！人家教练还没有出手。"于是把球杆递给尖尖，叫尖尖示范打一个。尖尖见众人看她，忸怩了一下，还是接了球杆，一挥杆，球就出去了，动作轻盈麻利，没有像晓丽那么费劲。

晓丽双手一摊，笑道："两百块，没了。"

尖尖忙说："别逗了，哪要100块钱一个呀。一篮子一共100个球，70块钱一篮，打七折，七七四十九。今天我请客吧。"

"请客哪轮得到你。"晓丽冲尖尖说。

大家一起笑。

丌小东："这价钱还差不多。"

四个人分成两个组，尖尖带着厉天麒，丌小东和晓丽，分别在两个相邻的打位。尖尖蹲着马步，双手操着球杆，对着那白色的球比画，却并不击球。她说："握杆是高尔夫运动中最为重要的基础，握杆影响着整个挥杆过程中各个部分的动作。握杆没有做好，取姿瞄球、相对球位、稳定触球击出、球的飞行轨迹、飞行距离都将受到影响，还会导致打厚或者打薄。"

丌小东和晓丽也站在一旁看。

尖尖把杆交给厉天麒，手把手地纠正他握杆的姿势。

"瞄球是挥杆的准备工作，挥杆就是前后摆球杆，经过上挥达到挥杆顶点，然后球杆再向下挥，尽可能击中中心点，球被击中飞出后，球杆向前上方顺势上扬，直到结束动作。上述动作全过程就叫作挥杆。"尖尖接过球杆，"啪"的一声，把第三个球打了出去。

两个男人依葫芦画瓢，但不是打厚了就是打薄了，费了好大的劲击球，球却近在咫尺。丌小东一杆下去，跟锄头挖土差不了多少。晓丽见了，笑得直不起腰。尖尖笑得很有分寸，有所顾忌，从旁逐一悉心指点。

厉天麒在尖尖的贴身指点下，进步很快。尖尖不停地夸他悟性高。丌小东心里有事，加上晓丽在边上吵吵绊绊的，一会东东，一会东东哥，没打几个好球。

晓丽凑到丌小东的耳边："东东哥，今天看来有戏。"

再看那二人，大有相见恨晚的样子。

丌小东明白晓丽的话，也不理会，装作没有听见，用力把一个球打得飞向老远。他终于想起来了这个叫白尖尖的女人！这女子绝对不能做天麒的女朋友，更不可能让她嫁给天麒。他后悔安排了今天的这个活动，心里开始责怪晓丽，什么人不能介绍！话说回来，现在的女孩子不同了。这些年来，晓丽一直跟着自己，也不在乎什么名分。用她的话说，敢爱敢恨，随心随性，认真生活，认真工作，认真玩耍，认真做爱。总之，开心就好。

一篮子球打了大半，厉天麒头上身上开始冒汗。他放下球杆，坐到一旁的藤沙发上，端起了茶几上的茶杯。"二哥，休息一下吧。"尖尖站在茶几前，候着丌小东和晓丽走过来，却并不坐。

厉天麒说："尖尖你也坐呀。"

尖尖笑答："这是提供给客人的专用座位，我们可不能坐。"尖尖说着，眼睛只看厉天麒和晓丽二人，偶尔接触到丌小东，便倏地挪开，勾下头。

"什么破规矩！"晓丽说着，把两张单藤沙发拉近，靠到一起，自己坐下，拉丌小东在身边坐下，又端起茶几上的一杯茶，递给丌小东，殷殷勤勤，恩恩爱爱状。

三个人坐着，一个人站着，感觉很别扭。尖尖道："你们先休息，我看看就来。"说完转身离开，进教练房去了。

"杨树安该到了，"丌小东喝一口茶，看看表，"说是你安排他去了高溪水库项目评估现场？一大早就去了。答应来的。"

厉天麒轻描淡写地点了点头，朝尖尖背影看了一眼，见丌小东和晓丽正看着自己，有些脸热，忙从手提包里掏出一张报纸，递给了丌小东。这是当天的省报，第四版右下角套红刊登了"高溪水库（水电站）股份有限公司债权营销公告"。丌小东接了，道："我看过了。"但还是十分认真地过了一遍。

"公告也好，评估也好，反正都是你们的必备程序。"丌小东说。

厉天麒："程序能走的先走。"

"你们谈正事，我打球去了。"晓丽说着，离了座位。

厉天麒笑道："什么正事不正事啊！"

丌小东顺手在晓丽腰上轻轻地推了一把："玩去玩去。"

晓丽娇嗔，不顾厉天麒在场，俯下身做样子朝丌小东的脖子咬下去："咬死你，咬死你，咬死你……"

丌小东边笑边躲，二人瞎胡闹了好一阵。

晓丽早看出了丌小东前后态度的变化，却一头雾水，怎么会这样？对人家爱理不理的，尖尖会怎么想？没良心！

厉天麒在一旁看着，笑，见怪不怪。

"三弟，还真有件正事要跟你说。"丌小东道。

"乌山实业内部职工股正式上市流通后，价位一直稳定。"丌小东环视四下无人，便接着说道："那 200 万股职工股一直在我的名下，择机抛了算了。当时我就说了，我拿一半，剩下一半你跟大哥平分——不不，老三你千万不要推辞！兄弟之间，不再多讲，就这么定！"

"二哥，这……"

"这事我跟大哥商量过了。"丌小东自己点燃一支 Seven Stars 香烟。Seven Stars 只供日本国内，丌小东特别喜欢抽，大哥史晋怕是也上了瘾。他的合作伙伴、日本朋友吉野先生每次从日本过来，少不了要给他带些。市面上的 Mild Seven 是出口版，虽然都出自日本七星公司，但完全不一样。

"大哥什么意见？"

"能有什么意见。"他看一眼厉天麒，转移话题，"好些天没去看天赐了，情况好些了吧？老三你受累了！"

"受什么累！"厉天麒说，"用二哥你的话说，那是我前辈子欠他的债。欠债得还，天经地义。何况他是我亲哥哥，同胞兄弟。要不，小李也不会跟我离婚，短命婚姻……也许是上天看我真诚，开了天眼。一个植物人，天赐能恢复到现在这个份上，真是造化，也算是奇迹了。"

"是啊，三弟大善！善有善报……"

"这些年没有二哥你的帮衬，我怕是挺不过来。"厉天麒满脸诚恳，"要人有人，要钱有钱，还四处求医问药……"心道：怎一个债字了得！

"什么话！三弟再说就生分了。"

"行，不说了。说高溪水库吧。"

丌小东翻了翻报纸，笑了笑："都过亿了，10200万，有那么多吗？"

"简单几个数字能错到哪去！第一笔6800万，还是你这个信贷处长下海前亲自批的。"

"我没别的意思，"丌小东自嘲，"一脑壳的虱子，何必在乎多一只少一只。"

厉天麒掏出一盒本地出产的香烟，抽出一支，把黄色的海绵烟蒂对着烟盒不停地叩击，又把烟横在鼻子下，用劲吸了几下，并不急于点上。厉天麒烟瘾并不大，也只抽这种本土烟，对日本人那什么七星八星没有兴趣。他问道："大哥哪天回？"

"明天。"

"检察长终于当上了，遂了他的愿。"厉天麒道，"皇天不负有心人，没有枉费二哥你一番张罗。"

"莫这么说，主要是他自己努力。"丌小东笑了笑，"史晋啊！使劲晋升，要不，他这个史晋不是白叫了。"

厉天麒也笑："早些年大哥也没有少努力，也没有少使劲。"

"你还不知道，大哥平生两大追求，功名和美女，还特别喜欢有人不停地念他的名字，史晋史晋史晋，加油加油加油……"

"哈哈哈……"二人放声大笑。

厉天麒一开心，头皮发光。曾经用过不少药，包括丌小东给他买的"章光101"，还找了不少民间土方，也不见什么效果。他也曾偷偷地去商场试着戴假发，对着镜子一照，连自己都有点不认识自己了，连忙摘了假发，做贼似的溜出商场。他点上烟，吸了一口，烟雾顿时在他光秃秃的头顶上散开来。这时手机响了。

丌小东正准备等厉天麒接完电话，给他讲讲这个叫白尖尖的女子的事，眼前却突然冒出了陈一民。

陈一民架着一副金边眼镜，西装革履，系着真丝领带，皮鞋擦得锃亮，头发也梳得溜光，三七开，七分朝右边倒。一副奶油小生式样，派头十足，唯一不足的是个子太矮，一米五七，配上一双只有 36 码的高档精制的男款皮鞋，算得上一个"微型帅哥"。他祖籍广东，按他老家的话说，"矮婆多崽，矮仔多怪"，意思是说个子矮的女人会生儿子，个子矮的男人聪明、心眼多。

丌小东见了，故作一脸严肃，道："怎么回事呢？手机打不通！几个兄弟，就你找不到人，想约你见见面比见美国总统都难。"丌小东也就一说，没有提前约陈一民，想打个马虎眼。

"冤枉啊二哥！"陈一民趋近丌小东，上体稍向前倾，"向二哥请安！"厉天麒叫丌小东二哥，他也跟着叫二哥。他从手提包里拿出手机："二哥你看，没电了，忘了带备用电板。真的真的！谢谢二哥惦记！"

没想到歪打正着，丌小东笑："那就是巧。"

"约了一个客户。"他看了一眼正在接电话的厉天麒，"这地方我第一回来，人家安排的地方，就在一楼你们正下方。听声音好像是你们，这不，我把他打发走了赶紧上来。"

丌小东笑道："我说你什么时候请客呀，陈处长—"

陈一民忙摆手，打断："别别别，我的爷！折煞我啊！叫老弟，叫老弟，叫一民最好。"

"士别三日，刮目相看！"

"师兄莫再拿我开玩笑了。"

丌小东一脸严肃："真心话，老弟，真心话。师弟你有进步，主持工作了，我高兴还来不及咧。"

"说曹操曹操就到！"厉天麒接完电话，"一民你小子陀螺屁股，是巧呢还是你狗鼻子尖，老远就闻到气味了？"

陈一民和丌小东是财院金融系的师兄弟，比丌小东低了几届，在省分行工作的时候一直是丌小东的直属手下。有了师兄弟这一层关系，陈一民在单位给人的印象就是丌小东的人。陈一民心里高兴，背靠大树，求之不得。丌小东向来矢口否认，说不存在不存在，心里却或多或少默认。人嘛，抬轿坐轿，相互需要，相互利用，各取所需。

陈一民忙笑着冲厉天麒打一拱手："处座！"

厉天麒啐他一口："太阳！"

"……太阳？什么太阳？"陈一民问。

"日！"

"处座真幽默！"陈一民说，却没有笑。

一旁的丌小东"噗"的一声笑出了声，心想，老三内心向来瞧不起陈一民。

厉天麒白了陈一民一眼："跟你说过多少回了，座什么座！"

丌小东还想笑，放在茶几上的手机一阵震动，忙抄起来接："哦，哦哦，好的好的，那行吧。"挂了。他把手机放回茶几，眼睛看厉天麒："不来了。"厉天麒神会，知道说的是杨树安，点了点头。

丌小东怕引起陈一民的误会，撒个谎："一个朋友，约了一起吃晚饭，家里临时有事不来了。一民你不认识。"他接着说，"一民你来得就是巧，电话找不到你，倒是自己寻上门来了。今晚吃岳鳖的私房菜，青椒炒肉，干锅土龟，水鱼红烧清炖各一份，老套路。"又哈哈一笑，忙叫了晓丽："看看尾箱里还有什么酒？"

晓丽手握着球杆，答应着走拢来，跟陈一民打招呼。

陈一民冲晓丽叫嫂子。

"别瞎喊咯哥哥，叫晓丽就好。"晓丽转头对丌小东道，"茅台、酒鬼、蓝带 XO 应该都有。把车钥匙给我，我去看看。"晓丽接了钥匙便去了。

丌小东边说话边下意识地给大家发那七星烟，厉天麒手晃了一下，示意不要，陈一民双手接了。

丌小东冲陈一民道："我们正讨论高溪水库。"本来想叫陈一民一起，怕老三不高兴。人算不如天算，陈一民来的硬是时候！丌小东笑道："都是自家弟兄，话就不转弯抹角了。情况呢，之前也都说过多次，有问题兄弟们一起商量。高溪水库 1.02 亿元本息，全部由我公司回购，这一点可以确定。"

厉天麒心里明白老二的算盘，也只好说："一民你以前一直兼项目组长，你说说吧。"

陈一民笑了笑，故作谦虚道："厉处，以你的意见为准。"

丌小东忙应道："一民你就别再谦虚了！"

"师兄、厉处，"陈一民忙收起笑容，一本正经，"行，我说说我的意见。之前我是项目组长，树安是项目经理，也拿过一个预案。但有师兄在，有厉处在，原则你们定，树安具体经办，我积极配合，没得说。"

陈一民停了停，接着说："至于处置方式嘛，预案也作了交代。我看公开拍卖可有可无，估计没有第二个参加竞拍的，风险可控，还要报总部审批……"

"陈一民！"厉天麒明显不快，"你这个项目组长就是这么当的？我看你完全是一种不负责的态度！拍卖可有可无？你就知道没有第二个参加竞拍的？还风险可控？叫总部怎么给你批？再说了，万一总部批不下来，你怎么跟你师兄交代？"

陈一民一脸尴尬："厉处批评得对！"

丌小东笑了，赶紧打圆场："不能给你们为难，手续该办的办，程序该走的走，一个都不能少。"他虽这样说，心里却想，高溪水库上了市的话，早成了一座金山银山，如今狗屎不如。

陈一民挨了骂，虽然尴尬，仍满脸堆笑，赔着小心，伸手到茶几对面，拿起厉天麒的烟，抽出一支递给厉天麒。厉天麒半天不理，终于还是接了。陈一民忙打火，先帮厉天麒点上，才拿起刚才丌小东递的那支 Seven Stars 自己点上，打趣道："鬼子出的烟，还真可以。"

丌小东看在眼里，心里直说：人才！

这个世界上谁都想坐轿子，但轿子还得有人抬。陈一民就是这种聪明人，喜欢抬、善于抬轿子，手眼身法步，眼眨眉毛动，厚脸皮，见子打子。这样的人虽然令人所不齿，甚至厌恶，但是一旦沾上，便少不了、离不开！这样的人，不出息才怪！

晓丽跟尖尖一前一后地走过来。陈一民一见尖尖，眼睛一亮，刚要说话，却被丌小东背后拉了一把，暗中使了个眼色。好在没人在意这个细节。

尖尖突然说自己很不舒服，头痛，不一起去吃饭了。看她样子，一脸通红的。晓丽急，忙用手去探她的额头，又探了探自己的额头："有点烫。怎么回事啊？没事吧亲爱的？要不要去医院？"尖尖晕头转向的样子，有点夸张，连说对不起对不起，医院不用去，休息一下就好了，眼睛却不敢看人。晓丽无奈，只好将她扶了，但有点招架不住，便朝厉天麒喊："天麒哥，帮帮忙，搭把手。"厉天麒犹豫了一下，走了过去，也将尖尖扶了，三个人一起进了教练房。

陈一民目送一行三人进去，一脸狐疑，却不露声色。

丌小东买了单，什么也没说。

厉天麒一个人出来了，有点失落的样子，蔫蔫地说："我们先去吃饭吧。"

"晓丽呢？"丌小东问了一声。

"尖尖看来是病了，估计感冒。晓丽叫我们先走，她等一会自己打的士去。"

"那行。"

三个男人一起出了门。

厉天麒上了丌小东的丰田皇冠3.0，陈一民上了停在不远处的那台桑塔纳2000。

009

丌小东开着车，厉天麒坐在副驾驶位子。

两人没有说话。此时正值下班高峰期，路上堵得一塌糊涂，不时有汽车喇叭声传进密闭的车内。市区禁鸣几年了，仍有不少开车的很不自觉。

厉天麒道："该来的不来……"言下之意，不该来的来了。心里憋屈，杨树安没来，却冒出这个狗日的陈一民！

"杨树安电话里说老家有点什么事。"丌小东也不多作解释。

"哦。"厉天麒停顿了半天，"其实，二哥你最早入主高溪水库，我一直持不同意见……"

"现在再说这话也没什么意义了，"丌小东苦笑，"这1200万贷款是被逼无奈，也是当年你接手信贷处长后最烦心的一件事，没少听空话，我心里清楚。"

丌小东心里很明白，当年真正的阻力就来自他老三厉天麒。他也理解，审批签字担责，都得信贷处长。如今，陈一民调离，反正不再是高溪水库的项目组长，乐得做好人，担责的还是他厉天麒。

"你也清楚，1200万全分了，一分没留。没别的招，唯一只有广场支行全背。"

厉天麒道："用你的话说，广场支行也是满脑壳的虮子，不在乎多一只少一只。"

"惭愧惭愧。"

"都过去了。"厉天麒笑了笑，"只是没想到，到了资产管理公司，高溪水库还是要回到我手上。"

二人相视一笑。

"其实呢，拍卖也就是个程序，你看……"

"二哥，这……"厉天麒有些为难的样子，"审查越来越严，材料逐级走程序，还需报北京总部最后审批。陈一民小子讨好卖乖，信口开河，说话不负责任。我是担心总部批不下来……能做得到的我肯定会尽力，不用你说。"

丌小东眼望前方，其实呢，拍卖也真的就是个程序。但不怕一万，就怕万一。天麒这人，有时就是较真。丌小东停了一会："兄弟这么说，一定有你的难处，我能理解。"丌小东左手抓方向盘，腾出右手抽烟："那个白尖尖，老三有什么印象？"

厉天麒若有所思："你说什么？"半天才反应过来，"哦，没什么啊，挺好的。"

"挺好的？"

"怎么？"厉天麒侧脸看丌小东，有点奇怪。

"也没什么，"丌小东说，"这事我看先缓一缓。"

"什么缓一缓？"

眼看到了，丌小东停车熄火："我以后慢慢跟你说。"

两台车几乎同时到达，三个男人下了车，前前后后进了餐馆包房。陈一民安排菜单，丌小东、厉天麒各抽各的烟。

那次去海天大酒店卡拉OK厅唱歌，丌小东本来早就约好了厉天麒和陈一民。厉天麒临时去上海出差。晓丽也没去，在医院值晚班。师兄弟两人在海天混了一个通宵，两人各叫了一个小姐。市内大大小小卡拉OK厅早就比公共厕所还多，满街都是。海天无论设备、装修，还是服务、小姐的档次，在市内绝对是老大的地位，消费也自然贵得多。陪丌小东的那个妹子名叫朱莉，头牌，外号"朱丽叶"，丌小东是朱莉的老主顾，场子里的人都知道。

陪陈一民的就是白尖尖。

陈一民酒量不大，嚎着歌，喝得酩酊大醉。丌小东也没有少喝，临时让妈咪在楼上开了两间客房，自己随朱莉先上房去了。过后无意提起，陈一民小子并不承认，说，没有的事，没有的事！说那个叫白尖尖的妹子十二点半就走了。心想，陈一民就这样，心眼多，还提防我！上了就上了，本无所谓。

但今天怎么样也不能让老三在陈一民面前难堪！

厉天麒很少这样刚掐灭一个烟头又点上一支。

一个破高溪水库，似乎永远与他脱不了干系！厉天麒想着就烦，心里又惦记着一个人……感觉眼前这陈一民越来越让人厌恶。瞧他那双色眼，盯着尖尖，勾了魂似的！狗日的陈一民就从来没有入过自己的法眼。当年广场支行出事，行长秦三星被抓以后，支行班子只有杨树安这个行长助理，副行长都不是。陈一民当时还是副科长，从省分行机关直接安排去了广场支行任副行长，主持工作，不久转正当了行长。内情人都明白，有一只看不见的手在运作，这只手就是丌小东。

上菜了。茶浅酒满，不在话下。

三人边吃边说笑。但感觉屋里的空气有些僵硬、干燥。

陈一民酒量很小，脸很快就红了。高溪水库的事被厉天麒呛了一顿，心里一直很不舒服，却也不敢表露出来。估计丌小东和厉天麒心里这时也爽不到哪里去！在丌小东面前做好人，也怪不得我。陈一民心里嘀咕，起身去洗手间。

陈一民很快回来了，边用服务员递上的毛巾擦着手，边说："洗手间碰到熟人，就在隔壁包房。"神秘兮兮的。

丌小东："什么熟人？"

"王先智。"

"是吗？"丌小东笑，"今天巧事多。"他接着道："广场支行和王先智那些个破事，具体究竟怎么回事？我一直懒得问，也没兴趣，不关我的事。说来听听，一民。"

"说起来也很简单，金健典当公司的王先智不是个人！"陈一民突然觉得自己没压住声音，看了看门口，放低嗓门，"王先智先后借了 3200 万元给李白湘——这李白湘也不是什么好人。3200 万分五次在广场支行转账，其中第三次是 800 万元，支票上三个印鉴少盖了一个。李白湘小子涉嫌诈骗，被市公安局经侦支队捉了，再也没出来。借款只还了 2520 万，还欠 680 万。王先智收不到李白湘的钱，就找银行的麻烦，起诉广场支行。"

"复杂！复杂！"丌小东道："还有利息呢？"

"天知道！金健典当放高利贷，整个一个黑。王先智外号王剥皮，是人都知道。"

"广场支行是有问题。凭什么支票少一个印鉴就把钱给转出去了？人家找银行的麻烦有理呀。天麒你是法律专家，你说呢？"丌小东侧头看了一眼旁边的人。

厉天麒一直没有说话，轻描淡写地"嗯"了一声，点了一下头。

陈一民："区法院一审判广场支行败诉，中院二审维持原判，通过省检察院抗诉，到了省高院，结果还是一样。经过了几个法律程序，广场支行再冤也死定了。"

"老秦不糊涂啊！"丌小东道。

"很简单的业务，都懂，800 万不是个小数。秦三星脱不了干系，营业间主任和两个临柜人员当然也说不清。"

丌小东点点头。

陈一民说："还有，王先智在广场支行 920 万元贷款，也划到了我们资产管理公司。"

丌小东："是吧？"

陈一民："错不了。"

丌小东："广场支行冤啊！"

陈一民："谁说不是呢？冤大头！杨树安命好，正好休假，回乡下老家了，否则也搭进去了。"

厉天麒一笑："话不能这么说，要是有杨树安在，有他把关，只怕也不会犯这种低级错误了。"

陈一民赔笑："那确实。"

丌小东跟这个王先智打过几回交道，那不是一般的角。

010

晓丽一个人进了包房，伴丌小东身边坐下，也没再提白尖尖。晓丽兴致不高，不动筷子，说不饿。两瓶五粮液，一瓶才下了一半，另一瓶则原封没动。

"嚎歌去吧？"丌小东想换个场合，看了一眼厉天麒，"明天周六，反正不上班。"

厉天麒对那些地方本没什么兴趣，道："老二，今天算了吧，有点累，回家休息。"

晓丽对丌小东说："东东哥，你看能不能这样，一会天麒哥陪我去看看尖尖，看看就来。如果尖尖情况可以，喊她也一起去唱卡拉OK……"

"不行！"丌小东不知道发什么神经，大喝一声，"别名堂多！"

晓丽嘴角动了动，一脸不高兴，却不敢再多话。

正说着，包房门被推开了。

"人生何处不相逢，厕所里碰到陈行长！"王先智穿戴整齐，双手合抱一只洋酒杯进来，大大咧咧，步履有些蹒跚。"丌大老板，好久不见！这城市说大也大，说小也小。对不对呀？哟！晓丽美女也在呀，公不离婆，秤不离砣，啊，哈哈哈……"

王先智也不客气，正对着主位上的丌小东坐下。

丌小东本来脸色不好看，勉强一笑："巧啊，王大老板！"冲对方端起酒杯。

王先智也不理会，眼睛里有点浑浊，看两只五粮液酒瓶："乱弹琴，才下半瓶！你们三个跟晓丽美女一样，也是娘们啊？"这才把手上的杯子与丌小东的碰了碰，一仰脖子。

"王大老板，跟你说过一万遍，鄙人早就不是什么狗屁行长了。"陈一民边说边做样子给王先智杯子里倒酒。

"还倒！喝杂了喝杂了。喝的人头马，就在隔壁，灌好几杯了。"忙用手拦。

"谁不晓得王大老板海量……"陈一民笑。

"那行，要搞就搞一瓶整的，你我二一添作五。算个鸟！"

"我那点水平……"陈一民的双手都快摇断了。

"王老板，我来吧。"晓丽说。

丌小东暗暗地用膝盖碰了一下晓丽，晓丽领会，接过话："王老板，还是我这个正宗娘们陪你喝。"操起那瓶没启封的五粮液，学王先智的口气，"二一添作五，算个鸟！"

王先智忙起了身，从晓丽手上抢过酒瓶："美女，姐姐，阿姨，姑奶奶……"

众人大笑，屋里的空气湿润起来。王先智眼睛看了看厉天麒："这位？"

陈一民："厉处长，我的领导。"

王先智鸡啄米一样点头："久闻大名，久闻大名，小老百姓第一次见领导的面。"双手一抱，换一副粤语腔调，"厉处好！狗样狗样（久仰久仰）啊！"

"王总广东话说得不错啊！"厉天麒一直没吭声，听得很不顺耳，"听说王总和日本人颇有渊源，丢几句日本话听听。"

都知道王先智是日本种，亲爹是日本军官和慰安妇的后人。

王先智喝了酒的脸本来有些发白，听了厉天麒的话，脸一时涨得通红。

厉天麒本来很理解王先智，也有些好感。一个人的身世自己不能做主。听说这人特别孝顺，对那苦命的娘姚氏百依百顺，非常难得。

"别这么说，领导！"王先智被点中了穴位一样，说话声音发软，"王某出身不好，但我是中国人。"

"玩笑，王总！"厉天麒有点后悔，"真的玩笑，王总别介意！"

"没事咧领导！也不是第一回，算不得什么事。"王先智一脸严肃，"我是中国人，只有一个中国人的老娘。老娘是个乡下婆子，没文化，但觉悟还是蛮高。老娘总说，做儿子的要有什么二心，掐不死我，她就自己跳河。所以说，我跟那个日本老杂种没有任何关系。"

他说的老杂种大概就是去了日本的亲爹王钟。

王先智脸色复了原，酒醒了大半："也不瞒各位，老杂种前后回咱中国两次，第一回想接我和老娘去日本。老娘死也不从，就差没有拼命了。所以，老娘总担心儿子有二心。第二次来，要给我钱，让我叫一声爹。我本来不想要，后来一想，不要白不要。收钱可以，叫爹，做梦！日本鬼子，叫老子爹还差不多！"

整个屋内异常安静。

"我呢，乡下放牛伢子出身，没读书，没素质，讲话不过脑，领导莫见怪，多多原谅。"王先智脸冲厉天麒，"人没本事，别的做不了，只晓得放点息钱。当然了，闹人的药不吃，犯法的事不做，哈哈哈……"

众人并没有跟着笑。

王先智端起酒杯，杯子里早空了："放息钱跟你们银行放贷款没什么两样，就怕收不回，没有手段怎么行，对吧领导？那不叫黑。欠债还钱，天经地义。要说黑，当年日本人才叫黑。"

屋里的人都不再说话。

王先智把酒杯里还残存的一小抹酒倒到嘴里："有的叫我王剥皮，有的叫我小日本。叫就叫吧，还能用手捂住人家的嘴？各位老板，各位领导，对吧？"

屋里的空气再一次凝固了似的。

王先智不管不顾，接着说："如今，黑的事多咧，有的比日本鬼子还黑，对吧？你比如说贪污啊，你比如说受贿啊，你比如说官商勾结啊……"

所有人都注意到了，王先智后面的几段话，居然一个很出格的脏字都没有！

◇第四章◇古镇

011

杨树安本想在办公室凑合睡一晚。

匆匆离开了厉天麒的办公室，不敢回家，没地方可去，又没带钱，就近溜进了海天大酒店，想先在大堂稍微休息一下，再作打算。杨树安心里烦，累得不行，腿跟灌了铅似的。大堂空调清爽舒适，休息区有一组宽大的沙发，空无一人。他挪着沉重的步子走近，几乎是一屁股沉了下去。古铜色的真皮沙发大气阔绰，配了大理石茶几，华丽而奢侈……

"先生！先生！"

杨树安睁开眼，一个着西装套裙领班模样的女孩笑容可掬，脸上明显流露出鄙夷的神情，站在沙发前。他环视大厅，空空荡荡，前台墙壁上一排时钟，北京的那个显示，凌晨六点。

原来他在沙发上睡了整整一晚。

杨树安忙起了身，面色惭愧，仓皇出了酒店的大门。想了想，先去办公室拿了资料和那张存了私房钱的银行卡。卡有些年头，余额早过万了。在楼下 ATM 柜员机上取了些钱，搭车来到了高溪镇。高溪水库项目进入处置程序，评估事务所的人进场好几天了，早该来现场看看，跟踪一下。

可惜德哥出事了，不在，没什么意思。否则，昨天晚上就来高溪镇了。

整个高溪镇呈一副弓箭状。有两条主街，一条叫人民路，就是箭的位置，与省道垂直成 90 度角，一直划到弓的最顶端，水泥街，到了河边就是一座高大的石拱桥，把人民路连过了河。云顶山蜿蜒而来，到这里已是尽头，形成低矮的丘陵。另一条主街叫沿河街——其实只有半条，在弓的顶端画了半道圆弧；另一半沿河挤满了高低破落的房子。

唐武德四年（621），内乱频仍。高祖皇帝李渊派大将军李靖南下戡乱。李靖兵马分驻小镇，"军令严整，秋毫无犯，百姓德之，名其水曰高溪，以志不忘。"自此小镇被命名高溪。清末民初，航运业日趋发达，高溪以其天然良港之优势，成为船只进出省会的门户和避风港，每天停靠的船只数以千计。附近县乡及本地粮食土产多在此集散，曾为江南重要米市之一，商贾云集，市场活跃。有言"船到高溪口，顺风也不走"，足见其盛。古镇现保存民居百十余栋，存数十处老商铺、作坊、会馆、庙宇及青楼赌场当铺遗址，有的明清古建筑保存较为完好。"日有千人作揖，夜有万盏明灯"，临河所建房屋不少为吊脚楼，独具江南水乡特色，蔚为壮观。

高溪河像根硕大的肥肠。上游离高溪镇一两里路，就是高溪水库，也叫高溪水电站。河由西向东从云顶山一路笔直下来，流经高溪镇的时候，却拐了一个很对称的大弯，弯成一张硕大的半椭圆形的弓，出了镇子，又笔直地远流。镇子全塞在弓里，塞不下的，就沿河溢到对岸的丘陵矮山山脚。一条东西向的省道与高溪河平行，连接弓的两端，以前为沙石路，后来铺了沥青，光光洁洁的，像一条绷直的黑色丝弦。

沿省道靠镇子一侧，以前是一处大地坪，如今三五层的楼房一字排开，有些现代小镇的气息。以镇党委、政府、人大、政协为中心，依次是工商、税务、银行、派出所、法庭，等等。一律背靠小镇，坐北朝南，是高溪镇的政务中心……

过了石拱桥，缓坡脚下是一排菜地，据说是日军当年的一处慰安所，早只剩下断壁残垣。县有关部门正有意将其作为一处文物保护点。

除了这两条主街，镇中纵横交错的皆是清一色的暗褐色麻石街，花斑蛇似的穿插在镇中间，条石横一块、直一块胡乱铺陈，缝隙中长满苔藓，散发出陈旧的气息；沿街房屋歪瓜裂枣般，全是烂板泥篾为壁，稻草棕皮盖顶，敞开的门洞黑黢黢的，像没牙老人的嘴。临街尽是剃头匠的洗脸架和垂吊在架上的擦刀布，磨刀匠的磨刀凳和卡在凳上的磨刀石，洗衣妇的洗衣盆和搁在盆里一头粗一头细的捣衣棍，还有风箱土灶、瓷缸瓦罐、方桌条凳、油伞棕蓑、锄镰犁耙……

一条名叫织机巷的暗褐色麻石街上，立着一座破败的小院，据说，这是那个叫鸠山少佐的日本军官当年住过的地方。都说杨树安的外婆秀儿在这里受尽了非人的折磨。杨树安一出生，外公王福财就死了。外婆在世的时候他还小，对她仅有的印象是慈眉善目。杨树安总是一个人前来参观，似乎想找出点什么，却从来没有找到任何感觉。

高溪镇中学在镇子的东北角，大门斜对着石拱桥。据说，这里从前是高溪首富孔老爷子清泉先生家的大宅院。镇中学要搬迁已经说了好多年，地址早选好了，就在镇政务区，一直没搬的原因还是资金问题。沿河街的麻石路早换成了水泥路，通上了汽车……

杨树安到高溪镇才早上七点半。

似乎只有回到高溪镇，杨树安才能找到喜欢呼吸的空气，幸福的感觉。跟水芙蓉结婚以来，他感觉幸福越来越陌生。想想远在山沟沟里的老父亲，忙了大半上午，犁完上半丘田，坐下来，点燃一支烟，惬意地抽着。和风吹过他的额头，阳光照耀着他褴褛的衣衫，牛儿在田埂上吃着青草，心里想着夏收的景象，他一定是幸福的。

孩提时上学的路上，他总能看见父亲在禾田里忙碌，挥着牛鞭，扶着牛犁，一路吆喝。燕子在空中翻飞，"布谷布谷"，布谷鸟儿在远处近处的山间唱着。父亲杨彦青身体硬朗，是那种典型的山里汉子形象，脾气暴躁，三句话没说完，耳光就上了杨树安的脸。与其说杨树安长得像母亲王仙霞，不如说他继承了外公王福财的基因，个子小，性情温和、善良。杨树安没有半点父亲那伟岸的身材、男人的豪爽和暴戾的性情。儿时印象最深的就是父亲双手操着长长的晾晒衣服用的竹竿，屋前屋后地追着老婆儿子打，周围的人拦都拦不住。

杨家大屋聚居。

银子老师是民办教师，也姓杨，是杨家大屋有名的美女，只是皮肤有点黑。银子的爸爸是大队会计，只想要一个儿子，连续地生，生了五个女儿，终于在银子之后生了个带把儿的，起名细罗。细罗年龄与杨树安差不多，却有些痴傻，半呆不呆的，说话舌头打结，像嘴里含块热萝卜似的，"啊啊啊"个没清。虽是痴呆，却是家中宝贝，吃的穿的，一定是先给细罗。

细罗也上学，与杨树安同班。下了课，细罗就是他们的开心果。细罗很仗义，上学带出来的零食，自己只吃一些，多数分给同学。教室后面是一座小山，山不高，平平缓缓一个长坡，地上长满了青草。长坡上去，就是一片树林，有樟树、泡桐、刺树，都有一庹多粗——那个时候，大家都小，能一庹抱满树干的人不多。

一下课，大家蜂拥到后山，一伙人就围住细罗，嘴里喊着"细罗细罗细罗"，一只只手伸得老长。有时是板栗，有时是炒得香喷喷的黄豆，有时是菱角。数量并不多，分到手的也就只那么几个人。杨树安成绩好，又是学习委员，少不了。分到的，就煞有介事地吃，没分到的，就眼睁睁地看人家吃，个个喉咙里要伸出手来。吃完就和没吃到的一起，在草地上打滚。先是一路小跑上坡，横在地上，从林子边一路往下滚。有时几个一起滚，比赛看谁滚得快、滚得远。

正是春光明媚。

教室里间是银子老师的宿舍，有一扇很小的窗户对着后山。有时，银子隔着窗户喊："细罗！细罗！"生怕细罗受伤。细罗也不理，顾自冲上缓坡，将另一男生抱了，横在地上，一路往下滚。滚到半路，两个人分开了，一左一右的，相隔好远。大家哈哈大笑，笑得口水都流了出来。有一回，细罗的下颌牙掉了一颗——早就要掉的。他嘴里出血，遍地找牙，大家也一起帮着找，边找边念："公鸡叫母鸡叫，哪个找到哪个要……"老人说的，上颌牙掉了要扔到地里，下颌牙掉了，得扔上屋顶，否则，牙齿会长不齐。

长坡是他们天堂一般的乐园。

银子老师的皮肤黑得有点透亮，上唇微微上翘，半圈黑黑的绒毛若隐若现。杨树安从来没有在意过，表哥王先智那一回说了，他才有了心。

银子老师很喜欢杨树安，因为他的学习成绩好。所以杨树安经常有机会和她近距离接触，头凑到一起，一起看他的作文、讨论算术题。他能闻到银子老师头发上香香的肥皂味道。

他一下呆了，眼睛看着对面那半圈黑黑的绒毛。

"嘿！嘿！嘿！"银子笑了，"看什么呐，树安？"

他的脸唰地就红了……终于，银子老师结婚了，嫁给了镇中学的数学老师高之德，也就是德哥。德哥师大数学系毕业，正儿八经大学本科。

不知道为什么，德哥一点也不喜欢顾正军。

德哥说话有点娘娘腔，偏女声。和杨树安一样，父母都是老实巴交的农民。父亲高丙元从小背负"汉奸崽子"的罪名，没少受委屈，快30岁才找了个外地讨饭来的哑巴女人为妻，生了德哥，不到60岁就去世了。哑巴母亲是湖区人，早年就是血吸虫病人，算经得熬，熬到德哥考上大学，离开了人世。德哥从小聪明，读书成绩拔尖，十四五岁就上了大学……

德哥的这些身世，在杨树安面前从不避讳。

德哥说，总是做梦梦见他的奶奶，却从来没有梦到过老实巴交的父亲和哑巴母亲。德哥和奶奶没见面，他还没出世，奶奶背负汉奸老婆的罪名，被枪毙了，也没有留下任何照片。梦中，小脚老太太有一张慈善和蔼的脸。梦里奶奶说，孙子长得像她。

德哥郑重其事地说，他去隔壁高罗县翻过县志，那上面有他爷爷、汉奸高凤亭的记载。

"君子坦荡荡！"德哥近视眼镜玻璃片很厚，"有什么值得我躲躲闪闪的？我爷爷是汉奸——也不能说就是个汉奸，确切地说是鬼子翻译。不管是汉奸还是鬼子翻译，又不是我！所以，我从不心虚，从不觉得自己低人一等。你杨树安更没有值得畏畏缩缩的理由吧？再说了，现在的人，谁还在意你汉不汉奸？大家都在忙，忙当官忙挣钱忙找女人，哪有时间和精力管这种空事闲事？千万不要以为人家都在关注你。你以为你是谁！中心人物？"

几句话，让杨树安有些豁然。虽然外婆秀儿是慰安妇，但自己是纯种的中国人。

银子和德哥死的死，逃的逃，都不在，杨树安心里凉凉的。

杨树安到高溪水库项目评估现场看了看，没什么事，一切正常。正想一个人去水库边上散散心，欣赏风景，这时手机响了。是丌小东打来的，说今天周五，下午没什么事，请他跟厉天麒一起去打高尔夫球。不用说，肯定是为了高溪水库的事。

提起丌小东，杨树安顾不得多想，得马上找他，和他见一下面，房子担保的事得请他帮忙。但今天恐怕不方便，丌小东和厉天麒兄弟二人一起，晚上少不了喝酒。问题不解决，水芙蓉定会不依不饶，自己也回不了家。他硬着头皮拨通了丌小东的手机，找个借口，说父亲来电话了，家里有点事，得回趟乡下。

晚上，又打了个电话给处长厉天麒。

不想去亲戚家住，在镇上随便找了一家旅社，光着身子睡了一晚，把T恤脱下来胡乱地搓了几把。

第二天是星期六，杨树安给丌小东打电话约见面。丌小东说，白天不行，陪老爷子检查身体，上午没检查完，下午继续。丌家老爷子大名丌玉民，南下干部，离休老领导，80多岁了。丌小东是丌家后娘生的满崽。

"什么事啊树安？急？"

"有点，有点……也不那么急。"

"晚上吧，晚上我在海天。"亓小东说。

亓小东在电话里特别客气："对不起啊树安！"

012

吃了午饭，杨树安搭车回到市里，想买件短袖衬衫或T恤。一个人在大街上转了几圈，满街的服装店，衣服多，式样不少，也便宜，就是没见着一件称心如意的。穿了半辈子的地摊货，一咬牙，上了一台的士，到了好世界商厦。都知道好世界商厦的刀子磨得快，宰人不见血，但钱是钱货是货，尤其是男装。人家也不含糊，说专为成功人士打造。商厦人不多，所谓成功人士全城当然也只在少数。他乘扶梯直接来到二楼，只转了一半，就发现了自己喜欢的T恤。店员是个女孩，头发染得像一团火。他不大经意地看了看吊牌，在她的极力怂恿下，进试衣间换了，试穿效果比想象的还好。

俗话说，人要衣装。

"老板好眼神！意大利原装进口，真正的绝版！"

女孩说着，见他一副漠然的眼神，加大了声音："大哥你不信没关系，我店里的衣服，随便哪一件绝对都是独一无二的。你去其他店看看，如果有第二件，不要钱送给你。"

他沉默片刻："打几折？"

"大哥，不打折。"

"怎么可能不打折呢？哪都打折。"

"真的不打折。"女孩犹豫了一下，说，"那好吧，九八折。本来是没有折扣的，九八折是我老板给的最大权力。"边说边用手指点计算器。计算器是发声的那种，按一下报个数字。

听到计算器报出的数字，杨树安愣住了。他看了一眼女孩："没，没错吧？"

女孩一笑："哪错得了，大哥。"说完就当着他的面重新去按那计算器。

他的腿有些发软，右臂上的肌肉似乎抽动了一下，忙镇定下来，捉起衣服上的吊牌装作不经意却仔细看了看，扯！少看了一个 0！

"那算了，不要了。"杨树安说。

女孩有些诧异和失望："怎么啦大哥？我没有骗你，真的只能打九八折。不行这样，我给老板打个电话请示一下，看能不能打个九五折。"

"算了算了。谢谢，谢谢啊！"他说着，匆忙离开了，回头一瞥时看见女孩像是一脸不屑。空调效果很好，他却一身热汗，无地自容，径直下了楼，出了商厦。

进商厦前，天还好好的。这时却阴云密布，怕是要下雨了。凉风吹着他一身的汗。杨树安上了一台的士，心想，怎么说那件 T 恤穿在自己的身上稍嫌大了一点，却见那女孩鄙夷的眼神在眼前又是一晃，心里很不是滋味。

"请问去哪？"的哥发动车，向前滑行了几米，转头看他。

"去哪？"他有些木讷。

"去好世界商厦。"他脱口而出。

"好，好，好世界……"司机糊里糊涂的。

"好什么好！"他横了司机一眼，扯了一张十元的票子，一扔，下了车。他没有再进去，围着商厦转了大半圈，吃了一碗热气腾腾的桂林米粉，又是一身汗。出了店，在商厦侧门的 ATM 柜员机上查了一下银行卡上的余额。然后，他昂首阔步，直奔商厦二楼。

他冲火一样头发的女孩说："麻烦你把单开了。"

女孩当然认得，一笑："实在对不起，大哥！衣服没了。你刚离开，来了一帅哥，二话没说就买走了。"刚挂 T 恤的地方确实空了。

女孩又忙说："大哥，好式样多的是，你再看看……"

"算了。"

幸亏昨晚把身上这件简单洗了洗。

013

海天大酒店是市内最豪华的五星级酒店。

38 层最高层海天会所门口。空调效果很好。一下电梯，他就打了个喷嚏。天气闷热，刚下了场雨，身上的 T 恤干了湿，湿了干，油渣子似的。脚踩在地毯上，像踩在一片厚厚的草地上。出了电梯，是宽敞的前厅厅堂，屋顶、墙壁上的灯散发出柔和的光，宽大整洁的沙发奢华有致。一左一右立着两个身材婀娜的服务员，一色的西装套裙，白色缎面的抹胸在胸前波动。

"欢迎光临海天会所！"电梯门一开，两个服务员同时一弯腰，唱歌似的。杨树安几乎是在她们唱歌的同时打了第二个喷嚏，自己吓了一跳。

"先生请问……"一个女孩子说。

杨树安看见她疑惑的眼睛里有一些轻慢。"找，找人。"他双手胳膊弯着，尽量贴近身子。T 恤虽然洗了一遍，上面还有些斑斑点点印迹。

他说，"V09 房，丌小东。"

那说话的女孩子一直把他带到 V09 房。

四个男人正在打麻将，成扎成扎的百元大钞，花纸一样散落桌边茶几。一屋的人本来有说有笑，见有陌生人进来，一个个突然就换了一副颜色。杨树安一眼就看到了坐在临窗对门的那位，史晋检察长，原高溪镇镇长，之前一直在高溪水电站当副站长、站长。在高溪镇，老百姓私下多叫他"粪镇长"，"史"通"屎"，"屎"同"粪"，到了县检察院，改称"粪检"。邻座厉天麒。另一个始终背对着门，肥头，只看见后颈后脑三圈厚实的皱褶。

杨树安忙朝厉天麒、史晋点头，喊了一声"领导！"只有厉天麒勉强笑了笑，点了点头。

一个漂亮女子近身坐在肥头身边看牌，丹凤眼，回头盯了一眼杨树安，便收起如花的笑容。晓丽在丌小东身后站着，与杨树安相互点头打了招呼。

丌小东忙起了身，转身冲杨树安说："树安，等会等会，你在沙发上坐一下。"又向众人介绍，"树安，杨科长，厉处手下，我的邻居、老朋友，没事没事。"

"哟西哟西！和啦，清一色自摸！"丹凤眼一阵雀跃，侧身抱了肥头，狠狠地在肥头脑门上亲了一口。肥头和了牌，也哈哈大笑，看不清面目。丌小东忙抓起一把大钞，交给晓丽，让她数给人家。丹凤眼乐不可支，收了众人递过来的钱，揣到自己的口袋。

"一会就来。"他离开座位，晓丽就补了上去。

两人出了 V09 房，来到厅堂沙发上刚坐下，立刻就有人送上两杯茶。丌小东文质彬彬、风度儒雅。看得出，这里的服务员基本都认识他。

"什么事啊老弟？雷急火急地找我！"丌小东精神饱满。

杨树安如此这般地把情况说了，面露愧色，跟老婆水芙蓉吵架的情节说得有些轻描淡写。

丌小东听完，呵呵一笑，说："多大的事啊！"

见丌小东笑，也不知道他什么意思，有些蒙，不知所措。

"不就那十万块钱嘛，没事老弟。这样吧，你也看到了，我拉了两个兄弟陪日本朋友吉野先生打牌。忙！长话短说。那条子我忘了放在家里还是放车上了，没带，随时可以还给你。本来我也只是让你打个条子，其实不打也可以的。你自己——画蛇添足吧，老弟？哈哈哈……你朋友那有多少还多少，剩下的，你什么时候有就什么时候给我吧。"

丌小东又说："昨天请你打高尔夫球，你又没空。老家没什么事吧？有事你开口，告诉我。树安你当科长了，还没请我的客呀！哈哈……"

丌小东："以后还得老弟多照应啊。"

杨树安还在琢磨，那个肥头应该就是什么吉野先生。

"那女孩是鬼子翻译吧？"杨树安说。

"什么鬼子，朋友！"丌小东一乐，"树安你真好玩。"

杨树安也顾不得那么多，感激涕零地忙说对不起，嘴里还想说什么却说不出来。本来想着要把自己多年积攒下来的一万多块私房钱拿出来垫上的，看来暂时不用了。

丌小东见状，忙说："树安，什么也不要说了。我们是老朋友，又是邻居。你回吧。"起了身，笑着说："芙蓉以前是我的同事、部下，有点脾气，我知道的。男人嘛，别和女人一般见识。"

丌小东拍了拍他的肩膀："树安厚道人！"

丌小东帮他按了电梯下行键："你那朋友谁呀？同学？叫什么？顾，顾正军？你那么帮他！面都没有跟我见过，啊？"

"对了，"丌小东说，"你那条子我没有跟任何人说过，也没有给任何人看过。噢……我想起来了！条子肯定丢在家里什么地方，我根本就没当回事。你嫂子——多嘴！女人都那么烦人，长舌妇！估计你嫂子是不是跟芙蓉说什么了。芙蓉经常上我家玩，你知道的。看我回家不好好收拾她！"

他看了看杨树安："你看我，好心办坏事，给你们家添麻烦了。真的很对不起啊树安！"

杨树安感激都来不及，还能说什么，追究什么。

下了电梯，半天没有回过神来。

当年在广场支行，虽然他杨树安只是个行长助理，却是支行班子仅有的两个成员之一。对于追加1200万元贷款，他不理解，想坚决反对，被老婆水芙蓉骂得狗血淋头，说你杨树安脑袋进了水啊？你真把自己当成行领导了？人家陈一民、厉天麒没你聪明、没你懂？专业水平没你强？有你什么事？从省里到市里，从政府到银行，都做好人，你反对有用吗？再说了，省长、市长、局长、行长的夫人老婆手上有大把的高溪水库的股票要兑现，老娘手上也有1000股要兑现。你反对试试！

天真！

总之，欠债不还的人，是天下最可耻的人！

"借钱给朋友，将以失去友情作为利息。"这话不是丌小东说的。丌小东的话是这样的："你可以接济你的朋友，但不要借钱给他。"他这是在接济我？那他其他所有的付出都属于接济？

◇第五章◇私情

014

司马千月大学毕业后，最早分在银行坐柜台，不到半年，就调到支行机关坐办公室。和丌小东结婚不久就怀了孕。坐月子起，就辞了银行的工作，在家相夫教子。

总是一个人在家，无聊，便看书上网，打发时间。

水芙蓉得空就来陪她聊天。

这些年来，丌小东生意忙，总难得归家，在他的广大集团的时间比在家的时间多。千月也习惯了。

电视正播着新闻。近一两个月以来，全国各地举行了一系列大型游行和抗议活动，抗议日本扶桑社的历史教科书。

她唯一需要考虑的是，在日本留学的儿子丌中别受影响就行。

今天起得很早，无聊了大半天。这时，水芙蓉打来电话。

接电话的时候，她正一边吃午饭，一边翻书。把文火熬了一晚的一砂锅虫草乌鸡汤装了一盅，热热乎乎的，还有点烫嘴，刚喝了小半。

水芙蓉在电话里说："小东哥和一个女人开了房……别问消息来源，千真万确！"

水芙蓉的电话让她脑袋里顿时一片空白，对方在电话里说了一大堆，她记牢了一个词：海天大酒店。

她放下那本厚厚的书，手忙脚乱，差一点打翻了汤盅。

千月一时眼前冒起无数颗金星，耳朵里嗡嗡作响。

"臭不要脸！"她骂出声，恨不得抓起汤盅砸在地板上。自己也没搞明白，这是骂自己男人还是骂那个臭女人。

她瘫坐在沙发上，眼泪不由自主地流了下来。心里想着，男人正赤身裸体侧在床上，身边是一个光着身子的妖女人，然后两人紧紧地搂在一起。那正是自己的男人，自己托付终身的男人！她一顿胡思乱想，真想一脚踢开房门，上前先踹那妖女人一脚，一手抓住了对方的头发，一手狂扇她20个耳光。

臭不要脸！

同样也要狂扇男人20个耳光。

离婚！

滚！

她伤心透了。

可视门铃对讲响了，水芙蓉阔大的脸装在小小的显示屏里。"月姐，我到了你家门口，你快点出来。"

她一时无地自容，他人面前毫无颜面！住省分行大院的时候，与水芙蓉搭邻居，搬出来以后，两家也常走动。说得确切点，是水芙蓉常来找她，顺手带些茄子辣椒青菜之类。巴结二字她说不出口，但她并不太喜欢水芙蓉那一副掩饰不住的媚态。

"不行！"她对自己说。她长长地呼出一口恶气，用纸巾擦拭双眼，对着客厅里那面镜子将自己看了老半天。她快速地上到二楼卧室，换了衣服，拎了手包，拉开房门，风一样出了门，却又风一样地进了门。

她冷静了一会，掏出手机，拨通了老公卂小东的电话。

她声音十分平静，"你在哪里？"

"海天。"他说，"什么事啊？"

"还有谁和你在一起呀？"

"没谁……约了老三，他还没到。"

"有人看到你和一个女人在一起，开了房……"

"胡说八道！"他吼了一声，就挂了电话。跟着电话又打了回来，"你要是不相信，你现在来吧。1906房间，我在有事。捣什么乱！"说完便挂了电话。

门铃又响了，水芙蓉在楼下催。

她终于下了楼出了门，正要去车库发车，被水芙蓉拖住，朝停在路边的一台的士走去，的士一直没有熄火。

"姐姐！姑奶奶！磨啊磨，磨这么久才出来，黄花菜都凉了！"

"芙蓉，什么事啊？看把你急的。"千月没事似的。

"我的姑奶奶！看你还没事样的，换了我，天早就塌下来了！是这样的……"还要往下说，被千月拦了。水芙蓉看了看前座的的士司机，又看了一眼千月，"到了再说，到了就知道了。"冲的士司机喊："师傅，麻烦你开快点，海天，海天大酒店。"

的士司机是个大胖子，不知道是不是等得太久了，好像一肚子气正没处发："怎么快？飞呀？"

"哎！——"水芙蓉火了，"你这人，怎么说话！"

"我怎么说话了？"胖子把车往马路边靠，故意缓缓地开着，并没有停下来，也不回头。

"胖子，好好开你的车！"千月冷冷地说，"要么呢，你停下来，我们下车；要么呢——"只听见"呼"的一声，她突然恶狠狠地对着司机后座猛的一掌，几乎是咆哮，"要么给老娘好好开！信不信，老娘明天叫人把你人和车一起废了！"她生平最讨厌胖子，总觉得那身上的肉腻腻的，想着要是和一个胖得猪样的男人睡在一起，抱在一起，真是上天赐予的一种惩罚。

司机吓了一跳。这里是市里有名的富人别墅区，住的都是有头有脸的人，非富即贵，惹不起。回头看了看身后的女人，似乎被镇住了。水芙蓉更是吓了一跳。她也是第一次见向来温文尔雅的娇小姐司马千月一张愤怒的脸，人都呆了。

海天大酒店其实不是很远。

千月下了车，拉开副驾驶座边的门，扯了一张一百元的大钞，往司机脸上一扔，"啪"地关上门，走了。

1906 房间门口。水芙蓉仍一脸惊惶和莫名其妙的神情，千月早换了一副面孔，笑靥如花，好像什么事也没有发生。

来开门的是厉天麒，见是千月和水芙蓉，忙叫了一声"嫂子"，又叫了一声"芙蓉"。厉天麒笑容可掬，说："什么风把你们二位给吹来了？"

二人进了套房，见客厅茶几、沙发上散落的尽是一些文件、资料。满屋子烟雾缭绕，茶几上的烟缸装了好几个烟屁股，有一个还在冒烟。厉天麒笑眯眯的，又是让座，又是倒茶。丌小东脸色铁青，也不站起，也不打招呼。

"忙咧？"千月说。

"是啊。"厉天麒装得挺像那么回事，"这个项目把我们两个人都难住了，正好你们来了，帮我们也出出主意。别说你们不懂，我们这是不识庐山真面目，只缘身在此山中啊。"

"人呢？"千月眼睛望着水芙蓉。

"什么人？"回答的是厉天麒。

"女人啊！"

"什么女人？"

千月不再说话，眼睛煞有介事地向整个房间里搜索一遍，又一个人进里间卧室、两个洗手间转了一圈，出来。

"啪！"一记耳光抽在水芙蓉的脸上，千月收回手，怒目圆睁，盯着水芙蓉看了好一阵，扬长而去。

水芙蓉木在原地，一动也不动，好半天，"哇"的一声，一屁股坐到了地上，号啕大哭。

丌小东感觉那一耳光重重地抽在自己的脸上，连忙起身，将水芙蓉扶了，嘴里骂骂咧咧："疯婆子，疯婆子！"两个男人连忙一起连哄带安慰。

丌小东向厉天麒使了个眼色，厉天麒忙出门追千月。

一滴泪水仍留在水芙蓉唇边，一颗痣十分显眼。

水芙蓉外号"一粒痣"。丌小东曾经私底下逗她，叫她"两粒痣"。

水芙蓉下面也有一颗明显的痣，差不多同一个方位。丌小东发现她下面那颗痣的确切位置，是好些年前的事了。那时，丌小东结婚没多久，刚提副处长，在省分行办公室当副主任。水芙蓉被招聘进银行也有几年了，一直是机关打字员。

很快，水芙蓉也结婚了，嫁给了杨树安，有了儿子。

水芙蓉好不容易稍稍平静。两人谁也不说话。水芙蓉停止了抽泣，站在客厅中间。丌小东抽着烟，余气未消，拉着一张黑脸。

"对，对不起……"水芙蓉眼睛盯着丌小东。

"滚滚滚。"丌小东语速很快，声音低沉，看也不看她。

"你为什么再也不理我了？"她有些悲戚和伤感，"我们家儿子涛涛都那么大了……"

"这跟你儿子有什么关系！"

"我……"

"我什么我！"丌小东眼睛里冒火，"你居然跟踪我？"

"我没有！我没有跟踪你！"她停了停，"我心里不舒服，这些年……"

他长长地出了一口气，看了她一眼，淡淡地说："你走吧。"

千月气得快疯了。

一个人上了马路，招手拦了一台的士，准备回家。厉天麒追了上来，喊了一声"嫂子"，说："我送你回家。"他拉开的士后座的门，很绅士地请千月上车，自己坐到副驾驶位置。

厉天麒刚上车手机就响了，嗯啊地接着丌小东打来的电话。

千月一时孤单无助，很想号啕大哭。

水芙蓉说的一定不会有假，丌小东脸色铁青，也不站起，也不打招呼，足可以说明一切。

曾经"万千宠爱，众星拱月"，秀外慧中的千月，是行里数一数二的美女，与一表人才、才华横溢的丌小东，可谓天造一对，地配一双。

结婚以后，也曾偷偷摸摸趁男人劳累一天回家后熟睡的时候去翻看男人的衬衫领子，看有没有别的女人留下的口红一类的痕迹；闻闻男人的外套，看有没有从别的女人身上蹭下的香水味。

男人是一座山，可眼下这座山有些摇摇欲坠。

她不知道自己刚才这样做对不对，给了自己男人足够的时间去伪装，给足了他面子，也给足了自己面子，只是牺牲了多事又可怜的水芙蓉。

她突然觉得自己这招够阴的。

到家了。千月掏出钥匙，手有些抖，半天没有把钥匙插进去。厉天麒接了，开了门。厉天麒嫂子前嫂子后，喧宾夺主，又是让座又是倒水。说了些不着边际的安慰话，看看不会有什么大事，才告辞走了。

千月坐在沙发上，什么也不想说。此刻，特别想打个电话给儿子丌中。那是家里的第二个男人，远在日本留学。她咬咬牙，再三对自己说，这事不能告诉儿子。儿子还小，在日本学习很紧张，别让儿子担心，影响孩子。

家里两个男人，两个男人都很爱她。这么些年，自己把自己给宠坏了。墙上有一幅全家福照片，按一比一的比例放大了。一家三口立在精致的相框里，两个高大的男人把她拥在中间，她笑得无比灿烂幸福。儿子吸收了父母两人的优点，身材高大，五官像妈，皮肤白皙，戴副眼镜，文质彬彬。儿子总说："妈，你住男生宿舍咧，两个男人爱你，照顾你，幸福啊！"

手机响了。

她拿起来看了看，是短信息，丌小东发来的，说大哥史晋摔伤住院了，让她明天跟着老三去医院看看；等一会要陪市政府一个领导去趟海南，回家得两三天时间，到了海南打电话回家；晚上记得要关好门窗，等等。

她咧咧嘴，又好气又好笑，大哥摔伤早就知道了。男人发来信息，实际上是给她发出道歉和寻求和平的信号。她叹了一口气，站起身，出门的衣服一直没有换下来。看看窗外，天快黑了，就这么一个人闷闷地站在客厅里的沙发边发呆。

大哥史晋是"在树上摘鱼"摔下来受伤的，扭了脚，没什么大不了。大哥喜欢钓鱼，说是在高溪水库钓鱼，鱼钓上来了，用力过猛，连鱼带钩甩到身后的树上，扯不下来，只好上树摘鱼，摔了下来。

百无聊赖！

下一步怎么跟水芙蓉见面，见了面又怎么解释、道歉？

她就一直站着，木头一样想着心事。

当年与丌小东第一次见面，在场的还有厉天麒。后来才听说，丌小东到她上班的柜台早瞄过自己好几次了，可自己是头回见丌小东。想来好笑，她差点把厉天麒当成了丌小东。

她想了想，拨通了厉天麒的电话。

016

厉天麒早就回了办公室，加班。电话里说，还得个把小时，问嫂子有什么事。

"没事咧，想请你喝茶。"她又补了一句，"可以不告诉你二哥啵？"

厉天麒笑："保密局呀？有什么事可以在电话里说吗？"

"说了没事，就是想请你喝茶，想和你说说话。"

"还生二哥的气呢？"

"才不管他。"她说，"晚饭后你来我家吧，家里有好茶。"

厉天麒没吃饭就来了，天已经断黑。

"二哥呢？还没回？"进了屋就问："嫂子有什么要紧事啊？我一忙

完就赶来了。"

"那我先给你做饭。"她从沙发上站起，打开电视。她知道天麒命苦，出身贫寒，离异多年，到现在还没个家。千月当年差点把厉天麒当成了开小东，也许，自己第一眼看中的是他！

"嫂子，我请你吃晚饭吧。附近有一家小店子，家常菜，吃过几回，应该合你的口味。"

"我不饿，不想吃。"她说。

"我现在也不饿，等我二哥回来，一起到外面去吃吧。"他笑得有点憨憨的，"先陪嫂子喝茶聊天。"

"那你说吧。"她坐回身后宽大的真皮沙发。

"说什么？"

"那个女人啊。"

"什么女人？"

"你天生就不是说假话的料，没学会撒谎。"

"我要是没考上大学，这个时候恐怕没资格和嫂子你面对面坐在一起说话。"厉天麒打趣道，"估计我在城里哪个建筑工地上打小工，挑砖瓦抬水泥，对吧？哈哈哈……所以呀，人嘛，凡事想开点就好，何必总是纠结。"

千月苦楚的脸莞尔一笑。

"我命硬，一定是个讨债鬼，一生下来就索取了亲娘的性命，还差点害死天赐。"厉天麒说，"虽然命苦，却是处处遇贵人，有比亲兄弟还亲的大哥二哥，有嫂子对我的关照。"

"天麒莫这么讲。"

"我还是给嫂子讲讲我自己的身世吧。"

厉天麒娓娓道来。

当年，他这个南方山里的穷小子，独自一人到北京上大学，连8分钱的邮票都买不起。

母亲生下双胞胎哥哥天赐和他后，就一命归西。兄弟二人出生也就相差一个多时辰。父亲含着眼泪，给哥俩取名天赐和天麒，期望天赐恩德，期望平安和瑞。可怜的母亲在撕心裂肺的疼痛折磨中看到了天赐，却连天麒这个儿子面也没有见上。想象着母亲生产时那一张痛楚的脸，面无血色，气若游丝，一头一脸的汗水湿了母亲沾在脸颊的发绺……他心如刀绞。

大学唐教授是国内知名的法学专家，心地善良，恩重如山，像自己的母亲。除了每个月给他些零花钱，家里的旧衣服、鞋袜、用具都常拿来送给他。大学二年级起，就给他找了一份家教工作，又四处帮他张罗寒暑假打工。没有唐教授的资助，也许，他四年大学都读不下去。打工赚的钱，他已经够花了，写信告诉千里之外南方打工的哥哥，别再寄钱。天赐回信说，傻子，你赚什么钱！好好读你的书，有哥咧！等你出息了，哥下半辈子指望你啊！仍按月定期给弟弟寄钱。

那可是哥省吃俭用打工赚的血汗钱啊！

四年大学，他以优异的成绩毕业。唐教授苦口婆心，磨破了嘴唇，想把他留下来，继续读她的研究生，硕博连读。

他何尝不想继续读教授的研究生！

这时，哥哥天赐出事了。

就像一惊天闷棍，他被打得直不起腰来。

他实在没办法读下去了，他得工作，赚钱，为了自己亲生的哥哥。其实，还有一个原因，他不能说出口，心中一直暗恋的娟娟有了男朋友，再在北京、在教授身边待下去，估计自己会发疯。

娟娟是教授的独生女，对他其实很不错的，把他当成自己的亲人，哥前哥后地叫。也是在大二的那个初夏，第一次到教授家，第一次见到娟娟，他的心就被她那绰约的风姿紧紧地勒住。

娟娟的名字写满了他的日记本，每天都写，一天也没有落下。他不停地编织他和娟娟的故事：漫步校园，二人手挽手。他没想到娟娟不敢跳下那道小坎，回头时见娟娟一个人委屈地站在那道小坎之上，眼里闪着泪花。他忙跑回去，牵了娟娟的手，娟娟小心翼翼往下轻轻一跃，二人撞到了一起……

他就这么一直暗恋着自己心中的女神，数度春秋。

情窦初开。

很多年以后，他才发现自己的错误：为什么不向她表白？

有时候，半夜睡梦中突然惊醒，他恨不得扇自己几个耳光。硬生生地看见自己心中的女神随风而去！表白，说出来，无非是两个结果：成，不成。没有第三种可能。成就不用说了，如果不成，仔细想想，也没什么大不了的啊！有生以来，这是自己犯下的最大错误！做错什么事都可以，就是不能做让自己后悔的事。如果能赢得娟娟的芳心，所有的历史都将重新写过。

他自惭形秽啊！

娟娟的男朋友是北方人，英俊帅气，同样出身书香门第，戴一副宽边眼镜，文质彬彬，也是学法律的，北大的硕士。娟娟第一回把男朋友带回家，正好他在教授家，准备出门。

那一刻，他觉得自己特别的猥琐，特别的无能，特别的低贱，特别的可恶和可笑。那什么？"癞蛤蟆……，是啊，我拿什么迎娶我心中的新娘啊？我用什么去承接爱的分量？"

他终于离开了北京。

他实在太需要钱了。

负债太沉！

母亲去世后，父亲含辛茹苦，一把屎一把尿，把两个儿子抚养成人，供孩子上学，压弯了筋骨累弯了腰。父亲很爱自己的两个儿子，拒绝了所有上门的媒婆，没有再续弦。他不想再为自己的两个儿子找个后娘，担心后娘对亲生儿子偏心，让他们受委屈。随着年龄的增长，天麒越来越感到父亲的伟大。

兄弟二人很是争气，学习成绩出众，高考双双金榜题名，哥哥厉天赐考上了省内一家知名大学，弟弟厉天麒则被人大录取。父亲老泪纵横，喜极而泣，像一张拉得满满的弓，"咔嚓"一声突然就断了……草草地葬了父亲，哥俩哭肿了双眼，拖着疲惫的身子，简陋的茅草房里，四目相对。

"哥……"天麒又想哭。

"别哭了天麒，"天赐头也不回，"我是哥，大学你上，中国人民大学这块牌子不能丢。我那个大学是省里的，比起你来就差远了，无所谓。要是人大录取的是我，那就我上。"

"哥，我们一起上大学。"

"傻子！都上大学我们喝西北风啊？哥没有上大学的命，那算命的瞎子不是说过了吗？白皮伢子在城里打工，我问了，听说一个月蛮有赚头。"

"哥哥，我不同意。"

"不同意不行！"天赐横了一眼，"我是哥，爸爸不在我说了算。你要是再不听话，当心我打人。"

天赐把天麒送上去北京的火车，自己坐了相反方向的火车。天赐笑得很开心，说："好好读书，等哥赚了钱，来北京看你，看看你们的中国人民大学。"

这应该是到目前为止天赐跟他说的最后一句话。

大学四年，天赐没有来北京，天麒也没有去南方看哥哥。一是没时间，要打工赚钱；二是来去路费不秀气。

哥哥厉天赐出事的第二天，正好教授跟他讨论考研的事，电报上只说天赐出了事。前一天下午，天麒进宿舍门的时候，鬼使神差一般，头重重地撞在门框上，痛了一晚上，到第二天头还是昏昏沉沉的，跟教授说话的时候老走神。不知道是不是同胞兄弟心灵感应。

他连夜上了火车往南赶，到了医院，重症监护室门口，隔着玻璃，看不清天赐的脸。他的泪哗地就下来了。他只记得，身边的人说，天赐是从三楼工地摔下来的，施工单位付了医药费，赔了些钱，兄弟二人就一横一竖地回了老家。

"哥，天赐！"

"天赐！哥！"

"天啊！"他喊破了嗓子，叫天天不应！

他赶紧去了北京，到学校把毕业分配的手续办了。离开老家前，他咬咬牙，轻轻地附在天赐的耳边说："哥哥，我是天麒，别怕。放心，哥，这辈子我绝不会离开你！"他看到一颗豆大的泪水从天赐的眼角流了出来。

施工单位坚决要求一次性解决，谈来谈去，他也不懂其中的套路，拿了赔的钱。跟多年以后相比，那点钱最多只能买点胡椒酱油味精。

厉天麒最终选择了工资比较高、待遇比较好的银行。

刚安顿好，他就把天赐接了过来。先是请来老家远房堂弟照顾，后来就专门雇了一个人。

……

"当！"客厅里的大座钟用力敲了一下，七点整。

厉天麒停了停："所以，所有要给我做老婆的女人，都不能忽视哥哥天赐的存在！——这是原则。前妻小李——我差不多都忘了。你也知道，她无法长期忍受，就离了……离婚是我提出来的。没必要拖累人家，更不会怪她，对吧嫂子？"

千月听得眼泪汪汪，一时还没有从厉天麒的故事中缓过神来。

"所以嫂子，很多事，冥冥之中，上天早就注定。娟娟也好，小李也好，不是我的，终究走不到一起。你和二哥则不同……"

"有什么不同！"

"我还是那句话，人嘛，凡事想开点就好。"

"哭也好，吵也好，能解决什么问题？"千月说，"你的意思就是面对现实，否则，只能是把自己男人推向别的女人的怀抱？"

"也对也不对。八个字：顺其自然，随遇而安。"

说了半天，也没说出个自圆其说的什么套套，厉天麒感觉连自己也没有说服，便不想再纠缠这个问题。

新闻联播。

刚播完一条消息：国家领导人在印尼雅加达亚非首脑会议期间会见日本首相小泉纯一郎……

厉天麒道："我给你讲个日本人的由来吧。"

千月抿嘴一笑。

厉天麒："流传有很多段子，说日本人是武大郎的后代……"

"一点也不好笑。"千月双手撑着下巴，嘴角上翘，目不转睛地看着他。

"不好笑还笑？"

"我是看你说话的样子好玩。"

"……"厉天麒有些不自然，不再往下讲，说到武大郎必然要说潘金莲；潘金莲是嫂子，嫂子偷人……

厉天麒没话找话："日本真可恶！打开邮箱，能看见号召大家抵制日货的邮件；开车的时候，一抬头能看到前车的屁股上赫然写着：大刀向鬼子们的头上砍去……日本人当然可恨。"

厉天麒接着道："仔细想想，当年我们看《小兵张嘎》《地道战》电影的时候，我们同时还在哼着《铁臂阿童木》的主题歌；我们在模仿葛优他爸演的日本鬼子说话的时候，山口百惠和高仓健也正在塑造我们心中对男性女性最初的审美……"

千月始终嘴角上翘，不时点头。

厉天麒还想往下展开，千月眼里净是敬佩而异样的神色，让他有些局促，看看手表："我二哥怎么还没回家？"

"他去海南了。"

"去海南？二哥他去海南了？什么时候？没听他说。"

"你自己看吧。"她翻到手机上那条信息，递给他看。

他看完信息，把手机搁到茶几上："嫂子，都快8点了，我走了，你也早点休息吧。"忙起了身。

"天麒，"她仍坐着，"再坐一会，陪我再说一会话吧。"

厉天麒犹豫了一下，笑了笑，坐了下来。

"天麒，我跟你说个事，你不会怪嫂子我吧？"

他冲她一笑："什么事啊？怪你做什么！"

"你还记得我第一次跟你们见面吧？"

"哈哈，怎么会不记得？二哥相亲，非得拉上我陪。那时候我们年轻，二哥傻傻的，特单纯，说是紧张，哈哈哈……嫂子是行里有名的大美女，我记得，你那天穿的那件大摆连衣裙是纯白色的……"

厉天麒说着，突然发现自己牙齿不关风似的。

"其实，那天我以为是你……"

她说着，起了身，上了二楼，一会从楼梯下来，却换了身衣服，穿一条纯白色的大摆连衣裙，连衣裙褪了些颜色，有些发黄。

"是这件吗？"

厉天麒脸红了。

她坐到沙发上，眼睛盯着厉天麒，好一阵，竟哭了起来，越哭越厉害。

厉天麒吓了一跳，一时不知道如何是好，近身坐到她的身边，不好动手，嘴里不停地安慰，不时从茶几上扯出纸巾递给她。

她突然转过身，一把将厉天麒厚实的身板把住，头搁到他的肩膀，放声大哭。

厉天麒顿时蒙了。

"嫂子嫂子……"双手抓住她的肩膀想将她推开，却不知对方纤细的手哪里来这么大的力气，怎么也挣不脱。

女人变本加厉，整个身子压过来，嘴唇贴到他的鼻子脸颊耳朵嘴唇……厉天麒感觉自己体内的物质在剧烈地变化，火山一般。双手放开她的肩膀，毫无力气摊开，又举起，放到她的腰上、后背。她有些疯狂，嘴里喘着粗气，女人体味发散，钻进他的鼻腔、脑际，鼻息一声接一声地重了起来。他感觉自己挺拔起来……

门外传出一声汽车喇叭。

他精神一振，双手用力将她抱了，挪到一边，站起身。

"那不是我家的车。"她喃喃地说。

"对不起，嫂子！"厉天麒头也不回地出了门。

（2015 年湖南人民出版社出版；第三届金融文学奖长篇小说奖）

长篇小说卷（二）

NO.3

银罐里的小苹果（节选）

■于海军 于浩洋

作者简介

　　于海军，1957 年 5 月出生于吉林省吉林市。中国作家协会会员，辽宁省作家协会会员，中国金融作家协会会员。先后做过高中教员、政府公务员、银行高管，现供职于辽宁省阜新银行。著有《于海军中短篇小说选》（上、中、下三卷本），长篇电视剧本《海棠山》（上、下卷本），长篇小说《真水无香》《银罐里的小苹果》《玛瑙宝贝》（儿童文学），中篇小说集《亲亲热土》《三棵罂粟》，中短篇小说集《亲亲我吧》。曾多次获得国家和省部级文学奖项。

　　于浩洋，1987 年 3 月出生于辽宁省阜新市。中国金融作家协会会员，辽宁省作家协会会员。现供职于辽宁省阜新银行。先后在《民族文学》《小说选刊》《鸭绿江》《安徽文学》《满族文学》《厦门文学》等杂志和辽宁作家网上发表和选发过文学作品；出版长篇小说《三棱镜》、中短篇小说集《小白楼》。先后获得全国中篇小说征文银奖、第六届华语文学小说银奖、全国金融长篇小说金奖、全国金融报告文学优秀奖，入围辽宁文学奖、红玛瑙金银奖。在文学杂志上发表和由出版社出版作品 200 余万字。

作品简介

　　银罐银行刚刚任命的小苹果分行行长窦粒，称得上年轻有为。可是他一上任，就碰到挠头的事，不是爱情追着他，就是金钱围着他……大鳄蒯大龙有着显赫的身份，却阴险毒辣，窦粒险些掉进陷阱，年轻漂亮的银行硕士信贷员刘巧巧也一步一步走向深渊。田蜜蜜为拯救落入圈套的家庭四处奔走呼号，方傻妞敢作敢为，做出来许多事让窦粒啼笑皆非。市液压园区 2.4 亿购买机械的资金流落到国外引起了社会骚乱，窦粒挺身而出二进京城。北京大学研究生蔡一刀建肉联厂遇到困难，窦粒伸出援助之手，行长的职务却是岌岌可危。煤三姐因企业受困自暴自弃，窦粒却给她当上了大红媒……窦粒就这样，怀着一颗感恩的心，带领着小苹果分行的全体年轻员工迎难而上，终于取得了客户们的信任，成为银罐银行的排头兵。

26 一路顺风

蔡一刀贷款的事儿告一段落，窦粒也就有了闲暇的时间，就跟总行分管的领导请了年假，到上海去旅游，顺便看两场 Golden Bomber 和 AKB48 表演的节目。不过，窦粒是和刘巧巧约好了一同到上海去的，刘巧巧是同窦粒请了年假，实际就是一个程序。这件事，窦粒没有敢跟窦一一说，怕窦一一阻拦他，他和刘巧巧就不可能成行了。

早上吃过早餐，窦粒拉着拉杆箱出了门，就见到市土特产进出口公司的奔驰 350 轿车在等候着。窦粒很是不好意思，但是难却司机的"盛情"，还是上了车。奔驰 350 轿车来到了育才学校的教室宿舍，恰好刘巧巧也是出了楼门，也就上了奔驰 350 轿车，奔驰 350 轿车就向机场驶去。因为时间很早，路上的车并不多，奔驰 350 轿车的车速就很快。

"窦行长，我的心里有点跳得快。"刘巧巧说。

"是不是心律不正常，我考虑咱俩都很年轻，就没有带救心丸。其实，我的家是有救心丸的，我妈早几年预备了，可是从来没有吃过一粒。"

"我说的不是那样的心跳，而是那样的心跳，是说不清楚的心跳。"

"是不是像小鹿撞了墙一样。"

"可能是的。"

"没有关系的，那你就尽情地跳吧。我在这里接着，心别跳到地上去就行。"

"窦行长，想不到你说话这么风趣！"

没有等刘巧巧心跳多久，奔驰 350 轿车就来到了机场的停车场。司机把二位送到了应该送到地方的尽头，也就打马回山了。窦粒拉着拉杆箱往前走，正好一辆的士停了下来。车上下来了一老一小，可能是因为出租车费没谈妥，老人和司机各不相让。窦粒在旁边听声，就知道了从市区打出租车到飞机场的费用提高了，不是过去的三十元钱了，而是涨到五十元了，怪不得老人不能理解。

窦粒和刘巧巧来到候机厅，一进门见到候机厅一个女工作人员举着牌子，上面写着："请银罐银行小苹果分行窦粒行长、刘巧巧女士跟着牌子走。"窦粒觉得很新奇，就和刘巧巧走了过去，很快就照面了。

"请问这位女士，你举着这个牌子……"窦粒问。

"请问，你就是窦粒行长吧，这位跟在身边的是刘巧巧女士吧？"

"这个是没有错的，就是我们俩。"窦粒说。

"真像是一对恩爱的新婚夫妻，请跟着我走吧。"

女工作人员在前，窦粒和刘巧巧跟在后面来到机场的餐厅。餐厅里的乘客都在吃着早餐，无非是面包、牛奶、煎鸡蛋、咸菜一类的食品。三个人又往前走了一段的距离，就进了贵宾的接待室，餐桌上的早餐已是预备好了的，除了切片面包、一杯牛奶、一个煎鸡蛋，还多了一小碟什锦小菜。通过和女工作人员的唠嗑，窦粒就知道了，这是机场心贴心定点对位的服务，是受企业和个人的委托来照顾乘飞机的贵宾，也就是说窦粒和刘巧巧已经是成了这里的贵宾。窦粒当然知道了，是谁把他和刘巧巧弄成了贵宾，也就是一对关系人了。窦粒吃过了早餐，就没有再伸出刀叉。刘巧巧没有吃早餐且饭量很大，毫不客气地将两份早餐给吃光了。下面的节目该是登机了，窦粒和刘巧巧也是没有走正常的登机通道，而是从贵宾通道进了机场，就坐上了电动小客车，小客车就开到了庞大的飞机旁边。

"司机先生，我想问一问，自从旅客进了飞机场，你们就是一条龙的服务了，能告诉我旅客付的服务费是多少吗？"

"不多的，不多的，大都是关系单位，每位是一百元。"司机说。

窦粒和刘巧巧就是这样舒舒服服地，在周到的服务中登上了飞往上海浦东机场的 9C8934–A320 大型客机。飞机刚刚飞到平流层，空姐来到了窦粒和刘巧巧的面前，翻着票夹子里的票看着。

"请问二位，你们一位是窦粒先生，一位是刘巧巧小姐？"空姐说。

"是的，我是窦粒先生。"窦粒说。

"是的，我是刘巧巧女士。"刘巧巧说。

"有人为你们网购了一等舱的客票，请你们跟我来。"空姐说。

空姐把窦粒和刘巧巧领进一等舱出去了，舱门是轻轻地那么一关，一等舱就是两个人的世界了。一等舱很宽敞，设备也是齐全，有沙发、茶几、电脑、饮料……沙发是折叠着的，打开人可以躺在上面休息。刘巧巧拿过来一瓶饮料，给窦粒倒上一杯，轻手轻脚地端到窦粒的面前。

"窦先生，可口渴，可要喝饮料？"

"人可真是会享福，享福都享受到了天上。"窦粒接过饮料说。

"要不现代人的眼睛咋都盯在了钱上，有了钱就有了一切，没有钱就没有了一切。能挣到钱的是英雄，挣不到钱的是狗熊。"

"在大学，老师是这样教你的吗？"

"这些用不着教，都是潜移默化得到的。"

"这样说潜移默化的更加可怕？"

"当然了。"

"唉，屁大的工夫就飞到了上海，玩这样大的谱可是没有什么用？"

"窦行长，我说的话你可能信，也可能不信。人活着一辈子，多么大的福都可能享到，什么样的罪都可能受到。"

"你说的我没有什么不相信的，你说的有可能是对的，但是我现在持怀疑的态度。"

刘巧巧坐在头等舱里很兴奋，因为这对她是大姑娘坐轿头一回。她趴着舷窗往外看着，就看到了苍穹宇宙。此时，飞机正在平流层中平稳地飞着，赤裸裸的太阳照在机身上，泛起了一束一束的亮光。刘巧巧就极力地往上看，光速在她的眼里再快，除了蓝天就是蓝天了。

"啊！这才让人感到了蓝天之伟大，人之渺小。"刘巧巧情不自禁地说。

"刘巧巧，你可抻着点，抛到飞机的外面你可就回不来了。尤其是啊，在外有引力的作用下，牙齿一不小心溜进了宇宙，娘胎里带来的东西可就不全了，也是不可能找回来了。"

"窦行长，想不到你这样的想象丰富。不管咋说，我真的想像宇航员一样遨游太空。"

刘巧巧做着遨游太空的梦时，舱门打开了，还是那个空姐走了进来，不过这次她是推着一辆小货车。小货车上摆着各式各样的饮品，还有几样小甜点心。刘巧巧挑着饮品，还拿了几样小甜点心放在了盘子里。

"这位空姐，我想问一问，普通舱和一等舱票价的价差？"窦粒说。

"据我所知，旅游的旺季每一位旅客价差是一千八百元。现在应该不是旅游的旺季，价差是每一位旅客一千元。"

"价差这样大？"窦粒问。

"跟普通的客舱比一比，这个价位还是不高。"空姐说。

空姐推着小货车出去了，刘巧巧喝着饮料吃着小甜点心，心中荡漾起一种甜意。窦粒可就纳闷了，刘巧巧的胃口究竟有多大，刚才在机场吃了两份的饭菜，现在还能吃得下去，这要是撑着了可咋办？这可是在天上，进医院可不能跟进一等舱那样的容易。不过这次刘巧巧只是吃了一份，剩下的见到窦粒不吃，赶紧来个实惠的，哗啦哗啦都装进了兜子，然后就塞进了窦粒的拉杆箱。窦粒并没有起来制止，他怕刘巧巧不高兴，影响了旅途上的心情。窦粒玩了一阵子电脑，发现刘巧巧吃饱喝足躺在沙发上睡了。窦粒看着刘巧巧苗条的身材，心想这个傻吃茶睡的主儿，将来肯定是心宽体胖，想想俄罗斯中年女人的身材，窦粒就有一种莫名其妙的感觉了。当飞机降落在了上海的浦东机场，刘巧巧依然睡着，窦粒不得不把她扒拉醒了。

"刘巧巧，刘巧巧，下面就是脚踏实地了。"窦粒说。

"窦行长，脚踏实地好啊！这里是哪里呀？"刘巧巧揉着惺忪的眼睛说。

"睡得好，做了美梦吧？"

"还没有睡醒，再睡一个小时就靠谱了。"

刘巧巧说完四处看了看，这才恢复了正常，就拎起兜子跟着窦粒下了飞机。两个人来到候机厅的出口，见到一位女士举着牌子，牌子上的内容不像先前写的那样复杂，只是写着："窦粒先生、刘巧巧女士请向我靠拢！"窦粒、刘巧巧靠拢过去，一问便知，是蒯大龙的银罐市土特产进出口公司驻上海办事处的工作人员。窦粒、刘巧巧在女工作人员的引导下，很快上了一辆超长的商务车。

"窦先生、刘女士，先自我介绍一下。我叫洪孩儿，不过我在签字的时候，都要把三点水的洪字写成绞丝的红字，久而久之，就都叫我红孩儿了。"红孩儿说。

"红孩儿，我有一个同事叫方傻妞，她的母亲也叫红孩儿。真是想不到，北方有叫红孩儿的，南方也有叫红孩儿的。"

"中国人多，这不足为怪。"刘巧巧说。

"请问二位，一路可顺风？"

"不很顺风，飞机是顶着风飞过来的。"窦粒说。

"大哥说话很幽默，幽默能说明一个男人的性格。"

"这不是幽默，这是事实。"刘巧巧说。

"这位大姐，你们是想先休息，还是先吃饭？"

"一路上除了吃就是吃，除了喝就是喝。我们的肚子现在都很饱，还是先休息吧。"刘巧巧说。

超长的商务车沿着黄浦江岸的路上行驶着，红孩儿是一个很健谈的女孩，她把这几天的行程安排竹筒倒豆子般地倒了出来。

"窦行长，蒯经理已经是打来了电话。他告诉我，你们在上海市逗留三天。第一天，我陪着你们游游城隍庙、外滩情人墙、豫园、南京路步行街、文庙、上海老街。晌午我们在城隍庙吃小吃，晚上你们好好休息休息。第二天，你们可以自由行动了。到了晌午我过去，品尝上海的本帮菜，晚上就能看到歌舞表演了。第三天，首先听你们的意见我再安排。晌午咱们去品尝海鲜，晚上还是看歌舞表演。到了第四天的上午，我送你们到机场，你们在上海的行程就算结束了。"

超长的商务车停在一家豪华的旅店门前，红孩儿要下车，窦粒没有让，让把车停在了停车场一个偏僻的车位上。

"红孩儿，既然你是担着两个任务：一是要完成公司赋予你的任务，二是当好我们的导员。我想提出两个问题，你不会介意吧？"

"为客户全心全意地服务，是红孩儿义不容辞的责任，请问吧。"

"第一个问题，租用你这样的超长的商务车，一天的租金应该是多少钱？"

"正常的价格是一千二百元。"

"眼前我们要下榻的旅店，住一宿得多少钱？"

"在上海还不算太贵的，一个人是一千二百元。"

"红孩儿，你看这样好不好？我们不在这儿住，不是你们安排得不好，而是我的爱好有所不同。找一家私人的家庭旅店住下，价位应该在六百元左右。我来时在网上搜过，这样价位的私人旅馆很好找。"

"啊，我听明白了。你俩……"红孩儿说。

"刘巧巧，我这样的安排你有什么意见吗？"

"到了上海我是举目无亲，我不听你的我听谁的？"

办事不由东办什么也是不行，红孩儿当然明白这个。她就和司机商量，说的是上海话，窦粒、刘巧巧是一句也没有听懂。超长的商务车来到了一家私人旅店，很不凑巧，个人的床位都没有了，只是有一个两室一厅的客房，住宿费一宿是五百元。红孩儿摊开了双手，意思是让窦粒来定夺。

"刘巧巧，一宿是五百元的宿费，除以二咱俩就都是二百五了。这个先不说了，住在一个屋檐下，你是同意还是不同意？"窦粒说。

"两室一厅，一人住一室还剩下一个厅，我有什么不同意的。"刘巧巧说。

"这是你们的意愿，我要向蒯经理汇报的。"

"红孩儿，这个不需要你汇报。你汇报就是嚼舌子，嚼舌子你能明白吗？"

"明白，我不会嚼舌子的。那我暂时回避，祝你们在上海有一个良好的开端。"

红孩儿给窦粒留下联系的手机号码，同司机开着超长的商务车离开了。窦粒和刘巧巧进了两室一厅，说是两室一厅，其实两室很小，每一室就六个平方米，放下了一张单人床，两个人进来交错时会屁股挤着屁股。厅也是非常的小，只是摆放着一张桌子，还有两个凳子，如果两个人坐在凳子上，进来的人想过去只能是长着蝙蝠的骨架了。刘巧巧把兜子扔到床上，就躺在了床上。

"唉，跟着窦行长出趟门，住的也就是这个水平了。"

"不满意，咱们可以……"

"窦行长，可就不用换了呀！这比我读研究生时的住宿条件强多了。那时是一个男生和两个女生共同租的房子，租的也就是这样大的房子，在那个城市叫作鸽子笼。我和那个女生住的是上下铺，三年时间，发生口角数是数也数不过来了，不也是忍过来了。至于那个男生，就成了我俩的玩物儿。"

"你满意就行了，我是无所谓的。不过我提醒你，我可不是你的玩物儿。"窦粒说。

"走着瞧吧。"

"走着瞧就走着瞧，好在是一路顺风。"窦粒说。

27　实行 AA 制

到上海的第一天晚上，可能是红孩儿考虑到窦粒、刘巧巧乘坐飞机累了，就没有安排任何的活动。窦粒、刘巧巧洗了个凉水澡，说不累也是累了，就睡得很早。到了第二天天蒙蒙亮的时候，窦粒听到了敲门声，知道是刘巧巧来捣乱。

"刘巧巧，你干什么起得这样早？要去殡仪馆啊！"窦粒抱着被子喊。

"窦行长，你说话不要那样的难听行不？天也要亮了，你起来我有事说。"

"求求你了，过一会儿行不，让我再睡一个回笼觉。"

"不行，不行，再不说我要疯了。"

"好好，你稍等一会儿，我就穿好衣服。"

对于刘巧巧的捣乱，窦粒是毫无办法的，如果再不起来，刘巧巧也是不会离去的。窦粒匆忙地穿好衣服，然后打开了门，发现刘巧巧是衣冠不整，称得上蓬头垢面，就是一副邋遢的样子。窦粒搭了几眼，发现女人实际上打扮得太正规了就没有女人的味道了，只有这副邋遢样才能让爷们想入非非。还没有等到窦粒想入非非，刘巧巧说的一句话，把窦粒的任何情绪都说没了。

"窦行长，我想了快一宿了。咱们在上海旅行的几天，还是实行 AA 制好，也算公平。"

窦粒的情绪虽然没了是没了，但是对刘巧巧提出来的 AA 制很感兴趣，就把刘巧巧让到了厅里。两个人坐在凳子上，就是一场"面对面"的节目了。

"刘巧巧，我很想听你的 AA 制是什么货色？"

"在大学念书时，有时候馋虫上来了，学生们会仨一群俩一伙的到外面去吃一顿，大多数是到一韩烤肉店去吃烤肉的。烤肉的价钱很贵，吃完是三一三十一，每个人掏出来应该掏的钱，这就是我要说的 AA 制了。"

"你在跟我再谈兜里的买卖，就是说咱俩在上海旅行期间的费用，也是要实行 AA 制？要公平公正，合情合理。"

"是的，我就是这样想的。这样花下去，破费我也是破费不起的。"

刘巧巧说完回到客房，窦粒坐在客厅里，很快隔着刘巧巧客房的门听到了细碎的呼噜声。窦粒也是在细碎的呼噜声中回到客房，睡到了天光大亮才起来。两个人相邀下了楼，真正地实行了一次 AA 制。刘巧巧买了一碗上海的三鲜馄饨，又要了一个碗，就给窦粒扒拉了半碗。窦粒买了一屉南翔的小笼包子，将笼屉推到了刘巧巧的面前，刘巧巧是数着包子吃。两个人吃饱了，来到私人旅馆的楼口。见到红孩儿一个人走着来的，没有带来那辆超长的商务车，窦粒很是庆幸。女人爱溜达，窦粒不是一个女人腿脚就沉，溜达完城隍庙就不想溜达了，建议捡一个有特色的饭馆等着吃午餐。红孩儿很会贯彻窦粒的思想，把两个人领进了上海本帮菜的老八样饭馆，还就点了老八样。老八样上来，是扣三丝、蒸三鲜、农家老甜肉、菌菇扣蛋卷、重油桂花肉、水笋扣咸肉、金针木耳河鲫鱼、特色肉皮汤。窦粒看着一大桌子菜，就有怪罪红孩儿浪费的意思了。

"红孩儿，在我们北方有一句熟语，叫作吃不了可以兜着走。"窦粒说。

"窦行长，上海也是不例外呀，只是不叫兜着走叫打包。"红孩儿说。

萝卜白菜是各有所爱，在上海这里说是名菜，在北方人的嘴里是吃得不香不臭。三个人吃完了不用窦粒说，刘巧巧上手就兜着走了。红孩儿去买单回来，刘巧巧已经是打包完毕。不等窦粒问红孩儿买单花了多少钱，红孩儿把发票递给窦粒，一共是花了九百元。窦粒伸出了舌头，刘巧巧也是拉下脸来。从老八样饭馆出来，刘巧巧像霜打的茄子一样蔫了，直到红孩儿说这顿饭可以由公司报销，刘巧巧才支棱了点。回到私人旅馆已是下午了，不但窦粒没有溜达的兴趣了，就连刘巧巧也没有溜达的兴趣了。她当然是怕花钱，花冒了让窦粒笑话。红孩儿看出这个苗头，就没有再张罗什么起身告辞了。客房里剩下了窦粒和刘巧巧，两个人谁也是不愿意张嘴，就处于百无聊赖的时光了。咋样才能度过这个时光呢？刘巧巧早有了准备，从兜子里拿出一副围棋摆在桌子上。窦粒对围棋很感兴趣，还是业余段位的四段。两个人下起了围棋，窦粒下得很猛。

"窦行长，我可是提醒你了，下围棋不得贪性，入界宜缓。"

"嗯，是有点下猛了，气场都没有了，你该着提子就提子吧。"

"窦行长，对不起了，攻彼顾我，我就提子了呀。"

两个人下着围棋，窦粒喜欢的是静，可能是刘巧巧有显摆的成分在内，嘴里在不断地叨咕着，也就是围棋十诀：弃子争先、舍小就大、逢危须弃、慎勿轻速……窦粒听了就心烦了，棋上的气场是一断再断，显然是处于了劣势。刘巧巧还就不叨咕了，捏着手指头算计着，心里却是磨叨着，动须该相应了，彼强就不能自得了，势孤就得取和了。两个人一盘棋大战了三个小时，最后查子儿窦粒是略略查了查。

"哈哈，我这里是九十一个子儿了，略胜你一筹。刘巧巧，你输了。"

"窦行长，这绝对不可能，你要认真地查。"

窦粒又对自己的子儿进行了复查，接着查了两遍都是九十个子儿。窦粒在心里暗暗地佩服，这是遇见了围棋高手。在这一盘棋中，自己始终是在刘巧巧的引导下走着棋。可是在刘巧巧的面前，窦粒不肯承认失败，还是得让面子撑着。

"好一个臭棋篓子，我也就是看你小让着你，否则你会一败千里。"

"窦行长，你愿意听我给你讲故事吗？"

"愿意是愿意，可是你的嘴里吐不出象牙来。"

"你在巧嘴骂人？"

"我没有骂人，现在的狗和过去的狗可不一样。"

"我不和你争竞狗的事情，你听着我给你讲故事。说是有一个著名的作家写了一篇短篇小说，短篇小说的名字叫作《下棋》。故事是说有一位局长，在全局下象棋是很有名的，可以说是所向无不披靡。这个局的办公室主任也很喜欢下象棋，每次陪着局长对弈，都是以略微的劣势输给了局长，局长每一次都会得意忘形，还会说办公室主任是一个臭脑子，是一个臭棋篓子。

局里的办公室主任退休了，在家里闲着难受，就到地摊上去玩象棋。这么一天，还就被局长给碰上了。大家一见局长大人来了，是一副趾高气扬的样子，就让办公室主任惩罚他，就把下棋的位置让给了局长。两个人重新摆好了棋，办公室主任可就不客气了，杀得局长是人仰马翻，顾头顾不了尾，就是一败涂地。局长终于明白了一个道理，慨叹而去，从此再也不敢和办公室主任下棋了。"

"刘巧巧，你讲完了故事天也黑了。我在这个故事里面反省，你去准备饭菜。"

客房里有个小厨房，各样炊具还是很全的。刘巧巧把打包的饭菜热了一遍，桌子上还是摆得满满的，两个人就敞开肚皮吃，还是剩下了不少，只能是装在塑料袋里当做垃圾扔了。吃完了窦粒还要和刘巧巧下围棋，刘巧巧还得舍命陪君子。这一盘棋下到了半夜，输赢还是在伯仲之间，窦粒洗吧洗吧就睡了。到了下半夜窦粒起夜，发现刘巧巧客房里面的灯光还亮着，他就趴着门缝往里看，发现刘巧巧拿着练功券在练习着点钞。窦粒就有一种负罪的感觉了，为了玩围棋耽误了刘巧巧的大好时间，实在是不应该的。窦粒怕影响了刘巧巧，蹑手蹑脚地上了厕所，又蹑手蹑脚回到了客房，直到天亮，他是再也没有闭上眼睛。刘巧巧练功的一举一动，老是在他的眼前晃动着……

到了早上，窦粒和刘巧巧下楼吃了早餐，当然实行的还是 AA 制。两个人刚刚吃完上了楼，红孩儿的电话打进来了。

"窦行长，昨天晚上休息得可好？"

"上海实在是太热太潮了，北方人是不太适应，简直是太折腾阿拉了。"

"既然是晚上没有休息好，你们是继续休息，还是让我陪着你们上街逛逛？"

"红孩儿，你看这样好不好？晌午十一点半你准时到我们的客房，咱们去吃地道的上海本帮菜。"

"窦行长定的点是可以的呀，我不会让你们吃错的，我要对得起我这份薪水。"

窦粒打完电话想到了昨天晚上，或者说是今天的早上，刘巧巧在灯下练习点钞的事儿，还是有一些过意不去，但他是窥视到的，又不好当面挑明。

"刘巧巧，你要还是困就去休息一会儿。我不是跟红孩儿说了吗？今天上午咱们不出去了。"

"窦行长，不出去你也是有事儿干，让属下陪着你下围棋玩？"

"现在我就请你记住，在上海期间，今后咱俩谁也不要提围棋两个字儿。"

"这么说来，应该说你是输赖急了，不然你咋会说出这样绝情的话？"

"咱俩下了两盘终极时数子儿都是九十个子儿，你说谁输赖急了？咱俩应该说是 AA 制，什么叫 AA 制，就是不输不赢。"

"这是不可能的，在刘巧巧的面前你就是输赖急了。"

"好一个刘巧巧，我是市业余围棋业余段位的四段……"

"窦行长，说到这儿应该停了。从你的嘴里说了围棋两个字，你是让我笑你呢，还是让我磕碜你呢？"

刘巧巧说完孩子般天真地笑了，窦粒就细细地观察着刘巧巧的笑，就北方的大姑娘来说，刘巧巧确实是长得很标致。标致只是外表的再现，更可贵的是她还长了一颗聪明的脑袋，这实在是难能可贵。在当今盛传遗传学的社会，娶上这样的一个老婆不会亏着的。年轻的时候可以挎着胳膊到处荣耀，到了孩子上大学的时代还会荣耀一把。要是到了老年，孩子当上了中国科学院的院士，三次荣耀完，就是死了也是不枉来到世上一回了。窦粒这样想，不会不表现在面部表情上，刘巧巧是很会看火候的，回到客房把客房插死了。窦粒在客房里转悠，连一个说话的人都没有了，就感到了孤独，但是他没有去敲刘巧巧客房的门，在孤独中煎熬着。孤独终于过去了，是红孩儿准点儿来了，这次她也没有带着超长的商务车来，一辆奥迪轿车停在楼下，驾驶员是红孩儿。窦粒、刘巧巧上了奥迪轿车，红孩儿把一袋城隍庙的五香豆扔给了刘巧巧，刘巧巧嚼着五香豆，窦粒当然也是能嚼着五香豆了。奥迪车来到老正兴餐馆，三个人进了红孩儿预定的雅间。

"窦行长，今天不要点那样多的饭菜，省着打包吃残羹剩菜。"红孩儿说。

"是啊，是啊，剩菜烩菜再好吃，也没有新鲜的饭菜吃着可口。"刘巧巧说。

"我就越俎代庖了，你们没有什么忌口的吧？"红孩儿说。

红孩儿得到窦粒、刘巧巧的首肯，就点了四个菜一个浓汤，菜是清蒸蟹粉、水晶虾、糖藕、花雕碎鸡。浓汤是金必来浓汤。主食是黄鱼煨面。

"窦行长，吃了几天了，感觉到上海菜的味道怎么样？"红孩儿问。

"谈到上海菜，舌尖上有这样的感觉，上海菜只是微微地淡了一点。"

"北方人舌尖上的盐口重，吃到地道的上海菜都是这样说。"

虽然是盐口很淡，这一顿饭吃得还是所剩无几，就没有打包带走和兜着走的内容了。这次还是红孩儿买的单，总共花了五百多元。窦粒想到了刘巧巧谈到的 AA 制，脸上就露出了难得的笑容。再看刘巧巧已是不看账单，已是扭过头去看着一个穿得很体面的乞丐，她起身走了过去，将一枚硬币扔进了乞丐乞讨的罐子里。店里的保安过来了，乞丐抱着乞讨的罐子就跑出了雅间，紧接着餐厅里面是一片大乱。

"讨厌！"红孩儿说。

28　Golden Bomber 和 AKB48

晚上七点整，窦粒和刘巧巧持着甲等票进了上海大成剧院，凭着票号坐在了最前排。这时，幕后已经是能听到音乐的绕梁声了。

"卖花了，卖花了。"一个小姑娘稚嫩的喊着传来。

"过来，过来，卖花的小姑娘。"窦粒招手说。

卖花的小姑娘就走了过来，窦粒并没有挑花，而是把刘巧巧推到了前面。刘巧巧本不想买花，她肯定这个地方的鲜花一定是很贵的。可是，窦粒把她推到卖花的小姑娘的面前，她就不知道这其中的意思了。

"这位小姐，你长得真是漂亮，买一束花吧。"卖花的小姑娘很会说话。

"你不要炒作你的生意了，让我再想一想。"刘巧巧说。

"凑准时机上台送上鲜花和演员互动，是一种少有的享受。还有可能留下一张照片，作为永久性的纪念留下来，回忆也是美好的。"窦粒说。

"窦行长，回忆也是美好的，你咋不买一束送上台去？"

"老笨，Golden Bomber 是男生组合。我一个北方的大老爷们，捧着一束花上去好像是驴唇不对马嘴。"

"噢，男女有别，看来这束花我是必须得买了。"

刘巧巧花了一百元买了一束花，小姑娘乐得屁颠屁颠地跑了，在另外的地方又响起"卖花了"稚嫩的喊声，与整个要出场显得很协调。卖荧光棒的女大学生走过来，就被窦粒叫住了，窦粒只是买了一根荧光棒，打开在刘巧巧的面前晃晃。

"刘巧巧，AA 制，AA 制。"窦粒继续晃着荧光棒说。

"卖荧光棒的你过来，过来，我要买三根。"刘巧巧说。

刘巧巧竟然如此大方起来，窦粒很愕然。刘巧巧果然是买了三根荧光棒分给右边的两个小女孩，小女孩就向她示好，四个小酒窝笑意浓浓。刘巧巧看上去很得意，就拿着荧光棒在窦粒的眼前晃晃。

"刘巧巧，请问日本的视觉系空气乐队，有几首压台的歌曲，你最喜欢哪一首？"

"有几首压台的歌曲，我可是没有数过。至于我最喜欢哪一首，这个还用问吗？当然是《娘娘腔》了。"

"这样我就要告诉你了，到了台子上唱《娘娘腔》的时候，你一定要上台送上鲜花，我就用手机给你拍照。机不可失，失不再来，你可要把握好这次时机。"

"窦行长有这样的一片好心，我相信一定会得到好报。"

绛紫色的大幕终于是拉开了，节目是一个接一个地演下去了。因为大多用的是日文演唱，不但窦粒、刘巧巧听不太懂，就是上万的观众也没有几个能听懂的，是看着口型猜测着演唱的内容，因此，高潮并没有迭起，让前来看演唱会的观众都很失望。荧光棒晃动得也不是那么的热烈，失去了它应有的意义。歌舞晚会就要到尾声了，还不见几个重量级的演员出来，台下就传来了呼喊声……

"鬼龙院翔君滚出来！"

"喜矢武丰鬼头滚出来！"

"歌宏场淳不要当缩头的乌龟滚出来！"

"天空城团吉长毛鬼滚出来，滚出来！"

"……"

在观众的呐喊声中，鬼龙院翔提着骨骼似的小提琴，喜矢武丰抱着刻着鬼头的吉他，歌宏场淳拿着乌龟似的贝斯，天空城团吉甩着一头的长发抬着鼓出来。琴声悠扬起来，吉他动情地弹拨着，贝斯呜呜地叫着，鼓声阵阵擂得起劲儿，接着《娘娘腔》唱了起来——

> ……
>
> 与其说爱你，
>
> 其实只是想要你。
>
> 我对你的心，
>
> 如同忠犬。
>
> 大家都说我被骗了，
>
> 尽管骗我没关系。
>
> 只要你在我身边，
>
> 真想被爱啊！
>
> 一定是看漏了，
>
> 你的信号，
>
> 请再传给我一次。
>
> 不想定下来，
>
> 不过没关系，
>
> 因为和你在一起。
>
> 娘娘腔，娘娘腔，沐浴阳光。
>
> 娘娘腔，娘娘腔，唱着恋歌。
>
> 娘娘腔，娘娘腔，终于抵过这个世界。
>
> 娘娘腔，娘娘腔，好痛苦啊！

音乐的声音和歌声一结束，刘巧巧的热血就沸腾了，就凑准缝隙躲过了保安，跳上台子来到鬼龙院翔的面前，迅速地将鲜花献了上去。窦粒也是对得起她，不失时机地啪啪啪拍着照。

"啊呀，是假的，咋都戴着假面具。"刘巧巧在台上惊叫一声。

刘巧巧这样的一声惊叫，通过麦克风就传到了整个演唱会场，观众们开始骚动了，一个团队一个团队向着台子上压来。四五个保安冲上台子，就把刘巧巧架下了台。刘巧巧看着惊叫着的人群，只是苦笑了笑，拉着窦粒气愤地走出了演出场。

"刘巧巧，想不到你还是个热血青年，现在你的气色是一点也不好。"

"假人，假唱，花了这么多的钱来看一场演唱会，咱们都让小日本给骗了，气色还能好得了吗？"

"你说的是台子上的日本演员是假人、假唱？"

"人是真的，我看得千真万确，可不是人们所期盼的演员。他们都戴着面具，假唱还有什么疑问吗？"

"哼，可恶的小日本鬼子，写文章揭穿他们。"

"窦行长，你看过那些抗日的雷剧吗？你就不怕那些汉奸把你整死了？"

"刘巧巧，这个哑巴亏我们就这样吃了？"

"假的就是真的，真的就是假的，真真假假，只是你从哪个角度上看而已，世界上的事情不都是沿着这个规律发展下去吗？"

"照你这样说，难道世上还没有公理了？"

"公理何在？"刘巧巧说。

这一天的晚上，窦粒夜间起夜没有看到刘巧巧客房里的可喜的灯光。他有点懊丧，沿着客厅里桌子转了一圈，这才回到自己的客房。第二天早上起来，两个人气得谁也没有吃早餐，但是肚子还是鼓鼓的。窦粒几次想到报社去揭露这次的伪演出，都被刘巧巧给拦住了。

"窦行长，现在已经是时过境迁了，你到报社去揭发也是等于零。人家敢在这样的台子上假人假唱，肯定有人在保护着，这个保护伞没有十二级台风是掀不翻的。假如说这伙演员连夜上了飞机飞回了日本，你还能飞到日本去讨回公道啊？"

"难道咱们千里迢迢从北方赶到上海，就看这样的一场假的歌舞表演吗？"

"人啊就是这样，天天在自作自受，天天在做着自残的事儿。"

到了晌午，窦粒、刘巧巧的气儿就消了，开始饥肠辘辘了。红孩儿就打来了电话，窦粒就得知蒯大龙的电话打过来了。在电话里蒯大龙嘱咐了红孩儿，窦粒、刘巧巧到了上海一定要吃一顿海鲜大餐，不吃不是白来了一趟？言外之意，就是午餐要去吃海鲜了。电话刚刚撂下，就听到楼下响起了轿车的喇叭声。原来，红孩儿懒得上楼，是在楼下打的手机。红孩儿还是开着那辆奥迪轿车来的，就把窦粒、刘巧巧拉到了米其林星级餐厅，还坐在了靠窗户的一个位子。

"窦行长，刘小姐，米其林星级餐厅的座位是很紧张的，尤其是靠着窗户的座位。这是我预定的位子，否则是坐不到这里来吃海鲜的。"

"红孩儿，你这样说，我跟刘小姐可是忐忑不安了。坐在哪儿都是无所谓的，不就是来饭店吃顿饭吗？"窦粒说。

"窦行长，你是一行之长，难道这样的没有品位？"红孩儿说。

"窦行长，坐在这儿你可以看到上海外滩的全景儿，还是免费的。想想红孩儿也是用心良苦，咱俩应存着感恩之情才是。"刘巧巧说。

"这两天，是不是刘小姐惹你生气了？到了这儿，你才拿我当出气筒？"红孩儿说。

"红孩儿，你切切不要胡说，挑拨我俩之间的关系。他不但没有惹我生气，我们这几天生活还实行的 AA 制。"

"居住在同一个屋檐下，刘小姐说的话谁能信？"

"谁不信都没有关系，只要自己信就行。"窦粒说。

菜很快上齐了。一共是四个菜：清蒸帝王蟹、盐水大龙虾、油炸深海黄鱼、千香万香八爪鱼。饮料也是高级饮料，是一瓶精美的蓝莓饮料。刘巧巧看着商标笑了，这瓶精美的饮料是银罐市的产品，只是包装得更加冠冕堂皇了。主食是鱼肉面，还有一小壶香醋。

"窦行长，刘小姐，和你们在一起共处很愉快，但是时间可是倒计时了。"

"没有关系的。你可以到银罐市去做客，我们会陪同你到玛瑙一条街去逛逛。在那里进行沙里淘金作业，相信你一定会淘到你满意的东西。"窦粒说。

"我可以陪着洪小姐去卧佛山，七八月份是最好的季节。漫山遍野的野果子熟了，可以去采摘，会让你乐不思蜀的。"刘巧巧说。

"我是真的想去，可是这里也是离不开。这个盛情咱们暂且撂下，要等待的是机缘。咱们吃海鲜，喝饮料。"

米其林星级餐厅的一顿海鲜，虽然上的菜不多，酒还是家乡的酒，一顿也是吃进去了两千元。三个人吃完了海鲜，红孩儿拿出了公司的纪念品，是黄杨木加工成的男女手串。窦粒看着价格标签上标着五千元一串，不知道是真是假本不想收，但是看到红孩儿一副难受的样子，看到刘巧巧一副高兴的样子就不得不收下了。窦粒回到私人旅店装不下去了，让刘巧巧拿出了练功券，教着刘巧巧点着练功券，虽然没有计时器，窦粒还是预估出来，凭刘巧巧的点钞速度要想在银罐市夺冠，那可是难上加难。可是他没有说出来，只能是颓丧地点着那个头，就和吃了大龙虾的肉，剩下的那个虾头是一个样儿。到了晚餐的时间，窦粒是一点饿意也没有了。刘巧巧却是嚷嚷着饿了，不知道她的帝王蟹和大龙虾都吃到哪里去了。两个人来到了上海小吃一条街，每个人要了一碗鱼肉面。

"窦行长，什么帝王蟹、什么大龙虾，我看都是样子货，还不如这样的一碗鱼肉面吃得饱。"刘巧巧拿着面巾纸擦着嘴角说。

"吃完了鱼肉面，离晚上歌舞表演开演还有一点时间，咱俩去干什么？"

"窦行长，到了上海逛逛城隍庙是压轴戏，我想到城隍庙去逛逛拜拜佛。"

"拜佛得有目的，你想求什么？"

"像我这样大龄的女子还能求什么，一是求婚姻，二是求保佑我妈妈平安。"

"你说的很明确，好像没有骗我？"

"我可不敢骗你，回去你算计我我可不划算。"

窦粒和刘巧巧来到了城隍庙见到了大肚弥勒佛，还见到了那副对联——"肚大能容，容天下难容之事；口开便笑，笑世上可笑之人。"刘巧巧上完了香，将一张十元的票子扔进了功德箱，然后双手合十就拜。刘巧巧拜完了佛，两个人就离佛而去了，窦粒觉得心里特别扭。刘巧巧往功德箱里面投了十元钱，不管钱多钱少，可见心是诚的。自己却一毛不拔，可见心是不诚的，拜佛心不诚佛是不会保佑的。窦粒找了一个借口返了回来，往功德箱里面投了一百元的票子，这才心安理得地返了回来。

快到 AKB48 开演的时间了，不管是真演还是假演，窦粒和刘巧巧还是准时到了上海大成剧院。这次因为演员都是日本女演员，轮到窦粒花一百元买了一束鲜花，拿着手机抢拍的就是刘巧巧了。这个晚上的演出显然要比头一天的演出好得多了，《马尾与发圈》《也许是借口》歌曲很入耳。压轴歌曲是《飞翔入手》，日本大型女子偶像组合的七个头面人物——渡边麻友、筱田麻里子、大岛优子、前田敦子、高桥南、小嶋阳菜、板野友美都上场了。歌曲伴着歌声和荧光棒的光影，还有合唱声是响成了一片，颇有排山倒海之势。歌词是这样的——

散发光芒的灼热的太阳，
热浪滚滚燃烧在沙滩上。
自由恋爱像温度线在上扬盛夏气场，
怎么总是让我心跳小鹿乱撞，
你和我眼神交错又怎么躲避这慌张，
你目光又再次朝我面向这方向，
难道你真的真的有期望。

歌曲终止了，不等窦粒上台送花，粉丝们如潮水般涌了上来，保安们也是螳臂挡车了。再看台子上的七个日本大美女，已是沉到了台子下顺着地洞就跑了。窦粒被挤得不但一束花没了，还丢了一只皮鞋，再看身边的刘巧巧也是挤得没有踪影了。窦粒光着一只脚来到了场外，就见到了一个卖布鞋的老太太，老太太可能是吃惯了这口，是往死里砸买客，就是二百元一双不讲价。窦粒不能穿着一只皮鞋走路，还能咋办，只能是硬着头皮买了一双布鞋穿上了，然后就铆足了劲儿，把剩下的那只皮鞋抡圆了，像抛出链球一样地抛了出去。皮鞋按滑行的轨迹是落在一个没有人上去的青草坪。

窦粒和刘巧巧会面时，刘巧巧更是惨了，来上海前精心做的一件天蓝色的套裙，一边是开了一个豁口，看上去很像开了大叉的旗袍。

"刘巧巧，我想问你，这次来上海观看日本的歌舞表演，你有什么感受？"

"除了心灵上的空虚还是心灵上的空虚，我就是这样的感受了。"

"我的感受可能比你的还要糟糕，中国的青年人要是再这样追求下去，小日本鬼子早早晚晚还是要打回来的。"

"窦行长，我建议你回到行里以后，要组织青年人都来看这样的歌舞表演，都来亲身受受这样的教育。"

"我看也未必不可。"

29　雅迪电动车 T6

窦粒从上海回来上班的第一天，当他来到行里的大门口时，发现煤三姐正倚在宝马车的身上在等着他。窦粒打了一声招呼就要往楼里走，煤三姐就跟在他屁股后头一起上了楼。两个人来到行长办公室，煤三姐就半拉屁股坐在了沙发上。

"窦行长，此行上海，你咋不跟煤三姐打一声招呼？"

"煤三姐，这可是我个人的私事儿，你想有这个必要吗？"

"窦行长，去了上海，不打一声招呼就不打一声招呼了。可是从上海回来了，我给你接风你不会介意吧？"

"这个我想也是没有必要，煤三姐有事说事。"

"电视上也报了，报纸上也登了。蔡一刀的两千万都给贷下来了，我的三百万还是没有影儿呢？"

"煤三姐，我想问你一个问题。"

"你问吧，有问必答。"

"请问你是北京大学研究生毕业吗？"

"这个，这个……"

"煤三姐，不要这个了。人比人得死了，货比货得扔了。到了我这里不要口气那样的强硬，银行的钱也不是我家的钱，凡事都要一点一点地来，最后求一个圆满的结果。"

"窦行长，话是这么说。我真的是等不及了，季节卡死了可是不饶人啊！"

窦粒拿起电话拨通了刘巧巧的手机，让刘巧巧接到电话马上来行长室。刘巧巧在心里想，自己能干有什么用，这不还是鞭打快牛吗？练功练功还练个屁功。可是也是没有办法的事情，谁让人家是行长来的，就得是招之即来，来之能战。她就懒洋洋地来到了行长室，就看到了煤三姐。

"呀，是煤三姐。你的耳朵真长，你是来了啊？"刘巧巧也是懒洋洋地问。

"请问，耳朵长是什么意思？"

"其实我说的不是兔子，是……煤三姐，我的词汇不够用了，你不要挑我。"刘巧巧说。

"我是来求人的，我不来行吗？"

"刘巧巧，我派给你一个任务，你跟着煤三姐下到她的企业，七天之内一定要把活干完了。总行那儿，要留出充裕的时间斡旋。"窦粒说。

"窦行长，我的练功技能就荒废了？"

"边干着边练着，你就不要跟我计较了。"

煤三姐见到窦粒这样的安排，就知道这笔贷款是有门了，就热情地拉着刘巧巧的手，不由分说拉出了行长室，高兴得没等出大门就摁动了宝马轿车的电动车门钥匙。煤三姐开着宝马车，手机的铃声是一直不断响着，煤三姐是连一个也没有接，而是将宝马轿车一直开到了仓库。在仓库的一个角落里，有一间小房很是不起眼，看上去就像是个装破烂的棚子。小房门口拴着一条大黄狗，见到生人是狂吠不已，张开大口露出尖牙利齿看上去很吓人。煤三姐呵斥着大黄狗，大黄狗就老实了，她就带着刘巧巧进了门。刘巧巧进门愣住了，小屋里面是别有洞天，装修得极其豪华不算，各种电器也是应有尽有。煤三姐亲手从冰箱里面拿出了饮料、时鲜水果，还有各式各样的点心，看商标是北京稻香春制造的高口味的点心。

"刘巧巧，如果你肯认我这个当姐的，今后咱俩就是姐妹了，姐有什么你就有什么。现在是先吃饱了，然后咱们再说事儿。"

"你就算是我的钱姐姐了，先把贷款的资料拿来我看一看？"

煤三姐把所有的贷款资料从金柜中拿出来，放在了刘巧巧的面前。刘巧巧一样一样地看着，看完了喝了一大口的饮料。

"家妹子，审查完了，看看还缺什么手续？"

"这个，我不能跟姐汇报，我得跟窦行长汇报。"

"妹子，你就不要在我这里整事了。事情办好了，我是你姐还能亏待小妹吗？"

"我现在很生气，我说的你们根本就没有去照办，你们这不是目中无人吗？"

"妹子不要生气，姐这个人水平洼，请妹子说得详细点儿？"

"上次我来说过了，要办一个运输公司的营业执照，法人不能是你煤三姐，然后咱们再往下说事儿。"

"妹子，现在的事儿，是那么好办的吗？"

"人还没有老，眼光咋就不行了？派人到市政府的行政大厅去办呀，估摸着一个小时能办完。至于贷款的一套手续，既然你是我姐就不要管了。"

"好吧，小妹的话说到家了，我马上派人去办就是。小妹今天就不要回去了，陪着姐去洗洗温泉，姐的身上也是刺挠了。"

"姐，不行的，窦行长让我回去还有事儿要办。"

"你等等，姐去去就来。"

煤三姐来到门外，一个小姐妹正在等候。煤三姐往门里看了看，说话怕刘巧巧听见，拉着小姐妹的手往前走了几步。

"姐，你让我办的事儿我都办妥了，这是去领货的票据。"小姐妹说。

"你姐是不见到兔子不敢撒鹰了，票据还不能撒手给她。你去搬来两袋辽河三角洲的大米，再去拎来两桶欧丽薇兰橄榄油，放在宝马车后座的前面。"

"十分钟时间，我会把这些事情搞定。"

煤三姐叮嘱完回到小房里面。刘巧巧想着职工技能大赛就要开赛了，自己的点钞速度还是上不去。在银行里不能转为正式职工，就不是主人了，就是一个打工仔，银行哪一天高兴会用你，不高兴会把你一脚踢出去。要是那样的话，你就没有什么可说的，也就没有什么可问的，就是一个走人，还得求爷爷告奶奶地去寻求职业，哪里还有比这还要好的职业。

"姐，我是真的有事儿，我是真的要走了。"

"妹子再等十分钟，姐送你回家，这次好好认认家门。"

十分钟时间虽然是不长，可是刘巧巧如坐针毡。煤三姐究竟说了一些什么，她是没有听清楚。煤三姐往外走，她就跟着出来上了宝马轿车。刘巧巧本想是要回到行里去的，煤三姐别着不把车往行里开，非要到刘巧巧的家里去看看不可。刘巧巧别不过煤三姐，只好坐着宝马轿车来到了育才学校的家门口。煤三姐下车打开后备箱子，将两袋米和两桶橄榄油拎进了屋子，刘巧巧没有拒绝而是首肯了。刘巧巧的爸爸妈妈不在家，煤三姐没有提出来要坐一坐，两个人出了家门。煤三姐把刘巧巧送到了行门口，车子拐个弯开走了。刘巧巧刚想上台阶，方傻妞正在台阶上等着她。

"刘巧巧，能实心实意告诉姐妹，这几天你到哪儿去了？"

"告诉你是我的本分，不告诉你也是我的本分，那就告诉你，省着你的心里痒痒。我到上海去了一趟，一个同学结婚让我去当伴娘。"

"你说的可是真话？"

"是真话咋样，不是真话又能咋样？我请你让开路，不然不要怪我不愉快了。"

方傻妞横在刘巧巧的前面，当刘巧巧说"请你让开路"，她觉得自己这样做太没有礼貌了，也是太不大度了，就把路让开了，刘巧巧就走了过去。方傻妞就开始反思了，不怪老茄子总是说自己祸从口出、祸从口出，今后的事儿还真得拐个弯儿，省着像现在这样尴尬地站在这里。方傻妞回到了大厅，继续做她的导员。刘巧巧噔噔噔地上了楼，照直来到了行长室。行长室里，窦粒正在和蔡一刀谈笑风生，刘巧巧的脑子一转。

"姐，今天咋没有去卖肉啊？"

"啊！不要说卖肉的事儿。我和窦行长已经谈完了，刘巧巧你们可以谈了，我给刘巧巧让地方。"

蔡一刀走到了行长室的门口，回过头来对着窦粒是莞尔一笑。窦粒见到蔡一刀走了，脸上立刻没有了微笑，他起身关严了门走到刘巧巧身前。

"煤三姐的事儿办得咋样了？"

"窦行长，这事儿搁下先不说。我跟你说一件事儿，你可千万要保密。"

"什么事儿这样严重，还让我保密？"

"有人在调查咱俩去上海的事儿，你可千万不要说咱俩一同去的。"

"实事求是，有什么不可以说的呀？"

"窦行长，你还得让我给你跪下呀？算我求你了行不？严丝合缝，一定不能说的。"

看到刘巧巧吓成这个样子，窦粒笑了，刘巧巧憋了一会儿也笑了。刘巧巧走出窦粒的办公室，发现方傻妞的一双眼睛盯着窦粒办公室的门。刘巧巧的心里有点发慌，但是只是一会儿就镇定下来了。她走到方傻妞的面前，还漂亮地打了一个响指。

在刘巧巧手机的再三催促下，煤三姐可是没有敢怠慢，只是用了两天的时间就把贷款的手续给办全了，她就来找刘巧巧了。刘巧巧见到行里太闹了，就拿来了贷款的空白合同。煤三姐见到就明白了刘巧巧的用意了，就在假日酒店安排了一个客房，是钟点房的那种。钟点房里很安静，刘巧巧很快把合同填好了。

"姐，贷款合同是填好了，还得麻烦你一趟。"

"妹子，你说你有什么事儿？"

"不是我有什么事儿，是姐你有什么事儿。明天总行要开审核贷款合同的会，这个机会一旦是错过了，还得等到下一个星期审核，下一个星期因为某种原因不能开这个会，还得等到下下个星期。因此，你得赶快去找窦行长，让他带着贷款合同去总行。总行管信贷的和他关系不错，听说也没有少求窦行长帮忙办事儿。咱们的贷款是合情合理的，合法合规的，你看这事儿……"

"你这是在给姐支招儿，姐这就去办好了。妹子，谢你了！"

"不用谢，谁让你是我姐了。"

第二天上班，刘巧巧接到窦粒的电话就来到了行长室，将煤三姐的贷款文本放在了窦粒的办公桌上。窦粒翻看着贷款文本，上面有刘巧巧娟秀的字体，还有写得规规整整的三十度斜角的阿拉伯数码，让窦粒佩服得是五体投地了。他点了点头，示意刘巧巧不是站着而是要坐下。

"看样子，煤三姐着急也是不行，得等到下一个星期由总行审核了。"

"下面是窦行长的事了，我算是完成了你派给我的任务。还是去小会议室点票子了，手指肚的指纹快要磨平了，将来上指纹识别电子化的设备，我算是一个残疾人了。"

"说得言重了，还不至于吧。"

"你瞪大眼睛看看，好像属下说谎似的。"

窦粒探过头去看着刘巧巧的手指肚儿，方傻妞悄声捏脚地进来。她站在了刘巧巧的身后，看着窦粒究竟是要干什么。两个脑袋要碰到一块儿了，而且窦粒拽住了刘巧巧的手。方傻妞使出了一个响动，窦粒就把刘巧巧的手给松开了。

"窦行长，你们拉着吧，反正是一个没有娶，一个没有嫁。"

"方傻妞，你懂点规矩行不，进门咋就不敲门？"窦粒问。

"门敞开着哪，你让我咋敲？"

"咋敲都行，不敲门你不会敲门框？方傻妞，你有事赶快说。"窦粒说。

"我是没有什么大事儿，我闹眼睛了，看看窦行长这里有没有眼药水。"方傻妞说。

"我这里能有什么眼药水，想买眼药水你到药店去，或者是去医院也行。"

"窦行长，你可是真的实在，方傻妞说什么你信什么。方傻妞闹眼睛都能来找行长，说明关系杠杠的，我就告辞了。"

刘巧巧从行长室里出来回到了小会议室，就恨这个煤三姐了，昨天说得好好的，今天都什么时候了还不来。煤三姐可是实在对不起了，从关系上讲，刘巧巧也就是点到为止了。刘巧巧开始欻欻欻地点着票子，眼前出现了辽河三角洲的大米，还有两桶欧丽薇兰橄榄油，就觉得不打一个电话告诉煤三姐，实在是良心过不去的。刘巧巧拨通了煤三姐的手机，煤三姐正被要账的人堵在屋子里，就在吵吵声中接了手机。

"喂……是姐吗，屋子里咋这样嘈杂？"

"是妹子啊？今天矿上是开资的日子，有几个矿工一早上喝了牛逼散（酒），就没有个人样子了。咋说咋劝还是一个吵吵。妹子，有事你说。"

"姐要是再不来，这个星期连黄花菜都凉了。"

"好好好，姐知道了，知道了。"

煤三姐接完了刘巧巧的手机，见到从前门走是不可能了，就跟几个贴心的保护自己的矿工耳语。几个五大三粗的矿工就把要债的人都给推了出去，煤三姐就顺利地打开了后窗户跳了出去，骑上一辆电动车就跑。煤三姐来到了仓库，开着宝马轿车就来到了小苹果分行，就把窦粒堵在了办公室。

"煤三姐你来了正好，要不然我也想给你打个电话。总行发放贷款每个星期上会一次，今天可能是上会研究上了。"

"窦行长，如今的土地墒情该有多好，我是急需要钱啊。你就可怜可怜我吧，就算是一个要饭的来要饭，你也得给她仨瓜俩枣的吧？"

"好了，你也不要急，我现在就打一个电话。"

窦粒给总行信贷处打电话，接电话的正好是信贷处长。该着煤三姐有好命，分管信贷的副行长在赵董事长的办公室商量着事儿，信贷审批的会往后延了。窦粒见到有机可乘，马上跟着煤三姐下了楼来到总行信贷处，把贷款的资料送到信贷处长的手中。

"郭处长，我和贷款的人都来了，你就帮帮忙呗。"窦粒说。

"我只是有一票，这个窦行长也是知道。"

"郭处长，以后的日子还长，煤三姐一定前来拜访。"

"你是煤三姐？"

"是啊，错不了。"

"嗯，你们请回吧。审贷会就要开了，我会尽力而为的。"

煤三姐的贷款审批顺利地通过了。小苹果分行要放款了。煤三姐听了消息非常高兴，刘巧巧接到了煤三姐的电话，要她无论如何到小房见一面，刘巧巧赶到了小房。

"妹子，这三百万可是姐的救命钱，你可得替姐看好了。"

"姐，钱放在银行里还能跑得了？"

"钱搁在银行里咋的，不翼而飞的有的是。"

刘巧巧信誓旦旦地保证帮着煤三姐把钱看住，煤三姐把一张购物券送给了刘巧巧，原来是一辆雅迪电动车 T6。刘巧巧拿着购物券把电动车提了出来，这辆小巧的女式电动车真是太漂亮了，刘巧巧骑上就不愿意下来了。

第二天，刘巧巧骑着雅迪电动车 T6 上班，第一个碰到的就是窦粒。

"呀！刘巧巧，你这是鸟枪换炮了？"

"窦行长，我的家住在郊区离行里的路程太远了，每天骑自行车累得不行。本来想买一辆轿车可是买不起，就买了这样的一辆电动车。几千元钱不贵的，省吃省喝也就是一个月的工资了。"

窦粒没有再说什么来到了办公室，翻着黄页电话簿找到了电动车的销售部。他把刘巧巧电动车的型号说了，询问得多少钱才能购买一台，当得知两万多元一台时，窦粒对刘巧巧说的话是百思不解了。

30　张冠李戴

银罐市总工会举办的职工技能大赛，已经开始倒计时了。在银罐银行小苹果分行的会议室里进行了最后的彩排。总行委派一位副行长和工会主席前来观摩，在众目睽睽之下，刘巧巧用时五分钟点了十三把钞票，比照标准的十五把钞票还是差得很远。窦粒就在心里嘀咕这下子是完犊子了了，要是把刘巧巧刷掉可就麻烦了。但是当着总行领导的面，还是得护着犊子。

"这应该属于正常的发挥，到了正式的赛场上，百分之九十的赛手都有超常的发挥。想是刘巧巧应该不例外，大家就拭目以待吧。"窦粒说。

"刘巧巧，窦行长都肯定了你，当着总行领导的面表表决心吧？"总行工会主席说。

"窦行长，行里像刘巧巧这样点钞速度的选手，一划拉是一大把。参加技术比赛的名额极其珍贵，希望你行的选手要珍惜这个极其珍贵的名额。"总行副行长说。

"请行领导放心，我一定不辜负行里的希望，在大赛中夺得名次回来。"刘巧巧表态说。

在大赛前一天的晚上，刘巧巧像夜猫子一样反常，她在家里不断地点着练功券，点着点着，就把练功券扔得满屋子都是。刘巧巧扔完跑到了厨房，夏小满就跟了进来。当刘巧巧拿起菜刀对准了自己的手指头时，夏小满抢上前把她抱住了。

"孩子，听妈说，咱们宁可这份工作不要，也不能缺了这根手指头。"

"妈妈，我是真的笨，笨得不可救药了。"

娘俩抱着头只是那么一小会儿，本来病恹恹的夏小满坚持不住了，抱着肚子蹲了下去，豆大的汗珠从脸上滚了下来。刘巧巧知道夏小满病情严重，看着难受也不能去扶，扶起来就有生命危险。夏小满躺在厨房的地上，刘巧巧把她的腿捋顺直了，又找来了救心丹，数出来十六颗塞进夏小满的嘴里。夏小满这才慢慢地缓了过来，恢复了常态。

此时，窦粒也是没有闲着，也是在百爪挠心，就从家里下了楼，开着新捷达来到了方傻妞家里。方傻妞坐在书房里面嚼着槟榔，老茄子坐在她的面前，无可奈何地摸着头上剩下的几根头发。老茄子见到窦粒来了，气呼呼地离开座位出去了，把座位让给了窦粒。

"方傻妞，老茄子的神态不咋好，你又咋气你爸了？"

"蒸不熟不在家，老茄子有了烦心的事儿想拿我当饺子皮擀了。我是谁？我可不是蒸不熟，我就是不让他擀这饺子皮。哼，把老茄子头上的几根头发气掉了，省着他再摸，一副酸样子。"

"方傻妞，既然你是这样说，我可要劝劝你了。"

"老茄子说了，谁能劝得动我，他给奖励。"

"老茄子头上的几根头发是从娘胎里带来的，你可要替老茄子珍惜这份遗产。"

"窦粒，你不要拿我爸开涮，下面拿我开涮呗。"

"方傻妞，我不是来开涮的，我也不敢在这里开涮。这次来……"

"窦粒，你还不是为了那个刘巧巧来的，这个我知道。我反过来也是劝你，不要把乡下的妞儿当成林黛玉，那是刘姥姥进了大观园，呸！"

"我是想着小苹果分行行里的荣誉……"

"呸！——你就直说得了，小苹果分行的荣誉就是你的荣誉？"

窦粒让方傻妞几乎是呛了一个倒仰，但他还是很有耐心的，对于面前这个刀子嘴豆腐心的女员工，只要有足够的耐心就行了。方傻妞见到窦粒成了一个闷葫芦，把一片槟榔塞进窦粒嘴里，窦粒开始嚼着槟榔，就觉得七窍都在冒出槟榔的味道。

"意想不到，嚼嚼槟榔的味道儿真是很好。"

"在这个夕阳西下的晚上，咱俩去划舢板好吗？"

"好啊，出去散散心，排泄排泄心中的郁闷。但是有一条，你可不能再不着调了，让我成了落汤鸡。"

"只要你在舢板上肯听话，你就不会成为落汤鸡。"

两个人是说干就干，就来到了仙女湖边。方傻妞从草丛中拽出小舢板，这回窦粒是轻车熟路了，两只脚尖着地跳上了小舢板。小舢板向着湖心划去，这时西边的天际上，火烧云正在灿烂地燃烧着。

"方傻妞，市总工会职业技术大赛在即。倘若刘巧巧当了阿斗，你说我该怎么办？"

"窦粒，很好办啊。你要学学三国时的刘备，玩玩三请诸葛亮的游戏。"

"我今天来，算是一请呢，还是算二请呢？"

"论辈分我可不是诸葛亮，我算是诸葛亮奋拉奋拉的孙女。"

小舢板在湖水里画着圈儿，圈儿画得很圆很圆，这是方傻妞玩舢板的绝技。小舢板荡出去的湖水就形成了弧形的涟漪，向着弧线上方一个波浪一个波浪推了过去。方傻妞亮开了嗓门，唱着一首篡改了歌词的歌儿——

仙女湖面驶着小舢板儿，
飘飘摇摇在浪里撒欢儿，
玉兔给它做了一双桨儿，
鱼虾吻着她的连衣裙儿。

要问小舢板向哪里去儿，
小苹果分行是它港湾儿，
双桨荡起飞溅的浪花儿，
白领的姑娘闹翻了天儿。

"傻妞儿，蒸不熟回来了，给你熬了鲫鱼汤儿。"老茄子站在湖岸上喊。

"方傻妞，你爸你妈这样喂养你，你将来肯定是一个大胖墩儿。"

"窦粒，我是大胖墩儿就是猪了，你是什么呀？"

"我也是 pig 呀！"

"呸，你就会这样一个英语单词，真的还就用上了。"

小舢板向着湖岸边划来，不等小舢板靠岸，老茄子伸出了铁钩子勾住小舢板，小舢板打着横儿靠了岸。蒸不熟提着瓦罐来了，瓦罐里装着鲫鱼汤。

"老东西，几步道，到屋子里面去喝。"老茄子说。

"我呀，是不吃麻花专看这个劲儿。窦行长也来了，尝尝我熬的鲫鱼汤。"

蒸不熟玩戏法般拿出了四个小碗和一个小勺，在青青的草地上摆好了四个碗，每个碗里的鲫鱼汤盛得不多，四个人品尝着。鲫鱼汤里按照比例下了中草药，简直是太好喝了，窦粒从来没有喝过这样鲜味的汤儿，他竟然品尝出来了千滋百味儿……

"窦行长，我在迎宾馆听说了，一年一度的职工技术大赛要开始了。我们厨师可是要一显身手了，你喝的这汤……"蒸不熟说。

"姨，这汤也能参赛？"

"这是姨熬的桂圆鲫鱼汤，配料我可是不能说的，那可是商业秘密。让美食家们去品尝，兴许能捞个奖项回来，这汤就能打入市场了，这个罐子就是金罐子了。"

"姨，我这是偏得，在这里可得说一句吉祥话。什么吉祥话，什么吉祥话……"

"但愿刘巧巧的手指头变成金手指头。"方傻妞抢着说。

窦粒肚子里鲫鱼汤的味道儿还没有散尽，在市总工会的大会议室里，银罐市金融部门要举行的机器点钞、手工点钞、机器打传票、汉字录入四项比赛便开始了。各家银行都组织了精兵强将，在这里决一高低，以显示该银行的实力所在。方傻妞开着老爷车，载着窦粒早早地来了，两个人是前来为刘巧巧助阵的。窦粒、方傻妞站在大会议室的窗前看着外面等着刘巧巧。时间在一分一秒地过去，真正是到了大赛的倒计时了。窦粒看着表慌了神儿，就给刘巧巧打手机。

"刘巧巧，我在市总工会的大会议室里面等着你，大赛马上要开始了，咋还不见你的影儿，你是想急死我呀？"

"窦行长出差了，早上我起来闹了肚子，一会儿一趟厕所，怕是参加不了比赛了。"

"刘巧巧，你这样的出尔反尔，你知道你这样做的后果吗？"

"窦行长，官还不差病人，反正我是参加不了了，你爱咋着咋着吧！哎哟，哎哟，我又得上厕所了！"

刘巧巧是在仙女河边接的手机，她接完手机把手机关掉了。此时她的心情很不好，在小学、初中、高中、大学一向要强的她，就像仙女河边的堤岸一样，遇到了大水崩塌了。她穿着一身蓝色的连衣裙跑着，几次想跳进仙女河，品尝人要死去的那种滋味儿。可是现在的北方是枯水期，仙女湖的水不深，最深的地方也就是没过了膝盖，想淹死人那只能是巧合。刘巧巧就在这样的河边跑着，那边可是急坏了窦粒。

"方傻妞，刘巧巧临阵脱逃了，咱们不得不张冠李戴，算我三请诸葛亮好不？"

"窦行长，你没有像刘巧巧那样给我吃小灶，我可不敢担保上去能取得好成绩。"

"现在还奢谈什么成绩，能凑乎下来就行了。"

"你是让我凑乎去？好了好了，太瞧不起人了，我还不凑乎去了。"

"女孩子，真是烦死人了。"

"窦粒，你个乌龟王八蛋，还敢这样说我们女孩子？"

"骡马就是上不了阵，我他妈的快让刘巧巧给气死了。你还骂我是乌龟王八蛋，乌龟王八蛋咋的了？"窦粒吼了起来。

"各个参赛队领队，各位参赛选手，请注意了！全市金融系统职工技能大赛马上就要开始了。现在要清理赛场，希望大家听从赛事组委会的安排。赛事要求，赛场里只是留下一名领队，对考场进行监督就行了。作为新闻媒体市电视台可以录像，作为组织单位总工会可以录像，这样就能留下影像档案了。其余的新闻记者也要退出场外，等待比赛终结了，你们就可以采访了。还有，赛场内拒绝手机拍照，要给选手们一个好的参赛环境，要让选手们一心一意地参加比赛。"

大赛的时间在一分一秒地逼近，窦粒站在赛场的外面心急如焚。刘巧巧已是回到了家中，她是越想越不是滋味儿，干什么要这样委委屈屈地活着，不就是一个失败吗？失败是成功的母亲，自己终究是要做母亲的，自己为什么不去？刘巧巧换上了行服，打了一辆出租车向着大赛的考场奔去。哪知道正是车流的高峰，尽管刘巧巧是极力地催促着，出租车司机使出了浑身的解数，还是没有办法突出车流的围堵。出租车是走走停停、停停走走，刘巧巧就领略到了心脏要从胸膛里面跳出来的那种滋味了。出租车终于赶到了大赛的赛场，刘巧巧扔下了五十元钱，还没等出租司机找钱她就跳出了出租车，向着大赛的赛场跑。然而一切都是晚了。刘巧巧望着赛场外面围着的人们，知道要想挽回这个败局已是不可能了，泪水是夺眶而出。窦粒坐在休息的椅子上，他的头始终是耷拉着的，连刘巧巧走到他的面前泪流满面，他都没有感觉到刘巧巧来了。

"窦行长，我来了。我是对不住你了，我是对不住小苹果分行了。"刘巧巧哭着说。

"你来了，你终于是来了，来了好啊。"窦粒说完哭了。

"窦行长，我……"

"你现在什么都不要说了，容我仔细地想想，但是我可以告诉你，我是奈何不了你，事实会严厉地惩罚你。"

"你现在还要想什么？"

"我也是不知道。"

方傻妞考完了蹦蹦跳跳地过来了，看到刘巧巧简直是眼睛冒出了火星子，上去拽住了刘巧巧的脖领子，就把刘巧巧抡圆了一圈，险些抡趴架了。

"你就是一个逃兵，硬逼着我这个鸭子上了架？赛场上可是好手如云，你可知道我参赛时的心情？"

"窦行长，方傻妞，对不起了！"

"一声'对不起'就结了？你纯粹就是一个人渣。"方傻妞说。

"方傻妞，你松开手，对待同仁说话要讲究文明。"

"窦粒，这种场合我还文明得了吗？你过来摸摸我的胳肢窝，现在还在往外渗着汗。"

"实在是对不起了，方傻妞！"

"刘巧巧，我咋越看你越像一个小日本鬼子了，你们家是不是有小日本鬼子的血统？"

"方傻妞，你打我几下子就行，千万不要用话再刺激我了。再这样下去，有个地缝我都要钻进去了。"

"你钻啊，你钻啊！人渣！"方傻妞还是气愤地说。

窦粒上前把两个人分开，发现人们在往赛场里面涌，就知道成绩要出炉了。窦粒知道方傻妞的实力，考虑到成绩不会落在最后面。他仔细地想想，看了一眼方傻妞，又看了一眼刘巧巧。

"方傻妞、刘巧巧，你俩说我是不是你们的行领导？"

"阴差阳错投错了胎，才落到了你的手下。"方傻妞说。

"你是的，你绝对是的。"刘巧巧弯弯腰说。

"既然我是你们的行领导，从现在开始你们一切行动要听指挥。"

"我又不是什么当兵的，干什么要执行三大纪律八项注意。"方傻妞嘟哝着。

"我的姑奶奶方傻妞，算我求你了行不行？"窦粒说。

"行了行了，这会儿我都是大一辈了。"方傻妞开始笑微微地了，"刘巧巧，你也应该表个态了。"方傻妞用威逼的口吻说。

"我听从行长的安排，一切行动听指挥。"

窦粒是一只手拉着一个走进了赛场，显示着小苹果分行非常的有向心力。赛场上正在公布着成绩，成绩公布在大银屏上。结果是机器点钞、机器打传票、汉字录入，银罐银行均是获得了第一名。这样一来，就等于狠狠地打了窦粒一记耳光，窦粒从耳朵上热了起来，头也是轰轰地在炸响了。方傻妞若是取不上名次，这个冠军的奖杯就得拱手让给兄弟行了，他的行长也就没有办法再当下去了。当他看到银罐银行的方傻妞获得了手工点钞亚军时，眼泪唰地就奔流了下来。他是真的想抱着方傻妞亲呀！但他还是抑制住了自己，一只手紧紧地但是颤抖着再一次握着方傻妞的手，另外一只手也是紧紧地颤抖着再一次握着刘巧巧的手。他明显地感觉到了，两只手一只手是凉的，一只手却是热的。当颁发奖杯和单项的奖励时，窦粒行使了行长的权利，他没有让方傻妞上台领奖，而是让刘巧巧上台领了奖。方傻妞先是心里很不满意，渐渐地她才感觉到窦粒的高明，不然咋就当上了行长。

事隔一天，总行工会主席打来了电话，这次赛事有的兄弟行正在申诉。主要申诉的内容出在小苹果分行员工刘巧巧的身上，让窦粒听候事态的进一步发展。窦粒像是挨了一闷棍，晚上咋把新捷达开回家里的他都不知道了。

31　一根绳子上拴着仨蚂蚱

"儿子，再不吃饭饭都凉了。"窦一一喊一声。

窦一一坐在餐桌旁边等一会儿，不见窦粒过来吃饭，起身来到了窦粒的卧室。窦粒把被子揉成了一个团儿盖在脸上，两条腿不规则地运动着。窦一一坐在床边，慢慢地把被子从窦粒的脸上移开。

"孩子，这是咋了，你咋哭了？"

"妈……"

"儿子，有天大的事儿也要跟妈说，妈好给你出出招儿，咱们娘俩到厅里面去说。"

窦一一来到厅里，坐在沙发上。她到卫生间投了手巾，回到厅里时窦粒已是坐在沙发上了。窦一一把投了的手巾递给窦粒。窦粒拿着手巾是无动于衷，窦一一又拿回了手巾，伸手擦着满是泪痕的窦粒的脸。

"妈……"窦粒抱住窦一一。

"儿子，这是在家里，厅里就咱娘俩，你有事不必瞒着妈。妈总是比你多吃了几年的咸盐，也许会替你分忧解难的。"

窦粒把事情的来龙去脉说了一遍，窦一一意思是听得很明白了。现在在小苹果分行是一根绳子上拴着仨蚂蚱，假使这层面纱被揭开，张冠李戴，弄虚作假……窦粒、刘巧巧、方傻妞是谁也跑不了。窦粒不要说是行长转正，就只能去当一个普通的员工了。更加倒霉的应该是刘巧巧和方傻妞了，两个人都是派遣的员工，就有可能被辞退掉了。这个事件是窦粒一手策划的，不但搬起了石头砸了自己的脚，还拐累着两个人跟他一起砸脚。窦一一虽说是久战沙场，现在也是很头疼，不得不敲着自己的太阳穴。见窦一一的这个动作，窦粒知道妈妈是在想事了。过了许久，见窦一一才不敲太阳穴了。

"儿子，这件事可要看看你的运气了。"

"妈……你说的运气是什么？"

"市里几家银行都在起皮子，这件事市总工会不会不给各家行一个满意的答复，最后的结果就是一个三堂会审，最有效的方法是把刘巧巧摁在那儿点钞，如果刘巧巧在五分钟之内点过了十五把，或者说是接近了十五把，就算过了关口。这样来说，你要把事情跟刘巧巧说明白，你要让她勤学苦练，还要争分夺秒，相信刘巧巧不是个傻子，会把这件事儿整圆全了。再有就是录像带的问题了，市总工会的录像带、市电视台的录像带，你都要从头至尾地观看，看看有没有方傻妞参赛的镜头。这件事你是办不了，你要去找田蜜蜜，让她爸田善瑞和这两个单位协调，事情就好办多了。如果田秘书长不肯帮忙，妈妈再想另外的办法，妈就不信找不到好办法。"

窦一一说得条条是道，等于给窦粒吃上了一颗定心丸，窦粒就知道该咋样的去做了。饭菜已经是凉了，窦一一又去回了锅，窦粒的这顿晚餐吃得很香。窦一一做的红烧肉是很腻的，窦粒每次只能吃上两块，这次一口气是吃了六块，把窦一一看得直吐舌头。这天夜里，窦粒一共是接了两个电话，一个电话是刘巧巧打进来的，说的还是一些不疼不痒的话儿，窦粒是左耳朵听右耳朵就冒出去了。一个是方傻妞打进来的，还不知道死活的让窦粒请客，请客就在迎宾馆，她已是跟蒸不熟谈妥了，饭菜是满汉全席的节选部分。窦粒告诉她俩，明天早上上班到他的办公室，有要事相商。

第二天上班窦粒来到了办公室，首先进来的是刘巧巧。刘巧巧还没有坐在沙发上，方傻妞跟着屁股后头进来了，把一塑料袋黄色的圣女果放在了窦粒的桌子上。

"都吃啊，纯天然的，是洗干净了的，是我们家农庄的特产。"

"刘巧巧、方傻妞，咱们不要先谈吃了，我看还是先说事儿。方傻妞替刘巧巧参赛的事儿被兄弟行捅了上去，上边就不得不查了下来，我已是接到了总行的通知，让我做好接待的准备。可以说我都是泥菩萨过河自身难保了，更不用说你们两个了，一旦事情澄清了，你们的途径只有一个就是辞退。"

"窦行长，你可坑人了哎？这不是弄巧成拙了？我可是一个受害者。"方傻妞急了说。

"我找你俩来，谁也不要说谁是受害者。咱仨是一根绳上拴的蚂蚱，谁想蹦跶也是蹦跶不起来了，谁也是跑不了。我现在宣布，两天，就是两天，多一点的时间我都不会给你们。方傻妞是练功的指导老师，刘巧巧是练功的学员。刘巧巧，你一定要苦练，还能有起死回生的余地。其余的事儿，都由我一个人前去应付。"

"窦行长，我向你保证。这次我过不了关，我就跳湖自杀。"刘巧巧发狠说。

"刘巧巧，我劝你不要放出这样的狠话，你自杀了就自杀了，可是把你爸爸妈妈留在人间生不如死该咋办？好了，你俩该干什么去干什么。方傻妞，你去把田蜜蜜叫到我的办公室。"

田蜜蜜是磨磨蹭蹭着来了，见到桌子上有圣女果就一个接一个地吃着，时不时抬着眼皮看看窦粒的反应。

"窦行长，不错呀，吃几颗圣女果还想着我？"

"不要自作多情，请问你吃好了？"

"既然是自作多情，我就说不上吃好了，也说不上有没有吃好。"

"田蜜蜜，我这次把你找来，是想请你爸爸帮我做一件事儿。这件事儿说大也是不大，说小也是不小。"

"吃人嘴短，你说说什么事吧。"

"这次市里的职工技能大赛，你可能也是知道了？刘巧巧赛得很好，获得了单项技能的亚军，获得了团体的冠军。我们小苹果分行想留下真实的影像资料，得到市总工会、市电视台翻拍。这两个单位我是说不上话的，想请你爸出面打个招呼。"

"这点小事儿你也求我爸？我不能给你传这个话，传了还兴许办不成。"

"能说说这是为什么吗？"

"每次我跟我爸说的事儿，他都几乎是当成了耳旁风。窦行长，我给你出个主意，你到政府去找我爸，我敢保证你一说是两个现成。"

田蜜蜜不再往下说什么，拎起装圣女果的塑料袋走了。窦粒也不好说留下半袋，任凭着她拎走了。窦粒静下心来想一想，田蜜蜜说的也不是没有道理，人怕见面，树怕扒皮，就到市政府去见田秘书长一面。张口三分力，不给也够本。窦粒下了楼，开着新捷达来到了市政府的大院，把车停在停车场。窦粒还算很顺利，田善瑞正在办公室。田善瑞对窦粒十分的热情，不但沏了一杯茶，还拿出一盒软包中华烟扔到了窦粒的面前。

"田叔叔，谢了，我不会抽烟。"窦粒摆摆手说。

"年轻人不会抽烟好啊，也就不要学了呀，有一些疾病都是因为抽烟引起的。"

"田叔叔，我想您一定工作很忙？我就不想过多地占用您的时间了。"

"从现在开始，只能给你十分钟时间，田叔叔还要陪着市长下企业。"

"田叔叔，这次市总工会组织的职工技能大赛，我们小苹果分行的员工刘巧巧参赛的名次很超前。我想留下影视资料，将来对职工进行再教育。参赛当时，除了市总工会和市电视台都不准录像。我想到这两个单位去翻拍，想请田叔叔给打个招呼。"

"这是好事，这个很好办，田叔叔替你打这个招呼。"田善瑞拿起了电话说。

窦粒从市政府出来是信心十足了，开着新捷达来到了市总工会。市总工会接到田善瑞的通知，办公室派出一个副主任专门来接待窦粒。窦粒在翻拍的运作中，这个办公室的副主任工作是非常的细心，眼睛是一点也不敢离开影像，嘴上还不闲着。

"请问，你这样的年轻，就是银罐银行的行长了？"副主任问。

"我不是的，也是，应该是一个分行的行长。还得具体点说，是小苹果分行的行长。"

"不管是哪个分行的行长，你和田秘书长的关系很密切吧？"

"谈不上密切，还是有一点关系的。"

"田秘书长要提升了，这个你可知道？"

"知道？嗯……不咋知道。"

"不知道我告诉你好了，省委组织部已经是派人来我市考核完了，市人大马上要发认命书了，田善瑞是咱们市的副市长了。"

"这样好啊，这样好啊。"窦粒说。

窦粒真的是盼着这位副主任走，或者是溜一点号也好，发现方傻姐的镜头好及时地掐掉，可是这位副主任就是不走，还一门劲儿地叨叨咕咕。好在从头至尾没有发现方傻姐的镜头，窦粒的心就在市总工会落了地儿。看到窦粒翻拍完，副主任要留下窦粒吃午餐。窦粒哪里还有心思陪着这位副主任就餐，就推说有事从市总工会出来。手机的铃声响了，是蔡一刀打进来的。

"喂，是窦行长吗？"

"蔡一刀，是我。"

"请问你在哪儿？"

"我到市总工会来办事儿，办完事儿刚刚走到大门口。"

"晌午我想请窦行长吃顿饭，是小吃不是大吃，你能赏这个脸吗？"

"贷款的客户请经办行的行长吃饭，让你说我应该不应该赏这个脸？"

"下面我叫你窦粒不叫你行长了，我作为一个大姐请你吃上一顿饭，咱们是纯朋友之间的关系了，这个脸你肯赏吗？"

"蔡一刀，你穷磨叽什么呀？我都馋得流哈喇子了，你还打个什么鸟的电话？"

"玩我哪，你个小东西。"

"这可不像一个北京大学研究生说的话。"

"饭店我都确定了，到北郊的锅灶鱼馆，是既便宜又实惠又好吃。"

窦粒开着新捷达来到北郊的锅灶鱼馆门口，见到蔡一刀的比亚迪迷你车停在门口。窦粒下了车进了门，就闻到了鱼香味儿。窦粒坐在凳子上，蔡一刀掀开了锅盖，鱼香的味儿是更加浓烈了。

"窦行长，喝点酒不？"蔡一刀问。

"不能喝酒，下午我还有事去电视台，醉醺醺的人家不好接待。"

"不喝酒喝点饮料，本地造的蓝莓饮料咋样？"

"蔡一刀，可不要小瞧本地造的蓝莓饮料，在上海的高档酒店里有出售，价格还不菲。"

蔡一刀将一块鱼肉夹进窦粒的二碗里，窦粒往外挑着鱼刺，将一口鲜嫩的鱼肉放进嘴里，真是炖到了时候，那种香味儿用语言无法形容。

"好吃，好吃。蔡一刀，你是真的会选地方。"

"好吃多吃点，一会儿还有锅贴的大饼子，尤其是嘎嘎有嚼头。"

"蔡一刀，不光是请我吃鱼吧，你好像有什么事儿要说？"

"窦行长，不要疑神疑鬼的。我是什么事也没有，就是想你想看看你。"

锅灶里就只有残渣剩菜了，蔡一刀果然没有说什么。窦粒也是知道的，蔡一刀得到了聚宝盆，现在正处于高兴的巅峰状态，如果到了还款的期限，状态恐怕就不是这个样子了。窦粒因为有事儿就没有过多地逗留，吃完锅灶鱼开着新捷达就走了。蔡一刀开着比亚迪迷你车跟着一段路儿，拐个弯儿奔向了聚宝盆。

窦粒来到了市电视台，接待的规格更是高，是台长在等着他。两个人来到了台长室，台长把一盘翻拍好的光盘递给了窦粒。窦粒看到傻眼了，想着下面咋办？

"窦行长，今年下半年，新闻联播前边的黄金时段插播的广告还没着落，看看你们小苹果分行……"

"台长，我们行里的广告费由总行统一提取，统一使用。不过，既然是台长说了，我可以向赵董事长提出建议，把我们行的广告费都用在这个黄金时间段上。"

窦粒知道他这是在说着没有边的事儿，因为年前广告费就安排完了，可是现在不这样说又能咋样说？这样说台长才能高兴，不这样说就得拿着光盘赶紧滚蛋。台长果然是上钩了，脸上笑盈盈的，与岁数是极不相符。

"窦行长，我想问问你，你还有什么需求吗？"

"台长，不但我们行里的工会存档一盘，我们分行也想存一盘。"窦粒急中生智说。

"你的手上有光盘，你倒下来一盘就行，然后将光盘交到总行。"

"台长，我们不专业，倒也是倒不好的。再说，街上卖的伪劣的光盘太多，过几天就兴许不出影了，还是……"

"好吧，窦行长的要求不高，台里就满足你。"

台长跟有关的技术人员打了电话，窦粒来到台长室的外面，就给方傻妞发出了这样的信息："急急急！将近期的人民币珍藏本拿来一套，等着我的信息，让你咋做你咋做。"台里前来的技术人员姓赵，叫赵小宝，是窦粒上一届的学生。两个人是熟人，事情就更好办了。窦粒坚持要看录像，赵小宝也是闲着没有事儿就陪着看。窦粒从头看到了尾，果然发现有方傻妞的一个镜头。窦粒就给方傻妞发出了信息："马上打听到电视台技术人员赵小宝的手机号码，迅速地把他调出去，下面该咋做你应该灵活机动，而且拖得越久越好。"没过一分钟，赵小宝收到信息出去了。窦粒赶忙做了手脚，把方傻妞的画面给抹去了。

32　祝捷的酒

第二天吃过晌午饭，方傻妞来到了窦粒的办公室。这回她带来的不是黄色的圣女果，而是一塑料袋闻着就觉得好吃的山楂。

"窦行长，山楂是我们家农庄树上结的，绝对是没有虫子的。想是这两天你的胃火大，拿回去熬汤喝。我们家的蒸不熟说了，窦行长喝了山楂汤一准开胃。"

"谢了，昨天你的配合非常的紧密，我非常的满意。只是我想问你，你的信息咋进来得这样快？"

"蒸不熟是赵小宝的姨，还能不快。"

"知道是这个样子，干什么我去干呀？"

"你去干也没有什么错的，可以说是神不知鬼不觉的，连赵小宝都蒙在鼓里，这比什么都好。"

"那本人民币的珍藏本？"

"窦行长，说真话还是说假话？"

"当然是要说真话。"

"他是我表哥，我干什么要给他，我给他不就是大头了。唉，你这里有多余的，舍出一本来？"

"舍个屁，你可以走了。"

"窦粒，你就是一条癞皮狗，不舍得也得舍得，你得给我一本人民币的珍藏本。"

窦粒看到方傻妞的脸色骤然变了，知道方傻妞要撒野了，不是拽他的脖领子，就是拽他的裤腰带，让你出尽丑，可是惹不起。窦粒把手指头指着方傻妞的身后，方傻妞不知道这是计策，就扭过头去看，窦粒神速般窜出办公室，方傻妞这才知道是上了当。

"哼，跑了和尚还能跑了庙？过后再找你算账也不迟。"方傻妞走出办公室说。

刘巧巧参赛的事果然是越闹越大了，但是还是按照窦——设计的轨道走着。市总工会、市电视台的录像果然是调了过来，市里各兄弟行的工会主席都凑齐收看了，没有寻找到方傻妞的踪影儿。最后使出来的果然是三堂会审，就是把窦粒和刘巧巧调到了市总工会的小会议室里面。刘巧巧坐在了被审的台子上，旁边堆着二十把真币。银罐银行的工会主席也是到了现场，她狠狠地瞪了窦粒一眼，就把窦粒瞪得低下了头，机械地调整着计时器。在众目的盯视下，点钞开始了。刘巧巧沉着镇定，使用扇面欷欷欷地点着。窦粒手中的定时器咔地停住了，窦粒知道到了五分钟，积蓄了五分钟的汗随之流下来。刘巧巧停下了点钞，坐在那里露出了胜利的微笑。兄弟行派出的清点员开始清点，竟然是点了十六把半。关键的时刻到了，下面要看点钞的准确度了。经过点钞机的检验，刘巧巧把差错率全部都找了出来，结果是连一个差错也没有。窦粒见到这样的结果，简直是要欢呼了，但是他还是极力地压抑住了。在胜利的喜悦中，窦粒、刘巧巧走出了充满着硝烟的战场，来到停车场上了新捷达车。窦粒是再也压抑不住了，关上车门抱着刘巧巧就亲，就听到了有人在踢车门子，原来是总行的工会主席老大姐。老大姐见到两个人扭着头转向了车窗，只是伸出了两个大拇指然后就走了。

事情只是隔了一天，总行的红头文件就发下来了。不但刘巧巧、方傻妞成了银罐银行的正式员工，连窦粒正科的括号也给去掉了，成了银罐银行小苹果分行正式的行长了。窦粒坐在办公室里美滋滋地颠着腿儿，想着因祸得福的整个经过，想着下面的节目就是应该喝祝捷的酒了。窦粒当然是想到了刘巧巧、方傻妞，这两个小女子都是当事人，虽然是得到了她们应该要的好处，但是让她们喝的就不是祝捷的酒了，应该是封嘴的酒了。窦粒想晚上就要喝祝捷的酒，还应该是小范围的，就是他自己、刘巧巧、方傻妞。可是窦一一打来了电话，窦粒接着电话。

"儿子，周院长打来了电话，晚上要带着女孩子来相亲。"

"妈，往后推一推，晚上我有事儿。"

"有事也是公家的事儿，没有我们窦家相亲的事大。你把公家的事儿往后推一推，就这样定了。晚上下班后到市文创办接妈妈，咱们娘俩直接到迎宾馆相亲。"

窦粒还想再说什么，窦一一却是把电话给撂了。窦粒实在是不愿意去相这个亲，但是一想到自己在田善瑞、周一鸣面前的承诺，这个亲还就不能不去相了。窦粒起身把办公室的门插上了，开始假寐，他还把自己比喻成了一条中山狼。

到了下班的时间，窦粒站在了新捷达前，看着甲壳虫开走了，看着老爷车开走了，看着雅迪电动车T6开走了。停车场里面空了，只剩下新捷达一辆孤零零的车了。窦粒的心里很是苦涩，吧嗒吧嗒嘴也就不是滋味了。

"众位姐们，哥们要去相亲了。哈哈嗨嗨，拜了拜了！"窦粒扬着手说。

窦粒开着新捷达来到了市文创办，发现窦一一从头到脚都是换了新颜，脸是新做的脸，头型也是新做的头型，连花溜的不能再花溜的旗袍也是新买来的穿在身上。连脚上穿的瓢鞋，颜色都是艳红色的。桌子上摆着一套咖啡色的西装，不用说是给窦粒新购置的行头。

"儿子，过来试试这套咖啡色的西服。"

"妈，不就是去相亲嘛，你干什么穿得这样的花里胡哨？"

"儿子，你还年轻，你的审美观点都到哪儿去了。你妈再不美美，可就过了卡口了？"

窦粒是拗不过窦一一的，在窦一一的再三摆弄下，窦粒不得不试穿咖啡色的西装。咖啡色的西装穿着很合身的，窦一一抻了抻西装看上去很满意。

"妈，咱们这次去相亲，你想想你的儿子是不是还缺一件东西？"

"妈都想周全了呀，什么也是不缺了呀？"

"我的妈呀！你的儿子再拎着一根文明棍，看上去就会更加酷毙。"

"我的儿子真是幽默，说出来的话妈最爱听。"窦一一不但没恼还赞扬说。

窦粒开着新捷达车上路就想，这个妈是咋的了，咋连好赖话都听不出来了呢？窦粒还在想，就把车放缓了速度，把方向盘玩得很熟练，让窦一一看着很舒服。

"妈，我想问你，我要是相不中那个姑娘咋办？"

"先不要问妈咋办，咋办也不咋办。不处处，你咋知道姑娘脾气属性的好赖？"

"这个想法不错，晚间和休息日有一个姑娘陪着儿子沿着仙女河溜，过不了多久，儿子就知道什么是风花雪月了。"

"不要跟妈耍贫嘴，处处就是处处，兴许能处出火花来，这样妈当然是高兴。妈要给你张罗房子，妈要给你张罗车子，到了春节就可以结婚了。"

"妈，这么说我都得听你的了？谁让你是一个老银罐子。"

"儿子，你说话不好听是不咋好听，可这都是事实存在。现在不做啃老族谈到钱你也是没辙，别看你是一个小破行长。"

新捷达停在了迎宾馆的停车场，就见到田善瑞迎了出来，而且还是大步流星地。田善瑞来到了娘俩面前，摆出了请省长的姿势往迎宾馆的里面请着窦粒和窦一一。

"老田，请你不要这样的客气，这样的客气让我们娘俩多不好意思。"窦一一言不由衷地说。

"这不是什么客气，谁让咱们中国是礼仪之邦了。"田善瑞很得体地说。

"儿子，你看看你田叔，谈吐多有水平。你可得学着点，因为你还嫩着呢。"

窦粒、窦一一、田善瑞乘着电梯上了三楼，拐个弯进了一个雅间。雅间里面有三个人，一个是周一鸣，一个是田蜜蜜，一个是女服务员。窦粒心里咯噔了一下子，果然是让蔡一刀给说中了。但是这个场合还得装，能装到什么时候就装到什么时候。

"周阿姨好，我的同事田蜜蜜也好！"

"老田啊，老周啊，咋就是你们一家三口人，姑娘咋没来？"窦一一问。

"你是老糊涂了。上菜。"周一鸣说。

女服务员迈着招待步出去了，菜很快上来了，是八个菜，有女士菜也有男士菜。再就是酒了，是一瓶法国路易十六的葡萄酒，不要说是喝酒，看着瓶子心里就很舒坦。在没有吃菜喝酒以前，一个人上来了一小碗燕窝粥，就只有三羹匙那样多。窦粒是随口就倒进了肚子，田善瑞看着窦粒男子汉的气魄，就笑了。

"窦粒呀是一个小男子汉了，你可就要做我的上门女婿了。"田善瑞说。

"啊呀！老田，老周，你们介绍给我儿子的姑娘，原来就是你家的田蜜蜜呀！田蜜蜜可是一个好姑娘，从心里说我喜欢，我真的是很喜欢。"窦一一说。

"窦粒呀，你和田蜜蜜在一个单位工作，太多的话我就不用说了，当着你周阿姨的面表个态度，是同意还是不同意这门婚事？"

"田叔、周阿姨的美意，在这个场合我还能不领吗？可是换了一个场合，可就不是这么回事了。"

"换了另外一个场合怎么回事，窦粒能说说吗？"田善瑞追问。

"田叔，周阿姨，换了另外一个场合，就是我和田蜜蜜两个人的事了。你们这些当家长的……"窦粒很巧妙地回答。

"好啊好啊，我们三位就得是退避三舍了。"窦一一说。

"我可不能退避三舍，我是田蜜蜜的妈妈，我和老田就这么一个女儿。我们要陪伴我们的女儿前行，我们要监督两个孩子前行。"

"老周啊，你还要监督前行，你是纪检委的还是监察局的？要放开手让两个孩子去恋爱，我们只有准备婚事的分儿了。既然事情已经是挑明了，我看这样，田蜜蜜虽然是我的女儿，但是毕竟是一个女孩子，不好开这个口。田蜜蜜给窦阿姨、窦粒倒上一杯酒，要是倒就算是同意了，不愿意倒我这个当爸爸的也不勉强，咱们还是喝一场合家欢的酒。"

田蜜蜜起身给窦一一、窦粒倒上了酒，场面可就欢畅了。田善瑞是喝一口酒看一眼田蜜蜜，又喝了一口酒看一眼窦粒，看着看着就一杯接着一杯地喝下去了，可见酒量大得了不得。周一鸣本来是有点酒量的，考虑到这是第一次和窦一一、窦粒喝酒，就不得不悠着点了，是一小口一小口地抿，很符合贵夫人喝酒的特点。田蜜蜜是喝着饮料，因为她想到窦粒喝酒了，窦一一喝酒了，爸爸妈妈也是喝酒了，一会儿吃完了这顿餐，她就成为一个脚夫的角色了，就得开着甲壳虫把几个人都送到家。这顿酒喝了两个多小时，还上了另外的一道菜，是市迎宾馆特别赠送给顶头上司的。酒为什么喝这么长的时间？因为窦粒愿意听田善瑞说政府的事儿，这都是他所未能涉足的，听起来当然是都很新鲜……

第二天晚上下班，田蜜蜜给窦粒发来了信息要跟他单挑。窦粒回了信息，单挑多没意思，还是人多了有意思，他就让田蜜蜜到假日酒店去，有好几个人等在那里要一起乐呵乐呵。田蜜蜜就不好再说什么了，也就同意前往了。其实田蜜蜜的心里也是有一个小九九，她和窦粒的婚事儿是宣传面越广越好，成功的概率也就越高。

新捷达、老爷车、甲壳虫、雅迪电动车T6并排停在了假日酒店的停车场。窦粒、刘巧巧、方傻妞、田蜜蜜进了一个包房。这里面只有窦粒是个爷们，还是小苹果分行的行长，理所当然地坐在主宾席上。

"各位同仁，今天本行长请客。你们可以随便地点菜点饭点酒，我都是会受用的。"

"窦粒，我要是点菜谱的前八个菜。你是喊爸呀，还是喊妈呀？"方傻妞说。

"方傻妞，这个好办。假如你真的点菜谱的前八个菜，我就有一个提议了，咱们四个人要实行AA制。"刘巧巧说。

刘巧巧说话很明显地偏向着窦粒，田蜜蜜不高兴了。她用眼睛剜了一下刘巧巧，甩出这样一句硬邦邦的话儿，让人听了顺耳又不顺耳：

"各位听好，反正今天我是来白吃的。"

"田蜜蜜，我的耳朵不太好，你说说你是白吃，还是白痴？"方傻妞翻着白眼说。

"方傻妞，我告诉你你不要咬文嚼字，我是来白吃的，不是一个白痴。"

"田蜜蜜、刘巧巧、方傻妞，我作为一个行长，今天要宣布两件事儿：

一是从明天起，刘巧巧不再做柜员工作了，调到信贷部门去工作。方傻妞不再做导员工作了，要到前台去做柜员工作。第二件事是，我和田蜜蜜已经是处对象了，是我妈她爸她妈撮合的杰作，是成葫芦瘪葫芦尚不知晓。"

"田蜜蜜你听着，你一天不和窦粒结婚，我就要和你争的哟。"方傻妞表白说。

窦粒是多么希望刘巧巧说话呀！可是刘巧巧只是笑了一笑。她是举起了酒杯谁也没有让，一口就喝了下去。

"咬人的狗儿不露齿。"田蜜蜜恶狠狠地说。

33 X+Y=Z

窦一一到省文化厅去办事晚上没有回来，家里只有窦粒一个人了，窦粒成了名副其实的独尊老大。他半夜爬了起来，想到了自己，想到了刘巧巧，想到了方傻妞，觉得这一次没有白忙活，是一个绝对的胜利就把酒柜打开，拿出了一瓶红酒和三个酒杯，在每个酒杯里倒上酒。他举起酒杯，刘巧巧和方傻妞在他的心里活泛起来，仿佛见到刘巧巧、方傻妞也举起了酒杯。他就碰了一个杯，随着一声"喝"，把酒杯里的酒喝了下去。随后他端起一个有酒的杯子又碰了一下杯，一声"喝"又喝了下去。其实，窦粒就是在自斟自饮，红酒喝多了就有了几分睡意。窦粒有这个好处，不管喝多少酒就是一个睡觉，从来是不耍酒疯的。这个晚上窦粒在红酒的作用下睡得很香，睁开眼睛一看，连吃早餐的时间都没有了，就是三把屁股两把脸，开着新捷达来到了行里。

刘巧巧、方傻妞穿着熨得很支棱的行服，就等在窦粒的办公室门口。窦粒这才想到昨天酒席上的承诺，这是两个人要到新的岗位上去工作了，这是前来讨个名分的。按照先楼上后楼下的层序，窦粒先把刘巧巧送到了信贷部门，方傻妞像个尾巴似的跟在后面。然后窦粒又和方傻妞来到了前厅，刘巧巧在楼上当然是不会跟着了。方傻妞端端正正坐在柜员的岗位上，拿起计算器对窦粒晃一下。窦粒的心意了了，回到办公室，拿起报表刚要看，就听见有人敲门。

"进来。"窦粒抬起头说。

随着声音进来了两个陌生人，而且都是虎视眈眈的。两个人其中的一个亮出了身份，原来是区法院的工作人员。

"请问，你就是窦粒窦行长吧？"其中的一个法官问。

"没有错啊，我就是了。"窦粒回答。

"你认识一个叫梅花蕊的女人吗？"其中的一个法官问。

"没有听说过，也就是不认识。"

"这个女人有个响亮的名字叫煤三姐。"其中的一个法官说。

"啊，是煤三姐，这个女人我认识。"

"有好几个债主到法院将这个梅花蕊告到了法庭上。我们是奉命前来封她的账户的。"其中的一个法官说。

"请问两位法官先生，我在我的办公室打个电话可以吗？"窦粒说。

"现在是不可以的，我们走了你爱咋打就咋打。"其中的一个法官说。

区里法院的法官前来封存煤三姐的账户，还带来了合法的手续，窦粒是没有任何权利进行阻挠的，只能是配合法院的封存账户的工作。可是窦粒就是哭笑不得了，要是贷款的三百万真的在煤三姐的账户上，煤三姐可是惨了，就是说这三百万打在水漂里都不响了。即使是这样，窦粒还是得赔着笑容。同两位法官来到了前台，在两位法官的监督下，煤三姐的账户出现在银屏上了，账户的资金余额是零，窦粒就放心了。

"两位法官先生，请把这个账户封了吧！"

"窦行长，你们可能在账户上做了什么手脚。这样你就等着，等到我们核实清了，该着给谁定罪就给谁定罪。"其中的一个法官说。

"这个账户上清零了，我们封存还有什么用，咱们走。"其中的一个法官说。

两个法官就这样走了，窦粒回到办公室浑身上下不得劲儿，觉得这个煤三姐不咋地道，应该到小煤窑上去看看。窦粒拨通了刘巧巧的手机。

"喂……是刘巧巧吗？请你到我的办公室来一趟，我是行长窦粒。"

"啊，刚见过面……"

"刘巧巧，你是头一天上岗，你废话少说行不？"

窦粒撂下了电话，待了很长的一段儿工夫，才见到刘巧巧迈着小步姗姗来迟。刘巧巧走进窦粒的办公室，这个由丑小鸭变成了白天鹅的信贷员，真的就是耸了耸肩，想让人感到她的存在。

"窦行长，我到信贷岗位上可是有活儿干了，一去就让我干归档的活儿。这可是小儿科，真的要气死我了。"

"工作上的事儿可以先不说，说说煤三姐的事儿。这个煤三姐可是不咋地道，可能是出了大事儿。刚才区法院的法官来了要封煤三姐的账户，我是吓出了一身的冷汗。"

"行里有通知，不可能给即将倒闭的小煤窑贷款了，由此说来，煤三姐的小煤窑上并没有行里的贷款，他们封账户也是白封。"

"这个我是知道的，就是怕煤三姐拧扯的，把三百万贷款挪到她的账户上。"

"窦行长，我想问问你，你看过《狐狸宝贝》的动漫吗？其实，我就是三个狐狸其中的一个狐狸。"

"你就不要胡扯了，收拾收拾跟着我走。"

"档案还堆在桌子上，你带我到哪儿去？"

"还狐狸呢，连一只笨鸡都不如。还能去哪儿，去煤三姐的小煤窑。"

"窦行长，请允许我给她打个电话。"

"没有这个必要，我们这次是搞突然袭击。"

窦粒开着新捷达，刘巧巧坐在副驾驶的位子上，两个人来到了煤三姐的小煤窑。小煤窑的院子很像一个停车场，足足停着有四五十辆车，高档的低档的都有。窦粒将新捷达车挤在众多车辆的夹缝里面，然后下了车四处看看，知道小煤窑已经是停产了。窦粒和刘巧巧来到了小煤窑办公室的门口，只是把头探了进去，只见屋子里面烟雾缭绕，茶杯都被摔碎了，有玻璃的碎渣子，也有瓷的碎渣子，满地各个角落里都有。一屋子的人都在挑拣着路走，生怕杯碴子扎着了脚。刘巧巧就拽拽窦粒的后衣襟，把窦粒拽到了一个没有人的地方。

"窦行长……"

"你先不要说，我问你拽我干什么？"

"我不拽你行吗？我怕讨债的知道你是银行的，你一准得挨揍。"

"他们讨债的要揍我？请问他们为什么要揍我？"

"这些债主的消息都很灵通，都知道煤三姐在银罐银行小苹果分行贷了款，现在款却不知道了去向。讨债的人每一个人都是一座火山，随时都有喷发的可能。一旦喷发了，知道你是小苹果分行的行长，不揍你揍谁？三十六计，窦行长走为上计了。"

刘巧巧这样一分析，窦粒是有一点胆寒了。两个人悄悄地上了车，窦粒这回是挺麻溜儿拐了一个直角弯儿出了小煤窑的院子。刘巧巧给煤三姐发出了短信，得到的回答是在仓库的小房子里面。

"这个煤三姐鬼七王八的，她究竟是要干什么？"窦粒问。

"窦行长，这个还用说吗？她是在躲债。你没见那些讨债的都是红了眼，抓住你只是揍你一顿而已，如果抓住了煤三姐就得活剥了她的皮。"

"言重了，能有这样的现象出现？还有王法没有？"

"有没有王法我也是不知道，只是我现在指路你走就行。"

在刘巧巧的指引下，窦粒开着车来到了仓库的门口，见到几个彪形大汉拦住了车。见到车前进不得了，窦粒、刘巧巧不得不下了车。窦粒动了气儿，说话就烧着燎着。

"你们这是要干什么呀，我们又不是前来的劫匪？"

"小伙子，说话注意着点儿。劫匪我们不怕，我们怕的是讨债的。"一个秃头说。

这时见到煤三姐走了过来。煤三姐穿着一身宽大的衣服，戴着一副墨镜。这天又是有风，宽大的衣服就飘了起来，真像是一个大姐大。

"唉唉唉，你们都给我让开，让这小子这丫头进来。"

几个彪形大汉听到煤三姐的指令，自动地让开了一条路。窦粒、刘巧巧跟着煤三姐来到了小屋子里，就喝到了甜甜的蜂花蕊的水儿了，吃上了小点心了。不一会儿，哈密瓜、西瓜也都端上来了。

"煤三姐，我们可不是来做客的。"窦粒说。

"你们不来我这里做客，你们来这里想干什么？"

"法院要封你的账户，我们不兴来问一个为什么吗？"

"窦行长，消消气儿。平日都说狡兔三窟，法院愿意封就让他们封好了。今天你们俩来了，银行的款我是贷了，我就该实话实说了。三百万对于我来说不算个大数字，但也不应该说是个小数儿，因为它是救命的钱。这几年，我往煤矿里填坑已经是填进了四千万。不但家底填没了，还欠了三千多万的饥荒。"

小屋里面的铃声大作，是门口的彪形大汉们在报警。煤三姐的脸一下子变了色儿，就推开了小房的门向着门口跑去。市政府的公务车停在了门口，田善瑞已经是下了车，因为进不了门，就在那里走着旋步儿。

"我是市政府的田秘书长，难道见你们的煤三姐就这样的难吗？"

"不难的，不难的，煤三姐来见田秘书长了。"煤三姐跑着上前说。

见到煤三姐对田善瑞这样的客气，彪形大汉们早已是退到五步之外了。田善瑞让司机和车上的人在大门口等着，就徒步走进了小屋，就见到了窦粒和刘巧巧，但是田善瑞对刘巧巧没有太深的印象。

"窦粒，你咋在这里？"田善瑞问。

"叔，这个企业有一笔贷款，我和信贷员刘巧巧过来过问过问。你过来刘巧巧，这是田蜜蜜的爸爸，你们认识认识。"

刘巧巧过来和田善瑞握了手，还给田善瑞倒了一杯蜂花蕊的水，就垂手站在了田善瑞的身后。

"这么说你们相互之间都认识？"煤三姐问。

"何止是认识，窦行长和田秘书长的女儿……"刘巧巧插嘴说。

"刘巧巧请你掌嘴。"窦粒说。

"呀！你这个小行长的架子可是不小，还敢让员工们掌嘴？"田善瑞笑说。

田善瑞这一笑，小房子里面的气氛顿时就温暖多了。田善瑞跟煤三姐说明了来意，银罐市要扩建机场了，是为了迎接旅游更大高潮的到来。这个项目国家发改委已经是批复了，市政府按照批复的精神就要做前期的工作了。煤三姐的小煤窑在征地的范畴，虽然说是地底下已经掏空了，但因是处于机场的边缘地带，不影响飞机的起飞和降落。田善瑞这次来就是让煤三姐做好土地的评估工作，国家不能让个人吃了亏，个人也不能占着国家的便宜，还是公平公正的好。煤三姐听到这个消息，简直就是欣喜若狂了，她蹦上去就亲了田善瑞的脸蛋，亲完了以后觉得不妥，就又蹦了上去亲了窦粒和刘巧巧，接着就是敞怀大笑了，笑出来的声音却是很难听。小房里的铃声又是大作了，一个彪形大汉跑了进来是呼哧带喘。

"煤、煤、煤老板，不、不好、好了。讨债的、的，三五五、十辆……"

"你就不要在这放屁了，回去要忠于职守。告诉他们千万不要耍虎，谁要是伤了人，小心我把他骗了。"煤三姐要彪说。

"你们这里这样的乱，我还是先告辞为佳。"田善瑞说。

"田秘书长，这是我新的地址，还有座机和手机的号码。"煤三姐把一个字条塞到田善瑞的手里说。

田善瑞在前面要走大门，却被煤三姐一把给抓住了。她摁动了小房里的一个摁钮，地下室的门打开了。田善瑞是比谁都明白，好汉不吃眼前亏，就第一个带头走进了地下室。出了地下室，就有宝马轿车在接应了。煤三姐见到田善瑞上了车，就想请窦粒、刘巧巧也上车。窦粒、刘巧巧却是没有上车，见到宝马轿车开远了，两个人就来到了仓库的前门。前门已经是洞开了，讨债的人冲到了仓库院子里，见到仓库的门都是紧锁着的，到了小房子里面也是没有人了，就陆陆续续地开着车走了。窦粒、刘巧巧走到了新捷达前，上了车就开上了柏油路。

"地道战，地道战，埋伏下神兵千百万。刘巧巧，这真是赶上地道战了？"

"煤三姐这也是迫不得已而为之，欠钱的人也是学聪明了。房子不在自己的名下，车子不在自己的名下，账户不在自己的名下，十台大平头卡车也是不在自己的名下。"

"这些我都不想知道，只是想知道行里的三百万贷款安全不安全。这可是支持煤三姐发展生产的，可不是贷给煤三姐还债的。"

"窦行长，作为一个银行的信贷员，要知道贷款的主体是X，银行就是Y，只要X+Y=Z，只要这个加号和等号不走形，这笔贷款Z就算是成功的。小苹果分行怕什么？质押的是车，不行行里就扣车了，这样行里还能有什么损失吗？"

"我想现在就要扣车，我不要和煤三姐这样的魔鬼打交道了。"

"窦行长，你这样做可是下下策。煤三姐有了车就可以搞运输了，有可能就把企业搞活了。这样加号和等号就不会走形了，Z 也就会立于不败之地了。"

"嗯，挺新鲜，X+Y=Z 还是真的有点学问？"窦粒说。

"窦行长，我这也是逼出来的，才想起了这样的一个公式。可是，这个公式或许也有不等的时候。"刘巧巧说。

刘巧巧说到不等的时候，窦粒感到一根细针扎在耳膜上，身子不由得打了一个津津儿，方向盘就走了样儿。他赶忙踩死刹车，新捷达的屁股撅答了一下，车里的人更不用说了。

34　英语沙龙

窦粒是在正常上班，田蜜蜜是正常休班，田蜜蜜还是给窦粒打来了电话。电话的内容让窦粒很恼火，是让他到假日酒店去当陪客，田蜜蜜的一个大学同学闺蜜从上海回来了，要看看窦粒是个什么样儿。这不是明摆着把窦粒当成公园里的大熊猫吗？田蜜蜜可以到处去显摆了，窦粒就没有买这个账。田蜜蜜在电话里面发了火儿，窦粒还就是不惯着这个小姐的脾气了，把手机给掐了。田蜜蜜回到家里，一肚子的气，就在周一鸣的面前摔摔打打的了。

"女儿，告诉妈，又是谁把你气着了？"

"还有谁，就是那个狂妄自大的窦粒窦行长。"

"这才几天，难道你们两个就谈崩了？"

"妈，还一次没有谈呢，还没有涉及这个'崩'字。"

"你是说呀，到底是咋的了？"

"我的一个大学同学闺蜜从上海来了，我想让窦粒和她见个面，窦粒绷着牛逼，硬是没有给女儿面子。"

"女儿，在这种事情上，人家是行长你是员工。"

"我是员工咋的了，我们俩不是情人关系吗？"

"妈告诉你，你们的这种关系，妈也是一时半会儿搞不清楚了。你要是这样再任性下去，早早晚晚吃亏的就是你了。谈恋爱，谈恋爱，女人要柔性十足，等到把爷们拴在了自己的裤腰带上，你再任性也不迟，爷们就会一顺百顺了。拿妈来说也是不顺心了，你那个爸又去见煤三姐了，还是从地道里面逃出来的。煤三姐在银罐市是有一号的，也就是颇有姿色，勾引男人的本领多。她现在毕竟是一个寡妇了，寡妇的门前是非多。你那个死爸就是不怕是非多，可就要气死我了。"

"妈，你的苦楚女儿知道了，我爸回来看我咋收拾他。"

"女儿，这是大人的事儿，你可千万不能插手，插手可就乱了套。"

到了夜里，周一鸣果然是和田善瑞打了起来。田蜜蜜被吵醒了，想到去给爸爸妈妈拉架，就来到了爸爸妈妈卧室的门口。吵声还是很大，可是渐渐地就小了，透过门缝儿就见到爸爸把妈妈拉进了被窝，接下来就悄声无息了。田蜜蜜就觉得不能再看下去了，下面可能就是爸爸在妈妈面前行使正当权益了。田蜜蜜回到卧室想到了小兵，和小兵处的那些日子是多么的愉快呀！为了这个小兵，妈妈带着她都打掉一个了。小兵啊小兵，你等着见了面，我非一刀捅死了你不可，让你在外面起了花心。

田蜜蜜上班听了周一鸣的话没有再任性了，其表现为是没有到窦粒的办公室里去找窦粒。她把微机调整好了，她把所有的摆件也都整理好了，运钞车就来了，就发现方傻妞匆匆忙忙地来了。当田蜜蜜坐在那里把好了钱箱子，方傻妞还在那里忙着，就有人敲方傻妞的窗口了。敲窗口的是一个高鼻梁蓝眼睛的外国人，田蜜蜜知道是银罐市工业大学的外教。这些外教有点水平可都是犟种一个，有的明明会讲中文就是不讲，只是讲英语、法语和德语，服务窗口听不明白就很麻烦了。方傻妞根本听不懂外语，但是她很会做事，见到眼前是一个外国人，就把"暂时休息"的牌子摆在了窗口，还用手指了指田蜜蜜的窗口。这个外国的客户还弄明白了，就来到了田蜜蜜的窗口。田蜜蜜本来想办这笔业务，但是看到方傻妞得意的样子来了气儿，就也把"暂时休息"的牌子摆在了窗口。外国人客户就来了脾气，在营业窗外又是摊开了双手，又是踢着腿。

"我要见你们的领导，我要到有关部门去投诉！"外国人用英文喊。

　　方傻妞不懂英文，还是那样坦然地待着。田蜜蜜却是听清楚了，如果这个外国人真的投诉，这个月的奖金恐怕就没有了。田蜜蜜赶忙把"暂时休息"的牌子拿开了，向外国人摆了摆手。外国人来到了窗口，田蜜蜜说着流利的英语，外国人就遇到了知音，恰好没有什么客户，就跟田蜜蜜谈了很久很久。方傻妞就琢磨了，要是把田蜜蜜和这个外国人琢磨成了，不就是搬走了眼前的一块绊脚石吗？外国人临走前，送了田蜜蜜一张名片。方傻妞见到外国人办完业务走了，就凑到了田蜜蜜的身边。

　　"田蜜蜜，看到你俩的热乎劲儿，你跟这个外国人很熟？"

　　"老白帽子，熟不熟的和你有什么关系？"

　　"我是老白帽子不假，可是有老大的关系了，我想跟这个外国人叫妹夫。"

　　"胡扯什么？咱们可都是高攀不上，人家可是有英格兰贵族的血统。"

　　"血统水桶的，说来说去还不就是一个爷们吗？只要你能把他圈拢住，就是一桩涉外的婚姻了。"

　　"方傻妞，我可真是想，就是怕办不到。"

　　"放心，姐妹一定能办到，姐妹给你俩撮合撮合，就是一桩美满的婚姻了。"

　　"哼，先天不足月儿，连英语都不会还让你去撮合，简直就是一个大笑话。"

　　"他告诉你他叫什么名字？"

　　"他的英文名字叫路易斯。"

　　这一天，田蜜蜜办完了每一笔业务，见到没有客户了，就拿着路易斯的名片看着，每看一遍都是美滋滋的。到了下班的时间，她就有看望路易斯的强烈愿望了，这个愿望很快就实现了。窦粒给她打来了电话，让她到办公室来一趟。田蜜蜜将台面收拾干净，就把名片装进兜里来到窦粒的办公室。窦粒正在看一封感谢信，是英文和中文对照写的感谢信。

　　"田蜜蜜，这封感谢信是由总行办公室转过来的，转得很快。赵董事长也是看到了这封感谢信，让我们去走访走访这个客户，然后写出消息或者是小通讯，投递到总行的《银罐银行之声》上刊登。如果有可能，最好在《银罐日报》上刊登了。我现在揣摩着赵董事长的意图，真的还没有揣摩出来他是什么意思。"

"你没有揣摩出来，我是揣摩出来了。咱们银罐市地处偏僻，资金流动和回笼也就是这么多了，是到了抛物线的顶点。赵董事长要开辟更大城市的金融业务，尤其是滨海城市资金雄厚的金融业务，行里没有外语人才是不行的。其实，我对英文也不是咋样的精通，眼巴前的话都能听懂，办业务也就足够用了。但是到了金融深一层的业务，那些金融英文专业术语可是不好弄懂了。"

"田蜜蜜，不愧是市政府秘书长的女儿，很有洞察力，我算是服了。"

"哼……听口气，口是心非。"

"赵董事长有这个意图，你陪着我去见见这位路易斯？"

"去是可以的呀，但是我还不能给你当翻译，这是为什么呢，我怕翻译错了，弄不好也会受到挫折和牵连。"

"田蜜蜜，我趴在地上行不？"

"你趴在地上要干什么？"

"还能干什么，你把大屁股压在我的身上还不行吗？"

"你就等着吧，也许有这个可能，但是还没有到时候。"

"你个大屁股。"

"我的大屁股太沉，我还不去了。"

"唉唉唉，我是大屁股，你是小屁股行不？"窦粒拽着田蜜蜜说。

田蜜蜜还是愿意去见路易斯的，恰好有了这个契机，她就开着甲壳虫，和窦粒来到了银罐市工业大学的校园。田蜜蜜总是到这里来打网球进行体能训练，算得上轻车熟路，就来到外教楼看着名片找到了路易斯住的楼口。

"唉——路易斯在楼上吗？"田蜜蜜喊道。

路易斯就在窗口探出头来了，拿着一架小望远镜往下看正，就套着了田蜜蜜。他飞一样从楼上下来了，到了田蜜蜜的身边。

"田蜜蜜小姐，我真的是好喜欢你哟！"路易斯贱贱地说。

"路易斯，请允许我给你介绍一位客人。站在我身边的这位男士，是我们银罐银行小苹果分行的行长窦粒先生。"

"窦粒先生，握握手吧。中国的《小苹果》歌曲是很好听的，窦粒的名字起得也是很好听的，听起来给人一种小家碧玉的感觉，品味起来确实很香甜的。"

"路易斯先生，请不要误会。窦粒的窦是姓窦的窦，不是豆粒的豆。"

"路易斯先生只是打了一个比喻，窦行长可不要当真啊！路易斯，你就是这样待客呀？"

"我的屋子里面很乱，保姆又是有病了，我就没有办法了。我想去咖啡厅喝咖啡，84 号咖啡厅的咖啡很好喝的，碰巧还能看到中国的书画展。中国的书画博大精深，我都收藏好几幅了。"

窦粒、田蜜蜜要上楼，路易斯横在前面不让上楼，显然是屋子里脏乱差得不成样子，窦粒、田蜜蜜只好尊重路易斯的愿望。路易斯回到了屋子里，穿着一身白色的休闲服下了楼，三个人钻进甲壳虫来到 84 号咖啡厅。咖啡厅的老板跟路易斯很熟，就把三个人让到一个宽敞的咖啡间里。

"请问路易斯教授，你最近喜欢喝什么咖啡？是巴西的，是泰国的，还是中国海南的咖啡豆？"老板问。

"老板，不要空口说白话，把你库存的咖啡豆都拿来一点点，我要闻闻。"

"你还闻个屁，店里是进来的正宗的巴西咖啡豆。"

"老板，你前面说的话我没有听懂，后面的巴西咖啡豆我是听懂了。"

"好话可是不说二遍。路易斯教授，你没有听懂了最好。如果你是听懂了，回去该睡不着觉了。"老板说。

老板端来了几样咖啡豆，路易斯放在鼻子底下闻着。这时，窦粒、田蜜蜜已经转悠着把 84 号咖啡厅打量了一番，当返回座位的时候，见到路易斯和老板正在争执。"

"我说是正宗的巴西咖啡豆就是正宗的巴西咖啡豆，喝出假来保换。"老板说。

"老板，不是换不换的问题，这都是中国海南产的咖啡豆，根本就没有正宗巴西产的咖啡豆。"路易斯说。

"这个老外，鼻子还是挺好使的。"老板对着窦粒说。

"老板啊，海南的咖啡豆就是海南的咖啡豆了。是咖啡豆就可以了，你把机器拿来，我要看着你磨咖啡豆，因为，你的诚心在我的心中是降了等级的。"路易斯说。

看着执拗的客户路易斯，老板也是没有办法了，就把机器拿来磨着咖啡豆。很快每个人的面前摆上了一杯苦咖啡。路易斯愿意喝原汁原味的苦咖啡，窦粒、田蜜蜜却是在咖啡里面加了糖，这样就能喝到甜甜的咖啡了。

"路易斯先生，这次我和窦行长来见你，是想让你对我行的服务方面多提提具体的意见。"田蜜蜜说。

"我是没有什么意见可提了，在你们中国你们行服务的态度是最好的。"

"田蜜蜜，你跟路易斯先生说，假如小苹果分行在这里开英语沙龙，聘请他用英文来授课，每一次的薪酬应该是多少？"

田蜜蜜的话还没有说完，路易斯就 NoNoNo 的了，还一门劲地说着雷锋雷锋雷锋。这样就好办了，窦粒用羹匙和弄着咖啡，把一杯咖啡全都喝了进去，然后来到吧台前。老板正站在吧台的里面看着三个人喝咖啡。

"请问先生，你还有什么需求吗？"老板问。

"我想一个星期的一个晚上租用你这个咖啡厅一次，你看租金应该付多少？"

"租用我的咖啡厅？这要看你们干什么，干违法的事儿我可不租。"老板说。

"我是银罐银行小苹果分行的行长窦粒，因为行里的年轻员工有的英语会话水平太低了，应付不了当前的工作，所以我想聘请这位路易斯教授，在这里开英语沙龙。我们的费用有限，希望你不要狮子大开口。"

"窦行长，你看这样成交好不好？我是一分钱也不收你的，但是有一个条件，就是让我上初中的女儿参加你们英语沙龙的活动。"

"你可不许反悔，咱们就算成交了。"窦粒说。

英语沙龙就要"沙龙"了，小苹果分行打前站的来了，这里面当然包括方傻妞、田蜜蜜和路易斯了。田蜜蜜坐在那儿喝着咖啡，是用英语同路易斯侃侃而谈，没见到把方傻妞嫉妒的，就差去薅老茄子头上剩下的几根头发了，怪怨老茄子没有像田善瑞培养田蜜蜜那样培养她。方傻妞也有她的绝活儿，这就是她的墨宝了。方傻妞感觉到英语沙龙就是一个沙龙，不能搞得太正规，像正式开大会那样把横幅挂得那样的严肃，那样的正规。于是，她挥毫而就："英语沙龙开张了。"田蜜蜜看到了横幅，就过去进行了汉译英。方傻妞看着英语拿着毛笔往下描，可就没有那样的潇洒了。田蜜蜜看着就笑了，笑得方傻妞来了脾气，抬起笔给田蜜蜜来了个大花脸，田蜜蜜成了花旦了，还把路易斯给逗笑了。方傻妞描完英语，坐在路易斯的对面喝着咖啡。老板可能是心疼方傻妞累着了，端上来水果，有香蕉也有苹果。

"请问路易斯教授，英语香蕉的发音该是咋发？"方傻妞问。

"Miss 方，香蕉英语的正确发音应该是 banana。"路易斯说。

"我知道了，香蕉英语的正确发音是'不能拿'。下面请问路易斯教授，苹果英语正确的发音该是咋发？"方傻妞问。

"苹果的英语正确发音应该是 apple。"

"我知道了，苹果英语的正确发音是'阿婆'。"方傻妞说。

"Miss 方，你的英语说得我是不敢恭维，就是说我听不懂。"

"路易斯教授请你放心，用不了多久，我就能让你听懂英语香蕉苹果是什么了。"

田蜜蜜洗完脸回来了，正听到方傻妞跟路易斯在谈着苹果。她就大大方方地把路易斯请了起来，两个人咕噜了一阵儿站在一起唱着——

Apple round, apple red.

Apple juice, apple sweet.

Apple apple, l love you.

Apple sweet, l love to eat.

"是用舌头唱的，真是好听极了。田蜜蜜，能译成中文吗？"方傻妞说。

"可以的呀，就是苹果园，苹果红。苹果汁，苹果甜。苹果，苹果，我爱你。苹果甜，我喜欢吃。"

"呸……就是一个小儿科，苹果还有黄的还有绿的！"方傻妞说。

35　九十九朵红玫瑰

格子给窦粒打来了电话，窦粒是惊愕不已，原来格子辞职了，走的是下海的一条老路。窦粒本想一个人找格子谈一谈，看是否还有在市职业技术学院复职的可能性。可是，格子还是老脾气，坚持方傻妞和窦粒一起来他才谈。窦粒知道格子还是对方傻妞情有独钟的，但是窦粒不看好这桩婚事，原因是老茄子和蒸不熟这一关就很难过了，两个人选女婿的眼眶都是很高的，当教师的时候职业还能说得下去，如今是一个无职业游民了，生计都没有了保障，谁还肯把一个有着白领工作的女儿嫁给这个人？窦粒下班后就给方傻妞打了电话，邀请方傻妞一起去看下了海的格子，方傻妞还是爽快地答应了。两个人坐在老爷车上，向着格子租的网店开去。在闹市一个拐角的地方，是一个不起眼的小地方，窦粒、方傻妞终于看到坐在凳子上等候着的格子。格子可能是备受折磨，看上去有一些瘦了，当看到方傻妞时还是勉强地笑了。

"我说格子呀，你的笑真是比哭还要难看！"方傻妞说。

"格子，你真是胆肥了呀？敢把那么好的工作辞了，挤到这个憋死牛地方来混饭吃，要是吃不上溜来你可咋办？说起来，让老同学操心不！"窦粒说。

"老同学是破釜沉舟了，背水一战了，你俩就什么也不要说了。"

"说也没用，如今格子是嫁出去的女，泼出去的水。"方傻妞说。

"方傻妞，咱们不要说没囊气的话了。格子说说，你的专利产品678人民币硬币分拣仪卖得咋样了？"

"是一件很头疼的事儿，原因是没有营业执照，没有国家批的文号，就是一个畸形儿了。除了你们银罐银行买了几台，就再也卖不出去了。"

"格子，你不要灰心，万事都是开头难。等到一帆风顺了，你就是一个成功者，到时候咱们再喝庆功的酒。昨天我发了薪水，今天想请两位老同学吃喝一顿，不过不是喝的庆功酒，就是平平常常地请吃喝一顿。"方傻妞不知道咋安慰格子。

"论薪水还是我开得多，不用方傻妞破费了，还是我请吧。"窦粒争着说。

"窦粒，你可是一个爷们，跟我们女孩子是不能比的。你们要娶媳妇，用钱的地方就多了。我就不同了，要是不挑挑拣拣，随随便便嫁个人用不了多少钱。"

"方傻妞，你可不能随随便便地嫁人了，你要是随随便便地嫁了人，就有一个人得想死你。"窦粒说。

"瞎夸我吧。一个歪瓜裂枣能有那样大的魔力，这么说我更应该请一顿。"

不管是谁请，反正格子是不请。三个老同学捡了一个很有特色的小饭馆，吃着搁豆子。方傻妞就接到了队友发来的信息，银罐市体育局要在仙女湖举行舢板比赛，从中发现优秀的运动员，有的可能选到省队和国家队。方傻妞知道自己现在的身体状况，还有年龄的严格限制，想在这样的体育赛事上有所突破是不可能的了。但是她有这个瘾，想过瘾就得去一显身手，她就拿着眼角斜着窦粒。

"方傻妞，接到了什么信息？你有事儿说，不要老是拿着眼睛斜楞我。"窦粒说。

"市里要举行舢板比赛了，我是一个老队员我想参加。如果窦行长不给予支持，我就没有办法参加了。"

"老同学，说具体点，你让我咋样地支持你？"

"用生命来支持我，我说的生命就是时间。"

"老同学做好准备，我一定会像支持刘巧巧一样支持你的，就是给你生命给你时间。"

"窦粒，你不但是我的老同学，还是我的好行长。"方傻妞说。

方傻妞高兴地亲了窦粒一口脸蛋，格子看着就把眼睛给瞪圆了。窦粒怂恿方傻妞去亲一口格子，但是格子没能如愿，因为方傻妞已是甩着袖子上了她的老爷车。窦粒、格子上车等了一会儿，方傻妞还是不开她的老爷车。

"方傻妞，你不至于高兴成这样吧？都忘了开车。"窦粒说。

"格子，你麻溜儿下车，今天我不想拉你。"

"咱们没有喝酒啊，你要什么酒疯？你为什么不拉我？"格子急了说。

"因为刚才你瞪了我一眼，还不是用好眼睛瞪的。"

"我不下去，我就赖在这里了，看你能咋样？"

"你不下去，我就一脚把你踹下去，你信不？"

窦粒见到两个人顶了牛，如果是再顶下去，结果可就不好收拾了。窦粒就下了老爷车，也把格子从车上拉了下来，两个人打的走了。方傻妞开着老爷车在后面追着出租车，出租车司机见到老爷车在追就毛了，知道开这样老爷车的主儿都是不好惹的主儿，况且还是一个女司机，后台得有多硬，大腿得有多粗，他就加快了速度，就跑到了郊外。到了一个前不着村后不着店的地方，出租车司机就把车停下了。

"快下车，快下车，你们得罪了哪个爷，这个奶奶追得这样狠？"司机说。

窦粒、格子见到司机的害怕样下了车，窦粒掏出了钱包给司机找着出租车的钱。司机见到老爷车追了上来，吓得钱也是不敢要了，开着车就跑了。格子站在路上，伸出两只胳膊想拦住老爷车，见到方傻妞的老爷车也没有减速的迹象，吓得闪到了路边，老爷车就在一串喇叭声中开了过去。

到了晚上，方傻妞练习完了毛笔字，躺在卧室的床上想着，觉得自己做得有点过。一家女百家瞧，格子在追求着自己，自己不愿意回绝也就是了，何必要这样做呢？再说窦粒哪里得罪了自己，跟着格子受挨追走路的苦。窦粒虽说是老同学，可他也是自己的顶头上司，老是这样下去久而久之会掰生的，就更谈不上什么恋爱了。想到了这儿，方傻妞拿起话筒拨通了窦粒的手机号码。

"窦粒，你知道我在干什么吗？"

"我没有长千里眼，看不到你在干什么。"

"我在画着仙鹤，现在正在画仙鹤的两条长腿，由此想到了你的两条长腿，从郊区往回走没有累着吧？"

"平时很少走路都是开车，走了二十几里路累得够呛。"

"你的两条仙鹤腿累得够呛，格子的那两条小短腿，倒动着更不用说了。"

"路上也是碰到了出租车，我说打车走，格子不干，非要和我一边走路一边说话。格子说了，短腿有短腿的好处，话儿说得很粗，我不好跟你学舌。"

"窦粒，不就是男女之间的那么一点事吗？你说，我的脸不会红的。"

"格子说了爷们短腿啊，将来结婚准生儿子。"

"窦粒，那就祝愿格子生个儿子，将来我生一个女儿，我就和格子嘎啦亲家了。"

"你的态度很明确了，我知道了，我困了，我要睡了，你不要打扰我了。"

第二天上班，窦粒进了大厅没有上楼，来到营业厅临时召开了一个小会，是解决方傻妞舢板参赛的事儿。窦粒的主旨意见是：第一给方傻妞放年假；

第二在参赛前实行换班制，凡是替方傻妞当班的都要换掉，等到方傻妞上班后要一个一个地顶替回来。窦粒这样的安排是谁也没有意见。窦粒回到了办公室，方傻妞跟着来到了办公室。

"谢谢你了，窦行长！能够这样地照顾我？"

"举手之劳，值得你来谢吗？"

"不要说得那样轻松，你也是一言难尽，员工们也是不得不给你面子。"

"一是我应该做的；二是你的人缘好，员工也是给了你的面子。"

"窦粒，我发现你的行长转正以后，说话咋像一个大首长了？"

"坏了，坏了，我妈也是这样说的。乐极生悲，我该夹起尾巴来做人了。"

"再道一声谢谢！我可走了，欢迎到时去参观舢板比赛。"

"方傻妞，今后你对格子要好点。"窦粒冲着方傻妞的背影说。

"这个你说了不算，我说了算。"方傻妞回答。

过了两天，格子来到了窦粒的办公室，从兜子里拿出两个茶色的瓶子放在了窦粒的办公桌上。窦粒拿起来看着瓶子上的商标，商标上印的全是英文字母，窦粒是一个都不认识。

"窦粒，傻眼了吧，不认得了吧？"

"格子，瓶子里面装的是什么？"

"这是我从网上购的，补钙用的，纯正的美国货。"

"你来让我补钙，还不得把骨头补出泡来，你是吃错了药？"

"美的你吧，这是给方傻妞的。她每天的训练强度大，身体内的钙流失的就多，补补对她的身子骨有益。"

"格子，你可以直接去送给她呀，干什么非要拐这个弯儿？"

"她那个怪脾气，还不得把两瓶钙扔到湖水里，还不得把我踢趴下？"

"即使是我送给她的，她也不见得不扔到湖水里面。"

"窦粒，我走了。你不但要把话带到，还要把事情办好，否则我是饶不了你的。"

窦粒想去看看方傻妞，说不上咋的，他的心里就是有一份牵挂。窦粒开着新捷达来到了仙女湖边，仙女湖面上不是方傻妞一艘舢板，花花绿绿的舢板让人看了眼花缭乱。尽管窦粒是目不暇接，也是没有找到方傻妞的舢板。窦粒发出了信息，不一会儿见到一艘舢板划了过来，不知道方傻妞是咋想的，舢板上用油漆喷了一个紫色的茄子，可见是出尽了洋相。

"唉，窦粒，你来了，你上来，湖面上凉快。"

"你还是下来吧，树荫下安全也凉快。"

"你不上来就拉倒了，我可就去训练了。"

方傻妞不肯上岸，窦粒拿她也是没有办法，只得是乖乖地上了舢板。方傻妞只是训练几天，身上的皮肤让阳光晒成了紫红色，看上去是活泼健康有力。舢板向着湖心划去，窦粒欣赏着两岸的风光，然后摸了摸油漆喷的茄子把儿。

"方傻妞，你咋喷个茄子，没有喷个辣椒？"

"人家都是组队参赛的，就我一个人是独立作战，参赛队总得有个名头吧。报名时我随便说了一句老茄子队，还就记上了。为了区分每一条的舢板，就得用油漆喷上队徽，有喷龙的，有喷鹤的，有喷熊的……我就喷了一个茄子。喷什么都是无所谓，不就是一个玩吗？"

"我这次来是给你送来了一些补品，好补补身子，好勇夺冠军。"

"冠军不用想了，不打狼就不错了。我看这次赛事的运动员都是小生鹰子，今非昔比了，老队员就剩下一个玩了。唉，窦行长，是行里集资给我买的补品吧？"

"方傻妞，告诉你一个真理，只许吃不许问。"

窦粒就拿出了两个瓶子，方傻妞拿着瓶子只是看了一眼就扔到了水里，两个瓶子并没有沉底，而是在水上漂呀漂呀……窦粒急了，水上漂的可是一千多元，就这样打水漂了，可咋样向格子交代呀！正在窦粒束手无策时，只见方傻妞跳进了水里，就像和鸭子玩儿一样，几次想接近瓶子，由于水的波纹的作用，瓶子又是太轻了，总是抓不到手里面。窦粒看着是干着急，就见到方傻妞推着水波纹走，瓶子就渐渐地被推到了浅水区，就被方傻妞给抓住了。窦粒笨笨呵呵地划着舢板，舢板很是不听话，好悬，几次都要翻了，总算划到了方傻妞的面前。方傻妞把舢板搁在了浅水区，两个人上了岸，坐在一棵大柳树下乘凉。

"窦粒，方傻妞把话说白了，这个格子是没有治了。"

"唉，不能这样说老同学，格子又是咋的了？"

"他是一个招儿比一个招儿还要阴毒。"

"不对头了啊，你咋能这样看待格子？"

"这两瓶补品是补钙用的，我家的蒸不熟她吃过。这是给老头老太太的补品，格子他让我补，把骨头补成了铁棍子，我的骨头还受得了吗？这个混蛋，我有账和他算。"

"说说咋算？先听为快。"

"咋算你就不要管了，那是我俩的事儿。你把两瓶药拿回去，就说是我说的，让格子的老爸老妈两个老棒子吃，好吃得长命百岁。"

"方傻妞，你这样做未免太残酷了。"

"现在的残酷总比将来的残酷好。"

眼见着到了午餐时间，方傻妞想留窦粒到农庄吃饭。窦粒没有圆满地完成格子交代的任务，哪里还有什么心思去吃饭，就开着新捷达回到了行里。行里包的是三鲜馅的饺子，窦粒只是吃了几个就撂下了筷子，就给格子回了电话。格子在电话里沉默了半天是一句话也没有说，然后就把电话关了。

到了舢板比赛的当天，小苹果分行轮休的员工在窦粒的组织下都来到了仙女湖，是来为方傻妞擂鼓助战的。在赛场上，窦粒看到了格子，格子是开着那辆破桑塔纳轿车来的。原先这辆破桑塔纳轿车是借的，让電子砸了一通，他也就不好意思还人家了，仨瓜俩枣的买了下来。窦粒没有敢往格子的身边凑乎，因为他不知道该说一些什么。窦粒只是跟格子打了个招呼就过去了，就见到格子弯下腰从桑塔纳轿车里面拿出了九十九朵红玫瑰，在怀里抱着拣了一个塑料凳子坐下，望着蔚蓝色的湖水发着呆。

舢板比赛开始了，方傻妞在边道划得很冲，舢板上那只茄子是非常的抢眼，首先是冲到第一位，半分钟过后落到了第二位，又是过了半分钟就落到了第三位。这时的方傻妞感到胳膊焦酸，浑身上下是软弱无力，已经是力不从心了，恐怕这样再划下去也是不上去了。突然，救命的喊声传来，是一个追着舢板看的小孩落水了，而且离方傻妞最近。方傻妞见到救人要紧就弃了舢板，在湖水里向着小孩游了过去，把落水的小孩费尽了力气拖到岸上，小孩应该是得救了。方傻妞躺在湖岸上，享受着太阳的温暖，是只有出的气儿没有进来的气儿了。医生迅速地跑了过来，见到小孩没有什么事了，就来到了方傻妞的身边。方傻妞向医生摆了摆手，出气就一点一点地匀称了。

舢板参赛结果公布了，方傻妞当然是什么成绩也没有，拿窦粒的话说就是当了大尾巴狼。但是由于方傻妞救人的高尚风格，得到了评委们的高度认可，不但是获得了季军，还获得了赛事唯一的一个道德风尚奖。当方傻妞上了领奖台，格子见时机到了，就捧着九十九朵红玫瑰来到了方傻妞的面前。格子单腿跪下了，将九十九朵红玫瑰举了起来。方傻妞看着火红的玫瑰就傻了，再也没有了那股冲劲儿了，认认真真地考虑着，这九十九朵红玫瑰是接还是不接……

36　泡影儿

窦粒坐在办公室里看着存款的报表，又拿出计算器计算了一阵子，脸上显出来不乐呵的表情。照这样的存款进度到了月末，绩效工资连总行的平均数都是拿不到的，在平均数上恐怕还要降低到百分之十甚至更低。人都说新官上任三把火，窦粒这一把火要是点不着，就得让人挤兑死了。窦粒又翻翻报表，发现私人的存款还在上升，对公存款却是在持续下降，主要的矛盾是蒯大龙的 1.2 亿元资金没有到位。窦粒打通了刘巧巧的手机，刘巧巧应招来到了窦粒的办公室。

"刘巧巧，市振龙土特产品进出口公司是你管的户，这个没错吧？"

"没有错，是我管的户。窦行长，咋了？"

"你不但要管户贷款的清收，还要管户存款吸收。"

"窦行长，平心而论，蒯大龙蒯经理对我是不错。可是我一见到他心里就发毛，发现不是一条道上跑的车，还是少接触为好。"

"你这是要推辞，不想管这个户了？"

"既然窦行长都说了出来，就算是这个意思了。"

"暂时你还得管这个户，我也不可能给你调整，你应该考虑到我用心的良苦，你说说你想咋办？"

"窦行长让我去这个公司做工作可以，但我不能一个人去，得有人陪同，否则我的人身安全保证不了。"

刘巧巧当着窦粒的面讲着条件，已不是争着抢着要客户的时候。这是转为正式员工翅膀就硬了，谁都看得出来。窦粒的火气上来，抓起兜子往外走，刘巧巧跟在了后面。两个人就来到了后院，窦粒看到了那台扎眼的雅迪电动车T6，上去就踢了一脚。即使是踢了这一脚，刘巧巧也没有敢吱声，就拉开门上了新捷达。新捷达来到了市振龙土特产品进出口公司的大门口，这次没有见到蒯大龙的亲戚保安，而是大门紧锁着，旁边立着一块大牌子，大牌子上写着："凡是拜访和办事者，车一律停在厂区的外面，请徒步进入厂区！"窦粒见到大牌子也是不能例外了，就把车停在了外面，进了小门也是没有人阻拦，就来到了蒯大龙的办公室。蒯大龙没有在办公室，只有一个女服务员在收拾着。

"请问二位，你们这是……"

"我们是银罐银行的，这位是我们的窦行长。"刘巧巧说。

"啊，你们是银罐银行的？你们等等，我去和蒯经理沟通一下，再给你们答复。"

女服务员就进了小办公室，屁大的工夫就出来了。她在前面引路来到了公司的后院。在两个青龙盘柱子的中间是一个摔跤场，不但蒯大龙在，蔡一刀和尹大屁股也都在。只见蒯大龙穿着一身摔跤服，正在和几个邀请来的专业摔跤手较量着。几个摔跤手都不是蒯大龙的对手，就被蒯大龙摔得叽里咕噜乱滚，因此迎来了阵阵的掌声。窦粒就看到了，这些捧臭脚的就蔡一刀没有鼓掌，鼓掌最欢的是尹大屁股。面对窦粒和刘巧巧的到来，也可能是摔跤到了尾声，蒯大龙拍拍身上的灰土，一行人回到了办公室。

蒯大龙进了衣帽间换上一套正装西服，又是那样风度翩翩了。

"窦行长，刘小姐，只是几日不见，真的还就想你们了。"蒯大龙说。

"蒯经理想我们是真是假不好说，我们想蒯经理可是真的。这不是窦行长亲自带队，前来拜见窦经理了？"刘巧巧说。

"尹大屁股，见到了刘小姐我就想到了你。你在我和刘小姐的面前不要阳奉阴违，说说刘巧巧的爸爸在学校工作咋样？"

"真的是不错呀，老教师有教学经验，已经是成了教学中的骨干。"

"尹大屁股请你记住，只要我活着一天，你就要照顾好刘小姐的爸爸和妈妈。假如有一天我驾鹤西去了，我就管不着了，你愿意咋办就咋办。"

"蒯大龙，说话不要这样绝情，你什么时候能死啊？"蔡一刀说。

"老邻居，我可不敢称你是老同学，那样是我不要脸了。远亲不如近邻，近邻可是好，蔡一刀不也是借上近邻的光了，不然一个电话打过去，打死了蔡一刀都不能到这个公司来看我。"

"蒯经理，我和刘巧巧这次来，不是来讨论邻居和同学的事儿。你们公司的1.2亿还没有进账户，不知道什么原因……"

"这个事儿还算个事儿，不过没有那么多了，算来算去是两千多万。"

"蒯经理，你挺大个个头儿，说话咋能不算数？"刘巧巧问。

"刘小姐，我说话咋不算数了？我的话还没有说完，两千多万不是人民币是美元。"

"美元，还是美元。"尹大屁股哈哈大笑说。

"想不到蒯经理说话还是大喘气。"窦粒说。

"你们在谈工作，我在这里待下去不太合适了。蒯经理没有什么事儿，我现在告辞。"蔡一刀说。

蔡一刀说完要走，蒯大龙一把把她拽住了，而且是拽得死死的。蔡一刀见到无法脱身，眼珠转了一圈重新坐在了沙发上。

"蒯大龙，午餐我就不在你这儿吃了，你这儿吃的太腻。"刘巧巧说。

"服务员，你去把厨子蒸不熟叫来。"

女服务员出去了，蒸不熟很快进来了，她见到窦粒愣了一下。原来，蒯大龙看满汉全席的菜谱看迷了，通过和老茄子的关系，得知了蒸不熟是满汉全席的传人。他恨不得吃遍了满汉全席，就高薪把蒸不熟给雇来了。蒸不熟在迎宾馆也只是个排位了，见到这里有大把的票子挣，她还能不来。

"今天来了两位女客，她们为了保持身段，嫌弃我们这儿的菜太腻。你给她们叨咕叨咕，今天都有哪些不腻的菜儿要上来。"

蒸不熟先是挤眉弄眼，然后迈着小碎步儿，像是个民间艺人在办公室里走上了那么一圈儿。舌前音舌后音摆弄的都是正道儿了，就唱了起来——

烩三鲜、熘白蘑、烩芦笋、芙蓉燕菜、清蒸玉兰、八宝丁儿。
炒金丝、烩银丝、糖馏饸、炸蒸南瓜、蜜丝山药、拔丝桃儿。

蒸不熟唱完菜名走了，走的时候还是看了窦粒一眼。既然蒯大龙是这样的热情，蔡一刀也就没有电了。蔡一刀一没了电，窦粒、刘巧巧就不好张罗着走了。这一顿饭足足吃了三个小时，窦粒、蔡一刀因为开车没有喝酒，刘巧巧也就跟着没有喝酒。蒯大龙、尹大屁股，还有几个摔跤手都是大酒包，上桌就开始斗酒，个个是喝得烂醉。有的在吐，有的在作，有的在唱，有的在睡……结果是窦粒、刘巧巧、蔡一刀来到了大门口，不要说是蒯大龙了，公司是一个猫大的人也没有出来送。

"刘巧巧，请问你会开车吗？"窦粒打着嗝儿问。

"窦行长，我在读大学时，一个同学的家里开了一所私人驾校。我在那儿学了整整一个暑期，驾驶证是考到了，可惜是家里没有车，开得很不熟练。"

"熟练不熟练好说，只要不碰到人就行了。请问，你带驾驶证了吗？"窦粒问。

"带来了，在兜子里。"

"带来就好了，你把我的车开回行里去，我和蔡一刀出去办点事儿。"

刘巧巧考得了驾驶证没有车开，本来就是一个遗憾，今天可下子有了车开，就过瘾地上了新捷达，打着火儿开跑了，还一门劲儿摁着车的喇叭。窦粒上了蔡一刀的比亚迪迷你车，蔡一刀把车开到了聚宝盆。杜甫草堂是修得差不多了，但是看着十分的清冷，让人揪心，只有雇的一个打更的还在，算是有了一点点的活气儿。窦粒、蔡一刀坐在一个草棚的亭子里面，一人是摇着一把鹅毛扇子，打更的把茶水端了上来。

"窦行长，事情的发展不是我原本想象的那样。我现在是没有心思砍肉卖了，肉联厂也是建不成了，眼前看着的就是泡影了。"

"不要太悲观了，请你详细说说情况。"

"最近我到河南去考察，考察了一家大型的肉联厂。肉联厂的概念是：对畜禽进行宰杀，然后要进行深加工。其子项有：冷鲜肉生产、熟肉制品、生化制药、冷藏储运、批发零售等等。这得要多少资金，我还没有计算过，我也不敢计算，因为我没有地方去弄。我现在把这个聚宝盆捧在怀里，假使有一天我累死了，把我埋在这里就行了。这里可是山青，但是没有水秀，仙女河从这里流过多好，就没有缺碴的地方了。"

"蔡一刀，我最近在研读《银行管理学》，书里有一个重要的部分写的是股份制银行的管理问题，由此而衍生的非银行的股份制企业，不可以不借鉴。这样，我给你支个招儿。"

"你有什么高招儿？救活了我，我得感谢你一辈子。"

"你不要天天为难自己，可以走招商引资的路。招商引资的企业，最好是国家五百强的企业。聚宝盆是你入股的资本，然后让企业寻求银行的支持，还有当地政府的支持。"

"这个招儿我也是想过了，可是难上加难。窦行长，能陪着我在聚宝盆走走吗？"

"可以呀，青盆绿草的，一男一女走在里面，蜂也飞蝶也舞是很浪漫的。"

"怕是蜂子蜇人，蝶化成蛹钻出来的是害虫。"

这一走窦粒后悔了，蔡一刀是一直地向前走，一路上并没有过多的话，更谈不上什么浪漫了，这样就走出了二十几里路。说是路哪里有什么路，除了荆棘棵子就是石头碴子，两个人除了看眼前的路还是看眼前的路。有时也想说说话，不是石头碴子搁脚，就是荆棘棵子刮裤子，是不得不防着点。别说窦粒也是有所得，是看到三只野鸡，两条见到了人就奔逃的蛇，再就是几个旱地里的癞蛤蟆了。窦粒也是有所损的，是手上划了两道子，腿上划了一道子，亏得他的个儿长得高，脸上才没有毁了容。两个人回到了草棚子一看，窦粒的裤子刮了一个口子，蔡一刀袖子刮了一个口子，狼狈相就不用说了。

"谢谢你了，窦行长！你陪我溜达了一个下午，我的心情好多了。假如你再陪我吃一顿晚餐，我会更加感谢你的。"

窦粒心里就想了，蔡一刀的心里难受，举起砍肉的刀把自己当成大萝卜砍了，砍就让她随便地砍吧，回到家里还不是照样吃晚餐吗？他就答应了。窦粒的手机铃声响了，是田蜜蜜打进来的，窦粒不得不认真地对待了。

"唉，田蜜蜜呀，嘛事？"

"在市西出口三公里的地方有一家农家小饭店，我等着你吃饭。至于标志，看着甲壳虫你就可以停车了。"

"好好，我下班就可以过去了。"窦粒接完田蜜蜜的电话，"蔡一刀，实在是对不起了，我可能要失信了。有一个同学请我吃饭，我恐怕不去不行。"窦粒很遗憾地说。

"不吃晚餐我也是知足了，我送你回行里。"

窦粒开着新捷达看到了农家乐门前停着的那辆甲壳虫，就将车并排停在了那里。这家农家乐是田蜜蜜的一个远房亲戚开的，五香的猪蹄特别好吃，是远近闻了名的。田蜜蜜听说啃猪蹄子能养颜，就经常来到这里啃猪蹄子。田蜜蜜又是想啃猪蹄子吃了，窦粒就是前来借了一个光儿。窦粒下了车，见到田蜜蜜和农家乐的女儿在玩着一盆水，水里面都是肥皂沫儿。四只手在水里面搅和着，搅和出许多的肥皂泡泡儿，然后将泡泡儿捧在手里，阳光照射下来看着泡泡儿五颜六色的，很养眼。用嘴吹手上捧着的肥皂的泡泡儿，肥皂的泡泡儿就飞了起来，一串一串地飞上了天空，又是一串接着一串地破灭，很好玩。田蜜蜜见到窦粒来了就把手擦干净了，两个人就手拉着手进了屋子。一个女人围着窦粒看，是乡下女人看新人的那种眼光，窦粒猜测这就是外面女孩的妈妈了。

"我妹子的眼光不会错的，这小伙长得多条干。"女人说。

女人把窦粒、田蜜蜜让到了炕上。炕上烧得有点热，窦粒、田蜜蜜又是盘不上腿。女人拿来了两个枕头，塞到了窦粒和田蜜蜜的屁股底下。

"窦粒，你掏心窝子说，你爱着我吗？"

"我是对着窗户说话的，两个人单独处的时间还短，现在还谈不上爱不爱。"

"你说的可能是实话，那么我要问了，你为什么要答应我的爸爸妈妈和你的妈妈？"

"这个你不应该问我，这个你应该问你自己。"

"你谈不上爱我，你今天咋还是来了？"

"田蜜蜜，咱俩都是快三十岁的人了。白驹过隙，人过三十天可是过午了。我现在是想找一个女人成个家，省着全球的眼光盯着我，还是那种怪异的眼光。"

"窦粒，你这不是要泯灭人的幸福指数吗？"

"我可没有这样想过，我想我的后半生能过上幸福生活。"

"假如有一天我让你的幸福生活成为泡影，你后悔不后悔？"

"田蜜蜜，猪蹄子上来了，我现在想啃的就是猪蹄子了。"

窦粒和田蜜蜜啃着猪蹄子，猪蹄子筋头巴脑的，做出来的味道儿又好，就啃得满手满嘴油渍麻花的。窦粒啃了一个猪蹄子，这才打量着田蜜蜜。田蜜蜜长得不算是一个漂亮到了极致的女人，但也不是那种丑到了极致的女人。在窦粒的眼里就算是马马虎虎。窦粒想到了外面小女孩玩的那种肥皂的泡泡儿，田蜜蜜能够随着肥皂的泡泡儿飞走了该有多好，那么，窦粒的神经细胞就会少死几个。

（2016 年 7 月中译出版社出版，荣获第三届中国金融文学奖长篇小说奖）

长篇小说卷（二）

NO.4

职场风云（节选）

■丁传喜

作者简介

　　丁传喜，笔名苏中泰，江苏泰兴市人，中国金融作家协会理事，黑龙江省作家协会会员。现供职于中国人民财产保险公司黑龙江省分公司。著有小说、散文、剧本等共 100 多万字。长篇小说《职场风云》、电视文学剧本《我们都爱你》、中篇小说《临终》先后获第一、第二、第三届中国金融文学奖。

作品简介

1999 年，国务院和中央金融工委明文要求全国各国有银行和各国有保险公司，按照经济、合理、精简、高效的原则，抓紧进行分支机构改革，改变按行政区划设立分支机构的情况，并要求必须在两年内完成。小说以此为背景，以国泰保险公司 D 省分公司和驻在地的 K 市分公司合并为主线，生动地描绘了省、市公司合并过程中，D 省省委书记李文超、国泰保险总公司党委书记兼总经理周威、D 省分公司总经理朱大捷、K 市分公司副总经理芦万里等人坚持改革开放、坚持科学发展、坚决反对腐败的既平凡又崇高的人物形象。同时深刻描述了 D 省分公司副总经理兼 K 市分公司总经理翁笑天，与 D 省分公司第一副总经理俞飞石，为争夺各种利益而进行的一系列博弈。真实反映了改革的迫切性、艰巨性和复杂性，揭示了职场、官场、情场中的潜规则，人性中善恶的双重性、复杂性和不确定性。

第一章 山雨欲来

芦万里得到了省、市公司要合并的机密信息。

改变按行政区划设立分支机构，是涉及整个金融系统的一件重大的全国性改革。跟所有的国有银行，如中国人民银行、中国工商银行、中国建设银行、中国银行、中国农业银行的省行与省会城市行必须合并一样，国字号的国泰保险公司在同一省会城市也不能同时存在两个或两个以上的管理机构。这一改革已经酝酿了几年，争论了几年，现在这场暴风雨终于来了。

芦万里是国泰保险 K 市分公司主管车辆保险工作的副总经理。两天前，他到北京参加总公司召开的全国车辆保险工作座谈会。本来，总公司点名要 D 省分公司总经理朱大捷和芦万里出席此次会议。但临出发前一天，朱大捷却在医大被查出患了胃癌，亟须手术，芦万里便一个人来了。开完会，呼和浩特分公司的张天晓总经理对芦万里说："老战友，大草原你还没去过，明后天正好是双休日，你就跟我一起走吧，放松放松。"

芦万里笑笑。他不想去大草原玩。目前，K 市分公司的业务发展存在不少问题，由于指导思想不正确，虽然发展速度尚可，但却没有效益，甚至亏损。他想赶快回去，传达贯彻总公司车辆保险工作会议精神，研究解决业务发展中的一些问题。他计划乘明天早晨的班机回 K 市，现在还有些时间，他决定去看看总公司战略发展部总经理成显赫。成显赫是芦万里在北大保险培训班学习时的教员兼同学。这个培训班是国泰保险公司委托北京大学举办的保险中高级干部培训班，被誉为国泰保险公司的"黄埔军校"。总公司党委书记、总经理周威对这个培训班非常重视。成显赫就是他亲自指定的讲授发达国家保险情况和经济理论的教员之一，同时他还要求成显赫既当教员也当学员，好好地向前来参加培训的始终奋斗在国内保险一线的同志学习，以便更好地熟悉国内保险情况。

芦万里推开成显赫办公室的门，见成显赫正和总公司人力资源部副总经理周忻平一边吞云吐雾一边窃窃私语，便笑道："有啥好事，二位领导这么神神秘秘的？"

"当然是好事。"成显赫边笑边和芦万里握手，说，"省、市公司要合并了。"成显赫是位颇具争议性的人物，海归博士，总公司年富力强的部门总经理之一，不仅学识渊博，专业能力强，而且思想解放、思维创新、思路开阔，但却存在两个比较明显的弱点。一是婚姻生活与众不同，始终坚持同居最优论。成显赫长得高大帅气，一表人才，且在国外生活多年，因此性观念比较前卫。据说回国前他曾和国外的几位漂亮女子同居过，却无一结婚。回国后，仍然我行我素，先后和中国银行及卫生部的两位靓女同居，却根本不提结婚的事。有人问他为什么总不结婚？他却半开玩笑半认真地说："同居的好处远非结婚所能及。它不仅有效地解决了爱和性的问题，而且不受婚姻的诸多束缚，可以有效避免婚姻破裂后给双方造成的巨大感情创伤和财产分割等方面的诸多麻烦。因此，同居是两性之间亲密关系走向的最佳选择和必然趋势。当然，同居也不能乱来，在同居期，绝不能与第三者有性关系，同时对生育后代必须持非常严肃负责的态度。"他确实是这么做的，并呼吁制定同居法。二是锋芒毕露，恃才傲上。据说现任总公司领导中他只佩服总经理周威，其余的他都没放在眼里，即使黄天强这位直接分管他的老资格的总公司常务副总经理，也不例外。他曾公开对黄天强在一些会议上的讲话评头论足，说黄天强缺乏战略眼光，是一个只会作秀的政客，根本不是一位能够纵横市场的金融家。黄天强对他很恼火，但周威和前任总公司一把手章志远却非常欣赏他。

周忻平也和芦万里握握手。周忻平和芦万里不熟。成显赫便对芦万里介绍道："这位是周忻平，北大博士，总公司人力资源部副总经理，郭福霖的副手。不过，虽为副手，其能力水平却远在郭福霖之上。郭福霖的大肚子中装的是阿谀奉承之词，而我们周总却是满腹经纶。"周忻平忙说："你小子就别总鼓励我了，人家郭总也是个人物。黄天强副总就很欣赏他。"成显赫不以为然地嘿嘿一声冷笑，又向周忻平介绍芦万里，说："这位姓芦名万里，军转干部，K市分公司副总。和你一样，万里也是一位能力出众的优秀人才。这次省、市公司合并，你们人事部得干点人事，别忘了给我们芦总扶正。"芦万里笑了，对成显赫道："你别为难周总。这年头，还是副职好，不用操心，也不用担什么大的责任。""非也。"成显赫指指芦万里、周忻平，又指指自己，说，"当今世界，舍我其谁！我们三位乃国泰三杰，未来的金融家，国泰要做大做强，不能没有成、周、芦！"周忻平道："我乃区区一小卒，何足道哉！国泰要做大做强，最关键的，还是总公司一把啊！"成显赫道："所言极是。所幸现在周威是一把。我回国后，对总公司领导层进行了认真的观察，我感到周威确实是真正的改革派，出色的金融家。周威主司，国泰必有大发展！"芦万里点点头，说："去年章总遭遇车祸去世，要是黄天强接班，国泰的未来就很难说了……"

去年夏天，德高望重的原国泰保险总公司一把手章志远，因南方几省突发百年一遇的大洪水，亲临现场指导基层查勘理赔，不想竟遭遇车祸。奄奄一息之际，他曾用自己的鲜血在汽车座垫上写下一个"冃"字，留下一个永远的谜。有人说，这不是"冃"字，而是个"月"字。章志远的女儿叫章小月，患有白血病。这几年来，章志远因为一心扑在工作上，很少有时间照顾重病住院的女儿，弥留之际，放心不下爱女且心中有愧，故写下了这个"月"字。但更多的人却说，以章志远一向把公司和员工放在第一位的秉性，这肯定是一个没有写完的周字，是他在生命垂危之际用党性和鲜血向党推荐周威任总公司一把手，因为人事干部出身的章志远最明白人才的极端重要性。他非常欣赏周威，并在周威身上倾注了很多心血。周威出身贫苦，起自基层，还在任国泰保险公司N省某市分公司总经理时，章志远就发现周威是位难得的帅才，柔中有刚，举重若轻，任人唯贤，廉洁公道，既有战略眼光，又很务实，而且心中始终装着员工，把公司经营得井井有条。于是章志远极力向总公司党委推荐周威，很快就破格将其提拔为N省分公司总经理。N省分公司原来是全国最后进的一个分公司，周威上任后，坚持以人为本，大刀阔斧搞改革，一心一意抓发展，当年便扭亏为盈，第二年便成为全国创利大户。于是章志远前年又力排众议，将其破格提拔为国泰保险总公司党委委员、副总经理，在总公司各位领导中排名第三，仅次于章志远、黄天强。章志远是想让周威接自己班的。他对当时的二把手、常务副总经理黄天强的印象不佳，认为黄天强虽然有能力，但喜欢作秀，作风霸道，听不进不同意见，所以他才临终写下血书。所幸的是，他因公殉职后，中央金融工委来考核总公司领导班子时，虽然有一些人认为周威到总公司任职才刚刚一年多一点，不符合上级规定的必须在某一岗位任职至少两年才能予以晋升的标准，黄天强也四处活动，但上级经过认真考核，还是从大多数人的希望出发，任命周威为国泰保险总公司党委书记、总经理，任命黄天强为国泰保险总公司党委副书记、常务副总经理。对此任命，黄天强心中不太平衡。虽然较之以前，他在党内的职务由委员升至副书记，也算进了一步，但他的目标是国泰保险公司党委书记、总经理，所以虽然表面上没说什么，但心中想法颇多，工作上也不太配合。

周忻平说："这次省会城市分公司与所在省、自治区分公司进行合并，中央金融工委和国务院的本意是要各国有保险公司按照经济、合理、精简、高效的原则，进行分支机构改革，改变按行政区划设立分支机构的状况。但因具体改革方案由各公司自己制定，因此改革的程度如何便很难说。咱们公司，谁知黄天强是啥想法，会不会积极配合周威，我们应该了解一下他的真实想法。否则，方案再好，他打横炮也不行。"周忻平因是人力资源部副总，因此是最先得知省、市公司即将合并这一准确信息的人员之一。于是他立即来找成显赫商量。他和成显赫是周威的左膀右臂。他知道周威虽然目前因参加中国保险监督管理委员会组织的一个学习考察团，正在国外的几个保险业很发达的国家考察，但回国后肯定会要他和成显赫起草省、市公司合并方案。他是位工作主动的人，喜欢将工作做在前面。但黄天强分管人力资源部和战略发展部，是自己的顶头上司，制定合并方案，难以越过他。

成显赫耸耸肩，说："你小子也学会揣摩顶头上司的心思看顶头上司的眼色行事了。但我认为不必唯黄天强的马首是瞻。在改革方面黄天强绝不会迈大步迈快步。我们不必先考虑他想怎么合。公司目前已到了不改革不大改革不快改革就无法生存发展的境地！我们应立即拿出一个大刀阔斧的能与国际接轨的改革方案来！"成显赫说到此，忽然将目光聚焦到芦万里脸上，说："万里，你是一位有思想有远见又了解省、市公司情况的人，如果让你当总公司一把，你准备怎么合？"

"可惜，我永远当不上总公司一把。"芦万里笑道，"不过，作为国泰公司的一员，我对这次机构改革，不仅从内心里拥护，而且认为改革的步伐应该更大一些，应该从战略的高度、从长远的角度来规划设计这次改革，彻底打破行政区域的界限，以保费高的一些大中型城市为中心设置分支机构。"

"英雄所见略同。"成显赫道，"我也认为，这次组织机构改革，应该彻底打破行政区域的界限，不仅省公司机关应与省会城市分公司机关合并，而且应该取消地市分公司这一管理层次，以保费高的一些大中型城市为中心设置分支机构，实行扁平化管理，为以后国泰重组改制上市打好组织架构基础。"

"我赞成！"周忻平说，"但我又不得不给二位泼冷水，第六感觉告诉我，我们公司的这次改革，很可能只是小改小革。"周忻平是位务实派。他知道，这次机构调整虽然只是国泰改革开放、走出困境的其中一步，但就是这一步，要迈好也很难，因为这牵涉到一些利益的调整和重新分配。

成显赫道："是有这种可能，但改革不能像小脚女人走路，必须大刀阔斧，有时甚至要不惜采用休克疗法，以解决体制、结构上的矛盾，求得经济上的长远有效发展。"

周忻平说："你说的有道理，但中国毕竟是中国，她不同于国外一些国家。"

成显赫道："什么中国不同于国外一些国家，其实是黄天强不同于真正的改革家、金融家。"说着，从抽屉里拿出一包软中华，打开，递一支给周忻平，递一支给芦万里。

芦万里说："我已经戒烟了。"芦万里以前抽烟，但烟瘾不重，而且只抽K市出的一种既经济又实惠的老巴夺烟。

周忻平接过烟，说："哟，还是成总厉害，什么时候又把硬盒改成软盒了。"

成显赫道："你小子别大惊小怪。我这软中华也不是下边送的，是我自己买的。我这抽屉里有发票。"成显赫虽然在性观念上比较开放，但在经济方面却一丝不苟，从不收下面送给他的烟。他抽的每一包烟，都是好烟，且都有正规发票。他重视生活质量，认为公民积极消费，可以促进国家经济发展。

周忻平笑了，说："在这方面，官员们要是都像你们二位就好了。"

成显赫道："是应该向我们学习。否则任由腐败滋生，不仅会毁掉改革成果，还会亡党亡国。"成显赫最近刚刚加入了中国共产党，他的入党介绍人是周威和周忻平。他虽然很傲，但对周威和章志远却佩服得五体投地，认为这二人才是真正的共产党领导干部。成显赫回国后，对国内的快速发展赞赏有加，却对腐败非常看不惯，他觉得中国在反腐败方面应该认真借鉴西方发达国家的经验。成显赫说："我在芬兰时曾故意开车超速'以身试法'，被交警拦下后'行贿'，但试验几次，警察都拒绝受贿。其原因就是芬兰法律禁止公务员收取任何礼物，包括高级餐厅的宴请。此外，芬兰税务部门会跟踪记录官员家庭收入和财产状况，所有人的大宗开支都是透明的。咱们国家官员包括国企领导人的收入也应该完全透明，使每位公民都有机会监督官员的工作和收入，这样才能根除社会的腐败。"

"我也有同感。不过月亮也并非总是外国的圆。我国在反腐方面也有很多好的传统和好的做法。"芦万里说，"我相信，随着体制机制改革的不断深入，随着各项反腐制度的不断健全，随着监督力度的不断加大，滋生贪官的温床会越来越小！"

成显赫笑起来，说："万里，你说你不想当一把，我看你这话却非常像一把在做报告。"周忻平说："有些像省委书记。"

芦万里也笑了，说："还真让你们说对了。这话是我们D省省委书记李文超在一次加强廉政建设的大会上讲的。不过，我们李书记绝不是讲大话、空话。此人出生于贫困山区，务过农，做过工，非常熟悉基层，颇有平民情结，不仅以身作则很廉政，而且扎扎实实抓发展，老百姓都叫他李青天、李发展。"

成显赫说："但愿领导干部都像李文超、章志远和周威！"

第二章　幽会

国泰保险 D 省分公司副总经理俞飞石正在和情人方菲幽会时，手机忽然也亢奋起来，不识时务地唱起了进行曲。

俞飞石只得放慢节奏有些扫兴地瞪了手机一眼。手机别在俞飞石昂贵的名牌休闲裤上，休闲裤早已脱下放在离华丽的席梦思床五米多远的高档沙发上。以前，俞飞石每次与方菲幽会，都是将手机闭了的，为的是防止干扰，影响激情。俞飞石非常珍惜与方菲幽会的分分秒秒。他喜欢方菲。虽然俞飞石拥有五朵金花，但方菲无疑是他最宠爱的一朵。方菲是典型的混血儿，大概是因为其先辈具有俄罗斯血统，再加上美丽的中俄界江的滋润，方菲不仅丰满匀称，而且颇具俄罗斯姑娘的风采和神韵，那双又大又亮微微发蓝的眼睛，总在"啪啪"地放电，皮肤更是细腻白嫩犹如塞北的雪。俞飞石是位走南闯北阅读过不少女人的人，但方菲却是他所见过的女人中最冷艳妩媚最难以控制最令他激情澎湃的女人。方菲知道，在像俞飞石这样有权有势的男人身边，总围着一群趋之若鹜的女人，要保住在俞飞石心目中的首宠地位，不仅容貌要始终美丽，而且在性爱方面要不断创新，不断激发俞飞石的欲望，使他永远有一种新鲜感。

为此，方菲采取了一些独特的且被实践证明非常有效的战术。她天天给俞飞石打电话，有时甚至一天几个电话，一聊就几个小时，问寒问暖，如胶似漆，似乎时时都在与之进行心与心的交流，使俞飞石时刻听见她的心跳，时刻感到她就在他身边。但另一方面，却有效地控制与俞飞石幽会的次数，把幽会的次数控制在每月最多两次。当然，特殊情况下，如俞飞石生日、有什么特殊的喜事时，她也会破例送给俞飞石一份厚重的特殊的礼物，但总的来说，她是严格控制幽会次数的。她知道，对男人来说，越是轻易得到的东西，越不珍惜，所以即使俞飞石有时非常急于要见她，要与她幽会，甚至以总经理的口气求她、命令她，她也绝不就范。由于保持了一定的距离，又不最终使俞飞石绝望，冷热适度，刚柔相济，所以极大地激发了俞飞石的相思之情和不断要征服她的欲望，而一旦俞飞石被召来征服，她便会像一头温驯有加激情无限的羔羊，充分运用自己的美丽和高超的性爱技巧，使俞飞石每次征服的过程，都有刚当新郎初见处女地的新鲜，都有美妙绝伦极度销魂的享受，并由此产生更加强烈的再一次征服的欲望。所以俞飞石特别重视与方菲幽会的质量，只要一到幽会时间，俞飞石便立即将手机关闭，在这期间即使天塌下来，即使总公司领导找他有事，他也不会开机。

但这一次他却没有闭机，倒不是他不想闭机，而是方菲没有让他闭机。方菲是个敏感的女人，凭着她敏锐的据说是百分之百准确的直觉，她发现俞飞石正把目光移向另一个女人。

这位女人叫林青青。

林青青长得和她的名字一样富有诗意。亭亭玉立的身材，白净的鹅蛋脸，层次分明的双眼皮下，一双明眸善睐的丹凤眼，显得非常清丽怡人。但方菲恐惧的并不是林青青那种典型的东方美，而是林青青那双聪颖亮丽的眼睛中放射出的高雅气质，那种光芒四射无时不在的气质，那种男人一见便会心灵震撼便会不惜一切追求的气质，所以方菲在见到林青青的第一天便知道自己遇到了劲敌。虽然以美貌论，她感觉自己与林青青各有特色不相上下，但从学历、才识、气质看，她比林青青则差了一个层次。她虽然也是大学本科，但她的那个大本和俞飞石的一样，都是靠党校函授靠打小抄送礼品换来的，与林青青北大中文系硕士研究生的证书相比自然含金量少了许多，所以林青青的到来，使方菲立即有了一种危机感，特别是在她亲眼看见俞飞石窥视林青青时那种火辣辣的如火如荼的内涵丰富且又十分迷醉的目光后，她的这种危机感便更加强烈。她熟悉俞飞石的那种目光。那种目光是一种猎人要捕获猎物的目光，虽然由于她的在场，那种目光稍纵即逝，但她还是凭着直觉敏锐地捕捉到了，并读出了其中的密码其中的企求。俞飞石文化水平不高，充其量不过"文革"前的初一水平，但俞飞石很仰慕有知识的人，尤其年轻漂亮的知识女性。有一次俞飞石与方菲做爱时，就曾说你方菲要是正规院校毕业，要是也是硕士就好了，那样咱俩就可以互补。她知道他的互补的含义，气得她当时就一挺十分性感的臀部和白嫩的腹部，把个正在兴头上、正在做机械动作的俞飞石，从她晶莹如雪的身体上掀了下来。但她知道这一掀，虽然使俞飞石不敢在她面前太放肆，却难以阻止俞飞石内心对漂亮的知识女性的仰慕。林青青的到来，无疑会唤起俞飞石心中那种暂时冬眠了的仰慕。

俞飞石是那种一旦仰慕便会爱慕便会为达到目的不择手段的猎色高手，所以深知俞飞石德性的方菲立即加强了防范。特别是在俞飞石把林青青安排在K市分公司总经理办公室当秘书之后，方菲更是如临大敌般提高了警惕，除为了拢住俞飞石，适当增加了与俞飞石幽会的次数外，每次与俞飞石幽会，她还要旁敲侧击含沙射影且不让俞飞石关闭手机。即使后来俞飞石调任D省分公司专职副总，不再兼任K市分公司总经理，她也仍然保持高度警惕。她想通过手机获取俞飞石与林青青之间往来的信息，哪怕只是蛛丝马迹。

222

手机还在坚持不懈地响着，一股不接电话不罢休的劲头。

"真他妈讨厌。"正在亢奋中的俞飞石骂了一句，决意不接电话，并随之加快了进攻的节奏。

"快接！"正沉浸在欢乐之潮中的方菲，却睁开了微闭着的双眼，她担心这个电话可能是林青青打来的。

俞飞石只得很不情愿地下了床，光着身子，拿起手机，方菲也立即半坐半倚像只猫似的竖起了耳朵。

电话是总公司刘天骄打来的。刘天骄说："俞总，我向您报告一个小道消息。据我在中国保险监督管理委员会工作的一位同学说，省、市分公司合并的文件已经国务院正式批准，很快便要下发实施了。"

刘天骄的话还未完全说完，俞飞石的那个骄傲，便像霜打了的茄子般奔拉下来。刘天骄是总公司党委副书记、常务副总经理黄天强的秘书，刘天骄虽说是小道消息，但这个年代，小道消息大多是从大道来的，而且比大道来得更迅速更具体。

俞飞石再也无心恋战，穿上衣服便往外走。

第三章　凤凰涅槃

晚上七时半，周威从国外考察归来，一下飞机，便风尘仆仆地赶回了国泰公司总部办公室。

国泰公司总部位于海淀区的一幢小写字楼内。写字楼是租赁的。几年前，黄天强和国泰公司总部的一些人，鉴于住在此写字楼内总有一种寄人篱下的感觉，加之有的国有银行总行也新盖了气派的办公楼，便建议当时的一把手章志远也建一幢总部办公楼。章志远不同意，说："咱们公司历史包袱很重，基层很多支公司营业用房十分紧张，基建指标又有限，咱们要先基层后总部，总部要带头过紧日子。"后来，章志远突遭车祸去世，作为主管行政等日常事务的常务副总，黄天强又把建总部办公大楼提到了议事日程上。他认为章志远的观念太陈旧。办公楼的气派与否，直接关系新时期公司的外在形象。作为中国保险业中一个举足轻重的大公司，怎么能没有自己的办公大楼呢？况且总公司不少干部员工也有此呼声，于是便又旧事重提。但周威仍然不同意，说："我夫人是搞建筑的，我请她算了一下，目前，在北京建这样一幢办公大楼至少需要二十个亿。现在公司资金这么紧张，通过其他途径筹钱又违规。咱们还是等几年再说吧。"

周威的办公室不大，使用面积仅二十平米，屋内的陈设也很简陋，但却布置得很有品位。一面墙上挂着中国地图和世界地图，另一面墙上挂着周威亲自书写的西安碑林刻录的一则明代官箴："吏不畏吾严而畏吾廉，民不服吾能而服吾公。廉则吏不敢慢，公则民不敢欺。公生明，廉生威。"周威的草书，流畅自然，气势磅礴，凡目睹者都曰：字如其人。

周威坐下，开始签批公文。

周威的工作节奏很快，工作效率也很高。据说，周威调到国泰公司总部任职后，有一次带领几位同志去四川的一个县支公司调研。车开到离该支公司约两里地时，突然发生故障趴窝了。陪同调研的四川省分公司的一位副总拿起手机便要给支公司打电话，让他们派车来接。周威却说："基层车辆紧张，又正是通勤时刻，就不要打扰他们了。这也不远，咱们走着去，权当锻炼身体。"说着，下车就走。他走路步伐很快。除了秘书王长永，其他几人必须小跑才能跟上。这可苦了其中一位女士。这位女士因穿着一双漂亮的高跟鞋，没法走快，很快便落下一截。虽然周威让她不要着急，并派王长永陪着她走，这位女士还是心有歉疚。从此后，凡跟着周威下基层的女士都不敢再穿高跟鞋。周威不仅走路快，吃饭、开会也快。他下基层，严禁高规格接待，都是在食堂和员工一起就餐。他不喜欢开大尾巴会，不喜欢讲大话、空话、套话，讲话稿都是自己动手，且常常脱稿演讲。工作雷厉风行，要求当日事当日毕。工作标准也高，以追求完美著称。在他手下工作，虽常常加班加点，但大家却心甘情愿。

周威拿起了中国保险监督管理委员会来的一份机密公文。这正是大家传言已久的那份公文。该公文要求国泰等几家国有保险公司按照中央金融工委和保监会党委的要求，改变按行政区划设置分支机构的状况，对省、市分公司进行机构改革。

周威仔细地阅读了两遍文件。这一段时间，他利用在国外学习考察的机会，更深入地思考了国泰的改革和发展。

国泰公司是一个老牌保险公司。由于其体制机制不能适应市场经济发展的需要，加之历史包袱沉重，公司经营一直举步维艰。周威认为，二十一世纪前二十年，将是中国和世界发展史上的一个关键时期。市场体制成为全球经济运行的基本模式。人类社会开始进入全球化、信息化时代。全球化和信息化将现代金融企业竞争与合作的版图扩大到全世界，深刻改变着金融业的运行和发展规律，赋予金融业崭新的运行模式和发展内涵。在这样一种新形势下，国泰唯有从体制机制上进行凤凰涅槃式的改革，顺应经济全球化和信息化的浪潮，才能获得新生。为此，国泰公司应实行三步走战略：第一步，用二至三年时间，完成国泰公司的重组改制和海外上市；第二步，用五至七年时间把国泰建设成主体多样、功能齐全、实力雄厚、竞争有优势的综合性、多元化国际金融集团；第三步，用八至十年时间，把国泰金融集团打造成全球五百强企业。现在中央金融工委要求国泰公司改变按行政区划设置分支机构的状况，对省、市分公司进行机构改革，虽然这只是整个改革的序幕，但意义重大。国泰公司应该把它放在整个改革的战略高度，把这次改革搞好。

周威立即给秘书王长永打电话，让他通知总公司计划统计部总经理陈先锋和成显赫、郭福霖、周忻平，立即到周威办公室。他想先找公司几位智囊性人物开个小会，理一理思路，搞一搞调研，拿出一个可行性方案，然后再上党委会议定。

四人很快便来了。

成显赫摸摸口袋，冲周忻平、郭福霖说：“糟了，刚才走得急，忘记带烟了。你们谁有，支持一下。”郭福霖、周忻平摇头。郭、周平时都抽烟，但二人知道周威已戒烟，所以只要周威在，二人便不抽。只有成显赫敢在周威面前抽烟。

周威笑了，从办公桌里拿出一条软包中华，打开，分别给了成显赫、郭福霖、周忻平每人一包，说：“这是在上海工作的一位大学同学上个月给我的，他不知道我已戒烟，硬要给我，说是他们厂子生产的，正宗。你们几位烟鬼品一品。”又把剩下的递给王长永，说：“这七包，你拿回办公室，留着招待客人。”周威是位律己很严但又比较有人情味的领导。他从来不收受任何人的钱物，但对朋友同事间正常的不违背原则的礼尚往来却并不排斥。比如，他抽烟时，有时候朋友送他一条好烟，他会收下，但过几天，他会变着法子把这人情还了。这一点，周忻平体会很深。周忻平刚到公司工作时，正赶上周威的母亲病重住院。周忻平去看望时，留下了一个信封。周威打开，一看是两千元，便赶快拉住周忻平，说：“咱们都是工薪族，你挣点钱也不容易，我不能收这么多。”说着，从信封里抽出两张一百元的钞票，说：“这两张我留下，其余的你拿走。”周忻平当时便感到这位领导既讲原则又很给面子，心中暖乎乎的。

周威说：“最近，中央金融工委和保监委已经下发文件，要求我们改变按行政区划设置分支机构的状况，对省、市分公司进行机构改革。但中央金融工委和保监委提出的只是一个原则要求，具体怎么改，上级把这个权力下放给了我们。我们决不能辜负中央金融工委和保监委对我们的信任和期望，必须紧密结合我公司实际，制定出一个有利于公司长远发展的既具有前瞻性又切合司情的改革方案，报保监委审批后实施。今天，我把各位找来，就是要商量一下改革方案的制定工作。”

郭福霖道：“关于省、市公司合并，我建议借鉴一下几个国有银行改革的做法，因为他们已经先行了一步。”郭福霖边说边用两眼的余光看了看周威。

周威很认真地听着。周忻平、成显赫也很专注地在听。郭福霖是黄天强所信任和倚重的人，周忻平想从郭福霖的发言中听出黄天强的声音。

郭福霖继续说："银行的改革有两个版本。一个版本是将省会城市分行改为省行营业部，其他基本不变；另一个版本是彻底撤销省会城市分行机关，由省行直接管辖原省会城市分行所辖的各支行。"

周忻平问："郭总，您是老保险，对咱们公司的情况非常熟悉，您认为这两个版本哪一个对我们更有借鉴意义？"

郭福霖模棱两可地说："这两个版本各有利弊。"

陈先锋说："我比较倾向于第一个版本。总公司的利润有五分之二来自于各省会城市分公司，如果彻底撤销省会城市分公司，咱们今后的利润计划很可能完不成。另外，保险和银行确实不一样，至少在目前，保险还离不开政府的大力支持。"

成显赫不同意，说："改革不能不痛不痒。大家都知道，随着世界经济一体化进程的加快，国际化竞争已成必然。外资保险公司和国内一些股份制保险公司在组织架构、人才战略、激励机制等方面的优势已对我公司形成巨大压力。我们面临的是全新的竞争和全方位的挑战。面对压力与挑战，我公司必须顺应时代潮流，大力进行体制机制改革，提高核心竞争力。因此，我反对第一个版本。对于第二个版本，虽然改革力度比第一个版本大，但我认为仍不能适应形势对国泰公司改革的迫切要求。我国现行的行政体制是国务院、省、地、县，我认为地区可以取消，由省直接管县。由此，我们国泰不仅省公司机关应与省会城市分公司机关合并，而且应该取消地市分公司这一管理层次，并彻底打破行政区域，以保费高的一些大中型城市为中心设置分支机构，比如广州、沈阳、苏州等，可设置分公司，然后，在这些分公司下再设置一些中心支公司，向保费规模较高的县（市）、区辐射，实行完全打破行政区域的总公司、大中型城市分公司、中心支公司三级管理体制，这不仅可以大量节省成本，提高效率，而且可以为以后国泰改制上市，更好地参与国际化竞争打好组织基础。"

周忻平说："关于机构改革，我考虑，可以有三种改法。第一种是小改，取消省会城市分公司的一些特权，将市公司置于省公司的旗帜之下，并将省、市公司机关的人员各精简一些，其他均不变。第二种是中改，就是撤销省会城市分公司机关，将市公司的各区、县支公司完全置于省公司的直接领导之下，实行省直管原省会城市分公司所属的各区、县支公司，同时对设在同一城市的地级和县级公司进行合并。第三种是大改，就是显赫说的，彻底打破行政区域的界限，实行总公司、大中型城市分公司、中心支公司三级管理体制。"

周威点点头，问："你能不能具体说说这三种改法的利弊？你认为哪一种改法更适合司情，更有利于公司发展？"

周忻平说："我还没有考虑好。"

周威说："这样吧。我们再下去搞搞调研。陈先锋、周忻平一组，先去几个国有银行详细了解一下他们机构改革的情况，然后再到中西部各找一个有代表性的省分公司搞一点调研。我、成显赫和郭福霖一组，到沿海几个有特点的省，认真地听听基层关于机构改革的意见。然后我们再有的放矢地制定改革方案。"又说："明后天是双休日，各位就别休息了，辛苦一下，等合并胜利完成之日，我请你们喝庆功酒。"

大家都笑了。

第四章　欲望大厦

俞飞石回到了愈旺大厦。

俞飞石在任D省分公司专职副总前，曾兼任K市分公司总经理。愈旺大厦是他兼任K市分公司总经理时的得意之作。

愈旺大厦位于金融大街158号，北邻风景秀丽的星花江，西邻熙熙攘攘的步行街，是K市最繁华的黄金地段。改革开放后，D省和K市政府为了将K市建设成东北亚国际金融中心，在这里投入巨资，打造金融一条街。很多银行、保险公司、证券公司见此商机，立即蜂拥而至，纷纷在此设立分行或分公司，一座座大楼拔地而起。其中最著名的有人民银行的金融大厦，工商银行的融府大厦，中国银行的华融大厦，建设银行的汇融大厦，农业银行的集融大厦，证券公司的风云大厦，以及国泰K市分公司的愈旺大厦等。时任K市分公司办公室副主任的文非凡曾对金融大街做过一个总结，说，金融大街有八最：天空最蓝，地皮最贵，大楼最高，街道最宽，风水最好，富豪最牛，女士最靓，金融家最多。因此，位于金融大街中心处的愈旺大厦便成为俞飞石永远的骄傲。他常为自己能在好几个单位的激烈竞争中从政府主管土地规划的副市长手里拿下这块风水宝地而自豪，并亲自为这幢气势不凡的高楼取了一个春风得意的名字——愈旺大厦。俞飞石是个很迷信的人。此地他曾请K市最具盛名的风水先生看过。风水先生说，这个地段不仅旺司，更重要的是旺主。于是他便取了愈旺大厦这个名字。自己姓俞，俞愈谐音，且自己又是这座大楼的最高长官，他希望公司在自己领导下愈来愈兴旺，也希望自己的财运、官运、桃花运愈来愈兴旺。并特意让马驰找广告公司，花了几十万元，将"愈旺大厦"四个字做成金光闪闪的镀金牌匾，高悬于大厦顶端，连同气势不凡的大厦一同成为星花江边最亮丽的风景之一。但不知为何，愈旺大厦在K市分公司乃至公司外许多人嘴里却成了"欲望大厦"，一方面是谐音所致，另一方面却是缘于文非凡等几人的一次玩笑。

那是大楼建成之初，文非凡与时任K市分公司货物运输险处副处长郝运、市公司系统工会办公室副主任朱向军一起喝酒，庆祝办公楼搬迁。酒过三巡，一向对俞飞石怀有成见的郝运说道："俞飞石为这楼取名'愈旺'，我看并不好，很容易使人想起'欲望'。"

朱向军笑道："你小子狗胆，竟敢否定我们俞总。不过，'愈旺''欲望'，不看字确实也分不清。"

文非凡道："我看写成欲望大厦也不错，谁心中没有一座欲望大厦？凡人有，领导就没有？干脆把人性赤裸裸地暴露出来，何必遮遮掩掩，既要当婊子，又要立牌坊。"

朱向军笑道："我们还是要加强精神文明建设。欲望是一个万恶的魔鬼，可以使你坠入无底的深渊，身败名裂。"

已喝高了的文非凡说："你他妈别装。欲望还是一位美丽的天使呢！比如说士兵想当将军，是不是欲望？但这种欲望可以驱使你奋斗，让你收获成功的喜悦。"

郝运说："我赞成改成欲望大厦。非凡兄说得对，每个人心中都有一座欲望大厦，无论凡人伟人，而且从小就有。比如说，小孩一出生就要吃奶。而且随着年龄增长，各种各样的欲望也越来越多，如影随形，挥之不去，伴其一生。"

朱向军道："我和你俩开个玩笑。既然你俩都认为要改成欲望大厦，我也拍双手赞成。并且提议，干脆把楼层也按人的欲望进行命名，别叫什么一层二层的，既俗又无新意。"

郝运赞道："妙！但要给楼层命名，你我才力恐怕不够，只得请非凡兄了。"

文非凡将杯中酒一饮而尽，说："古人有六欲说。《吕氏春秋·贵生》中讲，'所谓全生者，六欲皆得其宜也。'高诱注以为是生、死、耳、目、口、鼻之欲，佛家为色欲、形貌欲、威仪姿态欲、言语言声欲、细滑欲、人想欲。我以为欲望分上中下三六九等。上为善，中为常，下为恶。下欲即贪欲，乃恶人所欲，不宜用来为楼层命名。中欲为正当的欲望，乃常人所欲，所谓食色，性也，命名具有普遍意义。上欲为善欲，乃君子所欲，命名更具导向性。"

郝运道："那就依兄所言，以中欲上欲来命名。"

文非凡道："首欲为生，末欲为死。人首先要解决生存问题，生存又得解决衣食住行问题，衣食住行档次又不一样，亦可分上中下三六九等。比如吃饭，饥饿中人，只要有吃的，糠菜亦可，但已经能吃饱的，就要追求吃好吃少。"

朱向军道："吃少是啥意思？"

文非凡道："吃少，并非单指数量，而是指要吃世界上珍稀罕见之物，如鲍翅、燕窝、熊掌、飞龙等。所以在食欲方面可分三等：吃饱、吃好、吃少。"

郝运道："那也不能将楼层命名为吃饱、吃好、吃少呀。"

文非凡笑道："可以这样，一楼曰稻香村。金浪滚滚，五谷飘香，吃饱自不成问题。二层曰海鲜楼，因为要吃好，目前非海鲜不上档次。至于吃少嘛，前面已说过，非珍稀之物不可，故三层可命名为珍稀城。"

郝运将酒又一饮而尽，说："太好了，那么四、五、六层可依行命名。古时候，能有一匹马就不错，故四层可命名为赤兔，'人中吕布，马中赤兔'嘛。现在呢，人人追求轿车，俞飞石视奔驰为骄傲，可将五楼命名为奔驰，但愿你我不久也有一辆奔驰。将来呢，大概人人都得用专机。"

文非凡道："那就将六层命名为空军一号。空军一号，美国总统之专机也。"

朱向军说："七、八、九层，以住命名，我看七层就叫陕北窑洞，最低要求且有革命意义。八层叫北京四合院，有中国特色且比窑洞强多了。九层叫大款庄园。"

文非凡道："好是挺好，只是有些太直露，我看七层可叫小洞天，八层可叫四合院，九层呢叫夏威夷庄园。"

朱向军、郝运齐称妙。又讨论十层、十一层，郝运说："这得以性来命名，性乃人之本性，也是人的主要欲望之一。别看平时人们遮遮掩掩，犹抱琵琶半遮面，但一旦色欲爆发，则如大江奔腾，势不可挡。美国总统克林顿还常犯拉链门之错误。所以爱情乃古往今来小说戏剧创作之永恒主题，但要据此命名楼层，却也难。"

文非凡道："人在这方面的本性是求靓求新求多，所谓外面彩旗飘飘，家里红旗不倒，就是这个本性生动之写照。"

郝运道："那就命名为靓妹城、帅哥楼。"

文非凡道："我看还是这样命名，十层命名为温柔之乡，这样含蓄些，十一层命名为维纳斯多，取美人多多益善之意。"

大家哈哈大笑，又连喝两杯，郝运已有六七分醉意，不知联想起什么，说："美人再靓再多，你无权无势谁找你？我有一个朋友酷爱美人，他曾改过一名人的诗，说：生命诚可贵，江山价更高，为了美人故，两者皆可抛。我不同意，我说，应这样改，生命诚可贵，江山价更高，为了美人故，两者不可抛。你不坐江山，谁爱你？比如说俞飞石吧，没有总经理的座椅，方菲那美人能去投怀送抱？我说，非凡，就这点，我就替你抱不平。"

郝运抿了一口酒又对朱向军道："还有你，总恋着'月经'，可人家'月经'对你却不屑一顾，为什么，还不是因为你没有大背景，假设你爸是省委书记，比孙震滨官儿大，你看'月经'见你时还会不会总仰着个头，一副打鸣的母鸡扬脖挺胸盛气凌人的样子！"

朱向军叹口气，骂道："妈的，你别哪壶不开提哪壶。"

文非凡心中也很伤感，但言词却还清醒，忙说："不谈政治，也不谈女人，咱们还是命名，现在就以官职论。咱们中国，历来官本位主义。据说美国，一流人才都去办公司，可咱们这里，一流、二流甚至末流都想当官，且越大越好。这便是权力欲。英国哲学家罗素在《权力论》里说，权力欲是人的本性，他还认为，人对经济的需求尚可得到满足，但对权力的追求则永不满足。所以很多人当了处长还想当厅长、省长。想当年，林彪贵为中共中央副主席，党章明文规定为接班人，可他还想政变，为什么，不就是想早日成为中国大官之最？这样的野心家难道咱们公司没有？"

朱向军知道文非凡虽说不谈政治，但矛头亦指俞飞石，忙岔开，说："古时官职有七品、六品…一品等，我看十二层就叫七品楼，其他楼层依次向上叫。"

文非凡说："不好，封建色彩太浓。现在的一些腐败分子，如成克杰、胡长清之流，胡作非为，严重败坏了党的形象。广大人民对此深恶痛绝。因此，还是以清官命名，反映一下全国人民的希望。我想，十二层命名为裕禄居，县委书记焦裕禄可是人民的好书记；十三层呢，就命名为恩来坊，周总理是大官，又是清官。"

朱向军最崇拜周总理，忙鼓掌赞成。

郝运道："现在有句俏皮话，叫高职不如高薪，高薪不如高寿，高寿不如高兴。对此，我不太同意。我认为这是高职高薪者在作秀。目前，中国人的第一欲望是什么，不就是高薪嘛！钱挣得越多越好，腰包越鼓越好。古人云：'人为财死，鸟为食亡。'这话一点不假，你看眼下中国，谁不在为发财忙碌？什么经商热、房地产热、炒股热、炒房热、彩票热，一浪高过一浪，哪样不是为了一个钱字？"

文非凡道："那就以钱来命名，先小富再大款，然后向世界首富进军，依此，十四层叫富式楼，十五层叫款式楼，十六层呢，叫盖茨楼，比尔·盖茨，世界首富也。"

朱向军道："好，欲望大厦一共十七层，就剩最后一层了。"

文非凡说："人的欲望其实是无止境的，恶欲无止境是深渊，善欲无止境是高尚，常欲无止境是极乐世界。咱们都是常人，十七层就叫极乐世界吧。"

众皆曰善，又饮了几杯，都十分醉了，便散了，但以欲望命名的这些楼层名却连同"欲望大厦"四个字一起在 K 市分公司和社会上流传开来，大家都引为笑谈，但俞飞石却气得七窍生烟，专门开会将文非凡、郝运、朱向军批了一通。

俞飞石打电话让马驰速到他的办公室。

俞飞石的办公室还是他兼任 K 市分公司总经理时的办公室，只是比以前略小了些。当年，他的办公室非常豪华气派。一进门是一间会客室。原来俞飞石是准备把它用作秘书室的。当时的市公司办公室主任马驰说，南方不仅外企老总甚至有的国企老总也安排一位女秘书在外间办公，替老总挡一挡那些不想见的人。俞飞石感到马驰这个建议很好，大楼施工时便也如此设计，并安排方菲在这儿工作了几个月。谁知北方毕竟不同南方，群众反应颇大，说国企不是外企，增设秘书挡驾虽然挡住了一些外人，但也挡住了群众，成了隔在领导和群众中间的一堵墙，甚至说俞飞石安排方菲在同一办公室办公，主要是为了看着方便搂着方便屁股朝天方便，门儿一关谁知二人在里面干什么勾当，并作为一条沉甸甸的罪状亮晶晶的绯闻反映到了总、省公司，气得俞飞石好一顿拍桌子骂娘。但总公司监察部和省公司一把手朱大捷也认为不妥，于是俞飞石只好将秘书室改成了会客室。

会客室里面是两个套间。中间的大套间是俞飞石的办公室。办公室有六十多平米，不仅宽敞明亮，而且装修高档。所有设备如地毯、沙发、空调、写字台全是从国外进口的，就连盆景也是摆的外国名花。灿烂的阳光从窗口射进来，一副春意盎然的样子，使人一进门便能感受到国泰公司的实力，呼吸到国泰主人的气派和豪华。最里间是一间卧室。俞飞石有午休的习惯，所以马驰特意为他设计了这间卧室并做了精心的布置，富丽堂皇之程度绝不亚于五星级酒店的总统套房。本来俞飞石不兼任 K 市分公司总经理后，就应离开这个办公室。但偏偏那年国泰分公司实行产寿险分业经营，于是原省、市分公司都一分为二。由于机构分设后办公用房紧张，原省公司大楼便给了分设后的寿险省、市公司，而愈旺大厦便成了分设后的产险省、市公司办公楼。俞飞石不兼任 K 市分公司总经理后，也曾想把这个愈旺大厦中最大最豪华的办公室让给省公司一把手朱大捷，但朱大捷不要，说："我这小屁股坐不了那么大的办公室，还是你继续用吧，免得再搬来搬去的。"

马驰急忙赶到了俞飞石办公室。马驰五十来岁，中等身材，方脸浓眉，脑门微秃，现任省公司保卫处处长，是俞飞石的心腹高参。俞飞石任K市分公司总经理时，他曾任市公司办公室主任。马驰是后勤出身，只懂得吃喝拉撒睡，既无理论功底，又不能写文章，照理说，马驰当办公室主任是相当不称职。但马驰有个最大的特长，就是善于领会领导意图，善于为领导服务。他能译解领导的每一个眼神，每一句话后的真正含义。他不仅知道领导爱吃什么佳肴，爱穿什么名牌，有什么业余爱好，而且知道领导的爱人、情人及其子女的爱好，甚至连她们的生日也记得清清楚楚，并能把她们伺候得舒舒服服。文非凡曾说过一句入木三分的话，说："马驰是位和珅式的天才，不仅精通孙子学说，还精通老子学说。"言外之意是说马驰既能当孙子又能当老子，在领导面前，在领导的爱人、情人和孩子面前，他是卑躬屈膝的孙子，但在群众面前，他却是盛气凌人的老子。

俞飞石对马驰说："不知你听到没有，省、市公司要合并了。"马驰摇摇头，说："前一阵子总公司黄总的秘书刘天骄不是还说，黄总等人不想合并，想再向上反映一下，怎么变得这么快！"俞飞石说："这是国务院和中央金融工委的决策，看来，总公司也顶不住了。"马驰说："顶不住也好。虽然省、市公司合并对一般人来说可能并不一定有利，但对俞总您来说，却可能是一次难得的机遇。因为省、市公司要合并，省公司领导班子肯定要重新配备。现在朱大捷已患胃癌，据说已是中晚期，即使手术成功，恐怕也难以承担省公司主要领导的重担了，况且他性格又倔，有时抗上，负责联系咱们D省分公司的总公司常务副总黄天强很不得意他。我估计，这次合并，他肯定要下。他一下，省公司这头把交椅就非您莫属。因为您在省公司班子里排名第二，能力又无人能出其右。"

俞飞石笑了，说："不还有市公司翁笑天吗？"马驰说："翁笑天都五十五六了，这么大年龄了，还想去占着茅坑不拉屎？"俞飞石说："不要乱说。我可没有那个想法。"

马驰说："俞总，我知道您没那个想法。可是这省公司一把手非您莫属，因为您当一把是事业发展的需要，也是群众的呼声。您有能力有魄力有魅力，而且开拓进取富有创新精神，不仅精通业务，还善于处理各种复杂问题，不仅有机关工作经验还有基层经验，您不当一把，咱们的事业可要受大损失。"

俞飞石听得舒服，说："这件事也不仅仅决定于能力。"马驰心领神会，忙说："当然，最关键的还是上层。所以，我建议您抽个机会去京城走一走，该打点的地方都打点一下，特别是总公司领导和那些关键部门的关键人物。"

俞飞石心里赞同，嘴上却说："这好吗？"马驰说："现在都这样。再说打点上面，也是为了咱们K市分公司，又不是为了您个人。"俞飞石说："那你就跟我走一趟吧。"

马驰说："行，我负责具体办，一定把它办好办到位。不过，咱们去北京最好带位女同志。方菲与上层挺熟，又善于公关，她去，准能把那些头头脑脑都请出来。"

俞飞石道："你考虑挺周到，那就让方菲一起去。你马上通知方菲，让她做好准备。但一定要注意保密。"马驰频频点头，说："咱们分开走，对外就说去南方学习考察。"

俞飞石问："其他还有没有什么事情？"马驰说："历史的经验值得注意。以往，一到要动班子，便会有人搞小动作，给总公司写匿名信啊，在群众中乱造舆论啊，等等。现在到了省、市公司合并这样的关键时刻，一些人肯定会蠢蠢欲动，我们必须高度警惕。比如说，郝运、文非凡、朱向军就是不稳定因素，特别是文非凡。"

马驰和文非凡都是从市公司办公室调到省公司的。当年在市公司时，马驰任办公室主任，文非凡任副主任。文非凡是位才子式的人物，一向看不起连小材料也不会写，只会阿谀奉承的马驰。特别是方菲到办公室工作后，马驰想方设法为俞飞石和方菲创造单独在一起的机会，使得也恋着方菲的文非凡更是心生不满，并表露了出来。结果俞飞石大怒。于是，在方菲被派到西岗支公司任主持工作的副总不久，俞飞石便又要将文非凡也下派基层锻炼，不过文非凡所去之地不是全市最大也最有发展前途最有油水的西岗支公司，而是全市最小最后进的庆县支公司，职务也不是主持工作的副总，而是工会主席。文非凡自然不想去，便去找朱大捷。朱大捷了解文非凡，便说：

"你下基层，确实不能发挥你的特长。这样吧，你到省公司办公室来当副主任吧，省公司办公室目前的文字力量正好比较弱。"于是，文非凡便被调到省公司办公室任副主任。但令文非凡没有想到的是，他调到省公司不久，俞飞石便被免去了兼任的K市分公司总经理职务，回到省公司任专管副总。俞飞石调走后，接任者是翁笑天，翁笑天与俞飞石一直水火不容，作为俞飞石心腹的马驰自然难以在市公司立足，俞飞石便几次向朱大捷建议，想把马驰调来任省公司办公室主任。马驰自然求之不得，虽然省公司办公室主任和市公司办公室主任都是正处级，但省公司管辖十几个地市分公司，地盘儿大，职务的重要性和含金量自然也大。遗憾的是朱大捷认为他不仅不适合任省公司办公室主任，还将其市公司办公室主任一职也免了，调任省公司保卫处处长。他心中很不平衡。他想把文非凡赶快赶走，好重回办公室。今天，他又抓住时机参了一本。

俞飞石说："文非凡看来真不适合机关工作。"马驰说："上次想让他下基层，结果他跑了。这次省、市公司合并，还让他下基层。他不是认为他有能力吗，咱们就找个后进小公司让他去主持，他是个文人，肯定干不了基层的活，到时候把他拿下，他想哭也哭不出来。"俞飞石没吱声，笑笑，把一张写了几个字的稿纸揉了揉，扔进了垃圾桶。马驰也笑了。

俞飞石不再吱声。马驰知道，自己应该走了。于是他从公文包里拿出一个大信封，说："俞总，昨天我去医大，朋友送我几盒进口药，你先用。现在这药市面上根本买不到。"马驰放下信封就走。

俞飞石打开信封，是四盒伟哥，笑笑，心想，这老小子，还挺会办事。又打开药盒拿出伟哥看了看，天蓝色的片剂很像方菲微微发蓝的眼睛…

第五章　超级丽人

空中挂着一轮月亮，清冷的月光星星点点地洒落在对面一幢幢楼房上，给这个本来就酷冷的城市又增添了许多寒意。已经深夜，文非凡还在床上辗转反侧。虽然他一再强迫自己忘掉过去忘掉她，但那些如诗如画的往事，却像众多枝枝蔓蔓的藤条紧紧地缠绕着他，使他根本无法入睡。远处传来一阵火车的鸣笛，寂静的夜空中，鸣笛声是那么刺耳，那么熟悉。几年前，也是在这么一个冬夜，也是乘这么一趟列车，他去了与俄罗斯隔江相望的密县。就是在那里，他邂逅了方菲。

文非凡是下午二时到达密县的。转业到国泰 K 市分公司后，文非凡曾随领导多次下基层，但密县还是第一次去。这次去主要是帮助密县总结改革发展的经验。

临行前，他给密县支公司许文庆经理打电话。许文庆一听，就高兴地说："这些年我们密县还没出过经验，这次劳您大驾，帮我们好好总结总结。您来，我率班子全体成员去车站接您。"

文非凡是个不讲排场不愿给基层添麻烦的人，忙说："不用。现在正是向保费任务冲刺的关键时刻，你们千万不要去接我，派个司机就行了。"许文庆见文非凡执意推辞，便说："恭敬不如从命。那我就派办公室方菲去接您。""方菲？"文非凡没听说过这么个人。许文庆说："小方刚调到公司。这位女同志非常好认，你只要往人群中一瞄，那最漂亮的一位准是。"

文非凡起初还以为许文庆开玩笑，但当他目睹了方菲后，不禁暗暗惊叹，都说深山出俊鸟，这可是一点不虚。这造物主怎么这么偏爱方菲，竟造出这么一位让所有男同胞都忍不住回头，所有女士都为之妒忌的美人来。

不仅美丽，而且热情。文非凡刚出车厢门，早已等候在站台上的方菲就急忙迎过来，长长的睫毛上挂着一层薄薄的霜花，衬着微蓝的大眼睛，使文非凡突然想起蓝天白云的美丽。

"欢迎您，文主任。"方菲热情地握着文非凡的手，笑盈盈地问文非凡车厢里冷不冷，又坚持要替文非凡拿行李箱。文非凡笑道，"我怎么能让这么靓丽的女同胞替我拿箱子呢？"方菲也很爽快地笑了，露出两排整齐晶莹的牙齿："这有什么呢！文主任，您是市里的大文豪。我们许经理要我好好向您学习，您可要收下我这个笨徒弟哟！"说完，用那双犹如蓝天白云般妩媚的大眼睛电了一下文非凡。文非凡说，岂敢岂敢，咱们互相学习，心里却对这位超级丽人产生了一些好感。

到达密县支公司，文非凡对许文庆说："我这次来，主要是为明年初全市保险工作会议准备经验材料。我想先看看初稿。"许文庆说："不急，下午您先休息。晚上呢，我们为您接风。明天再谈材料。"文非凡说："路上也不累，不用休息了。晚上呢，你们也不用为我接风，都是一家人，不必客气。"许文庆说："文主任，我早听说您工作抓得紧，看来，工作的事，我只好主随客便了。不过，晚上接风您可得客随主便。"方菲也说："文主任，我们许经理早就说了，我们密县虽然条件不好，但文主任第一次来，怎么也得表示表示。上午，许经理还让我给县里主管财贸金融的赵向东副县长打了电话，请他晚上来陪您。"文非凡是个不太能喝酒也不喜欢热闹的人，忙说："你们的盛情我领了，千万别惊动县领导。"

许文庆不同意。文非凡知道现在省市干部下乡，县里都要盛情款待。款待讲究对等。许文庆只是科级，而自己大小也是副处。所以许文庆很热情，一定要请赵县长来陪，想给自己一个面子，同时也想说明他在这方土地上亦很有面子。中国人是讲究面子的，但自己实在不想这样。

正在为难，善解人意的方菲说："许经理，既然文主任忙着工作，咱们是否把招待的时间定在文主任临走前的晚上，那时候，材料写好了，文主任也有心情。"许文庆说："也好，那就接风送行一勺烩了。只是赵县长那边都说好了。"方菲说："赵县长那边，我给他打个电话就行了。"文非凡不便再推辞，只得点头同意，说："小方，你把材料拿来看看。"

方菲拿来材料，恭恭敬敬递给文非凡，笑着说："水平不高，请多指教。"又从桌上的水果盘里拿起一个橘子，轻轻剥开，递给文非凡，说："文主任，边吃边看。"那只白皙细嫩的手有意无意地碰了一下文非凡。方菲的手指很好看，白净细长，指甲修剪得也很漂亮。

文非凡认真地读着初稿，觉得材料虽有些基础，但要上大会介绍，还欠些火候。但还是先肯定了一下，说："这篇材料还是下了不少功夫的，事例也有一定感染力。特别是这字，很漂亮，娟秀中不失冷峻，颇有大家之风。"方菲笑了，说："文主任，您就别夸我了。这文章肯定不行，您得多指点。"

文非凡见方菲既热情又谦虚，对她的好感不由增加了几分，诚心诚意地把这位美丽的姑娘当成了自己的弟子，率直说道："这篇文章主要的问题：一是缺乏深度。你必须立足你们公司在改革发展方面的做法，从理论的高度进行发掘，总结出一些可供其他公司借鉴、有指导意义的经验来。二是事例还不够充分，还得再开一个座谈会，挖一挖。三是素材的布局，文章的架构，都还得再斟酌推敲。"

方菲脸微微一红，一边把文非凡的话很认真地记到笔记本上，一边很仰慕地注视着文非凡，说："文主任，您真是文章大家，就像一位医术卓越的名医，一看，就知道病在哪里。"

文非凡道："咱们是不是再开一个座谈会，充实充实素材。"方菲看看外面，说："开座谈会是有必要。但今天不早了，您又一夜没休息，明天再开吧。"文非凡说："公司里最近比较忙，我想尽量往前赶。"方菲说："文主任，我知道您是大忙人。但您第一次来密县，怎么样也得玩几天，到对岸看看异国风情。"文非凡道："以后有机会。"方菲说："机会虽有，不知何时。说句心里话，您这次来，我真高兴。在我们这小县城里，写文章的高手寥寥无几。今天遇到您，真是我一生的幸运，更是一个难得的缘分。"

缘分？！当时社会上正流行这个词，什么同学是缘分，同事是缘分，上下级也是缘分等。特别是当方菲那双带光挟电的大眼睛一动不动地磁着文非凡并说出"缘分"这两个字时，文非凡竟有了一种千里逢知己怦然心动的感觉。文非凡笑着问："小方，你知道'缘分'这词是怎么来的吗？"方菲摇摇头。

文非凡道："据说有一天，黑猩猩不小心踩了长臂猿的大便，长臂猿便赶紧上前，很温柔很动情地帮它擦洗干净，后来它们便深深地相爱了。结婚那天，别人问它们是怎么相爱的，黑猩猩非常感慨地说：猿粪啊，都是猿粪啊！"

方菲咯咯地笑起来，声音银铃般悦耳，说："文主任，您真幽默。作为您的下属，我求您，在这儿多住两天。要是晚上您有空，我还想请您给我开开小灶，上点公文写作课呢。"方菲毕恭毕敬，像一个虔诚的小学生。

盛情难却。文非凡说："既然小方盛情，我就在这多住两天。给您讲课不敢当，但一起切磋还是可以的。"方菲的脸立即春光灿烂，高兴地说："太好了。今晚我就请您讲课。"

吃完晚饭，方菲陪同文非凡来到九州大酒店。外面虽是冰天雪地，房间里却温暖如春。方菲还特地准备了水果、矿泉水，更给房间里增添了一种可人的温馨。

文非凡在沙发上坐下。方菲给文非凡沏了一杯热茶，也在沙发上坐下，微侧过身子，笑盈盈地与文非凡聊了起来："文主任，你们办公室几位主任？""两位。主任马驰，主持全面工作，并兼管物业中心。我呢，分管政务。"

方菲两眼注视着文非凡，又将身体向文非凡这边侧了侧，说："政务工作挺重要，但也挺累，又要写材料，又要搞协调，方方面面都要照顾到，一百件事九十九件做好了，但有一件没做好，大家也不满意。"

"可不是吗？先说伺候领导。古人云，伴君如伴虎，高处不胜寒，真是一点不假。就拿市公司来说，五六位领导，一人一个脾气，一人一个看法，你说咋协调？要领导团结还好办，要是有矛盾，你这个办公室主任就没法干。再说为机关服务，机关虽不大，但也是庙小神仙大、池浅王八多的地方，人和人之间的关系非常复杂，触动了谁的利益，谁都不干。你这办公室主任即使面面俱到八面玲珑也难保没有意见，何况我这人一根肠子通到底。所以这办公室主任，正如有人所言：干好了是好王八蛋，干坏了是坏王八蛋，总之是王八蛋。"

方菲咯咯地笑起来。方菲的笑与众不同，不仅笑声如银铃般悦耳，而且两只大眼睛总目不转睛地看着你，传递着一种此处无声胜有声的信息。方菲说："文主任，你真幽默。我就喜欢听你说话，又深刻又有品位。"不知不觉中，方菲把您改成了你，文非凡听来却更亲切，一下子缩短了彼此的距离。

方菲又说："文主任，办公室工作太累，你可要注意身体，刚才吃晚饭，我看你吃得挺少。"文非凡说："我胃不好。"方菲说："那更得注意，等你走时，我给你拿点蜂蜜，山里的蜂蜜养胃。"方菲那双热情洋溢的大眼睛发射出令人怦然心动的光芒。"不用。"曾经因失去翁天天而十分伤感的文非凡忽然心中一热。

方菲说："你要少加班。也不知你手下几位秘书？有什么材料，让他们多写点，你把把关就行了。"文非凡叹口气："原来两位秘书，六月份调走了一位，现在就剩一位，文字能力还不太强。我这副主任，实质上也就是个大秘书。"文非凡不知不觉把方菲看成了可以倾吐苦水的知己。

"那太累了。"方菲推心置腹地说，"应该再配一位秘书。"其实市公司缺秘书的事，方菲调支公司不久就知道了。她虽然身居僻乡，但信息灵通。她是位有着远大理想的人。

文非凡说："物色过，但没有合适人选。"

"你看我怎样？"方菲半开玩笑半认真地问。

文非凡一愣，他没想到方菲会毛遂自荐。但他想，论形象论口才论公关，方菲都有很大优势，只是文字还欠些火候。

方菲见文非凡笑而不答，知文非凡心中担心什么，便又把话收回来，采取以退为进的穿插迂回战术，说："我只是和你开开玩笑。市公司秘书要求高，我这笨嘴笨舌的土老帽，哪是那块材料，特别是文字，我还不过关。你就赶快给我讲讲课吧，等我修成正果，你再把我召到你麾下当一员小将。你可是我很仰慕的文章大家哟。"说着，拿出早已准备好的笔记本。

见方菲这样恳切，文非凡便讲起来。他是一位既能写又能讲的人，讲起公文写作，滔滔不绝，头头是道。方菲听得如痴如醉，一副万分敬仰简直入了迷的样子。

一直讲到十点半，方菲才恋恋不舍地起身告辞。她望了望窗外，说："今天外面怎么这么黑？"文非凡也看看窗外，说："天太黑了，我送送你。""那我就不客气了，我是个耗子胆。"其实方菲胆儿挺大，却满怀期望地这样说。

两人走出九州大酒店，肩并肩地行走在人行道上。外面的风很硬，裹着零下二十多度的严寒刮在脸上，刀子似的。但两人似乎都没有感觉到冷，慢慢地走着，像是要把这两千多米的路程慢慢地耗到天亮。

忽然脚下一滑，方菲打了个趔趄，文非凡赶紧扶住方菲，方菲却趁势挽住了文非凡的胳膊。文非凡虽然已经在人生的道路上走过了三十来个春秋，但除了自己的妻子肖捷，还没有一个女同志这么热情地挽过自己的胳膊。虽然初恋情人翁天天也挽过，但总是冷静有余，热情不足，所以当他这么近距离地呼吸着方菲特有的热情气息时，心中不由涌起一股暖流。

两人边走边谈，谈文学，谈人生，不知走了多长时间，终于走到了方菲的宿舍门口。昏黄的灯光下，方菲和文非凡都发现，对方的发梢上、眉毛上都挂着白茸茸的霜挂。方菲扑闪着大眼睛俏皮地笑了，柔软的手很亲切很有内容地握着文非凡的手，嗲声嗲气地说："明晚我还要听你讲课，还要你送我。"

"行。"文非凡感到，送方菲的感觉特爽，真是如诗如画如饮佳酿如沐春风。他一步三回头地走了，走了好远，他又一次回头时，还隐隐地看见方菲站在路灯下朝他挥手。

随后的两三天里，文非凡和方菲白天一起修改材料，晚上照例在九州大酒店讲课，然后照例是文非凡送方菲回家。两人的感情迅速升温，特别是文非凡临走前的那天晚上，密县支公司许文庆经理在九州大酒店设宴，为文非凡送行，请来了赵向东副县长作陪，更使两人的感情上升到一个新高度。

赵向东刚从宁河县调到密县任职。赵向东在宁河县任副县长时，主管城建，为了搞形象工程，曾在三天之内扒掉一条老街，外号"赵大扒"。赵向东酒量虽然不是很大，但在酒桌上很活跃，说："文主任啊，今天你得喝。你是南方人，我是东北人。你们南方人精明，我们东北人豪爽。我们这儿喝酒，客人不喝醉主人不高兴。今晚咱们一醉方休。"

文非凡只得硬着头皮喝。他酒量不大，加上又有一种依依惜别的情愫，两杯酒下肚，便有些头晕，但赵向东依旧热情高涨，说："文主任，你是大文豪，你可以统帅几百万文字，我呢，不如你，只能统帅密县十万人民。现在，我代表密县十万人民再敬你一杯。"文非凡说："赵县长，您和密县人民的盛情我领了，但我实在是不行了。"赵向东说："文主任，你要不喝，就是看不起我老赵，看不起密县十万人民。"

文非凡正在为难，方菲急忙出来解围："赵县长，文主任确实不能喝。"赵向东道："哟，方美人怎么这么关心大文豪。你说他不能喝，那你替他喝。""行。"方菲笑笑，端起文非凡的酒杯，又无限深情地电了文非凡一眼，一饮而尽。

"痛快！"赵向东两眼盯着方菲，喝彩道，"好一个美人救英雄的壮举！不过，方美人，你是密县人，你可不能胳膊向外拐，你替大文豪喝酒，难道就不替我喝一杯？"

"可以。"方菲笑道，"不过有个条件，我替您喝完这一杯后，咱们一对一喝大杯。"说着，叫过服务员来，在两人面前各放下一个能装三两酒的大杯，方菲亲自倒酒，吓得虽有一定酒量但绝不是方菲对手的赵向东连连告饶，说："今天我还有局，咱们后会有期。"

赵向东一走，方菲便很关切地问文非凡："喝多了吧？"文非凡笑着摇摇头："多亏了你保护。"

"咱们出去走走。"方菲今天没有提出去酒店听文非凡讲课，她担心文非凡酒后万一提出那个要求。虽然文非凡不是那种轻狂之徒，但她已从文非凡的眼中，读出了对她的喜欢。她是位目的性很强的女人，她可以不失时机地伸出玫瑰花枝，却不想在八字还没一撇的情况下，去满足男人的需要。她要让男人首先关心女人的需要。她觉得漂亮女人，好比一杯精美的鸡尾酒。她不仅要把这杯鸡尾酒调匀调好，而且要掌握好火候，只有当男人心中的烈火燃烧到最旺时，才能让他尝到鸡尾酒美妙的滋味。

文非凡说："我也想出去走走。"

夜色正浓。空中挂着一轮弯弯的月亮，像一位风情万种的女子满面春风地俯瞰着沉睡的大地。方菲拉着文非凡的手，恋恋不舍地说："不走多好。我真希望时间永远定格在今天。"文非凡说："我也不想走,但那是不可能的。"方菲笑道："那就我去省城，这是可能的吧？"文非凡说："回去后我就找领导，我一定尽力。""要尽全力。"方菲扑进了文非凡的怀里。

浑身着火的文非凡立即搂紧了方菲，疯狂地在方菲的额上、眼睛上、耳垂边和嘴唇上亲吻起来。

从密县回来，文非凡便像丢了魂似的，无论白天黑夜、吃饭走路，眼前总闪动着方菲的倩影。晚上做梦，也总梦见方菲，有一次竟然梦见自己和方菲手拉手越过冰封的界江，潇洒飘逸地到了对岸一个风景如画的小村庄，在一处空无一人的欧式建筑里，先是紧紧相拥，继而纵情深吻，吻着吻着，下边那个家伙便蓬蓬勃勃地坚挺起来，后来内裤里便洋洋洒洒湿漉漉一片。这是他和肖捷结婚后从未有过的。幸而当时肖捷睡得太死没发现，他赶紧脱下内裤悄悄地去洗了。

肖捷是位工人，虽然长相平平，但真爱文非凡，对文非凡的饮食起居关怀备至，家务活从不让文非凡伸手，就连洗脚水也是肖捷给他端来。所以刚从密县回来，初见肖捷，他还有些内疚，但很快这种内疚便被那种强烈的相思之苦严严地覆盖了，就连和肖捷做爱，也把肖捷当成了玉体横陈的方菲。

密县那边，方菲也在思念文非凡。方菲天天给文非凡打电话，有时甚至一天几个电话，泣诉别离之苦，畅聊未来蓝图，亟盼相会之期，亲亲热热缠缠绵绵，使电话那头的文非凡更加魂不守舍，恨不得立刻就让方菲飞到自己身边。

于是，文非凡便硬着头皮去找俞飞石。他对俞飞石印象一般，也有些打怵。俞飞石问文非凡："小方文字能力怎么样？"又说："办公室是公司的窗口，秘书更是公司的名片，素质必须比较全面。"

文非凡忙说："小方是位综合素质比较高的女同志，不仅敬业，有一定文字基础，而且形象靓丽，能歌善舞，公关能力强。"又说："俞总，不是我诉苦，现在文字量太大，一个秘书根本应付不了。你看我们哪天不加班加点？"文非凡的眼睛因失眠布满了红丝。

俞飞石心中一动。他拍了拍文非凡的肩膀，说："你们的工作确实很辛苦，马上又要开全年保险工作会议，这样吧，可以先让小方来帮忙，考察考察，如果确实行，再正式调来。"

文非凡没想到俞飞石这么痛快，还很亲切地拍了拍自己的肩膀。他立即将这特大喜讯电告方菲。

方菲高兴坏了，终于可以飞出这块偏僻的土地了。方菲很优雅地抚着自己瀑布般的披肩发，玉树临风般地亭立在密县支公司门前的一块高地上，望着远方白雪皑皑的群山和海一般湛蓝的天空，不由得神采飞扬踌躇满志地笑了。

方菲来到了K市，住在凯旋门大酒店。凯旋门大酒店是愈旺大厦的姐妹楼，也是俞飞石的杰作。站在凯旋门大酒店的高层，极目望去，江边美景尽收眼底。遗憾的是，凯旋门大酒店虽是三星级酒店，占尽天时地利，但由于经营不善，酒店一直不太景气，有不少房间空着。文非凡又请示俞飞石，说空着也是空着，方菲住在外面不仅要交房租且一位女同志也不方便，不如就让方菲住在凯旋门。俞飞石又很痛快地答应了。文非凡便立即将房间精心布置了一番，并特地买了几盆鲜花，使得方菲一进房间，便高兴地惊呼起来："哇塞，好温馨好漂亮哟！"

文非凡说："可你比这些花还漂亮。""是吗？"方菲明知故问。漂亮是女人一生的事业，在来省城之前，方菲刻意化妆了一番，更加明艳动人。文非凡点点头，像一位艺术鉴赏家，说："不管正面看，背面看，还是侧面看，都是无可挑剔的艺术品。可谓处处完美处处靓丽。""处处？你咋知道处处？"方菲挑逗性地一笑，风情万种地瞟了一眼文非凡，便像一只张开双翅的蝴蝶，扑进了文非凡的怀抱……

第六章　倔汉奇缘

从北京回来，芦万里立即去医院看望朱大捷。他要在第一时间向朱大捷汇报总公司车险工作座谈会精神。这是他和朱大捷的约定。他不想也不敢违背这个约定，否则会挨朱大捷的骂。

朱大捷是在芦万里去北京开会前住院的。近几年来，朱大捷总感到上腹胀闷，不适乏力，但朱大捷是位连双休日都不肯休息的工作狂，以为没什么大事，便一直没有去医院，只是自己买了点胃药对付一下。没想到最近病情加剧，夫人向小月强令他去医院检查，这才发现已到胃癌中晚期。医生要他立即手术，但天性倔犟的朱大捷却非要等去北京开完车险工作座谈会后再做。向小月急了，立即含着眼泪给芦万里打电话。芦万里虽是朱大捷的下属，年龄也比朱大捷小十多岁，但朱大捷对芦万里非常尊重。芦万里立即赶到医院，两手紧握着朱大捷的手，很动情地说："大哥，你已经因工作耽误了治病，现在绝对不能再拖延了。这些年来，你一心扑在工作上，很少顾及大嫂和孩子，这一次你必须听大嫂的。再说了，去北京开会，还有我呢，回来后我立即向你汇报，并一定抓好会议的贯彻落实。"朱大捷这才答应立即住院手术。

但向小月却又为请梁一刀做手术的事犯了难。梁一刀大名梁皓，是D

省医学界最权威的专家之一，因医术高超，慕名请他做手术者络绎不绝。向小月也想请梁一刀主刀，但在短时间内却根本排不上号。她让朱大捷找找关系，朱大捷却说："医大一院是全省最好的医院，这儿的大夫都很不错，谁做都行。"但向小月不干，向小月爱朱大捷甚于爱自己，她不能想象没有朱大捷的日子自己怎么过。

向小月和朱大捷的爱情颇具传奇色彩。朱大捷年轻时曾在空军某机场从事地勤工作。机场附近有一小镇，镇上有一农垦医院，医院有一小大夫，叫向小月，人长得十分甜美，而且为人热情，说话声音不大，还略带点童音，如山涧细流，娓娓动听，为患者服务更是全心全意。据说，在向小月未到该医院上班时，该医院的病人并不多，但自从向小月来此，患者便骤然多了起来，特别是向小月所在的眼科，更是门庭若市。朱大捷所在的部队，虽也有卫生所，但不少年轻军人却找出种种借口去找向小月看眼。宋建便是其中一位。起初，宋建每次去，都要拉上朱大捷。有时朱大捷刚从机场回来，黑皮工作服还没来得及脱，就被宋建拉着走了。朱大捷说："你让我换一下军装。"宋建说："换什么换？我装成眼里进沙子了，你穿着这油里麻花的黑皮子，陪我去更显得逼真。"朱大捷只好穿着黑皮工作服陪着他去，但宋建本人却穿着崭新的绿军装。去了几次后，宋建便不要他陪了。宋建心眼虽小，但眼睛很大，剑眉飞扬，个子也高，穿上崭新的绿军装，格外英俊威武，加之嘴巴又甜，去得又勤，很快便从众多竞争者中脱颖而出，成了向小月的意中人。二人热恋了半年，便准备结婚。这时，上级却选送宋建去军校学习。临行前，宋建握着向小月的手，半开玩笑半认真地说："我到军校得学习两年，你可别变心哟。"向小月点点头。但宋建走后一年多的一天，却发生了一个重大事件。有一天早晨，向小月正准备去上班，却发现自家门前的地上有一个包裹，里面有一个婴儿在哇哇地哭。她赶快抱起一看，是一个有兔唇残疾的男孩。她觉得这孩子挺可怜的，便收养了他，并去医大为他做了兔唇修补术。同时写信把这件事告诉了宋建。宋建非常震惊。他让向小月把这个孩子送人或送福利院，说一个姑娘家还没有结婚便带着一个孩子，别人会说三道四，他脸上也无光。他甚至怀疑这个孩子是向小月生的，便写信让朱大捷去调查。朱大捷说："我认为向小月不是这样的女孩。你既然爱她，就应该相信她！"但宋建听不进朱大捷的话，在几次劝说向小月无果的情况下，宋建决定断绝恋爱关系。朱大捷劝宋建，说："向小月是个非常有爱心非常值得你爱的女孩，你怎么就一点也不珍惜呢？"宋建说："你想珍惜我就把机会让给你吧，但愿你新婚之夜不要后悔！"朱大捷生气了，说："你这说的是人话吗？我坚信我这双眼睛，向小月绝对不是那样的人。"朱大捷便开始追向小月，并保证永远对孩子好。向小月本来对朱大捷印象就不错，感到此人长相虽不如宋建英俊，但大度实在，便嫁给了朱大捷，并为孩子取名朱向军。新婚的第一个晚上，当朱大捷看到雪白的床单上盛开着的一朵小红花时，更紧地抱住了向小月，说："当年我就坚信我这双慧眼能识真佳丽，可宋建就是听不进去。"向小月笑道："你这是'猪眼'识佳丽。"夫妻俩相敬如宾，婚后二十多年，从未红过脸。但这次，向小月却急了。情急之下，她背着朱大捷给省委书记李文超打了电话。

向小月、朱大捷是1975年结识李文超的。那年，D省最年轻的地委书记李文超，因在所管辖的三江地区大力整顿经济，被诬为"右倾翻案风"的黑干将，下放到三江农场接受改造。那时，朱大捷刚从部队转业至三江农场任保卫干事，正管着李文超。朱大捷老家在三江，早就知道李文超能力突出，作风务实，敢抓生产，关心民生，在三江地区的老百姓中拥有很高的威望，见李文超后，更觉其人谈吐不凡，不由十分仰慕，便偷偷地予以关照。这年冬的一天晚上，天空下着鹅毛大雪，李文超突发肠梗阻，痛得不能动弹。朱大捷得知后，立即叫上妻子向小月，两人用卸下的木板门抬着李文超，在漫天大雪中深一脚浅一脚地把李文超抬到了相距十多里远的农场医院。大夫说："幸亏送得及时，再晚一会，就危险了。"李文超非常感动。"文革"后，李文超重新出山，担任中共K市市委书记。离开三江农场时，李文超紧握着朱大捷的手说："你和小月都是实在人，以后听到群众对党委和政府的工作有什么意见和建议，要及时向我反映。"李文超十分注意倾听人民群众的意见，无论是担任K市市委书记还是后来担任D省省委书记时，都是如此。他喜欢微服私访，拆迁工地、菜市场、公交车上都常出现他的身影。他经常下基层，结交了很多基层朋友，并经常给这些来自不同战线的基层朋友打电话，了解基层的真实情况。朱大捷就多次接到他的电话，了解群众呼声，并问朱大捷有没有什么困难。朱大捷当然有困难，特别是他和向小月刚调到K市工作时，有不少困难，但二人从不给李文超添麻烦。这次，向小月向李文超求援，是仅有的一次。李文超接到电话，立即安慰向小月，说："你别着急，大捷会好起来的。至于梁一刀，我立即协调。"

手术比较成功。术后第五天，李文超亲自来医院看望。芦万里来时，与李文超正好不期而遇。李文超中等身材，黑白相间的小平头，国字脸，不胖不瘦，衣着朴素，非常随和，从外表根本看不出他是省委书记。他是自己打的来看朱大捷的。

向小月对芦万里介绍："这是省委李书记。"李文超立即笑着和芦万里握手。芦万里说："我也说怎么这样眼熟，原来我在电视里多次见过您，也多次学习过您的讲话，但这么近距离地接触，还是第一次。真是三生有幸了。"李文超笑道："还是深入基层不够啊！"芦万里说："李书记谦虚了。李书记的人品、政绩、能力、清廉和亲民，全省人民有口皆碑。"李文超说："不要总表扬我，欢迎你们多提批评和建议，特别是关于我省改革、发展及民生方面。"

芦万里道："我有个困惑的问题想请教李书记。目前我们公司在发展中面临这样一个方向性问题，即是要发展速度、规模还是要发展质量、效益。虽然相当一部分人认为应该是速度、质量、效益的统一，有的领导嘴上也这么说，但实际上却把发展速度放在首位，为了速度，不要其他。我们下面在执行时感到很困惑。"

李文超说："你们是中直单位，你们的情况我不太了解。但你说的问题在我们省的一些单位也存在。这牵涉到树立什么样的发展观、政绩观的问题。我们国家由于人口多、底子薄、发展不平衡，因此在发展中面临一些突出的矛盾和问题。如：经济结构不合理和粗放型经济增长方式还没有根本改变，城乡、区域、经济社会发展不够协调，人口资源环境压力加大，就业、社会保障、教育、医疗等民生问题比较突出。为了更好地解决这些突出的矛盾和问题，我们应该树立以人为本、全面协调可持续发展的科学发展观，应该转变发展观念，创新发展模式，提高发展质量，实现又好又快地发展，用发展和改革的办法解决前进中的问题，让发展成果惠及全体人民，建设和谐民主富裕的社会。"

朱大捷赞许地点点头。芦万里听后也更加坚定了心中的想法，说："还是李书记站得高，看得远。"李文超笑笑："隔行如隔山，此言仅供参考。"又说："该让大捷休息了，我走了。"芦万里说："我送送您。"李文超不让，说："你们帮我照顾好大捷就行了。我这个人从来不主张接送。"李文超一边说着，一边递给芦万里一张联系卡。

联系卡和名片一样大小，左上角是一面中国共产党党旗，与党旗并排的位置印着一行黑字：中国共产党 D 省委员会党群联系卡。党旗下面是李文超的亲笔签名，签名右边是单位地址和联系电话。联系卡上有编号。联系卡的背面写着：很真诚地希望您能成为我的联系人。希望您在方便的时候，把您所听到的群众对省委和政府在改革、发展、民生等方面的意见和建议，原汁原味地及时反馈给我。非常感谢您的合作！

芦万里接过联系卡，心中很激动。他决心不辜负李书记的信任和期望。

李文超走了。

朱大捷赶紧问芦万里北京车险工作座谈会的精神。芦万里简单地向他做了汇报，说："会议的传达贯彻，省公司俞总和市公司翁总会安排的，你就好好养病吧！"朱大捷说："李书记的话已经给我们指明了方向。虽然分管我们 D 省分公司的总公司黄总还是要上速度，但我们还是要不唯书，不唯上，只唯实。"芦万里说："你就放心吧。我们会按照你的要求踏踏实实地抓好业务发展的。"朱大捷苍白的脸上露出了笑容，说："我住在哪个医院的事要绝对保密。"朱大捷对自己一向要求很严，他对当前一些人借住院之机敛财深恶痛绝，也怕因此而影响同志们的工作。

芦万里不由得对朱大捷更加肃然起敬。

第七章　美女蛇

这一年的冬天特别冷。

D 省分公司副总经理兼 K 市分公司总经理翁笑天站在窗前，望着远处楼顶和路面的皑皑白雪，心中倏地又腾起一股森冷的寒气。这股寒气自下而上，从外到里，迅速钻进了身体的每一个细胞，使翁笑天不由得又打了一个寒噤。虽然翁笑天出来进去总坐着带有空调的豪华型大排量奥迪 A6，虽然办公室和家里的温度都保持在算得上奢侈的二十三四度，比 K 市政府规定的冬季室温不得低于十六度的要求高了不少，但翁笑天仍觉得这个冬天比以往哪个冬天都冷，都阴森逼人，仿佛心和肺都被人悬挂在寒风凛冽的风口，使他整天像患了疟疾似的，一阵阵地发冷。

翁笑天知道，自己的政治生命已经走到了冬季。

总公司有一个不成文的规定，晋升省公司一把，年龄一般不得超过五十五岁。翁笑天已经五十四岁半。本来翁笑天对晋升已经不存任何奢望，只想在 K 市分公司总经理这把椅子上坐到退休，但眼下的形势却突然发生了新的变化。省、市公司很快要合并，合并则省、市公司领导班子肯定要动，即使 K 市分公司仍然能以其他名号存在，一把手也要重新考核配备。重新配备就不能不按现在的年龄规定执行。而现在省公司总经理的年龄规定是不得超过五十五岁，其副手的年龄控制则要比一把手还要小几岁，而 K 市分公司总经理和省公司副总是平级，在年龄控制上肯定参照省公司副总的规定。所以这次省、市公司合并，对自己来说很可能凶多吉少。妈的，什么臭规定！翁笑天在心里狠狠地骂。五十四五岁，正是干工作的好时候，人家西方发达国家，退休年龄都定在六十五岁，据说目前还在考虑延长到七十岁，而中国五十五岁就得退居二线甚至退养。退，凭什么让自己退？翁笑天觉得无论是论资历论能力还是论体力，自己都不该退。自己的身体真的棒着呢！夏日在星花江竞游，许多年轻人都被自己远远地甩在后边。他从来没觉得自己是五十四五岁的人，钱小锦也常抚摸着他的满头黑发，说他那发狂的样子，像是二十多岁的小伙子。他那方面确实强健，虽然五十四五了，但和钱小锦一晚上战两三个回合他也没感到累，反而是小他二十来岁的钱小锦常常香汗淋漓娇喘连连总喊吃不消。单凭这一点，就可以证明单凭年龄一刀切是错误的。但这又有什么办法？中国啥都缺，就是人不缺。翁笑天叹了一口气，把目光从窗外那些苍凉的白雪上收回来，落在妻子苏娜的脸上。

　　太阳早就升起来了，苏娜还未起床。她侧卧在宽大豪华的席梦思上，保养得很好的皮肤在窗外冰雪的影映下显得有些苍白，长长的身躯弯成了一个大大的Ｓ，两只眼睛微闭，像一条晨卧的长蛇。但翁笑天知道，苏娜并没有睡着，这个女人，即使睡着时眼睛也是睁开的。

　　苏娜是翁笑天的第二任妻子，也是翁笑天的小姨子。当年，高中刚毕业的翁笑天和苏娜的姐姐苏萍响应毛主席上山下乡闹革命的号召，一起从上海来到北大荒时，苏娜才十岁，还是个拖着鼻涕到处乱跑的黄毛丫头，没想到十年后苏萍因病瘫痪在床，翁笑天急电其来照顾其姐时，苏娜已出落成一个有着魔鬼身材的大姑娘。翁笑天是位酷爱曲线美的男子，他的审美标准是七分身材三分面孔。所以当该凸的地方凸，该凹的地方凹，凸凹有致，三围之标准赛过模特且面孔亦有几分动人的苏娜出现在他面前时，他真有些不相信白嫩细腻水灵如葱的苏娜，与憔悴枯黄骨瘦如柴的苏萍竟然是亲姐妹，并很快发现，苏娜不仅比苏萍漂亮，而且占有欲强，大胆泼辣，只要她想得到的东西，该出手时就出手，决不心慈手软。所以当苏娜那双火辣辣的眼睛毫不掩饰地点燃自己时，他便知道，这个有着魔鬼身材的女人必定会成为自己生命中的第二个女人。果然，熊熊燃烧的情欲之火，在苏娜到达后的第十二个白天，便以几近疯狂的燎原之势，将他俩融为一体。然令他始料不及的是，这个女人纵欲之大胆，出手之凶狠，远远超出了他的想象。她不仅想鸠占鹊巢，而且欲置其姐于死地。她的方法是不顾一切地当着苏萍的面与翁笑天疯狂地做爱。

　　当年，翁笑天住的是用黑土垒就的干打垒房。虽然儿子翁滨滨和女儿翁天天都被送回了老家，但住房依然显得窄小，翁天天、苏萍、苏娜只得三人挤在一张炕上睡。苏萍居中，把翁笑天与苏娜分隔在两边，并在翁笑天与苏萍苏娜之间，悬挂了一条白底蓝花的布帘，算是不可逾越的楚河汉界。但用心良苦的苏萍很快便发现自己引狼入室，别说这条沉默寡言的布帘，就是怒火中烧的自己，也阻止不了这对男女的苟合。

　　苏娜与翁笑天第一次偷欢，是在山前的小树林里。这当然是苏娜主动的。至今，翁笑天还清楚地记得那天所发生的一切。清晨，苏娜在含情脉脉地冲他送了几次秋波后，便到山前的小树林砍柴去了。一直到天快黑了还没回来。

苏萍不放心，便对翁笑天说："天快黑了，你去看看，帮她把柴运回来。"翁笑天便急急忙忙地去了。但在山前的小树林里，他却惊奇地发现苏娜并没有砍几捆柴，而是侧躺在林中一块平坦的地上，从繁茂的枝丫中仰望着西天燃烧的晚霞，身下铺了一块充满了诱惑的红格子床单。那姿势和今晨的姿势几乎无异，只是那时的身材充满了青春气息，更有一种令人蠢蠢欲动的魅力。翁笑天说："好啊，我还以为你砍了很多柴呢，结果你躺在这儿休闲。"

苏娜噘着嘴儿不理他。翁笑天笑道："又咋啦？""你不知道？"苏娜猩红的嘴巴噘得更高，饱满的胸脯在夕阳的余晖中一起一伏，显得更为性感。"我不知道。"翁笑天说。"我在这等了你整整一天了。""你姐有病我离不开呀。""离不开？是我重要还是她重要？"苏娜的眼睛喷出火辣辣的光芒，灼得翁笑天有些不知所措。就在这一瞬间，急不可待的苏娜从地上一跃而起，搂住翁笑天狂吻起来。

翁笑天有些不能自持了，因苏萍生病已经沉睡多日的情欲像干柴遭遇烈火，开始在体内熊熊燃烧。他抚摸着苏娜的黑发，说："其实，从你来到这儿的第一天起，我就喜欢你。"

"我早就看出来了。"苏娜得意地笑了，灿烂的笑容在奔涌的情欲中疯狂地绽放。两人紧拥着，倒在了红格子床单上。床单血红血红的，像西天燃烧的霞。

有了第一次，便有第二次、第三次。第三次，苏娜便把偷欢的地点放在了其姐苏萍的身旁。她要用这种办法折磨姐姐，造成既成事实，让姐姐受不了而挪位。那天晚上，苏萍刚刚入睡，她便迫不及待地钻进了翁笑天的被窝，吓得翁笑天大气也不敢出，心怦怦地乱跳。她却很从容地剥去翁笑天的内衣，又很优雅地脱光自己的衣服。翁笑天不敢动，她便骑乘在翁笑天的身上动作起来，并很快乐地呻吟。翁笑天赶忙用手捂住她的嘴，她却一把推开，更大声地呻吟。苏萍醒了，气得哇哇大哭，骂道："我还没死呢，你们就等不及了，真不要脸。"并使尽全身力气，抓起枕头摔过去。但苏娜却嘿嘿一声冷笑，说："姐，你都病成这样了，还能做那事儿吗？你就不要占着茅坑不拉屎了。"事后，翁笑天感到有些过分，对苏娜说："我们要做,也不要当着你姐的面。"苏娜不高兴了,说:"是我重要还是她重要?"翁笑天说:"当然是你重要了。但……"苏娜说:"那就把她移到外间。"于是便把苏萍移到了外间,而苏娜则占据了苏萍原先的位置。她和翁笑天终日出双入对地生活,俨然一对新婚夫妻,特别是晚上,苏娜和翁笑天在一起时毫不顾忌,淫声浪语,不绝于耳,气得瘫痪在床终日以泪洗面的苏萍不久便含恨离开了人世,使翁笑天至今还对苏萍心存愧疚。翁笑天曾问苏娜:"本是同根生,相煎何太急?"苏娜答道:"爱是自私的,是不能共享的。她虽然是我的姐姐,但我也不能让她继续拥有你,你必须属于我。"

苏娜的话使翁笑天不寒而栗。他觉得这个有着魔鬼身材的女人真的是个天使般的魔鬼。自从结婚后,她不仅把家里闹得鸡犬不宁,迫使自己和苏萍生的儿子翁滨滨始终和姥姥一起生活在苏北农村,还想方设法诱使自己和苏萍生的女儿翁天天离开文非凡嫁给李亚洲,并处处参政,被人戏称为国泰的美女参议员。但翁笑天有一条底线,你吹吹枕边风可以,满足一下你的虚荣心也可以,但在经济方面绝不能出问题。翁笑天虽然在生活作风方面也有些不严谨,但在经济方面一直洁身自好,他不想让苏娜毁了自己。有几次,他甚至想离开这个女人,可惜木已成舟,这个占有欲强又泼辣异常的女人,像一条缠绕在自己身上的美女蛇,根本无法甩开。甚至晚上睡觉,她也经常假寐,暗中窥视自己的行踪,使得他和钱小锦的关系,至今还像地下工作者似的。为此,他没少受钱小锦的埋怨。

果然,刚才还闭着眼睛似乎正在沉睡的苏娜开口道:"你不要整天愁眉苦脸的,省、市公司合并对你未必是一件坏事,弄好了说不定还可以升为省公司一把呢!"翁笑天说:"别异想天开!""怎么是异想天开呢?"刚才还在床上躺着的苏娜一骨碌坐了起来,说,"你想想,现在朱大捷重病在身,这次省、市公司合并配备新班子肯定不能再考虑他了。那么省公司一把手的人选只能在你和俞飞石两人中产生。俞飞石虽然年龄比你小,在班子里的排位是老二,而你是老三,但他经济上不干净,朱大捷不得意他,在群众中口碑也差,特别是他怀里的花儿,也比你多!所以他并不比你占有优势。"

"你又说没用的了。"翁笑天虽然对苏娜又一次含沙射影攻击钱小锦有一些不满,但对她的分析却听了进去。这些他不是没有考虑过,但他认为,朱大捷虽然是胃癌中晚期,但只要手术成功,身体基本恢复,总公司还是会用他的。因为朱大捷虽然脾气倔犟,性格刚烈,但为人正直,廉洁奉公,也有能力和业绩。朱大捷接任省公司一把时,接的是一个烂摊子。但他上任后,扎扎实实干工作,一步一个脚印,虽然前年D省又遭遇百年一遇的大洪水,赔款高达五个多亿,但D省分公司的亏损仍然在显著减少,所以朱大捷在群众中一直威望很高。虽然他有时急了也骂人,但大家对他并无意见,甚至有的地市分公司总经理还以挨他骂为荣。因为朱大捷骂人从来不带个人色彩,都是为了工作,为了你好,他骂你,说明他对你关心。翁笑天也挨过朱大捷骂,但骂是骂,去年朱大捷还是把俞飞石兼任的K市分公司总经理的职务免了,把这副重担,也是一个很有实权的位置交给了他。所以朱大捷生病后,他还是衷心地希望朱大捷早日恢复健康,继续领导D省分公司。但现在苏娜这么一说,他的心中也活泛起来了。是啊,朱大捷也是有可能因病退居二线的。如果是那样,那么说什么自己也得出马和俞飞石一搏。他和俞飞石一直是死对头。前些年,他就和俞飞石竞争过K市分公司总经理,但是败北了,直到去年,他才终于如愿以偿,从俞飞石手中夺回了K市分公司总经理这把金交椅。他上任后,在朱大捷的支持下,立即对俞飞石在任时的经营情况和财务情况进行了认真审计,发现K市分公司虽然年年都说超额完成利润计划,但实际上却潜亏严重。翁笑天想,无论于公于私,都不能让俞飞石担任省公司一把手,他担任省公司一把手,不仅会影响公司的业务发展,而且自己亦无好果子吃。因此,自己必须出马,虽然自己今年已经五十四岁半,但竞争省公司一把手并未超龄。

　　翁笑天的精神立即振作起来,披上风衣便往外走。他想,这个年代,要往上走,关系固然重要,但最根本的还是业绩。近期,自己应该召开一个总经理办公会,研究改革时期如何加强思想政治工作,稳定人心,发展业务。他知道,世上没有不透风的墙,合并的消息很快就会在市公司传得沸沸扬扬。人心一乱,业务受影响,各项硬指标完不成,就会授人以口实,再上一个新台阶的努力就可能泡汤。

第八章　党委会

国泰公司总部关于改革的会议开得很激烈。

周威等人从沿海几个分公司调研归来，立即与中西部调研组碰了头。周威让成显赫、周忻平在调研的基础上，分别起草《关于公司发展战略的初步思考》和《关于省、市分公司合并方案的初步设想》，然后上党委会。周忻平却悄悄地跟周威建议：不上党委会，改上总经理办公会。

党委会和总经理办公会不仅在议题上有着明显的不同，最关键的是在决定权上也有着根本的区别。总经理办公会因为公司实行的是总经理负责制，所以副总们在会议上即使有不同意见，但最后仍然必须执行总经理的意志。但党委会就不同了，党委会实行民主集中制，党委书记、副书记和委员，在党委会上都只是一票，决议必须坚持少数服从多数的原则，而不是委员服从书记。所以会议制度明确规定，凡事关党的路线方针政策的传达贯彻，事关公司长远发展的根本性改革和大政方针，包括年度工作计划、重要的人事安排等重大问题，必须提交党委会讨论决定。

周威笑了。他知道周忻平心中的小九九。周忻平担心他和成显赫起草的《关于公司发展战略的初步思考》和《关于省、市分公司合并方案的初步设想》，在会上遇到阻力。如果召开党委会，有人不同意，最后只能实行票决，结果如何难以预料。但如果召开总经理办公会，最后却是由周威拍板，改革的力度就会大一些，进度也会快一些。

周威说："你的出发点是好的。但这次会议讨论的议题属于党委会的议事范畴，因为这次改革不是小改小革，而是事关公司长远发展的战略性改革，是公司发展史上一件具有重要现实意义和深远历史意义的大事，理应上党委会。至于会议上可能会有不同意见，这很正常。要允许并欢迎大家发表不同意见。有不同意见，可以使我们的思考更全面，决策更科学。特别是像改革这样事关全局事关许多人切身利益的大事，我们更应该充分发扬民主，听取方方面面的意见，集思广益，以便少犯错误，少走弯路。我们不能搞一言堂。"

于是便开党委会。

根据周威的建议，列席党委会的陈先锋、郭福霖首先向会议汇报了去银行考察和下基层调研的情况，成显赫和周忻平也分别汇报了《关于公司发展战略的初步思考》和《关于省、市分公司合并方案的初步设想》。

接着，黄天强发言："我先抛几块砖。大家都知道，改革是一项涉及方方面面的系统工程，是一根十分敏感的神经，因此对于改革，我们应该循序渐进。保险公司与银行不同，必须依靠地方政府而不是与之脱钩，特别是省会城市分公司是总公司重要的利润来源，不能因合并而影响总公司完成年度利润指标。所以省会城市分公司与所在省分公司合并，应该采取一种稳妥的方式。我认为，合并可以像陈先锋、郭福霖所言，对原省会城市分公司进行适当精简，变为省公司营业部，负责原省会城市分公司的业务管理和所辖分支机构的管理。但我要特别强调的是这种合并也是一种深刻的改革，不是周忻平所说的小改小革，也不是成显赫所说的换汤不换药，而是一种从实际出发的实事求是的改革。"

公司副总经理、党委委员姜亦飞和季正池表示赞成，认为省会城市分公司不宜完全撤销，只能进行适当瘦身，这样有利于公司员工的稳定，也有利于业务稳健发展。

周威不同意，说："关于改革的事，最近，我又利用在西方一些发达国家进行实地考察的机会，比较系统地了解了一些发达国家保险公司的发展史，从中受到了一些启发。陈先锋、郭福霖、成显赫、周忻平，又分别去银行和一些省级分公司进行了调研。我感到，我们国泰要进入世界保险业的强者之列，必须进一步加大改革步伐，明确提出新的发展战略，即以巩固和加快发展传统主业为立业之本，以超常规发展人身保险业务为振兴之策，以开拓资产管理、资本运作及银行业等新领域为跨越之道，奋发图强，开拓创新，实现新的创业和跨越式发展，力求用十至十五年时间把国泰建设成为国际一流的大型现代金融保险集团，具体一点就是刚才成显赫向各位汇报的《关于公司发展战略的初步思考》里提出的三步走战略。因此，我们下一阶段最重要的任务就是要对国泰进行重组改制上市。只有进行重组改制上市，凤凰涅槃，我们国泰才能在激烈的市场竞争中浴火重生。为此，这一次省、市公司合并，也应着眼于这一新的发展战略，应该撤销省会城市分公司机关，将市公司的各区、县支公司完全置于省公司的直接领导之下，实行省直管原省会城市分公司所属的各区、县支公司，同时对设在同一城市的地级和县级公司进行合并。甚至可以尝试彻底打破行政区域的界限，实行总公司、大中型城市分公司、中心支公司三级管理体制。"

公司副总经理、党委委员董春来说："我同意周威同志的意见。前一阶段，我去南方几个经济发达省份考察业务发展，他们也有这样的呼声。"

党委委员、纪检书记张兴国说："制定新的发展战略是国泰的当务之急。只有加大改革和发展的步伐，国泰的问题才能迎刃而解。"

党委委员、工会工作委员会主任谢莉也对周威的意见表示赞同。

黄天强心中有些恼火。虽然他认为周威这是标新立异，哗众取宠，急躁冒进，但没想到却有三位党委委员赞同，自己的意见在人数上处于劣势。黄天强性格强悍，对上级指示贯彻坚决，对工作抓得比较紧，但由于过分自信，作风也比较霸道，听不进不同意见。在到总公司任副职之前，他在县支公司、地市分公司和省公司都一直任正职，从未任过副职，历来都是个人说了算，所以到总公司任副职后，很多地方都不习惯。他一直在盼望有一天变副为正，重振昔日权威，但遗憾的是章志远突遭车祸去世，虽为他转正提供了一次难得的机遇，他也进行了一系列的活动，但最后却花落周威。他心中很不服气。虽然他也承认周威确实比较优秀，但他却又觉得自己比周威资历老，经验更为丰富，决策更为果断，因此，对周威的一些话，他常有意识或无意识地不以为然，但对自己说的话，却十分地看重，别人一旦表示不同意见，他心中便会不舒服，甚至认为别人是向他挑战，但现在身为副职，他又不便发作。黄天强只得以半开玩笑的口气说道："两种意见，一时难以统一。我看这样吧，咱们先找两个省级分公司，分别进行一下上述两种思路的试点，看看孰优孰劣。实践是检验真理的唯一标准嘛！"

姜亦飞笑道："有时真理在少数人手里。"

周威也笑了，说："我同意进行省、市公司合并的试点。另外，刚才成显赫汇报了《关于公司发展战略的初步思考》，我建议，公司成立一个专门小组，在这个初步思考的基础上，更好地借鉴西方发达国家发展保险业的经验，紧密结合我公司的实际，认真进行公司发展战略的研究和制定，并着手进行公司重组改制上市的相关准备。"

黄天强说："你的建议不错，但一口吃不成胖子。咱们的当务之急是先制定省、市公司合并方案。至于公司重组改制上市，等省、市公司合并工作完成之后咱们再研究商量。但战略发展部可以在今天汇报的基础上，再深入研究，细化方案，为将来重组改制和海外上市做好准备。"

周威说："为了加强对省、市公司合并的组织领导，我建议对一些问题较多的省分公司班子进行考核调整。"

黄天强说："对一些比较后进的省分公司班子进行考核调整，是必要的，但目前业务非常吃紧，现在动班子很可能使一些省份完不成今年的计划任务。这些省如果完不成，必然拖全国的后腿。我现在非常担心今年全国的任务指标特别是利润指标能不能完成。所以，考核的事还是等一等再说吧。"

第九章　大事慎行

K市分公司总经理办公会在608会议室举行。

会议由总经理翁笑天主持。副总经理郭辉、芦万里，纪检书记江帆，工会主席金颖，总经理助理古今出席会议。记录由秘书林青青担任。林青青着一身司服。这司服穿在一般的女同志身上都显得呆板，但穿在林青青身上却是那么端庄高雅，洋溢着一种"清水出芙蓉，天然去雕饰"的不凡气质。

翁笑天说："今天我们开总经理办公会。关于省、市公司即将合并的事，有的同志已经听说了。改革是大势所趋，但改革也是利益调整，打破旧的平衡，建立新的平衡，必然要涉及一部分人的既得利益，所以，我们今天研究一下在改革时期如何加强思想政治工作，稳定人心，充分调动积极性，加快业务发展。请各位各抒己见，有什么高招都谈一谈。"

郭辉说："我今年已经五十八岁，也是太阳快落山没几天蹦头的蚂蚱了。我实话实说。总公司不应该搞合并。合并对总公司有啥好处？总公司的利润还不是靠沿海几个发达省份、计划单列市和咱们这些副省级城市？一合并，利润就全进省公司的嘴里了，而省公司摊子大，底子薄，效益不好，他们那张大嘴，简直是个深不见底的无底洞。"郭辉是班子中的元老。当年翁笑天和俞飞石为争市公司一把手的位子，斗得头破血流时，郭辉在权衡利弊后曾帮了翁笑天一把。故翁笑天在挤走俞飞石后，为表示感谢，便让郭辉主持常务，谁知他竟不识抬举，卖弄老资格，与翁笑天分庭抗礼。一把、二把关系本来就敏感，翁笑天不由雷霆震怒，便将郭辉的常务二字免了。郭辉一肚子怒火，但现在是总经理负责制，人权财权都攥在人家手里，你个二把不服，又能怎样？官大一级压死人，自古如此。郭辉只好将打落的门牙和着满嘴的鲜血硬咽进他那壮硕的将军肚里。

江帆说："这不是正对省公司胃口？"

郭辉说："是啊！他们早就望眼欲穿，摩拳擦掌，恨不得一口把咱们这块肥肉吞了！"

翁笑天半开玩笑道："郭总，你可别发牢骚，这是改革。"

郭辉说："改革我坚决拥护，但改革不能一刀切。为了防范金融风险，银行搞省、市合并，垂直领导，摆脱地方政府对金融的干预，这是必要的。但保险与银行不一样，保险是求人的企业，必须依靠地方政府的支持。"

芦万里插话："按理说，市场经济条件下，我们不应该找市长，而应该找市场，靠服务去竞争，去发展。"

郭辉说："不找市长找市场？说得容易，可实际上行吗？现在虽说是社会主义市场经济，可计划经济的影响何处不在？我看咱们保险搞省、市合并，不符合中国国情。"说着从中华烟盒里抽出三支，给江帆、古今各扔一支，自己点着一支，狠狠地抽了起来。会议室里立即弥漫起一片烟雾，呛得林青青咳了起来，白白的鹅蛋脸上涌起一片红晕。

金颖道："你们能不能像芦总一样也把烟戒了？"又对翁笑天道："翁总，你也不采取点坚决措施，管管他们。"金颖虽也是女同志，但早已习惯了这三支烟枪，她是为青青鸣不平。

翁笑天无奈地笑笑。翁笑天不抽烟。他上任伊始，就让市公司办公室主任唐天弘在会议室摆上了一块无烟会议室的牌子。可惜郭、江、古三位烟瘾都很重，根本禁不了。你不是不让在会议室抽烟吗，这三位干脆一个接一个地到洗手间抽，弄得你开党委会也好，开总经理办公会也好，都得中断了会议等他们。

江帆说："金主席，其实抽烟也不是一无是处。比如说，女同志抽烟就显得更有气质。"又逗林青青一句："你看人家小林，吸了几口我们喷的烟，脸儿红扑扑的像朵玫瑰，多靓。"

林青青不好意思地笑笑，站起来说："我给你们倒点水吧，喝茶有益健康。"

"对！我劝你们听听小林的建议。"芦万里喝了一口茶，说，"我认为省、市公司合并还是利大于弊。一个省城，两套管理机构，都一百多号人，人浮于事，确有合并必要。但怎么合才是最佳方案？这个值得研究。"

郭辉说："怎么合？咱们省工行、农行、建行变化都不大，只有中行最革命，把K市分行彻底吃了，中行K市分行一把杨锐到省行只当了个老五，其他副手就更惨了，都安排到省行机关当处长，处长还不是关键处的，什么思想政治工作办公室、系统工会办公室。没合并前，你K市分行不是不听话吗？这回给你个收拾没商量，让你老老实实趴下。"

古今说："建行K市分行最理想，只象征性地换了块牌子，行长雷霆还到省行当了一把，把省里的最高峰给占领了。咱们要是也这样就好了。"

翁笑天心想这敢情好，但脸上不动声色。

芦万里说："随着网络经济发展，计算机的普及，管理机构必然要向扁平化发展，上面决策层可以直接指挥基层，而不必有太多的中间管理机构。因此，各省的管理机构应该以省会城市为中心，向四周辐射。不仅省、市分公司要合并，还要撤并一些地市级分公司和区、县级支公司。凡是连续两年以上不赢利的就坚决撤并，经理就地免职。另外，我们要抓住省、市公司合并的机遇，大力精简机关，充实基层。企业不应像政府机关一样，设这个处、那个处，定这个级、那个级。最好成立几个中心，如客户服务中心、理赔中心、财务处理中心等，适应市场经济发展需要，适应入世需要。应该强化国际化意识，与国际接轨。我们天天喊'狼来了'，现在狼真的要来了，我们不精简机构，不强化管理，不加快发展，不提高效益，不重视人才，不搞好服务，怎么和狼共舞？这些狼可不是一般的狼，他们财大气粗，资金雄厚，管理先进，服务一流。我们应该好好学习人家先进的地方，进一步深化改革，扩大开放。"

芦万里一番宏论使林青青非常折服。她虽然来公司时间不长，但由于担任党委秘书，与各位领导接触的机会较多。她将各位领导的特长、能力等各方面情况综合衡量一番，感到芦万里比较突出。芦万里今年才39岁，可谓年富力强，又受过军队正规院校教育，眼界开阔，能文能武，口碑也好。林青青受芦万里发言的启发，不由忘了记录，也说道："咱们国泰与发达国家的保险公司相比，差距确实较大。咱们的资本金连一个中等发达国家的小保险公司也比不上。所以咱们必须奋起直追。改革是唯一出路。我赞成芦总意见，省、市公司合并，以市为主。"说到这里，林青青突然想起自己不过是个记录员，并无发言权利，忙道："我本不该发言，一激动，便把自己的身份忘了。"

大家哈哈大笑。

翁笑天瞟了一眼林青青，以一种非常赏识的口气说："你可以发言，以后无论是开党委会还是总经理办公会，你都可以发言，你是硕士研究生，是我们K市分公司层次最高的人才嘛！"翁笑天对林青青印象不错，感到林青青不仅文化程度高，而且谦虚谨慎，踏实肯干，是位可以造就的高层次人才。

芦万里也冲林青青笑笑："翁总已经特批了，今后你就可以畅所欲言了，你的观点还是很有创意很有见地的。上次发表在《中国金融》上的那篇《培育一流人才迎接入世挑战》的文章就很有深度和力度。"金颖也说："那篇文章写得不错。"

翁笑天说："咱们还是言归正题。刚才芦总说，应以省会城市为中心设置分支机构，我看这种想法不太现实。"

芦万里并不介意，说："我也知道这很难，省里阻力太大。"芦万里是位既开拓又务实的人，他接着说："现在也不知道究竟什么时候合并，如果还要等一段时间的话，我建议市公司在机关有所动作，改革机构，精简处室，处长和员工实行竞聘上岗，双向选择。"

翁笑天没有吱声，他估计省、市公司合并怎么样也得半年后才能实施。他相信自己的估计，但他不能同意芦万里的建议。改革是要影响一部分人的利益的。他不能在这非常时期在机关头上动刀子，晋升省公司一把虽说主要是上面说了算，但下面不稳民意太差，也容易给竞争对手提供炮弹，给上面造成负面影响。所以现在绝不能动，不能因改革再得罪人。他想，我可不能中了芦万里的圈套。他看了郭辉一眼，他知道，改革是要触动老干部利益的，郭辉肯定也不能同意芦万里的观点，虽然他俩不同意的动机不一样，但他可以利用郭辉来制约芦万里。

果然不出翁笑天所料，郭辉虽然还在喷云吐雾，但一听芦万里要改革，便说道："我认为省、市公司合并之前没必要精简机关，这事儿还是留到合并时再办。省里不是天天盼着合并吗？棘手的事他们也得接，不能光吃猪肉不拔猪毛。"他又使劲抽了一口烟，心想你翁笑天也不想在这时候精简机关，你想要避开矛盾，但我也要给你出点难题，便接着说："省、市公司合并，和省公司一个锅里抢马勺，还能有咱们的好果子吃？不仅 K 市分公司的名称没了，人事权没了，财权没了，而且职务、工资、奖金、福利都要受到影响。所以我也提个建议。咱们市公司这帮弟兄跟我们风里雨里这么多年，咱们不能亏了他们，省、市公司合并前，咱们应该抓紧时间提点干部，将来省、市公司合并也好占据有利地形。"古今也说："咱们公司已经好长时间没动干部了。"

郭辉的确给翁笑天出了个难题。翁笑天知道，俞飞石在 K 市分公司任总经理时，在干部问题上就欠账较多。

俞飞石在用人上有一套独特的做法。文非凡把它总结为"三用三不用"，即"用女不用男，用副不用正，用老不用新"。

俞飞石喜欢用女干部。这一方面是因为他父亲去世早，他从小跟着母亲长大，家里虽然有两位姐姐一位妹妹，但只有他一个男孩，他从小在女人堆里长大，在心理上总希望有一些女人宠他疼他围着他转；另一方面是因为他觉得女人大多头发长见识短，不像男人野心勃勃不好驾驭。所以俞飞石当上 K 市分公司总经理后，在市公司提拔了一批年轻貌美且和自己关系好的女干部。如：西岗支公司主持工作的副总经理方菲，东岗支公司主持工作的副总经理边美丽，滨江支公司主持工作的副总经理江秀清，计划财会处主持工作的副处长高歌，党委宣传部主持工作的副部长花朵⋯每次开季度经营形势分析会，这些金花一字排开，桃红柳绿，争奇斗艳，可谓K市分公司一道美丽的风景。

用副不用正，也是俞飞石的一项独创。俞飞石手下的支公司和机关处室负责人，除了马驰等少数人外，很少有正的，大多是主持工作的副总经理或副处长。俞飞石认为在用干部上，不宜一步到位，而应多设几个台阶，始终把部属的升迁权掌握在自己的手心里，这样才便于调动积极性，便于驾驭。以处长为例，俞飞石不仅在副处之下增设了处长助理，还在副处之上增设了主持工作的副处。

用老不用新，则是俞飞石从官场的教训里总结出来的一条经验。老同志不仅经验丰富长于权谋，而且因为年龄较大对自己构不成威胁，而年轻人特别是像芦万里这样年轻有为的干部却不可不防。现在上边总强调干部要年轻化，重用年轻人，搞不好就是为虎添翼自掘坟墓。所以，俞飞石比较欣赏马驰这样的老同志。

由于这"三用三不用"，便使K市分公司的干部提拔速度比较缓慢，欠下了一大堆历史账，特别是省、市公司合并这一特定主题，更使K市分公司的干部在未来的竞争中处于不利地位。合并不像分家，肯定要精简处室减少领导职数。僧多粥少，竞争必烈。翁笑天想，如果现在不有所动作，不占据有利地形，市公司的干部就可能有怨气，但动作吧，在省、市公司合并期间提拔干部又很容易落个突击提干的罪名。弄不好，便会成为俞飞石等反对派的箭靶。这好比在暴风雨来临之前出海，既可能抢在暴风雨来临之前捕得一些大鱼有所斩获，也可能遭遇狂风恶浪落个葬身鱼腹的下场。翁笑天想，大事慎行，这事非同小可，必须认真权衡利弊，确保万无一失，自己这把年纪，已经容不得任何闪失了。于是翁笑天说："这个问题我也考虑过。这几年无论班子成员还是中层干部，都为公司发展贡献了许多汗水。当官不为民做主，不如回家卖红薯，咱们一定要为大家办几件实事。但提拔干部是件大事，咱们要向上级公司领导汇报一下，马上就要合并了，咱们必须要有尚方宝剑。"

郭辉又说："咱们的家属子女也应该安排一下。咱们的职工都是好职工，咱们应该帮助他们解决后顾之忧。"郭辉已经在国泰保险公司安排了一个子女，但他还有一个小儿子过继给在兰县工作的弟弟，初中毕业之后啥学校也没考上，早就想安排进公司。

翁笑天说："不是我不想安排，省里早就有明文规定，进人必须大本以上学历。当然啦，同等条件下，子女可以优先。"

郭辉说："咱们保险有啥难的，还必须本科？再说了，不同岗位需要的是不同层次的人才，你让林青青当打字员不是大材小用？社会主义国家总不能让许多公民失业吧。你看人家市工商银行，合并前把子女全安排了。"

翁笑天不想再跟他纠缠，说："各家有各家的情况，这个问题今天就不谈了。大家一定要注意做好改革时期员工的思想政治工作。下面再研究一下业务发展。业务上去了，省、市公司合并我们就占据有利地形，说话就有分量。否则，就只好败军之将任人宰割了。大家把各自分管战线的情况谈一下，看看哪些支公司年底难以完成任务，想想办法找找补救措施。"

芦万里便汇报了总公司车险工作座谈会议精神，并就如何贯彻落实提出了自己的看法。芦万里说："我提三点建议：第一，立即筹备召开K市分公司车险工作会议，明确提出新的更适合市场经济形势，更有利于车险业务发展，有利于提高公司核心竞争力的指导思想，即不能只要发展速度不要业务质量，而应该是效益规模并重，又好又快发展；第二，要把研究解决当前和今后一段时期内影响车险业务发展的主要问题作为这次会议的主旨，推动车险业务健康可持续发展；第三，为了表示市公司党委、总经理室对此次会议的高度重视，请翁总到会并作重要讲话。"

翁笑天说："我可以到会。但你们在起草我的讲话时，关于指导思想还是要按照总公司黄总的讲话口径写。现在我们K市分公司的发展速度不是太快，而是太慢，我们的业务规模比起兄弟省会城市，还有较大差距。因此，当务之急还是要大上规模大上速度，规模速度上去了，效益自然也会上去。"

芦万里不同意，正要继续争辩，金颖冲芦万里使了个眼色，说："芦总，你讲完了吧，我还有点建议也要谈一谈。"

芦万里不再吱声。他知道金颖是担心他又和翁笑天争论而引起翁笑天不快。金颖是位好大姐，自从芦万里转业地方，她一直都在明里暗里地支持关心他。

第十章　林青青

开完总经理办公会，已是晚上七点。望着外边黑黝黝的天，芦万里问林青青："你怎么走啊？"林青青说："我乘公交。""你家住哪儿？""中原街。""那就一起走吧，坐我的车。"林青青担心芦万里因为天黑特意送她而耽误其他活动，便说："谢谢芦总。我还是乘公交吧。"芦万里仿佛看出了林青青的心思，笑笑说："我不是特意送你。我家住在华东大街，离你家才隔两条街，正好顺路。我这人也是官不大，僚不小，你家离我家这么近，我竟然不知道。"林青青见芦万里这么平易近人，不便再推辞，说声谢谢，便上了芦万里的车。

芦万里开的是一辆奥迪 1.8。

市公司领导的车都不错。这些车都是俞飞石在任时购买的。俞飞石是位讲究排场的人，他认为穿名牌服装，坐高档轿车，并不是他本人的追求，而是宣传公司实力的需要。所以，上任伊始，他便着手购置高档豪华轿车。谁知他刚给办公室下达了购车任务，上面便来了一纸红头文件，重申领导干部配备车辆之规定。俞飞石为此很有想法，心中骂道：我企业有钱，你管个屁！但嘴上却不便说。自己虽不是政府官员，但却是国有企业的领导。国企必须参照政府的规定执行，这是红头文件明确规定了的。按规定，他这个副厅级最多坐辆帕萨特。怎么办呢？马驰献策道："中央的文件，咱们也不能不执行。但执行也要结合实际。咱们的实际，就是咱们是企业，企业就得给人一副实力雄厚的形象，要不谁上你这来保险？要有形象，就得有高楼靓车。要不您老总坐辆桑塔纳，廉政是廉政，但恐怕连外企的门都进不去。所以，咱们坐好车完全是为了促进业务发展，而不是为了个人享受，所以就不存在违规的问题。但为了少惹麻烦，不让人家抓住把柄，咱们是否这样办：先一台再五台，先地下再地上。也就是说，咱们先派人去大连悄悄地给你联系一台奔驰，再派得力人员去控购办、交警队等关键部门疏通，等打开缺口风头过后再正式使用，然后再把其他五位副总的车也配上。当然，五位副总的车和您也要拉开差距，他们整几台奥迪 1.8 就行了，否则目标太大。"俞飞石当然同意。他之所以口上说要给几位副总也配上，主要是担心他们特别是副总经理郭辉有意见。现在马驰如此说，正中下怀，便说："这样也好，但你们也要做好上面来查的准备。"马驰一副胸有成竹的样子，说："如有人查，我就说，咱们买好车主要是用于接待宾客，领导上下班都是按规定坐的桑塔纳。然后再给他们点好处，就啥事也没有了。"于是芦万里便有了这辆奥迪。

大概是长期的军旅生涯使芦万里养成了艰苦奋斗的优良传统吧，芦万里并不想坐这么高档的车，特别是当他得知市公司领导的这几台专车都是通过非正常途径违规购进时，便常觉得自己不是在坐车，而是坐在火山口上。他曾几次提出不坐，但金颖说："你不要再提了，你没见俞总郭总不高兴，你不坐，他们不是也不好坐？反正你又不是一把，天塌下来，有高个子顶着。你太认真，会孤立自己。"芦万里想想也是，这几年到地方，没少吃认真的苦头，便听了金颖的话。但他除了公事，私事决不用公车。

芦万里的车后座上放着一些报刊和书籍，有企业文化方面的，也有经济管理方面的。林青青拿起一本书，翻了翻，说："芦总的学习抓得很紧哟。"芦万里笑了："我们军转干部改行搞金融，不学不行啊！"

车很快到了中原街。芦万里问林青青："你家几口人？""就我和我妈。"芦万里顿感问得冒失。

林青青出身很苦。两岁时，父亲就因病去世了。父亲的去世，使母亲受到很大打击，原本乌黑的头发白了一半。后来，母亲又在去双虎岭祭扫父亲时意外受伤。母亲每年都要在父亲的祭日去双虎岭，因双虎岭离K市较远，路也不好走，青青又要学习，每次母亲都是一人去，并随身带着一张已经褪了色的照片。那时家里穷，这是母亲、父亲和青青唯一的一张合影。母亲一直把这张合影锁在箱子里，只有去双虎岭时，才拿出照片，跪在父亲墓前，说："义山啊，你安息吧，我和青青看你来了。"母亲非常珍惜这张照片。但最后一次去双虎岭，也就是林青青上高三那年，母亲坐在墓前一边流泪一边看照片，忽然一阵大风，刮走了这张照片。母亲赶忙去追，一不小心，摔下了山沟，从此下肢便瘫痪了。

芦万里的心也沉重起来。他看看表，才六点半，便说："时间还早，正好顺路，我去看看伯母。""不用，芦总挺忙的。"林青青不愿打扰芦万里。

"不行，我得去看看。"芦万里说，"要不，我这心不安。大娘瘫痪在床，我竟然不知道。"林青青很感动，说："芦总，这怎么能怪你？我对谁都没说过我妈有病。"芦万里心想，这小林对自己要求挺严格，便说："小林，都是同事，以后有什么困难就说。"林青青感到心里热乎乎的。

到了家，林青青才拿钥匙开门，躺在里间小屋的母亲便像几年没见着女儿似的急切而又高兴地招呼道："青青，回来啦！我怎么听见两个人的脚步声。"林青青笑了，说："妈，您耳朵可真好使，我们公司芦总听说您身体不好，非得过来看看。""芦总太客气了。我这老废物了，还来看我。"林母心中非常高兴。她挣扎着想坐起来，可下肢却不听使唤。林青青忙走过去，轻轻地扶住母亲，让她背倚着床头坐着，又拿过梳子，替母亲简单地梳理了几下头发。

芦万里简单地打量了一下林青青家。居室还是七十年代初建的那种红砖楼房，格局不好，光线也差，总面积不过三十平米，但收拾得井然有序。芦万里在林母对面的一张旧椅上坐下，问："大娘，您老身体不好，白天小林上班，谁照顾您呀？"林母说："自己照顾自己。青青刚上班时，请了一位保姆。但后来，我把她辞了。一个月五百元，还管吃，费用太高。为此青青没少埋怨我。"芦万里问："你能自己照顾自己吗？"林母说："能。我家青青孝顺，临上班前，把饭菜都给我准备好了。"林母指指床头柜上的饭盒、菜盒。

芦万里心中一酸。他出身平民，有一种天然的平民情结。他能想象出林母白天在家忍着病痛的孤寂心境，忽然有了一种打算。芦万里说："大娘，我家就住在华东街，离你家不远。目前我妈和我住在一起。白天我上班，孩子上学，她一个人在家挺孤独，总埋怨我，说在大城市待着，连个说话的人也没有。从明天起，如果您不嫌弃，我让我妈过来陪您唠唠嗑，她身体好，在老家时还下地干活呢。让她照顾您。"林母立即像热天吃了冰淇淋般舒坦，心想这位领导真关心人，但又一想，这也太麻烦人家了，心中哪过意得去，忙说："不用，不用，您的心意我领了。"芦万里看出林母心思，解释道："大娘，你不要想得太多，这很方便的。我有车，早晨上班时我把我妈捎来，晚上下班时再把她接回。"又对林青青说，"对了，小林，以后上下班你就坐我的车，省得天天挤公交。"林青青心中涌起一股热浪。她没想到，现在还有这么关心群众疾苦的领导，但她和母亲一样，是不愿给别人添麻烦的人，她怕为此耽误了芦万里的其他工作，便说："芦总，不用。我还是坐公交。""坐什么公交？我那车空着也是空着。"芦万里冲林青青笑笑，又对林母说："大娘，我妈来陪您老人家唠嗑的事就这么定了。您可不要把我当外人。"林母激动地说："芦总，你太好了，我真不知怎么感谢。"芦万里说："大娘，感谢什么。我和小林是同事，互相帮助是应该的。再说，我妈来陪您，不也解决了她孤单的问题吗？小林上班也放心啊。""是啊，是啊。"林母这才答应下来，"我家青青就是不放心我。哎，这些年，青青可跟着我吃了不少苦，早上很早就起来做饭，晚上回来还得伺候我吃饭吃药洗澡洗衣服，她有时还要加班写材料。为了我，不仅没有留在北京，而且连对象都黄了。"林母伤感起来，眼中闪着泪光。林青青忙打断母亲，说："妈，您都说些什么呀，我照顾您是应该的。我爸去世后，还不是您一把屎一把尿地把我拉扯大？为了我上学，您甚至去卖血。"林青青也眼含泪水，但她很快意识到，芦总在，不应该说这些沉重的话题，于是赶紧打住，笑道："芦总，请喝茶。"林母却继续说："芦总，你也不是外人。以后，你就把青青看成你的妹妹，有机会时，帮我家青青物色物色对象。哎，她原来那个对象，虽不像您芦总这么成熟，这么会关心人，但小伙子长得挺帅的，身高一米八，我家青青呢，身高一米七，个儿挺般配，学历也般配，一个清华，一个北大，哎，就因为小伙子要出国，而青青呢，为了照顾我，不肯随他走，便……"林母心中感到非常内疚。"妈，你别再说这些好不好？"林青青两颊绯红，"芦总初次到我家来，您就唠叨个没完。"说着，替母亲擦去眼角的泪水。

见林母伤感，芦万里赶紧转移话题，拣轻松的话说："小林，上午我听朱向军说，工会要组织交谊舞比赛。听说你的舞跳得不错。"林青青说："不行。朱向军还跟我说，你跳得好，建议我俩组对。"芦万里说："只怕我这舞技，影响了你的成绩。"林青青笑起来，说："芦总谦虚了。要不，咱俩就试试。"芦万里说："好。我相信我俩一定能跳好。"说完，芦万里站起身，从口袋里拿出五百元钱，说："不早了，我也不打扰你们了。今天仓促，也没给大娘买点东西，这点钱，表表心意。"林母说："芦总，你来看我，我就非常感谢了，怎么还能让你破费？"林青青也坚决推辞。芦万里又将钱塞到林母手里，说："大娘，您再不收就见外了。"林母见芦万里态度恳切，只好收了下来，说："青青，我腿不好，也不能送芦总，你替我送一送。"

芦万里走后，母亲还在激动，说："想不到我家青青还挺有福，前些年，没钱上大学，遇到了贵人李文，一直资助到你读完研究生。现在又遇到了这么一位好领导。你们芦总人真好。"林青青说："不仅人品好，而且能力强，群众威信很高。"林母叹口气，拉住青青的手，说："将来，你要是能找上一位像芦总这么好的对象，妈死都瞑目了。""妈，你说什么呀！"林青青的脸红了。林母说："以后有空，你还得再去找找李文，人家的大恩大德我们永远也不能忘记啊！"林青青说："这个星期天我就再去找，可是谁知道他在哪里呢？"

第十一章　王朝秘宴

马驰、方菲和高歌悄悄地来到了北京。

本来，俞飞石是想和马驰、方菲一起进京的，但又一想，现在是省、市公司即将合并的非常时期，自己亲自去北京活动是否目标太大？另外，现在就去北京是否合适？根据以往的经验，就是合并的红头文件下达了，从下达到实施还有相当长一段时间。还有国泰保险公司总部对该文件是持积极态度还是消极态度？合并究竟怎么个合法？是彻底地把省会城市分公司吃了，还是仅仅换个牌子其他不动来个换汤不换药？或是介于二者之间？这些都是未知数。俞飞石思来想去，觉得还是先不亲自出马，而只派方菲和马驰去京探探消息铺铺路。现在通信工具这么发达，自己在家遥控指挥就行了。等到要攻关键领导的关键时刻，自己再亲自出马。于是俞飞石决定派方菲、马驰先进京活动。后来又一想，一男一女去北京，不太妥当。虽然他心里也知道马驰即使有贼心也没那个贼胆，但他不敢保证方菲这个目的性很强的女人会不会又投入京城某要人的怀抱。俞飞石是个占有欲强且多疑的人，他不想顾此失彼因了江山丢了美人，所以便又安排省公司财会处副处长高歌一起去。高歌也是他到省公司任专职副总时调到省公司的。虽然高歌到省公司后不像在 K 市分公司财会处那样有实权，但俞飞石还是把她调到了省公司。因为翁笑天任 K 市分公司总经理后，不可能再让高歌在市公司财会处主持工作。另外俞飞石在省公司财会处也必须有一个自己的人。高歌虽不及方菲年轻漂亮，但性格沉稳内敛，对俞飞石忠贞不贰，既不像边美丽那样张狂，总想取陈玲而代之，也不像花朵事儿多，今天要解决这问题明天要解决那问题，更不像方菲工于心计，总想往高处飞，所以他决定让高歌也去北京，既使高歌高兴，又可监视方菲。

对此，时任西岗支公司主持工作的副总经理的方菲心中自然不快。但她不是一个把什么都写在脸上的人。表面上，她对高歌还过得去，但心里却暗暗使劲儿。在俞飞石的五朵金花中，她是颇有自信的，她认为她们即使捆在一起也不是自己的对手，她只担心林青青。

到了北京，在国谊宾馆住下。马驰悄悄地跟方菲说：“这次来京，你可要多费心。高歌与上层关系不熟。一些关键部门的关键人物还得靠你去请，去沟通。”马驰虽也是位人精，但由于他任办公室主任时外出机会本来就少，再加上他为了讨好俞飞石把几次可随俞飞石去北京的机会让给了方菲，所以京城的关系不如方菲熟悉。现在请客什么的都讲究职务对等，俞飞石不来，他担心有些庙里的神仙请不出来。总部管全国几十个分公司，逢年过节或者有事时，哪个分公司不来烧香拜佛？朝拜者多了，佛便不会什么样的人都青睐。

方菲心中得意，决心拿一把。她倒不想给马驰出难题，马驰对她还是处处尊重的，另外马驰也是俞飞石的左膀右臂，在俞飞石心中有一定分量，她不想与马驰搞僵关系。她只是想给高歌出点难题，给高歌点颜色看看。方菲说：“咱们还是分头去请。高处长神通也大，不要怠慢了人家。”

马驰说：“主要还是靠你。”马驰明白，方菲与高歌，他一个也不能得罪，但方菲正走红，他的天平必须倾向她。

方菲说：“这次请来赴宴的，只应是能说上话今后用得着的次关键人物，真正高层次的关键人物还得俞总单独沟通。”

"你说的非常正确。"马驰说，"这样吧，咱俩去请客人，让高歌安排就餐酒店。"

王朝大酒店是京城最豪华的酒店之一。下午四时半，方菲、马驰、高歌就来到酒店恭候。为表示热情和尊敬，方菲、马驰亲自在酒店门前迎接客人。丰满性感的方菲特意去京城著名的贝黎诗美容世界做了美容，着一身浅色名牌时装，满脸阳光玉树临风般地立在酒店门口，一头黑瀑布似的秀发披在肩上，浑身散发着香奈儿的气息，一双蔚蓝的大眼睛显得更加高贵，更加光彩灼人，立时成了王朝大酒店门前一道灿烂夺目的风景，惹得不少中外宾客频频向她注目。高歌呢，则在里面按照马驰和方菲事先商定好的菜谱点菜。点的菜都是名贵的，什么鲍鱼、鱼翅、燕窝、龙虾、太子蟹，应有尽有。

客人陆续来到，方菲把他们一一迎到雅间。雅间很大，名叫隆基厅。这是王朝大酒店的创意，凡雅间一律以历史上有名的皇帝及皇后、名妃冠名。雅间也比较典雅，墙上挂着仿唐人字画，其中最醒目的是一幅贵妃出浴图。刚沐浴过的杨贵妃丰满性感。餐具和字画一样，也是仿唐人的。在这里用餐，可以产生一种典雅高贵歌舞升平的帝王感觉。

客人一一就座。来的客人有两位部门总经理，一位是总公司人力资源部总经理郭福霖，一位是总公司计划统计部总经理陈先锋。另外还有四位手握实权的处长，一位是财务部的高学军，一位是黄天强的秘书刘天骄，一位是理赔管理部的庄天，还有一位是总公司副总姜亦飞的内弟司马小懿。

菜很快上来了，一桌子山珍海味。马驰举起杯中酒，首先致词："今天请各位领导来，主要是奉我公司俞总之命，向各位领导表示感谢。本来俞总想亲自来，但因省里要开会，实在脱不开身。俞总让我代他向各位表示歉意。下面，我代表俞总先敬各位领导一杯。"说完，一饮而尽。马驰很有酒量，能喝一斤多，人称"津巴布韦"。

各人也都饮了。唯郭福霖不喝，用一双色迷迷的眼睛瞅着方菲说："马主任代俞总敬，我不能喝。只有菲菲代俞总敬，我才能喝。"

大家笑起来。方菲也不在意地笑笑，站起来说道："郭总要我代俞总敬，我就遵命。但我们东北风俗，要敬就敬三杯，三杯美酒敬亲人嘛。第一杯，代俞总向各位表示感谢；第二杯希望各位领导今后继续关照，特别是马上省、市公司要合并了，在制定合并方案以及考核等方面，都要请各位为我们俞总多多美言；第三杯代俞总诚邀各位到我们那儿去看看雪，我们那里的冰雪大世界还是很有特点的。"方菲将三杯酒一饮而尽，又用那双蓝天白云般的大眼睛电了一下郭福霖，说："郭总，我喝完了，您也得喝。您是关键人物，我们 K 市公司还得靠您多关照。"

郭福霖两眼盯着方菲，只得也饮了，说："我这是舍命陪美人啊，听说咱们菲菲的酒量可是大得很哪！"

这是事实。方菲确实是女中酒杰，据说六十度的高度酒能喝一瓶。但方菲虽能喝，却不是和谁都喝，不够级别的人，用不上的人，她是从不与之喝酒的。方菲让服务小姐给大家斟上五粮液，说："各位京官都得喝。"

美人监督，京官无奈，只得都喝。一时间，觥筹交错，屋子里溢满了酒香。

酒过三巡。司马小懿处长说道："咱们不能光喝酒，现在全国都流行说段子，哪位说一段，助助酒兴。"

庄天处长说："我先说一段，抛砖引玉。昨天我回家，正好我小姨子在我家，一见我回去，便对我爱人说，姐，你多幸福呀，找了个四等男人。当时我以为小姨子贬我，说，我虽不及刘德华那样让你们疯狂，但也是一表人才呀，怎么才四等男人？小姨子说，你想一等、二等呀，小心我姐打断你的腿。我说，一等咋的？我不配？小姨子咯咯地笑起来，说，你没听外面传的顺口溜吗？什么一等男人家外有个家，二等男人家外有枝花，三等男人家外胡乱抓，四等男人下班就回家，五等男人下班回家老婆却不在家。我不由笑了，说，幸亏还没成五等男人，要是那样可就惨了。"

大家哈哈大笑。

郭福霖也笑了，说："这个段子不错。但别光我们说，D 省的同志也得说几个。"说完，眼睛又色迷迷地盯住方菲。

刘天骄道："马主任先说，二位小姐准备。"

马驰道："恭敬不如从命。我这口才不好，但为了给各位助兴，也说一段。说的是，去年秋天，有一位工人为了给儿子安排工作，在一个饭店请七位有头有脸的人物喝酒。这位工人想，舍不了孩子打不了狼，这几位领导天天玩儿这小姐那小蜜的，挺辛苦，需要补一补，于是便咬紧牙关，要了七只王八。谁知其中一位领导又带了一个小孩来。这位工人一看，八人七王八不够呀，便让服务员再增加一个。服务员不知又增加了一个人，说：七个人七个王八，不是已经够了吗？工人说，你没看见又来了一个小孩吗？你还得再上一个小王八。服务员说，明白了，七个大人七个大王八，一个小孩一个小王八。"

众人又是一阵大笑。郭福霖说："下面该菲菲了。"方菲故意卖了个关子，说："我哪会讲。"郭福霖说："不讲不行。"司马小懿补充："而且要带色。"方菲笑道："我讲可以，但你们必须喝酒，讲前喝一杯，讲完后喝一杯。"司马小懿讨价还价："讲一个喝一杯。"

"也好。"方菲开讲道，"有一位外国丈夫，对其妻不放心。有一天，他出其不意回到家，见床边的烟灰缸里一支没抽完的雪茄还在冒着烟，不由满腹狐疑地对着正缩在床头瑟瑟发抖的妻子咆哮道：这是从哪儿来的？一阵沉寂之后，从大衣柜里传出一个发抖的男人声音：古巴。"

大家一笑。司马小懿说："这个不行，色儿太淡。你得重讲一个。"方菲说："重讲可以，但必须喝酒，你们都欠我一杯酒呢。""行。"郭福霖说，"大家都喝了，让菲菲再讲。"说完，带头喝了一杯，各人也都一饮而尽，酒量小的刘天骄，则趁众人不注意，偷偷将含在嘴里的酒又吐在了茶水杯里。

"我讲个精彩的，题目叫老山炮。"方菲笑盈盈地看各位京官一眼，又喝口茶，才不紧不慢地摆乎起来，"清朝年间，有一位老猎人上山打猎，遇到一只老狼。老狼说，老伙计，咱们真是冤家路窄，今天又遭遇了。这样吧，咱们订个君子协定。你呢，先打我三枪，要是打上了，算我倒霉；要是打不上呢，你也别怪我残忍，我就得吃你。弱肉强食，这不仅是我们动物界的规律，也是你们人世间的规律，希望咱们共同遵守。猎人想，这也好，你老狼再狡猾，我这三枪也灭了你。于是便向老狼连开三枪，谁知老猎人毕竟已是英雄暮年，老眼昏花，再加上老狼格外狡猾，跳跃腾挪，竟一枪未中。老狼不由哈哈大笑，说，老伙计，这下我该吃你了，可惜你这老东西太瘦，大概只有屁股上肉多点，这样吧，你就先把裤子脱了，蹲下，让我慢慢品尝。老猎人无奈，只得照办。老狼伸展伸展身子，正欲上前美餐，却见老猎人下边还有个东西悬挂在那里，不知何物，不敢贸然上前，怕那是老猎人的什么新式武器。正在犹疑，来了一位白发苍苍的老太太。老狼走上前，向老太太一揖，说，请问老大娘，你看那老东西下边是何先进武器悬挂在那里？老太太说，那虽然不是什么世界一流的新式武器，但却是一门国际通用的老山炮，长长的那东西是炮筒，后面那两颗圆圆的东西是炮弹。厉害吗？老狼问。厉害，杀伤力极大，老太太说，六十年前，这老东西就用这老山炮向我狠狠地开了一炮，到今天我这下边还没封口呢！"

众人一阵大笑，高学军、庄天笑得眼泪都流了出来。郭福霖更是笑痛了肚子，连说："精彩、精彩！过瘾、过瘾！"

方菲道："别光我们讲，领导也得讲。火车跑得快，全靠车头带嘛，下面请尊敬的郭总也讲一个，大家看好不好？"

众人立即噼噼啪啪地鼓起掌来。

郭福霖笑道："菲菲发令，我不敢不遵。但菲菲所致欢迎词说什么尊敬的郭总，虽然敬重成分有余，但我总感到亲密程度不够，能不能把尊敬的郭总改成亲爱的郭总啊！"

众人哈哈大笑。高学军说："应该。现在不是都说，小姐少，可领导嘛，像亲爱的这些词儿，也应该先奉献给领导，没有领导的正确领导，哪有我们的今天？哪有方小姐的今天？"

方菲笑笑，两只蓝天白云般的眼睛迎接着郭福霖火辣辣的目光，落落大方地说："大家说得对。我就按照郭总的要求，将欢迎词改为亲爱的最最亲爱的郭总，这下您该讲一个了吧。"

"好，好，讲一个。"郭福霖的目光像一只不安分的小鸟栖落在方菲饱满的胸脯上，"我讲一个关于女同志要求进步的故事。有一日，某公司三位国色天香靓丽非常的女同志，在一起探讨女人如何才能进步。一位说，我总结了多年经验，总感到女人要进步，上边必须有人。另一位说，你说的非常有道理，但女人上边光有人还不行，还必须硬。第三位道，你俩说的都对，但都没说到关键，光上边有人，硬，怎么行呢，还必须使劲儿。如果他不肯使劲儿，你也进步不了。"

大家笑得喘不过气来。方菲也笑得前仰后合，花枝招展，说："郭总真不愧总公司领导，这么幽默，这么富有哲理。"郭福霖道："怎么样，菲菲，受到启示了吧？"方菲连连点头。

有人又提议高歌讲。方菲道："咱们还是换个节目，唱唱歌跳跳舞吧。"方菲能歌善舞。

郭福霖积极响应，说："这个提议好。"方菲说："请郭总先唱一曲。"高学军道："郭总最拿手的歌就是《糊涂的爱》。"方菲笑着鼓掌："那就欢迎郭总来一曲《糊涂的爱》。"

郭福霖腆着肚子唱起来。虽然嗓子有些沙哑，又常常跑调，但表情丰富，内涵深厚，非常投入，唱完，余兴未尽，还要和方菲共唱一曲《天仙配》。高学军说："好，刚才是《糊涂的爱》，现在再来一段结结实实的《天仙配》，夫妻双双把家还吧。"

众人皆曰"妙"。庄天说："这可是妙人、妙配、妙歌啊。"

郭福霖也说："好，好，和菲菲唱这歌最好。"

两人便唱起来。方菲的嗓音清婉圆润，郭福霖呢，则比刚才还要投入，博得大家阵阵掌声。

唱完，已有些喝高了的郭福霖还要唱。方菲贴在他耳边悄悄地说："郭总，让陈总他们也唱一会儿，我们跳舞。"

灯光很暧昧地暗下来，伴着陈先锋的歌声，方菲和郭福霖翩翩起舞。郭福霖腆起的大肚子紧紧地贴着方菲，两只眼睛不时地俯瞰着方菲饱满的胸脯。方菲并不在意，笑着问："郭总，省、市公司合并什么时候开始呀？"郭福霖说："合并方案还没最后定。黄总提议先找两个省试点，然后再全面推开。"方菲说："我们俞总的事，您可得多费心。"郭福霖暧昧地笑道："放心吧，你们俞总的事，就是你的事，而你的事，就是我的事。"方菲笑笑，说："以后我可能也有事求您，您可别推辞哟！"郭福霖说："只要菲菲看得起我，我当全力而为。"郭福霖将方菲搂得更紧。

酒宴进入了高潮。马驰与司马小懿喝得兴高采烈。不知何时，高歌也挽着陈先锋跳起了舞。

（2010 年 1 月由作家出版社出版，获第一届中国金融文学奖）

长篇小说卷（二）

NO.5

上市前夜（节选）

■姜启德

作者简介

　　姜启德，笔名伊君，陕西镇安人，中国金融作家协会会员，陕西省作家协会会员，陕西省诗词学会会员，陕西金融作家协会理事，"陕西文学艺术创作人才百人计划"入选作家。供职于中国工商银行陕西省分行。二十世纪八十年代末开始业余文学创作，至今，在《延河》《陕西文学》《星星》《中华诗词》《西部散文选刊》《中国金融文学》《中国金融文化》等报刊发表各类文学作品 200 余万字；出版长篇小说《梅兰迎福》、《山魂》（中、英文版）、《上市前夜》及其他文学作品集 9 部。中篇小说《较量》2017 年获第三届中国金融文学奖中篇小说奖，短篇小说《醒悟》2017 年获中国金融工委"金融人写金融事"全国征文一等奖，长篇小说《梅兰迎福》2018 年 5 月应邀参加哈萨克斯坦欧亚国际书展，长篇小说《上市前夜》2018 年 10 月获"黄土山杯"首届丝路金融文学奖长篇小说奖。

作品简介

　　在国有银行即将转轨、改制和上市的时代大背景下，西京某国有商业银行发生了一幕幕惊心动魄、复杂曲折的守法与违法、善良与邪恶、新旧观念和美与丑的尖锐斗争故事，别来灾、陈怡欣、冯梦瑶、朱宁等各具个性与风采、锐意改革，依法合规经营、矢志献身金融事业的优秀行长、职工，同行内外形形色色阻挠改革、危害信贷安全的人斗智斗勇，终于使商业银行在历尽艰难后成功变革。

第一章　就职新区

1

　　时代列车轰轰隆隆地跨越千禧年之后的又一个元旦刚过，伴随着国有银行向商业银行转轨加速，西京分行上下出现了一次空前规模的人事机构大调整。时任省分行信贷处副处长、年仅34岁的别来灾就是在这个时候被任命为西京分行新区支行行长的。

　　位于西京古城西南方向的新区，又称高新区，是国家级高新技术产业开发区的简称。九十年代初，以实施国家"火炬计划"为契机，打造古都经济发展强力引擎，西京高新技术产业开发区应运而生，并以深圳速度发展崛起而成为一座现代化副中心新城。

　　新区支行是西京分行设在高新区内的引人广泛瞩目的重点处级支行，人员不算多，架子也不大，但就经营规模和对银行的贡献度而言，却基本相当于一个地市分行。故此，支行一把手这一职位，就成为行内众多精英们格外关注和向往的香饽饽。年轻而资历尚浅的别来灾之所以会出人意料地被选中，据说是西京分行新任行长，也就是新区支行前任行长王子虚点兵点将亲自点定的。这种说法，别来灾基本上是认同的。他心里清楚，市行所辖支行相对于省行，毕竟鞭长莫及，支行行长几乎无一例外地都从市分行范围内选配，这次如不是王子虚张口向省行要人，市行无论如何不会舍近求远从省行物色人选，这一香饽饽也无论如何不会落到他别来灾身上。

　　王子虚为何这样超乎寻常地关心和器重别来灾，他们之间到底有着怎样的一层关系，几乎没人知道。但别来灾确信，事情大致缘起于十几年前的那次不期而遇。

那年，王子虚所在新区分理处即将升格为科级支行，按说他是分理处创建元老，在任分理处主任，升任支行行长顺理成章，但因有多人竞争，到底能否如愿，他心里没底。于是便于某个周末，忐忑不安地去了佛教圣地南五台抽签算命，期望圣灵能够给予答案和点拨。

在圣寿寺大殿，王子虚虔诚地在观音大佛前供香磕头之后，有幸求得象征吉利和幸运的观音灵签第十六签，上上。词曰：

愁眉思虑渐时开，启出云霄喜日来；
宛如粪土一块玉，良工一举出尘埃。

解曰：得处无失，损中有益，不用多求，必定遇吉。此签良工举玉之象，凡事谋皆大吉。

看来自己所谋之事大大地有希望，王子虚一高兴，就给了主签和尚200元赏钱。

在返回的路上，心情大好的王子虚踏着泥泞山路，还在反复咀嚼着令他激动不已的签文：愁眉思虑渐时开，启出云霄喜日来……不料，脚下一滑，人就翻进了深沟里。

好在一位年轻挑夫下山，正巧发现了他，急忙跌跌撞撞地下至深沟，将已不省人事的他背下山，拦车送进了医院。医院接诊后，挑夫从伤者的大哥大里查到其家里电话，王子虚爱人谢芸很快来到医院。

那位年轻挑夫是谁？昏迷中的王子虚没见着，他爱人谢芸还没来得及问话，挑夫就转身离去了。

事过一年多后的那年盛夏，升任支行行长的王子虚分得一套银行福利房，遂委托搬家公司搬家。本来，你搬运，我付酬，应该没有什么故事。可那个看上去有二十来岁，长得蛮标致的年轻搬运工一来事儿，就一下激活了王子虚的神经，差点擦肩而过的搬运工，从此就注定成了他人生中叱咤风云的主角。

事件的起因其实很简单，搬运工背着一张条桌吭哧吭哧地上到五楼，在客厅放下后，从桌子底下钻出来，大汗淋漓地对王子虚说：叔叔，你的抽屉没锁，钱包还在抽屉里，请你检查一下吧。

王子虚一拍脑门：哟，我给忘了！急忙拉开抽屉，取出那只鼓鼓囊囊的男士长款牛皮手抓钱包，拉开拉链，厚厚一沓那种刚刚发行不久的百元"土豪金"分文未动，连说，谢谢你！谢谢你！

女人谢芸瞪了男人一眼，埋怨道：你也太大意了，钱包怎不随身带着？谁要悄悄拿走了，看你到哪寻去！

我是准备带着的，这收拾那收拾的，倒给忘了。幸亏遇到这位小伙子，不然还真是麻烦。王子虚自责地说着，就手递给小伙子一条毛巾让擦汗，又找一瓶矿泉水让喝。

小伙子一气喝完一瓶矿泉水后说：那两个搬运工老爱翻主家东西，刚才他们翻抽屉，发现了钱包，就要拿走，回去好分钱，我一把拽下来放进抽屉，赶紧扛了条桌上来。

那我该奖励你。王子虚说。就从钱包抽出五张百元钞递于小伙子。小伙子说什么也不接，转身下楼继续搬东西。

这小伙我咋看有点眼熟，好像在哪见过。谢芸若有所思地对男人说。

你见过？那你想想在哪见过？王子虚颇有兴趣地问。

女人就仔细想，想了好一会说：想起来了，想起来了。一年前你在南五台出事儿，就是他救的你，送到医院后，他给我打来电话，我一到医院他就走了。虽然只打了个照面，但还是有比较深的印象。没错，就是他。

那这么说起来，他还是我救命恩人呢！王子虚欣然说，事后据医生说了大致情况，出院后我就找他，找了好一阵没找着，没想今天却碰巧遇上了。

搬完全部家具之后，王子虚又递给一瓶矿泉水，问道：小伙子，你贵姓？

免贵姓别，叫来财。

来财，我问你个事儿，一年前的仲春你是否去过南五台？

去过。来财点着头说，在南五台当过一个来月挑夫，给山上寺院运送东西。

那么，有个烟雨蒙蒙的周末下午，你是否救过一个摔进山沟的人？

救过。碰巧遇到。

实际上，别来财刚才与王子虚正面接触时，就认出了是被他救的人，他惊讶了一下，心说，这么巧，就是给他搬家。但是，就像当时救人没留下姓名一样，此刻他也没打算说出这件事，于是就当没事一样继续搬东西。没想，对方到底还是认出了他。

哎呀！原来你就是我的救命恩人，我还一直寻你呢，那今天无论如何我得感谢你。王子虚不无激动地说着，就又打开钱包，将厚厚一沓现金全部拿出来，递给来财。来财连说不要不要，小事一桩，不值一提。就欲转身出门。

娃你莫拧辞，这钱你该拿。要不是你把他从沟底背上来，又送进医院，他恐怕早就没命了。谢芸拉住来财，硬往他手里塞。

来财推让了好半天，执拗不过，只好接过钱，却拧身塞进书桌抽屉，拿起小锁子咔嚓一下锁了。

这娃犟的！王子虚和女人无奈地叹息一声，王子虚就又问：来财，你在搬家公司一天能挣多少钱？

我是新来的，七块。两个师傅是十块。

这么重这么苦的活，才给七块钱，太亏了。我给你找个事做吧，端盘子洗碗比这都强，你年纪尚轻，正是长身体的时候，下这么大的苦咋行。王子虚在一张纸上写了自己的单位姓名和地址电话递给来财，然后又交代：过几天你来找我。

谢谢叔叔。来财感激地鞠一躬，转身离去。

一周后，别来财来到王子虚的办公室。他这才知道，眼前这位领导原来是这家支行的行长，心里不禁肃然起敬。

来财，你到我银行网点当经警（那时银行管保安叫经警）吧，活路轻，有责任心就行，穿着警服，挺威武的。不过不是警察，实际还是临时工，每月工资三百多，加上各种补贴，能拿到四百元。你觉着咋样？如果不想干没关系，叔叔给你再找合适的。

行，我干！来财满心欢喜地答应。每月能拿四百元呢，到哪去找这么好的事。他想。

王子虚于是就叫来保卫干事尤健送来一张临时工招录表。来财填好后，恭恭敬敬地递给王子虚。

王子虚接过表一看，似乎发现了什么，眼睛一下直了，喃喃自语道：咋这么相似？莫非……他眨眨眼睛，将表格再看一遍，基本情况的确高度吻合，遂镇静一下情绪，抬起头来像查户口似的复述着表上的内容：

来财，你是西京城郊农民出身？

是的。来财点着头说。

你弟弟别来运，与你同岁？

是的。我们是双胞胎。因为我先于他几分钟来到这个世界，所以我就当了老大。来财笑着说。

父母都去世了？

嗯。就我弟兄俩相依为命。

王子虚内心已激动不已了，想进而拨云见日，却又假装事不关己而纯属好奇地问，知道你们具体出生日期吗？

记得，我爸我妈说是 3 月 18 日。

3 月 18 日？没错，是 3 月 18 日，完全吻合，真是活该我们要相遇了。王子虚情不自禁地这般嘀咕后，像点击鼠标一样，在心里点了确认键。

别来财没觉察到王子虚的反常表现。其实，王子虚之所以这么多事地问这问那，是有其缘由的。多年来，他内心一直纠结着一件事，准确地说，是在深深牵挂和寻找着两个人而终不得其详。此刻，他与别来财这么不经意地一相遇，就无可置疑地与暗藏于他心底的人对上了号。那么，他心底的人到底是他什么人？又为何如此强烈地让他久久牵挂而放心不下？这实际一直是他一个人的秘密，他从来没对任何人说起过，包括对爱人谢芸也是守口如瓶，从未向她透露过只言片语。他不肯说，别人也就无从知晓，这事就像根本不存在一样在他的内心存在着，一种不为人知的内疚和纠结，也就一直挥之不去地在他心底悄然成长着、泛滥着。

现在，既然情况已经完全明了，事件的当事人之一就站在眼前，是该将我们之间的故事告诉这孩子，就此为这件事圆满地画上句号了。王子虚这般想着，但旋即又打消了念头，这俩孩子原本一无所知，空穴来风似的说出来，他们未必会相信和接受。算了，何必打破他们内心的平静，还是就这么秘密下去吧，直到足以不能继续秘密为止。于是内心翻腾着狂涛巨澜的他，为掩饰这突如其来的惊喜，不露声色地起身用纸杯接一杯水递于来财，然后又给自己续上水，喝几口，这才又问：来财你是高中毕业，怎么没上大学？

我和弟弟去年同时考上大学，但是没钱交学费就都放弃了。今年我弟又考上了北京公安大学。我就不打算考了，出来打工挣钱供弟弟上大学。

哦，是这样，当哥的担子不轻啊。你去年考的是什么院校？

陕西财经学院财经专业本科。

噢，是我的母校，院校和专业都不错。这样吧，你去上班，先干着，回头有什么困难找我。王子虚说着就打电话让尤健来领走了别来财。来财当天就穿上警服，别上警棍，喜形于色地去支行不远处的一个储蓄所上班了。

时间很开心地过去了两个月之后，别来财这天突然被王子虚叫去说事。

咋样？当经警感觉满意吗？王子虚关切地问。

挺好的。比搬家扛东西轻松一百倍，而且工资也兑现了，我已经领到两个月的工资，连补助将近800元呢，我弟的学费不愁了，谢谢王叔叔。来财神采飞扬地说完，向王子虚深深地鞠一躬。

可是，我不打算让你干了。王子虚直言不讳地说。

为什么？来财愣了一下，一脸茫然地问，我干得不好，要辞退我？

不，我想让你去上学。王子虚说，考上了不错的学校和专业，不上很可惜。我认识财院一位主管招生的副校长，我去说明情况之后，人家破例答应腾出一个名额，让你随今年新生入学，还上去年录取的专业。

原来是想让我上大学，有这么好的事！来财的神色复又灿烂起来。但他旋即又拨浪鼓似的摇着脑袋说：我不上，我上了，我没钱交学费不说，我弟就上不成了，没人供养他了。叔叔要不想让我干经警，那我就还去搬家公司上班。

不用担心，你俩的学费、生活费我全包了。马上要开学了，你带上去年的录取通知书去财院报名，学费、生活费都在这张银行卡上。王子虚边说边递给一张贴着纸条的银行卡，然后又递一张同样贴着纸条的银行卡说，你弟的费用在这张卡上，你交给他，往后我按学年给你俩卡上打钱。纸条上写有银行卡密码。

来财接过银行卡，翻着看一遍，又看一遍，简直不相信自己的眼睛。王叔叔与我素不相识，就为那么点事儿，就这么慷慨解囊？即便是好心捐助，那也太让人家破费了，两个人四年的学费生活费可不是个小数目。上学当然好，自己做梦都想跨入大学校门，可不沾亲不带故的，这么超乎寻常的大笔捐助，你咋好意思接受？又咋能心安理得？这般想想之后，来财抬起头来，边递银行卡边说：谢谢叔叔好意，这个我不能要，我受之有愧。你已经为我安排了工作，我就干经警挣钱已经很好了。

不要这么想，捐助没什么理由，既然遇到一起，就算是一种缘分吧。再说，我捐助贫困孩子上学，你也不是第一个，帮助你俩我心甘情愿，不需要你们为我做什么，专心上学，努力完成学业就是。

不明就里的别来财眼眶湿湿的，想说什么半天没说出来，抹一把眼泪，这才说：那我让我弟来与叔叔见个面吧，他也在城里打工，不远。

也好。王子虚当然巴不得，当下点头同意。

别来财于是就在座机上拨了电话，然后下楼去等。不到一小时，就领着别来运站在了王子虚面前。

但是，一个人变成两个人之后，出状况了，王子虚瞅瞅这个，又瞅瞅那个，认不出人了。大众化的中高个头，胖瘦适中的匀称身材，玫红色T恤和黑色裤子，都一模一样，甚至连中分式发型和盛开在标致脸庞上的微笑，也几乎是一个印模印出的两张画，不差丝毫。

这就是要资助咱俩上大学的王叔叔。来财首先说话了，这是我弟弟来运。来运就礼貌地鞠一躬说：叔叔好。

双胞胎挺迷惑人的，王子虚笑着说，来财要不说话，我还真认不出谁是谁了。这样吧，马上要开学了，你俩就别打工了，回去准备准备，按时报到。另外，这事就不要对任何人提说了，就当没这回事儿，尽管把书念好。记着每年要向我报告学习成绩，毕业后，拿毕业证来向我报喜。

一件助人的过往而为，便注定了人生走向和命运的改变。看着王子虚真诚而恳切的样子，受宠若惊的别来财鼻子一酸，眼眶里汪满了泪水，抹一把泪，拽了来运一起"噗通"一声跪下来，欲行大礼。王子虚急忙起身来扶，弟兄俩还是扑塌在地连磕了三个响头。

你俩能不能把名字改了？两人起身后，王子虚问道，别姓很特殊，是否定词，来财、来运是好，可与别字一搭配，意思就反了，很不美气。

王子虚原本是想让弟兄俩改姓王，叫王来财、王来运，或者干脆就叫王平、王安。一来用王姓取代别姓，好就此形成亲情关系；二来与其名一搭配也就没了歧义。但想想，终是觉得有点勉为其难和唐突，遂提议让改名。

弟兄俩相视一笑，来财说：好，那我请王叔叔帮我们重新取个名吧。

王子虚于是就思忖起来。不一会就抬起头来说：官名就叫别来灾、别来恙吧，与姓搭配起来，喻示着无忧无灾和吉利平安。原来的名字可以作为与姓无关的小名继续保留，这样就顺了你们父亲为你们取这一名的初衷。你俩看行不？

行。意思好，也顺口。谢谢叔叔。两人都欣然点头同意。

那就好，王子虚说，正好你们上大学要换生活环境，好改。不过，以后我可能私下里会更多地叫你们小名，来财、来运，你们不介意吧？

不介意。叔叔习惯咋叫就咋叫。弟兄俩遂起身鞠一大躬，转身离去。

被改了名的别来灾和别来恙入学后，王子虚几乎像捻佛珠一样捻了四年1460个日子。总算不错，弟兄俩没辜负他的期望，学成之后准时来向他报喜了。

一走进王子虚的办公室，别来灾和别来恙就一如四年前那次一样，一扑塌跪在办公桌前，几乎是五体投地地叩拜眼前恩人，然后像递奏状似的，双双极其隆重地将毕业证书举过头顶。王子虚急忙起身走过来，边接过证书，边扶起两个年轻人在椅子上坐下。

真是太好了，来财来运都很争气，没辜负叔叔的期望，终于学成归来。王子虚阅着毕业证书，像阅着自己当行长时的任命书一样，简单明了的几行字，他足足阅了好几分钟之后，才放下来，异常欣慰地感叹道：不容易，也不简单！眼下的你俩，可不能小看了，已经是国家有用之才了。打算干什么工作，有没有具体考虑呀？

我当警察，已经被公安机关录用了。别来恙不无自豪地说。

我还没有着落。别来灾说，不过我学的是财经，还是想学有所用，希望能去金融系统或者财政部门工作。

那就进银行吧，王子虚说，我们省行每年都定向从财院招人的，不过，名额有限，竞争激烈，我已经给省行人事处打过招呼，如果没意见的话，你去省行报名应聘吧。

事实上，别来灾进银行工作的事，已经是抱在怀里的西瓜，十拿九稳了。大约几月前，还没等别来灾毕业，王子虚就已去省行挂了号，由于专业对口，又是全日制本科，加之他适当打点了一下，人事处长严东二话没说，就同意录用。

那太好了！让您费心了，我一定好好工作。别来灾感激不尽地鞠着躬感谢。

果不其然，别来灾去省行应聘，几乎没费任何周折，就如愿以偿地被录用了，并且很荣幸地被留在省行工作。仿佛是自己孩子顺利毕业就业一样，王子虚心里的一颗石头就算落了地，内心的纠结和自责，从此也便稍稍得以松绑而成长着欣慰和愉悦。

在此后的多年里，王子虚内心不为人知的秘密仍持续地秘密着，同时也仍继续像慈父一般，给予别来灾和别来恙生活方面点点滴滴的关心照顾，以及成长进步方面的教导和鼓励。而在别来灾仕途发展方面，虽然同在银行系统，却是爱莫能助，一晃十来年过去了，一直难以直接给予实质性帮助。后来新区支行升格为处级支行，王子虚由科级行长升为支行副行长、行长，却仍受隶属关系限制而一直力不从心。直到这次他升任分行行长，有权选拔辖属支行行长的时候，他便不失时机地把握住这一千载难逢的机遇，将别来灾纳入首选而运作成功。如果说这之前，他们之间还只是一种没有任何利益牵扯的帮助与被帮助的关系的话，那么现在，他们就已经成了一种直接的上下级关系。

2

别来灾去支行打了个照面，还没来得及熟悉情况，就被通知参加省分行召开的分支行行长工作会议。当晚，他来到指定宾馆西郊协和宾馆报到后，躺在床上打开预先备好的会议文件袋，浏览会议材料，这才从会议日程表上看到，八个先进单位将在会上介绍先进经验，而且新区支行被安排在首位。

介绍先进经验，须得有先进经验材料，可别来灾没见着任何关于新区支行经验的只言片语。他立刻打电话询问支行办公室副主任秦小强，小强回答没有任何人安排他写这方面的材料。放下电话，别来灾的头一下大了三圈，时间这样紧，安排小强连夜起草显然已经来不及了，不上会讲吧，首次代表支行参加省行会议就抓瞎，负面影响可想而知。他习惯性地推了一下架在鼻梁上的金框眼镜，到底怎么办？思忖良久，他打开笔记本电脑，决定自己归纳几点，应付一下。

作为老机关，写材料自然不在话下。可经验不能凭空捏造，别来灾对支行情况基本上是两眼瞎，一时如老虎吃天，无处下爪。写了几段，不满意，删了；再写几段，还不满意，又删了。还是请示一下王行长吧，他想。便从会议住宿安排上找到王子虚的房间号，敲了门，无人回应。又返回房间，拨了王子虚手机号码。

喂，王行长吗？我是别来灾，我有个事想请示您。省行会议安排有新区支行介绍经验，可事前我不知道这一情况，没来得及准备材料，我想听听您的意见，可不可以不讲了，或者我晚上加加班，归纳几条。只是这样临时抱佛脚，恐难反映支行的成绩和经验。

噢，来财（王子虚依然习惯叫他小名），这个事我忘了告诉你。王子虚在电话那头说，讲是要讲的，这么好的宣传交流机会，当然不能错过。不仅要讲，而且要讲好，理直气壮地讲，全面深刻地讲，要一炮打响。材料你不用担心，考虑到你初来乍到，情况不熟，我已让吴晓阳赶写了经验材料。吴晓阳你可能不熟悉，是新区支行原信贷科长，高材生，文笔好，出手快，而且善于把握领导意图，我到市分行带走了他，现任市分行信管处副处长。材料他已交给我，我看不错，有高度、有深度，晚上我再斟酌一下，明天一早我带到会上给你。

一听有现成材料，别来灾这才放下心来。他从王行长的话里听明了几分，王行长之所以这么重视这次发言，显然是想把文章做得更漂亮更圆满些，毕竟，新区支行是他一手树起的一面旗帜。他自受命组建支行时至今已在新区支行工作十几年，属于支行当之无愧的创业元老。特别是近几年支行实现了跨越式发展，连年评为市分行先进，对此，别来灾早有耳闻而又十分敬佩。如今新区支行更成为市行乃至省行的一面旗帜，真可谓辉煌到家了。显然，如果在离职之前，王行长能够继续扮演支行行长角色，亲自到省行大会领奖、介绍经验，这个句号也就画圆满了。遗憾的是，正值收获之际，他离开了。可自己算什么？在支行没干一天工作，却在风光场面出头露面，多少有点下山摘桃子的味道。于是他谦虚道：

我讲恐怕不合适吧，毕竟谁都知道，新区支行的业绩是您创造的，经验是您积累的，能评为省行先进，是您的功劳。而我实际还没到任，对支行还是零业绩零贡献，由我出头露面，我总感觉芒刺在背，心里很不自在。

你过虑了，这不是个人行为，是组织需要。再者我让你去讲，也是让你锻炼、扩大影响，多好的机会啊。处事这么扭捏可不好。就这么定了，你只管照材料发言就行了。

王子虚这么一说，别来灾也就打消了顾虑，只好依言而行。

省分行会议安排两天。第一天上午走完了一传达、二总结、三部署的程序之后，下午分小组讨论。第二天上午先进单位交流经验。王子虚来参会时，已将新区支行经验材料交给别来灾。别来灾浏览几遍，上会介绍时，基本上是只字未添未减地照本宣科，只是将第一人称我行改成了支行，把自己摆在局外，突出支行班子和原任一把手王子虚，听起来毫无自我宣扬之感，倒也恰如其分。

下午表彰先进，别来灾又代表支行领了奖牌和奖金，刚一转身，省行行长大声宣布，方副省长和贾副市长亲临会议看望大家。这时候，别来灾当然没有忘记将支行老行长推到前面，让王行长与省市领导合影，并接受记者采访，当晚便在电视上露了脸，出了彩。他心里这才稍稍有了些解脱。

省行会议之后，市分行接着也在协和宾馆召开工作会议，贯彻省行会议精神，安排部署新年度工作任务。别来灾报到后，特意去宾馆大套客房看望王子虚。

王子虚兴致勃勃地起身与别来灾一同坐进沙发，递给别来灾一支蓝猫烟后，又打开茶叶盒沏茶。

别来灾拿起打火机为王子虚点着烟后说：我给你带有紫阳清茶。

不知从何时起，就像别来灾喝奶只喝银桥纯牛奶一样，王子虚抽烟、喝茶都非常专一了。抽烟只抽好猫烟，其他一概不抽；喝茶也只喝清茶，而且首选紫阳富硒茶。别来灾来之前，将他人送给他的精致礼盒装的两盒富硒茶带来送给王子虚。王子虚当即拆开包装，一见是紫阳毛尖，打开一盒边沏边说：好茶，这是紫阳清茶中的珍品。

我喝茶像抽烟一样，没什么讲究，啥都行。别来灾说。

要讲究，王子虚说，我抽了一辈子烟，喝了一辈子茶，才感觉好猫烟和紫阳清茶最适合我。好猫烟的特点是烟味醇正，润泽醇香，无刺激、不焦灼，抽起舒服、过瘾。这两年抽着抽着，其他烟就不沾了。

别来灾笑一下说：行长，你还别说，人的习惯是可以改变的。就说喝奶吧，我过去遇到啥奶喝啥奶，可是喝着喝着，就感觉银桥纯牛奶不仅品质高，而且最适合我的口味，于是别的奶就很少喝了。再者我和梦瑶喝红酒原本也没明显偏好，可后来朋友送几瓶桑葚红酒，我俩喝了之后，都感觉口感就是不一样，酒体饱满，香醇甜美，风味独特，喝起让人格外舒服，很享受很过瘾，就再不想喝别的酒了。

物竞天择嘛，人享用什么都有个比较优选的过程。王子虚点头赞同，然后见茶已泡开，举着杯子说：紫阳清茶尤以毛尖最为舒心，有着独特的品质，你看，它外形如梭似毫，条线好，叶片齐齐向上，芽叶嫩壮匀整，白毫显露，色泽翠绿，叶底嫩匀成朵，汤色嫩绿，不仅看上去很舒服，而且清香四溢，滋味鲜美，回甘绵长。

别来灾拿起杯，边欣赏边说：还真是，看起很赏心悦目，过去也喝过，倒没很在意。品一口又说，滋味也就是不一样。

不过，更为重要的还在于紫阳清茶是富硒茶，王子虚喝一口茶说，这一特点在茶系里几乎是别无仅有的。它产于汉江中游，巴山北麓的安康紫阳县，此地广泛分布着我国少见的富硒岩层，饮紫阳富硒茶，是一种简易、实惠而又无任何副作用的补硒方法。早在西汉时期就曾出现茶叶贸易，唐朝时茶叶成为贡品，宋、明时期以茶易马，逼茶农"男废耕、女废织"，"昼夜制茶不休"，清朝时则更视之为稀罕灵奇之物，有诗曰："自昔岭南春独早，清明已煮紫阳茶。"

长知识了，别来灾说，过去只听说紫阳富硒茶在防癌抗癌方面有显著功效，但没刻意了解过，听您这么一介绍，还真有不少学问。

两人各自品几口茶后，王子虚语重心长地说：来财呀，你知道，西京分行的经营规模占着省分行半壁江山，新区支行差不多也占着市分行三分之一江山。所以新区支行对市行发展举足轻重。况且，现在新区支行已经是分行乃至省行的一面旗帜，全行上下都盯着你。你能够被派往新区当行长，就像当年支行升格后，委任我当行长一样，可不是领导随便扒拉一个人来占这个位子，而是省、市行慎重考虑，优中选优，寄予厚望的。现在新区支行有很坚实的基础，按部就班，谨小慎微地守阵地，都不算是有所作为，你必须努力实现新跨越，再上新台阶。

喝一口茶后，王子虚继续说：来财你比我有出息，我起步晚，我任处级支行一把手已接近五十岁了，你今年才不过三十四五岁。论年龄我是长辈，是父辈，我之所以把你弄到新区支行，一来是我需要得力的左膀右臂，二来是想给你一个好的发展锻炼平台，希望你成长为银行的栋梁。如果不出什么意外的话，四年以后，我现在这个位子就是你的位子。

我知道，别来灾说，我能走到这一步，都是您教导和提携的结果，您是改变我命运的恩人，也是培养我发展进步的恩师。既然组织这么信任我，我一定不辜负您的期望，努力当好支行行长。至于将来怎么样，我倒还没考虑那么远。

要考虑，为什么不考虑呢？不想当将军的士兵不是好士兵。你要有远大目标和抱负，立志当银行家，当未来的省行行长、总行行长。别人发展不发展我不管，你我是不能不管。希望你一定要有这个梦想。总之，你要放开手脚干，有什么问题我们随时商量。

王子虚可谓推心置腹、语重心长，别来灾看着他真诚的样子，蓦地想起自己父亲，父亲别忠成生前就常常这样教导他。只不过，父亲的教导多以做人处世为要，而非名利地位。不管怎么说，不沾亲不带故，王行长也像慈父一样关怀和寄予厚望，别来灾委实打心眼里感动和感激。他重重地点点头，这才起身告辞。

第二章　试水改革

1

新官上任，通常都要趁着热劲和激情烧起三把火的。然而，别来灾到职后，分层次传达贯彻三级行长会议精神，督促各部门制订工作计划，细化和分解目标任务之后，基本上就潜水了。人们期待的三把火迟迟没见动静，而且显得比较闲松，每天上班后，在他的办公室几乎就见不到人。去哪了？没人能够说得清，有时见他坐在支行某个科室里，有时却又突然出现在一线营业网点。

现在，也就是早上一上班，别来灾径直走进支行老牌科室储蓄科。科长以为他来检查指导工作，急忙召集全科人员等待训话、指示。他却一挥手，让大家各就各位，该干啥还干啥，自己则在办公室的某个空位子上坐下来，与两三名科员聊上几句无关紧要的闲话之后，就和科员一样，喝着茶，看着报，没事一样，一待就是半天不起身。

然后，一连多日，他一如在储蓄科一样，每个科室都这么挨个过一遍。没训话，没指示，喝着茶，看着报，没事一样，一待就是半天不起身。大伙心里嘀咕，这新来的行长人真怪！

再后来，每天一上班，他就骑着自行车出了门，成天在基层网点溜达。

这日，他又出现在支行最远的一个营业网点。进营业大厅之后，就见两个营业窗口前，像蛇一样七扭八歪地排着长长的队伍，他既不去办公室接见网点负责人，也没与窗口柜员打招呼，而是悄然加入客户行列，不厌其烦地与客户一样等候办理业务，并不时地与身边焦急异常的客户颇有共同语言地一起发发牢骚。

按照惯例，别说行长，就是支行部门正副科长要办业务，也会无一例外地只需往窗口一站，不管客户人多人少，柜员都会优先接待。而这位行长也太老百姓了，起先没人认识也没人注意到他倒也罢了，后来网点负责人发现了他，急忙前来应承，他却摇着头说：你不管，你不管。就又那么特有耐心地随着队伍缓慢地往前挪动，直到前面所有客户办完业务，才向窗口递去存折和现金办理一笔业务。

如此这般，工作不像工作、调研不像调研地溜达了两个多星期之后，别来灾就蹲遍了二线每个科室，也走遍了一线每个网点。到底弄啥？没人知道。反正到哪都没开过一次会，也没作过一次指示。于是，支行上下关于他的议论就多了起来。有说这人好怪，整天无所事事，到处乱串，简直就不像个行长；有说这位行长可能不咋地，不会当行长，不谋大事，不坐班主政；有说这位行长还是太年轻，不懂树威信，不用专车而骑单车，到网点办业务还自己排队，真没见过。

不知怎么搞的，那些不良反应很快就传到分行王子虚行长耳朵里了。王子虚心里不悦，遂打电话将别来灾招去训话。

来财啊，传达贯彻行长会议精神之后这段时间，你都忙些什么啊？你是行长，整天不待在办公室，人家有事找你都找不到。还没等别来灾坐稳，王子虚就阴沉着脸训刮。

还真是忙啊，白天走科室、下网点、访客户，晚上梳理素材，提炼构思，思考问题，总觉得时间不够用。

梳理素材，提炼构思？得是你想写小说？王子虚疑惑地笑一下。

哪有那闲工夫？别来灾也笑一下，我原本是想利用春节前这段时间沉下心来，好好了解情况，熟悉情况，把支行的现状摸清吃透。结果在观察了解中发现很多问题和弊端，深感目前支行的状况必须改革，于是就酝酿草就了一个改革方案。刚弄好，准备这两天就向您报告，正好今天您叫我，我就带来了，请您过目。

哦，原来是忙这事儿。王子虚接过一看，是《关于新区支行内设机构集约化、扁平化改革的实施方案》，这才戴上老花镜，仔细审阅起来。

不错，王子虚阅后抬起头来赞赏地说，你还保持在机关时锐意进取的精神，方案设计也很前卫很周全。说说，你改革的动因，为什么这么迫切？

别来灾清了一下嗓子说，近两年，我在机关曾到几家外资银行考察、调研，有些感性认识。到支行以后，了解了支行的全面情况，我就明显感觉我们的思想观念、机构设置以及工作职能和服务状况差距太大了。我们基层支行根本就不像个经营单位，而更像是一个行政机关。内设机构包括信贷、储蓄、会计、办公室、人事、教育、党务宣传、纪检监察、工会、后勤、基建、保卫、老干等十几个科室，可谓麻雀虽小，五脏俱全，几乎是分行有个啥部门，支行就有个啥部门，上级有个啥机构，支行就有个啥机构；各科室人员少的两三人，多的五六人，总数六十余人，几乎占到全部人员的30%，仅科长、副科长、股长就二十余人。人力资源配置非常不合理，机关很臃肿，闲人太多，以人设事、人浮于事，自我服务，甚至倒服务的现象很严重。而一线则明显人力不足，各营业网点对外营业窗口利用率很低，客户排队现象很普遍，意见很大。所以我们应当汲取外资银行之长来补己之短，分支机构都应该转换职能，成为面向基层、面向市场的经营单位、营销单位。目前金融业已对外开放，外资银行正大举进入，银行同业竞争态势日趋激烈，如果我们还因循守旧、墨守成规，怎么能适应业务发展要求？又怎么能够在激烈的市场竞争中立于不败之地？

听着别来灾滔滔不绝地强调理由，王子虚像灌了半瓶烧酒，脸就不由得燥热起来，心里快快不快地谴责道：照你这么说，我交给你的是个乱摊子，好似你比前任行长高明！再说，哪个行不是这样，不都过来了，怎么到你手上就过不去了？唉，有些年轻人就是这样，你提携他器重他，他就在鲁班门前抢斧，不知天高地厚了。但冷静一想，心里又生出些许欣慰来，毕竟是年轻行长，锐意进取、积极改革有什么不好，这不正是自己所希望所期待的吗？难道你看着他守摊子、图安逸你就高兴？难道他成为安于现状、不思进取、无所作为的庸碌无能之辈是你之心愿？当然不是。所以即便不宜太多表扬，也万不可当头泼凉水。这么想想，王子虚便从沉默中缓过神来说：

嗯，想法很好，精神可嘉，方案也似乎可行，但是改革是有风险的，改乱了，出了问题咋弄，你就不怕担风险？不怕对你产生不利影响？你还年轻，办事要稳妥些，不能凭一时的冲动。

我相信鲁迅那句话，别来灾说，世上本没有路，走的人多了便成了路。我之所以想这么做，是因为我感觉应该这么做。如果怕担风险，不敢尝试，习惯穿旧鞋，走老路，那就永远走不出今天。所以，既然我想定了，我还是想试水，出了问题我负责。

总算不错，王子虚心说，骨子里有这种超凡脱俗的激情和精神品格，你别来灾就有希望有前途。于是便说：我原则上同意你的方案，如果可能的话，可以作为试点单位试验。但机构人事改革有主管部门，还得按程序来。我批转到人事处，你等他们答复吧。王子虚说完，拿起笔在方案上签了字，然后打电话让秘书直送人事处长张北。

王行长虽没太多表扬，但总体上还是肯定和支持的，别来灾就心情不错地等着人事处回话。但是，五天过去了，没动静，十天过去了，还没动静，眼看到了春节，别来灾坐不住了，遂亲自去人事处当面询问，这才得知，方案被人事处长张北"贪污"了。

年届五十的分行人事处长张北，待人随和不足，严肃有余。别来灾走进办公室，说声张处长您好！正在看着报纸的张北脸上没一点表情，只点一下头，算是打了招呼。人事领导都这熊样，别来灾没计较，自己在办公桌对面的椅子上一落座，便直截了当地问道：请问张处长，王行长转给人事处的新区支行集约化、扁平化改革方案，你看到没有？

看到了。集约化、扁平化，从哪整的新名词？张北边操着浓重的东北口音不无讥讽地说，边起身在桌上乱得像猪窝一样的文件堆里翻找那份方案。找了好一会没找着，复又坐下说：拉倒吧，你整的那玩意儿，我们经慎重研究，否决了。

否决了，为什么要否决啊？别来灾顿时涨红了脸，用手习惯性地猛一推挂在鼻梁上的金边近视眼镜说，新区支行目前的状况严重制约工作效率，阻碍经营业务发展，改革势在必行啊！为何要轻易否决？

实话说，我不赞成这么整事儿。各支行机构从成立时都是这个样子，必要的话，可由人事部门作小范围个别调整，哪有这么随意大刀阔斧整的？你知道，新区支行是升格还不到五六年的新支行，其他几个老牌大支行，那内设机构才叫个大呢。大就大呗，它就是一级机关，别说咱城市支行，就是县支行也是如此，不都在正常运转吗？这么多年不都这么过来了吗？有啥事儿啊？

可眼下支行内设机构太臃肿，闲人太多，人浮于事，而一线人手紧张，柜面压力大，难以适应客户服务需求。你可以下去看看，每天支行科室多少人在喝茶、聊天、看报、闲逛，基层网点又有多少客户在排队、在埋怨，机构设置、人力资源配置明显不合理嘛，这种状况我们咋能漠视不管呢？

拉倒吧你！合理不合理，那是上面的事儿，全行的事儿，不是你别来灾的事儿，也不是我张北的事儿！你是省行下来的，应该懂得办事程序和组织纪律，基层行内设机构到底该咋整，得上面有指示有政策才行，即便要改，那也得由我们人事部门来设计方案，哪有支行自作主张，想咋整就咋整的！

方案被否决，别来灾心里就窝火，又听张北这么横加指责，内心的火气像火山似的往上腾腾直冒。他不由得推一下眼镜，上举的右手就势捏成拳头，瞬间就将狠狠砸下去，台面那张玻璃瞬间就将粉身碎骨。但，愤怒的拳头终究没有落下来，他的涵养阻止了他的粗鲁，他拿眼盯着对方，竭力镇静着情绪，过了好一会，才又辩解道：照你这么说，支行就不能有点自主权吗？支行就不能从实际出发吗？我一不增减人员，二不要你增拨经费，只是把内设机构弄小弄合理，把业务一线队伍充实壮大，有什么不妥？有什么不好？

面对别来灾灼灼逼人的气势，张北心里也直冒火气，心想，你教训我，还嫌嫩了点，我过的桥比你走的路还多呢！但他明白，面前的小字辈毕竟是行长，而且职务与自己平起平坐，就竭力压着火气说：别行长，咱俩没打过交道，我这人性格你可能不了解，我否定了的事儿，让我更改，难。

别来灾针锋相对：张处长，我这人性格你可能也不了解，我认准了的事儿，谁要无理阻挠，也难。

张北见征服不了这位年轻行长，最终退一步说：你要瞎整，你就整，不要让我张北知道，不要让我去为这事儿承担责任。就这样吧，我没工夫跟你干仗，有个会要参加。起身下了逐客令。

别来灾满腔热情的改革欲望，被当头泼下一盆凉水，但他仍心有不甘，折身又去请示王子虚行长。

别来灾一脸怒气地说明情况后，王子虚笑一下连说：意料之中，意料之中。前两天张处长向我反馈意见，人家明显是有看法的，显得很不高兴。

言下之意，机构改革、人事调整是人事部门的事，你越权了，管得太宽了，嘚瑟、张斗（出风头）。这是什么话！我一听很生气，当下批评了他。银行各级领导都要勤调研、善思考，想改革、谋发展嘛，咋是嘚瑟、出风头呢。

真是岂有此理！别来灾脸涨得绯红，愤然说，刚才我在他那里，他就一派胡言，话甚至说得很难听。

你有所不知，他是有怨气，不仅是对你，对我也如此，只是不敢明顶而已。这人已年过五十，想再上个台阶进分行班子。但他一直在机关工作，没在基层当过领导，所以进班子有点困难。这次见新区支行行长缺位，就一心想去新区支行当一两年行长，镀镀金，然后返回分行进班子，结果没去成，看着你占了位子，心里就很不服气。

原来事出有因。别来灾这才稍稍消了气，可那也不能怪我呀，我是服从组织决定，你去成去不成与我何干？

你不要往心里去，都是当领导的，还得搞好团结。要知道，有些人你恨他，却不能得罪他。不过，这事他不同意也有不同意的道理，机构改革的确不是个简单的事儿。你一没经验，二没参照，人事部门又很不支持，你咋实施？目前我行基层的情况都这样，以后肯定是要改革的，既然人家已经否决了，就别费那个事了，还是维持现状，等总、省行统一安排部署下来，咱再实施好不好？否则出力不讨好，有啥意思。

人事处坚决反对，王行长当然不好来个否定之否定，别来灾理解王行长的难处，尽管心里很是不悦，但也勉强接受了王行长的意见。他一言不发地沉默一会，叹一口气说：那就暂且放下呗。行长，我还有个事想再请示您。

你说，什么事儿？

支行班子情况您知道，我感觉很不得力，尤其副行长孔南不想事不干事，占着茅坑不拉屎，大部分时间都泡在相邻证券营业部，抱着一台计算机炒股票。我找他谈，他还很抵触，让我别管他。可既然是班子成员，我又怎能不管呢，影响工作，也影响班子形象么。所以我建议分行把他调出去，换一个得力的副行长。

嗯，我忘了给你交底，王子虚点一下头说，这个人是有来头的，你我都惹不起，他是总行巡视员孔福仁的侄子，你听我给你说是怎么回事儿。

提起孔巡视，别来灾当然知道原是省行副行长，曾经分管过他所在部门工作，自调总行当行长助理，后又改为巡视员后，就再没接触过。

孔巡视调总行不久，王子虚说，西京分行突然空降了一位科级干部。从调令上看，是从河南分行调来的，但有知情人透露，此人根本就不在河南，更没在任何银行工作过，而是秦北一家企业的财务会计。这位财务中专毕业的会计来分行干了不到一年，就被上级盖帽提拔为副处长。新区支行升格时，又被任命为新区支行副行长。这人就是孔南。

别来灾恍然大悟地点一下头。王子虚喝一口茶继续说：这人能力弱不说，还又没姿态，仗着自己有后台，很不谦虚，傲不拉几的。工作基本上是出勤不出力，上班不上心，当着副行长，实际正如你所说的，占着茅坑不拉屎。我调分行时，他竟厚颜无耻地提出要任支行行长，或去分行当处长。你说我咋能答应他，我只能说我个人说了不算，要不你让你叔直接盖帽下来。这才算暂时稳住了他。就这么个货色，你说把他调出去，谁都不欢迎他，也很不好办。而且平调他不干，提拔又不可能，我看还继续晾那里吧，你就别拿他当行长用就是了。为着不得罪他的那位后台，咱只能睁一只眼闭一只眼。

明白。别来灾点一下头说，另外，行长助理陈怡欣能力强，业务精，工作也积极进取，是难得的管理人才，但职级明显偏低，任现职也四五年了，行长您看可否提为支行副行长，以利更好地发挥她的作用？

陈怡欣年轻漂亮，容貌出众，身材丰腴，气质优雅，肤色白皙而细腻，身着藏兰职业套装，脖子系着紫色丝巾，模样和气质以及如沐春风的笑容都很迷人。别来灾头次见着她，眼睛就像星星一样突然一亮。事后他了解得知，这位首批进行的研究生，一直在新区支行王子虚行长手下当行长助理。中国官场有一大特色，领导升职调离原单位，几乎都要带走若干亲信，或突击提拔一批干部，王子虚也不例外。这次调市行时带走了几名干部，也突击提拔了几名干部。按说，在他手下已任助理近四年的陈怡欣，是最该被带走或就地提拔晋升的，但是却偏偏被按兵不动。别来灾一到支行，就感觉，孔南不得力，陈怡欣倒是副行长最佳人选。

然而，此时别来灾特意提请王行长考虑，王子虚沉吟片刻却说：是她自己提出来的?

没有,没有。是我的想法。别来灾连连摇着头说,她没有提出过任何要求。因为她很支持我工作,而且很优秀,出于工作需要,我才这么考虑的。

嗯!这个人的确正如你所说,是个人才,我比你更了解她。但是……但是提为处级,须人事处考核,党委班子集体研究,不那么容易,还是再等等吧,有合适的机会再说。

这样吧,王子虚沉吟片刻又说,鉴于副行长人手不足,我给你派个人去吧。分行办公室副主任曹西原来是新区支行办公室主任,和你年龄相仿,这小伙子敬业,熟悉支行情况,而且谦虚,比较好领导,让他回支行配合你工作。职务是平调,操作起来容易。

王子虚第一个"但是"后面的话没说出来,或许是对陈怡欣有看法,或者有某种不便言明的隐情,别来灾心里不禁生出满满的郁闷和不解,却也不好再坚持己见。不过,行长答应调来一位副行长,倒是个不错的决定,心里就又欣慰和踏实了许多。便说:这样也好,谢谢行长对新区支行的关心。欲起身告辞。

别急,既然这么定了,你们还是见见面吧。王子虚说着,就打电话叫来曹西。

曹西身材瘦小,看上去俨然一个半大小子,所以人称"小男人"。他在王子虚身边工作多年,一贯言听计从,俯首帖耳,绝对服从和忠诚,基本算是王子虚信得过的人。但王子虚对他喜欢是喜欢,却不欣赏,常常是满意中包含着不满意。倒不是嫌他身材瘦小,而是因他说话办事矫揉造作,过于谦卑,缺乏男人的阳刚和领导者的风度。正因为不那么很欣赏,也正因为喜欢,关系铁,才带去分行提为副处,继续在他身边工作,现在又决定调回支行当副行长,显然是重用。

曹西一进来,别来灾心里就笑了,小个头,白脸皮,娘娘腔,要不是王行长刚才说是个小伙子,他简直就认为眼前这人根本就是个女人,而且是个算得上娇柔、漂亮的女人。

你好!曹西朝别来灾点头哈腰地打一声招呼,然后毕恭毕敬而又扭捏地站在王行长面前请示道,行长,您有什么事请吩咐?

来，我介绍一下。王子虚说，这是新区支行别来灾行长，这是分行办公室副主任曹西。然后对曹西吩咐道，小曹我想让你去新区支行当副行长，配合别行长工作，临时决定的，不知你有没有意见？

事件来得很突然，曹西愣了片刻，但马上意识到这显然是难得的好事，离开支行时是部门副职，这才几天工夫，拐回去就是行级领导了，便立刻笑圆了脸说：没意见，行长，革命战士一块砖，哪里需要哪里搬嘛，我坚决服从您的决定。

好，那我就把你交给别行长了，别行长你可以领走他了。

曹西立马转过身，将身子躬成九十度，向别来灾鞠一大躬。然后直起身子说：请别行长多多关照！多多帮助！

不客气。互相关照，互相帮助。别来灾起身握着曹西的手说。

2

改革方案被搁浅之后，转眼就到了一季度季末。

依照惯例，每季末各支行要向分行呈报本季各项经营业务指标完成情况报表。于是新区支行一份经营指标报表准时送达别来灾的案头，等待他审核签发。

现在，别来灾就正俯案审阅报表。阅着阅着，就不禁大吃一惊，怎么会这样？原本计划超额完成季度主要指标任务，实现开门红，谁知报表显示，不仅计划落空，而且存款余额大幅下降，贷款余额虽基本稳定在年末的基础上，但不良贷款余额和不良率占比却直线上升。这就是说，一季度支行经营状况已呈现严重恶化态势。阅完报表，别来灾像吃了一记闷棍，顿时被击得目瞪口呆，好半天才缓过劲来，猛地推一下眼镜，气躁躁地抓起电话叫来副行长曹西。

怎么回事儿？一季度经营状况如此糟糕！你分管信贷工作，贷款质量恶化到如此严重程度，你清楚不清楚？别来灾劈头盖脑地质问，他竭力稳定着情绪，但还是凶得像一头狮子。

曹西满脸堆笑地进来，一听别行长在发火，急忙收敛了笑容，扭捏着说：

这，这个，我也不清楚，有这么严重啊！其实他心里多少明白是怎么回事，前任王子虚追求高指标高绩效，造成经营指标虚高，第一季度迅速回落是必然的。但他当然不好这么直说，便不无自责地检讨：我，我工作没做好，我失职，我接受批评。

信贷这一块你应该掌控住的，要及早发现问题，采取措施，咋至于今天大吃一惊。别来灾缓和一下口气说，看来你和我一样，盲目乐观，加之来的时间不长，情况掌握不深入不细致。

是的，是的。曹西连连点着头说，我一定吸取教训，改进工作。

我们都该好好吸取教训，赶紧采取措施，扭转被动局面。就这样吧，你先去，回头我们再专门研究。

曹西又那么习惯性地鞠一躬，这才返身离去。

接着，别来灾又叫来行长助理陈怡欣。

怡欣进来还没在椅子上坐稳，别来灾就同样劈头盖脑地问着刚才的话。怡欣见他眉宇凝着厚厚一层冷霜，急忙躲闪了他的目光，心情沉重地说：我作为行长助理，我有责任，我接受批评。她事先是看了报表的，并且在上面签了"值得深思，请行长阅示"的意见，因此对别来灾的责问，并不感到意外。

事实上，怡欣自调入支行当行长助理，配合王子虚工作近两年之后，早于一年多以前就因故被架空了，经营上的大事基本上就再没插手。别来灾当然知道这事不能归责于行长助理，何况，在一起共事短短几个月，怡欣的努力和对他的支持是显而易见的。此刻，怡欣主动检讨，他反倒觉得过意不去，马上缓和口气说：不是让你来检讨的，这事怎么能让你承担责任呢，你也担当不起这个责任。我是想，这么个状况，可怎么向上级行交代？

怡欣想想，贸然提议：行长你要觉得压力太大，不好往上报，不妨稍微变通一下再报。

咋个变通法？别来灾疑惑地问。

也就是说，想提高的数据稍微提高一点，想降低的数据稍微降低一点，把报表重做一遍，做得合理一点，这样可能不至于在上面产生太大反响。而且上级行一般也不会对季度报表一笔笔严格核实。

这好像不是你怡欣可以说的话吧？别来灾眼睛盯着怡欣，声音瞬间结了冰，银行铁规章铁算盘你不是不清楚，经营数据怎么可以随意改？我是想问问到底为什么会出现这种局面？不是让你出歪点子。

我接受批评。怡欣好看的脸不觉一红，咬着下嘴唇，沉默一会说，不过，这样做并非无先例。近两年经营上的事我虽然没直接参管，但情况大致知道一些，出现这种状况其实是必然的。

必然的？此话怎讲？别来灾又疑惑地问。

行长你要听真话，还是要听假话？

那还用说，你怡欣就不是说假话的人咯。

那我就斗胆说了。怡欣抿嘴一笑，说，出现这种状况的确是必然的。至少我是这么认为的。行长你或许知道，基层经营数据实际人为因素很大，一把手想要盈利，就一定盈利；想要亏损，就一定亏损。一些行长为了某种意图，喜欢在数据上做文章。事实上，咱们支行过去若干年，王行长带领大家艰苦创业，勇于拼搏，凭借着区域经济优势和全行上下的共同努力，经营效益一直还不错，经营业绩也比较实在，极少有虚的成分。但自前年开始实行行长目标责任制考核和费用与绩效挂钩以后，王行长为争分行第一，拿足绩效费用，就开始做起手脚。特别是去年，他为竞争市行一把手位子，一心想创全市最佳业绩，争全省先进，决意实现各项经营指标全面突破，不切实际地提出实现跨越式发展，在做法上可谓千方百计，甚至不择手段，从而使经营数据呈现出虚高现象。

怡欣这么揭着王子虚行长的短，别来灾听着心里甚觉不快，但客观事实或许正如此，又怎能不听，怎能不信？遂又感兴趣地问，什么做法？

怎么说呢，有点类似过去的"大跃进"吧，冒进、浮夸、虚报。怡欣说，比如，为争存款第一，全行层层下任务定指标，一次又一次地掀起存款大战，人人不择手段拉存款，甚至不惜从本系统挖转，或采取付高息、给好处、不计成本的办法拉来许多临时存款；大量存款年末几天转进，年初几天又转出，有的甚至只滞留三五天，决算之后立即转走。王行长还和一家跨年决算的兄弟支行达成协议，该支行决算时，我行转给一亿元，我行决算时，转给我行一亿元，这样打着时间差，存款指标自然就上去了。五级分类刚刚实行，还不够那么严密和健全，为把不良贷款余额做小，则主要在定性上做文章，将部分可疑类贷款归于正常类，从而实现不良余额和不良率双降。再比如中间业务本来刚刚起步，暂时上不去很正常，上级行也还没作为硬性指标考核，但王行长却也要拿第一，把一些沾边不沾边的收入都计入中间业务收入。如此这般，全行上下弄得人仰马翻，最终发现还没达到预定目标计划，于是年终决算时，则又在报表上做手脚，将数据一拨再拨。比如将意向存款计入年末已实现存款，把将要收回的贷款本息计入已收回贷款本息，把预期或尚未归账的中间业务收入计入年末收入，提前占用经营成果，等等。总之，就是追求政绩，设法做大经营数据，一切都为应付决算，结果可想而知。

听了怡欣的如实汇报，别来灾着实吃了一惊，心想，原来奇迹是这么创造的！这么说，一季度的经营实际是在填窟窿。他心烦意乱，不想再听下去，示意怡欣退去，然后坐进沙发，极力镇静着自己，却越发情绪激动，头痛欲裂，索性锁了门，提前下班回家休息。

妻子冯梦瑶下班回家，见男人躺在床上，走近问道：老别你咋啦，不舒服？别来灾翻过身来，说：就是不舒服。

梦瑶走近床前，用手试试他额头，不烧呀，到底哪儿不舒服，去看看医生吧？

唉，一季度经营状况一塌糊涂。原想实现开门红，谁知出师不利，弄成了开门黑。咋向王行长交代？咋向分行交代？早知这样，还不如不去支行，待在机关哪来这么多烦恼。

见男人一副垂头丧气的样子，梦瑶倒一杯水，边递边嗔怪道：哟，你这种状态可不好，铮铮铁骨男子汉，被困难吓倒了。其实干什么都一样，哪有一帆风顺的事。你这几年在省行领衔清收不良资产，任务那么重，那么艰难，你啥时打过退堂鼓？反倒是锲而不舍，知难而进，最终不也一个个攻下了堡垒，全面告捷。万事开头难，你对支行情况不熟，困难估计不足，出现问题在所难免。还是找找原因，采取措施，积极面对吧。

别来灾工作上遇到难题，作为妻子，梦瑶总能及时因势利导，或给力，或出招，这让他很受益很感激，也很敬佩。此刻，妻子这么一说，他感觉不无道理，心里的愁绪逐渐散去，笑说：你倒是很合格的行长啊！

去你的！妻子莞尔一笑，拉起男人一起下厨房做饭。

次日，别来灾又叫来陈怡欣助理，一起商量对策。

怡欣，很感谢你昨天向我道出实情，别来灾说，经营作风决定经营实效，如果我们都这么弄，那银行还有什么真实可言，又何谈经营实效和发展。不过，这事也不能全责怪前任吧，怪只怪我过于乐观和自信。毕竟，现在刚刚向商业银行转轨，人们的观念和作风转变都还有个过程，出现这样那样的情况或许在所难免。因此，我们还是要多从自身找原因，选择正确的发展路径。

新行长出师不利，经营状况不佳，陈怡欣实际也一样着急，遂乘机谏言一句：行长说得对。要求得经营实效和稳健发展，行长首先要摈弃政绩观，转变经营作风，着力夯实基础，否则就只能恶性循环下去。

这是对我谏言。别来灾笑了，说得好，支行要发展，行长是关键。无论如何，此风不可长。所以我想，下一步的推进措施，一方面立即盘点家底，查实经营业绩，挤干水分，制订符合实际的发展计划；另一方面我还是想动动手术，将支行内设机构作适当改革调整。

你到底心有不甘，怡欣笑一下说，的确，不改没出路，如果当初你的改革方案得到批准实施，人力资源得到合理配置，内设机构得到高效运转，哪至于今天出现这么糟糕的局面。

难得有这样默契的共识，别来灾欣慰地点一下头说：这样吧，报表就不动了，还据实上报。改革的事我再考虑一下。

3

一季度糟糕的经营状况，再次印证了改革的必要性，也强烈地激发了别来灾改革的决心。鉴于分行人事处已封杀，他于是就想变通一下，将人员和机构做小范围调整，难不成他分行人事处也会干预？

但是，当他再次从计算机上调出《关于新区支行内设机构集约化、扁平化改革的实施方案》阅过之后，像是不甘心自己一部大作被禁而未能出版一样，心情又不由得激动起来。何苦呢，一不做二不休，与其小打小闹，还不如按方案设计一步到位。于是就又逐条对方案进行修改完善，决意做成自己想做的事。

那么，还要不要再次向分行报批？按说，是应该走一下程序的，但别来灾一想起张北那冷嘲热讽的态度，就又改变了主意。管他呢，搞了再说，反正报上去也是徒劳，难以得到支持。

于是在向班子成员通气之后，次日上午，支行改革动员大会在大会议室隆重召开。别来灾简要道了开场白之后，直奔主题——

新区支行一季度糟糕的经营状况大家都知道了，原因是多方面的，我这个行长没当好是重要原因之一，我在这里首先向大家检讨。但是，受落后的内设机构和人力配置制约，也是重要原因之一。我们支行是干什么的？是一级营业单位，不是一级行政机关。可是我们一个小小的支行，居然有多达十几个科室，机关人员也占到全员的30%以上。而且大家几乎一半时间都在喝茶、看报、聊天，这哪像个银行的样子啊？而一线人手却显得异常的紧张，每个营业网点都有那么多客户排队等候，你只要到客户中去听听，就知道客户怎么议论、怎样骂我们，有不少客户愤然改去他行办业务，导致我行很多存款、业务流失。我们银行正加速向商业银行转轨，并且还将实施改制、进而成为上市银行，如果我们还是这么个状态，怎么能够适应改制上市？又怎么能够提升服务，适应市场竞争要求？那么，既然已经知道我们身上有痼疾，大家说，不医治行不行？不动手术行不行？

别来灾这么一问，没有引起全场共鸣，尚在预料之中，但也有相当多的员工回应：不行！不行！不行！

那么好，现在我宣布新区支行内设机构集约化、扁平化改革的实施方案：

一、机构设置：支行现内设十二个科室，全部解散，按照业务和工作职能需要，重新组建四科一室，即信贷科、存款科、中间业务科、党务科（含纪监、党务、宣传、团委）、办公室（含综合、人事、教育、工会、保卫、后勤）。

二、人员配置：支行班子由6人减为4人。其中行长1人，副行长2人，纪监兼工会主任1人。科室实行一人多岗、一岗多能，人员由64人减为15人，其中信贷科4人，存款科3人，中间业务科2人，党务科2人，办公室4人。

三、岗位聘任：按照新的编制和岗位要求，实行全员竞聘。竞聘不分原任职务高低，在编或非编，一律采取民主测评和组织考核相结合的方式。根据测评考核结果，第一步聘任支行领导和各科室负责人；第二步，由支行领导和各科室负责人根据测评和考核结果聘任科室工作人员。

四、职能定位：支行为市行辖属的一级经营单位，二线科室除担负经营管理和为一线服务职能外，主要负责和实施对外业务营销。新成立的中间业务科，主要负责组织推动以电子银行为龙头的各类中间业务，与存款、贷款并列为三大支柱业务之一。

五、人员分流：对各科室定编定岗后剩余的49人，全部分流到支行营业室和5个一线网点。同时营业室和各个网点增设12个对外营业窗口，以缓解柜面压力和改善一线服务。并在客流量大的支行营业室设两个贵宾窗口，对贵宾客户实行专属服务。

别来灾宣布完毕后，又补充道：测评和竞聘，包括我在内，一视同仁。大家如果觉得我别来灾不适合当行长，也可以罢免。

会场鸦雀无声。沉寂好一会之后，又如炸了锅似的沸腾起来，叫好的、高兴的、气愤的、骂娘的，以及冷静思考的、激烈争论的，什么样的都有。大家好一阵闹哄之后，别来灾又宣布民主测评开始。陈怡欣急忙率工作人员将事先已设计打印好的测评表发人手一份。测评项目包括思想道德、业务素质、业务技能、工作态度、工作效率五个方面，被测评人员包括行长和每一名在编非编职工。

一周后，改革实施到位。行长别来灾职位不变，纪委书记和工会主任由原纪委书记柏加林一人兼任，原任副行长曹西为第一副行长，不再兼任工会主任，行长助理陈怡欣被聘为支行副行长，副行长孔南落聘。大学生朱宁、水蓉、窦亮等三名优秀员工分别被聘为信贷科、存款科、中间业务科科长，秦小强被聘为办公室主任兼党务科长。

像一台机器，经过拆卸大修和重新组装之后，支行开始高效运转。别来灾责令秦小强起草了《关于高新区支行集约化、扁平化改革情况报告》，上报分行。按照归口管理，报告被分行办公室批转到人事处。

如果说，先前分行人事处张北处长对别来灾推行改革不屑一顾的话，那么，现在新区支行改革生米做成了熟饭，他简直就像被挖了祖坟似的大动肝火，再也无法容忍了。

张北处长阅了新区支行的报告之后，将报告啪地往桌上一扔，心里不禁愤然大骂：这小子胆子真不小啊，竟然和我对着干，并且先斩后奏，完全不把我人事处长放在眼里。过了好一会，才又拿起报告在首页上方空白处签一行字：别来灾未经分行批准，擅自进行机构改革和人事任免，扰乱正常秩序，严重违反组织纪律，建议分行给予党纪政纪处分，并在全辖通报批评。然后来到王子虚行长办公室，鼻子不是鼻子、眼睛不是眼睛地将支行报告往办公桌上一撂。

王行长，你我都没批准新区支行所谓的扁平化改革，可别来灾背着分行这么擅自瞎整，这算什么事儿啊？简直不靠谱嘛！张北气咻咻地说。

改革实施完成后，别来灾已打电话向王子虚行长作了汇报，所以王子虚并不感到吃惊，他戴起眼镜阅了报告和张北签的意见之后，轻描淡写地说：搞就搞了，也是为着业务发展，不算什么坏事，处分就不必了。改革是时代潮流，群众中蕴藏的首创精神和改革积极性还是要保护的。比如安徽小岗村最早推行包产到户，当初有多少人能理解，又有多少人支持？可后来实践证明是对的，像星火一样燎原全国。别行长未经批准就擅自动作，固然不对，但出发点是好的，既然已经搞了，就让实践一段时间再看，如果确实不妥，问题很多，还可以再改过来嘛。

还有，他借改革之名，擅自任免处级干部，免掉了支行副行长孔南的职务，将陈怡欣提拔为副行长，支行行长有这么大的权限吗？哪有这么整事儿的，严重越权嘛，行长你说这咋整啊？

也没什么大不了，王子虚说，他免去的还在你处级干部名册里，照拿处级工资；他任用的领导进不了你处级名册，落实不了待遇，也没用。其实只不过是支行内部调整，就由他去吧。我看这事就到此为止吧，不表扬不批评得了。

王子虚这般态度，大大出乎张北意料，心说：看来你王行长和别来灾关系不一般啊，这明摆着是在袒护别来灾嘛。但他憋屈是憋屈，却也不好坚持己见，便心有不甘地说：那就以观后效吧，出了乱子看他咋整。

将要掀起的风波就这样被王子虚暂且压住了。

然而，人们没想到，事过不久，到底还是惹出了麻烦。因为有人把事件捅到总行巡视员孔福仁那里去了。

这天，王子虚突然接到孔巡视电话，还没等他客套一句，孔巡视就劈头盖脑、官气十足地训斥道：王子虚啊，我问你，那个别来灾是你重用的干部，这人怎么这么放肆、这么狂妄啊！唵？听说他未经上级批准，擅自撤并内设机构，而且竟然越权任免处级干部，借改革之名，把个支行搞得乱咚咚的，破坏基层稳定，危害银行大局，这是严重违纪行为嘛！唵？孔南任支行副行长已经四年了，按说应该提拔使用，可你们不但不提拔，反而免了他的职务，剥夺了他的饭碗，别来灾这么压制他、迫害他，简直是无法无天嘛，唵？问题是你作为分行行长，用人严重失察不说，对别来灾胡作非为，你怎么就视而不见、不管不问呢？唵？

孔福仁过去在省行任副行长时，曾多次到新区支行检查指导工作，对王子虚的工作业绩给予过充分肯定和表扬，支行升格时，对提拔王子虚也是说过话的。王子虚心存感激，一直对孔福仁很敬重。后来孔的侄子孔南被安排到王子虚所在支行任副行长，已调总行任行长助理的孔福仁还多次打电话让关照孔南，说话口气也一直相当的客气。这今天不知怎么，简直就像吃了火药似的，居高临下，肆意训斥，王子虚被噎得一时语塞，这个、这个地结巴了半天，说不出话来。

你不用解释，我只要结果，孔巡视继续说，这事恐怕不能这么不了了之吧，唵？我建议你们免去别来灾职务，给予党纪政纪处分，并且在全辖通报。同时尽快恢复孔南职务，或者调离提拔使用。现在上上下下都强调稳定，稳定压倒一切，他别来灾这么弄，正不压邪，何谈稳定？唵？总之，希望你们严肃处理，我等着你反馈处理结果。

还没等王子虚表态，对方啪地挂了电话。

娘的，这么厉害，真是官大一级压死人啊！王子虚心里憋得慌，闷了好半天，才又打电话叫来张北询问。

张处长，新区支行的事儿，总行孔巡视怎么知道了，是谁捅上去的？

哦，有这事儿？我不清楚呀！孔巡视都知道了，谁这么整事儿啊？张北故作惊讶地说，我遵循你"到此为止"的指示，在任何场合都没再提起过，怎么会有人往上捅呢？也许是孔南给他叔说了，也许是支行群众反映上去的。要不我调查调查，看到底是谁整的事儿。

事实上，煽风点火的正是他张北。孔南落聘后找到他，他添油加醋、上纲上线地唆使孔南以新区支行群众名义写了材料，向总、省行告了状，加之孔南直接向他叔打电话，声称自己遭到迫害，孔巡视才满腔愤慨地一竿子插到底，直接打电话责难王子虚。此刻面对王行长这么突然一问，张北一口否认自己知情。

调查倒没必要，我只是随便问问。王子虚其实已从张北一白一赤的脸色上明白了几分，遂不无影射地说，内部事情内部处理，动不动往上打小报告，唯恐天下不乱啊。算了，我还是那句话，到此为止吧。

说是到此为止，可孔巡视在屁股后头追着要处理结果，又怎么能止得住呢？王子虚思忖良久，又打了别来灾电话。

来财啊，你搞的改革举措，把上头的人惹下了，总行孔巡视直接把电话打我这来了，又是训斥，又是责难，搞得我下不了台啊。

哦，有这事？别来灾惊讶了一下，那肯定是有人告状吧。对不起，我给您造成被动了。

我没有指责你的意思，王子虚说，我只是提醒你注意。我给你说过，孔南不顶用是不顶用，可人家上头有人，你把他拿下了，那就等于在太岁头上动土，你明白不？有些事，睁一只眼闭一只眼，也就过去了。你一较真，这就有事了。人家抓住不放，要我严肃处理，给你处分呢。

我知道，王行长您这是关心我，才告诉我实情。他想处分就处分呗，我不怕，我相信组织，我还有申诉权利嘛。

不过，你也不必担心，有我在这顶着，他不会把你怎么样。大不了免我的职务。但人家是半天云里飘气球，高高在上，我们还是策略一下为好，你把孔南先解放了，恢复副行长职务，否则不好向孔巡视交代。好汉不吃眼前亏，犯不着让他给咱穿小鞋。

也行。别来灾说，实际我也免不了他的处级职务，只是让他让了位子，退出班子，没再聘他当副行长而已，他连办公室都没腾。要不，我明确一下，他还是副行长，但他不好好干，工作就不好给他分管了。

另外，还有几个有背景的员工在你支行，王子虚提醒道，我忘了告诉你，严玉、严勇和水蓉、华乐乐，分别是省行人事处老处长严冬和新处长华忠的亲戚，不知你这次改革对他们是怎么安排的？

哦，我还真不清楚这事，谢谢您提醒。不过，水蓉倒还不错，已被聘为存款科科长，其他几人都在一线柜台原岗位，没动。

那就好。王子虚说，能关照的就关照，不要轻易得罪人。

挂了电话，别来灾当即打电话叫来孔南谈话。

孔南，人个高，清瘦，看上去不过四十出头年纪，却暮气十足，不苟言笑，一张瓦刀脸，整天板得比铁板还实，像是谁欠他二百五似的。别来灾到职后曾与孔南见面谈话，孔南几乎连假意热情应酬的举动都没有。此刻孔南一进办公室，依旧将单薄的身子往沙发上一摞，跷起二郎腿，点燃一支烟，自顾自地吸着，一副目空无人的傲慢架势。别来灾早就领教过了，也就见惯不怪。坐在自己的办公位置，也点燃一支烟，吸着后问道：孔行长，你最近忙啥啊？总不见你到行里来。

别这么称呼我，我受不起！孔南鼻子哼一声，不屑地说，我的行长职务让你给罢免了，饭碗让你给端了，我还能干啥？

孔行长，你这话不对么，别来灾趁势比较策略地说，我哪有权利罢免你的职务，只是民主测评你的评分落到了末尾，才暂时没有安排你工作岗位而已，不信你去分行张北处长那里翻翻处级干部花名册，看里面你那一栏打没打叉叉，取消没取消你副行长职务？我几次打电话让你来说这事，你却总不打照面，心里好像有天大的怨气。

别来灾这么一说，孔南也就一下明白了，是啊，他免啥啊免，他有本事从分行处级干部花名册里把我孔南除名吗？除不了名，我就还是副行长，还是处级干部，分行处级干部会议我照样参加，副处级工资也一分不少地继续拿着，你别来灾能咋地？这么一想，孔南脸上不无讥讽地笑一下，然后，一言不发地继续抽烟。

别来灾就又趁势规劝道：孔行长，你我都是当领导的，组织把我们放在这个岗位，是对我们的信任，我们就该竭心尽力地干好这份工作，对得起组织。否则，贻误了工作，组织不满意，群众也看不过眼，到头来损害的是自己形象。所以，我希望你振作起来，尽到副行长的责任，把分管的工作好好抓起来。

孔南鼻子哼了一下，心说，你来教训我，还嫌嫩了点！本来你这个位子应该是我的，我教训你还差不多。但嘴上却说：我身体不好，你别指望我挑重担子。

哦。身体不好，那就多保重。要不你去帮帮信贷科朱宁吧，他刚接手，工作缺乏经验。或者去办公室协助尤健抓安全保卫工作，你任选一。这样相对轻松一点，起码你得回行正常上班吧。

谁知，孔南不但不听规劝，反而抓住了把柄，鼻子又更重地哼一下说：说来说去，你还是让我去"帮忙"去"协助"，被贬到部门科长之下。行了，你也别费事了，名不正言不顺的，我不可能去，我倒要看看他王子虚到底怎么把我摆平。

孔南走后，别来灾打电话向王子虚汇报了与孔南的谈话结果。王子虚听明后说：那就是说，他心里稍微平衡了点，但提拔心切，对我仍怨气十足。行，就这样吧，我先应付一下总行孔巡视，然后走一步看一步。至于他想提拔，那是连门都没有，提拔谁也不能提拔他这号人，除非他叔盖帽下来。

过几日，王子虚专门打电话向总行孔巡视做了汇报。当然是迎合孔巡视的意思和要求而编造了些话，诸如如何对新区支行擅自改革严肃处理，如何给孔南恢复职务，如何对别来灾给予党纪政纪处分和通报批评，等等。管他呢，反正你孔巡视这么弄也是徇私情的行为，拿不到桌面上来，而且鞭长莫及，你也只能遥控遥控，不至于为这事下来专门核实。

孔巡视果然信以为真，基本表示满意。末了，又指示道：对别来灾小年轻行长要严加管束，不可让其随马由缰，胡作非为。

是，孔巡视放心，我一定落实您的指示。王子虚表态之后，心里笑了，这桩比较棘手的事儿，总算暂且应付过去了。

第三章　执着较量

1

支行机构改革基本实施到位，但贷款余额和贷款不良率未降反升，像两把尖刀刺着别来灾的神经。

最大一笔可疑类不良贷款，是腾达房地产开发有限公司期限两年的3000万元房地产开发贷款。至别来灾上任时，已逾期两个月。显然，这么大一笔贷款发生劣变，不仅严重制约支行经营效益，而且直接影响全体职工的薪酬收入。别来灾曾责令支行信贷科多次发出催款通知，又几次派员上门催收，眼看又过去了近一月，依然毫无进展。公司老总赵世才居然当起了老赖，嘴上答应尽快还，实际并不理茬。一副死猪不怕开水烫的架势。

娘的！欠债的倒成爷了！别来灾愤然骂一句，心里发了狠，立即组成由他挂帅，包括信贷科科长朱宁、办公室主任秦小强和主管保卫的副科长尤健在内的四人清收小组，上门去啃这块硬骨头。

次日早上一上班，别来灾率清收小组，带上铺盖卷突然出现在腾达公司。赵世才还没来得及出门迎接，一干人马哗啦一下就占领了他的办公室。

赵世才一见这阵势，犹如碰到孙悟空大闹天宫慌了神。他没想到别来灾会来这一招，但表面上还得装着热情万丈的样子，双手握着别来灾的手，点着光鲜而肥硕的脑袋，边鞠着大躬边说，别行长驾到，失迎！失迎！然后忙不迭地喊了文秘许玉萌和何小雯来供烟沏茶。

别来灾将行李往沙发上一扔，极有兴致地四下扫视了一下环境。

赵世才的办公室与众多老板的办公室一样，宽大，豪华，气派。一头置放着一台超大老板桌，桌后沿墙立着一排橘红色书柜，柜里或横或竖地码着各类书籍，多半是砖头一样的大部头经典。书柜旁有一小门通往里间，不消说，这是赵世才的卧室。另一头臃肿地躺着一溜黑色真皮沙发，沙发后立着一面两端抵墙的酱红色展柜；正面墙上悬挂着一幅大型山水壁画，各个角落恰到好处地点缀着各式名贵花卉，而屋顶一架硕大的水晶灯则华丽地宣泄着辉煌和温馨。别来灾最后将目光停留在那架展柜上，就见柜里满当当地陈列着奇石、玉雕、古董等各式摆件，格外张扬地显示着富有和文化。

欣赏了这一切之后，别来灾这才在沙发上坐下来，微笑着说：赵总经理，无事不登三宝殿，贷款早已逾期，你赖着不还，我只好上门蹲守讨债。是你难为我在先，可别怪我失礼噢。

赵世才将自己发福的身子搁在另一沙发上，递一支中华烟，边打着打火机给点燃，边满脸堆笑地说：别行长新官上任，工作千头万绪，商量贷款的事您挂个电话，我去就是，怎好劳驾您上门。

别来灾接过烟，掏出自己的打火机点了烟，吸一口，喷出烟雾，进一步明白地说：赵总经理，告诉你，既来之则安之，你这办公室我们借用一下，做我工作组的工作和食宿场所，你什么时候还清贷款，我们什么时候撤离。

这是何苦来着！赵世才立即哭丧了脸，我哪敢赖呀，其实我是急救车撞了救火车，急上加急啊。情况是这样子的，由于计划不周，开发项目摊子铺得有点大，导致资金周转不开，加之本期楼盘出了点质量问题，房子销售受阻，难以按期清盘归款，所以……

我不听你那么多解释，别来灾说，你实打实告诉我你什么时候还。你是闯荡市场的生意人，不会不懂得，市场经济是信用经济，每个人都应当按市场规则办事，一旦达成契约，就得尊重合同，恪守信用。你这么严重失信，肆意违约，谁还敢与你打交道做生意？说实话，我一天忙得像龟孙子，也实在不想把时间耗在你这里，可我们催贷催了不是一天两天了，你连个准话都没有。告诉你，你这么弄，是要承担一切责任的。

那是，那是。您既然来了，咱们好说好商量，您让我再想想办法。赵世才说着，就做思考状，想了一会儿，就想出几招充满智慧的方案，抬起头不无得意地道来：别行长您看这样行不，我提几个建议供您参考，一是以债转贷，我们重新签合同，将这笔款转成新贷，实际就等于我还了；二是借新还旧，正好我有新项目上马，有贷款需求，您再贷我一笔，我拿出一部分把旧的还进去，其余的支持我腾达的新项目；第三，银行不是有核销一说嘛，您可向上申请核销。您别误会，我不是让您核销了不还，我的意思是，您先从账面核销，上面就不再挂账了，您也就不用那么着急了，我也有了足够的时间筹款。这是我的几点想法，您只要任选一个方案，问题就解决了，对您对我都省事都有利。

恕我直言，全是馊主意！别来灾连连摇着头，没好气地说，以债转贷，借新还旧都是违规的，这么弄等于加剧银行风险，自欺欺人。至于核销，那就更没谱了，核销有核销的条件，你以为核销那么容易？你既没失踪，也没破产，更没遇无法抗拒的自然灾害，符合哪条哪款？要知道，弄虚作假，欺上瞒下，你我都担不起这个责任。唯一的办法，只有你积极还款，别无选择。俗话说，有借有还，再借不难。你积极还了，或许可以考虑适当的时候再贷给你。

别行长，你请消消气，咱们初次打交道，你还不太了解我，其实我这人呢，向来是光棍报户口，说一不二的。我是你新区支行老信贷客户，而且一直合作很愉快，不信你问问你原任王子虚行长，我哪笔贷款不是利利索索地还了。这次呢，的的确确是情况特殊。你来给我施加了压力，我会将压力变为动力，一定积极筹款，哪怕借高利贷，或者砸锅卖铁，也要尽早还贷，绝不有意拖欠。

赵世才这么信誓旦旦地一表态，别来灾感觉倒还有点诚意，心弦就松了那么一些。于是他抿一口茶，退一步说：企业出现暂时困难，完全可以理解。但你得有个切实可行的计划，有个明细的时间表吧，利息什么时候付清，本金多长时间归还，起码得给我一个准话嘛。

别来灾口气有所缓和，赵世才心里暗自窃喜，连说：这就好！这就好！其实呢，我也是这意思，只要别行长您高抬贵手，宽限我一些时日，我积极筹款，争取两个月内付清利息，三五个月，最迟半年内陆续还清本金。

那不行！别来灾狠劲在烟灰缸摁了烟头，断然否定，这么羊拉屎地归款，你不是故意折腾人吗？告诉你，利息本周内付清，本金最多宽限一个月，一个月内必须全部清账。

好我的别行长了，赵世才脸上的笑容顿时退了几分，我是企业，不是你银行，可以吸纳公众存款，可以随时从金库调款。这馍不吃在笼里搁着，迟还早还都还是你的钱。莫非你担心我失踪，担心跑路不成？

这不是怕不怕的问题，别来灾说，干什么都得有规矩，都像你这么赖账，我银行还怎么经营啊？再说了，你这么弄事，损害的是银行利益，败坏的可是你公司信誉。而且你不按期还，滞纳金和利息滚多了，对你也不好吧。

我就不明白，你那么大个支行，总不会只靠我这点贷款过日子吧？滞纳金也好，利息也好，到时我都认，我都给，你要怎么罚你就只管罚，你要利上滚利你就滚，还不成吗？

　　你怎么说话的？秦小强等几人呼啦一下，不谋而合地站起来，嘴放干净点，你让谁滚？

　　赵世才是不是有意骂人，别来灾没在乎，继续据理力争：银行铁规章你不可能不懂吧，到期还款，没有任何商量的余地。你已经逾期近三个月了，再宽限一个月，实际就四个月了。你这么得寸进尺，讲不讲理啊！

　　谁不讲理啊！我见过行长多了，没见过你这么一根筋。王子虚是你领导，我在王行长眼里一直是受优待受尊重的优质客户、黄金客户，怎么在你眼里我就这么不值钱，不受尊重！

　　王子虚行长在交接时，的确谈起过赵世才，别来灾已感觉到他们之间的关系似乎不一般，但对这笔贷款王行长是有明确指示，要求尽早收回的。这笔贷款本是王行长经手的，你赵世才既然与王行长关系铁，那就该支持王行长，别让他失面子才是，可你不但不给他面子，反而拿出杀手锏，想镇住我别来灾，没门！别来灾心里这般嘀咕，便毫不示弱地说：说得好，王行长高度重视贷款清收工作，我别来灾上门催贷，正是落实王行长的指示要求。告诉你，一个月是我自作主张，王行长还不一定同意呢。

　　这么拉锯似的你来我去地讨价还价，不知不觉就耗完了一天时间。别来灾据理力争，赵世才自知是黑旋风的本名，理亏，一言不发地只顾闷头吸烟。吸完一支又一支烟后，抬头见挂钟已指向六点，便抓起电话向许玉萌秘书吩咐道：小萌，你给琼海大酒店打电话订个包间，标准5000，半个小时后到。放下电话又对别来灾说：别行长，今天大家辛苦了，晚上我们小聚一下，一起吃个便饭吧。

　　好啊，标准够高啊！赵总诚意邀请，盛情难却，这顿饭我们吃。别来灾用手推一下眼镜，痛快地答应着。清收小组几人都不解地拿眼瞪着他，心里嘀咕，行长你咋回事啊？出发时，你特意交代，这次上门催款收贷，绝不能吃请和接受礼物，这会怎么就忘了纪律？

　　不一会，许秘书进来，将一沓现金递于赵世才，别来灾却抢先接过去。

许秘书顿时扭曲了那张漂亮而白皙的脸蛋，怒问道：怎么，你一个大行长还弄这事，光天化日之下抢劫，我是不是该报警啊？

别来灾没理茬，扭头对朱宁说：朱科长你打个条子，收下这5000元，顶贷款利息。琼海酒店我们就不去了，你不是准备有方便面么，咱泡面吃，好久没吃了，还有些嘴馋呢。

原来是一计，几人相视一笑。朱宁忙掏出本子麻利地打了收条，撕下来，递于赵世才。赵世才脸上的表情顿时变成尴尬：别行长，你这是何苦呢，区区小钱你也看得上眼。债务是债务，吃饭是吃饭，一码归一码嘛。

别来灾没言语，和大伙一起七手八脚地拆一箱方便面，摆了一茶几。赵世才气得七窍生烟，像赌气的女人那样，将身体扭成一个奇怪的角度，闷头大口大口地吸着烟。

吃了面，收拾了茶几，小强找出扑克牌，不多不少，刚好四人，噼里啪啦打起双扣。别来灾手气不咋样，几个回合下来，下巴上已经长满胡须（贴纸条），但劲头丝毫不减，每每出牌，都在茶几上摔得啪啪脆响。

一见别来灾真的要安营扎寨，赵世才急了，狠劲将半截烟在烟灰缸摁成七扭八歪的形状，站起来说，别行长，我请你们先回去，明天我去你支行咱再商量，或者我去酒店开房，请你们先住下，这办公室连一张床都没有，怎么能住人？

别来灾只顾打牌，故意不搭理。赵世才立马像被挖了祖坟似的恼怒异常，你们这么成心闹我，有意损害我腾达形象，我忍无可忍！抓起电话，欲向王子虚告状，我就不信，大行长管不住你小行长。但想想又啪地挂了，气急败坏地朝门外喊，保安，给我上！把这伙无赖给我请出去！早聚在门口的七八名保安哗啦一下涌进来，强行拉扯，双方争吵起来，进而发生肢体冲突，噼里啪啦打成了一疙瘩。

别来灾在一旁直劝着架，但见自己人少，寡不敌众，就也冲进人群，张开双臂护住自己的人。两名健壮的保安立即迎上来推搡，别来灾身材稍嫌单薄，一时招架不住，保安三推两推地，就将他推了个仰八叉，后脑勺咚地磕在茶几沿上，眼镜掉落到地上。别来灾两眼黑地在地上摸着眼镜，朱宁和小强急忙转身将他扶起。尤健一急，边抵挡边掏出手机，"喂！喂！"

地喊着。别来灾边抬手揉着后脑勺边问：尤科长你弄啥？尤健说把咱的经警都调来，我就不信打不过他们！胡闹！别来灾制止了尤健打电话，自己却掏出手机呼叫：喂！来恙吗？你赶快带几个弟兄过来一下，我在腾达上门催贷，人身安全受到威胁。

别来灾的弟弟别来恙，在公安派出所当所长，这会正率三名警察在街上执勤，接到电话，不一会就到了。几名警察挥着警棍三捅两捅地捅开了两边的人。

怎么回事？别来恙喝问道，谁带头寻衅滋事？

银行几人一齐向赵世才努嘴。一直坐在老板椅上袖手旁观的赵世才像皮球一样弹起来，示意众保安退去，然后走上前边递烟边解释：噢，情况是这样子的，我们之间发生了点小纠纷，大家争吵了几句，没事了！没事了！别来恙见别来灾等人并无大碍，便说：没事就好！银行的同志上门依法催贷，不是来闹事的，不许难为他们。赵世才不住地点头：那是，那是。不难为！不难为！

警察一出门，别来灾等四人就又继续打双扣，赵世才无可奈何地叹一口气，连一声招呼也没打，夹着皮包溜了。

2

第二天早上，别来灾洗漱完毕，吃了一块面包后，又一次站在展柜前，欣赏起琳琅满目的摆件。饱了眼福之后，一转身，就见赵世才已坐在老板桌前，便走过去，坐在对面，搭讪道：赵总，昨晚睡得可好？

怎么能好啊！赵世才皮笑肉不笑地说，我办公室正上演着《白毛女》，我作为主人公，都快被逼疯了，还怎么能睡安稳觉呢！

噢，有意思。别来灾朗笑着说，那么我就是十恶不赦的黄世仁，你便是苦大仇深的杨白劳了？或者换句话说，你借银行的钱不还是正义的，我代表银行依法讨债反倒是非正义的了？请别忘了，这银行可是国家的银行，这信贷资金呢，是人民群众的积蓄，利益主体是国家和人民，不存在压迫与被压迫、剥削与剥削的关系吧？

误会！误会！赵世才自知比喻不恰当，尴尬地一笑，连忙道歉，对不起，对不起，开个玩笑吧，别行长别在意。

不在意，别来灾也笑一下，我也只是开个玩笑。咱们言归正传吧，请问赵总，你到底啥时还钱呀？昨天协商了一天，晚上有没有考虑出个眉目来？

还钱，还钱，我当然知道要还。可你逼得这么急，我怎敢保证。就是砸锅卖铁，也得有个过程吧；即便去偷去抢，也得先踩好点吧。我早说过了，争取两月内还清利息，半年内还清本金。这就是我的计划，你还要我说什么？

这话等于没说，我看你根本就没好好想办法，别来灾拧过头，拿眼扫着展柜说，你要诚意还款，不用砸锅卖铁就能做到，这满当当一柜奇珍异宝可是值不少钱呢。

赵世才一愣：别行长你的意思是让我把这些东西拿去卖了？

别来灾点一下头：如果你把它处理了，付我贷款利息估计绰绰有余。当然啦，如果你舍不得的话，可以先典当，倒过手了，还可再赎回来嘛。

赵世才边吸着烟，边做思考状，吸完一支烟，将烟头一摁，起身来到展柜前，将各柜里的摆件来来回回扫视了好几遍，然后转过身来气度不凡地说：行，卖了就卖了，身外之物，生带不来，死也带不去，只要能还上贷款，我在所不惜。

那就好！别来灾欣然说，拍卖行老总我熟悉，你可委托拍卖行拍卖，他们可以上门洽谈服务。就掏出手机拨了拍卖行卫山总经理的电话。

一听说要拍卖藏品，已经欣赏过好几遍的秦小强、朱宁和尤健几人的好奇心被煽起来，又一次聚在展柜前评头论足，啧啧称赞。赵世才见状趁势走过来说：看来小弟兄们都很喜欢，你们每人挑一件吧，留个小纪念，喜欢哪件就拿哪件，不要客气。

不不，我们不要，是金子银子，我们也不要。几人异口同声地说着，就都转身坐下来，不再欣赏了。

你们不要，我自己留一件。赵世才耸了耸肩，伸手将一尊差不多有笔筒大的白玉佛雕取下来，回到办公桌，放在别来灾面前。

别来灾捧起玉雕，爱不释手地把玩一会，不禁赞叹：好东西！好东西！细腻滑润，晶莹剔透，洁白无瑕，玉质雕技都非同一般啊！

赵世才趁势说：别行长好眼力，这是正宗的和田上等汉白玉雕，我自己认为，这一柜子的东西，也就这件最具有价值、最值得收藏。取一纸条写一句话递于别来灾：别行长你要喜欢，就留下，算我尽一点小小的心意吧。

别来灾看后说：的确很珍贵，和田玉特别是上等汉白玉、羊脂玉越来越稀少了，收藏、投资都很具有潜力。俗话说黄金有价玉无价，失去容易，得来难，赵总你既然很珍爱，那就留下吧，别拍卖了。

其实也没啥，不过一块石头而已，有它没它都不会影响什么。赵世才边说边又写一句话：不打不成交，别行长你就别客气，留下作个纪念吧。趁他人不注意，将玉雕又推到别来灾面前，别来灾又推过去。推来推去，别来灾有些烦，就又说：这尊玉雕至少能估价几十万，赵总你要实在不想留了，那就一起拍卖吧，多还一点贷款对你我也都是好事。

赵世才惨不忍睹地一笑：还是别，别拍卖了，既然别行长你看不上，那我就留下吧。这才收起玉雕，放进抽屉。

不多时，卫山总经理带着工作人员就来到了腾达。听明意图，卫山走向展柜，仔细品鉴了各个摆件，然后坐下来与赵世才具体洽谈。

双方达成协议后，别来灾说：赵总要用这笔钱还银行债务，请卫总加快速度处理，最好能在三五天之内处理完毕，然后请将款项通过网银打入我行账户。

拍卖这么多藏品，通常最快也需十天半月时间，但知道别来灾很急，卫山便言听计从，满口答应：没问题，急事急办，今天登记、办手续，明天上网公告展示，后天拍卖，大后天就结算和转账划款。

这么说定后，卫山即安排工作人员展开工作，清收小组主动配合，经过编号、确认登记、鉴定估价、包装入箱、签订拍卖委托合同后，拍卖行拉走了全部摆件。

第三天的拍卖会出人意料地顺利和成功。只半天时间，就拍卖了全部拍品，下午下班前，卫山即打来电话将消息告知别来灾。第四天早上，别来灾一上班，就打开笔记本电脑，跟踪网上银行。上午下班时分，拍卖行在扣除了拍卖费用后，将拍卖所得371.41万元资金通过网上银行划入新区支行指定账户。别来灾在电脑上确认后，大致算了一下，加上前几天所收的 5000 元现金，差不多就抵够了 3000 万元贷款利息，便长长地舒了一口气。

临近下午下班时，别来灾心情不错地吩咐道：今晚不吃方便面了，我请客，秦主任你去弄两打啤酒，咱们小庆一下。

秦小强欣然说：好啊，那得弄几个菜嘛，光喝酒咋行。大伙想吃啥？我去买。

别来灾一摆手：不用，叫你买酒就买酒，把酒买回来再说嘛。小强伸一下舌头就出了门。

小强提了酒返回，刚走进院子，一辆出租车就停在了楼下，就见车上下来一位漂亮女人。他一眼认出是别来灾的爱人冯梦瑶，便咋咋呼呼地喊道：哟，嫂子几天没见我哥，可就想他了，这就特意来看他了。梦瑶是见过几回小强的，彼此并不陌生，就冲着小强莞尔一笑：少贫嘴，快帮我搬东西。小强朝车里瞅了一眼，有两只纸箱放在后座上，菜肴的香味扑鼻而来，便笑说：嫂子与我哥怕是心有灵犀，他让我买酒小庆呢，你这就把好吃的东西给送来了。就喊了朱宁下来，一起搬了箱子上去。

打开箱子，梦瑶将菜肴一样一样端出来放在茶几上，四凉六热十道菜，外加一罐煲鸡汤和一电饭煲米饭。

原来，中午别来灾一高兴，就给梦瑶打了电话报告好消息，他们总是这样，一有好事喜事，总忘不了让对方分享。

梦瑶，胜利了！别来灾一接通电话便向妻子欢天喜地地喊叫。梦瑶疑惑地问：什么胜利了？你打仗呀？别来灾说跟打仗差不多，非常艰难。梦瑶说：那么你是说已经收回腾达的贷款了？别来灾说：本金还没收回，是收回了几百万利息。梦瑶就笑了：看你得意的，那叫初战告捷。不过，初战告捷也值得高兴，今天我换休，你晚上早点回来，我给咱准备好吃的，庆祝一下吧。别来灾说：不回来，不获全胜不收兵。

沉默片刻，梦瑶又说：那是，下午我在家把晚饭做好送过去，慰劳一下弟兄们吧。别来灾欣然说：那太好了，真像我老婆。梦瑶嗔怪道：什么真像呀，本来就是嘛！别来灾说：这些天大家瞎凑合，不是面包，就是方便面，还真是没吃好，今儿初战告捷，是该小庆一下。梦瑶于是就忙活了一下午，弄了七碟八碗子好吃的，打的送了过来。

望着满茶几的菜肴，大家个个馋涎欲滴，没等打开保鲜膜，别来灾就掏一条小黄鱼，一囫囵塞进嘴里嚼起来。梦瑶瞪一眼，嗔怪道：馋死猫，小心卡住了。就边撕保鲜膜边对大伙说：吃吧吃吧，赶快趁热吃。这段时间你们行长也太亏待了你们。大家依言狼吞虎咽地吃起来。

梦瑶用茶杯给大家一一把酒满上，等大家稍稍垫了底，别来灾端起一杯酒说：别光顾了吃，还要喝酒嘛。大家就都放下筷子，端起杯子。

这第一杯酒呢，别来灾说，庆祝一下我们自己，在短期内清了腾达欠息，是该高兴的事！话音刚落，带头干了。大家也跟着痛快地干了。

梦瑶给大家斟上酒，别来灾又提起杯子说：这第二杯呢，我敬大家，这段时间，大家睡地铺，吃方便面，费口舌，受冷落，但再辛苦，再受委屈，也都没怨言，精诚团结，一致对外，我表示亲切慰问，也表示衷心感谢！

大伙一起站起来说：行长和大家一样同甘共苦，我们还有啥说的。与别来灾响响地一碰，一起干了。

放下杯子，梦瑶不时地给这个夹菜，给那个夹菜。然后提起一杯酒说：你们收回几百万，却舍不得花一分，和行长一起，任劳任怨，艰苦奋战，精神非常可嘉，我代表银行职工家属，表示敬意，请大家干了这杯酒。

秦小强、朱宁和尤健鼻子一酸，眼睛湿了：嫂子，没的说，你这话我们感到温暖。举杯与梦瑶响响地一碰，一仰脖，干了。

吃一会儿菜，朱宁举起杯子说：家属的理解和支持，是我们干好工作的动力，我提议，请嫂子代表我行职工家属，接受我们的敬意，干了这杯酒。

好，大伙一起响应，起身向梦瑶敬酒。

好，别来灾高兴地说：朱科长到底是大学生，有思想，立意高。不过，你嫂子酒量有限，她意思一下算数。

梦瑶却欣然举杯说：这杯酒分量挺重，我喝。和大家一碰，干了。

接着，别来灾趁热打铁，斟上酒，再次举杯说：不过呢，收回欠息，仅仅是初战告捷，不能盲目乐观，后面的任务更加艰巨，希望大家团结一致，以利再战。

大家唰地起立，齐喊：团结一致，以利再战！五只杯子重重地一碰，一仰脖，都干了。

梦瑶放下杯子，起身告辞。大伙就都起身，将梦瑶送至门外。

送走了梦瑶，大家无拘无束，原形毕露，喝五吆六，海吃海喝，直闹腾到天黑方才尽兴，一个个酒足饭饱、懒懒散散地在沙发上东倒西歪地歇下来。

这时候，赵世才突然幽灵般地推门进来了。

哟，一群男子汉，白天个个凶得像老虎，晚上都熊了。赵世才朗笑着说，不好意思，都怪我不好，弄得大家这么辛苦。我请各位兄弟去洗个头，放松放松吧，对面沿街洗头房一家挨一家，虽然档次一般，但作为应急快餐，还是挺实惠的。

听了赵世才煽乎，大伙来了精神，都一骨碌坐起来。

别来灾当然明白"洗头"是什么意思，心里愤然说，少来这一套！但他还是压住火气，靠着沙发，闭着眼睛，一言不发。

赵世才并不罢休，继续鼓动：要不我请大家去梦幻休闲会所体验夜生活吧，那里美女多多，大家随意选随意挑，桑拿浴、鸳鸯浴，按摩保健，项目齐全，服务周到，美女全程陪伴，想干啥就干啥，比洞房花烛夜还迷乱销魂。你们个个年轻力壮，欲火正旺，是该趁青春年华多享性福，别行长你当领导的该理解大伙才是。赵世才的话煽得大伙心里痒痒的，都不禁淫淫地笑起来。

谢谢赵总好意，别来灾说，我们哪也不去，你办公室具备基本生活条件，我们泡脚洗头都很方便。

大伙一听，没戏，就都将身子没精打采地撂进沙发躺下。

赵世才一时不知所措，走也不是，坐也不是。别来灾就又说，时候不早了，赵总你要不困的话，咱们坐下继续谈？

不不不，赵世才生怕别来灾又黏住他，急忙推辞着说，休息吧，休息吧。有话明天再说。转身出了门。

3

如果说，清收腾达公司不良贷款是一场重大战役的话，那么，清偿所欠利息不过是这一战役中的一次局部战斗。接下来，催收全部本金的任务正如攻克堡垒更加艰难。

果不其然，又经过一番艰难交涉，赵世才依然死死坚守自己的既定计划——至少拖够半年。眼看又过去了三天，不耐其烦的赵世才竟然说：要钱没有，要命有一条。不就3000万嘛，我这小命该值这么多钱吧。

此番雷语极其恶毒，别来灾忍无可忍，猛地推一下眼镜，愤然反讥：嗯，赵总你这话说得太有水平了，总算让我看清了一个流氓无赖的丑恶嘴脸。

赵世才愤怒异常地站起，像希特勒演讲一样，气急败坏的拳头砸着桌子叫骂：混蛋！你怎么这么对客户说话！客户是上帝！你不懂这，还当什么行长呀！

没等别来灾反应，被气得七窍生烟的秦小强等几人你一言我一语地谴责道：你混蛋！你把人都活成球了，靠坑害银行过日子，大哈怂一个，还能算是上帝！

告诉你，你蛮横无赖也没用，别来灾接着说，不要以为我们拿你没办法，还有法律呢，我再给你三天时间，你再拿不出确切的还款计划，我们就法庭见。

法庭见就法庭见，随你便！赵世才撂下一句话，又夹着皮包拧身溜了。

赵世才一走，何小雯秘书又来了。

自清收小组来腾达之后，这位看上去酷似林心如的美女秘书，就一直把大家当贵宾看待，那对好看的酒窝总是盛着满满的笑意，每天不仅及时打扫卫生，更换饮水，而且晚上下班，还有意等赵世才和许秘书走了之后，打开柜子拿出招待客人的水果、香烟、瓜子供大家享用。这才不过几天时间，就和大伙混得很熟很友好了，大伙就都亲切地称她林妹妹。

此刻，见小雯又这么热情招待，别来灾问道：林妹妹，我们白天像龟孙子，你们赵总整天热讽冷嘲，甚至要将我们扫地出门，许秘书也是横眉冷对，好似我们欠她二百五，几乎连水都不肯给提供，而你为什么把我们当贵宾对待？我们可是讨债的，是你赵总的眼中钉肉中刺呢？

小雯像林心如那么好看地抿嘴一笑，就势在朱宁旁边的沙发上坐下，操着甜美清脆的声音说：因为你们是正义的，他是非正义的。毛主席说，得道多助，失道寡助。

嗯，非常感谢，这话够哥们儿。没看出林妹妹容貌美，心灵更美，我们该为操守高尚、表里如一的林妹妹鼓掌。别来灾边赞扬边鼓掌，大家也一起热烈鼓掌。

林妹妹，你应该向许秘书那样，看老板眼色行事，别把立场站错了，拿人钱，受人管，当心老板跟你过不去，炒你鱿鱼。朱宁故意挑逗一番。

人家是赵总贴身秘书，小雯直言不讳地说，甘愿顺从潜规则，明的是秘书，暗里做"三陪"，并且期待着由副转正，基本算是半个当家人了，当然要向着老板啦。不像我，讨厌潜规则，也不想投其所好。过不去就过不去，大不了走人。

尤健疑惑地问：秘书还有正副之分？

小强白了一眼，这你也不懂，二奶、小三、情妇、小蜜都是第三者插足，与老板相当于非正式的夫妻关系，一旦取代老板娘，不就转正了吗？众人哈哈大笑。

林妹妹是我们的同壕战友，我请问，你有什么好主意好办法，让你们赵总早日归还我们贷款？别来灾满含信任地问道。

小雯眨巴着丹凤眼，思忖片刻说：我说不好，不过我感觉吧，你们手腕还是不够狠不够硬，光蹲守不行，人家来去自由，吃喝无忧，能咋？我见过赵总向别人讨债，那手腕才叫个狠呢。要是我，我至少会缠住他，不让他下班，不让他出门，留在这与大家一起熬，什么时候还了贷款什么时候放他，看谁能熬过谁。

尤健笑说：那不成，那是非法拘禁，限制人身自由，犯法。

别来灾则赞扬道：说得好，讨债手腕要狠要硬，要有非常措施。林妹妹我请问，你刚才说你们赵总也讨过债？

是啊，他也讨过债的。小雯如实说，去年一个体户欠他50万元本息到期未还，他硬是将对方在公司库房关了三天三夜，不给吃不给喝，什么手段都使了，就差没让坐老虎凳，没严刑拷打，逼得对方将唯一的一套住宅腾出来顶了债。

嗯，是够狠的。那么我请问林妹妹，据你所知，你们赵总是真的很困难还不起贷款呢？还是另有隐情，有意抵赖？

还不起贷款？好像不至于。小雯若有所思地说着，起身到门口探头朝外看了看，然后关死门，坐回原位才又说：几月前赵总是打算按期还款的，但突然听玉萌说你们要换行长，他就又改变了主意。就在那几天，我听他和玉萌嘀咕过什么高利贷之类的事。

高利贷？什么意思，他也借高利贷？别来灾疑惑地问。

不，是他放，放……哎呀，我也没太听清楚。

小雯欲言又止，别来灾却似乎明白了几分，立刻在脑子里打了疑问号，难道赵世才会如此卑劣，一面赖着银行的账不还，一面放着高利贷款？事件非同小可，必须搞个水落石出。于是就鼓动道，林妹妹你别害怕，这里没外人，我们保证替你保密。你实话告诉我，赵世才赖着银行的账不还，到底是怎么回事？

小雯犹豫片刻，终于说：大约在三个月以前的一个晚上，我下班后又返回来取东西，刚到楼上，就见赵总的门虚掩着，他搂着玉萌正嘀咕什么。我就静下来听了一会儿，就听赵总问你打听清楚没有，新区支行是否确实要换人？玉萌说打听清楚了，确实要换，王子虚行长调分行当行长，支行将要来的新行长叫别来灾，比较年轻。赵总说那就好，年轻行长好对付，那笔贷款就先不还了，继续放高利贷。玉萌说就是，贷款难，贷到手了，就不要轻易还，乘机赚他一把。赵总说眼下正好有几家急需资金的小企业找我，基本谈妥了意向，这几天就赶紧放出去……

小雯说的没错，事实上，赵世才从银行弄贷款转手放高利贷的意图由来已久。早在十年前，他就曾因高利贷而吃过一次苦头。当时腾达公司建商品房，眼看即将封顶，因欠款一时未能到位，建筑商竟然停了工。他一咬牙，向一家地下钱庄借了200万。半年后还款时，钱庄索去利息80万。时过不久，他从新区支行贷到第一笔款，一位做生意的朋友因急于进一批畅销货，向他借了100万元，三个月后，对方一下就给还了130万。两次非正常交易，使他明白，原来还有一条比搞房地产更便捷更赚钱的途径。于是从银行低息贷款，转手放高利贷谋取暴利，便成为赵世才心里的如意算盘。后来他历次从银行贷到款，都如法炮制，背着银行，拿出一部分做高利贷生意，并美其名曰"用活资金，良性循环"。本次从银行得到 3000 万元贷款，赵世才依旧拿出其中的一部分放了高利贷。贷款到期时，他归拢了资金，准备按期还贷，却偶然得到新区支行将换行长的消息，于是心生一计，何不再做一笔买卖，便以企业困难为由，拖延还贷。而前任行长王子虚一直被蒙在鼓里，他几次催收，赵世才总是叫苦连天，王子虚误以为他真的遇到暂时困难，离任之前答应缓他一两个月。而实际上，这笔本该按期还给银行的贷款在他离任之前就已进入了几家小企业账户。

听了小雯讲述，别来灾这才明白，难怪赵世才如此抵赖，企图拖延还贷，原来是卖布不带尺，存心不良（量）。

娘的！太卑鄙了！别来灾猛地一推眼镜，大骂一句，拳头像铁锤一样砸在茶几上，震得茶杯噼里啪啦翻了一地。小雯被吓了一大跳，向身旁的朱宁伸一下舌头，扮了个怪相，然后又直拍着咚咚直跳的胸口。

别来灾皱着眉头闷了好一会，这才稳定了情绪，说：谢谢林妹妹，你为我们提供了至关重要的信息。我请问你是否知道，赵总将款放给了哪些企业？

这个我不清楚。小雯摇着头说，你们可以看账，从财务账上应该能看到。

别来灾摇着头说：财务账我们都查过了，账上没记载这方面的内容，他的账说明不了问题，估计都是假账，他应该还有黑账，你帮我把这件事秘密调查一下，好吗？

小雯没置可否，心想，许玉萌时常将赵总与她商量的重要事项记在记事本上，想必这件事她应该有记载，有时她记事本放在桌上忘了收拾，何不找机会翻一翻。于是答应道：我试试看吧。

次日晚上下班后，小雯即向别来灾交来一页复印资料，资料上写的正是赵世才向六家小企业发放高利贷的时间、金额、期限和到期所得利息等信息。别来灾看后欣然一推眼镜：果然如此。林妹妹你是从哪弄到的？

是从玉萌的记事本上复印下来的，小雯说，过去我无意间翻过她的记事本，就想到她可能有记载，今天她没来上班，记事本正好就在一摞杂志中夹着。

别来灾由衷地赞扬：林妹妹真够朋友，非常感谢你。然后对几位部下叮咛：今天这事到此为止，谁也不许向任何人透露一个字。

4

别来灾这般与何小雯交谈着的时候，赵世才约了王子虚行长去福宝阁茶楼会面。

福宝阁茶楼位于茶文化一条街的德福巷，是西北地区规模最大、档次最高的专业茶楼，享有"西北第一茶楼"之美誉。风格古朴典雅，设施先进，服务优良。豪华、优雅、静谧的三楼欧式包间，早已成为他们聊天谈事的一个固定场所。王子虚进得茶楼，一如既往地径直朝他熟悉的三楼包间走去，先到的赵世才已在里面要了铁观音等候。

王行长啊，你不知道，这段时间我的日子不好过呀，别来灾那小子像黄世仁一样把我折腾得够呛。一见面，赵世才掏出中华烟顶出一支递于王子虚，用打火机点燃后，自己嘬一支，边吸边叫起苦来。

哦，怎么回事？是上门收贷吧，王子虚不以为然地说，你应该理解他，这些年银行形成的烂账不少，行长率员上门收贷是常有的事。你那笔贷款已经逾期多时了，作为新任行长，他着急，亲自上门催收，并无不妥。

岂止是催贷，简直是催命鬼催命嘛！赵世才愤愤然地说，情况是这样子的，他电话催过几回，我答应积极筹款，可他居然不信任我，带着一帮人突然来公司占了我办公室，一待一个多星期不离窝，弄得我一天焦头烂额，狼狈不堪。而且硬逼着我拍卖了藏品还利息，你见过的，那满当当几柜子藏品全卖了。你最赞赏的那件新疆和田白玉佛雕，我实在舍不得，才留了下来。赵世才边说边从提包里掏出那件玉佛放在茶几上。

哦，有这事？藏品拍卖了，真是可惜！王子虚这才表示同样不理解，别行长年轻气盛，办事太急躁，做法的确欠妥当，你该早些告诉我，我也好劝止他嘛。说完，就势捧起玉雕欣赏一会，赞叹道：赵兄有眼力有远见，卖了什么也不该卖了这个。黄金有价玉无价，出手了，以后想弄回来可就难了。

王行长您要喜欢您就留着，赵世才直言不讳地说，我们生意人眼睛只盯着钱，盯着效益，对其他物质的东西没多大兴趣，更何况我一个大老粗，不懂收藏文化，不像您文化人银行家那么有品位会鉴赏。

王子虚边把玩边赞赏了好一会，未置可否，将玉雕放下后说：说说贷款的事吧，你和别行长到底咋谈的？

咋谈，根本就谈不拢咯。赵世才哭丧着脸说，我让缓我一些时日，他愣是铁板一块，死活不让步，最多宽限一个月。今儿他还撂下话，三天后起诉我，搞得我简直下不了台嘛。

自食其果！王子虚喷出浓浓的烟雾，没好气地说，本来，这笔贷款在我离任之前就已经到期，鉴于咱们打了多年交道，关系不错，我才答应缓你一两个月，结果你言而无信，到现在已经快三个月了，你本金利息一分没还，说不过去嘛！这往下一遗留就是个事，他新任行长不可能不着急么，搁着我，我也会这么做。吸一口烟，又说：你在我手上贷款已有五六笔了，每次到期后，你让缓缓就缓缓，我哪次逼过你。如今银行已开始转轨改制，不像过去你赖着就赖着，几乎没人去担责，也几乎没人去追责。现在贷款劣变，行长是要承担责任的，你不还贷，他别来灾不好向我交代，我也不好向上交代，你懂吗？

实在抱歉。我让你们被动了。不过，还请王行长您多谅解，我可以对天发誓，我绝对不是恶意拖欠，我实在没想到公司会出现这么严重的困难。你是了解我的，正如你所说，过去几笔贷款虽说也有过延期，但我都按协商的办，你说啥时还我就啥时还，没让您多费事吧？这次的确是情况特殊，无力按期偿还。请看在咱们老朋友老交情的分上，你救救我吧，别来灾那小子发了狠话，看那架势，他是非得让我撞南墙、见棺材不可。赵世才近乎哀求地说。

我怎么救你？王子虚抬了一下眼皮子。

办法其实挺多的，我提出来供你参考。赵世才接着把对别来灾提过的三条建议又提出来，并强调，我看最好是你帮我重贷一笔款，借新还旧，这样快刀斩乱麻，干脆利索。或者你给别来灾说，让他高抬贵手，再缓我半年，半年内我保证一定还清本息，一分不欠。你管着他，他还能不听你的？

三条方案都不可行，王子虚正了身子，摇着头说，逾期不还是违规，借新还旧也是违规，核销就更不靠谱了，几万或者十几、二十万的小额贷款，变通一下或许就过关了，可你这么大一笔贷款没有可靠的核销理由，上级如何能批准？如果这么弄，别来灾怎么看我？上级复核、检查这一关又怎么过？

王行长，你总不能见死不救吧？你替我想想办法吧，你帮我渡过难关，以后呢，咱们还要继续合作相互支持嘛，我腾达的愿景你也清楚，三五年，至多五六年之后，我腾达肯定是本市房地产巨头。凡事要着眼长远，总不能为这笔贷款就断了交情吧？

王子虚沉思良久，抬起头吐出一口烟，慢条斯理地说：没错，长远合作是大局，是咱们的共同愿望。至于眼前的困境，我看还是你自救吧，你有办法，我知道你有办法。再困难，也不至于山穷水尽吧，咬紧牙关先还，还了怎么都好说，我们大家的日子都好过。

赵世才心里明白，王子虚说的办法，就是找地下钱庄，借高利贷。可他一手放高利贷，一手借高利贷，岂不等于脱裤子放屁。但他不好言明自己就是因为放了高利贷，才还不上银行贷款。便哭丧着脸说：王行长，你知道，黑钱是好弄，手续简单，放款也快，可黑钱真黑呀，利息高得惊人，这么多钱都借高利贷来还，我咋喘得过气？又咋翻得了身？你总不能看着我破产倒闭吧！

没那么严重，王子虚摆一下手说，即便是借高利贷，也不过是权宜之计，倒个手而已。我刚才不是说了，你先还，还了再说嘛。俗话说，有借有还，再借不难，你先把这边弄利索，至多过渡一两个月，然后我可以考虑给你再贷。这样打个时间差，还旧借新，不影响你的事，也可避免了我行违规之嫌。

王子虚这么一透底，赵世才的脸色立刻放晴了，说来说去，还是等于拿银行的钱还银行，不用自己倒腾资金，正好迎合了他的想法，便感激地说：王行长您这么考虑，那实际还是在救我，让我感激不尽。我知道你不喜欢客套，不然我会跪地给您磕响头的。这次贷款出现暂时困难，一时还不上，但我新的开发项目已经启动，正希望取得银行支持。王行长您有这话，那再贷款最好能尽快落实。不过，我和别来灾已经闹僵了，如果还在他那里贷款，恐怕他不会开绿灯了。

时间主要取决于你自己。你可以两手抓嘛，一手借钱还贷，一手准备再贷手续，来个两不误。你和别行长关系闹得有点僵，继续在新区支行贷当然不合适，我可另行指定一个支行，或者由市行直接做，犯不着在一棵树上吊死。

　　王子虚这话基本算是定心丸，虽没准予宽限半年还贷，但却明确答应很快给予再贷款。至于借高利贷还贷，那不过是鸡屁股拴绳子，扯淡，自己绝不可能依言而行，我可先答应下来，然后继续拖着，拖到所放高利贷陆续到期了，收回来还给新区支行，另一笔贷款也就又到手了，接着又可以再放高利贷，一点不误事。赵世才这般想着，脸上的笑容堆得越来越满，连连点头，口是心非地说：王行长你这么安排我完全接受，我先借高利贷，争取快还快贷。

　　话这么说定后，王子虚掏出手机给别来灾挂了电话。

　　来灾行长吗，我是王子虚，听说你还在腾达蹲守催贷？

　　噢，王行长您好。我还没来得及向您汇报，这起信贷违约案还挺棘手，蹲了十来天，还没一点眉目，赵世才很难缠，清贷不顺利，勉强把利息弄回来了，本金还没着落。别来灾本想就此报告一下赵世才用银行贷款放高利贷的事，但一想起王行长与赵世才的暧昧关系，就又改变了主意，毕竟事情还没最后弄确实，万一赵世才知道自己的秘密被泄露，势必会狗急跳墙，竭力阻挠调查。于是便说，我计划再坚持三四天，实在不行，就走法律程序，向法院起诉。

　　还是先撤回来吧，王子虚说，我知道你这段时间很辛苦，收贷追债，非常需要你这种锲而不舍、顽强拼搏的精神，但有时候还得讲点方式方法嘛。听说你逼人家卖了珍宝古玩，这可是他一辈子的积攒呢，一个人的爱好是一个人的半个生命，你这么弄，等于割了他心头肉，你懂吗？你坚持原则，下茬清账没错，但还得有点灵活性嘛，这么僵着也不是个办法。要知道，有些事情硬来，效果适得其反。在收贷工作中，要注意分清是恶意赖账，还是确实困难；是暂时困难，还是将要破产倒闭。腾达的情况我比你清楚，显然是暂时困难，而非恶意逃废嘛。再说，有土地抵押物抵押着，如果他实在还不起，咱用抵押物土地保全也行嘛。

提起抵押物，别来灾想起小雯道的实情，心里便又想就此将赵世才用假土地证办贷款抵押的事向王行长揭露出来，但话到嘴边还是打住了，这笔贷款是王行长经手和审批的，说出来必然使王行长难堪，便改口说：能直接清收还是直接清收为好，走保全程序破烦得很。

破烦是破烦，可你要向法院起诉，那不更破烦吗？王子虚说，劳民伤财，时间耗不起，人力财力耗不起。如今这社会是老百姓打不起官司，银行也一样折腾不起，即便官司打赢了，成本却高得惊人。记得我刚到支行不久，也经历过一起案件，60万的标的，一两个月就能结案的，却硬是折腾了半年多，接待办案人员花费十多万。办案人员认为银行有钱，趁机揩油，你看划得来不？再者，官司打赢了，执行起来没个一年半载也下不来。而且你这么一弄，关系就僵了，腾达是我行的老客户，以后合作潜力还很大，完全没必要这么弄嘛。

王子虚滔滔不绝地训话，别来灾插不上嘴，只好洗耳恭听。末了，才又问，王行长，那您的意思是……

你跟赵总再好好谈谈，让他给你一个还款计划，明确还款时间，他筹款有个过程，你不要逼得太急，适当让让步，不妨再给他一两个月时间。

其实我也这么想过，别来灾说，只要他诚意还款，适当缓一缓，也不是不可以。可他给出的时间是最少半年，你说我怎么接受？

两个月是底线，这个要坚持，再不能宽限了。否则上级内控检查都是问题。我与赵总沟通一下，让他也让步，不然都顶着，不利于问题解决嘛。

那行，王行长，按您的要求办。别来灾明确表了态。

挂下电话，王子虚对赵世才说：妥了。明天你们再谈，答应别行长的条件，两个月内一定还款，关于再贷款的事就不要向他提起了。

总算不错，赢得了两个月时间，两个月一过，再拖他一个月，放出去的高利贷就基本满了半年，就可稳赚一大笔。赵世才心里这么暗自盘算着，欣然点头答应，提起壶，给王子虚续了茶。

离开福宝阁茶楼时，王子虚忽然感觉手提包重了许多。原来，谈话结束后，赵世才趁王子虚去卫生间的机会，将那尊玉雕悄然放进他的手提包。王子虚心里明白了是咋回事，却装作没发觉，与赵世才握一下手，告辞了。

领导有明确指示，别来灾依言而行；赵世才吃了定心丸，也便来个180度大转弯。第二天几乎没费口舌，双方便达成协议：腾达两个月内全部还清银行贷款。赵世才昨天还死死坚持要宽限半年以上，今天却这么痛快地答应了银行的条件，王行长与赵世才沟通如此有效？别来灾不由得心生敬意，姜还是老的辣啊！

签了协议，赵世才貌似歉意地说：对不起，别行长，让你费神了，请多多包涵。有句俗话说得好，不打不成交，以后呢，希望我们还能继续合作。

本来，关于再贷款的事王子虚已经交代了，不要向别行长再提起，但赵世才感觉氛围有所缓和，便想借机侦查一下，套套口气。

那是，来日方长，山不转水转，或许还有合作机会。别来灾就势客套一句。

还有合作机会，赵世才从话中听出了希望，就得寸进尺，满脸堆笑地说：这就好！这就好！情况是这样子的，最近呢，我腾达的新项目即将启动，希望能很快从你行得到新的贷款支持。

别来灾鼻子哼了一下，心说，你把我银行的钱放了高利贷，已经在我心灵档案里记录了严重不良信用，我怎么能再和你这种人打交道。但嘴上还是模棱两可地应承道：到时再说吧，对于诚实守信的人，银行的信贷大门始终是敞开的。

这话实际不无讽刺意味，与其说是敞开大门，不如说是关死了门，赵世才的脸不那么自然地抽了几抽，又皮笑肉不笑地连说：这就好！这就好！算是给了自己台阶下。

别来灾起身一挥手：走！率清收小组撤出了腾达。

5

清收小组一撤，赵世才深深地舒了一口气，以为有王子虚撑腰，问题就此解决了，至少两个月内再不会受折腾了，一高兴，对许玉萌秘书说：走，咱浪去。许秘书心照不宣，拧身回宿舍收拾了行李，上了赵世才的宝马，直驱机场。然后乘飞机一起去了被誉为"东方瑞士"的青岛，住进东部海滨五星级海景花园大酒店，日日乐享着鸳鸯泳、桑拿浴、情人餐，以及情侣快艇游、海滨日光浴和颠鸾倒凤醉生梦死的一个个云雨之夜。

两个星期后，赵世才这才携许玉萌返回古城。

但是，让赵世才万万没有想到的是，这天，他刚到办公室上班，屁股还没坐热，别来灾就率原班人马又突然出现在眼前。赵世才一愣，没起身打招呼，拿起桌上的中华烟点一支，边吸边拿眼盯着别来灾。别来灾在对面的椅子上坐下来，也不请自便地点一支中华烟，边吸边拿眼盯着赵世才。

"哈哈……哈哈哈……哈哈哈哈……"赵世才突然阴阳怪气地大笑起来。

"哈哈……哈哈哈……哈哈哈哈……"别来灾也阴阳怪气地大笑起来。

别、别行长，不是已、已协议好了吗，这才不过十天半月，你怎又、又来了？笑了好一阵，赵世才忍无可忍，结结巴巴地质问别来灾。

很抱歉，计划不如变化啊，别来灾不温不火地说，贷款的事，有了新情况，需要与你再谈谈。

怎么协议不算数了？我已经答应积极筹款，两个月内还你呀，你还要我怎么着？赵世才将一口烟直直地喷向别来灾。

别来灾也直直地向赵世才喷一口烟，然后欲将事故原委如实道来，许秘书却急急忙忙走进来，欲与赵世才说事。别来灾便识相地拧过转椅，稍稍回避一下。

许秘书趴在桌子上，用手掩着嘴，悄声与赵世才嘀咕，丰腴而浑圆的屁股就那么格外性感而惹眼地撅着，绷得死紧的乳红色露屁裤偏又露出一片雪白的肌肤来，别来灾的弟兄们便忍不住一眼一眼地瞥过去，又嘻嘻嘻地偷笑着。别来灾打一下手势，示意大伙安静，自己则扯长了耳朵窥听赵世才与许秘书嘀咕。

不好了！许秘书说，几家借款户把利息都汇来了。赵世才眼睛一亮，掩着嘴悄声说，哦，提前付息，那是好事嘛，是按约定利率汇的吗？许秘书说：不是，是按银行现行利率算的，少得可怜！并且都申明本金与利息全清了。赵世才一愣：全清了？期限都没到啊？违约要罚息的，本金也到账了吗？许秘书说还没有。赵世才顿时变脸失色，气躁躁地说：我越听越糊涂，到底是怎么回事啊？许秘书说，我也不清楚，才从财务部得到消息，还没来得及仔细了解，要不，你打电话问问吧。赵世才这才拿起手机，起身欲进里间给几家借款户打电话。

不用打电话了，赵总，我来向你解释吧。别来灾是隐约听出了赵世才与许秘书嘀咕的内容正是高利贷的事，便转过身来说，这六家借款户与你的债权关系已经终止。你有钱放高利贷，没钱还银行贷款，我们只好采取非常手段，先斩后奏。

见鬼，他怎知道我放高利贷的事？赵世才又愣了一下，折身回来坐进椅子，顺手又噙一支烟吸着，让浓浓的烟雾恰到好处地笼罩着那张已经绯红的大脸。

赵总，情况是这样子的，别来灾故意学着赵世才的口气说，我们经过周密调查，已掌握充分证据证明，你根本就不是没钱还贷，而是早于三个月前就拿原本要还给银行的钱放了高利贷款。总算不错，我们已经找到这六家借款户，将你借给他们的高利贷全部转为银行贷款，实现了债权转移，他们欠账欠在银行，与你没有任何关系了。好事吧，不难为你了，你再也不用着急为银行还款了。

原来，别来灾从小雯那里得到赵世才放高利贷的情报后，就决定边蹲守边派人从外围调查，弄清真相。正在这时，王子虚行长指示让达成协议暂缓，别来灾便断然决定先撤出，来了个明撤暗查，很快弄清了六家小企业从赵世才公司各借高利贷500万元的事实，确切地印证了小雯提供的信息。可直接从几家小企业追款，显然不可能。而让赵世才立即收回所放高利贷，或者让借款户马上向腾达还款，他们也都未必会听话。到底该咋办？别来灾一时犯了难。他左想右想，就想到一招，于是就又招来弟弟别来恙警官商量。

弟，你知道我最近正向腾达公司追款，追得很艰难，公司老总赵世才不是还不起银行贷款，而是将本该归还给银行的资金放了高利贷。我想来个曲线救国，从他的借款户那里追回他所放的高利贷，偿还银行贷款，但是又无能为力，所以让你来帮我出出主意。

哦，有这事？这家伙真够损的，居然弄这事！别来恙不禁骂一句。然后想想说，那你直接揭穿他，责令他提前收回高利贷来还贷不就得了，何必要你去借款户为他收贷？

行不通的，别来灾摇着头说，让他提前收回高利贷，他会损失很多利息，他不会听我的。我们这么循着他的资金去向走弯路，其实也是无奈之计。不这么做，这笔不良贷款就无法在短期内收回。

别来恙想想又说：那就报案，或者起诉吧，他赖银行账，又办地下钱庄，是违法行为，公安、法院一出面调查，他就蔫了，我就不信他能扛得住法律。

别来灾又摇头：报案倒是个途径，可向法院起诉很破烦，那是万不得已的路子，我赔不起时间和精力，而且分行王行长也不主张走法律程序。

那倒是。别来恙说，按部就班地来，没一月两月恐怕解决不了问题。

来恙没什么高招，别来灾便亮出自己的意图：事到如今，实际是一场较量，我必须下狠手腕，采取非常措施，设法尽快截回赵世才所放的高利贷。所以我想趁他与小蜜在外旅游的这段宝贵时间，借你的势，私下里来把这事摆平。等他回来，生米做成了熟饭，主动权已经在我手里，一切都由不得他了。

哥，那你是咋想的？你想让我做什么？

我是这么想，别来灾说，我们直接去向那些借款户要钱，人家可能不理茬，但你们警察就不一样了，有杀气，往那一站，能把人镇住，他不可能不怵火。所以你带几个警察跟着我，去与那几家借款户交涉，让他们将借赵世才的钱直接打入我行账户，这事就成了。

别来恙却犯了难，连连摇着头说：这样好是好，去扎扎势也不难，可私下里用警，这明摆着是让我违纪么。

别来灾笑一下说：违纪不违法嘛，他赵世才输着理，赖银行的账，办黑钱庄放高利贷，本身就是违法的，摆不到桌面子上来，只要我们弄成功，他是哑巴吃黄连，有苦难言。即便有人质疑和追究，咱是为银行追债，维护银行和国家利益，不是为咱个人谋私利，咱怕啥。

别来灾这么一说，别来恙觉着有道理，这才点了点头说：好吧，我执行。

次日，别来恙便率两名警察，与别来灾一行四人一起去了第一家借款户交涉。

没想，出师并不利，与公司袁总一交手，就几乎吃了闭门羹。别来灾说明情况后，袁总不以为然地摆着手说：不行不行，冤有头债有主，借谁钱还谁钱，我跟银行没牵扯，我要提前还钱也得还给赵世才么，怎么能把钱还给银行呢？

你说的没错，别来灾说，问题在于赵世才这笔钱是从银行贷的款，他不还给银行，却拿去放高利贷，这种做法是扰乱金融秩序、侵犯银行权益的严重违法行为。我代表银行来追索这笔款，维护银行合法权益，并无不妥。

那是你们之间的纠纷，与我没有一毛钱的关系，他赵世才违法不违法我也管不着，我履行合约，理应到期向人家还本付息。我依从了你们的要求，把钱还给了银行，赵世才不认账，来向我要钱我怎么办？再说，人家帮我解了燃眉之急，我过河拆桥，背地里做手脚也不合适吧。

果然不出所料，借款户顾虑重重，别来灾便向来恙使一下眼色。来恙警官适时出击，亮出警官证，威严地说：袁总你该是明白人吧，我们既然站在你面前，就说明公安机关已经介入，你要拒绝合作，那我们只好强制执行了。

这，这……袁总一听有公安机关介入，心里果然就有些怯火，话就结巴起来，我没，没有拒绝的意思，我只是说，我这么弄，赵世才会找我的麻烦。商海如大海，大鱼吃小鱼，人家是大公司、大老板，我咋惹得起。

这个你不必顾虑，别来灾说，我们既然让你这么做，就会提供合法手续，并保护你的合法权益和安全，绝不留任何后患。

他要找你事，别来恙说，你让他来公安机关找我。

可我怎么相信你们，谁知道你们这里面有没有猫腻？袁总仍半信半疑。

我们可以把证件都给你，别来恙躁躁地说，你一个一个核实，看公安局和新区支行有没有我们这些人。

众人也纷纷责备道：我们一家是银行，一家是公安，这你也信不过，那世上就没有什么可信的了。

大伙这么一说，袁总这才暂且放下了顾虑，说：那好吧，就按你们说的办。不过，那我得给赵世才打个电话吭个气，不管怎么说，合同是与他签的，钱是从他手里借的，我把款直接还给银行，起码该让人家知道是咋回事。

噢，我忘了告诉你，别来灾说，如果你密切配合我们，按我们的要求去做，我们可以帮你免去全部高利贷利息，你只需按银行贷款利率给他付息即可。可你一打电话，赵世才如果不答应，那么我们就暂时收不回这笔贷款，你也就别想银行为你减免一分高利贷利息。

这意思你该明白吧？别来灾不失时机地鼓动，你借赵世才这笔高利贷已经几个月了吧，你得付给他多少利息，仔细算算这笔账，能省多少钱？

约定利率月息4分，500万元半年利息是120万元，至目前已经生效三个月了，我得付他60万元利息。那么，银行贷款利息是多少呢？一听有利可图，袁总脸上顿时灿烂起来。

银行现行贷款利率半年期年息5.25%，500万元，三个月也就65625元利息。别来灾口算一下，报出数据，对朱宁说：对不对？朱科长你再算一下。

朱宁也口算一下，很快报告：没错。是这么多。

好家伙，那就是说，一下就能省50多万元利息，那太好了！袁总不禁喜形于色，行，既然这样对咱双方都有利，那就按你们说的办吧。我抓紧筹款，争取一个月内把本金转给银行。

袁总终于痛快地答应了，但别来灾却断然否定，一个月时间太长，最迟一个星期。拖延那么长时间，等于正月十五贴门神，我们又何必来找你。

这就难了，这就难了。袁总脸上露出难色，这么短时间筹齐那么多钱，我做不到。叹一口气又说，借高利贷应了一时之急，却背上了沉重包袱，实在是无奈之举。别行长，你也参观了解了考察了，我这企业不算差吧，可你说我们小企业贷款怎么就这么难呢？你们银行嘴上喊着要支持小企业，可实际上都把我们当后娘养的，我去了好几家银行都不肯贷给我，硬逼着我不得不去借高利贷。

袁总你说的情况的确属实，别来灾说，过去政策上都是强调支持大中型国营企业，现在政策上虽有些松动，倡导支持小微企业，但是大多数小企业制度不健全，财务不规范，偿还能力弱，风险难控，所以银行有顾虑，这你要理解。

我还就是不理解，袁总直言不讳地说，小企业也有好有差嘛，你银行可以仔细考察嘛，怎么能搞一刀切，另眼看待呢！别行长，你要信得过我，我请你贷给我500万，我给赵世才把高利贷一还，我欠账欠到银行，这样也成嘛。只要你诚意扶持我，我就是砸锅卖铁也要按期还本付息的。

我贷给你？别来灾一愣，笑着说，袁总你这么想，倒为我出了一道难题，我们可从来没这么弄过，我得慎重考虑下。

别来灾思考起来。目前上边虽强调支持小企业，但在实际操作中，银行都怕担风险，谁也不愿主动去做。即便做了，额度也都很小。如按袁总的思路，要做就是几家，额度也都是几百万，恐怕很难得到上级行批准。算了，还是谨慎开口，少惹麻烦。但他转而又想，这么弄，其实就是将赵世才的贷款化整为零，转贷给这几家借贷户，银行与赵世才的合同就终止了，债权分散到这几家小企业，那么这笔不良贷款的风险不就相应化解了么？如不这么弄，这几家小企业现时拿不出钱，我行截收无望，那么大一笔资金搁在腾达全成了烂账，又如何是好？权衡利弊地想到这里，别来灾抬起头来对朱宁说：朱科长，我看袁总这一思路倒是值得我们考虑，他的企业效益还不错，也有发展潜力，你觉得如何？

别行长在思考时，朱宁也在想这一问题，便说：我也觉得可行，目前上面正着手解决小企业融资难的问题，符合信贷政策导向。我们可以为袁总办不动产抵押贷款，将他这500万高利贷直接转为银行贷款，这样既等于袁总归还了赵世才的高利贷，又相当于我们清偿了赵世才所欠银行的贷款，而且为袁总解决了融资难题，减轻了他的负担，我看是件好事。

这么做，其实就是债权转移，别来灾说，有利于化解贷款风险，我看主意不错，一举多得，何而不为。那么请问袁总，贷款要有抵押物，你打算用什么抵押？

抵押不成问题，袁总说，我有几千米厂房和几套住宅，还有待销产品和原材料，加起来，应该能值一千多万吧，而且都有现成的评估材料。

那行，我贷给你。别来灾点一下头说，你就抓紧准备资料和手续吧，朱科长在这指导你。我们可以加快速度，快报快批，争取三五天落实到位。

如此这般在别来羔警官的配合下，晓以利害地艰难交涉，与第一家借款户终于达成协议。新区支行一路开绿灯，马不停蹄地运作，只三天时间就完成了调查、评估、抵押等手续，为袁总的企业办理了银行贷款手续，也就是赵世才500万元高利贷的债权转移。

后面几家借款户虽然同样没少费口舌，但有了成功转化的经验和做法，最终都达成了如第一家借款户一样的协议，以担保贷款或抵押贷款等不同方式，将企业高利贷转成了银行贷款，既成功清收转化了腾达 3000 万元不良贷款，又为企业免除了高利贷利息，解决了融资难题，实现了多赢效果。

大功告成，赵世才也正好从青岛返回了古城，别来灾立即带原班人马来向赵世才摊牌。

赵世才一听原委，顿时头顶像猛地挨了一砖头，蒙了。他怎么也没想到，他与小蜜许玉萌出去风光潇洒半个月，正好让别来灾钻了空子。

赵总你请听好了，别来灾像宣判似的正色道，国商银行新区支行与腾达公司之间的 3000 万元贷款合同今天就终止了，六户借款户与你公司的借贷关系也由此废止。鉴于各借款户借款期限都已满三个月，我们已责成这六家借款户按银行同期贷款利率向你公司支付了应得的借款利息，贵公司不得以任何理由向各借款户收取超过银行贷款利率的利息。否则，将受到法律的严厉追究。如果没有异议的话，请你签收。别来灾说完，递过收款收据和清单。

赵世才接过去，像不认识字一样，看一遍又看一遍，自知如意算盘彻底流产了，即将到手的高利贷暴利被别来灾给搅黄了，顿时浑身细胞都充满了愤怒，突然将收据和清单一把撕了，咬牙切齿地呐喊道：别来灾，你别高兴得太早了，我要控告你！

好极了！好极了！我一定奉陪！别来灾笑着说，你打算怎么控告，要不要我帮你措辞？你不妨这么说，我赵世才一手从银行贷款，抵赖不还，一手非法开设地下钱庄经营高利贷生意，谋取非法暴利，严重扰乱金融秩序，损害银行合法权益，理应受到法律制裁。咋样，措辞准确吧？

赵世才一时无言以对，聪明反被聪明误，现在说什么都晚了，壮硕的身子像漏了气的气球，一下蔫不拉几地瘫在椅子上。许秘书只好按照清收小组的要求，硬着头皮办理了有关手续，最终让赵世才签了字。

蹲守催贷终于大获全胜。别来灾心里高兴，刚出赵世才办公室，便大臂一挥，走，上我家咥饭去。秦小强欣然说，那我去买一打啤酒吧？不用，别来灾说，你嫂子啥都弄好了，咱两只肩膀抬一张嘴就行。大伙开心地一笑，就都一拥上了车。

来到别来灾家，就见冯梦瑶已备好了一桌菜。众人问候道：嫂子辛苦了！

我辛苦啥，你们才辛苦呢，战场下来的勇士，功劳大大的。昨晚你们行长就吩咐我今日准备午餐犒劳大家。梦瑶边说边热情地招呼大伙入席。

别来灾开了啤酒瓶，边给大伙斟酒，边说，这次出征蹲守清贷，你们嫂子一直挂牵着大家，她早就向我打招呼，等清收全面告捷，一定在家设宴庆祝。

梦瑶举起杯子说：你们这一仗打得很艰难，也很漂亮，我先敬大家一杯，为胜利干杯！五只酒杯重重地一碰，各自一饮而尽。

吃饱喝好之后，别来灾觉得是该去向分行王子虚行长汇报情况了。

来到市行大院，刚到王子虚办公室门口，别来灾踌躇一会，心想，自己违背王行长的指示和要求，不仅没暂缓清收腾达贷款，反而私下调查和截获腾达所放的高利贷，彻底得罪了赵世才，并且又不及时请示报告，先斩后奏，尚不知王行长会如何发落。但转而一想，3000万不良贷款本息终于得以成功清偿，怎么说，他王行长也应该感到高兴吧，心里也就坦然下来，迈步走进王子虚的办公室……

（2017年11月由中国言实出版社出版）

长篇小说卷（二）

NO.6

大关东（节选）

■张海清

作者简介

张海清，吉林省永吉县人，中国银行作家协会理事，吉林省作家协会会员，吉林政协文史研究员。1991 年 7 月，转业到中国银行工作至今，先后在中国银行吉林省分行、香港中银集团供职。长篇小说《大关东》获得第五届松花湖文艺奖（吉林市委宣传部）、第十届长白山文艺奖（吉林省委宣传部）、第五届吉林文学奖一等奖（吉林省作家协会）。

作品简介

　　这部长篇小说由五个相对独立的单元组成,采用时空交替转换的叙事手法,以清朝驿站旗人后裔耿氏兄弟及其后人为人物主线,以乌白两个大家族的兴衰为副线,通过对军阀混战、日寇入侵、三年内战、土地改革、改革开放等重大历史背景下人物命运的描写,对刚正不阿富有传奇色彩的耿玉崑,嗜血成性的女匪首驼龙,视土地如性命的耿玉霖,为保全家族殚精竭虑的白四爷,满腹经纶的郑先生和他命运多舛的儿子郑学礼,善良多情的耿红柳以及瘸子乌四郎倌儿等众多性格复杂的人物形象的塑造,展示了一幅全景式血肉丰满的具有关东独特风格的生活长卷,讴歌了东北人民在苦难和希望的土地上生生不息,不屈不挠,勇敢面对生活的顽强生命力。

第一单元　荒年

　　直皖战争结束后，直奉两系军阀共同控制了北京政权，推举靳云鹏组阁。后奉系军阀张作霖又将靳云鹏赶下台，扶植亲日的梁士诒出任国务总理，并联络以孙中山为首的广东政权，组成反直"三角同盟"。1922 年 1 月，吴佩孚联合六省军阀，通电攻击梁士诒内阁媚日卖国，迫梁离职，直奉矛盾日趋激化，4 月 29 日，第一次直奉战争爆发。乱世当道，关东匪患猖獗无忌，遍地绺子，遍地英雄……

1

　　公元 1924 年，民国十三年秋，地处长白山余脉，松花江上游的东荒地又经历了一场匪乱，引发了历史上著名的大荒川系列惨案，距东荒地不足二十里的五里桥季家惨遭血洗。制造这起连环血案的元凶，是打着新募杀富济贫常胜军，又称"仁义军"旗号的摩天岭绺子，罪魁祸首便是名噪关东、臭名昭著的女惯匪——驼龙。

　　驼龙者，张素贞也。张素贞出生辽阳，十六岁沦落风尘，花名翠喜，是宽城子（今长春）福顺班青楼里的头牌姑娘，后来与摩天岭少当家的，江湖上报号"大龙"的王福堂相好，结亲做了压寨夫人。张素贞秉性刚烈，骨子里充斥着一股莫名其妙的野性。吸引王福堂的不仅仅是她出彩的长相，更有张素贞那敢爱敢恨、敢作敢当的泼辣性格。二人相好不久，王福堂送给她一份特殊的定情信物，两把崭新的德国造 9 毫米口径的"大红九"快慢机驳壳枪。按说，一介女流原本不该操枪弄炮，而张素贞则不然，她不仅没有对舞刀弄枪的把戏流露出丝毫的惊惧之色，反而对这两件冷冰冰、闪着死亡光芒的漂亮杀人武器爱不释手。王福堂教她绺规、黑话、隐语，教她跨马打枪，教她为匪的一切技能。这个女人在骑射方面好像有着与生俱来的禀赋，很快便练就了一手出神入化的好枪法和超常的马上功夫，她的本事和性情令同道中人无不刮目相看。在之后那段血雨腥风的日子里，张素贞骑在一匹白马上，腰插双枪呼啸山林，出没于江湖之中，英姿飒爽极有风采。

张素贞入绺子的第四个年头，摩天岭发生了一场大变故，由此拉开了《大关东》恩怨情仇的大幕——

关东古镇五里桥是大荒川方圆百里唯一的集镇。富绅季子祯育有三子，大儿子广禄在安东（今丹东）开埠局任高级商务买办，二儿子广泰在吉林省森林警察总队任督察专员。因老大老二在外谋差，年事已高的季老太爷便把当家主事的重任委以了老儿子季广源。广禄少爷当年在日本东京工业大学留学时，曾经有个十分要好的同窗叫冈部三郎，后来冈部被西园寺公望首相任命为日本驻安东领事馆领事。凭借这层关系，季家获取了与安奉矿业株式会社对青城子铅矿的联合开采权，靠日本黑商赚了不少钱，不仅在五里桥，在乌拉街、江密峰、额赫穆、宽城子也都置买了田产。

这年春天，雪尚未化净，街路上还十分泥泞，五里桥来了几个日本浪人。日本浪人亦称大陆浪人、国士、大男人。浪人阶层最早出现在明治维新时期，明治维新之前，以德川幕府为首的武士阶层执掌着统治大权，将日本社会划分为士、农、工、商四个等级，"士"便是武士阶级。睦仁天皇推行明治维新运动废藩置县，取消了武士阶级享有的特权，因此形成了独特的浪人阶层。中日甲午战争后，一些贫困潦倒的所谓武士为日本军部所用，积极参与对亚洲国家的侵略活动，成了军国主义扩张的工具和马前卒。

五里桥出现的这伙日本人，都是关外百姓平常的装束，尽管他们的中国话说得很地道，但说话时语句间的停顿和尾音处理却有些生硬。这些人中间有的拎着绘图板，有的捅着各样测量仪器四处巡游，没人能说清楚他们这是在干什么。后来有个给他们当向导的人回来说，这伙东洋人是在勘察长白山脉的黄金分布情况。人们听了都气得够呛，骂他是狗汉奸。挨骂的人却不以为然，认为骂他是汉奸的人就是眼皮子浅，见不得别人发财。也难怪，给日本人当向导的诱惑力太大了，一趟下来够全家人吃半辈子的，就断不了有人偷偷摸摸地去当"狗汉奸"。他们也知道这钱挣得不光彩，回来绝口不谈，成了这些人一生的秘密。据说，日本人门仓三能所著的《北满金矿资源》和后来日本关东军军用地图的绘制，就与这些人有着重要关系。

当时，五里桥的烧炭业已小有规模，虽说都是各家各户小打小闹，可烧出来的木炭却远近闻名。受满蒙饮食习惯影响，关东人素有吃炭火锅的喜好，需要一定数量的木炭。除此而外，随处可见的铁匠铺、铧炉、冶铁厂和翻砂厂，也都使用一半是焦炭一半是木炭混合而成的燃料，因此木炭的市场需求很可观。

五里桥的木炭销路广，近到吉林城远至奉天，甚至进关在北平和天津卫都能卖上不错的价钱。有个叫饭冢承二的日本人，对五里桥的桦木炭很感兴趣，联合两个日本股东合伙开了间名叫"大和兴"的炭厂。他们把用桦树烧制的木炭先行运到吉林，再通过铁路转运至旅顺口装上火轮，送回国去用来制造火药。不久，日本开拓团试点移民也出现在五里桥，这些从山口县、新潟县越洋跨海举家迁徙而来的日本农民和满铁守备队的退役军人组成的垦荒团民，纷纷用本国政府发放的移民试验津贴买房购地，开当铺，设烟馆，办妓院。身着和服趿拉着木屐的日本人迅速多起来，原本萧条冷清的饭馆、茶肆、客栈、妓寮和戏园子的生意也跟着回暖。就在同一年，满洲拓植株式会社在五里桥设立了意在把持和垄断烧炭行业的炭业商社，由饭冢承二担任社长。经冈部三郎举荐，饭冢承二来到季家，聘请季广源出任炭业商社董事兼大和兴炭厂副总经理，负责招募和管理烧炭工人，季广源分得炭厂百分之五的干股。为了这些股份，他付出了道德、良心和人格的代价。

但凡有水的地方都是兴旺之所，更何况五里桥水旱两路通达，便成了伐木工、淘金人、马匪的安乐窝。镇内算不得繁华，只有两条大街，一条从东到西，一条从南到北，而最热闹之处就是十字街了。十字街口又几乎汇集着全镇的所有精华，除了一间学堂，还有中药铺、金银首饰店、布匹庄、油盐店、饭馆、茶肆、客栈、豆腐坊、粉坊、烧锅、戏园子。炭业商社也在十字街上，门脸不大却与当地的买卖店铺有所不同，但比商社还要与众不同的是一间日本医生开的牙科诊所。它之所以不同，是因为人家盐店门前写个"盐"字，布店门前挂两片布幌子，药铺挂的是号脉的小枕头，而这个洋诊所门前则挂着一幅很大的招牌，招牌上画着一副假牙。由于牙齿画得太大，离远瞅挺显眼，到了近前就显得有点莫名其妙了，也使得牙科诊所与周围的商家铺户格格不入。而像洗澡堂子、剃头棚、妓寮、烟馆这些不入流的买卖，一般不在明面上凑热闹，都在十字街以外的东二道街和西二道街这样不起眼的地方开张营业。

这两条街从南到北大概四五里长，街上有座面朝大江的龙王庙。龙王庙倒是没什么出奇的，大庙外的榆树却是镇里一景。这棵没人能说清楚有多少年树龄的大榆树，得四五个人才能勉强合抱过来，枝叶繁茂得罩住了半条街。因为天气干旱的缘故大榆树遭了虫害，全镇人都能看见树冠上挂着白花花的虫卵和鼻涕一样黏稠的物体。这座没什么香火的龙王庙已经变成了木炭的集散地，终日车马不断，遍地牛屎马粪，炭粉飞扬，把个好端端的龙王爷祀像糟蹋得倒跟灶王爷一般无二。

这天上午，一家垦荒团民合伙投资的大烟馆开张，引来了不少本地人看热闹。开烟馆的日本人租下了牙医诊所隔壁的一座小四合院，招牌是用一块水曲柳木板做的，刷着蓝底，刻着"腾仙阁"三个行书汉字，还涂了一层金粉。一帮日本男女，有的还拖着半大孩子，相互之间频频鞠躬寒暄。饭冢承二不苟言笑，孤傲地站在牌匾底下。饭冢是个矮个子，油光光的圆脸，腆着大肚腩，胖得快横过来了。别看这个家伙身体笨拙，眼珠子却极为灵活，在厚厚的眼皮下面叽里咕噜不停地打转，好像什么事情都逃不过他的眼睛，又像每时每刻都在盘算着什么。相形之下，身着长袍头戴巴拿马毡帽的季广源就显得瘦溜多了，他不离饭冢左右，忙前忙后的显得很是扎眼。

伴着一串悦耳的銮铃之声，从街南头赶过来一挂满载木炭的马车。大车的辐辘用硬柞木错缝拼成，整齐地钉满了特制的方头铁钉。这挂大车由一匹炭青色的儿马子驾辕，拉外梢的是一灰一黑两头大骡子。辕马从山里出来踏上平坦的街路快活地打着响鼻，脚步显得十分轻快，马蹄踏在石板路上发出清脆的声响。马车上，除了赶车的关七爷和掌包黄喜子，草编袋子上还坐着个精瘦的干巴老头儿。此人名叫邰殿臣，因为是韩边外金井把头出身，人们还都习惯地唤他老把头。

韩边外是韩宪宗、韩寿文、韩登举祖孙三辈共享的诨号。韩宪宗是山东文登韩家庄人氏，年轻的时候因为赌博蚀本偷越柳条边，在桦甸老金厂、夹皮沟一带以放参采金为生，因率众驱走金匪发现山金矿脉被推举为当家的统领，凭借丰富的黄金资源发展起庞大的武装势力。钦差大臣吴大澂奉旨协助吉林将军铭安查办"韩案"将韩氏父子招安，受到朝廷抚用之后，韩宪宗借居功得地之机不断扩大势力，建立起统一管理金矿的"会房"制度。因治理有方，境内民众安居乐业诸业兴旺，东西袤长八百里，南北横幅五六百里，桦甸、磐石、敦化、蒙江、抚松、安图，曩皆称之为韩边外，形成了边外百姓"只知有韩不知有清"的局面，韩边外成了不折不扣的关东金王。那年，邰殿臣受韩登举堂叔设赌抽头案牵累，被韩登举责罚离开夹皮沟，带着干儿子邰德本来到五里桥开了两孔烧木炭的炭窑。

关七爷和黄喜子是东荒地白家的长工，平时关七爷使唤牲口，黄喜子负责跟车、掌包、喂牲口。邰殿臣跟白家的当家人白四爷交往甚好，每次他的窑上出炭都是七爷赶车帮忙拉运，故此邰殿臣与七爷、喜子都不相远，说话唠嗑也随便。黄喜子五短身材，饼子脸，塌鼻梁，还没有娶媳妇，嘴尖牙利的喜欢开玩笑，因在族里行二，为人行事总是毛手毛脚的欠稳妥，邻居就都唤他二毛愣。他开玩笑不分对象，就很容易把比他年长的人给惹恼了，关七爷便总爱用烟袋锅敲着他的脑袋，半真半假地斥责他是个"没老没少的愣头青"。他也只是龇一下黄牙，依旧该干吗还干吗。此刻，黄喜子坐在大车后耳板子上，悠荡着两条罗圈腿哼着色情的乡野小调，唱词里少不了"甜哥哥蜜姐姐"的，他的声音有些尖厉，听着像是猫叫春。

关七爷"啪——"地甩了一下大鞭子，兀自叹息道："这男人哪，到了该讨老婆的岁数就得讨老婆，不然他就老发癔症！"

黄喜子知道关七爷又在说自己，类似这种话他不知道说过多少遍了，便懒怠接他的话，依旧唱他的甜哥哥蜜姐姐。马车几近十字街口，黄喜子朝地上啐了一口唾沫，没头没脑地骂了句："可真他妈邪行！"邰殿臣扭头问："我说二毛愣，你又抽啥风呢？"黄喜子抄着手，朝远处努了努嘴，说："你往那瞧，日本狗屁把窑子开到了街面上，还挂了块中国字的招牌，咋就没人出面管管？"

自打听说日本人到处踅摸金矿，黄喜子就多了个骂人的口头禅，只要一说到和日本有关的话题，不管是人还是事，都用"狗屁"来发泄内心的愤恨和不满。两位长者没法接他的脏口儿，自然也就没办法回答他"咋就没人出面管管"的提问。这时，有几个孩子跑出来，蜂拥着抓住马车的后箱板，腿蜷曲着离地打着悠悠。在"嗒嗒"的马蹄声中，齐声喊着："扒车檐，吊小鬼，摔断胳膊摔断腿儿。"关七爷怕孩子磕着碰着，回过头举了举手中的大鞭子，吓唬道："去去去，上一边玩去，再不下去我抽你们啦！"孩子们并不惧怕，嬉闹着一哄散去。关七爷笑着骂道，这帮小兔羔子。

郜殿臣问黄喜子："我咋不知道你啥时候识的字呢？"黄喜子听出来郜殿臣问的不是什么正经话，乜斜着眼睛，道："我倒是不知道念啥，可我认得那上面写的是中国字。"郜殿臣呵呵笑着，故意逗他："隔八丈远，你还能辨认出日本字还是中国字？"黄喜子嘻嘻笑着，回敬道："爹妈给咱的好眼神。不是我吹牛，苍蝇打眼前过都能辨出公母来！"郜殿臣针锋相对地"哼"了一声："你这张嘴是真能对付哇。这可正应了那句老话，车船店脚衙，没罪都该杀！"他说的"车"，指的就是赶车的和跟车的。七爷听了也不以为意，反倒随声附和着说："可不是咋的，一天到晚就这么不着调，我都烦透透的了。"郜殿臣并没偏袒哪一方，而是各打一巴掌："车豁子也算不上什么好鸟儿，狗皮袜子没反正，你们俩谁也别说谁。"关七爷装作没听见，黄喜子却像占了多大便宜似的尖声笑起来。

"腾仙阁"开张，垦荒团民送来的花圈摆在门两侧，每个花圈下面都写着道贺者的姓名。为了图吉利，也按照中国人买卖家的习惯，别出心裁地燃起两挂爆竹。爆竹一响，驾辕的大青马"咳儿——咳儿——"嘶叫着奋然扬起前蹄，两匹拉外梢的牲口也受到惊吓，拖着马车沿街狂奔，瞬间卷起了一片黄尘。七爷慌忙去勒车闸，不想闸弦竟"嘣"一声断裂。街路上的行人和看热闹的见马惊了，都像被洪水冲刷的苇草一样迅速朝两边倾倒，反应快的纷纷闪躲到路边，也有人被惊得傻站在原处连眼珠都不会动了。季广源先自一怔，旋即迎着马车奔过去死死扣住辕马的嚼环，马车把他拖出几丈远，被街边一棵大树卡住。拉车的牲口停下来烦躁不安地打着响鼻，关七爷吓得两腿发软，若不是挂着大鞭子恐怕都站不住了。"季掌柜，幸亏遇上您了，不然我今天可要捅大娄子啦！""我说老关头儿，你也是老车把式啦，咋还能让马车毛了呢，这要是伤着东洋人你担待得起吗？"

季广源吓得脸色煞白忍不住责备道，关七爷惊魂甫定，连吓带臊满面通红。黄喜子冷不防被掀下马车，捂着两瓣摔疼的屁股一瘸一拐地跑过来，听见季广源责怪关七爷便跟他顶撞起来："要不是狗屁小鼻子瞎放炮仗，牲口走得好好的咋能毛呢？"季广源正抬起一只脚查看绽了线的布鞋，闻言不高兴地抢白道："哦，照你这么说，人家东洋人买卖开张，还得头三天奏请你谕准呗？也不拿镜子照照，你算老几！"邰殿臣见二人争执起来，忙跳下车去解劝。他先是冲黄喜子说道："季掌柜也没说啥二五眼的话，你就少说几句吧。"又转向季广源，"您大人有大量，别跟他一般见识……"季广源不等他说完，怪异地看了他一眼，只用鼻子"哼"了一声，拾起一只木屐头也不回地朝烟馆走去，把他晾在了路边上。

"损犊子，臭德行，真他妈下作，丢他老祖宗的脸！"黄喜子冲着季广源的背影，鼓着腮帮子低声骂道。大青马打着响鼻也像在附和他，只是不知道它是骂季广源还是骂日本人。

黄喜子发泄着心内的不快，又愤然说了句狠话：人比人，该死！说完才赌着气爬到车底下修好车闸。看着关七爷舞动大鞭子吆喝着牲口把大车拖上街路，他拍打着身上的尘土，埋怨起关七爷来："别怨我说你，不占理的时候你低声下咽也就罢了，有理的事情你怎么还……"见关七爷落落寡欢，只好把要说的话又咽回了去。邰殿臣爬上马车，听见黄喜子粗鲁的谩骂心里竟怦然搏响，兀自叹道："俺们家德本要有你一半的血性就好啦！"关七爷目光懒散话中带话，说："德本虽说长得剂脉小了点儿，可他不讨人嫌，省得你操心。"黄喜子听出来七爷是在说他，可他并不介意，局外人似的装作没听见。要在往常听见有人夸赞干儿子，邰殿臣一准眉开眼笑，巴不得叫人家多说几句听着心里才舒坦，可今天他却觉得干儿子遇事没主见，缺少男人身上那股子血性劲，刚才季广源那似有意似无意的一瞥，竟令他感到有种不可名状的忐忑，一种不祥的预感越发令他感到心神不宁。他没有心思议论干儿子，自言自语着："这才几天的工夫哇，又有好几个窑口把火压了。"关七爷说："大和兴给的工钱翻番，有哪个不是见钱眼开的。再加上季老三从中做醋……"

黄喜子扶着车厢的围板，倒蹬着小碎步跟着一溜小跑。听见他们分派季广源的不是也气咻咻地说："不怕没好事，就怕没好人。"关七爷摇着鞭子说："是啊，不然日本人凭什么委他当个什么董事呀。"此话正中黄喜子下怀，他轻轻跳起坐在大车的后耳板子上："懂事？懂事他姥姥个纂儿吧，哪个懂事的会吃里扒外给日本狗屌办差？"郤殿臣毕竟跑过码头有些见识，知道黄喜子误解了，解释道："董事是洋行里的官称……"好像黄喜子也不太想闹明白"懂事"和"董事"有什么区别，像是只有龇出满嘴黄牙才能表现出他的不屑："他懂事不懂事，跟咱有屌毛关系呀？狗屌商社凭啥给他封这么个不三不四的官衔？还不是东洋饭桶（饭冢）相中了老季家细腰大腚的大小姐了！"

关七爷觉得他不应该这么毁谤一个毫不相干的大姑娘，人家招你惹你啦，便又嗔骂道："你个脏心烂肺的，一天到晚就知道胡咻咻，就不怕阎王爷拔了你的舌头。"郤殿臣方寸已乱，竟然一反常态跟着附和起这个道听途说的不雅话题："我咋听说，他跟老季家大媳妇相好呢？"黄喜子根本没理会关七爷的警告，依旧说着他感兴趣的话题："他们家狗扯羊皮的破事多了，还有人说这东洋鬼子一马双跨呢！"郤殿臣愁眉不展，不无忧虑地说："他爱跨谁跨谁，惹不起还躲不起吗，咱离他远点儿就是了。"

黄喜子行事有些偏执，只一味地说："你想躲远点儿就躲远点儿呀，你能躲到哪去？说不上哪天，就连房子带地一遭都给你买走喽！"马车路过一处新翻盖的日式民居院落，他顺手一指，"你就看看这家吧，多好的地场啊！还有镇西老姚家那老两口子，还不是图希人家给的钱多，把祖传的宅基都卖了，老来老来把老窝儿都混没了。"郤殿臣闻听此言越发地沮丧，嘴上却说："咱和他们不一样，房无一间地无一垄，两个轱辘杆子，咱怕啥呀？"黄喜子不知道他是在给自己吃宽心丸，只一味地说："你先别嘴硬，哪天季老三把你们家的窑工也挖走了，到时候怕是哭你都找不着调儿了。"郤殿臣听他这么说越发地感到苦闷，叹了口气，说："这日子哪还有个奔头儿哇！"关七爷知道郐殿臣最怕的就是这件事，可黄喜子偏偏哪壶不开提哪壶。他也最烦他什么话抓过来就说的性子，气哼哼地骂道："你这张臭嘴呀！你要再不积点儿口德，这辈子就别想讨老婆了。"

黄喜子没注意郐殿臣情绪上已经起了变化，依旧自顾自地说："不是我嘴臭，也不是我爱嘞嘞，我这是气不公啊。老把头你说说，他小日本儿凭什么到咱们关东垦荒来？就算是来垦荒的也行，可谁见他们刨过一镐头哇。应名说是来垦荒的，还不是尽拣上等好地强征强买！照这么下去，用不了多久咱们这些坐地户就得给日本狗屌扛长活、当佃户。"关七爷这才意识到，喜子也不光是胡说八道，似乎也说出了他的担忧。他不无忧虑地说："不管怎么说，反正有现得利的。"他虽然没指名道姓，可也都知道他说的是谁。见有行人迎面经过，郐殿臣说得也挺隐讳："是啊，那家可是没少得实惠。"

自从季广源当上了"大和兴"的副总经理，季家平日挑水的、捡柴火的、翻盖房子的、掏炕抹墙的都是大和兴炭厂派的官工。黄喜子不管不顾地朝路边咯了口黄痰，继续咒骂季广源："我看那个损犊子不是好嘚瑟。你瞧瞧他那个屌面相吧，长个歪斜露骨的鹰钩鼻子不说，看人也不正经看，总是贼溜溜的，一看就不是个面善之人。说不上哪天，他就得遭横祸倒血霉！""猫有猫道，狗有狗道，人活在世，各行其道……"郐殿臣兀然感慨道。

马车拐上二道街，眼看就要到龙王庙了，拉外梢的黑骡子又不听招呼了，像喝醉了酒似的直拜道。关七爷心里不痛快，骂了句不懂人语的畜生，一翘屁股抽了它一鞭子，马车猛然一蹿，黄喜子又险些跌下去。他也亮起嗓子跟着高声叫骂起来："不走正道就得狠点儿收拾它——屌玩意！"郐殿臣身子猛一栽歪忙抓牢大厢板，说："不用旁人，摩天岭的那伙胡子就不会放过他们家。在早我在老金厂那会儿，可没少跟草上飞打交道。他这个人可不吃眼前亏，眼睛里更是揉不得沙子，我估摸着他绝不会善罢甘休！"

郐殿臣说的草上飞就是王福堂他爹，摩天岭绺子老当家王澍泽在江湖上的报号。草上飞，原本是一种习惯在乱石堆下或草丛中藏身的毒蛇，这种蛇又叫土公蛇，本地人把这种蛇叫"土虺子"。王澍泽灰白的脸上、脖子上长满了黑褐色的斑点，正像此蛇，故得此诨号。绿林道上讲究没有报号不发财，王澍泽嫌土虺子呼之不雅，听起来也不够响亮，才报号"草上飞"。

2

五里桥季家最初跟摩天岭结怨，是因为王福堂他大姑父宋老实。别看都把老宋头叫老实，其实另有其意，他也确实糟蹋了"老实"这两个字。

宋老实大号叫宋世元，他家在宽城子头道街开了一间杂货铺。杂货铺也同人一样有上下等之分，经营烟酒糖茶果品点心的被称作"上杂货"，卖油盐酱醋的被称作"下杂货"。宋世元两口子赖以为生的既不是上杂也不是下杂，他们家的杂货铺不光经营家居常用的杂货物品，也经销车马用具和锹镐锄头、钉耙镰刀、犁铧铲杖、筐箩簸箕这些农用家什。宋家的买卖一直不怎么好，也就年吃年用将供嘴，宋老实便对老婆多有怨恨，觉得这个贪婪的丑婆娘带给他的尽是坏运气。也难怪，这个女人整天叼着长杆烟袋，呆在灰尘累累的杂货铺里，哈欠连天，还动辄就发脾气，老嫌宋老实来钱的道少。这女人不仅爱财性欲也超常，一旦宋老实满足不了她，她就更是气不顺，逮着葫芦骂葫芦，逮着瓢就骂瓢，仿佛生活总是不对她的心意。宋老实觉得做她丈夫的人一定是前生造了天大的孽，故此每逢秋冬两季，他便独自离开宽城子，对外宣称出省与人合伙贩卖牲口粮食，把他老婆一个人扔在家里小半年不管不顾。宋老实五短身材，留着两撇上翘的泥鳅胡，逢人不笑不说话，给人一种豁达、热情、值得信赖的印象。他谙熟经商之道，买卖做得也守规矩，因此在生意圈里赢得了很好的人缘口碑。知人知面不知心。殊不知，就是这么一个看上去本分老实的人却深藏不露，他跟他老婆闹别扭也是做戏给旁人看的，实际上他早就与当山大王的小舅子草上飞有私通，是个专为摩天岭绺子踩盘子销赃的坐堂胡子。王福堂刚出生王澍泽便将儿子抱给宋老实夫妇抚养，为掩人耳目他让儿子随了他姑父的姓，宋家对外谎称是从逃荒的关里人家买来的苦命孩子。没有不透风的墙，有一回他老婆跟几个干姊妹在家看纸牌说走了嘴，不知谁给传扬出去，被告发他们家窝藏土匪后人。得知清乡局要来拿人，吓得宋老实连夜背着王福堂落荒逃上了摩天岭，做起了绺子里的粮台（负责给养的头目），如今他有点老得动弹不得了。

这天吃罢晚饭，宋老实和王澍泽坐在一处抽着旱烟袋。王澍泽见宋老实一改惯常不太爱说话，就关切地问他："姐夫，你是不是有啥心事？"宋老实抬头看了他一眼，说："人老了，整天腰酸背疼腿脚也不利索了，一到阴雨坏天就想找个热炕烙烙，不然咋整都不得劲儿。"王澍泽沉吟了片刻，说："那你就还回宽城子'坐堂子'去吧。一来，弟兄们来来往往的有个落脚之处；二来，你和我姐也团圆了，两全其美。"宋老实跟小舅子说话也用不着拐弯抹角，索性直截了当地说："半辈子刀头上舔血，如今就想回去跟他大姑过几年老守田园的安稳日子。人老了恋家，别的我啥都不图希啦。"王澍泽心里明白，姐夫这是要退隐江湖，不想再与绺子有什么瓜葛了。想想这些年，受自己牵连，姐姐一个人顶门立户担惊受怕也怪不容易的，姐夫如今已是一把年岁的人了却还要经受鞍马劳顿之苦，便答应了他下山的请求。按照江湖规矩，便在当月十五月盈之夜为宋老实举行了拔香谢祖金盆洗手的仪式，率领"四梁八柱"送他下山。宋老实回到宽城子才知道，他们家原来的杂货铺早就被经营日本洋货的店铺挤兑关张了，无奈之下，他只好租种了二道沟南面南满铁路株式会社的五垧路产，规规矩矩种起地来。

秋天的田野里，沉甸甸的谷穗随风摇摆，一阵微风拂过发出细微好听的沙沙声，再过几天就该开镰收割了。宋老实站在地头上，迎着耀眼的夕阳显得神清气爽满面红光。他左手握着镰刀，右手拿着草帽，看似不紧不慢地呼扇着，实则是在心里估算着产量，盘算着去了地租再刨去人工费用，到秋后也能有个不错的收成。天空中传来明亮而高亢的雁鸣，南飞的大雁"嘎嘎"的叫声似乎是在提醒他该回家了。宋老实收拢目光把草帽戴在头顶上，喜滋滋地拐着两条老寒腿，倒背着双手不紧不慢地往回踱去。

宋老实一进门，看见他老婆叼着大烟袋，盘腿大坐在炕头上正在陪着两个陌生人唠嗑，从做派穿戴上看得出来，来人绝非等闲之辈。宋老实谨慎地问："敢问，您二位是？"瘦高个听见宋老实问站起身来自报家门，道："鄙人季广泰，在山林队当差。"又把身边穿浅格子西装的矮个子介绍给他，"这位是满铁的浜田先生。"日本人浜田摘下礼帽，扣在左胸前微微躬了躬身子。宋老实对五里桥季家兄弟的为人早就有所耳闻，虽然不知道他们的来意，但凭直觉预感到不会有什么好事。他极力掩饰着内心的不安拿起茶壶给二人续了水，不卑不亢地说："呃……日本人，坐吧！不知道二位光临寒舍，有何贵干哪？"季广泰不冷不热地说："自然是无事不登三宝殿啦。"宋老实说："有啥事你就直说吧，收租子可早了点儿，还没开镰呢。"季广泰把茶碗往里推了推，说："收地租的事情不归我们管。我长话短说吧，我们哥俩这次来是奉了上面的差遣，要收回你租的那块地，铁路上要另派用场。"宋老实闻听此言不由得心中一凛，说："季先生，你不是在跟我老头子逗闷子吧？"季广泰冷脸道："逗啥闷子？谁有闲心大老远跑来跟你逗闷子？"宋老实心有不甘，咬了咬牙，说："可是，契约上白纸黑字写得清清楚楚，租期可还没到。季先生，你跟我说实话，是不是谁看着眼热啦？"浜田搭腔道："不错，是有人看上这块地了！"宋老实一对小黄眼珠滴溜溜乱转，盯着季广泰的脸咧嘴一笑，问："不会是你们老季家惦记上了，想来咬一口吧？"季广泰被问得不知该点头，还是该摇头。一看季广泰那浑身不自在似笑非笑的样子，宋老实立刻就全明白了，怒火一下子顶到了脑门上。他把茶壶往炕桌上一蹾仰面哈哈大笑起来，浜田和季广泰没想到他会发出如此怪笑，顿感心里一阵发毛。还没等他们回过神来，宋老实已经把镰刀抄在手里，猛地砍向季广泰。季广泰只觉得肩头一麻，用手一摸黏糊糊沾了一手血。见宋老实又抡刀向浜田砍去，季广泰往腰上运足气力，将本来腿脚就不太灵便的宋老实撞了个屁股蹾儿，拉着浜田连滚带爬地逃出了宋家。

隔天，一队骑马挎刀的黑衣警察冲进宋家，有胆大好事者见了跑去看热闹，还没走拢就听见从屋里传来了哭喊声、叫骂声、稀里哗啦的砸东西声和警察的吆喝声。有人看见，一名身材魁梧的警士揪住宋老实的袄领子，不容分说，左右开弓一口气扇了他七八个嘴巴。又有个警士上去对宋老实一阵拳打脚踢，直打得他爹一声妈一声地叫。眼见着一颗花白的杂毛脑袋眨眼间就被打成了血葫芦，他老婆吓得瘫坐在地上，拍着门框连声哭叫："我的老天爷呀，你长长眼吧，这日子可是没法过啦！"有些人平日闲极无聊，看狗打架都能围个水泄不通，这么好的热闹自然不肯错过，很快半条街就站满了人。警察抢着警棍驱散看热闹的人群，将宋老实五花大绑，以通匪济盗的罪名带走了。从警察进门到把宋老实抓走，一共不超过十分钟。天没亮，宋老实便死在了森林警察总队的训诫室里。

第二单元　残局

日本人因为东北王张作霖不肯满足他们在东北开矿、设厂、移民和在葫芦岛筑港的无理要求，于1928年6月4日晨5时许，在沈阳皇姑屯附近将其乘坐的专列炸毁，一代乱世枭雄身受重伤不治而亡。同年12月29日，张学良通电东北易帜，宣示追随三民主义，服从国民政府领导。蒋介石政府任命张学良为东北边防军司令长官，将奉军更名为东北军。受日本人离间，张学良以吞扣军饷、贻误戎机、图谋不轨等莫须有罪名，枪杀了反对易帜的总参议杨宇霆和黑龙江省长常荫槐两个托孤之臣于"老虎厅"。杨常被杀，人心涣散。张学良自毁长城，为日后的"不抵抗"埋下了灾难的祸根……

1

耿家的小院坐落在箭杆河北岸，最惹眼的是三间草房的后面有一株大榆树。耿姓在本地不属于大姓，但这个家族的历史悠久，且有严格清晰的家谱可以考证。

宗开耿国，望出高阳。耿氏一脉最早源自青州高阳（今山东淄博），后迁至辽东盖州。耿玉崑的父亲叫耿原，祖父叫频阳。耿家始祖伯昭，善使一杆长戟，为东汉云台二十八将之一，军功显赫，威震四夷，官拜建威大将军好畤侯。东荒地这族原本隶属汉军正黄旗，因与靖南王耿精忠同宗同族，故受三藩之乱所累，被朝廷发配至吉林乌拉，编入打牲乌拉成了打牲衙门的旗下人。打牲乌拉总管衙门是清廷设在吉林为皇室后宫置办诸如裘皮、东珠、绿松石、人参药材、细鳞鲟鳇、山珍猎鹰等贡品的专门机构，作为内务府的派出机构，与当朝官办的江宁织造府齐名。为纳贡需要，朝廷划出贡山、贡江。打牲乌拉总管衙门的疆域辽阔，南至松花江上游的长白山阴（今吉林通化、白山、延边地区），北至三姓（今黑龙江依兰县）、瑷珲，东至宁古塔（今黑龙江宁安县）、珲春、牡丹江流域，上下数千里流派数百支。打牲衙门的旗下人，被称为乌拉打牲丁。打牲丁皆非正宗的满族旗人，多为投降后金被编入汉军八旗的明军和从关内发配流徙而来的谪戍逆口。

耿原与妻子耿阮氏共生养三子两女，两个女儿挨肩儿半路夭折，长大成人的只有玉峰、玉崑和老疙瘩玉霖这哥三个。耿玉霖是遗腹子，在他尚未出世之前，当参把头的父亲耿原带着一伙儿人进长白山放参，不慎跌进西坡的山涧里。可怜他当了一辈子的参把头，死后连尸骨都没能运回家。

关东三宝人参为首。"要想挖参宝，得找棒槌鸟儿。"这种很美丽的雀鸟儿在八月间的密林中十分活跃，它们喜欢吃人参籽，叫声如人说话一样发出"王干哥"或"李武"的声音，清脆可听。经验丰富的放山人都知道，哪里有这种雀鸟儿哪里就可能有人参。相传有位寡居深山的李姓老太，育有一子取名李武，后又收养了一个叫王敢多的孤儿。一日，两个孩子放山时迷了路，李武侥幸回来了，李武娘见王敢多没回来便命李武进山去寻找他，结果小哥俩双双困死在了深山老林里。这两个孩子死后化作了两只鸟儿，每日欢叫着王干哥、王干哥的鸟儿便是李武的化身，叫着李武的鸟儿是王敢多的化身。因为李武寻找王敢多心切，喊声颇频，而王敢多的回应则很少，发出王干哥声音的棒槌鸟儿叫声清脆寥远，而发出李武叫声的鸟儿不多，声音也显得很沉闷。耿原一干人在一声声"王干哥"的引领下，果然找到了一棵六品叶的老山参，不想老耿原却命丧谷底。人死不能复生，已过中年的耿阮氏看着膝前的三个儿子，熬作了一回也看开了，谁让老头子是个劳碌短寿的命呢。世事她是看开了，可眼神却越来越不济了，成了半失目之人。耿阮氏三十七岁守节抚孤，别的做不了却纺得一手好麻绳，四季靠纺锤陪伴度日。她纺出来的麻绳又匀细又结实，街毗邻右的闺女媳妇纳鞋底所需的细绳都是出自她手。耿家炕上、柜上除了麻匹就是麻绳。轮到老疙瘩耿玉霖能干动活了，她便打发他到白家去吃劳金，家里也好少张嘴。那一年，耿玉霖只有十三岁。

白宅的四合院坐北朝南，滚脊的门楼檐下是福禄寿三星、天宫赐福、和合二仙、刘海戏金蟾的砖刻浮雕，黑漆大门两边安放着辟邪的石鼓，水磨青砖的门墙上镶着一溜花岗岩象鼻拴马环，门里迎面建造一座青砖影壁，正中浮雕着"居仁"二字。正房门楣挂着一块黑漆金字的匾额，镌刻着寓意人丁兴旺、福寿双全的"祖父兄叔孙子弟侄女嫂妯娌"十二个柳体楷书大字。关东大户人家讲究金鱼缸子大榆树肥狗胖丫头，因为榆钱和"余钱"谐音，榆树有"岁岁有余"的寓意，而且遇到饥荒灾年榆钱还能果腹度命。白家院子里花木繁茂，老榆树的树荫下摆放着一口汉白玉的鱼缸，鱼缸沿口上雕刻着蝙蝠和龙头的造型，花岗岩的基座四面镂刻着"鱼化龙"和莲花的浮雕。鱼缸里波光粼粼，漂浮在水面上的两片荷叶托起一朵莲蓬，几条肥硕的锦鲤在荷叶下悠闲地来回游动，圆圆的嘴巴不时伸出水面，把漂浮的榆钱吞下去再吐出来。这些丰腴优雅的彩色鱼儿，更像是待字闺中盛装华服的大姑娘。

耿玉崑领着兄弟玉霖来时，正赶上白家给牲口挂掌。关七爷腰间扎着皮围裙，把一匹刚成年的儿马子从马厩牵出来束在掌桩架子上，用一条巴掌宽的皮带兜住马肚子。这匹年轻的马儿初次挂掌有些惊慌，四蹄离地不停地挣扎。白四爷跟耿玉峰同庚同窗，幼时算命先生说他五行衰弱，八字不清，须得认个干亲改变一下命相才好养活，便认了耿阮氏做干娘。那时候，他下了学没少去耿家讨吃食，他最爱喝干娘熬的小米粥，就着瘦肉丁炒的黄瓜咸菜，每回都吃得满头大汗。

白四爷正给关七爷打下手，看见耿玉崑兄弟两个进来，将手中的烙铁插进焦炉，撩起围裙在脸上胡乱抹了一把，说："兄弟，你俩来得正好，等给这匹马挂完掌咱就开饭。晌午，伙房杀了几只鸡——小鸡儿榛蘑炖粉条。我知道你最得意这口，赶上了就等吃了饭再回去也不迟。"

耿玉崑笑了："你听谁说我得意这口？"

白四爷说："反正我知道。"又对一旁看黄喜子拉风箱的耿玉霖说，"来了就得下力气干活。你这小身量能行不能行啊？要不行，就过两年再来！"

耿玉崑替兄弟回答："长得是单细了点，在家也啥活都能干。没事，你随便使唤。"

四爷说："那行啊，地里要是忙不过来就叫他去帮着搭把手，不忙就只管把猪放好，临时有啥活计再支派他，你看这样行不？"

耿玉崑说："行啊，你还能让他累着是咋地。"

白家先前已经有了两个长工，一个是关七爷，另一个是拉风箱的黄喜子。喜子是四爷正房太太黄氏的亲娘家侄子，跑腿子关七爷没家没业，几乎成了白家的一员。长工分大活、二活，大活关七爷使唤牲口、赶车扶犁；二活喜子喂牲口、掌包儿、挑水、扫院子。黄喜子在家时学过几天粗活木匠，修理大车、爬犁、农具这些木匠活也不用外求人。耿玉霖在白家，既不是大活也不是二活，半拉长工也算不上，除了放猪就是帮喜子干些杂活。耿玉霖来到白家丝毫没觉得生分，手脚勤快很讨白家人喜欢。上和下睦，转年春播后，白四爷给他升了一级，由猪倌儿变成了马倌儿。放马的地点是在东荒地南端一个叫作南崴子的开阔湿地里。

东荒地也许就是因为这片湿地而得名，其地形相当复杂，近处生长着茂密的柳丛，深处是一望无际的芦苇荡。苇丛里浅浅的小溪从腐烂的洞穴里流出来，发出音乐般的响声，秋天一到，芦苇花竞相开放，风一吹就散了，把东荒地掩映在白茫茫的花的海洋中。这片沼泽有飞禽做窝也有狼群出没，狼是放牧者的天敌，因为经常有狼出没，而充斥着可爱和可怕的两面性，也赋予了人类和野兽灵魂上的一种媾和。这种不失灵性的野兽，懂得避免与人类发生正面冲突，通常会站在柳丛边缘嗅着人或牲口的气味，瞪着绿莹莹的眼睛，不甘寂寞地仰起头，发出怨诉的呼号。

关家是正红旗满洲，老姓哈达瓜尔佳氏。关七爷有床狼皮褥子，这张狼皮是他亲手猎杀的一条孤狼。他说狼皮褥子不但治腰腿疼，夜里进来陌生人，针毛还会马上竖起来把人扎醒。据他说，这条狼咬伤过不少人，他家有个邻居就被这条成了精的狼给咬了。虽然没有当场被咬死，却由于中了狼毒疯了，变成了人狼，或者说已经不是人而是狼，是一条长成人模样的狼。这个被狼咬伤的人，从疯到死给人们带来了对狼的极度恐惧。自从来到白家，耿玉霖很喜欢躺在被窝里听关七爷讲故事。在关七爷的故事里，狼和鬼怪妖邪是主要内容，偶尔也会谈论起有伤风雅的男女之事。那时候耿玉霖还不晓得男女之间的种种隐秘，只能静听，关键处也不免脸红心热一阵。成年男人的梦中充满了色情，小猪倌儿的梦境则围绕着狼的故事展开——

一弯月牙儿悬于西山顶上，关七爷嘱咐耿玉霖："人身上有三盏灯，一盏在头上顶着，还有两盏在肩膀上扛着，那是人身上的三把阳火。一个人走夜路，要是听见有人叫你的小名，可千万别回头张望，若是把那三把阳火吹灭了，便容易被鬼招了魂。"耿玉霖听关七爷讲过"鬼吹灯"的故事。

听他这么说，心里虽然很害怕，可还是硬着头皮说："回吧七哥，我都记下了，谁叫我我都不应。"耿玉霖随白四爷和两个哥哥叫，也唤关七爷为七哥。

清冷的月亮亲切地跟着，人走月也走，人停月也停。恍惚间已经看见自家大门了，耿玉霖真切地听到了一个古怪的声音并闻到了一丝不祥的气息。他感到一股腥臭的热气直往他后脖颈扑，一双毛茸茸的手搭在他的肩膀上，张开血盆大嘴咬住了他的喉咙……耿玉霖大叫一声，从梦魇中惊醒。后来，耿玉霖的确经历了这样一次险情。

苇塘里的芦苇早由半人高长到一人高了，苇梢子上冒出了漂亮的白穗子，芦苇的叶子一天一天由绿渐黄，微风吹过沙沙作响。耿玉霖和往常一样，天没大亮便把牲口赶出去，蹚着露水，边放牧边割草。一匹黑马驹忽然从苇丛里钻出来跑到耿玉霖身边。水洼边一条消瘦如刀的母狼，见耿玉霖手握镰刀，先是装模作样地伸出舌头，像狗一样舔几口水，然后坐下来和他对视。它那看似漫不经心的眼神里，透射出伺机攻击的渴望。那一瞬间，耿玉霖已经失去了知觉，头顶上迸出一缕轻微但极恐怖的声音，像是口吹足色银元发出的那种细微震颤的铮铮声。耿玉霖想，这一定是魂魄被击出天灵盖的声音，好像自己的生命曾有过几秒钟的中断。那一刻，他只剩下了一个躯壳，一具虚空的肉身。就在这个危急的时刻，一匹健美的骒马嘶鸣着冲向母狼。老狼猝不及防被踢翻了两个筋斗，滚到了一边，眼里闪着不甘心的寒光，恶狠狠地隐没于芦苇丛中。

那次遇险，把耿玉霖吓得大病一场，也把白四爷吓得不轻。他坐在耿玉霖身侧，摸着他滚烫的额角感到了后怕，唏嘘道："牲口糟践就糟践了，可不能让那畜生伤着人。不然，我可怎么跟我干娘交代呀！"从那天起，白四爷再没让耿玉霖单独到大甸子里去过。

2

白四爷大号白继业，人颂白善人。《易经》有云，积善之家，必有余庆。德养运善养福，白家祖上以乐善好施传家，积攒下了几百垧好地、二十几间房宅和成群的骒马牲口，在吉林城还开了几间规模不等的商号，不仅为子孙后代遗下了福泽也积得了阴功。

东荒地白家本不是原居土著，而是逃荒来到关外的山东人。白家祖居山西洪洞县，也是洪洞大槐树的移民，明洪武末年征派迁徙山东。清同治二年（1863），黄河沿岸的河南、山东两省又遇灾荒。这一年，遭灾的不仅仅是河南、山东，江苏、安徽、直隶等省也同样未能幸免，这场灾荒以山东尤为严重。那年春夏大旱，引发了严重的蝗患，飞蝗所过之处，大片良田顿失绿意。蝗灾一直持续到夏收，不想天气骤变，淫雨连绵，导致黄河沿岸多处溃堤决口。颗粒无收的八百里黄泛区瘟疫肆虐、饿殍遍野，一片啼饥号寒。三万灾民背井离乡，被迫踏上了逃荒之路，展现在天地之间的是一幅悲苦的"流离失所图"——

逃难的人群络绎不绝。推车的，车上是一堆杂物和一个孩子或是一个老人；担担的，一头担着孩子一头担着杂物。独轮车轴瓦干涩的噪音在苍天和大地之间吱扭着。孩子不哭不闹，神态木然得像饱经沧桑的老人；老人的白发染成土色，浑浊的目光凝视着远方，闪烁出童稚般的希冀。有个病人由家人抬着，眼见着进气已经没有出气多了，可他仍坚决地指着无尽的远方，不时地喊两声：走，走！

不断有人倒下去，以家庭为单位的逃难队伍解体后，再自发地组成新的群体。人们早已丧失了表达的功能，心死了，就连对路边的"倒卧"也不屑一顾，甚至跪在刚拢起的坟包前也只是无声地垂泪。灾民们把理想和信念都倾注在一双双血肉模糊的脚板上，大脑混沌、神情木然，但内心却充满着摆脱苦难的强烈欲望。一曲《闯关东》的歌谣，令这些背井离乡之人肝胆俱裂五内如焚：

出了山海关，
两眼泪涟涟。
今日离了家，
何日才得还？

严冬来临，远山近岭被厚厚的积雪覆盖着，通往吉林城的驿道上行人稀少，一股股雪尘被寒风扬起，在路面上打着旋儿。树权上的老鸹被冻得缩着脖子，寒风中像是快要站不住了，不时地发出一声声悲鸣。黄昏时分，一挂带暖篷的马车一路小跑着，拉车的大灰骡子脖子上、背上挂着一层厚厚的白霜，细碎的马蹄之声在空寂的雪野里回响着。

吉顺货栈大掌柜乌仕儒端坐在暖篷里不停地搓着两手，可冻僵的十指还是勾勾着，脚冻得像猫咬般的疼，他便不住地跺着双脚，高腰毡靴踏在车厢板上如同擂鼓一般，发出沉闷的"咚咚"的响声。他蜷缩在马车里隐隐约约听见路边有哭声，撩起棉帘循声望去，见气息奄奄的白德璋倒在白吴氏怀里，三个衣衫单薄的孩子被冻得瑟瑟发抖，病猫似的哭着。

一张马爬犁停在路边，两个中年人抄着袖子，眼巴巴地看着他们一家老小心生怜悯却束手无策。乌仕儒忙叫车老板停车："你麻溜儿过去看看，这死冷寒天的，咋躺地上啦？"车老板穿着光板老羊皮袄，冲着身后的小窗户大声道："看不看还不是那么回事，不是饿的就是病的呗！"乌仕儒说："那还不快停车？"车老板说："掌柜的，家里都乱成一锅粥了，咱自个儿的梦还不知道怎么圆呢，你咋还有闲心管闲事？抓紧赶路吧，等城门一关恐怕连咱俩也回不去家了，总不能在这荒郊野地过夜吧。要再遇上滚地雷，咱爷们儿今晚可就交待在这啦！"

自乾隆末年社会矛盾激化，不断爆发反清起义。同治初年，受太平天国和捻军影响，盛京、吉林一带一向被严控的"龙兴之地"亦出现了"滚地雷"王五、齐梅、齐秀、白凌河、生铁蛋等匪绺聚众抢劫、戕官拒捕，引起民众恐慌。

乌仕儒没理他独自跳下马车，车老板忙勒住车闸举着鞭子在后面喊："掌柜的，这种事多啦，您管得过来吗？"见掌柜的头也不回，只好把车停在路边一溜小跑着跟了过去。

赶爬犁的瘦高挑倾着身子打量着白德璋，无奈地摇了摇头，说："这人怕是不中了，你看看他只有出气没有进气了。"他不停地磕打着冻僵的脚后跟，好像这样能增加一些热量。另外一个黑矮个子也倒动着双脚，牛皮靰鞡快速地踩着雪："哪来这么多逃荒的呢？这些关里人也真是的，老往外跑啥呀，消停在家待着多好！"他嘴上说着却没忘用棉袄袖子蹭一下流出来的清鼻涕。瘦高挑哈着雾气："金窝银窝不如自家的草窝。但凡有活路，谁愿意撇家舍业跑到关外来遭这份罪呢。"黑矮个子嘴里也哈出一团团白雾："老天爷不睁眼啊，这不是存心不让穷人活么！"瘦高挑忧虑地说："在家千般好，出门事事难，可哪才是他们这些人安身立命之处呢？这冰天雪地荒郊野岭的，不冻死才怪！"

白吴氏听见有人说话像是遇见了救星，拽着大儿子璜声的衣袖，说："跪下，给两位大爷磕头。"又仰脸哀求道，"二位大爷行行好，收留下俺这几个孩子吧！只当是恁家里多养只小猫小狗，赏碗刷锅水就行。住猪圈睡狗窝，只要不冻死饿死，俺和他爹来世做牛做马报答恁们的大恩大德。"璜声、震声哥俩和妹妹麦花听话地跪倒在地，两个行人顿时慌了手脚。"使不得！使不得！这可使不得呀！"黑矮个子连说了好几个使不得，慌忙去拉跪在雪地上的孩子，可是拉起来这个那个又跪下了，急得他直抖擞手不知该如何是好。"实不相瞒呀大嫂，不是我徐老六心地不善良，我有心收留你们，可我家也不富裕，也正愁吃了上顿没下顿呢。"见瘦高挑连连往后退，握着鞭子像是拉开要跑的架势，也犹犹豫豫地抽身要走。恰在这时，看见乌仕儒大步朝这厢奔来，忙又伸手去拉跪在地上的孩子。

乌仕儒脚下一滑，身子趔趄了一下，被车老板扶住才没有摔倒。他来到近前屈下身子，见白德璋呼吸微弱，用手试了试额头热得烫手，忙让车老板把他搭到车上去。车老板紧皱着眉头不情愿地说："我说东家，管这闲事干啥？您看看这一道，新起了多少没主的坟茔，这种事咱管不过来呀！"乌仕儒脱下羊羔皮大氅，将麦花裹在怀里，勃然大怒道："你是狼奶大的还是狗奶大的，还有没有点人味儿……年纪轻轻的就这么不善良，再说这种混账话，当心我拿鞭子抽你。快点儿，去把车给我赶过来！"听见乌仕儒叱骂车老板子，两个行人赶紧帮忙把白德璋弄上车，白吴氏和孩子也都上了马车。车老板子蹿上大车前耳板子，一甩鞭子，清脆的鞭声在寒风中炸响，马车飞奔而去。望着远去的马车，两个路人这才松了口气："这一大家子是遇上好人了——鬼天气，拉屎得拿棍儿敲。"两个人咒骂着该死的天气，赶着爬犁匆匆走了。天阴成了铅色，天地之间混沌成一片，更冷了。

乌仕儒的马车从迎恩门入城，穿过城门楼子时马车没有减速。街道上儿乎看不见行人，偶尔有一两挂装满杂木柈子的牛马爬犁或是满载货物的花轱辘大车迎面走过，赶车人的脸都被大皮帽子和围脖捂得严严实实，眼睫毛结着两朵霜绒球，也分不清张三李四还是王二麻子。

吉顺货栈是关东特有的那种山货贸易行，临街悬着一块“吉顺山货庄”的门招，一溜五间正房，前有院后有库，还备有供往来客商过夜的客房和喂牲口的料棚。吉顺货栈是东荒地乌家设在吉林城的商号，顺字号是最早开张的店铺，吉顺山货庄在奉天、山海关和天津卫都设有分号。货栈刚收了一批山货，有各样珍稀的皮子、山参，更多的是马尾儿猪鬃生牛皮和松子、核桃、榛子这些干货。二掌柜领着两个伙计忙着查验货物、过秤结账，把送山货的货商打发走，边核对数目边往仓库里搬运。

中年伙计拖着货物进来：“一等貂鼠皮子三十张，老山参两棵，蛤什蟆五百。”小伙计也报：“马尾儿五十斤，猪鬃三十斤。”中年伙计又抱进来一摞貉子皮，数着：“一、二、三、四、五、六……貉绒十三张。”小伙计拖着一捆牛皮，累得气喘吁吁：“熟、熟牛皮七、七张。”二掌柜不满地白了他一眼，说：“年纪轻轻的像个痨病秧子，干点儿活不够你喘的。”小伙计听见了，噘着嘴嘟囔一句：“癞蛤蟆蹦三蹦，还得歇三歇呢。”二掌柜装作没听见，没再搭理他。小伙计和中年伙计把最后一只麻袋抬进来摞好，累得趴在麻包上大口大口地喘着气：“漂河烟八、八百斤，核桃、松子、榛子各四百，没啦。”三个人从库房出来，中年的伙计问二掌柜：“不是张罗着要搬家吗，还收这么多货干啥？”

二掌柜把库房落了锁，将一串黄铜钥匙掖在裤腰上，说：“搬家不比上嘴唇碰下嘴唇，说搬就搬。往哪搬啊，上哪再找这么合适宽敞的地方去。再说了，做买卖要讲究个风水。吉顺是乌家在早发迹的老号，哪能说搬就搬呢。”小伙计在一旁忍不住搭腔，道：“还说老号风水好呢，半拉吉林城都在风传，连小孩子都知道咱们家闹鬼，有阴兵过路，不搬家往后谁还敢跟吉顺做生意。”二掌柜不爱听他说话，冷脸道：“你不说话没人把你当哑巴！”小伙计一咬舌头，退到一边愁眉苦脸的不再言语了。

外面响起吆喝牲口的声音，见是掌柜的马车径直赶进后院，都忙跟过去迎接。没等马车停稳，乌仕儒便迫不及待地跳下车，招呼道：“大伙儿都过来帮一把……"又唤着小伙计的名字，叫他把白德璋背进屋。小伙计在前面背着白德彰，乌仕儒用手扶着，吩咐二掌柜去请郎中吕先生。"背到伙房去，伙房炕上热乎。"见伙夫老张迎出来，吩咐说，"快去煮一锅热汤面来，多放葱姜。"

小伙计将白德璋放到伙房的腰炕上，张师傅提着茶壶过来，说："先喝口热水吧，喝口热水暖暖身子，我这就去生火和面。"乌仕儒接过粗瓷碗，亲自给白德璋喂水。须臾，白德璋苏醒过来了，可他连睁开眼睛的力气也没有。

工夫不大，张师傅端着半瓦盆热腾腾的面条进来，乌仕儒问："锅里还有吗？"张师傅把瓦盆放在炕上，用筷子往碗里挑着面条，说："干的都盛来了，还剩下点汤汤水水的，可那也不顶饿呀！"乌仕儒说："不顶饿也盛来吧，趁热都给他们吃点儿，总比肚子里空着没食强。"又对身边的小伙计说，"你别傻愣着了，再去叫个人把西跨院的客房收拾出来，把炕烧上好安顿他们歇着。"小伙计面露难色，诺诺地说："掌柜的，你咋忘了，那院子快有半年不住人了。"乌仕儒横愣了他一眼，说："用不着你提醒我，让你去你就麻溜儿去！"见小伙计原地直挠后脑勺，又说，"一步二寸的，踩蚂蚁蛋呢？"小伙计涨红了脸，申辩道："可是，老太爷吩咐过了，那院不让住人啦。"乌仕儒虎着脸："那你说，让他们上哪过夜去？住露天地吗？"张师傅见掌柜的面色阴沉，举着筷子也说："那院门上可贴着符呢，撕了能行啊？"乌仕儒稍一沉吟，横下心，说："顾不上那么多啦！"见小伙计还站在一旁愣神，大怒，"你还站着等啥？等着领赏哪？"

小伙计见掌柜的脸黑得难看，吓得一溜烟地跑出房去。

第三单元　热土

1946 年，轰轰烈烈的土改运动，使广大自耕农从法理上拥有了属于他们自己的土地，世世代代梦寐以求的理想终于成为现实。土地犹如农民的灵魂。他们捧着人民政府颁发的土地契约欢天喜地像过年一样，深情地喊出了"共产党万岁！"。时隔不久，农村出现了新的阶级分化，少数人变成富农，破产的农民又沦为贫雇农。鉴于此，中共中央于1951年9月召开了第一次互助合作会议，讨论通过了《关于农业生产互助合作的决议》，并以草案的形式印发各地党委试行。农业生产互助合作社组织，使农民成为集体的一员。农业合作化，完成了由农民个体所有制到社会主义集体所有制的转变……

1

　　绰号"大烟袋"的郑先生是光复那年落户东荒地的。郑先生自幼私塾启蒙，当年的私塾究竟啥样已经很少有人能说得清楚，他只说私塾先生仅教授了他们几个或官宦或商贾的子弟，读四书诵五经，之乎者也，倒比现在的大学生精通文墨。他还说，现在的学生可以写对联，也懂得李渔的"家对国，治对安。地主对天官，坎男对离女。周诰对殷盘……指环对腰带，洗钵对投竿"这些楹联格律的基本法则，可绝对没有过去的老学究写出来的诗文巧妙对仗工整，现在的大学生可以写出好文章，可他能写得一手好铭旌。

　　郑先生无论对理数、星象、堪舆，还是水利、兵备、法律、政治都颇有研究，堪称满腹经纶的当世大儒。年轻的时候，也曾胸怀上报国家，下安黎庶的宏图大志。高中进士后入奉天专修法学，民国五年（1916）始执教法政学堂，后因桦川县司法审判出现问题，大批官员腐化堕落，被国民政府调往佳木斯协助司法监督整顿地方秩序。然而，当他置身于官商勾结、贪婪成风的漩涡之中，便被官场上触目惊心的黑暗惊呆了。据说是在一场民告官的诉讼中，他对国民政府彻底失掉了信心，遂抱着看破红尘惊破胆，识透人情冷透心的满腔忧愤离开了仕途。还有另外一种说法，说是他因为结交"共匪"、同情"乱党"而遭到当局羁押，幸得他的一位同年竭力斡旋相助才免去一场生死劫，虽侥幸活命却难逃革官去职的下场，因此成了一介闲云野鹤，享受起桑麻南山的安逸。

　　有关郑先生的身世和种种传说都已无从考证，但老先生对孔圣人的中庸之道始终信守不移又是人人可见。他的后半生把"大学之道"中的"知止而后有定，定而后能静，静而后能安，安而后能虑，虑而后能得"作为座右铭，故此在东荒之地生活的三十年，一直被世人视为灿若星辰却又自甘寂寞的贤达君子。农忙之时躬耕垄亩以食以帛，农闲时诵读批点自尝其味，其品行端正与世无争童叟无欺，为邻里乡亲排忧解难调解争执化干戈为玉帛，堪称是难得的人之楷模，山野之中只为精神而活着的雅士乡贤。他还抄录了南宋诗人戴复古的一首诗，悬于中堂："人生安分即逍遥，莫向明时叹不遭。赫赫几时还寂寂，闲闲到底胜劳劳。一心似水惟平好，万事如棋不着高。王谢功名有遗恨，争如刘阮醉陶陶。"以诗明志是中国文人的传统，郑先生也不能免俗，但这首诗选用得极为恰当，恰如其分地表达了他看破世事纷扰，反省修行的内心。

郑先生本名郑肇庸，字溢谦，别号五柳。这些年人们好像已经淡忘了他的姓名别号都只称呼他郑先生，小学里的教员则尊其为老夫子。东荒地可以不记得郑先生的名号，却对郑先生的儿子念念不忘。没人不知道他有个叫郑学礼的儿子，合作化时做过本县的副县长，后来听说调到省里做大官去了。在东荒地，郑先生的名讳基本没人能叫，只有耿玉崑心血来潮时，故作正经地唤上一声："五柳兄啊！"对人称号原本是一种敬重，可郑先生却不敢答应。为什么呢？原因是他跟耿氏兄弟论着借光亲家。亲家见面，特别是这种拐弯抹角的非儿女亲家凑到一起，不骂上几句就太见外啦。耿玉崑叫一声"五柳兄"或者直呼一声"大烟袋"，便意味着一种挑衅。郑先生自然不甘示弱，回敬他一声"二明白"，随即会上演一出不同凡响的斗嘴戏，人们有幸从二人的嬉笑怒骂中增长了不少见识。看他俩斗嘴是一件令人愉快的事情，可却总是耿玉崑甘拜下风的时候多。最经典的是有一年挂锄时他们开的那场玩笑，让人们深刻领教了两位老汉的诙谐和智慧。

挂锄，是农事的一个阶段性标志，这个时候的庄稼已基本不用太莳弄了，灌溉和除草都已经停止，只待秋天开镰收割，锄头闲置不用挂起来，故曰"挂锄"。这是一年当中难得的休闲时光，农民变得游手好闲，时常聚拢在村头的古柳树下东拉西扯。在一个溽热难耐的傍晚，他们又围在一起看两位老者对弈，听他们坐而论道，谈说着古今的趣闻轶事。

夕阳斜照，熏风拂柳，郑先生和耿玉崑面对面正襟危坐。耿玉崑持小石子代表黑棋先行在天元处落下一个棋子，郑先生则用黄草棍代替白棋，表面上看似心平气和，可每一步都走得风生水起有声有色。下棋者慢条斯理，观棋者却很紧张，都为各自喜欢的一方捏着把汗。黑棋不慎露出破绽，郑先生不动声色地将草棍往棋盘上轻轻一摆，形成了"五连禁手"的格局，耿玉崑顿时有些慌乱。郑先生摇着蒲扇望着对手，在石桌上"啪！""啪！"拍了两下，黄草棍随风飘落到地上。郑先生歪着脑袋故意气他："咋样啊，臭棋篓子，迎风臭出二里地，这回你该心服口服了吧？"耿玉崑虽说心里有些泄气却不肯认输。"肇庸兄啊，这可就是你不对啦，我本该能够起死回生，可是你也不给我容空儿，你这分明是怕我赢你呀。不就是一盘棋嘛，又不是赢房子赢地的，你至于吗？"

耿玉崑一会儿五柳兄一会儿肇庸兄，把个郑先生说得哭笑不得："好好好，就算山人输啦！"耿玉崑得理不饶人越发地神气活现起来："啥叫算输啦？输了就是输啦！"郑先生也不理他，自顾自慢条斯理地说："下棋对弈要讲棋眼观棋脉，前瞻五百后顾一千，论仙风道骨，论出神入化，你还都差得远哪，要说起这些来你也就跟着瞎抓抓吧！"耿玉崑根本就不听他那一套："得得得，你就别卖你那个狗皮膏药啦，我就不信你总赢。"又下一盘，还是耿玉崑输，他厚着脸皮要悔棋，还振振有词，"人有失手，马有失蹄，老虎尚有打盹儿的时候。才刚儿那几步不能算，我得重走！"郑先生手握二尺长的乌木杆烟袋往石桌上一磕，态度坚决："美出你鼻涕泡儿了呢。落子无悔，哪有那好事儿！"耿玉崑气急败坏地站起来："纸上谈兵的勾当，输了赢了也看不出啥真本事。"郑先生脱下脚上穿的布鞋，在身旁的石头上敲打几下，眯缝着眼睛，向鞋窠里看了看，说："那好哇，你说纸上谈兵不是真本事，咱们就动点真格儿的，也好堵堵你这张不服输的嘴。"耿玉崑斜眼看他："嘿！我倒是要领教领教，看看你如何堵我这张嘴。"郑先生一脸坏笑着，说："不用你老是七个不服八个不忿的，我看你是不见棺材不落泪。你要是真不服气，咱俩就尬（音：gā）点儿啥的，你敢吗？"耿玉崑悔棋不成正郁闷着，听说要打赌立时乐了："咦，叫你说的，跟你尬东儿（打赌）我有啥不敢的？你说吧，尬啥的？咋尬？"郑先生伸出三根手指："黄烟，三把黄烟。"耿玉崑闻听，俨然已经成了赢家："我说肇庸兄啊，你们读书人就是不实在。你想给我送礼就明说嘛，凭咱俩这交情我还能卷你的面子吗？"郑先生不屑他的态度，说："你就别臭美啦，还说不定咋回事呢。"耿玉崑大大咧咧地说："你就说吧，怎么个尬法？只要你能说出个道道儿来，我就能奉陪到底！"郑先生诡秘地笑着，说："好哇，听着可是挺爽气，就是不知道到时候你会不会装熊要赖呢？"耿玉崑一脸的不服气："哼！你把我当成啥人啦？不是我吹，我耿玉崑向来一言九鼎，放个屁都能把地砸出坑来，还会在区区几把黄烟上出尔反尔？你可真小瞧我啦！你就说吧，咋尬？"郑先生见他上了圈套，心里暗乐却故意不拿正眼看他："你可得了吧，还少耍赖啦？"耿玉崑高声问："我啥时候耍赖过？"郑先生并不跟他强辩，说："好好好，都是我耍赖，我耍赖行了吧？"耿玉崑很是得意："这可是你说的，我可没说。"郑先生用烟袋指着耿玉崑说："让大伙儿瞧瞧，堂堂的耿二先生拉完了还能噘回去，这得是多大本事啊！"说完这句，郑先生也觉得话有点糙，忍不住笑起来。耿玉崑却不在乎："得得得，你少闲扯，说啥风凉话呀。你快说吧，咋个尬法儿？"郑先生假装无奈："呵！他倒来神儿啦。既然这样，不妨让大伙儿给做个旁证，省得你赖账。你听好了：这三天你把裤衩子穿好喽，三天后还是这个时辰，还在这个地界，你拿三把黄烟来赎回你的裤衩子。到时候你要不来，嘿嘿！你瞧见没有？"他一指大柳树，"我就把它挂树上去，给老鸹絮窝。"看热闹的尽管不明就里，还是被打赌的结果逗得忍俊不禁笑出声来。耿玉崑搞不懂老对手要什么把戏，眨了眨狡黠的眼睛，怔怔地看了郑先生足有半分钟，也感觉有点不大对劲。他冲嬉笑的人一瞪眼，说："笑什么笑？有什么好笑的？"郑先生见他心虚，便故意将他："咋样二明白，你要是心里没底，认输也行啊！"众目睽睽之下，耿玉崑哪肯服输，硬着头皮说："扯淡！凭啥呀？噢，还没怎么着我就认输啦？你想得可怪美的。成啊，就这么定了。我倒要看看，你能挤出啥坏水来！"郑先生大度地说："那好吧，咱可一言为定，到时候你可不许反悔。"耿玉崑咬咬牙，毅然伸出巴掌："君子一言，快马一鞭，我还就不信了。"二人击掌为约，围观者纷纷散去。

回到家里，耿玉崑的心里有点发毛，预感事情有些不妙。虽然心里犯嘀咕可还是有些不甘心，撇撇嘴：嘁！这老滑头，想什么呢？我就不信，你大烟袋再一肚子花花肠子，裤衩子穿在我身上，你总不至于生往下扒吧？

可到了第四天，耿玉崑还真乖乖地夹着烟叶拱手认输了，看着眉开眼笑的郑先生，气得直骂大街。

自从二人限时打赌，耿玉崑不敢掉以轻心，采取了严密的防范措施，不单不脱不换短裤甚至跟二娘还分开睡了。两天过去了，什么事情也不曾发生，到了第三天也没见郑先生做出什么可疑举动便有些懈怠。晌饭的时候，他还喝了两盅，酒足饭饱之后在树下铺了一张苇席，四仰八叉懒懒地睡了。这一觉睡得他风花雪月梦遗了三四回，短裤脏得不能再穿了。恍惚间还记着打赌这回事，心想把裤衩子塞到枕头下面枕着也算稳妥。他除去短裤用被单裹着下身接茬儿再睡，迷迷糊糊听见说话声，怎奈梦太深一时难以醒转，可还是真切地听见了郑先生作怪的声音："还敢睡呀，就不怕桃花梦梦死你个老灯台。"郑先生鼓掌大笑三声，"仰天大笑出门去，我辈岂是蓬蒿人！"摇着蒲扇扬长而去。耿玉崑顿觉不妙，边在枕头底下乱摸，边自言自语："唱得多难听，鬼叫似的。啥蒿草人的？"待他确信裤衩子已不翼而飞，霍地坐起来，顿时睡意全消。他愣怔了半晌暗自琢磨：不对呀，已经都这把年纪了怎么还会做这种不着调的梦呢？他忽然感觉脚心发痒，搬起脚丫子，顿时哭笑不得。原来，涌泉穴上被人贴了张指头大小的纸片，耿玉崑懊恼得直拍大腿。他自然是认得的，这叫桃花符。

自打吃过那次亏，耿玉崑不仅长记性了，也领教了郑先生的厉害，却不影响两人玩笑打闹。每回在一起说够了，总是耿玉崑先说一声"走嘞！"，便头也不回，牵着子建的手便走，郑先生会摇着扇子眼睛眯成一道缝，微笑着目送他们爷俩远去。

2

先前，耿玉崑夫妇膝前只有养女耿红柳，自从有了侄儿子建，老两口把这个侄子当亲生儿子看待。子建尚不记事母亲就去世了。他母亲姓刘，叫翡翠，是五里桥镇刘万财的女儿，刘翡翠嫁给耿玉霖已是走了第二嫁。

刘万财家道殷实，他的女人为他一胎生下两个女儿，一个叫碧玉一个叫翡翠，不幸的是不到一岁生日碧玉患天花没了。他的女人月子里得了产后风湿之症，风寒湿邪侵入又动了房事，气血受损阴精亏空气滞血瘀，人瘦得只剩下了一把骨头，加上痛失爱女忧思过度，不久便随碧玉去了。不到半年时间，家里死了两口人，刘万财自然比谁都难过，不过他不落泪，直说他家屋里的能见到死去的碧玉也省得再哭天抹泪了。虽说女人死他一滴眼泪没掉，可后来他只要一来到外头，被阳光刺疼了眼睛就想流泪，被西北风刮疼了脸也想流泪，如此一来他老是红眼吧唧给人一种不洁净的感觉。女人死后，刘万财未曾续娶，只与翡翠相依为命。刘翡翠长到十七岁，虽说出落得不算太漂亮，但肤色白皙，身材匀称，举手投足给人一种温情脉脉的感觉。那一年，刘万财将女儿许给了伪保安团的团副詹孝廉为妻。

光复以前，五里桥镇除了这个伪保安团以外，还驻扎着日军一个50多人的守备队。伪保安团的前身是东北军一部，"九一八"事变后被伪满洲国军收编，负责维持地方治安。

1932年3月1日，伪满洲国成立。为树立"独立国家"的形象，也是出于镇压东北抗日武装的需要，建立了伪满洲国防军。伪满洲国军大部分由投降日本关东军的东北军旧部组成，七拼八凑总人数达到了20万，主要任务是维护"国内"治安与"国境"周边、河川警备。伪满洲国军虽受"大元帅"溥仪指挥，但日本人却心存戒备，除靖安军和兴安骑兵师等少数精锐部队以外，其余的伪军部队不论是人员编制还是武器配备都很差，为的是一旦发生了"反正"或是哗变，可以轻松地予以消灭。刘翡翠嫁给詹孝廉那年是1945年，两个人结婚不到半年，裕仁天皇颁布停战诏书，宣布日本无条件投降。按照雅尔塔协定，由苏军接受日本关东军投降。初时，国民政府从合法性、全盘性和对国际局势的牵动等方面考虑，准备分阶段从苏联人手里接收东北，苏军司令马林诺夫斯基找出种种理由不予配合。基于中共从各个解放区选派了大批干部日夜兼程奔赴东北的现实，国民政府火速调集数十万装备精良的部队，通过空运和海运开赴东北，由于苏军从中阻遏无法在旅大、营口等港口登陆，只得改道秦皇岛。结果，8月15日日本宣布投降，10月底国共双方就在山海关打起来了。不久山西、山东、河北，乃至整个中国烽烟再起。在接收东北的问题上，苏联人采取双重做法：

一方面承认国民政府是合法政府，另一方面协助中共使东北人民自治军接管东北成为必然，国军调兵遣将也是顺理成章的，如此一来东北注定要成为一锅夹生饭。全部美式装备的国民党第十三军很快攻占了锦州、沈阳、抚顺、辽阳、营口等重要城市，林彪的军队则固守四平、长春、哈尔滨、齐齐哈尔、佳木斯等北部城市，形成了南北对峙的态势。

八路军在挺进东北的过程中，得到了苏联红军提供的帮助和便利，获得了日军遗留下来的大量武器和装备，但支前民工和抱着"捡洋落"的思想空手而来的部队无钱少粮，令东北人民自治军司令兼政委林彪和东北局书记彭真的处境十分艰难。鉴于此种形势，东北局紧急通过了《东北的形势与任务》的"七·七决议"，着重强调了土改和建立根据地的必要性，土改和减租减息运动迅速赢得了广大民众的积极支持和热烈拥护。得民心者得天下。不到三年时间，由东北人民自治军改编的东北人民解放军已由最初的 11 万人迅速发展到 120 万之众。解放区实行土地改革查田定产，斗地主抄浮财，一个县一个县推进，到了五里桥镇自然还是老规矩。从 1946 年开始，地主和长工的社会地位发生了颠覆性改变，过去靠给粮户扛长活的贫雇农成了新社会的主人，而粮户们的政治身份是地主富农分子，许多粮户在土改中被镇压。刘万财虽然侥幸躲过一刀，却也从此落魄了。

詹孝廉便是五里桥季家老账房詹先生的独生儿子。

1945 年 8 月中旬，苏军吉林卫成副司令王效明向驻扎在五里桥镇的日伪军发出了立即停止一切敌对军事行动，缴械投降的通牒。差不多在同一时间，佐前智信中尉和佟凤山团长分别接到了关东军司令部作战主任参谋草地贞吾中佐签发的"绝密级"命令。草地中佐给佐前智信的命令全文是：

命佐前智信中尉，火速率领你部秘密前往敦化县境哈尔巴岭协助看守团清理剩余之军火装备，其他任务由看守团之官佐另行下达。

昭和二十年八月十六日
大日本关东驻屯军司令部主任参谋草地贞吾

草地贞吾给佟凤山下达的命令是由佐前智信转交的。佟凤山展开电报，见抬头上用毛笔标注着红色的"绝密"二字。

驻五里桥之保安团长佟凤山台鉴：

今命你部火速向通化机场集结，以确保溥仪皇帝陛下安全撤离临时国都，若有抗命之官兵，杀无赦！

康德十二年七月九日

草地贞吾令

10日夜，苏联红军的飞机在新京上空投了数不清的照明弹，还威慑性地扔下几颗炸弹。次日清晨，新京城里的老百姓注意到，高悬于关东军司令部门前的菊形纹章不见了，儿玉公园门口骑在马上耀武扬威的儿玉源太郎大将的铜像，不知道被谁砍去了脑袋，成了历史性的大溃逃开始的标志。11日的黄昏时分，溥仪在凄厉的防空警报声中辞庙，带着皇后婉容一干人登上"展望号"列车，经吉林、梅河口仓皇逃往通化临江县大栗子沟。

这座夹在长白山麓和鸭绿江水之中的小镇地势险峻，关东军司令官山田乙三大将告诉溥仪，大栗子沟有攻不破打不垮的工事设施，可以躲避苏军的空袭，有必要的话天皇陛下也可能到那里去。就在他们到达通化的第五天，也就是裕仁天皇宣布日本投降后的第三天夜里，在日本关东军参谋部的授意下，溥仪在大栗子矿山株式会社技工培养所的食堂，召开伪满洲国最后一次御前会议，宣读了"满洲国"皇帝退位诏书，伪满洲帝国从此宣告灭亡。溥仪宣读完退位诏书，流着眼泪，说：

"本人基于日满一心一德之大义，现在退位。希望各位注意自己的身体健康，如有幸长生在世，想还能有再见的机会吧。"

说完，他离开桌子走到大臣面前，首先在最年长的张景惠面前伸出细长的右手，要同大家握手告别。当他走到伪兴农部大臣于静远面前时，于静远却没有跟他握手，而是把双手背到了身后。于静远的目光越过溥仪瘦削的肩头注视着他身后墙上的挂钟，他看到挂钟的指针指向1945年8月18日零点三十分……现在，按照伪宫内府"帝室御用挂"吉冈安直的安排，溥仪将从通化乘飞机经沈阳出逃日本。

在整个伪满洲国时期，只有关东军高级参谋、陆军中将吉冈安直担任帝室御用挂这个职务。起初，日本人告诉溥仪，帝室御用挂不过就是个宫廷秘书，但实际上，从有伪满洲国那天起，溥仪的一言一行都在吉冈安直严密的掌握之中。在吉冈安直眼里，溥仪就像他的一个时常有点小想法，需要他时常管教一番的儿子。现在，日本人要对溥仪的命运再次作出安排……

佟凤山攥着草地贞吾给他下达的那道命令手颤抖得难以控制，他的颤抖绝非是因为这道命令暗含杀机而是另有原因。得知日本投降后，他把自己关在屋子里闷坐了两个多小时，孤独和悲哀像潮水一样向他袭来。苏联正式向日本宣战，如果说先前佟凤山看到的是一个人手持利刃威风凛凛地向他走来的话，那么现在他感觉到那把刀子已架在脖子上，有种冷飕飕的感觉。他的内心备受煎熬，他既不想向国军投降也不想成为苏军和八路军的战俘。他非常清楚，像他这种汉奸不管落到谁手里下场都好不了。脚上的泡都是自己走的，可老婆孩子跟着吃挂落儿，她们招谁惹谁啦。特别是一想到婶娘也要受他牵连，他就像虚脱了一样浑身无力。

佐前是个"中国通"。中日两国交战之前，他在东京大学中国历史和中国哲学部担任助理教授，对中国文化和中国历史都颇有研究，也很善于发现中国人的弱点。像佟凤山这种丧失了民族气节的中国人他是瞧不起的，别看他手里有一个保安团，但他对这个保安团从来就不放在眼里，这种成建制投降的都是东北军二流以下的部队，经过改编后更是毫无战斗力可言。

"九一八"事变爆发之前，东北军分布在两个区域，精锐主力被张学良带进山海关，部署在平津华北一线，大约17万人。"九一八"事变爆发的前一年，张学良通电支持蒋介石，率兵入关"武装调停"蒋、冯、阎的中原大战，留在东北三省的东北军大约还有11万人。"九一八"事变后，驻扎在辽吉两省的东北军大部南撤至锦州一带，没有南撤的东北军又分成两大阵营，一部分在吉省代理东北边防军副司令熙洽和黑龙江洮南镇守使张海鹏的带领下投降了日本人，伪满洲国成立后改称"满洲国军"。而马占山将军等人领导下的东北军非但没有投降，反而抵抗得更加凶猛。可是不久，马占山领导的江桥抗战终因孤军无援而失败；苏炳文的海拉尔抗战失败后，经满洲里退入苏联境内被缴械；冯占海的吉林抗日义勇军改编成国民革命军第63军后，进关参加热河保卫战和长城抗战。至此，成建制的东北军就算没了。

在过去的十四年间，尽管没人把伪满洲国军这种二流都不如的部队当回事，可问题是，现在的战局已是很明朗了。3月初，美国空军出动轰炸机对东京狂轰滥炸，连续两天的大轰炸，一下子就炸死了30万日本人。在之后的几个月里，名古屋、大阪、神户、横滨、静冈、北海道、富山等城市相继在大空袭中变成了一片焦土，特别是8月6日和8月9日，广岛和长崎惨遭原子弹袭击，大日本帝国无论怎么挣扎也无法挽回败局了。这段时间，佐前智信过得提心吊胆，他总能想起楠本实隆将军的死。两年前，身为伪满洲国最高军事顾问的楠本实隆中将在检阅部队的时候，为他牵马的国兵从马粪兜子里拿出手枪突然向他开枪，楠本将军临死还挨了这个马倌儿一个嘴巴。这个所谓的"五顶山"事件，加剧了关东军对"满洲国军"的不信任，那个叫常隆基的刺客，成了许多满洲人心中的抗日英雄。在这种形势下，他身边这个保安团中有些心怀不轨的人，很有可能在某一天的夜里，就会把他的这个守备队变成一盘菜，后果是很可怕的。

为了让保安团再一次为自己所用，佐前智信拍了拍佟凤山的肩膀，故作关切地问："佟团长，您没事吧？"此刻，佟凤山的脑袋里不比佐前智信想得少，他在快速地权衡着利弊得失。他的思考被佐前智信打断了，强作镇静地敷衍道："没事，我这是激动的。"

佐前的中国话说得非常流利而且带着明显的东北口音。为了不给佟凤山造成过分的心理压力，他尽量保持平和的语调，显得和蔼：

"天皇陛下颁布了终战诏书，用中国政府的话说，八年抗战已经结束了。溥仪先生是大日本帝国的朋友，我们不能弃朋友于不顾，关东军司令部为此制定了一个计划，准备把他护送到本土去。

"秦彦三郎将军把协助护卫皇帝陛下的神圣使命赋予佟团长，这不仅是将军本人对佟团长的信任，也是大日本天皇陛下对佟团长的信任。这次任务完成后，我们都不会忘记佟团长对大日本帝国做出的贡献，秦彦将军会介绍您加入日本国籍，妥善安排贵宝眷的生活。"

按照国际公约，战败国侨民无法被列为战犯或者汉奸加以逮捕和审讯，中国政府无权追究日本公民在战争中的责任，只能遣返回国，所以许多大汉奸挖空心思，一心想要加入日本国籍逃避罪责。这些人要么是社会名流，要么是对日本人有较大贡献，最重要的是要有个有身份的日本人推荐才行。这三样佟凤山一样都不沾边，他做梦都不敢想天上会掉馅饼，而且这个馅饼正砸在他怀里，一个都快被饿死了的人还管是什么馅吗？佐前这番话对他太有诱惑力了，尽管他将信将疑可还是像个生命垂危的病人被注射了一针强心剂，心头为之一振，随之又预感到某种巨大的凶险在等待着他。

佟凤山正襟危坐，脸拉得老长。为了使仅存的左手不再颤抖，他紧紧握住腰间的武装带，盯着桌子上的电报一时没作任何表示。

"遗憾的是，我不能给您太多的帮助。按照雅尔塔协定，我和我的部队必须向就近的中俄军队投降。"佐前其实是在欺骗他。日本宣布投降，为掩盖战争罪行，侵华日军将大量生物和化学武器掩埋于地下或弃之于江河湖泊之中，关东军选择了敦化哈尔巴岭为最大的生物武器藏匿点。佐前智信接到的命令，正是要他这个小队协助那里的守军，看押"勤劳奉仕队"转移和藏匿来不及销毁的生物和化学武器，然后杀掉这些知情的中国劳工。所以，他没有必要也不可能将这样绝密的军事行动告诉佟凤山。

佐前智信目不转睛地看着佟凤山油光光的脸，任何细微的变化都逃不过他敏锐的眼睛。见佟凤山盯着电报半晌没有说话，佐前不敢确定这个支那人还肯不肯再为大日本帝国卖命。其实，佐前的担心是多余的，坐在他面前的这个人是个典型的实用主义者，国家和民族对于他来说只不过就是一个虚幻的概念而已，大难当前，有谁会为一个虚幻的东西去卖命呢？

佟凤山扯开风纪扣，抓起电报叠吧叠吧揣进贴胸的口袋，用手绢擦了擦额头上渗出来的冷汗，又擦了擦那只仅存的左眼，立正站好，说："感谢皇军对佟某的信任，我愿为天皇陛下效犬马之劳！"

佐前智信越发瞧不起眼前这个支那败类，在他眼里一个连自己的国家都能背叛的人还不如一条狗。他并不指望这种苟且偷生之人能为天皇效什么犬马之劳，但关东军司令部的命令他不能违抗。见佟凤山接受了任务，佐前悬着的心才慢慢放下，做出很激动的样子上前抱住佟凤山：

"哦，这太好啦！有您这句话，我也好向将军交差啦，谢谢！谢谢啦！"为了能让佟凤山死心塌地去执行这次任务，他没忘记说一句，"您即将完成的这个使命，将被写进历史。"说完，他还给佟凤山深深地鞠了一躬。

第四单元 困惑

如果说，1957年以前的东荒地，老少有礼，进退有仪，世风典雅，民情醇厚，人们以诚实的劳动开创着美好生活的话，那么，从1957年开始，接二连三的政治运动便像原子弹爆炸后盘踞在高空灼热的蘑菇云，迅速蒸发了人们品格中那些传统的宝贵养分。道德之都沦为了一座可怜的孤城，城头上虽然挺立着不肯撤退的战士，可毕竟珍如凤毛麟角，即使是学贯孔孟的郑肇庸之流也不得不仓皇出逃……

1

现在，让我们将时间回溯到20世纪50年代，这样也好把东荒地的历史记录得稍加完整一些——

1957年深秋。阳光暗淡了，自然界开始萎谢了，在10月的雾霭里，自然界的绿色正慢慢褪去。松花江两岸的山峰变得五彩斑斓时明时暗，树林里荆棘里滚动着深秋时节少有的雾瘴，一只孤单的鸟儿怯生生地哀鸣着，它已经预感到寒冷的冬天就快要来了。

一条小船在墨绿色山峰的倒影里顺流而下，赵殃子用船桨调整着小船行进的方向，偶尔也划动几下，小船平稳地朝东荒地漂去。船头上散放着几件简单得不能再简单的行李。船上坐着三个人：白凤鸣背对着船头，他的对面坐着郑学礼和公社民政助理田佩仁。郑学礼清癯的脸上始终浮现着一种老和尚入定般冷漠的神情，田佩仁那张黑胖的脸上也是毫无表情。

自"反右"斗争以来，身为五里桥区党政首脑的白凤鸣心里总有一种莫名的隐忧，一种不祥之感让他心情烦躁不堪。令他产生这种不祥之兆的原因，正是在省委工作的姐姐白桦和坐在他对面的这个他叫姐夫的男人郑学礼。昨天，白凤鸣吃罢午饭，回到办公室习惯地泡上一杯茶。他端着茶杯漫无目的地望着窗外，突然像触电似的感到浑身一阵发麻。他揉了揉眼睛，看见草丛里一只黄鼠狼正跟一只狸猫打得不可开交。

五里桥行政区政府这个院落再早是伪满洲拓植株式会社的炭业商社，

院子很宽绰，能停得下十几挂马车。白凤鸣生来就对黄鼠狼这种神秘的小动物有种莫名的厌恶，不管在哪里见到它们，都像一个严重的过敏患者，浑身上下都不自在。看上去，前几回合狸猫和黄鼠狼的争斗没分出胜败。黄鼠狼在肥猫面前矫健地上蹿下跳像是在舞蹈，又像是个好战分子在炫耀武力，而这只狸猫则沉静地举起前爪摆出迎战的姿态。黄鼠狼距它两步远停止了蹦跳，拱起腰身准备发动新一轮攻击，就在它跃跃欲试的当口，电话铃声骤响，吓得白凤鸣差点把茶杯扔了，黄鼠狼也一惊，跑了。

这段时间，每次听到电话铃响，白凤鸣都会感到心惊肉跳，每次电话铃响，都好像首先撞击的不是他的耳膜而是他那颗脆弱的心脏。连接各区乡的电话和广播共享一根线路，正是县广播站中午播音的时间，听筒里除了"嗡嗡"的电流声，还夹杂着广播串线的声音。先是断断续续的音乐，继而一个女播音员的声音又掺杂进来："……这次整风，除了检查某些领导存在的官僚主义、主观主义、宗派主义外，着重解决革命与建设的成绩是否主要，要不要共产党领导，要不要无产阶级专政与民主集中制，合作化的优越性，粮食统购统销是否正确，以及外交政策是否正确等问题……"

"喂——喂——"白凤鸣扯脖子用力喊了好几声，依旧没有听见对方说话，音乐和女播音员激昂的声音依旧纠缠在一起，最终女播音员的声音压过了音乐，他索性将听筒从耳边拿开。"我们要坚持知无不言、言无不尽、言者无罪、闻者足戒，有则改之、无则加勉的原则。"白凤鸣无奈地举着听筒，电话里依旧像在吵架。"我们要采取内外夹攻、上下督促、左右帮助的方法，广泛听取群众的意见……"听见吵闹的声音小点了，他才又把电话的听筒扣在耳朵上。

白凤鸣听见电话里对方也很恼火，在大声喊叫。他们的通话反复被杂音打断，他听见电话那头在骂人，其实是在骂电话。他费了好大劲还只听了个囫囵半片，当他好不容易弄明白了对方要说的事情，顿时像被人在胸口上狠狠地踩了一脚。对方把电话挂了，一片串线的广播声和电话的忙音无边无际地传来，白凤鸣依旧固执地举着听筒，无边无际的绝望也一点一点地侵染了他的身心。他感到自己的眼睛好像被人狠狠地杵了一拳，眼前金星乱窜，他又像个低血糖的病人，无力地瘫坐在椅子上。

白凤鸣不知道有多长时间是处在一种无知无觉的状态下，待他清醒之后发现话机还扣在耳朵上，他已经忘记刚才是怎么回答对方的了。他无法判断自己比接电话以前更加慌乱还是更加沉静，努力回想刚才在电话里自己是怎样回答电话那端的问询，或者根本就没有作任何回答？

这个差点要了白凤鸣命的电话，是县委办公室王主任打来的。电话里他只听见王主任说，郑学礼被定为"右派"分子下放农村接受改造，别的他哪还能听得清楚啊！困扰白凤鸣不祥的预感终于成为现实了，他真想找个没人的地方放声大哭一场。他怎么也闹不明白，这么个难得的好人，睿智、博学，担大事、有主见，待人诚恳的人竟然也成了"右派"。

郑学礼是个性格较为复杂的人，早年喜欢法国浪漫主义文学，喜欢新体诗，有时也写几首发表在报纸上，是个浪漫的文学青年。白凤鸣在省立模范中学读书时就寄住在姐姐家，他受姐夫的影响很大，从他那里听到一些外国作家、诗人的名字，知道了托尔斯泰、雪莱、尼采和普希金，从《琉森》里接触到了所谓的"永恒的宗教真理"，从《三死》和《家庭幸福》中探讨着生与死、痛苦与幸福等问题。在他跟姐姐白桦与反动的地主家庭决裂的痛苦的岁月里，姐夫郑学礼便成了他的精神教父……白凤鸣忍不住看了一眼坐在自己对面的郑学礼，见郑学礼裹着旧人字呢军大衣，面无表情，旁若无人。他岿然坐在船舱里，扣在头上的粘绒棉军帽显得有点不合时宜，一绺头发从帽子里滑下来。

大江浩浩东流，两岸峰峦起伏云气弥漫，山川虽美却令白凤鸣的胸臆间生出几分郁积之气。白凤鸣十分喜欢这些沿江的小村落，它们大都干净整洁，民风淳朴，只要坐船下乡，他都会向江岸边张望，而今天他却没了这个闲情逸致。他幽幽地对郑学礼说：

"王主任让我转告你。他说，作为老部下也是从关心你的角度，叫你不要再抱有什么幻想了，那样只能徒增烦恼。他还说，最近中央有精神，对已经定了性的'右派'一律不搞复查，也不准复查。"白凤鸣并没有把王主任暗中帮忙，才使得郑学礼落户东荒地的事情告诉他。因为王主任叮嘱过他，不让他说。

郑学礼望着雾蒙蒙的山色，在心里说，难得他还敢承认给我当过部下。

他联想起这段时间所发生的一些变化，尤其是那些戴着虚伪的假面具颠倒黑白侃侃而谈的家伙，就像跳梁小丑那样可笑。更具讽刺意味的是，昨天还装腔作势地找这个谈话找那个谈话呢，第二天竟然也被打成了"右派"……想到此，郑学礼忽然笑了。白凤鸣看他笑得意味深长，心里像打翻了五味瓶，说不上是一种什么滋味。不过郑学礼对不准复查的说法感到疑惑，所有的运动都复查了，"三反""五反"期间打的那些"大老虎"和"小老虎"，后来经过复查也都解脱了，唯独这次运动不准复查，他说什么也不信。相反，他更愿意相信历史迟早会还给他一个清白。

郑学礼是1953年冬天奉调到省委工作的，在他担任人民监察委员会理论调研部部长期间"反右"运动开始了。他依旧像对待历次运动一样，积极热情慷慨激昂，毫不保留地参加到了"反右派"斗争之中。运动开展之初，他还是监察委员会领导"反右"运动三人小组的组长。

7月初，省人委的一期《反右动态》刊登了一篇批判文章。这篇文章的作者是一个名不见经传的评论者，批判了郑学礼曾经在报纸上发表过的一首诗。诗歌的题目叫《冬之絮语》，这首诗一共四小节十六句，然而这首诗歌却给郑学礼带来了灭顶之灾。批判文章说：

这首诗发表在一九五七年的五月，正是反党反社会主义的右派分子向党猖狂进攻的时刻。他们叫嚣要共产党"下台""让位"，"杀共产党"。他们用各种形式，包括用写诗的形式宣泄他们对党和人民的无比仇恨，变天的梦想，反攻倒算的渴望。因此，对于《冬之絮语》这首诗，必须从政治斗争的全局和高度认真地加以分析，切不可掉以轻心。我们绝不能被披着羊皮的豺狼、化装成美女的毒蛇所蒙骗……

评论者将其中四句逐字逐句加以剖析：

"野山菊谢了"，就是要共产党下台，称共产党为"野"，实质上与美国驻联合国代表奥斯汀污蔑我们党毁灭文化遥相呼应。

"我们在寒冬中静默"，则是说右派分子要上台，这里的"我们"就是指罗章联盟，就是蒋介石和宋美龄，就是黄世仁和穆仁智。

"冰雪覆盖着山野"，表达了对无产阶级专政的极端仇视、极端恐惧和即将灭亡的反动阶级心理，切齿之声清晰可闻。而且作者的影射还不仅限于此。

"我们静候着春天的风"，其实就是号召公开举行反革命叛乱。资产阶级右派分子错误地估计了国际国内形势，散布反对党的领导和社会主义制度的言论，大肆地向党发动进攻。因为他们说过"现在学生上街，市民跟上去"，"形势非常严重"，共产党已经"进退失措"。他们攻击社会主义制度没有优越性，不如资本主义制度，诬蔑国内形势是一团糟："现在政治黑暗、道德败坏，各机关都是官僚机构，比国民党还坏。"他们全盘否定社会主义改造和各项建设成就，说历次运动失败的居多。他们甚至公开提出要共产党退出机关、学校，公方代表退出公私合营企业，叫嚣着解决问题的根本办法是改变社会制度。右派分子别有用心的煽动和阴谋活动必须坚决镇压！

省委的《反右动态》是这场运动的舆论阵地和政治晴雨表，是个政治倾向极强的刊物，它旗帜鲜明地只为一种政治目的服务，这篇评论文章就像炸弹一样炸开了。看到这篇文章的人反应各异，有人感到惊诧，有人感到恐惧，有人感到忧心忡忡，还有的人因为兴奋得不能自持而手舞足蹈。郑学礼只看了几句就不敢再往下看了，他的脸涨得通红像被人狠狠扇了一记耳光，他想抗议但却发不出声音，好像他已经被这颗评论新星死死地扼住了喉咙。他不禁暗自佩服这位"新星"，原则性是那么强，问题提得是那么的尖锐、大胆、高超，立论是那么势如破竹、不可阻挡，指责是那么的骇人听闻，具有一种摧毁一切防线的强大力量，甚至不容探讨和切磋。

文艺批评原本是可以提出异议的，而他却没有给郑学礼留有半点辩解的余地。更让郑学礼感到吃惊的是，他发现白纸黑字引发了一个非常可怕的现象，周围的那些红口白牙正在无情地咀嚼着他的肢体，他甚至听到了自己的骨头掉渣的声音。他忽然悟出来一个道理，原来人是可以吃人的，原来人比豺狼更凶残。一贯以沉稳冷静、行事果敢著称的郑学礼，此时却方寸大乱，走投无路了，他破天荒地因为私事走进了妻子白桦的办公室。他想关起门来跟这位老上级，也是负责省委机关"反右"斗争的负责人——省委直属机关党委书记，进行一场不掺杂丝毫私人感情的谈话。

当年，白继业请了一位晚清秀才做女儿的启蒙老师，念了一肚子四书五经，诗词歌赋，不想诗云子曰弄得白桦浑身不自在，就老想起幺蛾子。白覃氏每每教育她的时候，她总有一千句话等着她，白覃氏便时时感到忧虑，觉得这个伶牙俐齿的女儿实在难以调教，将来怕是不省心。可是她跟女儿讲不通道理，四爷又不帮她说话，便只能听之任之。后来，教白桦的老先生死了，她便一心要上新式学堂，她甚至要挟母亲，说是不让她念新学堂，她的书就不念了。白覃氏心说，不念就不念，死丫头片子，你吓唬谁哪。白继业却不那么想，托人把白桦带到奉天，送进了设在大东门里的官立女子师范学堂的简易科甲班。这所女子师范学堂是清末盛京将军赵尔巽创办的，除了教授教育、国文、史地、体育课程以外，还开设了家事科、修身科、手工科和桑蚕科。覃氏临终前，谁都不想，就想见白桦一面。当白桦回到白家大院时，已出落成一个亭亭玉立的洋学生。那时候，白桦像所有好学又爱美的女学生一样，鼻梁上架着一副白金脚无边眼镜，无边的眼镜似乎不着边际，与姣好的面容融为一体，也挂起了女学究的招牌。莫说在东荒地，就是在县城里也没有几个富家子弟能到奉天去念书的，更何况一个女子。白桦回来奔丧，惊动了在县里筹备新式学堂的裴景玉。裴先生以吊孝的名义来探访白桦，以期获得新事物的最新消息。

裴先生先是陪着白继业说了一会话，表示了对覃氏夫人的悼念，而后提出他想见见白桦。白继业已经看出了他的真实来意，本想打发人去把小姐请过来，可裴先生不肯，便只好陪着他去见白桦。裴先生推开白桦的屋门，映入眼帘的那个梳着齐耳短发的少女，正倚在一张红木方桌旁在专心致志地读书。此刻，白桦正在阅读一篇叫《少年中国说》的文章。这篇文章是梁启超先生写的，文章写于戊戌变法失败后的1900年，他在文章中驳斥了日本和西方列强污蔑中国为老大帝国，把中国比作一个正在成长的少年。

白桦倾着身子时浓密的刘海遮住眼睑，看上去就像水中芦苇的倒影。听见门响，她看见裴先生走进来，兴奋地跟他打招呼："裴校长，您来得正好！"裴先生谦逊地说："还叫我裴老师吧，你看什么呢，这么投入？"白桦激动地说："裴老师，您快看看，这篇文章写得太好了。"白桦长着一张酷似母亲的圆脸，眼镜后面的一双眼睛又大又亮，看人时显得神采奕奕。她把书递给裴先生，说："您看，梁启超先生说，理想的国度是资产阶级共和国，他认为封建专制制度和封建官吏已经腐朽，他把希望寄托在中国少年身上，坚信中国少年必有志士，能使国家富强，雄立于地球之上……"裴先生接过书，看见这篇文章刊印在一本叫《自由与进步》的期刊上，冲白继业笑着扬了扬。白继业虽年届花甲却依然耳聪目明。家学渊源，深知不痴不聋不做家翁的为老之道，故此十分的开明。他见裴先生凑到窗前阅读起来，便轻轻地带上房门退了出去。

1932 年至 1945 年，日本占领东北三省，建立了包括内蒙古东部及河北承德在内的伪满洲国傀儡政权，日语便成了伪满洲国的国语，而汉语则作为"满语"存在。为了消磨中国人的民族意识，实现同化政策，伪满洲国建起许多学校，通过六年义务教育，灌输中日亲善、共存共荣、日满一家等思想，宣扬建立五族协和的王道乐土和大东亚新秩序，妄图把学生培养成只知道日本天皇、康德皇帝和满洲国，对中华民国一无所知的顺民。在此期间，白桦和许多热血青年一样，辗转于千疮百孔的华夏大地，努力寻求救国救亡的真理，寻找"德先生"和"赛先生"。作为东北抗日会的代表，白桦参加了北平东北救亡总会成立大会，结识了阎宝航、高崇民等东北籍爱国人士。经延吉县籍朝鲜族政治活动家韩乐然推荐，白桦进入东北救亡总会军事委员会，军事委员会的主任委员是李杜。

东北救亡总会成立的时间是 1937 年 6 月 20 日，地点在北平白塔寺东北大学。东北救亡总会受周恩来领导，在抗日救亡的旗帜下，吸纳了包括东北抗联负责人等各个方面代表人物和东北流亡同胞加入，是个具有广泛群众基础的抗日民族统一战线组织。在东北救亡总会，白桦负责军事委员会的日常工作。但是她不愿意仅仅组织个游行，发表个演讲，散发散发传单，她想刀对刀枪对枪地跟日伪军干。经李杜批准，白桦秘密潜回吉林省城从事地下军事斗争。在中共南满省委敌军工作部的领导下，积极开展对日伪军喊话、记黑红点、攻心战等对敌宣传活动，同时她也是潜伏在伪军里的中共地下党员郑学礼的联络上线。

那时，白桦正处于充满诗意幻想和激情浪漫的年龄，相处久了，她对郑学礼产生了一种特殊的好感，甚至是依恋。她发现，郑学礼从骨子里是个感情奔放、情感细腻的人，在党内同志中这样的人并不多见。白桦和一些工农出身的同志虽然也能和睦相处，但毕竟没有什么共同语言，尽管她努力主动和这些同志搞好关系，可是，由文化、出身带来的差异是无法消除的，唯有与郑学礼谈话可以给自己带来愉悦。由于她经历了很多，而且有独立的思考能力，所以她参加革命的目的很明确，是为了寻找真理，寻找一条救国救民之路，建立一个公正、自由的社会。平心而论，白桦更喜欢像郑学礼这样的理想主义者，就像俄国"十二月党"人，他们并非出于自己的阶级利益去反抗暴政。

白桦渴望了解郑学礼，因为她发现她对这个比自己小几岁的男人充满了爱恋。有一次，她听到郑学礼用二胡拉了一曲由左联张寒晖谱写的《松花江上》，引起了她内心的共鸣，令她感到激情澎湃的同时，情不自禁地想起了在北平时目睹的东北军和东北民众流亡的惨状，心就一揪一揪地疼得慌。在日伪统治时期，郑学礼这么做是相当危险的。作为他的上级，白桦还是毫不留情地批评了他。可也正是通过那次接触，她认定郑学礼就是自己要寻找的另一半，她的白马王子……解放战争后期，组织决定派白桦率领武装剿匪工作队，到佳木斯牡丹江一带边剿匪边土改，而郑学礼则再度转入地下，以教员的身份为掩护，继续从事地下秘密活动，迎接吉林的第二次解放……

郑学礼从白桦的办公室里走出来的时候气色很不好。他认为白桦的分析不全对，他承认自己书生气太重，说他对政治斗争的复杂性认识不足他也是承认的，但是就"反右"扩大化的做法他不敢与之苟同，就像两个人曾经有过关于劳动价值理论的争论一样，他不承认自己的观点有什么问题。白桦的观点无疑是主流的、是正统的，因为她从参加革命的那天起，就接受了这样的观点：最坚定的革命者来自劳苦大众，而劳苦大众的思想感情最纯洁也最朴素，他们是未来社会的主人，由此不难推断，砸碎腐朽的旧制度建立起全新的国家是个必然的过程。而郑学礼的观点也很明确，甚至还端出伯恩斯坦的论述来证明自己的观点：社会主义是可以通过资本主义实现的，而不是通过资本主义的灭亡而实现的。白桦认为郑学礼之所以接受了伯恩斯坦的理论，究其根源恐怕是因为他出自非劳动人民家庭。别的不说，那个伯恩斯坦可是马克思主义的叛徒，是个修正主义分子，这种人的话不能作为论据。她甚至认为，导致郑学礼成为"反右"斗争对象的，就是他错误的政治立场和错误的政治观点，有人通过《冬之絮语》给他上纲上线，就不能说是小题大做，也不能说是空穴来风了。

郑学礼的心情十分复杂。他故作镇定，挺胸抬头地回到了监察委员会所在的楼层，沿着空荡荡的走廊不紧不慢地走向自己的办公室。在这个长长的空旷的走廊里，他能感觉到有人透过门缝在窥视他，他们的目光在他的身上扫来扫去，走廊两侧空洞的门里和那些交头接耳的人，就如同病房里心理阴暗的患者。他想，越是这时候他越不能给自己丢面子，他的脸面也许一文不值，但在自己的心中却是无比珍贵。他没必要向谁解释什么，人要是无知就敢于无耻，他不愿意让一群无耻之徒看笑话。然而，当他无意之中看到办公室主任、三人小组成员，那个面黄肌瘦满脸皱纹的中年人，还在全神贯注地阅读那期《反右动态》，手里捏着红蓝铅笔圈圈点点的时候，他的心骤然紧缩，有种一觉醒来全都陌生的感觉。他的心里空荡荡的，自己曾经怀着一腔救国救民之志出生入死，换来的却是小人当道黑白颠倒，他感到一阵彻骨的寒气，像电流一样通过身体。他可以想象生命的终止，可以想象太阳系的衰老和消亡，却不敢想象眼前这个危险的处境，随即产生了一种令人懊恼的心理：他从来没有像现在这样注意过别人对他的态度，他也想自己可能有些神经过敏，但事实上那篇文章确实产生了巨大的多米诺效应。

到了 1957 年 9 月，"反右"斗争的形势开始发生急剧的变化。在一次阶段性总结会议上，一位省委领导严厉地批评了省直机关，特别是省监察委员会"反右"运动开展得不扎实。他尖锐地指出，在这场"反右"运动中，监察委员会存在着"三多三少"的问题，即声讨社会上的"右派"多，揪出本单位的"右派"少；揪出来的人员当中留用的人员多，清除革命队伍的少；一般干部揪出的多，领导干部揪出的少。这位领导喝了一口茶把茶杯放下，环顾着在场的人，用手指叩打着桌面，一字一板地说："监委会的'反右'运动，之所以迟迟打不开局面，是由于这方面的负责同志犯有严重的温情主义错误，没有落实好划分'右派'分子的标准，党务部门的领导本身就有问题，还能开展好'反右'斗争吗？譬如说，省委已经对郑学礼的反党言论进行了严厉的批判，可你们却没有对他作出正确的组织处理。我还听说，他在背地里散布不满情绪，为自己喊冤叫屈，把自己比作苏东坡，把对他的批判说成是新乌台诗案。"北宋时期，王安石变法大兴文字狱，苏东坡作为守旧派代表人物，在诗文中表露了对新政的不满而遭到弹劾入狱差点丢了性命。"都过去两个月了，你们依旧按兵不动，让一个不知悔改的人混在三人小组里，甚至还担任着三人小组的组长，简直是荒谬！"

迫于巨大的压力，白桦不得不频繁地作检讨，郑学礼也被调出三人小组。这场使大批知识分子和机关干部沦为贱民的"反右"运动，使很多人抛弃了美好的传统，抛弃了道德、良知和自尊，而奴颜、婢膝、贪婪、告密甚至落井下石等人类最为卑劣邪恶的品质则沉渣泛起，毒汁般侵蚀着社会肌体，造成了大面积的道德滑坡，使得一些人显出了严重的病态。紧跟着，各部门的"反右"运动进入了崭新的阶段，接二连三地揪出许多人，揭批郑学礼的大字报随即出现了，批判他的文章还被编入《反右斗争大字报选辑》。

让人感到奇怪的是，好端端的一个人，只要一揭就浑身都是疮疤：郑学礼曾经嘲笑过某位领导讲话啰唆缺乏逻辑；郑学礼曾经说过许多档案、演示文稿、材料没用；郑学礼曾经诽谤我们的党群关系有问题；郑学礼曾经散布谣言，污蔑人民监察委员会内部不团结，派系之间互相倾轧；郑学礼曾经诽谤机关干部作风不正派，为人不端行事猥琐，正经话不正经说，总喜欢跟领导咬耳朵；郑学礼说……郑学礼说……郑学礼的问题越揭越多。

作为回应，郑学礼不顾白桦的强烈反对，在省委大院贴出了一张题为《十四点质问》的大字报，果然不出白桦所料，"十四点质疑"成了他顽固不化的又一个罪证。这样的日子又持续了一段时间，在一个阴冷潮湿的下午，郑学礼被工作组通知去谈话。新任三人小组的组长，那个满脸皱纹、面黄肌瘦的办公室主任，宣布了省委对他的处理决定：

郑学礼，男，汉族，祖籍河北卢龙，一九二〇年三月出生于旧知识分子家庭，一九四二年秋天混入党内，原任省人民委员会监察委员会理论调研部部长。

该郑自幼受反动封建家庭影响，怀着不可告人的个人野心混进革命队伍，在反党反社会主义的右派分子向党猖狂进攻的时刻，利用诗歌恶毒地向党和人民发起猖狂进攻，其狼子野心昭然若揭，实属资产阶级右派（"极右"）分子。本着生活上给出路、政治上给宽大的原则，经由组织审查决定，撤销该郑党内外职务，开除党籍，取消原行政十五级正处级待遇，下放农村接受监督改造，每月发给28元生活费……

宣读完毕，他将处理决定和一叠档案材料放到郑学礼面前，将一支黑色的钢笔递过去。郑学礼默默地翻看着那些材料，却没有去接那支钢笔。办公室主任沉默了许久，盯着郑学礼看了好一会儿，然后慢慢地将材料放回公文包。他站起身来，黄脸上的表情仍然没有褪去只是凝固了，仿佛戴着一张石膏做的假脸。

2

东荒地高级农业生产合作社的社长耿玉崑带着社治保主任乌四郎倌和会计王守业已经在江边等候多时了。现如今的乌四郎倌，早就不再是那个趿拉着露脚趾头的破布鞋四处抓吃抓喝的二流子了。他穿上了崭新的解放鞋，这还不算，看到从上面下来检查工作的干部穿着气派的中山装，他也穿，且不分季节，藏青色的，口袋上还插着一支钢笔和两支圆珠笔，不管能不能写出字来，要的就是这个相儿。这些年，乌四郎倌得罪了不少人，只有白凤鸣能跟他这个姑舅兄弟尿到一个壶里去。

世事就是这般荒唐。1924年驼龙的"杀富济贫常胜军"大开杀戒，仅东荒地就有十几条性命在她手里丧生，若不是乌白两家拼死抵抗，死的人会更多，而乌四郎倌的父亲乌常荣那时候已经上山当了土匪，只不过不在驼龙的绺子里。乌常荣被父亲乌子玉逐出家门又无路可走，便跑到"雷公"徐相九绺子充当了一名贤助。

绺子上的贤助又叫搬舵师爷，相当于正规军队里的参谋长，又像是古代的军师谋士。这类人原本不受跨马提枪之苦，只负责为绺子出谋划策。他们在江湖上被视为仁义的化身、才能的象征，是江湖上共同尊重的人物。雷公绺子有一条山规：吃喝可以，嫖赌断指。乌常荣顶了个贤助的名头，倚仗着跟徐相九和李柏桁磕头拜过把子，在绺子里横踢马槽不说，还暗中背着徐相九，与李柏桁两个人沆瀣一气，干了不少坏事，是个出了名的"花花肠子"。后来，徐相九举旗抗日，乌常荣虽然也跟着走上了抗日的道路，却终究不可能成为一个立场坚定的抗日战士。

吉林省城被日军占领后，冯占海、宫长海等人领导的抗日队伍同侵略者展开了艰苦卓绝的斗争，第二年夏天抗日斗争迎来了第一个高潮。被伪满洲国军收编的东北军残部纷纷改编成救国军、自卫军、反日总队，各种抗日武装如雨后春笋，抗日高潮一浪高过一浪。乱世豪杰起四方，许多关东绿林也纷纷举起抗日大旗。红枪会、黄枪会、大刀会、抗日山林队等民间抗日武装纷纷建立，出现了"司令如毛，义师如潮"的壮观景象。时任滨江镇守使的丁超联合李杜、冯占海等东北军高级将领组建了吉林自卫军。在吉林自卫军抗敌通电和《告吉林民众书》的感召下，徐相九带领全部人马加入到抗日斗争的洪流。

第五单元　春暖

1978 年隆冬，安徽凤阳县小岗村 18 位农民以"托孤"的方式立下了生死状，他们用粗糙的手指在白纸上按下了血红的手印，秘密却决绝地搞起了土地承包。也许是历史的巧合，就在这些农民按下手印不久，中共第十一届三中全会在北京召开，拉开了中国改革的序幕。在关系国家命运和前途的重要关头，党中央正确总结了合作化和人民公社化的经验教训，作出了实行经济体制改革的英明决策，中国共产党领导中国人民翻开了历史崭新的一页。至此，理想主义者的革命实践已经完成，实用主义思维指导国家建设的征程仍然任重道远……

1

越是穷地方农活就越重，天尚未大亮社员们便扛着犁杖、赶着耕牛下地了，当太阳爬上山梁的时候他们已经耕完了几垧地。火红的太阳把牛的影子和人的影子印在山坡上，他们的影子被无限放大，牛不再像牛而是像一座座移动的山梁，人的影子高得简直可以顶天立地，那悠长的吆牛声把人类遥远而漫长的历史无限延续，仿佛人类就是这么走过来的。

七十二行，庄稼汉为王。生产队的章程还是老章程，吹哨出工，吹哨收工，地头评分，记工员记分，只是比先前自由了一些，但要随便请假也不太容易。收了地打完场，颗粒归了仓，壮劳力被选出来或是上山割架条或是给林场伐木归楞，给生产队增加副业收入，一个生产队的分值多少，就看生产队长有没有搞副业的本事了。家里只留守一些打零杂的弱劳力，这些弱劳力可干的农活很杂，收拾粮仓、给玉米脱粒，更多的时间是刨粪送粪。

其实刨粪送粪这活计也不省力，几天下来，耿子建累得腰酸背硬，胳臂肿胀得跟顶门杠相仿。劳累了一天全凭晚上这一觉补充体力了，可这个觉他却睡不安稳。他无论如何也想不通，马有失蹄虎还有打盹的时候，唯独"打头的"周二膀既不失蹄也不打盹，催命的哨声无冬无夏，就像电台报时一样准确，几乎没有任何误差，弄得他一到后半夜就担惊受怕，唯恐那索命的哨子响起来。有两次哨声竟入了梦，他梦游似的穿上棉袄棉裤，出去转了一圈又爬上炕，别人还都以为他出去解手了，待他重新躺下却无论如何也睡不着了，这一宿就这样叫周二膀给毁了。更让他难以忍受的是冻疮又复发了。冻疮就像是没脸没皮的无赖汉，一上冻它就赖皮赖脸地来了。耿子建的手上脚上耳朵上和脸上都有冻伤的老底子，今年的冻疮以脚后跟和脚趾头几处尤为严重。这些冻伤都是先红后热再肿，肿的部位或青或紫，不管是青还是紫都是一个感觉：痒。是那种钻心的奇痒，每当这时他便在炕席上蹭，直到蹭得流出血来让疼痛取代钻心的奇痒。耿子建再一次把对冻伤的仇恨转嫁到周二膀身上，他真想给周二膀弄点什么吃吃，最好让这老家伙拉上三天稀，这样好能美美地睡一回懒觉。他非常希望别人也像他一样恨周二膀，这当然只是他希望的，不过乞月儿对周二膀不满是肯定的，不然她不会把周二膀的哨声叫"半夜鸡叫"，把周二膀叫"周扒皮"。就在耿子建对已经没什么热乎气的被窝百般依赖的时候，周扒皮挥斥方遒的哨子又准时吹响了。哨音伴着一片"吱嘎""吱嘎"的踩雪声，寒风呛进气管的咳嗽声，锹镐碰撞的"叮当"声，由远及近再由近到远，最终这些混乱的声音都消失在通往饲养所的方向。果然，睡在南炕的乞月儿又埋怨开了：

"这老周扒皮，他的气脉可真足，一口气能吹出半里地。"乞月儿显然醒半天了，耿子建听见她在窸窸窣窣地穿衣服。

季广兰正在外屋生火。外屋的门框上窗棂上甚至有几处墙壁上都挂着厚厚的白霜，摸哪哪都是冰凉的。她隔着门批评女儿，说："挺大个丫头，没大没小，周扒皮也是你叫的？"耿玉霖正折身起来，听见季广兰呵斥乞月儿，冲着耿子建说："还不快起来，去晚了又得扣工分。"乞月儿像是没听见母亲的责备，依旧说着周扒皮的不是。季广兰又补充了一句："越活越回椿！"乞月儿把被褥叠好放进炕柜里，说："本来就是嘛，天还没亮就瞎折腾，他可真烦人！"季广兰说："这能怨他吗？谁不知道躺在被窝里得劲儿。"

县城里小学放寒假，季广兰说她想侄儿了，捎信给乔四姐让她再回娘家先去二舅家把奶胖儿带来住几天。奶胖儿和耿子建睡在北炕，他俩睡觉的习惯都是爱往被窝里缩，蒙着头，乍看，看不到炕上睡着人，只能看到被子和被子上压的棉袄棉裤。两床棉被原本是两个人分开盖的，睡到半夜奶胖儿把褥子尿了非要往耿子建被窝里钻，耿子建就把两床棉被叠在一起。耿子建赖在被窝里懒得动弹，耿玉霖却一再催促他快点起来穿衣服。他刚要挪出身子，奶胖儿撩起被子把耿子建往里裹："哥，咱不起，饭还没做得呢！"没等奶胖儿把被子裹严，被窝被呼地掀起半边，"啪"一声，奶胖儿屁股上挨了乞月儿一巴掌："自个儿懒被窝子，还敢拉拢别人！"

"姑姑姑，我姐打我屁股。"奶胖儿毫不示弱，"嗖"地从被窝里钻出来，光巴赤溜地站在炕沿上，抬起一条腿一蹬一蹬地踢着。见姑妈没什么反应，奶胖儿又迅速钻进被窝脑袋缩进去，两手拽着被角在被窝里跟乞月儿斗气，"不起不起，就不起，气死你！"乞月儿抓起扫炕笤帚在被上"噗噗"打两下，奶胖儿又在被窝里喊："不疼，不疼，干气猴儿！"不知哪下把他打疼了，"哇"地哭起来，很明显他的哭叫纯粹是一种形式。

季广兰听见哭声，用勺子敲着锅沿，嗔怪乞月儿，道："你几岁了？还这么没正性。这要是搁在早，都该找婆家啦，这可倒好，还整天疯疯癫癫的不知道愁！"奶胖儿"呼"地掀开被头，带着哭腔重复着："就是呗，你都该找婆家啦，不知道愁！"乞月儿看见奶胖儿裤子上尿湿的涸儿，用笤帚在他脑袋上敲了一下："尿炕精，你懂啥是婆家？你再讪脸一个，再讪脸我还削你！"

耿玉霖边往胶皮靰鞡里续着靰鞡草边呵呵地笑，耿子建不想笑，他没那个心思，他唯一的心思就是还想再睡一会儿。炕上已经有了热乎气，热烘烘的被窝对他的吸引力实在太大了，他实在是不想起来。他把棉被往上拽了拽，把头蒙起来，发出了类似呻吟的呼声。他在被窝里微闭双眼，对被窝以外的事情全然不去理会。他现在最大的愿望就是希望爸爸别再催他起来，要是能让他睡到自然醒，那才是世界上"最他妈的"事哩！至于那点破工分，谁爱扣谁就扣去吧，有那几分发不了家，没那几分也饿不死人。

更令耿子建感到惬意的是，乞月儿就站在头直上对着镜子梳头，虽然蒙着头，他还是能够听见她哗哗撩水洗脸的声音，能够闻到"友谊"牌雪花膏散发的香气，能够感觉到乞月儿的一举一动。他决心就这么睡下去，啥时醒啥时算，睡他个地老天荒，睡他个海枯石烂。于是，他舒舒服服地翻了个身，把脚上有冻伤的部位触在炕头滚烫的褥子底下，心满意足地呻吟了一声。刚要入梦，一只冰凉的手贴在他的胸口上，他一激灵折身坐起，睡意顿消。"咋样，舒服吧？"乞月儿把手抽出去，嘻嘻笑着溜到外屋，帮母亲烧火去了。"你几岁啦，就知道疯。"季广兰的呵斥其实并没有目的。耿子建知道自己的美梦难成，索性穿上棉衣棉裤，脸也不洗推开房门径自出去，冷风扑面而来，激出了一滴眼泪。"你可真行，脸不洗饭不吃的，火燎腚啦？"乞月儿拿着两个玉米面饼子，小跑着撵上来。

遒劲的西北风为严寒推波助澜，黎明前的昏暗里，朦胧可见雪线如一条条青蛇在裸露的地表上四处乱窜。这些裸露的地方比其他地方高出一些，黑乎乎的很像是鲤鱼的脊背，隆起的部分地底下通常是漏空的，当地人把这样的地带叫漏风地。被冻裂开的缝隙很深很宽，如蛇的雪线在这些缝隙中进进出出的，让人从心里往外感到寒冷。今天生产队的活计仍然是刨粪，整整一个冬天，他们好像除了刨那些该死的土粪就再没有别的事情可干了。

二十几个老弱不堪的社员围着大粪堆。这些所谓的粪堆，其实就是挂锄以后把树林里的腐殖土堆起来形成的一条条的土龙，这种粪肥根本不会有多少肥力。十几把十来斤重的十字镐七起八落地刨着，其余的人或锹撮，或手搬，把刨下来的土粪一块一块地装上牛车或装在牛爬犁上的片筐里，然后往地里送。放眼望去，远处的地垄随着地势起伏，绵延无尽。

牟鸿禧赶着牛车，装了满满一车土肥往地里送。他穿着褪了颜色、线绗在外面的大棉袄，袖着手，怀里抱着一杆没鞭梢儿的竹节鞭子，冻得佝偻在牛车的前耳板子上，随着车辘轳的颠簸顿着肩膀，活像个龇牙鬼。拉车的牤牛过去是周二唥使唤的，现在换了车老板它也不计较。尽管它已经老了，却依然踏踏实实地低着头，伸直脖子，总像是要够着前边的什么东西，涎水连成了线顺着嘴巴一直淌着，曾经年轻壮硕的身躯现在变得摇摇晃晃，每向前迈出一步都大费一番踌躇，显得异常艰难，令人有点怀疑它们今世能否走到目的地。

牛车和爬犁在农田与粪堆之间穿梭往回，地垄沟里堆起了一个个锅盔样的黑土包，很像一座座新起的坟茔。远处的山峦像银色的冬眠的巨蟒匍匐在苍天之下，各种乔木赤条条地站立在严冬里，而树木之间那弯弯曲曲的山道令人生出无限敬意。

"喂！快，截住它——"

牟鸿禧在远处突然发出一声怪叫，他那与众不同又极富穿透力的叫声把众人的目光吸引过去。只见一只貌似牛犊、灰蓬蓬的动物一蹿一蹿向这边跑来，猛然发现前面有人，倏然立定，昂着头茫然不知所措地转了一圈，旋即掉头向斜刺里狂奔而去。牟鸿禧丢下牛车，挥着鞭子疯狂地追赶着，其他人也抓起镐头铁锹冲了上去。不知谁家的狗汪汪叫着，气沉丹田贴着雪地向前跃动，飞速越过人群。人们更踊跃了，大呼小叫地追赶起来，只有乞月儿和几个年岁大的没动。

乞月儿站在原处，喊耿子建："快回来！别追啦！你撵不上它呀！"耿子建正处在兴奋的高点上，非但没听，还像百米赛跑似的冲到了最前边。耿子建无法确定他追赶的究竟是何等野兽，尽管他追赶得很踊跃，忽然感到有些胆虚，万一……这个念头一闪，他便放慢了追赶的速度，等待大家赶上来。那条狗也很快跑到前边，跑出十几米，回头见众人没跟上便立在那里吐舌头张望，等人上来了它又冲上去，跑出几米再停下来等。眼见那野兽窜进树林不见了，这条聪明的狗向着树林装腔作势地吼几声，表功似地瞅着众人，气得主人狠狠踢了它两脚，它哀号着夹起尾巴躲一边去了。人们返回来继续刨粪，拿狗主人取笑。

乞月儿见耿子建呼哧带喘地走回来，气得脸通红，头嗡嗡地响："欸，我这么喊你，你咋还撑？是不是你脑子出啥毛病啦！"

虽然都没看出来他的胆怯，可耿子建还是有些惭愧，听她这么说忙给自己找辙："老牟不是让截住它嘛。"

乞月儿说："你咋那么听他的，瞅瞅他那猴样儿吧，一肚子花花肠子。"她冷着脸搜寻着牟鸿禧，却没找到他的人影，又把心中的不快发泄到耿子建身上，"像没长大脑似的，鞋窠里全是雪，看不把你脚冻掉才怪。"

牟鸿禧憋了一泡尿，躲在一棵核桃树后面激情四溢地"哗哗"撒起尿来，边尿还边扯脖子喊："啊！北国风光，千里冰封，嘶——"

一股寒风裹着雪尘灌进牟鸿禧脖领子，他一拨浪脑袋打个冷战。他抱着鞭杆颠儿颠儿地转过来，恰听见乞月儿在数叨他，故作难过状："其实我们家的秧棵不错，就是后来长糟践了，从娘肠子里爬出来吃喝没跟上。刚才是我错了，该打！"边说边装模作样地打了自己一巴掌，乞月儿没想到她说的话全被牟鸿禧听见了，不由得脸一红。

皮长贵站在一旁挂着铁锹看牟鸿禧出洋相，忍不住哈哈大笑起来："瞅瞅你那死出吧，活像栾副官要被拉出去枪、枪毙。拉——出去——"他一甩大棉袄，模仿杨子荣枪毙栾平的经典造型，本想揪住牟鸿禧的棉袄领子亮个相儿却被牟鸿禧推了个腚墩，坐在坚硬冻土疙瘩上，硌得他倒吸了一口冷气，"哎哟哎哟"地叫起来。乞月儿解气地说："该！怎么不把你的屁股摔八瓣。"然而，皮长贵的屁股并没有摔八瓣，依旧是两瓣屁股满地晃。

周二嘡因为队里没让他去搞副业，心里一直不太爽气。本来他就半拉眼珠子也看不上牟鸿禧，见他又弄出这等轻浮相，信口骂了句不是好嚼瑟，一身穷骨头也没有二两沉。大伙儿正嬉笑着，听见他像在骂大街，觉得捎带着骂自己，都有点不是心思，牟鸿禧眨巴眨巴小眯缝眼儿咽了口唾沫，赶着牛车灰溜溜地走了。

耿子建还在琢磨刚才追赶的究竟是个什么玩意，偷偷问乞月儿："你看清没，到底是个啥东西？""啥东西？是你！"乞月儿也正不高兴，绷着脸"搡"了他一句，"没看清你就去瞎撵，显你跑得快还是人多逞能？"见耿子建被她说得脸上有些挂不住了，忍不住"扑哧"一笑，说了句"傻狍子"。

"干活儿吧！干活儿吧！"周二膀似乎有所察觉，大声吆喝着以此化解人们对他的不满，岂不知人们对他更加反感了。

太阳挣扎着从山梁后面爬上来，瑟瑟缩缩地挂在天上，像是没有山梁托着就能掉下去。炊烟从各家各户的烟囱里飘出来，如同一棵棵高耸的白杨直直地窜上云天，又像妇女们伸出来的亲切而温暖的手臂。北方的冬季夜长昼短，为了节省粮食，家家都只吃两顿饭。每天天不亮，社员们便从炕上爬起来先下地干一阵活，八九点钟歇头憩儿再回家吃早饭，下午三四点钟天就蒙蒙黑了，一天的劳动随之宣告结束，再吃一天当中的第二顿饭。

此时，人们又冷又饿已无心劳动，十几把镐头只有三四把无精打采地刨着，单等周二膀发话好回家吃早饭。谁知越到这时，周二膀干得越来劲，锃亮的额头冒着热气，索性脱下棉袄往雪地上一扔，露出好几种毛线拼织而成的鸡心领毛衣，里面的套头线衣已经看不出本来的颜色，像一堆猪大肠一样难看地翻卷着。他往虚攥的拳头里吐一口唾沫，一股邪劲气贯丹田，两臂抡圆了，尖镐刨天似的举起，"咚"一声落地，一镐下去还"咳！"地喊一声，几镐下去，一块百十斤的土粪被他扒下来。牟鸿禧吆着牛车从地里回来，误将大家怨恨周二膀的眼神理解成了赞许，心里又痒痒起来，产生了要露一手的欲望。地上扔着好几把尖镐他偏不用，单去夺周二膀手中的那把，也往手掌上吐口唾沫，照着周二膀的样扒下一大块土粪。他得意地看看这个瞅瞅那个，看别人欣赏不，佩服不。遗憾的是并没有人夸奖他，不论年老的年少的只顾拿他取笑。乞月儿也忍不住讥讽道："耗子尾巴长疮，好像有多大能（脓）水似的。"牟鸿禧的自尊心再次受到伤害，泄气地把尖镐一扔，臊眉搭眼歪坐在粪筐上喘粗气。

皮长贵暗自喜欢乞月儿，却因为口吃有些自卑不敢表露。他怕乞月儿哪句话说重了得罪人，就说乞月儿："你、你干吗总瞅老牟不顺眼呢，人家跟你又没、没八辈子冤……仇，你咋一、一口、一口地竟往人家骨头上咬？"乞月儿不服说，反倒说皮长贵："快一边待着吧，别能请神不能送神，当心又有人'以脚踢其腿'了。"皮长贵神色黯然，道："真是的，你咋哪、哪壶不开单提哪一壶，你要总这样，就、就就没意思了。"乞月儿无意要刺激他，听他一本正经地反对说起这个话题，忍不住掩面而笑。

这句"以脚踢其腿"的名言，最先出自耿子建的一篇日记，记录的事件与皮长贵有关，他略事修改投给报社，没想到报社竟出人意料地给他发表了。不过编者在文章前面加了一段话，说这篇文章是反映浪子回头之作，记述了一个不学无术、不务正业的农村青年爱上了集体劳动的转变过程。看完这段话，皮长贵把那个狗屁编辑连同好友耿子建痛骂一顿，逼着耿子建用所得的稿费请他喝了一顿酒，要不是那次他把耿子建给喝醉了，乞月儿也不会总把这件事总挂在嘴上。那篇文章的题目叫《修锁者说》，文笔不错，估计是仿了柳宗元：

东荒人氏皮某长贵，初中肄业也。其对数学甚是反感，声言：决决大国之数学公式不用本邦数码，而用异域之字母，真乃国贼也。还 $2xy$ 括号 $2x$ 减 y 括号，为 x 的 2 倍与 y 乘以 x 的 2 倍与 y 的差，如此之复杂，焉能记住乎？神仙亦白搭！又曰：科学与技术实乃两回事也，有技术可混口饭吃，懂一点科学则不能。遂辍学焉。

皮某有初中肄业之文化，不甘务农，遂与人修锁修手电给猪打针也。其无师自通，一知半解，所修之锁用一根铁丝即可捅开。然，锁乃挡君子不挡小人之物，若遇训练有素之贼子，再坚固之锁具亦无用。某深知此理，虽公开言明，仍可挣得油盐之资。某即自我感觉良好，公家人一般，声称：吾乃手工业者，属工人阶级。

王会计膝下有七女，人称玉皇大帝。所掌管钱款即用某所修之锁具锁于三屉桌内。王会计之老胃痛属阵发性，痛时口吐酸水冷汗满面，不痛时又似好人一般诸事不碍。秋收大忙时节，家人皆出工矣，王会计独自在家甚感无聊，遂将钱款悉数数几遍，共三百有余。此时，突闻院内秫秸垛中有异动，王会计即悄声遁于近前察看监听。少顷，自语道：乃老鼠也，吓吾一跳。复返屋内，将钱款锁于原处，又无事可做，看看茅坑屎尿外溢，即掏起往菜园去也。路遇某，某道：太阳正毒，不宜直接灌溉，须掺水稀释方可。

王会计曰：尔不说吾还忘矣，尔为何未出工耶？

某答：吾在家修锁也，锁之主人要得甚急。

王会计于菜园担水稀释屎尿，费时不少。待回到家中即大惊失色：见抽屉洞开，三百余公款不翼而飞，遂报官焉。当晚，警笛至，村人皆惊，方知王会计失盗也。

次日，公安即于队部传讯某。某一到，一公安即责令：尔站好。边说边以脚踢其腿，令其保持立正姿势。某顿觉颜面扫地，复又浑身筛糠也。

公安问某：尔姓甚？

某哆嗦道：吾不姓、姓甚。

尔可叫某某某？

正是本、本人。

王会计之锁乃尔所修耶？

是、是吾修耶。

那锁之性能尔可知晓？

那还用、用说。

尔亦知王会计至菜地施肥耶？

知、知！

且提醒其需以水稀释？

对、对！

亦知此可多费些时间？

那是自、自然。

尔有作案条件及时间也！

吾有条、条件及时间可未作、作案也。

尔可知坦白从宽，抗拒从严乎？

这个岂能不、不知。

既知为何不坦白，以求宽大？

吾未作案让吾如何坦、坦白？

尔还狡辩？遂将其拘留，让其慢慢交代矣。

某有口难辩，没咒可念也，乃汪然出涕，连连掌嘴道：吾活该，吾活该，谁让吾与人修锁糊弄人耶？

拘留数日，传讯若干，少不得又是以脚踢其腿，让其站好之类。然，某皆矢口否认，后所幸真贼子东窗事发，遂将其释放也。

尔道真贼子何许人也？乃王会计之女婿矣。尔可记得王会计数款之时，突闻院中秫秸垛内有异声乎？此即其婿潜伏其中也。那锁之性能这贼子早已清楚不过，趁其岳父往菜园浇肥之时，即窜将出来，不费吹灰之力便偷之得手，溜之乎也。那贼子用所盗之款大方购物大肆吃喝，村人察得，乃告发，不及三审，遂交代焉。

某大戚，发誓曰：吾再不修锁也，技术性的东西不好研究。遂爱上了集体劳动，尤喜修水库或造大寨田之会战也，且人愈多愈积极参加，干劲冲天。其与人一起干活时，常提醒旁人：某月某日某时，吾与尔一起劳动也。

这不假。如有人问起，尔可与吾作证乎？

……

以上便是耿子建的"成名作"，后面是他酒后为报复皮长贵的狗尾续貂，风格也尽量保持一致：

"尔乃一朝遭蛇咬，十年怕井绳。若有人问起，吾与尔作证即是，只怕到时记不住也。某遂将每日所做之事，记于小本之上，另赋五言绝句一首：集体劳动好，有人能作保。若再把盗失，找不到咱了。后某与王会计五女于劳动中自由恋爱，那王会计亦有愧疚及补偿之意，遂应允。欣喜之余，某又赋七言诗一首：集体劳动就是好，能把爱情来寻找；单独活动则不行，不管多么有水平。"

这便是乞月儿所说的"以脚踢其腿"的典故，故此搞了皮长贵的软肋，过老半天他才哈哈一笑："我说社、社员同志们哪，歇、歇口气儿吧，都过来抽、抽袋烟。"早已不怎么正经干活的社员，干脆扔下工具扎成一堆抽起烟来。周二喀甚为不满："活儿没干多少，净闲扯犊子了。"耿子建爱面子容不得别人说，不满地别过头看了他一眼，说："干多少是多？"周二喀说："耍嘴皮子一个赛一个，干活儿就熊了。"皮长贵说："这天寒地冻的，你就别、别太较真儿了。"牟鸿禧也趁机发表自己的看法："像这个天排练个节目啥的可不错，男男女女围着火炉子有说有唱的，那该多恣儿呀！"见没人回应，他去问周二嗒，"今年不成立个宣传队，宣传宣传三中全会啥的啦？"周二嗒知道这几个人心怀鬼胎，不耐烦地挥着手："上一边拉去，你离我远点儿！"牟鸿禧一味地说："要能成立个宣传队那可敢情好了，需要我干点啥尽管说一声。"周二嗒说："干好你的活儿比啥都强，哪来的闲心！"牟鸿禧嘻嘻着，说："农村嘛，也就敲个锣打个鼓的还热闹点儿。再说，屯里这么多小光棍儿不成立宣传队咋把爱情来寻找？"皮长贵说："这这不假，经验之谈，值得重视！"耿子建说："我赞成你的观点。老皮你好好溜须我点儿，到时候我推荐你上宣传队。"皮长贵说："你、你还别小瞧我。到时候，我扮个唱角儿，肯……定没问题。"周二嗒见他越说越不像话，愤然道："屁吧！"他低头看了看别在裤腰带上的手表，拾起地上棉袄拍打两下，好像怀疑他那块东风牌手表的准确性似的，看看太阳又看看远处的炊烟，再环顾一下群山，突然发出一声号令："家走喽——"这一声呼喊最动听，从他嘴里喊出来的这三个字韵味十足。

周二嗒喊出的"家——走——喽——"这三个字，"家"和"走"无疑是句子的主要成分，要着意强调的"喽"字不过是个语气助词，而他却把"家走"两个字一带而过，把全部的感情和气力都用在了"喽"字上。他的音域相当宽阔，"喽"字的发音在喉咙里是震颤着释放出来的，一出口就进入了高音阶，在高音阶里坚持了好长一段时间，然后突然一转开始下滑，再下滑，及至音尾，在无穷的变化里绵长不绝，和大山的回音交替呼应：

"家走喽——""家走喽——""喽——""喽——"

耿子建首先响应，兴奋地把十字镐高高地举过头顶，欢呼着："俱往矣，数风流人物，还看今朝！"牟鸿禧也不甘示弱，将拇指和食指含在嘴里打了个悦耳的呼哨，哨音融入到"喽"字那不绝于耳的尾音里，在旷野林间经久回荡，长鸣不衰、荡气回肠。

耿子建进一步体会到傻狍子不该追，棉鞋里灌进的雪刨粪时融化了，现在冻成了一个冰疙瘩，脚指头在鞋里像被猫狠咬了一口。季广兰费了半天劲才帮他脱去棉鞋，又从外面端来半盆冻土豆切开给他搓冻伤。乞月儿没有进屋，而是径直到园子里折了一把干辣椒秧放到锅里煮水。耿子建的脚被季广兰搓得冒出热气柔软了许多，见乞月儿把煮辣椒秧的水端到他脚前，没话找话地说："你回来得也挺快。"乞月儿不看他，气哼哼地挽起他的棉裤，说："咋不把你脚冻掉呢！"乞月儿做什么都一心一意的，生气起来也不例外，生得很投入，全心全意，眉毛蹙着，鼻翼微微抽动，脸蛋绷得紧紧的。耿子建踩在洗脚盆的盆沿上，脚一滑踩进热水里，忙抬起来倒吸口气。乞月儿望了他一眼，分明流露出痛惜的眼神，嘴上却说："该！烫死你得了！"季广兰端着热腾腾的贴饼子进屋，说："又咋地啦，一天到黑没点好腔儿？"乞月儿说："再不听话就得把脚烂掉，变成个瘸子、拐子才好呢！"她说着，用毛巾把耿子建的脚包好盖上棉被，盛了一碗酸菜汤往耿子建面前一蹾："楦吧！楦饱了追傻狍子好有劲儿！"耿子建悻悻地说："二邋遢跑得也挺快，像头野驴！""就你不像头野驴？！"季广兰不知女儿为什么发火，嗔怪道："两个前世的冤家，有啥话不能好好说吗？"耿子建感觉好多了，脚后跟还有些发痒，悄悄在炕席上蹭了几下，不想正看见有一颗眼泪从乞月儿的眼角里滚出来，不禁心头一热，挪到桌前大吃大嚼起来。奶胖儿爬上炕扬脸悄声问："哥，小姐咋哭啦？"

2

1979 年盛夏热得出奇，白花花的太阳就像高悬在天空中的一个炙热的火球无情地烘烤着大地，刚刚长出红缨的玉米和正在扬花的高粱叶子被晒得卷成了一个个的圆筒，黄瓜、豆角的叶子也都蔫蔫的耷拉着，只有蝈蝈在菜园子里不停地嘶鸣。

耿玉霖盘腿坐在炕沿上抽着烟，季广兰放上炕桌，端上来一碗大酱、一块豆腐、一盘水灵灵的黄瓜和一把绿莹莹的小葱。她回腿坐在炕桌边上，说："庄稼旱得都快成干巴老太太了，要是再有几天不下雨，今年的收成可就没有指望了——我听说，上面的政策又要变啦？"前后窗户的上扇都用窗户杆支着，一股过堂风吹过屋里带来一丝凉爽。她盛了一碗高粱米水饭放在耿玉霖跟前，说："不等那两个活兽儿了，咱俩先吃吧！"

耿玉霖喜欢吃豆腐。不论是干豆腐、大豆腐、水豆腐，还是冬天冻的冻豆腐，也不论炒豆腐、炖豆腐还是鸡刨豆腐，咋做他都吃不够，每回看见饭桌上有豆腐都会自嘲一番，说贵人吃贵物，贱人吃豆腐。这阵子他经常害头疼，一疼起来额角就青筋暴跳。今天他一改惯常，没再说"贱人吃豆腐"的话，把烟掐了拿起扫炕笤帚，掐了一根笤帚篾，通着自制的竹烟嘴。他将烟嘴里的焦油涂在半截卷烟纸上，往太阳穴上贴，拿起筷子说了句："不等了，吃吧！"季广兰关切地问："怎么地，你又脑袋疼啦？"耿玉霖"嗯"了一声，端起饭碗扒了一口水饭，抓起一根小葱在酱碗里蘸了一下，像是想起了什么，问："你才刚儿说啥？"

季广兰说："我说呀，再这么旱下去庄稼都快旱死了。"耿玉霖摇头说不是这句，季广兰"哦"了一声，说："我刚才问你，听没听说上面的政策又要变了。"

耿玉霖显然没听说，不以为然地说："又听谁胡咧咧的？"

季广兰嗔怪一句："你这个人，啥话到你嘴里就变味儿。"她又说，"白凤鸣的大小子从部队复员回来了，他说好多地方都在搞承包。听说这阵风又是从安徽那边刮过来的，他们把耕地和大牲口都分了。"

耿玉霖并非要问她："你知道安徽有多远？"

季广兰倒是很想知道东荒地离安徽究竟有多远，便问他："有多远？"

耿玉霖肯定地说："反正不近！"

季广兰对他的回答很不满意："等于没说，再远也都是共产党的天下。"

耿玉霖诘问道："变？咋变？生产队不要啦？公社不要啦？"

季广兰知道耿玉霖还在对1953年搞的互助合作化耿耿于怀，就说："听说这回叫联产承包。"

耿玉霖用鼻子"哼"了一声，没好气地说："换汤不换药，又不是好折腾！"他往嘴里扒了一口饭，把小葱在酱碗里蘸了几蘸。这两年，耿玉霖的饮食习性有些变化，喜欢吃那种烂得绽花的米饭。原先他可不是这样，饭煮得太烂他说没有嚼头，七八分熟正好，那样的饭吃起来米味足。可现在，尽管季广兰把饭煮得很烂了，他还是觉得嘴里的高粱米饭像是一粒一粒的铁沙子，不禁有些怨气。

"四六年闹土改，五三年成立合作社……五九年夏天来了个副专员，号召搞三自一包，四大自由，闹了一溜十三遭，末了整成了茄子皮色，大伙儿刚热起来的心又一瓢水浇凉了。这些年，天天吵吵着割资本主义尾巴，闹得鸡飞狗跳。再说，我就不信了，好端端的人民公社还有那几面红旗，说不要就不要啦？"

季广兰被他问住了，忍不住"噗嗤"一声笑了，说："欸，你都多大岁数啦，怎么还学会翻小肠了呢？"耿玉霖说："不是我翻小肠，这些年发生了多少事啊，左一出右一出的，想忘都忘不了。"季广兰说："咱俩在家偷着说说也不怕谁扣帽子，那几面红旗也不顶饭吃。说句不该说的话，要是'三自一包'能多搞几年，六一年也不至于饿死人。动不动就说，宁要社会主义的草不要资本主义的苗儿，不要资本主义的苗儿，都去喝西北风么？这可倒好，隔三差五的还要吃返销粮，哪有农民不交粮食还要国家倒贴的道理？"

季广兰这番话让耿玉霖想起了那场"三年自然灾害"。那时候家家都没吃的，饿得孩子直哭大人也哭，榆树钱成了好东西，榆树皮都被扒下来吃了。就在那年青黄不接的时候，关七爷饿死在家里，好几天都没人知道。白家破败以后最苦的就是关七爷了。替白家干了一辈子，按照白继业的想法，他老了就该由白家养起来，可白家一破败他也只得离开，孤零零的，成了一个"五保户"。

（2009年8月由河南文艺出版社出版，2015年6月由同心出版社再版）